Eva Thies

Der Normanne und das Mädchen

Helga Brinkmann

BASTEI LÜBBE

BASTEI LÜBBE TASCHENBUCH
Band 15141

1. Auflage: Mai 2004

Vollständige Taschenbuchausgabe

Bastei Lübbe Taschenbücher ist ein Imprint
der Verlagsgruppe Lübbe

Lizenzausgabe: Verlagsgruppe Lübbe GmbH & Co. KG,
Bergisch Gladbach
Titelbild: Collage: Gemälde v. Botticelli
»Jüngling und 7 Freie Künste« (Detail) akg-images/
Erich Lessing u. akg-images/VISIOARS
»Türkisches Heerlager vor Konstantinopel« 1453 (Detail)
Einbandgestaltung: Guido Klütsch
Satz: Aufbau Taschenbuch Verlag /hanseatenSatz-bremen, Bremen
Druck und Verarbeitung: GGP Media, Pößneck
Printed in Germany
ISBN 3-404-15141-0

Erbarmungslos brennt die Sonne herab, der Himmel flirrt über verdorrtem Land. Silbrig glänzt das Laub der Ölbäume, und demütig trotten Schafe über kahle Hügel. Weiße Städte liegen unter der Mittagsglut im Dämmerschlaf.

Apulien, hartes gnadenloses Land.

Einst bot Canosa römischen Soldaten Schutz, die der Vernichtung bei Cannae entronnen waren. Steil ziehen sich würfelförmige Häuser den Hang empor zur normannischen Burg und zum byzantinischen Dom. In seinem Hof steht eine kleine Kapelle, kuppelüberwölbt wie eine Moschee. Den Eingang verwehrt ein Bronzetor, reich geschmückt mit arabischer Schmiedearbeit. Zwischen Rosetten die Inschrift:

Möge er im Himmel den Platz finden, der ihm zukommt.

Der Innenraum ist leer.

Nur eine Bodenplatte verweist auf den, der hier liegt.

Ein Name nur.

Boamundus

Das Grab des Normannen.

I. TEIL

»Niemand hatte seinesgleichen im Reich der Romäer gesehen,
weder Griechen noch Barbaren.
Sein Anblick rief Bewunderung und Staunen,
sein Name Schrecken hervor.«

Anna Komnene: Alexias XIII, 10

Theophilos hatte Euphrosyne zum Lesen aufgefordert. Sie stotterte sich hochrot durch den Text.

»Also ging der Held in den Kreis schönlockiger Jungfrauen
Sich zu mischen, so nackend er war; ihn spornte die Not an.
Furchtbar erschien er den Mädchen, vom Schlamm des Meeres besudelt,
Hiehin und dorthin entflohn sie und bargen sich hinter die Hügel.
Nur Nausikaa blieb ...«

Mit mühsam bezähmtem Unmut betrachtete er seine Ringe und bewegte die Finger, um das Licht in den Edelsteinen aufleuchten zu lassen.

Irene, die ihn so abgelenkt sah, flüsterte hinter dem Vorhang ihrer braunen Haare:

»Stell dir vor, dir würde so etwas passieren! Du gehst zum Fluß, um Wäsche zu waschen, und plötzlich steigt vor dir ein nackter Mann aus dem Wasser.«

»Das kann ich mir nicht vorstellen,« zischte Anna zurück.

» Keinen nackten Mann?«

»Ich kann mir nicht vorstellen, daß ich zum Wäschewaschen an den Fluß gehen würde.«

Irenes helles Kichern zog Theophilos' Aufmerksamkeit auf sich. Langsam und drohend ließ er seinen Blick über die zwölf

Mädchen gleiten, die vor ihm saßen und jeweils zu zweit mit geheucheltem Interesse die Köpfe über ein Buch beugten. Er machte sich keine Illusionen, was sich hinter den kindlichrunden Stirnen verbarg: Interesse an Kleidern, Parfüms, Klatsch, jungen Männern, aber nur wenig Wißbegierde und wahrlich keine Liebe zur Literatur.

Sie waren Töchter der großen byzantinischen Familien, die riesige Ländereien besaßen, hohe Staatsämter und nicht selten den Kaiser gestellt hatten, die Töchter der Komnenen, Skleroi, Phokoi, Dukoi und Paläologen. Sie wurden im Großen Palast von Konstantinopel unter der Aufsicht der Kaiserin Maria von Alanien erzogen, erhielten hier eine klassische Bildung und Kenntnis des komplizierten Hofzeremoniells, bis ihre Familien oder der Kaiser selbst eine standesgemäße Ehe für sie arrangierten.

Theophilos hatte einmal von einer großen Karriere geträumt. Seine Eltern hatten ihn rechtzeitig entmannen lassen, weil nur Eunuchen die Chance hatten, in die höchsten Ränge der kaiserlichen Verwaltung aufzusteigen und ein Vermögen zu erwerben. Unter dem vorigen Kaiser Romanos Diogenes hatte er es bis zum Leiter der Palastschule gebracht, aber Romanos Diogenes hatte die Schlacht von Mantzikert gegen die Seldschuken verloren und in der Folge sein Augenlicht und dann auch sein Leben. Mit ihm waren die Männer gestürzt, die er erhoben hatte, und so fand Theophilos sich auf diesen Posten in den Frauengemächern verbannt und mußte junge Dinger unterrichten, an die die Schönheit Homers verschwendet war, die den Text nur mühsam herunterstotterten und ihn mit ihrer Seelenlosigkeit mißhandelten.

Der einzige Lichtblick in seinem Unterricht war Anna. Sie war die einzige mit einem Gefühl für Rhythmus und Sprache. Deshalb ärgerte es ihn besonders, daß gerade sie durch Schwatzen störte, und er wollte sie heftig zurechtweisen. Gerade noch rechtzeitig biß er sich auf die Lippen und hielt die kränkenden Worte zurück. Anna war zu hochmütig, um Tadel durch einen Lehrer einfach hinzunehmen. Wenn sie sich beleidigt fühlte, schlug sie mit dem ganzen Hochmut einer Prinzessin Phokaina zurück, die ein gewaltiges Vermögen und einen Urgroßvater, der Kaiser gewesen war, hinter sich wußte und vor sich einen Mann sah, der in einer Bauernhütte aufgewachsen war.

Alles, was er wagte, war, Euphrosyne Einhalt zu gebieten und Anna aufzufordern weiterzulesen.

»Vers 149! Wenn Ihr die Güte hättet!« sagte er böse.

Sie zog das Buch näher an sich heran und begann.

»Hohe, dir fleh ich, du seist eine Göttin oder ein Mädchen!
Bist du eine der Göttinnen, welche den Himmel beherrschen,
Siehe, so scheinst du mir der Tochter des großen Kronion,
Artemis gleich an Gestalt, an Größe und reizender Bildung!
Bist du eine der Sterblichen, welche die Erde bewohnen,
Dreimal selig dein Vater und deine treffliche Mutter,
Dreimal selig die Brüder! Ihr Herz muß ja immer von hoher
Überschwenglicher Wonne bei deiner Schöne sich heben.«

Je länger Anna las, desto mehr glättete sich Theophilos' Stirn, bis er die Augen schloß und sich ganz dem Genuß hingab, den ihre dunkle Stimme ihm bereitete, von der die Verse süß wie Honig tropften.

Plötzlich wurde der Türvorhang beiseite geschoben, und ein Eunuch aus dem Dienst der Kaiserin schlurfte auf Pantoffeln herein, hustete und räusperte sich laut.

Theophilos wollte auffahren und sich gegen die Störung verwahren, aber der Alte, im Bewußtsein seiner Wichtigkeit, beachtete ihn nicht.

»Befehl der Kaiserin!« schnarrte er. »Die Schiffe der Normannen biegen ins Goldene Horn ein. Alle Mädchen sollen sich sogleich ankleiden lassen und sich zum Empfang der normannischen Prinzessin bereitmachen. Und zwar schnell!«

Es hätte des drohenden Untertons in seiner Stimme nicht bedurft. Froh, dem Unterricht zu entkommen, waren sie gleich bei seinen ersten Worten aufgesprungen und drängten lachend und schwatzend hinaus. Sie sollten mit der Ersten Hofdame der Kaiserin das Empfangskomitee für die Normannin bilden, mit der der zweijährige Sohn des Kaisers verlobt worden war.

Wie alt würde das Mädchen sein, und wie würde sie aussehen? Groß oder klein, dick oder dünn? Wie würde sie gekleidet sein? Würde man sich mit ihr unterhalten können oder würde sie nur rauhes Barbarisch sprechen? Schließlich war sie eine Barbarin. Tochter eines Mannes, der sich jetzt Herzog nannte, von dem aber alle wußten, daß er als Straßenräuber begonnen hatte. Und ihre Mutter – über die erzählte man sich die tollsten Geschichten. Sie solle mit ihrem Mann in die Schlacht reiten und an seiner Seite das Schwert schwingen, gepanzert wie ein Mann. Während die Mädchen umgekleidet und frisiert wurden, malten sie sich das Bild der Normannin aus, bis sie schließlich eine riesige Wilde vor sich sahen, mit Armen und Beinen wie Baumstämmen, gekleidet in stinkende Felle, die stampfend einherschritt und mit blöden Augen in die Gegend glotzte.

Der Kuropalates Johannes saß regungslos wie eine Statue, kaum daß seine Atemzüge den Brustkorb leicht hoben und die Silberstickerei auf seiner grünseidenen Stola erzittern ließen. Er hatte die Hände in die weiten Ärmel geschoben, den Kopf an das Polster zurückgelegt und die Augen geschlossen.

Der Sekretär glaubte, daß er schlief und hatte, den Vorhang der Sänfte anhebend, den Anführer der Garde um Ruhe ersucht, damit der Schlummer des ehrwürdigen Herrn nicht gestört würde. Daraufhin hatten die Soldaten einen Ring um die

Sänfte gebildet und verharrten in der Haltung der erleichterten Wache, bewegungslos, aber bequem.

Doch wenn auch die Garde selbst keinen Laut von sich gab, so konnte niemand die Geräusche des Hafens dämpfen. Das Wasser gluckste gegen die Kaimauer. Von einem Segler schollen Kommandos zum Reffen der Segel herüber. Zwei Ruderboote legten ab, ihre Riemen klatschten auf das Wasser, und die Steuerleute zählten laut den Takt. Hafenarbeiter entluden fluchend ein Frachtschiff. Schwere Körbe knallten auf das Steinpflaster des Kais. Irgendwo keifte eine Frau, und ein Betrunkener grölte zurück.

Der Sekretär stammte aus Bari. Er war nach Konstantinopel geflohen, als Robert Guiskard die Stadt erobert hatte. Normannen hatten keine Verwendung für Eunuchen, hier aber hoffte er, Karriere machen zu können. Sekretär des Kuropalates war die erste Stufe zu einer Laufbahn, die ihn über viele Sprossen bis zur Spitze des Staates, bis zum Amt des Kanzlers, führen konnte. Er musterte den Kuropalates verstohlen, den alten Mann, der sicher schon älter als sechzig war, mit einem immer noch eindrucksvoll scharf geschnittenen Gesicht und einem schöngelockten, grauen Bart. Der Sekretär wünschte ihm aufrichtig noch ein langes Leben, damit er ihn patronisieren und seine Karriere fördern konnte. Erstaunlich, daß er bei diesem Lärm schlafen konnte.

Aber der Kuropalates schlief nicht. Er lauschte in sich hinein.

Sein Herz schlug gleichmäßig. Er spürte seinen Magen nicht, und seine Eingeweide waren ruhig. Aber seine Hände und Füße waren kalt, obwohl es ein heißer Tag war. Er war nicht länger gesund, auch wenn der Arzt ihn beschwichtigt und ihm ein langes Leben prophezeiht hatte. Er war sicher, daß es mit ihm zu Ende ging. Der Zeitpunkt war gekommen, an dem er alles Irdische abstreifen und sich ins Kloster zurückziehen sollte.

Seine Söhne dienten unter Alexios Komnenes in Anatolien,

seine Tochter war angemessen verheiratet und bereits dreifache Mutter. Er hatte sein Haus gut bestellt. Jetzt war es Zeit, sich ganz um das eigene Seelenheil zu kümmern. Dieser Auftrag war der letzte, den er noch ausführte, diese Aufgabe erforderte einen Mann mit Takt und Erfahrung.

Und doch hätte er sie lieber nicht übernommen, denn er mißbilligte die Verlobung des Prinzen Konstantin mit der Tochter des Guiskard. Er hielt sie nicht nur für politisch kurzsichtig, sondern auch für gefährlich. Natürlich steckte die Kaiserin dahinter. Maria von Alanien fürchtete sich. Sie kam aus keiner der großen byzantinischen Familien, sondern war die Tochter des Königs von Georgien. Ihr Vater war weit fort und konnte ihr nicht zur Seite stehen in dem Netz von Intrigen, das im Großen Palast gesponnen wurde. Ihr Mann, der Kaiser, war ein Dukas, Angehöriger einer der mächtigsten Familien des Reiches, aber er war auch ein Schwächling, ein Gelehrter, der sich mehr mit alten Handschriften befaßte als mit Staatsgeschicken. Schon standen einige der Feldherren der Grenzarmeen bereit, ihn vom Thron zu stoßen und sich selbst zum Kaiser ausrufen zu lassen. Maria hoffte, indem sie ihren kleinen Sohn mit der Tochter des Normannenherzogs verlobte, Robert Guiskards Macht und seine strategische Begabung auf ihre Seite ziehen zu können.

Der Kuropalates verzog abfällig den Mund. Der Herzog von Apulien war nichts weiter als ein Räuber, Erpresser, Betrüger und Mörder. Er hatte sich sein Herzogtum gestohlen. Aus dem Nichts war er gekommen, ein normannischer Barbar, dieser Robert de Hauteville, geboren jenseits der Berge in einem Land von Schlamm und Nebel, war mit seinen Brüdern über die Alpen gezogen und hatte seinen Streitarm an die Langobarden verkauft.

Guiskard nannten sie ihn, Schlaukopf, und schlau war er in der Tat. Ohne Rücksicht auf Recht und Ehre hatte er seinen Verstand und seine Kampfkraft eingesetzt, um ganz Süditalien zu erobern Er hatte die Langobardenherrschaft beseitigt, die Byzantiner aus Bari und Reggio vertrieben und nach Sizilien gegriffen. Sich mit diesem Mann zu verbinden war, als ginge man ein Bündnis mit einem Krokodil ein, hinter dessen trägem harmlosen Äußeren man niemals die furchtbaren Zähne vergessen durfte. Ein purpurgeborener Prinz für seine Tochter war eine unfaßbare Ehre für den Normannen, aber der Kuropalates war sicher, daß der Herzog nicht auf die Ehre geschielt hatte, sondern auf eine Erweiterung seiner Macht, als er dieses Ehebündnis geschlossen hatte.

Maria von Alanien wäre besser beraten gewesen, wenn sie Unterstützung bei einer der einheimischen Familien gesucht hätte. Warum nicht bei den Komnenen? Die beiden Brüder, Isaak und Alexios, waren erfolgreich im Felde und beim Volk beliebt. Ihre Mutter Anna Dalessena haßte die Dukoi, und besonders den jetzigen Kaiser, aber sicher ging ihr Haß nicht so weit, daß sie einen purpurgeborenen Prinzen für eine ihrer Töchter verschmäht hätte.

Der Kuropalates preßte die Lippen zusammen. Die Entscheidung war gefallen, mochte er sie auch noch so sehr bedauern. Und jetzt oblag es ihm, die anstehenden Festlichkeiten gemäß dem Protokoll zu gestalten: die Begrüßung der Braut, ihren Einzug in den Palast, ihre Taufe und ihr Verlobungsfest. Er erwartete Schwierigkeiten, denn man hatte es mit einer Barbarin zu tun, von der man kaum erwarten konnte, die komplizierten Rituale des byzantinischen Zeremoniells zu beherrschen, nicht einmal, Verständnis für sie aufzubringen.

Nachdem die Normannen Gallipoli passiert hatten, war ihm ihr Kommen gemeldet worden. Der Guiskard hatte vier Schiffe ausgesandt, alle bemannt mit normannischen Kriegern, als ob es nicht zu einer Hochzeit, sondern zu einer Belagerung ging. Das Mädchen wurde vom ältesten Sohn des Herzogs begleitet. Ganz offensichtlich wollten die Normannen den Brautzug zur Spionage nutzen. Soviele Soldaten drei oder vier Wochen durch die Stadt laufen zu lassen, bedeutete, daß sie in Ruhe die Mauern und Türme erkunden und Schwachstellen ausfindig machen konnten. Natürlich gab es keine Schwachstellen, dachte der Kuropalates. Konstantinopel konnte niemals erobert werden. Die Mauern der Stadt waren fünfzehn Meilen lang und mit dreihundert Türmen bestückt, und die Jungfrau Maria, ihre Schutzpatronin, hielt schirmend die Hand über die Hauptstadt des alten Reiches.

Trotzdem konnte es nicht schaden, Maßnahmen gegen die Neugier der Normannen zu treffen. Zum Beispiel ließ man ihre Schiffe in den alten Hafen von Bukoleon einlaufen, wo sonst nur noch die Frachtschiffe von den Inseln anlegten, und der weit entfernt lag vom wichtigeren Kriegshafen. Dann brachte man das kleine Mädchen unverzüglich in den Großen Palast, wo sie der Obhut der Kaiserin übergeben wurde, und ihre Begleiter in das Stadthaus der Dukoi, wo der Onkel des Kaisers es sich nicht nehmen lassen würde, sie unter scharfer Beobachtung zu halten. Dort konnte man sie besser überwachen als in dem riesigen, vor Menschen wimmelnden Palast.

Der Sekretär hüstelte diskret, und der Kuropalates öffnete die Augen.

»Ich glaube, sie kommen, Ehrwürden«, sagte der junge Mann. »Der Hauptmann hat mir gerade das Zeichen gegeben.«

Der Kuropalates nickte auffordernd.

Der junge Mann zog den Vorhang zur Seite, öffnete die Tür und stieg aus. Dann beugte er sich hinein, reichte dem Kuropalates die Hand und half ihm heraus. Johannes stieg aus und stützte sich, als er sich aufrichtete, schwer auf die Schulter seines Sekretärs. Er blinzelte. Nach dem Dämmerlicht in der Sänfte blendete ihn der grelle Sonnenschein. Mit zusammengekniffenen Augen spähte er über das Wasser. Von Westen her näherten sich vier Zweiruderer, eskortiert von Ruderbooten der kaiserlichen Kriegsmarine.

Der Hauptmann der Garde brüllte einen Befehl. Die Soldaten formierten sich hinter dem Kuropalates und seinem Sekretär zu dichtgestaffelten Reihen und nahmen Haltung an. Der Hauptmann trat neben den rechten Flügelmann. Hinter ihm hielt ein Pferdepfleger den großen schwarzen Hengst aus dem Gestüt des Kaisers am kurzen Zügel.

Der Kuropalates glättete eine Falte an seinem Ärmel und wartete. Er war sich des Eindrucks bewußt, den sie auf die Barbaren machen mußten. Hinter ihnen die Ziegelmasse der hochaufragenden Stadtmauer, darüber die goldglänzenden Kuppeln der Kirchen, davor die Soldaten mit den schimmernden Streitäxten auf der Schulter und er selbst im Zeremoniengewand der Ersten Klasse aus goldstrotzendem Brokat und mit hohem Pelzhut. Sie bezeugten die Macht und die Größe, die Pracht und den Reichtum der größten Stadt der Erde. Schon oft hatte der Kuropalates erlebt, wie dieser Anblick den Barbaren die Sprache verschlug.

Die Schiffe schoben sich näher. Bald konnte er die Gestalten am Bug des ersten unterscheiden. Es waren ein ungewöhnlich großer Junge und ein Kind. Zuerst dachte der Kuropalates, es handele sich bei dem jungen Riesen um Robert Guiskards Sohn, aber der zweite Blick belehrte ihn, daß es nur ein einfacher Soldat war.

Er trug eine kniekurze Tunika unter einem abgewetzten Lederüberkleid. An einem ledernen Hüftgurt hing ein Kurzschwert. Seine Arme waren nackt und braungebrannt wie sein Gesicht, das blonde Haar von der Sonne gebleicht, Wangen und Kinn so glatt wie die eines Eunuchen. Johannes schätzte ihn auf etwa fünfzehn Jahre.

Das Kind zupfte ihn an der Tunika. Er beugte sich herunter, ließ sich etwas zuflüstern und brach in schallendes Gelächter aus.

Der Kuropalates verzog keine Miene. So etwas war von einem Barbaren zu erwarten. Er betrachtete das Kind, wahrscheinlich die Braut des purpurgeborenen Prinzen Konstantin, und diesmal lief ein Zucken über sein Gesicht.

Das Mädchen war etwa sieben Jahre alt und von der Sonne verbrannt, seine einfache Tunika war nicht ganz sauber und ließ wie bei dem jungen Soldaten die Arme unbedeckt. Ihre strohblonden Zöpfe hatten sich im Seewind aufgelöst und die Strähnen flatterten der Kleinen ins Gesicht.

Der Kuropalates beglückwünschte sich zu seiner Entscheidung, die Braut des Thronfolgers im Bukoleonhafen ausschiffen zu lassen. Von hier ging es durch ein nahgelegenes Tor gleich in den Großen Palast. Die Byzantiner, spitzzüngig und spottlustig, brauchten die kleine Wilde nicht zu Gesicht zu bekommen.

Mit dumpfem Gepolter stieß das Schiff an die Kaimauer. Noch bevor es festgemacht hatte, hob der junge Riese das Kind hoch und sprang mit ihm an Land. Er setzte das Mädchen vor dem Kuropalates ab und lächelte breit.

»Dies ist meine Schwester Olympias, Tochter des Herzogs Robert. Ich bin ihr Bruder Boemund.«

Barbaren.

Er hatte es gewußt. Kein Aware, kein Petschenege, kein Bulgare oder Seldschuke würde sich je so unzivilisiert formlos vorstellen. Der Kuropalates straffte sich und trat einen Schritt vor. Er würde es ihnen schon zeigen, was es hieß, in Konstantinopel zu sein. Er hatte eine Ansprache vorbereitet und auswendig gelernt, die er jetzt vortrug. Einschüchternd rollte seine geübte tragende Stimme über die vielen gewundenen Komplimente in reinstem, erlesenstem Attisch. Seine Rede war ein sprachliches Kunstwerk, aber er fand kein Auditorium, das sie zu schätzen wußte.

Die Braut des Prinzen ließ ihre wasserhellen Augen wieselflink umherlaufen, erst über ihn und den Sekretär, dann über die Sänfte und die Soldaten, bis sie etwas erblickte, das ihr einen begeisterten Schrei entlockte, der den Kuropalates brüsk unterbrach. Dann lief sie davon.

Johannes, dem dergleichen in seiner langen Laufbahn noch nicht vorgekommen war, blieb stocksteif mit offenem Mund stehen.

»Ich bitte um Vergebung«, sagte ihr Bruder.

Er sprach griechisch. Jedenfalls, dachte Johannes sarkastisch, sollte es wohl griechisch sein. Es war ein italisch gefärbter Volksdialekt mit breitem normannischem Akzent.

»Es tut mir leid. Olympias ist etwas impulsiv. Ein Kind, das eben aus dem Spielzimmer gerissen worden ist. Und außerdem eine Pferdenärrin.«

Er nickte dem Kuropalates zu, fügte ein knappes »Wenn Ihr erlaubt?« an und schlenderte seiner Schwester nach.

Der Sekretär trat an die Seite seines Herrn und Johannes ergriff dankbar die Gelegenheit, sich auf seinen Arm zu stützen.

»Das ist der Sohn des Herzogs?«

»Sein ältester«, sagte der Sekretär, der aus Bari stammte und deshalb mit den normannischen Verhältnissen vertraut war, »aber er stammt aus einer nichtehelichen Verbindung. Er ist nicht der Erbe des Guiskard. Und er ist nur ein Halbbruder des Mädchens.«

Der Kuropalates biß die Zähne zusammen. Die Braut ein verwahrlostes Mädchen ohne Manieren, ihr Begleiter ein Bastard – hätten sie dem Kaiser eine größere Beleidigung zufügen können? Wenn das der Beginn des Bündnisses mit dem Guiskard war, was würde in Zukunft noch folgen?

Inzwischen waren alle vier Schiffe vertäut, und die Passagiere kletterten an Land. Scharen von bewaffneten Männern strömten auf den Kai. Der Kuropalates verfärbte sich, als er das sah. Er mußte rasch handeln, das wußte er. Er blickte sich nach dem jungen Normannen und seiner Schwester um. Das Pferd hatte das Interesse des Mädchens erweckt. Sie streichelte die bebenden Nüstern des Hengstes, während ihr Bruder ihm bewundernd die Flanke klopfte. Beide sprachen rasch in ihrer Sprache. Als der Kuropalates hinter ihnen auftauchte, sagte Boemund, den Kopf wendend:

»Meine Schwester wird sehr glücklich sein an einem Hof, an dem es solche herrlichen Pferde gibt.«

Klugerweise verzichtete der Kuropalates auf die Bemerkung, daß das Mädchen, einmal in die Frauengemächer des Kaiserpalastes eingetreten, wohl niemals in seinem Leben wieder ein Pferd aus der Nähe sehen würde. Vögel natürlich, kleine, bunte, zwitschernde in vergoldeten Käfigen, majestätisch schreitende Pfauen, hochmütige, elegante Schwäne und zahme Rehe – sie bevölkerten die Gärten, Parks und Teiche des Palastes.

»Seine Majestät, der Kaiser, bittet Euch, diesen Hengst als erstes Geschenk und Zeichen der großen Liebe, die er Euch als neuem Verwandten entgegenbringt, anzunehmen«, sagte der Kuropalates, vorsichtshalber selbst die Volkssprache wählend, um verstanden zu werden. Eigentlich hatte er sich dazu nicht herablassen, sondern die Dienste seines Sekretärs als Dolmetscher beanspruchen wollen, aber die Zeit drängte, wie er mit einem Seitenblick bemerkte.

Die normannischen Soldaten, etwa hundert an der Zahl, schoben sich langsam heran, die Faust am Schwertgriff. Der Hauptmann der Garde bellte einen Befehl. Die Gardesoldaten rührten sich. Sonnenstrahlen blitzten auf den blankpolierten Äxten. Sie gehörten zur Warägergarde, einer Elitetruppe des Kaisers, in der nur Männer aus dem Norden dienten. Es waren vor allem Angelsachsen, die ihr Land verlassen hatten, nachdem es Herzog Wilhelm von der Normandie aus erobert hatte. Sie waren auf Normannen nicht gut zu sprechen, egal ob sie nun aus Frankreich oder aus Italien stammten.

Dem Kuropalates brach der Schweiß aus.

»Wenn die vieledle Dame geneigt wäre, sich in die Sänfte zu begeben? Man erwartet die Prinzessin im Palast schon mit Ungeduld.«

Es war Boemund, der nickte, das Mädchen bei der Schulter faßte und es vom Pferd weg in Richtung Sänfte schob. Die Kleine sträubte sich. Sie blieb stehen und fragte ihn etwas. Er schüttelte den Kopf. Sie stampfte mit dem Fuß auf. Er lachte. Sie ballte die Fäuste und trommelte auf seine Brust. Unter anderen Umständen hätte der Kuropalates seine Augen höflich von dem unwürdigen Schauspiel abgewandt, so aber, da Eile geboten war – die Normannen rückten unaufhörlich näher und er roch förmlich die Gefahr – wollte er einschreiten. Doch Boemund löste das Problem für ihn. Er hob die Strampelnde hoch, trug sie zur Sänfte, setzte sie hinein, flüsterte ihr etwas zu, schloß die Tür und ließ den Vorhang fallen. Die Träger hoben die Sänfte an. Das Mädchen schob den Vorhang beiseite, lehnte sich hinaus und schrie. Ihr Bruder schrie zurück, und alle Normannen, die in Hörweite standen, brachen in Gelächter aus.

Endlich – der Kuropalates hätte sich sehr gern die Schweißtropfen von der Stirn gewischt, aber das war mit der Würde seines Amtes nicht vereinbar – setzten die Träger sich in Bewegung, die Normannen bildeten eine Gasse, schrien ihrer Prinzessin etwas zu, und dann verschwand die Sänfte durch das Tor, das zum Großen Palast führte.

Der Kuropalates wandte sich dem Jungen zu.

»Die vieledle Dame, Eure Schwester, die Prinzessin, wird in den Großen Palast getragen. Euch, edler Herr, bitten wir, mit Euren Männern Quartier zu nehmen im Palast der Sieben Rosen. Die Garde wird Euch und Eure Männer geleiten.«

»Im Palast der Sieben Rosen? Nicht im Kaiserpalast?« fragte der Junge stirnrunzelnd.

Der Kuropalates schob seine Hände in die weiten Ärmel und verneigte sich leicht. Es war eine Verbeugung der Dritten Art, wie sie Rangniederen gebührte, denen man Höflichkeit erweisen mußte. Er fand die Frage des Jungen anmaßend. Dieser Bastard eines Thronräubers, dessen Schwester noch nicht, noch lange nicht, Kaiserin von Byzanz war, vergaß wohl ganz, wie unbedeutend er in dem ältesten und mächtigsten Kaiserreich der Erde war.

»Der Palast der Sieben Rosen ist das Elternhaus des Kaisers, der Stadtpalast der Familie Dukas. Der Onkel Seiner kaiserlichen Majestät wird Euer Gastgeber sein. Bevor Ihr mit Eurem Gefolge jetzt die Stadt betretet, habt bitte die Güte, Eure Waffen abzulegen.«

Die Falte zwischen den Brauen des Jungen vertiefte sich. »Wir sollen die Waffen ablegen?«

»Kein Fremder darf die Stadt mit Waffen betreten, Herr.«

Boemund winkte zwei Normannen herbei, ältere Männer, ebenso schäbig gekleidet wie er, doch von Haltung und Auftreten als Anführer erkennbar. Er sprach mit ihnen. Sie schauten finster.

Dem Kuropalates tropfte der Schweiß von der Stirn. Was würde geschehen, wenn sie sich weigerten? Käme es zu einem Kampf mit der Warägergarde? Sie war zahlenmäßig unterlegen, konnte aber sofort Verstärkung anfordern. Der Kuropalates warf einen Blick auf den Hauptmann. Der bewahrte Haltung, aber seine Augen funkelten in erregter Erwartung. Die blankpolierten Streitäxte fingen die Sonne ein und reflektierten sie. Das hier war eine Truppe von Normannenfressern, die von ihrer nebligen Insel im Nordmeer geflohen waren und nicht übel Lust verspürten, die Schlacht von Hastings unter den Mauern Konstantinopels zu wiederholen.

Auf einen Wink des Kuropalates übersetzte der Sekretär, was Boemund mit schallender Stimme seinen Leuten befahl.

»Er sagt, die Hälfte der Hundertschaft solle auf den Schiffen bleiben und die Waffen bewachen. Die anderen sollen ihn unbewaffnet zum Palast begleiten. Alle zwei Tage sollen die Mannschaften ausgetauscht werden, damit jedermann sich die Stadt ansehen und die Hurenhäuser besuchen kann.«

Lautes Stimmengewirr erhob sich. Boemund betrachtete das wilde Gestikulieren und Schreien seiner Leute einen Moment und erhob dann seine Stimme. Mühelos überschrie er den Lärm, und was er sagte, war kurz, aber wirkungsvoll. Es reichte, um augenblicklich die Ordnung wiederherzustellen. Männer gürteten die Schwerter ab, reichten sie den Kameraden und stellten sich hinter Boemund auf.

Die Streitäxte auf den Schultern der Waräger zitterten nicht mehr. In den Augen des Hauptmanns stand Enttäuschung.

»Wir sind bereit«, sagte Boemund.

Der Kuropalates warf einen sprechenden Blick auf das Kurzschwert an seiner Hüfte. Als einziger hatte Boemund sich nicht entwaffnet.

»Ein Hauteville legt das Schwert ab, wenn er stirbt oder in Gefangenschaft gerät. Soll ich mich als Euren Gefangenen betrachten? Ich bin nicht als Feind gekommen, sondern als Freund und Verbündeter des Kaisers.«

Der Kuropalates spürte, wie sein Herz zu rasen begann. Dieser Hochmut! Diese Anmaßung! Der fünfzehnjährige Bastard eines ehemaligen Straßenräubers wagte es, sich einen Freund und Verbündeten des Kaisers zu nennen. Er zwang sich, tief und gleichmäßig zu atmen und erwiderte, sobald er sich der Gelassenheit seiner Stimme wieder sicher war:

»Besteigt den Hengst, edler Herr! Möge Euer Aufenthalt in Konstantinopel Euch Freude bereiten und Weisheit schenken.«

Er sah zu, wie Boemund sich in den Sattel schwang, seine Männer sich um ihn scharten, wie die Garde sich formierte und alle gemeinsam durch das Tor ins Innere der Stadt verschwanden. Die übrigen Normannen kehrten, beladen mit den Schwertern ihrer Kameraden, auf die Schiffe zurück.

Erst jetzt erlaubte sich der Kuropalates, den Schweiß von der Stirn zu wischen.

Der Sekretär winkte die Sänfte herbei und half seinem Herrn hinein. »Diese Normannen sind schrecklich«, sagte er, als sich die Sänfte in Bewegung setzte. »Ich habe sie erlebt, als sie Bari belagert und erobert haben. Sie kennen keine Skrupel, haben kein Gewissen und keine Religion. Ihr Ehrgeiz ist grenzenlos. Sie glauben, weil sie ein paar Bergnester in Apulien ausgeräuchert haben, könnten sie mit der Spitze ihres Schwertes die ganze Welt erobern.«

Solange Olympias geglaubt hatte, daß Boemund ihr auf dem schwarzen Hengst folgen würde, hatte sie keine Angst gespürt, nur Neugierde. Erst als sie aus der Sänfte ausgestiegen war, erkannte sie, daß sie allein war, allein in dem fremden Hof, in dem fremden Palast, in der fremden Stadt, unter Fremden, deren Sprache sie nicht verstand. Furcht stieg in ihr auf.

Drei Seiten des Hofes wurden von hohen Mauern umgeben, in der vierten war ein großes Tor. Vor Olympias lag eine vielstufige breite Marmortreppe, auf der ihr künftiger Hofstaat Aufstellung genommen hatte, in der Mitte der ersten Reihe, groß, dünn und ehrfurchtgebietend die Erste Hofdame, flankiert von zwei fetten alten Männern, dahinter eine größere Gruppe junger Mädchen.

Olympias stand verloren auf dem Hof. Zuerst hielt ihr Stolz sie aufrecht. Sie war die Tochter eines Herzogs, und Boemund, der starke, tapfere, stets lachende Boemund sollte sich seiner Schwester nicht schämen müssen. Sie hob den Kopf und starrte auf die vielen Fremden.

»Hast du sie dir so vorgestellt?« flüsterte Irene. »Der reinste Bauerntrampel. Sie sollte Kühe melken und einen Stallknecht heiraten.«

Anna flüsterte zurück: »Es muß für sie genauso schlimm sein, zu uns zu kommen, wie es für uns wäre, einen Barbaren zu heiraten.«

»Schau dir ihr Kleid an! Ich wette, das haben sie aus einem Mehlsack genäht.«

»Kleider kann man wechseln.«

»Ja, und auch die Frisur, die Hautfarbe, den Gang, die Manieren und die Religion! Gibt es eigentlich irgendwas an ihr, was man nicht ändern müßte?«

»Sie tut mir leid«, murmelte Anna. Irene starrte sie an. Zwischen ihren Brauen bildete sich eine winzige Falte.

Die Eunuchen und die Erste Hofdame verließen ihren Platz auf den Stufen und schritten langsam und würdevoll die Treppe hinab. Die Frau trug das prächtigste Gewand, das Olympias jemals gesehen hatte. Es war über und über mit Gold- und Silberfäden bestickt und am Hals und an den Ärmelaufschlägen mit Perlen verziert. Das mußte die Kaiserin sein.

Olympias besann sich auf ihre gute Erziehung, versank in einen tiefen Knicks und streckte die Hand aus, um erhoben zu werden. Jedoch niemand hob sie auf, und als sie aus dem Knicks wieder auftauchte, weil sie das Gleichgewicht nicht länger halten konnte, las sie in dem vogelartigen Gesicht der Frau Verachtung. Sie sagte etwas zu ihren Begleitern, was Olympias nicht verstand. Aber sie verstand die Reaktion der beiden alten Männer. Sie lachten mit hohen schrillen Stimmen. Sie wurde ausgelacht.

Olympias blickte wild um sich. Die hölzernen Flügel des Tores wurden langsam geschlossen.

Beide Eunuchen wischten sich das Lachen aus dem Gesicht und verbeugten sich. Die alte Frau streckte eine Hand aus und legte sie dem Mädchen auf den Arm. Es war eine schmale Hand, auf deren Rücken sich die Adern dick und blau abzeichneten. Ihre Finger waren lang und dünn und liefen in spitze dunkelrote Nägel aus. Die Hand erinnerte Olympias an die Krallen eines Raubvogels. Die Männer traten neben sie, die Hand übte einen leichten Druck aus, und Olympias begriff, daß man von ihr erwartete, die Treppe emporzusteigen.

Langsam setzte sich Olympias in Bewegung und schaute auf, als sie ein Kichern vernahm. Oben auf der Treppe – bisher war sie zu verwirrt gewesen, um sie wahrzunehmen – standen junge Mädchen, eine Schar Paradiesvögel, bunt und prachtvoll gekleidet, die Haare kunstvoll hochgesteckt, duftend nach allen Wohlgerüchen Arabiens. Olympias sah ihre abschätzigen Blicke, die spöttisch geschürzten Münder, hörte das Kichern und verstand den abfälligen Tonfall, wenngleich sie die Worte nicht kannte.

Das war der Moment, der sie in Panik versetzte. Sie drehte sich auf dem Absatz, stieß die Eunuchen beiseite und rannte die Treppe hinunter. Noch war das Tor nicht ganz geschlossen. Wenn sie schnell genug rannte, konnte sie sich noch hindurchschieben, hinaus ins Freie. Sie würde sich zum Hafen durchschlagen, sie würde die normannischen Schiffe, sie würde Boemund finden, und er würde sie wieder nach Hause bringen.

Die Treppenstufen waren aus weißem Marmor, hoch und glatt. Sie waren dazu geschaffen, sie langsam und würdevoll hinauf- und hinabzuschreiten, aber nicht, um zu rennen. Olympias verfehlte eine Stufe, stürzte und schlug mit dem Kopf an der scharfen Kante der untersten Stufe auf. Ein vielstimmiger Schrei erhob sich hinter ihr.

Als sie nach der ersten Benommenheit den Kopf hob, sah sie neben sich ein Mädchen knien, zwei oder drei Jahre älter als sie selbst. Unter einer Masse von schwarzem Haar leuchtete ein blasses Gesicht in dem matten Ton alten Elfenbeins. In ihren großen dunklen Augen las sie Mitleid. Das Mädchen fragte etwas. Olympias starrte sie hilflos an. Das Mädchen streckte die Hand aus und berührte vorsichtig Olympias' Schläfe. Sie zuckte zusammen. Die andere zeigte ihr die Hand. Sie war blutverschmiert. Olympias griff sich erschrocken an den Kopf. Dort wo sie auf der Kante aufgeschlagen war, klaffte ein Loch unter ihrem Haar. Blut sickerte ihr über Schläfe und Wange.

Mit einem dumpfen Knirschen wurde das Tor endgültig geschlossen. Olympias stiegen Tränen in die Augen. Mit gewaltiger Anstrengung hielt sie sie zurück und biß sich dabei auf die Unterlippe. Eine Tochter Robert Guiskards weinte nicht. Stumm und teilnahmslos ließ sie alles mit sich geschehen. Ihre Wunde wurde versorgt. Man badete sie, salbte sie, kleidetete sie neu ein, flocht ihre Haare, setzte sie vor eine reichgedeckte Tafel, von der sie aber nichts aß, geleitete sie ins Bett, wo sie keine Ruhe fand, führte sie in die Kirche, wo sie nicht beten wollte, und in einen Raum, wo ein alter Mann auf sie einredete, ohne daß sie ihn verstand.

Sie bewegte sich wie eine Marionette ohne eigenen Willen und konzentrierte sich einzig und allein darauf, nicht zu weinen. Am schwierigsten war das, wenn das Mädchen mit den schwarzen Haaren und den mitleidigen Augen in ihrer Nähe auftauchte, aber es gelang Olympias auch dann. Ihr Stolz war alles, was ihr geblieben war. Ihr Hals schmerzte. Sie konnte nicht schlucken. Ihr Körper glühte. Drei Tage hielt sie sich aufrecht. Am Morgen des vierten Tages brach sie zusammen.

Boemund dagegen genoß die Gastfreundschaft im Palast der Sieben Rosen. Konstantin Dukas, sein Gastgeber, war ein Bruder Kaiser Michaels. Er hatte Boemund und seinen Gefolgsleuten mehrere Räume zugewiesen, die sich um einen der zahlreichen Höfe des Anwesens gruppierten. In seiner Mitte plätscherte Tag und Nacht ein Brunnen unter schattenspendenden Pinien. Ein versilberter Phönix thronte über einer Marmorschale und spie aus seinem Schnabel einen nie versiegenden Wasserstrahl ins Becken. Die Zimmerböden waren mit Marmor ausgelegt, der, kunstvoll aus verschiedenen Farben zusammengesetzt, komplizierte Muster bildete. Alle Türöffnungen waren mit schweren orientalischen Teppichen verhängt, die Sessel und Ruhebetten standen auf silbernen Füßen, und wenn man sich setzte, versank man in weichen, tiefen Kissen.

Der Palast stand auf dem Gipfel eines Hügels, und von der

Loggia seines Schlafzimmers konnte Boemund weit über die Dächer und Kuppeln der Stadt blicken, bis über das Meer auf das asiatische Ufer der Stadt. Dort öffnete sich die geheimnisvolle Weite eines Raumes, dessen Städtenamen wie fromme Beschwörungen eines Pilgers klangen: Ephesus und Antiochia, Tripolis und Damaskus, Sidon, Tyrus und Jerusalem.

Boemund konnte auf seinen Wunsch hin jederzeit den Palast verlassen, aber nie ohne ein Gefolge von Dolmetschern und Wachsoldaten. Lächelnd wurde ihm bedeutet, daß alles nur zu seinem eigenen Schutz geschehe. Das Volk von Byzanz neige zu rauhen Scherzen mit Fremden, und die Stadt sei so groß und labyrinthisch, daß jeder Fremde sich in ihr verirren müsse. Ein Versuch, sich auf eigene Faust fortzustehlen, war daran gescheitert, daß alle Tore des Palasts der Sieben Rosen scharf bewacht wurden. Die aufmerksame Gastfreundschaft war kaum mehr als eine ehrenvolle Gefangenschaft.

Konstantin Dukas selbst informierte ihn, daß Olympias an einem Fieber erkrankt sei, das die Ärzte aber glücklicherweise nicht für gefährlich hielten.

»Ich möchte sie sehen«, sagte Boemund, der bisher unter dem Eindruck aller Sehenswürdigkeiten der Stadt nicht an Olympias gedacht und jetzt ein schlechtes Gewissen bekam.

Konstantin Dukas hob lächelnd den Blick von seinen blassen beringten Hände.

»Mein lieber, junger Freund, das ist unmöglich. Eure Schwester befindet sich in den Frauengemächern des Großen Palastes. Dort ist der Zutritt für Männer verboten. Selbst der Kaiser darf nur mit ausdrücklicher Erlaubnis der Kaiserin hinein. Aber seid ohne Sorge! Eure Schwester befindet sich in der Obhut der Kaiserin. Ihr liegt sehr viel an dem Wohlergehen des Mädchens. Die besten Ärzte kümmern sich um sie.«

»Ich muß trotzdem zu ihr. Sie wird sich einsam fühlen«, sagte Boemund störrisch.

»Einsam? Sie hat einen Hofstaat aus zwölf Mädchen ihres

Alters. Und wie ich gehört habe, steht ihr eine bereits besonders nahe. Seid unbesorgt und genießt Eure Zeit!«

Boemund beherzigte den Rat.

Fast täglich stieg er die zweihundert Stufen vom Palast der Sieben Rosen durch die engen Gassen, die sich hügelab zogen, hinunter in die Stadt und schlenderte die Hauptsraße entlang, die sich meilenweit vom Kaiserpalast bis zum nordöstlichen Stadttor bei den Blachernen erstreckte.

Von frühmorgens bis spätabends tummelte sich dort eine bunte Menge, die ihrem Gewerbe und ihren Geschäften nachging. Armenier, Awaren, Skythen, Georgier, Russen, Bulgaren, Petschenegen, Kappadokier, Juden, Venezianer und Türken schoben sich durch die Straße. Hier lagen die Büros der Reeder, Schiffsmakler und Geldwechsler und die Läden, in denen Baumwolle aus Ägypten, Seide aus Syrien, Brokat aus Damaskus, Glas aus Antiochia, Töpferwaren und Körbe, Bücher, Parfüms und Salben, duftende Hölzer, kandierte Früchte und persisches Marzipan, Amulette und Horoskope feilgeboten wurden. Hier hatten die Weber und Sticker ihre Werkstätten, die Kerzenzieher, die Steinschneider, die aus Speckstein, und die Elfenbeinschnitzer, die aus Elefantenzähnen Madonnen schnitzten.

Gelegentlich öffnete sich die Straße zu weiten Plätzen, auf denen Konstantin, das römische Reich plündernd, zur Ausschmückung seiner neuen Hauptstadt, vor sieben Jahrhunderten Statuen hatte aufstellen lassen: Aphroditen mit entblößten Brüsten, Apolls mit Leier und Bogen, muskelschwellende nackte Herkulesse, gestützt auf klobige Keulen, und ernsthafte bärtige Philosophen in faltenreichen Gewändern.

Gern ging Boemund in die öffentlichen Bäder des Zeuxippos, schwitzte im Dampfbad, ließ sich massieren, amüsierte sich über die Pantomimen, lauschte den Dichtern und Sängern, die dort auftraten, machte einen Bogen um die Philosophen, die öffentlich disputierten, aß in einer kleinen Schenke auf dem Augustusforum zu Mittag und ließ die farbige Masse an sich vorüberziehen, in grauen und braunen Tuniken die Armen, in roten, blauen, weißen, gelben Seiden und vielfarbigen Brokaten die Reichen, und dazwischen immer wieder wie zur Ermahnung, die Mönche in ihren schwarzen Kutten.

Nahebei war das Hippodrom, und es war eine große Enttäuschung für Boemund, daß keines der berühmten Wagenrennen stattfand. Aus Kostengründen, wie sein Dolmetscher erläuterte, trug man die Rennen nur noch zweimal im Jahr aus. Und aus Gründen der Sicherheit, denn diese Rennen erregten das Volk jedesmal gewaltig. Abgesehen von einer Reihe tödlicher Unfälle und Schlägereien, die regelmäßig passierten, kochten auch die politische Leidenschaften hoch und ein Kaiser, der, wie gegenwärtig Michael Dukas, nicht allzu sicher auf dem Thron saß, hatte von einem Rennen manches zu befürchten. Das aber ließ der Dolmetscher unerwähnt.

Eines Morgens hörte Boemund Geräusche hinter dem verschlossenen Eingang zum Hippodrom.

»Wird ein Rennen vorbereitet?« fragte er hoffnungsvoll.

»Nein, Herr. Die Herren üben sich im Polospiel.«

»Polo?«

»Die Spieler sitzen zu Pferde und jagen einem Ball nach. Zwei Mannschaften spielen gegeneinander«, erklärte der Dolmetscher.

»Kann ich zusehen?«

»Gewiß.«

Boemund berichtete davon an der Abendtafel mit leuchtenden Augen.

»Habt Ihr Lust, an diesem Spiel teilzunehmen?« fragte sein Gegenüber.

Regelmäßig gab es Gäste an der Abendtafel. Als zuvorkommende Gastgeber, verzichtete Konstantin Dukas auf Schriftsteller, Theologen und Philosophen, und zog Geschichtsschreiber und Offiziere heran. Sie berichteten von

Schlachten, die tief in Kleinasien geschlagen worden waren, von Heeren leicht bewaffneter Reiter, die rasch und unermüdlich waren. Das, dachte Boemund, erklärte, warum die adligen jungen Männer Polo spielten. Wenn sie auf struppigen kleinen Pferden dem Ball nachjagten, trainierten sie für eine neue Art des Kampfes. Die Schlacht von Mantzikert mit ihren verheerenden Folgen lag erst drei Jahre zurück. Bei allem Prunk und Reichtum, den sie ihn sehen ließen, büßte Boemund doch nicht das Wissen darum ein, daß sich hier ein goldener Koloß spreizte, der auf tönernen Füßen stand.

»Habt Ihr Lust?« wiederholte der junge Mann. Er war ihm als Komnenes vorgestellt worden. Zwei Komnenen waren an diesem Abend zugegen, Brüder, ein Isaak und ein Alexios. Sie waren Neffen des vormaligen Kaisers, Isaak Komnenes, der sich gegen Ende seines Lebens ins Kloster zurückgezogen hatte. Seine Krone war wider Erwarten nicht an einen seiner Neffen gefallen, vielleicht weil sie noch zu jung gewesen waren. Inzwischen aber hatten sich beide als Feldherren hervorgetan. Als sie an diesem Abend bei Konstantin Dukas, dem Onkel des gegenwärtigen Kaisers zu Besuch waren, lag ein Hauch von Feindseligkeit in der Luft, als hätten die Komnenen nicht vergessen, wie nahe sie dem Thron einmal gewesen waren und als hätten die Dukoi Angst davor, daß die Komnenen sich zu gut daran erinnern könnten.

»Sehr große Lust«, antwortete Boemund.

»Wir spielen in drei Tagen. Die Komnenen gegen die Dukoi. Wie wärs?«

Er schüttelte den Kopf.

»Ich kenne die Regeln nicht. Ich habe noch nie gespielt. Ich habe keine Ausrüstung.«

Der ältere der beiden Brüder sagte lächelnd: »Die Regeln sind einfach. Ihr könnt sie in einer halben Stunde lernen. Eine Ausrüstung stellen wir Euch gern zur Verfügung.«

Der Gastgeber wurde aufmerksam.

»Überflüssig. Wir sind damit gut ausgestattet und können unseren Gast selbst versorgen.«

»Dann werdet Ihr übermorgen mitspielen?«

Boemund schüttelte wiederum den Kopf.

»Als blutiger Anfänger? Ich würde meiner Mannschaft nur Schmach und Schande bringen und die sichere Niederlage.«

Alexios, der jüngere der beiden Komnenen, kniff die Augen zusammen.

Ich hätte nicht gedacht, daß ein Normanne so ...«, er machte eine Pause und wählte ein harmloses Wort, »so vorsichtig sein würde.«

Aber jeder hatte die Pause registriert und in sie das ausgesparte Wort »feige« eingesetzt. Boemund schoß das Blut in die Wangen. Bevor er zu einer heftigen Antwort ansetzen konnte, warf Konstantin Dukas begütigend ein:

»Eure Rücksicht ehrt Euch, mein junger Freund. Aber ich hatte Gelegenheit, Eure Reitkünste zu bewundern und bin überzeugt davon, daß Ihr das Spiel meistern werdet. Ihr habt morgen den ganzen Tag Zeit, mit meinen Männern zu üben. Ich bitte Euch, nehmt an dem Turnier übermorgen auf unserer Seite teil.«

Boemund verneigte sich.

Die Augen des jüngeren Komnenen blitzten spöttisch, bevor er sich zu seinem Tischnachbarn wandte und ein Gespräch begann.

Zeitig am nächsten Morgen führten Leute des Dukas Boemund und zwanzig seiner Normannen, die aufs Zuschauen erpicht waren, auf ein Feld außerhalb der Stadt, wo das Training begann.

Boemunds Pferd war viel zu klein für ihn. Er mußte die Knie anwinkeln, damit seine Füße nicht über den Boden schleiften. Aber abgesehen von diesem Handicap lernte er schnell und warf sich mit solcher Kühnheit in den Kampf, daß seine Trainer ihn mit überraschter Anerkennung lobten.

»Man könnte Euch für einen Zentauren halten. Ihr seid mit dem Pferd verwachsen, Ihr reagiert so rasch, daß man glauben könnte, Ihr und das Pferd hätten denselben Gedanken in derselben Sekunde«, sagte Georgios, einer der Anführer, grinsend. Er wischte sich den Schweiß von der Stirn.

»Nach dem Essen zeigen wir Euch ein paar Tricks, mit denen Ihr die Komnenen morgen in Bedrängnis bringen könnt. Alexios wird wütend sein, daß er Euch herausgefordert hat.«

Boemund schlenderte neben ihm zum Rand des Spielfeldes, wo Diener auf Decken einen Imbiß angerichtet hatten.

»Ich habe das Gefühl, daß es sich nicht um ein reines Freundschaftsspiel handelt«, sagte er.

»Ganz recht. Die Dukoi und die Komnenen sind Feinde. Besonders die Mutter der beiden Brüder Isaak und Alexios ist den Dukoi spinnefeind. Sie hat fünf Söhne großgezogen und jedem mit der Muttermilch die Gewißheit eingeflößt, er könne einmal Kaiser von Byzanz werden. Als ihr Schwager, der Kaiser, dann ins Kloster ging und Volk und Armee einen Dukas auf den Thron setzten, spuckte sie Gift und Galle. Der neue Kaiser hat sie vorsichtshalber für einige Zeit ins Kloster gesperrt. Diese Frau würde am liebsten jeden Dukas eigenhändig ermorden.«

Sie setzten sich auf den Boden. Diener boten ihnen auf Tabletts Schälchen mit Nüssen, Oliven und vergorener Milch. Andere reichten Ziegenkäse, Brot und Becher mit Wein, der mit Wasser verdünnt wurde.

»Warum waren denn die Komnenen gestern abend eingeladen, wenn sie mit den Dukoi verfeindet sind?«

Georgios winkte einem Diener, der gebratene Hähnchenkeulen bereithielt, riß das Fleisch von der Keule, kaute, spülte mit Wein nach und wischte sich dann mit dem Handrücken über den Mund.

»Das ist Politik,« sagte er, »die Komnenen sind eine reiche und mächtige Familie. Die Dukoi brauchen Freunde und Unterstützung. Und die Komnenen wollen dem Thron näherrücken. Da bietet sich eine Eheverbindung geradezu an. Ursprünglich hatten die Komnenen gehofft, der Kaiser würde seinen Sohn mit einer von ihren Schwestern verheiraten. Deshalb sind sie nicht gut auf Euch zu sprechen. Die Verlobung des kleinen Prinzen mit Eurer Schwester hat ihnen einen Strich durch die Rechnung gemacht. Jetzt ist geplant, Alexios mit Irene zu vermählen, einer Nichte des Kaisers. Das soll die Komnenen an den Thron binden.«

Boemund sah nachdenklich in seinen Becher.

»Ihr Byzantiner seid groß darin, Eure Kaiser abzusetzen, ins Kloster zu schicken oder zu töten und Euch neue zu wählen. Michael Dukas sitzt also nicht fest auf dem Thron?«

Georgios zuckte die Achseln.

»Gottes Wege sind unerforschlich. Aber beim Volk und bei der Armee ist er nicht beliebt. Er denkt zuviel und er handelt zuwenig.«

»Was wird aus meiner Schwester, wenn er abgesetzt wird?«

»Man wird sie zu Eurem Vater zurückschicken, nehme ich an. Wenn sie es nicht vorzieht, ins Kloster zu gehen. Was auch immer dem Kaiser geschieht, einem kleinen Mädchen wird kein Haar gekrümmt werden. Wir sind keine Barbaren. Außerdem hat Byzanz Feinde genug, sich nicht noch Robert Guiskard auf den Hals zu holen. Wollen wir weitermachen?«

Olympias' Fieber war zurückgegangen. Von der Wunde, die sie sich beim Treppensturz zugezogen hatte, war der Schorf abgefallen und nur eine kleine weiße Narbe zurückgeblieben. An ihrem Verhalten hatte sich nichts geändert. Sie ging durch die Tage, als sei sie nur körperlich anwesend.

Theophilus war dazu abgeordnet worden, ihr griechisch in Wort und Schrift beizubringen. Sie saß still auf ihrem Stuhl, starrte in das Buch oder auf das Pergament, das er ihr vorlegte, sagte kein Wort und ergriff den Federkiel nicht. Nach zehn Tagen bat er resigniert um seine Ablösung. Das Mädchen sei leider schwachsinnig.

Die Erste Hofdame trug den Fall der Kaiserin vor.

Die Kaiserin befahl, Olympias noch vor dem Morgengebet zu ihr zu bringen und für eine Dolmetscherin zu sorgen. Das war gegen die Etikette, die verlangte, daß die Kaiserin ihre künftige Schwiergertochter erst empfing, wenn diese zum orthodoxen Glauben übergetreten war. Die Erste Hofdame wies darauf hin, erhielt als Antwort aber einen so vernichtenden Blick der Kaiserin, daß sie mit schmalem Mund auf weitere Einwürfe verzichtete.

Am nächsten Morgen wurde Olympias, kaum war sie angekleidet, durch endlose Korridore und über zahlreiche Treppen geführt. Sie schritt hinter einem Eunuchen her und blickte mit starrem Gesicht auf seinen Rücken.

Maria von Alanien war gerade aufgestanden. Sie trug eine schlichte weiße ungegürteteTunika mit Purpurborten an Hals und Saum. Ihre braunen Haare flossen ihr in Wellen über den Rücken, und ihr Gesicht war ungeschminkt. Sie war jung, erst Mitte zwanzig, aber die fünf Jahre im Großen Palast mit seinen Intrigen hatten ihre Wirkung getan und alles Weiche und Nachgiebige der Jugend aus ihrem Gesicht verbannt. Ihr Gesicht wurde beherrscht von taubenblauen Augen, die nur noch sanft blickten, wenn man ihr ihren Sohn brachte, sonst aber hart wie Kieselsteine wirkten. Ihre Nase war schmal und gerade, die Lippen voll und sinnlich, mit noch kaum wahrnehmbaren Falten des Überdrusses in den Winkeln. Über den Augen wölbten sich in hohem Bogen dünne Brauen. Olympias war zu unerfahren, um zu sehen, daß hier die Kunst der Natur nachgeholfen hatte. Für sie war Maria die schönste Frau, die sie je gesehen hatte.

Die Kaiserin winkte dem Mädchen lächelnd zu sich. Das

Kind kam näher, knickste und blieb dann mit hängenden Armen und störrischem Gesichtsausdruck stehen. Marias Blick wurde sanfter. Sie erinnerte sich, wie sie vor fünf Jahren aus Georgien gekommen war, wie einsam sie sich an diesem Hof gefühlt hatte. Dabei war sie von georgischen Hoffräulein begleitet worden, des Griechischen mächtig und viel älter gewesen als dieses Kind.

»Sei willkommen!«, sagte sie freundlich. »Ich höre, daß du Heimweh hast.«

Sie nickte der Dolmetscherin zu. Es war nicht schwer gewesen, eine Frau aufzutreiben, die das Französisch der Normannen ebenso gut sprach wie das attische Griechisch des Hofes. Etliche normannische Barone hatten sich, unterstützt von byzantischem Gold, an Aufständen gegen Robert Guiskard beteiligt und waren nach ihrer Niederlage nach Konstantinopel geflüchtet, wo der Kaiser ihnen eine Rente ausgesetzt hatte.

Die Normannin übersetzte.

Olympias senkte den Kopf.

Die Erste Hofdame trat einen Schritt vor, aber Maria winkte ab. Sie kniete sich nieder, so daß ihr Gesicht auf gleicher Höhe mit dem des Kindes war.

»Du bist traurig, weil du dich einsam fühlst. Das kann ich gut verstehen. Ich komme selbst von weit her. Auch ich bin viele Tage mit dem Schiff gefahren, bevor ich hier ankam. Auch ich war allein. Ich habe viele Tage geweint. Weinst du viel?«

Olympias preßte die Lippen zusammen und schüttelte den Kopf. Die Kaiserin legte einen Arm um die schmalen Schultern des Mädchens und zog es enger an sich.

»Glaub mir, Weinen hilft. Es erleichtert. Mit den Tränen schwimmt dein Kummer fort. Willst du es nicht einmal probieren?«

Olympias' Oberlippe zitterte. Sie ballte die Fäuste.

»Ich weine nicht. Ich weine nie. Ich bin eine Hauteville.«

»Deshalb darfst du trotzdem weinen.«

Maria zog Olympias noch näher.

»Ich bin eine Bagration. Meine Vorfahren sind seit Jahrhunderten Könige in Georgien und Armenien. Und jetzt bin ich Kaiserin von Byzanz. Aber ich weine trotzdem.«

Es konnte nicht der Inhalt ihrer Rede sein, der zu Olympias vordrang, sondern nur der sanfte, liebevolle Tonfall, denn noch bevor die Normannin übersetzt hatte, gab der starre Kinderkörper plötzlich nach. Olympias warf ihre Arme um Marias Hals, preßte ihr Gesicht an die weiße Seide der Schulter und weinte alle Tränen, die sie seit zehn Tagen heruntergeschluckt hatte.

Die Erste Hofdame eilte herbei, um der Kaiserin das Kind abzunehmen.

Maria schüttelte den Kopf und wiegte die Kleine in ihren Armen, bis die wilden Zuckungen des Schluchzens in gleichmäßiges Weinen übergingen.

»Siehst du«, sagte sie, »so ist es gut. Es wäre schön, wenn du griechisch lernen würdest, damit ich mit dir reden kann.«

Olympias hob den Kopf von der durchnäßten Seide. Ihre Augen waren rot und verschwollen, aber ihr Kinn kriegerisch vorgestreckt.

»Nein. Wenn ich nichts lerne und mich nicht taufen lasse, dann müssen sie mich wieder nach Hause schicken.«

Maria unterdrückte ein Lächeln.

»Ich fürchte, so einfach ist das nicht. Du bist hier, weil dein Vater und der Kaiser Frieden zwischen ihren Völkern wollen. Du hast eine wichtige Aufgabe. Willst du davonlaufen, weil sie schwer ist? Tun das die Hautevilles? Was würde dein Vater dazu sagen?«

Olympias schniefte.

»Mein Vater weiß nicht, wie das ist. Ich bin so allein.«

»Dein Vater weiß bestimmt, wie schwer diese Aufgabe für

dich ist. Er hat dich ausgesucht, weil er sie dir zutraut. Weil er weiß, daß in dir der Mut der Hautevilles steckt.«

Olympias sah sie zweifelnd an.

Maria nickte bekräftigend.

»Außerdem bist du nicht allein. Weißt du nicht, daß du, weil du meinen Sohn heiraten wirst, meine Tochter geworden bist?«

Olympias' Mundwinkel begannen in einem zögernden Lächeln zu flattern

»Schön!« sagte die Kaiserin und erhob sich. »Lerne unsere Sprache, und du wirst Freundinnen finden. Ich habe gehört, daß Anna Phokaina sich besonders um dich bemüht hat. Heute und morgen hast du schulfrei. Heute soll Anna dich durch die Gärten führen und morgen darfst du beim Polospiel zuschauen. Danach beginnt dein Unterricht, und du wirst so eifrig lernen, daß dein Vater sich nicht für dich schämen muß.«

Anna Phokaina war das einzige Mädchen, vor dem Olympias keine Angst hatte. Sie hatte sich nach ihren Sturz um sie gekümmert und war mehrmals an ihrem Krankenbett erschienen. Sich mit ihr verständigen zu können, war ein großer Anreiz für Olympias, die fremde Sprache zu erlernen.

Die beiden Mädchen wanderten durch die Höfe, Gärten und Parks des Großen Palastes. Olympias lernte die kleinen verschwiegenen Höfe kennen, in denen Rosen die Mauern berankten und Springbrunnen plätscherten, die Gärten mit ihren beschnittenen Hecken, bunten Blumenbeeten und brückenüberhangenenTeichen, auf denen weiße und schwarze Schwäne hochmütig dahinglitten, die weiten Rasenflächen, auf denen die Pfauen stolzierten, und den Tierpark, in dem es Tiere gab, die Olympias noch nie gesehen, von deren Existenz sie nichts geahnt hatte. Eine Giraffe entlockte ihr das erste Lachen, seit sie in Konstantinopel war.

Als die Mädchen Hand in Hand um eine Ecke bogen, kam ihnen ein Tier entgegen, das ihnen fast bis zu den Schultern reichte. Es setzte die Tatzen bedächtig und etwas steifbeinig, schüttelte den Kopf mit der sandfarbenen Mähne und riß heftig gähenend das gewaltige Maul auf.

Olympias erschrak. Das mußte ein Löwe sein.

Anna ging zu ihm und kraulte sein Fell. Auf Annas ermunterndes Nicken hin tat Olympias es ihr mit zitternden Händen gleich. Der Löwe hatte nichts dagegen, von einer Normannin gestreichelt zu werden.

Am nächsten Tag führte Anna sie zum Poloplatz.

An seinen beiden Längsseiten waren Tribünen für die Zuschauer aufgeschlagen. Man wies Anna und Olympias einen Platz zu in der Reihe hinter der Kaiserin. Die Normannin fand sich wieder ein, um Olympias das Spiel zu erklären und gegebenfalls zu dolmetschen.

»Es sind drei Begegnungen vorgesehen. Die ersten Spiele sind nicht weiter aufregend. Beim dritten aber wird es spannend. Da spielen die Komnenen gegen die Dukoi.«

»Warum ist das spannend?«

Die Normannin zögerte einen Moment, als habe sie zuviel gesagt, und erklärte dann:

»Beide Mannschaften spielen besonders gut. Während des ersten Spiels werde ich Euch die Regeln erklären.«

»Was ist das überhaupt für ein Spiel?«

»Ein Ballspiel zu Pferde.«

Als sie das Wort »Pferde« hörte, röteten sich Olympias' Wangen vor Freude, aber als die erste Mannschaft einritt, sagte sie enttäuscht:

»Das sollen Pferde sein? So klein und struppig?«

»Es sind ganz besondere Tiere. Der Kaiser unterhält ein Gestüt, in dem sie gezüchtet und trainiert werden. Es sind Mongolenpferde.«

»Mongolen?«

»Ein Reitervolk aus dem fernen Asien. Sie haben das Spiel erfunden und an die Perser weitergegeben, über die es dann nach Byzanz gelangt ist. Heutzutage ist es ein Spiel, in dem junge Adlige in Wettbewerben gegeneinander antreten. Es übt für den Krieg, müßt Ihr wissen. Diese Pferde sind schnell und ausdauernd. Die Seldschuken benutzen sie im Krieg. Ihre Bogenschützen reiten darauf. Sie sind schnell wie der Wind, fliegen heran, schießen ihre Pfeile ab und sind wieder verschwunden, bevor man bis drei gezählt hat.«

»Was ist jetzt mit dem Spiel?« fragte Olympias unbeeindruckt.

»Es spielen zwei Mannschaften gegeneinander. Sie kämpfen um den Besitz des Balles. Mit diesen Schlägern, seht Ihr? Sie müssen den Ball in ein Tor treiben, die Gegner suchen sie daran zu hindern. Wer am Ende mehr Tore erzielt hat, gewinnt.«

Die Spieler hatten sich vor der Kaiserin verneigt, ritten jetzt in die Mitte des Spielfeldes, nahmen einander gegenüber Aufstellung und warteten auf das Zeichen des Schiedsrichters zum Beginn. Der warf eine Kugel in den Zwischenraum zwischen beiden Mannschaften. Noch bevor sie den Boden berührt hatte, trabten die Spieler an.

Olympias beugte sich aufgeregt vor. Byzanz hatte neben dem Tierpark offenbar wirklich Sehenswertes zu bieten und bestand nicht bloß aus der staubtrockenen Luft der Studierstuben. Vielleicht würde sie sich hier doch wohlfühlen können.

In der Pause wurden Erfrischungen gereicht. Die Kaiserin winkte Olympias zu sich und fragte, ob ihr das Spiel gefalle. Das Mädchen nickte mit glühendem Gesicht. Maria von Alanien lachte und reichte ihr ein Stück Ingwerkuchen.

Anna war beeindruckt.

»Du stehst ganz hoch in der Gunst der Kaiserin«, sagte sie, als sie zu ihrem Platz zurückkehrten, »jetzt wird niemand mehr wagen, über dich zu lachen.«

Olympias fand das zweite Spiel noch aufregender als das erste und war verblüfft, als Anna in der nächsten Pause sagte: »Jetzt wird es spannend. Jetzt kommt das wichtige Spiel, das, auf das alle Leute warten. Die Komnenen haben die Dukoi herausgefordert.«

»Sind das wichtige Leute – die Komnenen?«

Anna nickte. »Sie sind sehr reich. Sie haben riesigen Grundbesitz. Zwei von ihnen, Isaak und Alexios, sind gute Feldherren und bei den Soldaten beliebt. Und sie sind die besten Polospieler, die es gibt. Die Dukoi haben kaum eine Chance gegen sie.«

Inzwischen ritten die Mannschaften an die kaiserliche Loge heran, stiegen ab und verneigten sich.

»Wie klein sie sind«, sagte Olympias abfällig, auf Alexios Komnenes starrend, der zwar breit in Brust und Schultern, aber kaum mittelgroß war. Ihr Blick glitt hinüber zu den Dukoi und sie schrie und sprang auf, wild winkend, als sie bei ihnen einen Jungen sah, der alle um Haupteslänge überragte. »Boemund! Boemund! Da ist Boemund!«

Ihre schrille Kinderstimme drang durch den allgemeinen Lärm. Ihr Bruder wurde aufmerksam, blickte hoch und nickte ihr lachend zu.

»Wer ist das?« fragte Anna.

»Mein Bruder«, sagte Olympias stolz.

»Wie groß er ist! Kann er gut spielen?«

»Keine Ahnung! Bei uns kennt man das Spiel nicht.«

»Was? Er hat noch nie gespielt? Dann haben die Komnenen schon gewonnen.«

Olympias warf den Kopf in den Nacken.

»Die Dukoi werden gewinnen. Es gibt niemanden, der Boemund besiegen kann. Er gewinnt immer.«

»Nicht gegen die Komnenen«, erwiderte Anna.

Der Schiedsrichter warf die Kugel ins Spielfeld.

Zuerst jubelten die Zuschauer höflich der kaiserlichen Partei der Dukoi zu, aber nach wenigen Minuten flaute die künstliche Begeisterung ab und wurde von Rufen »Es lebe Alexios« und »Bravo Isaak« übertönt.

Olympias folgte dem Spiel mit weitaufgerissenen Augen, spitzen Schreien und lauten Flüchen. Es hielt sie nicht mehr auf dem Sitz. Sie hüpfte hoch, stampfte mit einem Fuß auf, trampelte mit beiden Füßen auf den Boden und war völlig unempfänglich für die tadelnden Blicke der Ersten Hofdame.

Zur Pause hatten die Dukoi ein Tor erzielt, das Georgios gelungen war, die Komnenen aber sieben. Drei davon waren geradezu ein Geschenk ihres Gegners gewesen, denn Boemund, unerfahren, wie er war, machte Anfängerfehler, ritt oft seiner eigenen Mannschaft in die Quere, verspielte Pässe und verlor einmal sogar seinen Schläger. Das Publikum brüllte vor Lachen, und Olympias stiegen Zornestränen in die Augen.

Unerwarteter Trost kam von Anna.

»Dein Bruder ist schlau«, sagte sie. »Er spielt den Hanswurst. um die Komnenen zu täuschen.«

»Wieso glaubst du das?«

»Schau ihn an, wenn er einen Fehler macht. Er grinst.«

Die zweite Halbzeit begannen die Komnenen mit der lässigen Überlegenheit der Unbesiegbaren. Boemund spielte so ungeschickt wie zuvor, aber auf sonderbare Weise war er jetzt nicht mehr seiner eigenen Mannschaft im Wege, sondern den Gegnern. Sie konnten keinen Paß schießen, keine Angriffsreihe aufbauen, ohne daß der junge Riese auf dem zu kleinen Pferd ihnen in die Quere kam, so daß die Dukoi die Gelegenheiten nutzten und ihnen den Ball abjagten. Bis die Komnenen bemerkten, daß Absicht dahinter steckte, lagen sie mit drei Toren im Rückstand und konnten bis Spielende nicht mehr aufholen.

Die Siegermannschaft empfing den Preis aus den Händen der Kaiserin.

Noch staubbedeckt und schweißüberströmt, die Kappe unter dem Arm, kamen die Männer über den Rasen und knieten vor der kaiserlichen Loge nieder. Die Erste Hofdame winkte ihnen, aufzustehen und die Kaiserin überreichte Georgios, ihrem Spielführer, die goldenen Schaumünzen, den Siegespreis.

Ungeduldig wartete Olympias bis die Zeremonie vorüber war, dann drängte sie sich durch die Reihen nach vorn und zog Anna an der Hand hinter sich her.

»Boemund! Boemund! Du hast gewonnen!«

Er blickte lachend auf die kleine Schwester hinunter. Die Augen blitzten triumphierend aus dem schmutzstarrenden Gesicht.

»Natürlich habe ich das. Hast du etwa daran gezweifelt?«

»Ja«, sagte Olympias ehrlich. »Ich habe geglaubt, daß du wirklich so ein Trottel bist, wie es zuerst schien. Aber Anna hast du nicht getäuscht. Sie hat dich von Anfang an durchschaut.«

»Anna?«

Olympias zog Anna an ihre Seite.

»Das ist Anna. Sie ist meine Freundin.«

Boemund sah ein Mädchen, das einige Jahre älter war als Olympias, aber nicht größer. Sie war schmal und blaß, schien ihm, der an seine kräftigen Schwestern und dralle Mägde gewöhnt war, so zierlich und zerbrechlich wie eine kleine Elfenbeinmadonna. Unter der Krone ihres dunklen Haares fielen ihm die Augen auf, große, schwarze, langbewimperte Augen, denen man nicht auf den Grund sehen konnte. Er wechselte von dem Französisch, das er mit Olympias gesprochen hatte, ins Griechische.

»Woran habt Ihr gemerkt, daß ich mich dumm gestellt habe?«

Nachdem Olympias sie hinter ihrem Rücken hervorgezerrt und ihrem Bruder präsentiert hatte, war Anna unwillkürlich einen Schritt zurückgewichen. Aufgewachsen im Palast war sie, solange sie zurückdenken konnte, nur Menschen begegnet, die sauber und parfümiert waren und sich langsam und gemessen bewegten. Jetzt stand sie einem Jungen gegenüber, der nach Schweiß roch, in dessen Gesicht die Zähne beim Lachen weiß aus der Kruste von Staub hervorleuchteten, dessen helle Augen im Triumph blitzten, dessen Atem noch rasch ging von der Anstrengung des Spiels. Sie spürte die ungezügelte Lebensfreude, die animalische Kraft, die lachende Lust am Spiel . Das mußte es sein, was man im Palast das Barbarische nannte und verachtete. Als er sie ansprach, rettete sie sich aus ihrer Verwirrung in ein Lachen und preßte dann rasch die Hand vor den Mund.

»Verzeiht, ich wollte nicht …«

»Lachst du mich aus?«

»Es ist nur – Ihr seid der Sohn eines Herzogs und redet wie ein Stallknecht.«

»Wie ein Matrose«, berichtigte er. »Ich habe mein Griechisch im Hafen von Bari gelernt.«

Georgios trat neben ihn und faßte seinen Arm.

»Kommt, Herr, wir müssen uns umkleiden. Sonst kommen wir zu spät zum Bankett.«

Olympias und Anna sahen ihm nach, wie er inmitten der Dukoi über den Platz schritt. Er überragte alle Männer um Haupteslänge. Das blonde Haar glänzte wie ein Goldhelm in der Sonne.

»Wie findest du ihn?« fragte Olympias. Ihre Wangen glühten vor Stolz auf ihren Bruder.

»Ich habe noch nie jemanden wie ihn getroffen«, sagte Anna.

Am Rand des Spielfelds trat Alexios Komnenes auf Boemund zu.

»Ich gratuliere«, sagte er, ohne zu lächeln, »Ihr habt Eure Schwäche zu Eurer Stärke gemacht. Ich hoffe, daß wir uns noch einmal im Kampf messen können.«

»Nichts würde mir größeres Vergnügen bereiten«, antwortete Boemund mit breitem Grinsen.

»Dann solltet Ihr allerdings nicht mehr so siegesgewiß sein, mein Freund. Eure Taktik läßt sich nur einmal anwenden. Sie beruht allein auf dem Überraschungseffekt, und der ist nun abgenutzt.«

Zwei Tage später trafen im Palast der Sieben Rosen die offiziellen Geschenke des Kaisers für die Normannen ein. Jeder der hundert Normannen erhielt eine graue Baumwolltunika mit blauen Säumen und zehn Goldsolidi, Boemund einen goldenen Armreifen, ein Schwert aus damaszenischer Werkstatt, seidene Tuniken in verschiedenen Farben, einen Mantel aus dunkelrotem Samt und das Festgewand, das er zum Empfang und bei Olympias' Taufe tragen sollte. Die Tunika bestand aus violetter Seide, darüber wurde ein schweres Brokatgewand getragen, das über und über mit Halbedelsteinen besetzt und an Ärmeln und Saum mit Pelz verbrämt war.

Eine Abteilung Gardesoldaten holte Boemund und ein Dutzend seiner Gefolgsleute im Palast der Sieben Rosen ab und begleitete sie zum Großen Palast, wo der Kuropalates Johannes sie bereits erwartete. Er führte sie durch endlose Galerien mit teppichbedeckten Boden. Rechts und links an den Wänden standen awarische Krieger unbeweglich in ihren goldenen Brustpanzern, bewaffnet mit Pfeil und Bogen. Sie stiegen eine Treppe hinauf, und Johannes blieb vor einem Vorhang stehen. Er war aus purpurner Seide, in die der byzantische Adler in Gold eingewebt war.

Zwei Eunuchen, die vor dem Vorhang gewartet hatten, traten an Boemunds Seite. Der Kuropalates schob den Vorhang beiseite. Die Eunuchen legten ihre Hände auf Boemunds Oberarme – seine Schultern erreichten sie nicht – und drückten ihn zu Boden, damit er schon am Eingang des Empfangssaales dem Kaiser durch Fußfall huldigte.

Dann hoben sie ihn auf und führten ihn einige Schritte vorwärts.

Boemund hatte Zeit, das Bild auf sich wirken zu lassen, das so kunstvoll hergestellt worden war, um Barbaren wie ihn zu beeindrucken. Der vielfarbige Marmorboden war mit Kräutern bestreut, von denen bei jedem Fußtritt ein betäubender Duft aufstieg. Weit entfernt, am anderen Ende der Halle thronte der Kaiser in Purpur und Gold, umstanden von den höchsten Offizieren und Beamten, alle in Festgewändern, schimmernd von Edelsteinen, Gold und Perlen.

Wieder drückten die Eunuchen Boemund zu Boden.

Als er sich aufrichtete, gewahrte er neben dem Thron große Löwen aus Gold und einen Baum mit goldenem Stamm und Geäst und goldenen Blättern, auf denen edelsteinglitzernde Goldvögel saßen.

Wieder wurde er vorwärts geführt und zum dritten Mal zum Fußfall niedergedrückt. Diesmal hielten sie ihn länger unten. Die Löwen rissen die Mäuler auf, brüllten und peitschten den Boden mit ihren Schwänzen, die Vögel begannen zu zwitschern, und als Boemund den Kopf hob, sah er, daß die Stelle, wo der Kaiser eben noch gesessen hatte, leer war. Weder Kaiser noch Thron waren jetzt zu sehen. Verwirrt sah er sich um und erblickte den Kaiser, in andere, noch prächtigere Gewänder gehüllt, hoch über sich, fast an der Decke des Saales, wo er auf dem Thron schwebte, als fahre er in den Himmel .

Boemund starrte hinauf mit offenem Mund.

Der Kuropalates lächelte befriedigt. Die Wunder und der märchenhafte Reichtum des kaiserlichen Hofs verfehlten ihren Eindruck nie.

Beim anschließenden Bankett saß Boemund an der Tafel des Kaisers. Unter den zehn weiteren Männern am Tisch waren der Kanzler, ein hagerer Asket, Isaak, der ältere der Komnenen-Brüder, und der alte Nikephoros Botanaiates, ein berühmter Feldherr, der sich allein für das Essen zu interessieren schien. Das Gespräch drehte sich ausschließlich um vergangene

Schlachten, in denen Byzanz gesiegt hatte. Die Niederlage von Mantzikert blieb unerwähnt. Der Kaiser schwieg.

Er konzentrierte sich darauf, die Speisen langsam und methodisch zu zerlegen. Seine Hände waren schön, die Finger lang und schmal, wie geschaffen, die großen blitzenden Ringe zu tragen.

Boemund fiel auf, wie erschöpft er aussah. Er war ein noch junger Mann, sicher keine dreißig, aber ohne Jugendlichkeit. Müde Augen blickten aus seinem blassen Gesicht. So, wie er sich über den Teller beugte, konnte man sich vorstellen, wie er sich über ein Manuskript beugte, mit den Händen behutsam das Pergament glättend, weltabgeschieden und glücklich.

Seine Schwester sah Boemund noch einmal am Tag ihrer Taufe, die in einer Kirche im Palastbezirk vollzogen wurde, mit Prozessionen durch das Kirchenschiff, langen Gesängen und ständigem Schwenken der Weihrauchgefäße.

Olympias erhielt in dieser feierlichen Zeremonie den Namen Helena, der einer zukünftigen Kaiserin angemessen war. Sie bewegte sich langsam und würdevoll in dem starren Brokatgewand unter der schweren Perlenkrone. Sie kam Boemund fremd und fern vor. Nichts erinnerte an das lebhafte Mädchen, mit dem er an Land gesprungen war.

Nach der Taufe konnte er sie kurz sprechen. Er fand sie schmal, mit blauen Schatten unter den Augen, und fragte besorgt:

»Geht es dir gut?«

Das Mädchen zögerte. Sie blickte sich vorsichtig um, rückte näher an ihn heran und flüsterte:

»Ich will hier nicht bleiben. Kannst du mich nicht mitnehmen?«

»Behandeln sie dich schlecht?«

»Nein, nicht wirklich. Jedenfalls nicht alle. Die Kaiserin ist sehr freundlich, und Anna ist nett. Aber viele lachen hinter meinem Rücken über mich. Alles ist so schrecklich hier. Man muß langsam gehen, leise sprechen, mit einer Gabel essen und den ganzen Tag herumsitzen und lesen. Sie halten hier Tiere in Käfigen, und so komme auch ich mir vor.«

»Du wirst dich bald daran gewöhnen«, sagte er tröstend. »Du kannst Vater nicht im Stich lassen. Was wir nicht mit dem Schwert erobern können, das wirst du mit der Spindel erreichen. Du hast allen Grund, stolz zu sein.«

Seine Schwester schluckte.

»Wenn du gegangen bist, werde ich ganz allein sein.«

»Mit der Kaiserin auf deiner Seite und mit deiner Freundin Anna? Aber wenn sie dich schlecht behandeln, dann schreibst du mir und ich werde kommen und, wenn es sein muß, das ganze byzantinische Reich erobern.«

»Und Kaiser werden!«

»Und Kaiser werden! Dann lasse ich alle Leute köpfen, die nicht freundlich zu dir waren. Was meinst du dazu?«

»Versprochen?«

»Versprochen!«

Sie lächelte mit zitternden Lippen. Die Tränen blieben glitzernd an ihren Wimpern hängen.

Nach seiner Rückkehr aus Konstantinopel war Sichelgaita die erste, die Boemund in Salerno empfing. Sie blieb kurz stehen, als er in den Burghof einritt, maß ihn mit einem langen Blick, der alle ihre Gefühle ausdrückte, und wandte sich dann jäh ab.

Vor fünfzehn Jahren hatte Robert Guiskard seine erste Gattin Alberada, Boemunds Mutter, verstoßen, um diese Frau zu heiraten. Ihn hatten weder ihr berühmtes rotes Haar noch ihr Amazonentum angezogen. Die Verbindung war lediglich aus nüchterner politischer Berechnung entsprungen. Alberada von Buonalbergo, eine Normannin, war für den jungen Robert, der in Süditalien Fuß zu fassen versucht hatte, eine gute Partie gewesen. Sie brachte ihm gute Beziehungen zur Familie eines kleinen normannischen Barons ein, der ein Felsennnest in Apulien beherrschte und den jungen Mann, der nichts als sein Schwert besaß, unter seine Lehensleute aufnahm. Von da an hatte der Weg des Guiskard steil bergauf geführt. Als der Tag gekommen war, an dem ihn die Normannen Süditaliens zum Herzog gewählt hatten, war seine Ehe mit Alberada politisch bedeutungslos geworden, hingegen eine Verbindung mit den immer noch mächtigen Langobarden Salernos äußerst erstrebenswert geworden. Robert hatte das Problem dadurch gelöst, daß er Druck auf den Bischof ausübte, der seine Ehe mit Alberada wegen eines plötzlich entdeckten zu nahen Verwandtschaftsgrades für ungültig erklärte, so daß er frei war, Sichelgaita, die Schwester des Langobardenherzogs zu heiraten. Boemund, der Sohn aus erster Ehe, war damit zu einem Bastard geworden, Sichelgaitas Kinder die einzig legitimen und ihr ältester Sohn Roger der Erbe des Guiskard.

Die ersten sieben Jahre seines Lebens hatte Boemund bei seiner Mutter verbracht, dann hatte sein Vater ihn an seinen Hof geholt und ihm die sorgfältigste Erziehung angedeihen lassen. Vom ersten Tag an hatte Sichelgaita ihren Haß auf den Stiefsohn offen gezeigt, der in der Furcht begründet war, Boemund könnte nach dem Tod seines Vaters ihrem Sohn die Gefolgschaft verweigern und selbst nach dem Herzogtum greifen.

Boemund fand seinen Vater, wie er gerade im Begriff stand, die Kapelle zu verlassen. Er schob den Kaplan, der auf ihn einsprach, beiseite, drückte den Sohn mit einer kräftigen Umarmung an seine breite Brust. Dann hielt er ihn auf Armeslänge von sich und musterte ihn.

»Laß dich anschauen! Was haben sie dir beigebracht in Byzanz? Lug, Betrug und Heuchelei? Auf seidenen Kissen zu schlafen und in parfümiertem Wasser zu baden?«

»Das Polospiel.«

Der Guiskard lachte sein berühmtes dröhnendes Lachen.

»Gut, daß du wieder da bist, mein Sohn! Ich kann diesen Burschen, deinen Bruder, nicht mehr sehen. Außerdem gibt es Arbeit. Komm!«

Er nickte dem Kaplan zu und legte Boemund den Arm um die Schultern. Sie gingen ein Stockwerk höher in das Arbeitszimmer des Herzogs.

Robert Guiskard rief nach Wein. Sie setzten sich einander gegenüber auf die Steinbänke, die in die Fensternische eingelassen waren, so daß das Licht auf Boemunds Gesicht fiel.

»Wie war die Überfahrt?«

»Hin war es einfach, zurück herrschte ein ungünstiger Wind. Sonst wäre ich schon früher wieder hiergewesen.«

»Wie geht es meinem kleinen Mädchen?«

»Alles ist fremd für sie. Aber sie ist tapfer und hält sich gut.«

Der Herzog zuckte die Achseln.

»Sie ist noch ein Kind. Sie wird sich daran gewöhnen. Bevor wir Weihnachten feiern, hat sie uns vergessen.«

Ein Diener trat ein, stellte zwei Pokale auf den Tisch, schenkte ein und zog sich dann wieder zurück. Der Guiskard stand auf, überzeugte sich, daß die Tür geschlossen war und kehrte dann zum Tisch zurück. Er hob den Becher und trank Boemund zu.

»Auf deine Rückkehr! Was hast du herausgefunden?«

»Sie haben mich behandelt wie einen Gefangenen. Ich konnte keinen Schritt ohne Begleitung tun und mit niemandem reden außer denen, die sie ausgewählt haben. Sie waren sorgsam darum bemüht, mir zu demonstrieren, daß sie unüberwindliche Mauern, eine starke Kriegsflotte, ein unbesiegbares Heer, die besten Feldherren und unerschöpfliche Geldmittel haben.«

»Glaubst du das?«

»Nein. Sie haben sich zuviel Mühe gegeben. Michael Dukas ist ein Schwächling. Die Männer um ihn herum belauern sich gegenseitig, weil jeder von ihnen den Kaiser vom Thron stoßen und seine Nachfolge antreten will. Ich würde nicht darauf wetten, daß Olympias jemals Kaiserin wird.«

»Wahrscheinlich nicht«, erwiderte der Herzog und schenkte sich nach. »Auch ich halte es für sehr wahrscheinlich, daß Michael gestürzt wird.«

»Warum hast du sie dann nach Konstantinopel geschickt?«

»Man kann nicht genug Steine auf dem Spielbrett haben.«

»Arme Olympias!«

»Unsinn. Sie wird eine hohe Bildung bekommen und im Luxus schwelgen.«

»Aber was wird aus ihr, wenn der Kaiser gestürzt wird?«

Der Herzog lächelte seinem Sohn über den Rand des Bechers zu.

»Eine interessante Frage. Warten wir ab, bis es soweit ist. Jedenfalls wird uns das etwas angehen, nicht wahr? Von dem Moment an, da Olympias in Konstantinopel eingetroffen ist, habe ich Interessen in Byzanz. Und eines Tages vielleicht einen legitimen Kriegsgrund.«

Er stand auf und durchmaß den Raum mit langen Schritten.

»Aber das ist Gerede über die Zukunft. Im Augenblick habe ich andere Sorgen. Abälard hat wieder einen Aufstand angezettelt. Natürlich steckt der Papst dahinter. Vielleicht auch mein neuer Verwandter in Konstantionopel. Allein würde Abälard den Hintern nicht mehr hochkriegen. Jemand muß ihn finanzieren. Er streut viel Gold aus. Zwischen Bari und Trani ist nur Giovinazzo treu geblieben. Troia ist sofort abgefallen. In Ascoli hält sich Abälard verschanzt. Ich breche übermorgen auf, um ihn auszuräuchern. Du gehst nach Troia und übernimmst dort das Kommando.«

Boemund starrte seinen Vater an.

»Du meinst, ich soll dort nicht nur kämpfen, sondern befehligen?«

Der Herzog lächelte breit.

»Genau das! Einmal mußt du damit anfangen. Warum nicht jetzt? Die Belagerung von Troia ist eine einfache Sache. Außerdem wird dir einer von Sichelgaitas Vettern zur Seite stehen. Ich habe dich beobachtet. Du bist nicht nur ein guter Kämpfer. Das kann jeder werden, wenn er genügend trainiert. Du hast die Begabung, Leute zu führen. Das kann man nicht lernen. Man hat es, oder man hat es nicht.«

Er seufzte. »Ich wünschte, du wärest mein Erbe.«

»Ich bin dein ältester Sohn«, sagte Boemund. »Als du mich zeugtest, war meine Mutter deine rechtmäßige Frau. Ich bin kein Bastard, den du bei Gelegenheit einem Küchenmädchen angehängt hast. Es liegt an dir, ob du mich zu deinem Erben erklärst.«

»Das ist unmöglich. Der Vertrag mit den Langobarden sieht ausdrücklich vor, daß Sichelgaitas Sohn mein Erbe antritt. Wenn du nur Sichelgaitas Sohn wärest und nicht Roger!«

Wie immer sprach er den Namen seines ältesten Sohnes aus zweiter Ehe mit Verachtung aus.

»Du wirst dich nicht damit zufrieden geben, sein Gefolgsmann zu sein. Ich kann es dir nicht verdenken.«

»Nein!« sagte Boemund aufrichtig. »Niemals werde ich mich Roger unterordnen. Ich werde um meinen Rang kämpfen. Du hast keinen Fußbreit italischen Boden besessen, als du angefangen hast. Heute bist du Herzog von Apulien. Glaubst du, ich kann mir kein Herzogtum erobern, wenn ich will?«

»Ein Bruderkrieg also nach meinem Tod? Es wäre besser, du wärest nicht geboren worden.«

Boemund zuckte nicht mit der Wimper.

»Erwartest du etwas anderes von mir?«

Der Herzog ließ sich schwer auf die Bank fallen.

»Nein. Bei Gott, nein. Du wärest nicht mein Sohn, wenn du anders denken würdest. Aber ein Bruderkrieg würde bedeuten, daß ihr alles verlieren könntet, was ich aufgebaut habe. Ich werde mir etwas einfallen lassen müssen. Aber jetzt auf nach Troia! Morgen wirst du aufbrechen. Dein Weg führt über Policastro. Du solltest deine Mutter besuchen.«

Seine Augen wurden weicher, wie immer, wenn er an Alberada dachte.

»In Konstantinopel haben sie dir vermutlich eine ganze Wagenladung von Geschenken mitgegeben? Ja? Das dachte ich mir. Der alte Trick, mit dem sie Eindruck machen wollen. Suche etwas heraus und bringe es deiner Mutter! Etwas besonders Schönes. Alberada liebt schöne Dinge.«

Frühzeitig am nächsten Morgen verließ Boemund mit zehn Reitern die Burg von Salerno, um sich den Belagerungstruppen vor Troia anzuschließen, und wie Robert vorgeschlagen hatte, nahm er den Weg über Policastro.

Die Burg lag auf der Kuppe eines größeren Hügels am Rande des Appenin. Ein steiler gewundener Pfad führte hinauf. Die Hufe der Pferde wirbelten Wolken von Staub auf, der sich wie eine Maske auf die schweißbedeckten Gesichter der Reiter legte.

Geoffroy, sein Waffenmeister, der neben Boemund ritt, hustete.

»Das reinste Adlernest, in das deine Mutter sich zurückgezogen hat.«

»Uneinnehmbar! Sie müssen nur genügend Lebensmittel lagern. Sie haben einen tiefen Brunnen, der führt Wasser aus einer Quelle, die selbst im Sommer nicht versiegt.«

Geoffroy lachte bellend.

»Denkst du jemals an etwas anderes als an Krieg?«

»Ich bin Roberts Bastard. Ich muß mir erobern, was mir zusteht.«

Boemunds Stimme klang bitter.

Geoffroy zögerte mit der Antwort.

Der Weg machte eine Biegung, und vor ihnen tauchten in einiger Höhe die Mauern und der Bergfried von Policastro auf, graue Steinquader, die sich vor dem blauen Himmel auftürmten.

»Als dein Vater vor zwei Jahren todkrank war, haben wir Sichelgaita schwören müssen, daß wir ihren Sohn als Roberts Erben anerkennen.«

»Ich weiß.«

»Inzwischen denken viele von uns, daß sich die Lage verändert hat. Diese Frau hat deinem Vater das Bündnis mit den Langobarden mitgebracht. Aber jetzt hat er die letzten Langobarden aus Salerno verjagt und es zu seiner eigenen Hauptstadt gemacht. Die Langobarden zählen nicht mehr. Und Roger Borsa ...«

Er spuckte aus.

Boemunds Gesicht blieb ausdruckslos.

Geoffroy sagte ihm nichts Neues. Roger, Roberts und Sichelgaitas ältester Sohn, war unbeliebt. Die Männer verübelten ihm nicht seinen Hang zur Brutalität, sondern seinen Geiz. Von einem Herrn erwartete sein Gefolge Großzügigkeit. Roger füllte gern seinen eigenen Beutel, aber nie hatte jemand erlebt, daß er einen Gefolgsmann beschenkt hatte. Daher rührte sein Spitzname »Borsa,« der die Verachtung der Krieger, die ihr Lachen, ihren Körper, ihr Leben verschwendeten, ausdrückte.

Geoffroy zögerte wieder, entschloß sich dann aber, da die Mauern von Policastro näherrrückten, deutlicher zu werden.

»Niemand ist unsterblich. Wenn der Tag kommt, an dem Herzog Robert abtreten muß, dann wird es viele geben, die in dir seinen rechtmäßigen Erben sehen.«

»Ihr habt Sichelgaita einen Eid geschworen.«

»Der gilt nur, wenn Roger der eheliche Sohn ist. Wenn aber Roberts erste Ehe gültig war, dann kann es die zweite nicht sein. Wer kann sagen, wie der Papst entscheiden wird, wenn ihm der Fall von neuem vorgelegt wird?«

Boemund lachte kurz auf.

»Der Papst entscheidet nach dem Golde, das er bekommt. Und wer kann davon mehr aufbringen? Der Borsa oder ich?«

Das Tor von Policastro lag vor ihnen. Die Burgbesatzung hatte das Löwenbanner schon erkannt, als sie noch durch das Tal ritten. Alles war zu ihrer Ankunft vorbereitet. Knechte standen bereit, ihnen die Pferde abzunehmen. Im Palas, in der Halle, die durch ihre dicken Mauern angenehm kühl war, empfing sie Humfried von Policastro, Alberadas dritter Gatte mit einem Trank und bot ihnen ein Bad an, bevor sie sich zum Mahle setzten.

»Wenn du gekommen bist, um deine Mutter zu besuchen, dann hast du den Weg umsonst gemacht,« sagte er zu Boemund, »sie ist vor drei Tagen nach Monte Cassino aufgebrochen. Ich denke, sie wird in zwei Wochen zurück sein. Wenn du auf sie warten willst ...?«

Boemund schüttelte den Kopf.

»Ich habe keine Zeit. Ich muß zu den Truppen vor Troia. Aber ich lasse die Geschenke aus Konstantinopel für sie hier, die mein Vater ihr schickt.«

»Du wirst doch über Nacht bleiben?«

»Gern.«

Seit Alberada vor vier Jahren den Burgherrn geheiratet hatte, waren große Veränderungen in der Burg geschehen. Die Wände im Palas waren mit Teppichen behängt, ein Teil des Hofareals war abgetrennt und zu einem Blumen- und Kräutergarten umgewandelt worden, und zu den Steinhütten, die an der Innenseite der Burgmauer klebten und Schmieden, Ställe, Backhaus und Getreidespeicher enthielten, war ein weiteres Haus gekommen, in dem Alberada ein Bad nach arabischen Vorbild hatte einbauen lassen.

Als Boemund seinen Stiefvater verließ, fand er seine Männer bereits im Bad. Verglichen mit den Bädern im Palast der Sieben Rosen in Konstantinopel war Alberadas Bad bescheiden. Es hatte weißgetünchte Wände, Licht fiel durch die geöffnete Tür und das einzige Becken, das in den Boden eingelassen war, enthielt kaltes Wasser. Die Mägde, die zur Bedienung da waren, kreischten um die Wette.

Die Männer waren schon im Wasser. Gesicht, Schultern, Nacken, Arme und Beine von den Knien abwärts waren von der Sonne verbrannt, zwischen Schultern und Knien aber war ihre Haut weiß.

»Meine Milchlämmchen, weiß wie Schnee«, sagte Maria, an deren Gürtel in Alberadas Abwesenheit der dicke Schlüsselbund klirrte, aber sie waren weit entfernt davon, so zart zu sein. War ihre Haut auch hell, so hatten sie doch die Körper von Kämpfern, mit breiter Brust, flachem Bauch und muskulösen Armen und Beinen. Es gab kaum einen Leib, der nicht Spuren des Kampfes zeigte, Narben von Hieben, Stichen, Pfeilschüssen, die sich in das Fleisch eingegraben hatten, flammende Erinnerungen an vergangene Schlachten.

»He! Kommst du nicht rein? Wasserscheu?« rief einer, schöpfte Wasser in beide Hände und warf es in Boemunds Richtung. Es erreichte ihn nicht, sondern blieb als Lache vor seinen Füßen liegen. Daraufhin entbrannte ein Wettbewerb, wer weiter spritzen konnte, und ehe Boemund sich noch seiner Kleider entledigt hatte, war er von Kopf bis Fuß durchnäßt.

Er sprang nackt in das Becken, und das kalte Wasser stach seine Haut wie tausend Nadeln. Zwei Männer tauchten ihn unter. Er strampelte sich frei und kam wasserspuckend wieder an die Oberfläche. Maria warf ihm Seife zu. Er rieb sich damit ein, spülte sie ab und stieg dann aus dem Bad. Maria scheuchte mit einer Handbewegung ein Mädchen mit Tüchern zu ihm, das ihn abtrocknen sollte. Boemund nahm ihr ein Laken vom Arm und schlang es sich um die Hüften.

Das Mädchen frottierte ihm zaghaft den Rücken. Er dehte sich um und nahm ihr das Tuch aus der Hand.

»Laß mich das machen!«

»Habe ich etwas falsch gemacht?« fragte sie erschrocken.

»Wieso?«

Er blickte sie zum ersten Mal an. Sie war zartknochig und mager. Ihr braunes Haar war zu einem Zopf geflochten, der ihr über die Schulter gefallen war und vor der Brust pendelte. Sie hatte eine Stupsnase, braune Augen und einen breiten Mund, der leicht zitterte.

Boemund riß seinen Blick von dem Mund los und rieb sich den Nacken trocken.

»Bist du neu hier? Ich habe dich noch nie gesehen. Wie heißt du?«

Die alte Maria, die herangewatschelt war, lachte gackernd auf.

»Kennt Ihr sie nicht mehr? Mach mal den Mund auf, Caterina! Vielleicht erinnert der junge Herr sich dann.«

Caterina wurde rot, zog aber gehorsam die Oberlippe hoch. An ihrem rechten Schneidezahn fehlte die untere Ecke. Vor fünf Jahren hatte Boemund in einem wilden Kriegsspiel mit seinen Halbbrüdern, Alberadas Söhnen aus zweiter Ehe, das Mädchen aus dem Weg gestoßen. Caterina war gegen den Brunnen gestürzt, hatte sich die Lippe am Rand aufgeschlagen und ein Stück ihres Zahnes eingebüßt.

»Du bist das?« sagte Boemund erstaunt. »Ich hätte dich nicht wiedererkannt. Du bist groß geworden.«

»Ihr auch«, sagte sie und wurde wieder rot.

»Das mit deinem Zahn tut mir leid.«

»Ich habe mich daran gewöhnt. Und der Zahn ist ja noch da.«

»Ja«, sagte er und sah in das schmale Gesicht mit den braunen Augen. »Der Zahn ist noch da.«

Am Abend saß er mit seinen Gefolgsleuten, seinem Stiefvater und dessen Männern an einer langen Tafel bei einem ausgiebigen Mahl. Der Koch war von Alberada geschult worden. Das Fleisch war weder schwarzverbrannt noch blutig, es war reichlich gewürzt, und der Wein, der gereicht wurde, hätte auch der Festtagstafel des Herzogs gut angestanden.

»Ihr versteht zu leben«, sagte Geoffroy, der sich öfter nachschenken ließ. Seine Stimme schwankte bereits, obwohl sie erst beim dritten Gang waren.

»Ich habe Glück, daß Alberada mich genommen hat«, sagte Humfried von Policastro. »Sie versteht es, aus einer kargen und zugigen Burg einen Ort zu machen, an dem man gut und gern lebt.«

Das war ihm anzusehen. Er ging auf die sechzig zu. Sein Haar war ausgefallen bis auf einen schütteren Kranz um den Hinterkopf und seine Muskeln hatten sich weitgehend in Fett verwandelt. Seine Augen, die tief in Wülste eingebettet waren, blickten sanft und gelegentlich ironisch. Er war ein Mann, der ohne Ehrgeiz lebte, aber einen scharfen Verstand und einen untrüglichen Instinkt für Politik besaß, der dafür gesorgt hatte, daß er in den Kämpfen der letzten Jahrzehnte immer den Sieger unterstützt hatte. »Dein Vetter Abälard ist wirklich unermüdlich darin, deinem Vater Schwierigkeiten zu machen. Ich begreife nicht, daß sich immer noch so viele Leute bereitfinden, bei seinen aussichtslosen Unternehmen mitzumachen.«

»Mein Vater meint, der Papst stehe hinter Abälard oder der Kaiser in Konstantinopel. Jedenfalls jemand, der daran interessiert ist, daß mein Vater Schwierigkeiten bekommt und der bereit ist, sich das etwas kosten zu lassen. Abälard kauft sich seine Anhänger mit viel Gold.«

»Zu den Feinden deines Vaters kannst du getrost auch noch den deutschen Kaiser rechnen. Aber der ist kaum in der Lage, Abälard mit Geld zu unterstützen. Doch Geldgeber hin oder her – Abälard sollte allmählich gelernt haben, daß »Für Gott und mein Recht« ein prächtiger Wahlspruch ist, mehr aber auch nicht.«

Boemund riß die Keule von einem gebratenen Hähnchen und schlug die Zähne hinein. Das Fett tropfte ihm über das Kinn.

»Abälard ist nicht im Recht«, sagte er mit vollem Mund. »Als sein Vater starb, haben die Barone meinen Vater zum

Herzog gewählt. Sie brauchten einen Mann an der Spitze des Herzogtums und kein Wickelkind.«

Humfried betrachtete voll Vergnügen eine Platte mit Wachteln .

»Ja, ja, die Wahl ging schon in Ordnung, dagegen läßt sich nichts sagen. Aber daß dein Vater als Abälards Vormund dessen gesamtes Erbe an Ländereien in seinen Sack gesteckt hat, das steht auf einem anderen Blatt. Das war ein Schurkenstück, mein Lieber. Abälard ist durchaus im Recht, aber er ist dumm. Er sollte inzwischen gelernt haben, daß Robert unüberwindlich ist. Gottes Wege sind unerforschlich, und Gerechtigkeit für Abälard scheint nicht eines seiner vordringlichsten Ziele zu sein.«

Der Kaplan auf Humfrieds anderer Seite verschluckte sich und hustete.

Der Burgherr klopfte ihm kräftig auf den Rücken.

»Keine Angst, frommer Herr, Ich sage ja nicht, daß Gott im Unrecht ist. Ich bin allerdings der Meinung, daß er nur selten auf der Seite der Dummköpfe steht.«

Er wandte sich wieder an Boemund.

»Du gehst also nach Troia. Ich glaube nicht, daß das eine harte Sache wird. Die Bürger werden nicht bis zum Äußersten kämpfen. So viel ist ihnen Abälards Sache oder vielmehr ihre Abneigung gegen die Steuereintreiber des Herzogs nicht wert. In ein oder zwei Wochen bist du als Sieger zurück.«

Seine Vorhersage erfüllte sich nicht. Die Einwohner von Troia spotteten lauthals von den Mauern herab, als sie bemerkten, daß Boemund, fast noch ein Knabe, den Oberbefehl über die Belagerer übernahm. In einer mondlosen Nacht machten sie einen Ausfall, überwältigten die Wachen, ehe sie Alarm blasen konnten, steckten das Lager der Normannen in Brand und erregten soviel Verwirrung und Schrecken, daß die Männer Boemunds schon in heilloser Flucht begriffen waren, ehe er noch seine Rüstung angelegt hatte. Mit Geoffroy und ein paar Getreuen focht er verzweifelt, aber er konnte nur noch den Rückzug decken, und schließlich traf ihn ein Schwerthieb tief in die rechte Schulter. Geoffroy griff in die Zügel seines Pferdes, riß es herum und jagte mit ihm davon.

So kam es, daß Boemund zwar eine Woche später wieder in Policastro erschien, aber als Besiegter und Verwundeter.

Diesmal traf er seine Mutter an.

Wie alle Töchter, Gattinnen und Mütter von Rittern war sie an den Anblick und die Pflege von Verwundeten gewöhnt. Sie brach daher nicht in Tränen und Jammern aus, als Geoffroy in den Burghof einritt und ein zweites Pferd am Zügel führte, auf dessen Rücken ihr Sohn festgebunden war. Um seinen bloßen Oberkörper lief ein schmutziger, blutverkrusteter Verband. Er schwankte im Sattel. Als Knechte herbeiliefen, ihn losbanden und vom Pferd hoben, glitt er ihnen bewußtlos in die Arme.

Wenige Minuten später lag er in frischen Laken auf Alberadas Bett. Die alte Maria stand neben dem Kopfende und hielt eine Schüssel mit lauwarmem Wasser, die kleine Caterina hatte gedämpfte Tücher über dem Arm und der Kaplan brachte aus Alberadas Apothekenschrank Fläschchen mit Kräuterabsuden, die sie nach Rezepten eines arabischen Arztes hergestellt hatte.

Alberada nahm ein Tuch von Caterinas Arm, tauchte es in das warme Wasser und drückte es auf den Verband, damit er aufweichte. Dann machte sie sich daran, ihn langsam abzuwickeln. Maria stützte dabei den Oberkörper des Ohnmächtigen ab.

»Es hat ihn schlimm erwischt«, sagte die alte Schaffnerin und betrachtete das unter der Bräune erblaßte Gesicht mit den tiefen violetten Schatten unter den Augen.

»Er wird es überleben. Er ist jung und kräftig«, erwiderte Alberada.

Sie warf die letzten Fetzen des Verbandes auf den Boden und legte die Wunde offen. Caterina machte einen Schritt vorwärts und starrte auf Boemunds Schulter. Der Hieb war tief gegangen, ein scharfer glatter Schnitt zwischen Schultergelenk und Brustbein. Die Wunde selbst war schwarz von geronnenem Blut, die Ränder klafften auseinander. Sie waren angeschwollen und gelbgrün verfärbt. Ein fauliger Geruch nach Eiter stieg auf.

Alberada winkte dem Kaplan.

»Gebt mir …«, sagte sie, die Hand ausstreckend.

Der Kaplan war nicht mehr an ihrer Seite. Er stand am Fenster, das er geöffnet hatte, und holte tief Luft.

»Ich werde Euch helfen, wenn Ihr gestattet, Madame«, sagte Caterina eifrig.

Alberada warf ihr einen prüfenden Blick zu.

»Du wirst nicht ohnmächtig, wenn du Blut siehst?«

»Ich habe schon selbst Hühner geschlachtet.«

Alberada nickte befriedigt.

»Gut. Tauche das Tuch ins Wasser und wringe es aus!«

Sie ging zu dem Tisch, auf dem der Kaplan das Tablett mit den Medizinfläschchen abgestellt hatte, betrachtete sie prüfend und wählte schließlich eines aus. Sie ging zum Bett hinüber und entkorkte das Fläschchen. Ein scharfer bitterer Geruch stieg auf. Sie begoß das Tuch, das Caterina ihr hinhielt, wartete, bis es sich mit dem heilenden Absud vollgesogen hatte, und preßte es dann fest auf die Wunde. Boemund stöhnte auf. Während Maria ihn immer noch aufrecht hielt, wickelte Alberada sorgsam eine Bandage um seinen Oberkörper. Dann ließ Maria ihn sachte ins Bett zurückgleiten.

»Er hat hohes Fieber. Er braucht Wasser« sagte Alberada, »die erste Wache übernimmst du, Caterina! Setz dich hierher, lege ihm ein feuchtes Tuch auf die Stirn und wechsle es aus, wenn es heiß geworden ist! Bestreiche häufig seine Lippen mit Wasser! Sobald er die Augen aufschlägt, mußt du ihn trinken lassen. Maria wird dich ablösen.«

Sie blickte auf ihren Sohn hinunter, der den Kopf hin und herwarf.

»Versuche, ihn ruhig zu halten! Wenn es nicht anders geht, binde ihm die Hände am Bettpfosten fest!«

Sie verließ den Raum mit dem Kaplan. Maria sammelte den alten stinkenden Verband ein und ging ihnen nach.

Caterina setzte sich neben den Bewußtlosen und betrachtete ihn. Er war, abgesehen von dem kurzen Aufenthalt vor einer Woche, lange nicht auf Policastro gewesen, und da war sie zu verwirrt gewesen, um ihn genauer anzusehen. Sie hatte ihn immer noch als den langen schlaksigen Jungen in Erinnerung gehabt, der sie gegen den Brunnenrand gestoßen hatte. Aber jetzt war er kein Knabe mehr. Das Kindliche war verschwunden, und unter der blassen Haut zeichnete sich der Umriß des Mannes ab, der er werden würde, hart und kantig, mit vortretenden Wangenknochen, einer breiten Stirn, gerader Nase und einem scharf vorspringenden Kinn. Nur der Mund hatte noch etwas Weiches.

Caterina befeuchtete den Zipfel eines Tuches und strich behutsam über die fieberrissigen Lippen, dann tauchte sie es ganz ein, wrang es aus und legte es ihm auf die glühende Stirn.

Stöhnend warf er sich hin und her.

Caterina kam es vor, als ob er im Traum noch einmal die Schlacht durchlitt. Sie fürchtete, die Wunde könne wieder zu bluten beginnen, und erinnerte sich an Alberadas Rat. Sie riß ein Laken in Streifen und band seine Hände am Bettpfosten fest.

Als Maria nach Stunden hereinkam, schmerzte Caterina jeder Knochen im Leib, so verkrampft hatte sie über den Kranken gewacht.

»Wie geht es ihm?« fragte die Alte flüsternd.

Caterina hob die Schultern.

»Er hat hohes Fieber. Und er ist sehr unruhig.«

»Hat er etwas getrunken?«

»Wie denn? Er schläft die ganze Zeit.«

»Dann müssen wir ihn wecken.«

Maria watschelte zum Tisch und füllte zwei Becher mit Wasser. Den einen reichte sie Caterina.«

»Hier. Bleib da sitzen und gieß ihm das in den Mund, sobald er aufwacht!«

Sie nahm den anderen Becher und schüttete den Inhalt mit einer raschen heftigen Bewegung in Boemunds Gesicht. Er fuhr auf. Maria schob den Arm stützend hinter seinen Rücken und zischte Caterina zu:

»Jetzt!«

Caterina beugte sich vor. Ihr brauner Zopf fiel über ihre Schulter nach vorn und baumelte vor seinem Gesicht. Sie begegnete einen Augenblick dem glasigen Blick des Patienten, dann konzentrierte sie sich auf seinen Mund. Sie schob den Rand des Bechers an seine Lippen.

Boemund trank mit großen gierigen Schlucken. Als Maria vorsichtig ihren Arm fortzog und ihn wieder auf das Kissen gleiten ließ, fiel sein Kopf zur Seite, und er schlief schon wieder, bevor er das Kissen berührte.

»Du kannst jetzt gehen«, sagte Maria.

Sie zog einen Stuhl näher an das Bett und setzte sich. Aus der Tasche ihres Kleides holte sie einen Rosenkranz und ließ die hölzernen Perlen durch ihre Finger laufen. Ihre Lippen bewegten sich murmelnd. Caterina stahl sich auf Zehenspitzen hinaus.

Als Boemund erwachte, saß seine Mutter mit einer Stickerei an seinem Bett, klein, rundlich, sanft. Ihre heitere Gelassenheit erfüllte den Raum mit Frieden.

Sie lächelte ihm zu, als er die Augen aufschlug.

»Bist du hungrig?«

»Wie ein Wolf.«

»Das ist ein gutes Zeichen. Das Fieber ist gesunken.«

Sie nahm eine Glocke vom Tisch und läutete.

»In der Küche warten sie nur darauf, dich mit Hühnerbrühe, Ei und Brot wieder aufzupäppeln.«

Er verzog das Gesicht.

»Ammenessen! Wie wäre es mit Wild und Rinderbraten?«

»Eines nach dem anderen, deine Wunde hatte sich böse entzündet und du hattest tagelang hohes Fieber. Du mußt dich noch schonen. Sei nicht ungeduldig! In zwei Wochen schon wirst du wie neu sein und dich in deine nächste Schlacht stürzen können.«

»Es soll Mütter geben«, sagte Boemund anklagend, »die ihre Söhne beschwören, vorsichtig zu sein, gut auf sich aufzupassen und jeder Gefahr aus dem Wege zu gehen.«

»Ich,« erwiderte Albarada unerschüttert, »gehöre nicht dazu. Ich wäre nicht bei Trost, wenn ich annehmen würde, ein Sohn von Robert und mir könnte ein Weichling sein, der besser im Kloster aufgehoben wäre. Du bist der geborene Eroberer, so gut wie dein Vater.«

Die alte Maria steckte ihren Kopf zur Tür herein.

»Ihr habt geläutet, Madame?«

Dann sah sie, daß Boemund wach war und kam herein.

»Nun, junger Herr? Wieder lebendig?«

»Mehr als je zuvor«, sagte Boemund grinsend. »Bring mir eine Hasenpastete, eine Wildschweinkeule und einen Krug Wein!«

»Ein halbes Hähnchen und Brühe«, befahl Alberada.

Boemund seufzte. Als Maria gegangen war, sagte er mit umwölkter Miene:

»Ein schöner Eroberer bin ich. Vater vertraut mir meine erste Belagerung an, und ich verpatze alles. Roger wird sich ins Fäustchen lachen. Die Leute von Troia haben mich hereingelegt wie einen Gimpel.«

Alberada sah ihrem Sohn ins Gesicht. Ihre Stimme blieb gelassen, als spreche sie weiter über die passende Diät für ihn.

»Ich habe mit Geoffroy geredet. Du bist hereingelegt worden, aber die Beweise sind bestimmt vernichtet worden. Du wirst es nicht beweisen können, also bewahre Schweigen darüber! Sonst machst du dich lächerlich.«

»Hereingelegt? Was meinst du damit?«

»Denk selbst nach! Die Belagerung ging in die dritte Woche, als du kamst. Sie wurde von Sichelgaitas Vetter Romuald angeführt. Solange er den Oberbefehl hatte, haben die Einwohner von Troia nicht daran gedacht, einen nächtlichen Ausfall zu machen. Es wäre auch aussichtslos gewesen, denn das Lager lag geschützt hinter einer hohen Verschanzung, und die Wachen waren so postiert, daß sie die Soldaten hätten rechtzeitig warnen können. Sie haben aber keinen Alarm geblasen, sagt Geoffroy.«

»Die Trojaner haben sich angeschlichen und sie alle umgebracht.«

»Alle auf einmal? So daß nicht ein einziger noch imstande gewesen ist, wenigstens einen Ton zu blasen?«

»Du meinst ...?« sagte er zögernd.

»Alle Wachen in dieser Nacht waren Langobarden. Romuald hatte sie ausgesucht und war sie abends noch einmal abgeritten. Das sagt Geoffroy.«

Boemund nickte.

»Ich konnte ihm das nicht abschlagen. Er war gekränkt genug dadurch, daß er den Oberbefehl an mich abtreten mußte. Aber wenn das stimmt, was du andeutest, dann war es Verrat. Das muß Vater wissen.«

»Er weiß es«, sagte Alberada. »Er hat es schon gewußt, als er dich losgeschickt hat. Oder zumindest erwartet.«

Boemund richtete sich auf und starrte sie an.

»Heißt das, er hat mich in eine Falle laufen lassen? Ohne mich zu warnen? Warum?«

»Er wollte dir eine Lektion erteilen«, sagte Alberada, »was hast du gelernt?«

»Ich hätte es wissen können. Er hat mir ausdrücklich gesagt, daß Romuald Sichelgaitas Vetter ist. Und ich weiß, daß die Langobarden mich alle hassen, weil sie auf Roger Borsas Seite sind. Was ich gelernt habe? Traue niemals einem Feind!«

»Und was noch?«

Er runzelte die Stirn.
»Noch etwas?«
»Aber gewiß.«
Sie lächelte ihm zu, ein warmes mütterliches Lächeln.
»Die zweite Lektion ist: trau niemals einem Freund! Wie nahe dir ein Mensch auch stehen mag, er kann dich immer verraten. Dein Vater hat dich nicht gewarnt. Er hat dich reiten lassen. Du hättest in deinen Tod reiten können.«
Er keuchte.
»Du meinst, es gibt überhaupt kein Vertrauen? Niemals? Wir leben in einer Welt von Wölfen? Es gibt keine Liebe, keine Treue, keine Ehre?«
»Nicht, wenn du ein Eroberer werden willst wie Robert! Wenn du das nicht willst, geh ins Kloster! Dort gibt es brüderliche Liebe. Manchmal jedenfalls.«
Die Tür öffnete sich wieder. Hinter einem Tablett, das mit Schüsseln hochbeladen war, erschien ein junges Gesicht, das von zwei braunen Zöpfen eingerahmt war.
»Maria hat gedacht, daß ...«, sagte das Mädchen und wurde rot.
Was Maria sich gedacht und wahrscheinlich auch ausgesprochen hatte, war Alberada klar.
»Du bist Caterina«, sagte Boemund, »das Mädchen, dem ich den Zahn ausgeschlagen habe.«
Seine Mutter warf ihm einen langen Blick zu und stand auf.
»Setz dich hierher, Caterina, und hilf ihm beim Essen!«
Caterina stellte das Tablett auf den Tisch.
»Was möchtet Ihr haben, junger Herr? Maria hat Brühe, Gemüse, Hähnchen und Kalbfleisch geschickt.«
Als Alberada kurz darauf mit leisen Schritten das Krankenzimmer verließ, bemerkte keiner der beiden, daß sie ging. Sie quittierte das mit einem leichten Lächeln.
»Hähnchen. Du warst oft hier. Ich erinnere mich, daß mich deine Zöpfe immer gekitzelt haben«, sagte Boemund.

Caterina legte zwei Hähnchenkeulen auf eine Platte und brachte sie ans Bett.

»Sie rutschen immer aus dem Kranz und baumeln mir dann über die Schulter. Es wäre praktischer, wenn ich die Haare abschneiden dürfte.«

»Bloß nicht! Ich finde deine Zöpfe sehr hübsch. Ich mag es, wenn sie mich kitzeln.«

Caterina beugte sich vor und stellte die Platte auf das Bett. Sofort glitt der rechte Zopf vorwitzig über die Schulter und schaukelte vor Boemunds Gesicht. Sie versuchte vergeblich, ihn mit einer Kopfbewegung zurückzuschleudern. Boemund fing das Ende ein, das vor seiner Nase tanzte, wickelte es um seine Hand und zog so ihren Kopf immer näher an sich heran. Schließlich waren ihre Augen nur noch eine Handbreit voneinander entfernt und begegneten einander in einem langen ernsthaften Blick. Dann lockerte sich sein Griff, sie zog sich zurück und sagte mit einem nervösen Auflachen:

»Das Fleisch wird kalt. Maria wird mich schelten, wenn ich Euch nicht gut versorge.«

An einem der nächsten Tage gelangte ein Brief Robert Guiskards nach Policastro. Der Krieg sei vorbei. Abälard habe sich in dunkler Nacht mittels eines Korbes von der Mauer der belagerten Stadt abgeseilt und sei nach Konstantinopel geflohen. Damit sei der Aufstand zusammengebrochen. Er befahl seinem Sohn, sich richtig auszukurieren, ehe er wieder in Salerno erschiene. Boemund fügte sich ohne Sträuben. Obwohl er rasch genas, schon nach zehn Tagen wieder ein Pferd besteigen konnte und nach zwei Wochen Waffenübungen aufnahm, ließ er sich Zeit mit seiner Abreise.

Caterina kam morgens und abends in sein Zimmer und bestrich die Narbe an der Schulter mit Olivenöl, damit die neue Haut geschmeidig wurde. Sie nahm die Aufgabe ernst, erledigte sie sorgsam und gründlich und brauchte lange, ehe sie das Zimmer wieder verließ.

An der Abendtafel ließ der Kaplan viele Worte darüber fallen, daß Unzucht ein Greuel vor dem Herrn sei, beinahe so sündhaft wie Ehebruch, und einem Christen – der natürlich am besten daran täte, sich des fleischlichen Umgangs völlig zu enthalten – nur um der Nachkommenschaft willen in der Ehe eine Zusammenkunft ohne leidenschaftliche Begierde gestattet sei.

Boemund wurde rot.

Humfried lachte laut auf.

»Ihr frommen Männer solltet nicht Wasser predigen und selbst Wein trinken.«

»Ich habe es immer höchst sonderbar gefunden und nie verstanden«, sagte Alberada, »wie gerade die Männer der Kirche, die uns lehren, daß Gott, nachdem er die Welt geschaffen hatte, sagte, sie sei gut, uns einreden wollen, daß der Genuß dieser guten Schöpfung von Übel sei. Sie wettern gegen gutes Essen, schöne Kleidung, Schmuck, Fröhlichkeit und Lachen, und predigen den Wert trauriger Askese, als habe Gott uns in ein Jammertal versetzt.«

»So ist es auch«, erwiderte der Kaplan. »Was Ihr die schönen Seiten der Welt nennt, sind Erfindungen des Teufels, um uns in Versuchung zu führen. Euer gutes Essen? Wird es nicht, wenn wir es stehenlassen, schimmelig und stinkt? Bedeckt Eure schöne Kleidung nicht einen Leib, der welkt und Würmerfraß wird? Fröhlichkeit und Lachen sind die Einfallstore Satans. Sie führen uns zu oberflächlichem Genuß, und wir vergessen, daß Jesus am Kreuz für unsere Sünden gelitten hat. Auf den Knien müßten wir liegen, Tag für Tag, im Staub kriechen vor dem Kreuz, demütig im Bewußtsein unserer großen Schuld, statt uns dem Vergnügen und der Wollust zu ergeben. Und wer verführt uns dazu? Das Weib! Ihr Lachen, ihre Blicke, ihre langen Haare, der Schwung ihrer Hüften ...«

Alberada legte ihm die Hand auf den Arm.

»Ihr werdet unhöflich, Kaplan. Bedenkt, daß es eine Frau

ist, der ihr auf Policastro dient! Bedenkt, daß auch die Mutter des Herrn eine Frau war!«

Bevor er antworten konnte, warf Humfried vom anderen Ende des Tisches ein: »Wir kennen die Geschichte vom Fuchs, dem die Trauben zu hoch hängen und der sie deshalb sauer nennt. Beneidet den Fuchs nicht, frommer Mann, dem es gelingt, sie zu erreichen und der ihre Süße auskostet!«

Das Gelächter, das sich rings im Saal erhob, erstickte jede weitere Erwiderung des Kaplans. Jemand brachte einen Trinkspruch auf die jugendliche Manneskraft aus.

Diesmal wurde Caterina, die beim Servieren half, über und über rot.

»Meine Urgroßmutter will Euch sehen«, sagte Caterina.

Sie hockte mit untergeschlagenen Beinen im Stroh und flocht ihren Zopf.

»Ihr sollt am Sonntag nach der Messe zu ihr kommen.«

Boemund lag lang ausgegestreckt, die Hände hinter dem Kopf verschränkt, und sah ihr zu. Er lachte und schob den Strohhalm, an dem er kaute, in den Mundwinkel.

»Sie will? Ich soll? Eine Tagelöhnersfrau befiehlt wie eine Herzogin?«

Caterina sah ihn ernst an.

»Meine Urgroßmutter ist eine Herzogin.«

Er lachte lauter.

»Nein, wirklich!«

Sie verknotete das Band um das Zopfende.

»Sie ist nicht von hier. Vor hundert Jahren kam eine Gruppe von Fremden ins Dorf. Die hatten einen Bären bei sich, der tanzen konnte, und einen Mann, der Feuer schluckte, und Frauen, die aus der Hand die Zukunft lasen und den Leuten goldene Ringe aus Ohren und Nasen zogen. Sie kamen von weither übers Meer. Ihr Anführer war ein Herzog aus dem Land der Inder. Seine Frau war hochschwanger. Sie gebar ihr Kind im Dorf, beim Schmied im Stall, und starb dabei. Die Frau des Schmieds hatte gerade ihr eigenes Kind verloren und noch Milch in den Brüsten. So ließen sie das Kind bei ihr. Der Herzog aus Indien sagte, er würde einen Boten schicken und das Kind abholen lassen, wenn es größer geworden wäre. Aber der Bote kam nie. So ist meine Urgroßmutter hier aufgewachsen. Sie hat den Sohn des Schmiedes geheiratet und zehn Kinder geboren. Sie ist getauft und ging jeden Sonntag zur Messe, solange sie noch gehen konnte. Aber sie gilt immer noch als Fremde, und die Leute fürchten sich vor ihr, weil sie die Gabe hat.«

»Welche Gabe?«

»Sie kann die Zukunft voraussagen.«

Boemund erhob sich träge.

»Das können viele. Auf jeder Kirmes, in jeder Stadt triffst du alte Weiber, die behaupten, das zu können. In Palermo sitzen sie an jeder Straßenecke. Wie macht deine Urgroßmutter das? Liest sie aus der Hand? Murmelt sie Beschwörungen über einer Kohlenpfanne, in der sie Kräuter verbrennt? Fragt sie ihre schwarze Katze?«

»Spottet nicht!« sagte Caterina gekränkt, »Ihr kennt meine Urgroßmutter nicht.«

»Ich habe auch keine Lust, sie kennenzulernen.«

Aber er ging am Sonntag doch mit Caterina ins Dorf hinunter. Alberada hatte seine Neugier geweckt. Er hatte ihr von der herrischen Aufforderung der Alten erzählt, und zu seiner Verwunderung hatte seine Mutter nicht gelacht.

»Dann mußt du gehen«, hatte sie gesagt. »Einen Befehl der alten Ägypterin weist man nicht zurück.«

»Ägypterin? Caterina sagt, ihr Vater stamme aus Indien.«

»Niemand weiß, woher ihre Eltern kamen. Sie ist die Tochter umherziehender Gaukler, und sie hat die Gabe.«

Caterina nahm ihn mit ins Dorf. Sie hatte ihre Haare gewaschen, ihr Gesicht geschrubbt, bis es rosig glänzte, und ein sauberes blaues Kleid angezogen.

»Wie hübsch du bist«, sagte Boemund.

Sie nahm sich nicht die Zeit für ein Lächeln. Sie war nervös und drängte zum Aufbruch.

»Wir werden zu spät kommen.«

»Werden wir nicht. Wir reiten.«

»Ich kann nicht reiten.«

»Du wirst doch wohl hinter mir auf dem Pferd sitzen können. Halte dich an mir fest und kitzle mich nicht mit deinen Zöpfen, dann kommen wir beide unbeschadet ans Ziel.«

Sie hielten einen aufsehenerregenden Einzug auf dem Dorfplatz, gerade als die Glocken, die zur Messe gerufen hatten, verstummten. Boemund warf die Zügel einem rotznäsigen Jungen zu, der ihn mit offenem Mund angaffte, und schärfte ihm ein, gut auf das Pferd aufzupassen, sonst würde er ihn mit seinem Schwert säuberlich von oben bis unten in zwei Teile hauen, bot Caterina den Arm an und führte sie wie eine edle Dame in die Kirche.

Caterina schritt hocherhobenen Hauptes den Gang zwischen den Reihen der Gläubigen hinunter und setzte sich weit vorn zu den Frauen auf die linke Seite. Ihre Gedanken waren kaum bei der Messe. Sie sonnte sich im Glanz des Neides der anderen Frauen, den sie förmlich auf ihrem Rücken und ihren Schultern spüren konnte.

Als sie betete, flehte sie den Himmel um ein Kind an. Wenn sie einen Sohn von ihm hätte, würde Boemund nicht einfach davonreiten und sie nie wieder beachten, sondern er würde häufiger nach Policastro zurückkehren. Es würde immer eine Verbindung zwischen ihnen geben. Auch würde sie nicht ihr Leben lang in der Hitze der verräucherten Burgküche am hochauflodernden Kaminfeuer schwitzen und im Frühjahr am Fluß beim Wäschewaschen frieren, nur um im Alter in einer kleinen Kammer über dem Stall das Gnadenbrot zu bekommen. Wenn sie Mutter von Boemunds Sohn wurde, dann würde die Herrin eine gute Ehe für sie arrangieren, und sie würde eine allseits geachtete Ehefrau werden.

Boemund langweilte sich in der dunklen kleinen Kirche. Die Luft war schwer von den Ausdünstungen der Umstehenden, von Knoblauch, rohen Zwiebeln und Schweiß. Boemund beneidetete die Mönche jenseits des Gitters im Chorgestühl, die diesen Gerüchen fern waren. Er musterte sie. Es waren ein Dutzend Männer verschiedenen Alters, von einem Jungen ohne Bartflaum bis zu einem gebrechlichen Alten, dessen Kopf unaufhörlich wackelte. Einer von ihnen sah Michael Dukas, dem Kaiser von Byzanz, so ähnlich wie ein älterer Bruder einem jüngeren ähnlich sehen kann.

Catarina führte Boemund nach der Messe durch ein Spalier von Gaffern an das andere Ende des Dorfes. Dort stand etwas abseits ein kleines Steinhaus, von wildem Wein überwuchert. Die verwitterte Holztür hing schief in den Angeln. Caterina pochte mit der Faust dagegen. Von innen rief eine schrille dünne Stimme Unverständliches.

»Geht hinein«, flüsterte sie und schob Boemund durch die Tür,« sie erwartet Euch.«

Drinnen war es dunkel. Licht kam einzig von dem glimmenden Herdfeuer. Nach dem strahlenden Sonnenschein draußen konnte Boemund zunächst nichts erkennen.

»Tritt näher, junger Mann, tritt näher!«

Die Stimme war die einer alten Frau, dünn und jammernd, undeutlich, aus einem zahnlosen Mund genuschelt.

Vorsichtig schob er sich vorwärts, stieß an einen Tisch, etwas fiel klirrend zu Boden. Ein Kater strich um seine Beine. Boemund erschrak. Er hörte ein hohes dünnes Kichern vom Herd her. Allmählich unterschied er Einzelheiten und fand Caterinas Urgroßmutter in einem Lehnstuhl am Herd, wo sie von dem schwachen Feuer mit rotem Licht beschienen wurde. Caterina hatte behauptet, sie sei vor hundert Jahren geboren worden, und er war geneigt, ihr zu glauben. Ihr winziger Körper war nichts als ein Bündel Knochen, von Haut zusammengehalten und mit Lumpen bedeckt. Dünne Strähnen weißen

Haares klebten an der Kopfhaut. Die Augen, tief eingesunken in dem verrunzelten Gesicht, spiegelten das Feuer wider.

»Gib mir deine Hand!« forderte sie.

Boemund empfand einen tiefen Widerwillen dagegen, sich von ihr berühren zu lassen. Nur zögernd streckte er seine Hand aus. Ihre knochige Hand krallte sich mit überraschender Kraft um sie.

Die Alte schloß die Augen. Ihr Mund stand offen, sie atmete tief und stoßweise. Eine Weile saß sie bewegungslos, dann schaukelte sie rhythmisch mit dem Oberkörper vor und zurück, ohne seine Hand loszulassen. Hitze stieg von der Hand in seinen Arm hinauf und breitete sich in seinem Körper aus. Schweiß trat ihm auf die Stirn . Dann begann sie zu sprechen, mit derselben jammernden dünnen Stimme, in einem Singsang, dem er nur schwer folgen konnte.

»In Schönheit wandelt er und Stärke,
den Göttern gleich, den alten.
Die Glocken werden läuten
und das Volk wird jauchzen,
wo er vorüberzieht.
Verlieren wird er,
was er begehrt,
gewinnen, was er nicht will,
Die Hölle wird ihm Paradies,
das Paradies die Hölle.
Hassend Geliebter,
geliebter Hassender,
verratener Verräter,
besiegter Sieger,
unsterblicher
Sterblicher.«

Die Alte verstummte und fiel in ihrem Stuhl zurück. Ein Speichelfaden rann aus dem Mundwinkel über ihr Kinn. Boemund zog vorsichtig seine Hand aus ihrer Kralle. Sie rührte sich nicht. Ihr Atem ging gleichmäßig, und bevor er die Hütte verlassen hatte, hörte er sie schnarchen.

Mit Bedacht rief Theophilos Helena auf, die nächsten Verse vorzulesen.

Das Mädchen schob sich eine helle Haarsträhne aus dem Auge und begann:

»Wie wenn hellauftönend der Kriegsausruf der Drommete,
Wenn um die Stadt herwühlt wehdrohender Feinde Getümmel.
So nun hell auftönet der Kriegsausruf des Peliden.
Aber sobald sie vernommen den ehernen Ruf des Peliden,
Regte sich allen das Herz, und die schöngemähneten Rosse
Wandten zurück ihr Geschirr, denn sie ahndeten Jammer im Herzen.«

Helenas Augen funkelten. Sie unterbrach sich und rief aus: »Wie bei meinem Vater! Wenn mein Vater seinen Schlachtruf erschallen läßt, hat er den Kampf schon gewonnen, denn die Feinde fliehen wie die Gazellen, wenn sie den Löwen brüllen hören.«

Theophilus war sicher gewesen, daß er ihr eine Freude gemacht hatte, und verbarg sein zufriedenes Lächeln hinter der Hand, räusperte sich dann und sagte mit gespielter Strenge:

»Wenn Ihr bitte fortfahren würdet, ohne den Fluß der Verse durch private Bemerkungen zu unterbrechen!«

Er erinnerte sich an das widerspenstige Kind, das er vor mehr als zwei Jahren hatte unterrichten sollen, und verglich es mit dem Mädchen, das jetzt vor ihm saß. Nur ihr blondes Haar und ihre hellen Augen erinnerten an ihre barbarische Herkunft. Sie war ebenso reich gekleidet und kunstvoll geschminkt wie die anderen Mädchen, bewegte sich ebenso anmutig, sprach das Attische ebenso geläufig wie sie, und sie teilte Annas Liebe zur Literatur wie keine andere. Er hatte sie zunächst für geistesschwach gehalten, aber dann bemerkt, daß sie eine rasche Auffassungsgabe besaß, einen scharfen Verstand, ein hervorragendes Gedächtnis, eine unausrottbare Neigung zu vorlauten Bemerkungen und durch keinerlei Maßnahmen einzuschüchtern war. Wäre Anna nicht schon seine Lieblingsschülerin gewesen, so hätte sie es werden können. Er bedauerte sehr, daß das dritte Mädchen in diesem Kleeblatt von Freundinnen, obwohl intelligent, uninteressiert am Lernen war. Irene Dukaina, die nie eine besonders aufmerksame Schülerin gewesen war, träumte in jeder Stunde vor sich hin. Wahrscheinlich dachte sie an nichts anderes als an ihre bevorstehende Hochzeit mit Alexios Komnenes.

Das sollte ihn nicht länger stören. Er hatte seinen Abschied eingereicht und würde den Großen Palast in einem Monat verlassen. Er würde ins Studioskloster eintreten und den Rest seines Lebens dem Gebet und der Gelehrsamkeit widmen. Als sein Förderer, Kaiser Romanos Diogenes, eines kläglichen Todes gestorben war, war seine Karriere abgebrochen. Aber selbst den Posten, den er jetzt innehatte, konnte er Gefahr laufen zu verlieren, wenn es den nächsten Kaiserwechsel geben sollte. Theophilus, der als weltabgewandter Literat galt, hörte doch so viel von den politischen Ereignissen, daß er sicher war, Michael Dukas würde sich nicht mehr lange auf dem Thron halten. Zuviele Feldherren versuchten sich daran, mit ergebenen Truppen einen Aufstand anzuzetteln. Der Kaiser konnte sie nicht alle besiegen. Einem von ihnen würde der Putsch gelingen, und der würde dann seine Leute mit einträglichen Positionen am Hof belohnen.

Am Ende der Stunde gab er seinen Schülerinnen bekannt, daß er sie nur noch vier Wochen lang unterrichten würde. Sie waren wohlerzogen und äußerten ihr Bedauern, aber er glaubte nur Anna und Helena.

»Wir sollten ihm eine kleine Abschiedsfeier ausrichten«, sagte Anna, nachdem er den Raum verlassen hatte.

»Mit kandierten Feigen und Veilchen«, sagte Irene, spöttisch auf Theophilos' bekannte Neigung zu Süßigkeiten anspielend.

»Ich meine es ernst. Wir sollten alle eine Stelle aus Homer auswendig lernen und richtig schön, fließend und mit guter Betonung, aufsagen. Das würde ihm Freude machen.«

»Dann nimmt Helena bestimmt die Verse, wo Achill trompetend in die Schlacht geht. Wie ihr Vater.«

Irene sprach mit einem maliziösen Unterton, der Achill wie einen Elefanten erscheinen ließ und der darauf gerichtet war, Helenas Aufbrausen zu provozieren. Theophilos mochten die drei Mädchen, die immer zusammensteckten wie ein Kleeblatt, aber sie waren nicht drei Blättchen, die sich einträchtig an einem Stengel festhielten. Irene war Annas engste Freundin gewesen, bevor Robert Guiskards Tochter aufgetaucht war, und sie hatte mit bohrender Eifersucht zugesehen, wie Anna sich Helena zuwandte. Was ursprünglich wohl nur Mitleid mit dem verlassenen Kind gewesen war, wandelte sich bald in eine Freundschaft verwandter Seelen. Beide Mädchen hatten einen schnellen Verstand, liebten die Dichtung und waren stolz bis zum Hochmut. Irene begriff schnell, daß ihre Versuche, die beiden auseinanderzubringen, indem sie sich über die Barbarin lustig machte, nur dazu führten, ihr Anna zu entfremden. Sie machte gute Miene und tat nach außen, als sei auch sie Helenas Freundin, konnte aber von Zeit zu Zeit ein Sticheln nicht unterdrücken, auf das Helena unfehlbar reagierte. Es war immer wieder Annas Aufgabe, zwischen den beiden zu vermitteln, wie sie es auch jetzt wieder tat, indem sie rasch jeder Erwiderung Helenas zuvorkam.

»Ich habe auch eine Lieblingsstelle. Ganz am Ende der Odyssee. Wenn Odysseus alle Freier erschlagen hat und die Magd zu Penelope eilt und ihr die Nachricht bringt, daß ihr Gemahl zurückgekehrt ist und ihr sagt:

Folge mir, damit ihr die lieben Herzen einander
Wieder mit Freuden erfüllt, nachdem ihr so vieles erduldet.«

Ihre Friedensstiftung mißlang.

»Die Textstelle solltest du Irene abtreten«, sagte Helena. »Erinnerst du dich, wie es vorher heißt, daß Odysseus umringt ist von den Leichen der toten Freier, mit Blut und Staub besudelt wie ein Löwe? Das paßt doch auf Alexios, oder nicht? Er tötet in der Schlacht und kehrt dann blutbesudelt zu seinem treu wartenden Weibe zurück. Obwohl ich annehmen möchte, daß Alexios sich vorher reinigt. Er ist ein zivilisierter Mann, keiner der Heroen der Vorzeit. Was meinst du, Irene?«

»Daß ich lieber einen Mann heirate, der in den Krieg zieht und mit Ruhm bedeckt zurückkehrt, als ein Kind, das noch am Schürzenzipfel seiner Kinderfrau herumstolpert wie dein kleiner Konstantin.«

»Mein kleiner Konstantin wird noch ein junger gesunder Mann sein, wenn deinem Alexios schon alle Zähne ausgefallen sind.«

»Worüber streitet ihr euch eigentlich?« fragte Anna ärgerlich. »Was soll das? Ich denke, wir reden über eine Abschiedsfeier für Theophilos.«

»Du hast darüber geredet«, sagte Irene. »Meinetwegen brauchen wir ihn nicht zu feiern. Ich bin froh, wenn ich seine Stunden hinter mir habe. Lesen, lesen, lesen! Homer von vorne, von hinten, von oben und von unten. Und wenn es einmal nicht Homer ist, dann die Dramen, in denen die Leute ihre Familienmitglieder im Dutzend umbringen, Frauen ihre Gatten, Söhne ihre Väter und sogar Mütter ihre Söhne. Hat er irgendwann schon mal davon gehört, daß es unterhaltsame Abenteuerromane gibt, die zu lesen eine Menge Spaß macht?«

»Sie sind auf keinen Fall spannender als die alten Dramen«, widersprach Anna, froh das Gespräch vom Persönlichen fernhalten zu können, »findest du es denn nicht aufregend, wenn Medea ihre Kinder umbringt?«

»Aufregend?« sagte eine Stimme hinter ihr, »das ist doch wohl das falsche Wort. Ich hoffe, junge Dame, Ihr findet das entsetzlich. Nur eine Hexe und Zauberin, und das war Medea ja wohl, kann so Widernatürliches tun.«

Athanasios, der alte Mönch aus dem Studioskloster, der ihnen Religionsunterricht erteilte, war stehengeblieben. Sein langer weißer Bart zitterte vor Empörung. Anna, immer begeistert, wenn es galt, über Dichtung zu reden, bedachte nicht, mit wem sie sprach und rief aus:

»Widernatürlich? Oh nein! Bedenkt doch, wer Medea ist: die Königstochter von Kolchis, die einem dahergelaufenen Abenteurer den größten Schatz ihres Vaterlandes aushändigt, mit ihm flieht, für ihn alles aufgibt, was sie war, und zu seiner Rettung sogar ihren Bruder tötet. Und dann läßt er sie in Korinth im Stich, verrät sie aus schnödem Ehrgeiz. Ist es da widernatürlich, daß sie, die Verlassene, mit Schande Befleckte sich rächen will? Sie nimmt Jason, was ihm das Teuerste auf Erden ist, seine Söhne. Aber wie grausam ist sie dabei gegen sich selbst, denn es sind auch ihre Söhne. Medeas Rache ist nicht widernatürlich, sie ist heroisch.«

Athanasios schnaubte vor Unwillen.

»Wie könnt Ihr so reden? Das ist die Frucht der Lektüre heidnischer Bücher. Mich schaudert. Man sollte sie alle verbrennen, denn sie vergiften die Herzen, wie man sieht. Habe ich Euch nicht seit Jahren gepredigt, daß die heidnische Welt voller Haß und sündiger Begierde war und daß Christus uns davon erlöst und uns die Liebe gebracht hat? Anscheinend habt Ihr mir nicht zugehört. Ihr werdet bis morgen zehnmal die Stelle im Brief des Apostels Paulus an die Korinther abschreiben, in der er sich über das Wesen der Liebe äußert.«

Er schritt vorüber und schüttelte immer noch empört den Kopf, als er um die nächste Ecke des Korridors bog.

»Oh weh«, sagte Anna und verzog das Gesicht, »ich hätte den Mund halten sollen. Der Text ist lang, wette ich, und ich werde den ganzen Abend dafür brauchen.«

Irene und Helena boten ihre Hilfe an, und sie machten sich

am Abend an die Strafarbeit als Gemeinschaftswerk. Irene diktierte den Text, Helena und Anna, deren Handschriften sehr ähnlich waren, schrieben. Zunächst arbeiteten sie rasch und zielbewußt, aber nach einer Weile taten ihnen die Finger vom Schreiben weh, sie hielten gelegentlich inne und kommentierten, was Irene ihnen vorlas.

»Hier heißt es, die Liebe sei sanftmütig, dulde alles und verzeihe alles. Ist das die Handlungsweise unseres verehrten Lehrers? Athanasios«, sagte Helena, »hält sich nicht gerade daran, wie?«

»Kein Mensch kann sich daran halten«, erwiderte Anna überzeugt. »Das ist ja, als ob du jeden Tag nur Milchsuppe essen dürftest und nie ein Stück Fleisch.«

»Es läuft auf eines hinaus«, meinte Irene, »man soll demütig sein.«

»Vor Gott ja«, sagte Anna prompt, »aber doch nicht vor den Menschen. Willst du etwa demütig sein gegenüber Alexios?«

Irene lachte.

»Vielleicht, wenn ich ihn liebe. Ich weiß nicht, wozu ich fähig bin, wenn ich liebe. Schließlich habe ich damit keine Erfahrung.«

»Ich auch nicht, aber ich weiß ganz sicher, daß mich die Liebe nicht demütig machen wird.«

Sie wandten sich wieder dem Schreiben zu und arbeiteten eine Zeitlang konzentriert, dann hob Anna plötzlich lauschend den Kopf.

»Hört ihr nichts?«

»Nein«, sagten beide wie aus einem Munde. Und Helena fügte hinzu, »es ist still wie in einem Grab.«

»Eben. Das ist ja das Sonderbare. Jetzt ist die Zeit, da die meisten aus der Kirche zurückkommen, die an der Abendandacht teilgenommen haben. Wir müßten sie hören. Wir müßten auch die Wachen auf ihrem Rundgang hören. Aber nichts. Es ist so still, als wäre es schon mitten in der Nacht.«

»Was hat das zu bedeuten?«

Anna hob die Schultern.

»Ich weiß nicht. Sicher nichts Gutes. Es ist irgendwie unheimlich, findet ihr nicht?«

»Wir sollten hinausgehen und nachsehen«, sagte Helena zögernd.

Sie horchten weiter in die Stille hinein und rührten sich nicht. Der Große Palast war nicht immer ein Hort des Friedens und der Sicherheit. Er hatte in der Vergangenheit viele Gewalttaten gesehen. Anna hatte recht. Es war unheimlich, und sie fürchteten sich vor dem, was sie draußen entdecken könnten.

Niemand sagte ihnen etwas. Die Töchter der großen Familien, die unter der Obhut der Kaiserin im Großen Palast erzogen wurden, bemerkten den Umsturz zunächst nur daran, daß ein Teil ihres Unterrichts ausfiel. Sie hatten plötzlich viel freie Zeit, die sie alle in einem Raum verbrachten, als drängten sie sich schutzsuchend aneinander. Es waren Anna und Helena, die Ausflüge in das Palastinnere unternahmen, lauschten, wo sie Eunuchen im Gespräch bemerkten, und die Erste Hofdame, die sie immer unwirsch abfertigte, mit Fragen belästigten.

Sie setzten die Einzelheiten, die sie erfuhren, wie ein Mosaik zusammen und erhielten allmählich ein Bild.

An dem Abend als sie Paulus' Worte an die Korinther hatten abschreiben müssen, hatte Kaiser Michael Dukas in der Hagia Sophia angesichts des ganzen Hofes feierlich seiner Krone entsagt und war ins Studioskloster eingetreten.

»Wieso hat der Kaiser abgedankt?« fragte Helena fassungslos. »Mein Vater hätte das nie getan. Er würde bis zum letzten Atemzug um die Herrschaft kämpfen und wenn er verlieren würde, dann müßten sie ihn umbringen. Freiwillig würde er nichts aufgeben, was er besitzt.«

»Michael war nie ein Kämpfer, sondern immer ein Gelehrter«, sagte Irene, und in ihrer Stimme klang mit, daß das einen kultivierten Byzantiner von einem barbarischen Schlagetot unterschied. »Er findet es sicher besser, freiwillig als Mönch bei guter Gesundheit seinen Interessen nachgehen zu können, als nach einer Niederlage dazu gezwungen zu werden. Wir bringen unsere entmachteten Kaiser nicht um. Wir sorgen nur dafür, daß sie nie wieder auf den Thron zurückkehren können, indem sie ins Kloster gesteckt und zur Vorsicht geblendet werden.«

Helena zuckte zusammen.

»Meint ihr, daß ihr darauf stolz sein könnt?«

»Immerhin bleibt ihnen das Leben. Sie können den Rest damit verbringen, für ihr Seelenheil zu beten.«

»Wenn sie es denn überleben«, sagte Anna. »Romanos Diogenes haben sie damals so brutal geblendet, daß er einige Tage darauf gestorben ist. So gesehen ist es sehr verständlich, daß Michael freiwillig abgedankt hat. Ich frage mich nur, warum jetzt? Und was wird aus der Kaiserin?«

Und aus dem kleinen Konstantin, hatte sie hinzufügen wollen, verzichtete aber darauf, um Helena nicht zu beunruhigen. Doch die Schonung war überflüssig. Helena wußte, daß mit Michaels Abdankung auch ihr eigenes Schicksal neu verhandelt wurde.

Kaiserin Maria von Alanien hatte an dieser Zeremonie nicht teilgenommen. Sie hatte zur selben Zeit mit den Brüder Isaak und Alexios Komnenes und deren Mutter Anna Dalassena eine geheime Besprechung gehabt, über deren Inhalt niemand etwas wußte.

Anna und Helena entdeckten, daß die Wachen, die an den Toren und Treppenaufgängen postiert waren, zwar die Uniform der kaiserlichen Leibgarde trugen, aber nicht die altvertrauten Gesichter hatten. Es gelang ihnen, mit einem jungen Soldaten zu sprechen, der sich im Labyrinth der Großen Palastes verirrt und in die Frauengemächer geraten war. Er war ein rotwangiger Junge vom Lande, sichtlich stolz auf seine neue Position, und recht verlegen gegenüber den jungen vornehmen Mädchen.

»Ich gehöre zu der Armee des Nikephoros Botanaiates. Er ist der neue Kaiser.«

Helena starrte ihn an.

»Was heißt das – er ist Kaiser?«

»Wir, seine Truppen, haben nicht länger mitansehen können, wie so ein Schwächling auf dem Thron sitzt, während ringsum das Reich in Scherben fällt. Deshalb haben wir Nikephoros auf den Schild gehoben und zum Kaiser ausgerufen und sind vor die Mauern von Konstantinopel gezogen. Der Ruf von Nikephoros' Tüchtigkeit ist so groß, daß Kaiser Michael gleich, als er davon hörte, ins Kloster geflohen ist. Daraufhin hat man uns die Tore geöffnet, und wir sind ohne Kampf in die Stadt eingezogen. Nikephoros ist sofort zur Hagia Sophia marschiert, wo der Patriarch ihn schon erwartet und gekrönt hat.«

»Und die Kaiserin Maria?« fragte Anna.

»Die hat Nikephoros geheiratet, bevor der Patriarch ihn gekrönt hat. Beneidenswert. In seinem Alter noch eine so schöne junge Frau zu kriegen.«

Sie zeigten ihm den Weg hinaus und schwiegen eine Weile. Endlich sagte Helena: »Arme Maria. Ich habe Nikephoros einmal gesehen. Er ist alt, hat dünne Beine, einen dicken Bauch und nicht ein einziges Haar auf seinem Kopf. Den zum Mann zu haben nach Michael, das muß schrecklich sein. Ich begreife nicht, warum sie das getan hat.«

»Hatte sie eine Wahl? Du hast gehört, daß die Truppen vor den Mauern standen. Michael ist davongelaufen und hat sie im Stich gelassen. Da war sie nun ganz allein mit dem Kind und brauchte Hilfe. Was wäre, wenn sie Nikephoros nicht die Tore geöffnet hätte und ihn nicht zum Mann genommen hätte? Er hätte Konstantinopel gewaltsam eingenommen und sie ins Kloster gesperrt. Wenn sie Kaiserin bleiben wollte, mußte sie mit ihm paktieren.«

»Ich wäre lieber ins Kloster gegangen, wenn ich die Wahl gehabt hätte.«

»Vergiß nicht, daß Maria einen Sohn hat! Nikephoros ist kinderlos. Indem sie ihn heiratet, sichert sie die Thronfolge ihres eigenen Sohnes. Konstantin bleibt der Kronprinz.«

»Ich werde also eines Tages doch Kaiserin von Byzanz«, sagte Helena. »Wie Irene sich darüber ärgern wird!«

Als sie in Irenes Zimmer gingen, sahen sie, daß Irene damit beschäftigt war eine Dienerin zu überwachen, die ihre Habe in einen großen Weidenkorb packte.

»Was soll das werden?« fragte Anna.

»Ich gehe fort. Noch heute. Sobald meine Sachen gepackt sind«, sagte Irene aufgeregt.

»Fort? Wohin?«

»Nach Hause. In den Palast der Sieben Rosen. Mein Onkel hat eine Nachricht geschickt. Ich werde heimkehren und dann heiraten.«

»Alexios?« fragte Anna.

Irene starrte sie an.

»Natürlich Alexios. Wen denn sonst? Hast du vergessen, daß ich mit ihm verlobt bin?«

»Nein. Aber du bist schon sehr lange mit ihm verlobt. Warum diese plötzliche Eile?«

Helena nahm ein paar Wäschestücke von einem Stuhl, drückte sie der Dienerin in die Arme und setzte sich.

»Das muß mit dem Umsturz zusammenhängen.«

»Aber es macht keinen Sinn«, erwiderte Anna, »ich habe verstanden, daß ein Komnene eine Dukaina heiratet, wenn der Kaiser ein Dukas ist. Aber jetzt sind die Dukoi entmachtet. Wieso besteht Alexios immer noch auf diese Heirat? Irene ist nichts mehr wert.«

»Danke schön«, sagte Irene und machte einen spöttischen Knicks.

»Du weißt, wie ich es meine«, sagte Anna. »Aber wie auch immer: ich hoffe, daß er dich sehr glücklich macht.«

»Wenn man in der Ehe glücklich werden kann«, fügte Helena hinzu und erntete böse Blicke von zwei Seiten.

»Du bestimmt nicht«, sagte Irene gehässig.

»Müßt ihr denn immer streiten? Sogar jetzt?« fragte Anna erzürnt.

Anna war traurig über den Verlust Irenes, aber ihr war lieber, daß Irene ging und Helena blieb, als umgekehrt. Sie war impulsiv, unter all ihrem anerzogenen guten Betragen lauerte eine Ungebärdigkeit, die manchmal, wenn sie sich sehr gekränkt fühlte, auf gewaltsame Art durchbrach. Einmal hatte sie Theophilos für einen scharfen Tadel ein Tintenfaß an den Kopf geworfen und ihn nur um weniges verfehlt. Die Strafe war hart gewesen, aber das Ungerechte und Erbitternde daran, hatte sie zu Anna bemerkt, war, daß sie sie ertragen mußte, obwohl sie doch ihr Ziel verfehlt hatte. Mit Helena war das Leben aufregender als mit Irene. Das Blut der kämpferischen Hautevilles ließ sich nicht völlig unterdrücken.

Manchmal dachte Anna an den schlaksigen Jungen mit den hellen Augen und dem frechen Grinsen, der die Komnenen im Polospiel besiegt hatte, und sie erinnerte sich an den Eindruck, den seine Kraft und sein Lachen auf sie gemacht hatten. Von allen Menschen, denen sie je begegnet war, schien er ihr der lebendigste zu sein. Aus dem Gedanken heraus fragte Anna völlig zusammenhanglos:

»Wieso heißt er eigentlich Boemund?«

Helena wunderte sich über die Frage nicht. Ihr Bruder erschien ihr auch nach den Jahren, die sie in Konstantinopel verbracht hatte, als der – gleich nach ihrem Vater – großartigste Mensch der Welt und nichts war natürlicher für sie, als daß Anna sich noch an ihn erinnerte

»Eigentlich heißt er gar nicht so. Er wurde auf den Namen

Markus getauft. Er war schon bei seiner Geburt sehr groß und als man meinem Vater den Neugeborenen in den Arm legte, rief er: Bei Gott, das ist ein richtiger Boemund! Und seitdem nennt ihn niemand anders.«

»Und was ist ein richtiger Boemund?«

»Ein Riese in einem Märchen.«

»Was? So einer aus einem Kindermärchen, den jeder an der Nase herumführen kann? Dein Vater benennt seinen Sohn nach einem ungeschlachten Tölpel? Ihr seid sonderbar, ihr Normannen.«

Helena lachte.

»Boemund ist niemand aus einer byzantinischen Geschichte. Er ist ein normannischer Riese, einer, der seine Feinde in Stücke reißt und ihre Herzen roh verschlingt.«

Anna schauderte.

»Wie barbarisch!«

Der Unterricht wurde wieder aufgenommen, und in den Frauengemächern schien es zunächst, als habe sich nichts geändert. Maria war immer noch Kaiserin, ihr Sohn, der purpurgeborene kleine Konstantin, der Thronfolger und Helena seine Verlobte.

Aber untergründig wuchs eine Spannung, die die Mädchen spürten, erklären konnten sie sie nicht. Sie waren jetzt alt genug, um Dienst in den Gemächern der Kaiserin selbst zu tun, und beide bemerkten, daß Maria sich häufig mit Anna Dalassena, der Mutter der Komnenen, zu Besprechungen unter vier Augen zurückzog. Zwei- oder dreimal begleitete Alexios, der in Konstantinopel stationiert war, während sein Bruder Isaak ein Kommando in Nikomedien führte, seine Mutter, und dann dauerten die Gespräche noch länger.

Im Frühjahr zeichnete sich ab, daß Kaiser Nikephoros nicht gesonnen war, sein Abkommen mit Maria von Alanien einzuhalten.

Er hatte in einem entlegenen Winkel Anatoliens einen Neffen ausgegraben, von dessen Existenz niemand etwas gewußt hatte, ließ ihn nach Konstantinopel kommen, wies ihm im Großen Palast eine Zimmerflucht und viele Bediente zu und überhäufte den jungen unbedarften Mann, der nicht wußte, wie ihm geschah, mit den höchsten Ehren. Allen war klar, was das zu bedeuten hatte und nichts konnte das offensichtlicher machen, als die Proklamation, die Nikephoros im Mai erließ. Er löste die Verlobung von Marias Sohn Konstantin mit der Tochter Robert Guiskards. Damit war klar, daß dem Knaben keine politische Bedeutung mehr zukam. Maria war noch Kaiserin, aber sie war nicht mehr die Mutter des Thronfolgers. Damit war auch die Verlobung Helenas hinfällig.

»Man wird mich nach Hause schicken«, sagte sie. »Endlich!«

»Du willst gern fort?« fragte Anna, die sich nicht vorstellen konnte, woanders zu leben als im Großen Palast. Jeder andere Ort war Verbannung.

»Natürlich. Überall ist es besser als hier. Oh ja, ihr habt den Prunk und den Luxus und die Kultur, aber auch den Ehrgeiz, die Bosheit, die Intrige. Hier kann sich niemand sicher fühlen. Es ist wie auf dem Rad der Fortuna. Heute bist du oben, morgen stürzt du herab.«

»Ich werde sehr traurig sein, wenn du fort bist.«

»Ich werde dich auch vermissen. Aber vielleicht müssen wir uns gar nicht trennen. Du kannst doch mit mir kommen. Heirate einen Normannen, Anna!«

»Ich bin eine byzantinische Prinzessin«, sagte Anna abwehrend.

»Na und? Du wärest nicht die erste byzantinische Prinzessin, die in den Westen heiratet. Es würde dir bei uns bestimmt gefallen.«

Anna sah nicht überzeugt aus. Helena fuhr lebhaft fort, ihr die Vorteile zu schildern. Je länger sie sprach und sich ereiferte, desto mehr wurde ihr klar, wie sehr sich sich zurücksehnte.

Sehr früh am nächsten Morgen wurde sie geweckt. Schlaftrunken öffnete sie die Augen und hatte zunächst Mühe, im grauen Dämmerlicht die Erste Hofdame zu erkennen, die ihr in dürren Worten mitteilte, daß sie sich ankleiden solle. Sie habe kein Recht mehr, sich im Großen Palast aufzuhalten. Man würde sie in das Kloster der Theotokos bringen, wo sie sich solange aufhalten könne, bis ihr Vater sie zurückhole.

Robert Guiskard ließ seine kleinen funkelnden Augen von einem zum andern gleiten. Er hatte seinen Stuhl zurückgeschoben und die Beine weit von sich gestreckt. In der Hand hielt er einen Becher mit Wein. Um den Tisch herum saßen sein Bruder, der Graf von Sizilien, seine Frau Sichelgaita und sein Erbe Roger Borsa. Boemund lehnte am Fenster und kehrte ihnen den Rücken zu.

Seine Worte hatten eine Stille ausgelöst, die Robert jetzt unterbrach.

»Nun?«

Sichelgaita preßte die Lippen fest zusammen. Ihr Schweigen war beredter als viele Worte.

Sein Bruder äußerte sich unverblümt.

»Du bist verrückt, Robert. Ich habe Sizilien noch nicht völlig erobert. Hast du schon den letzten Aufstand der Barone in Apulien vergessen? Sobald du das Land verläßt, wird ein neuer ausbrechen. Abälard ist noch nicht tot. Was glaubst du, was der Papst sich davon erhofft, daß er dir den Mund nach der Kaiserkrone von Byzanz wässerig macht? Er gibt dir die Petersfahne mit. Damit du für den wahren Glauben kämpfst? Nein, damit er dich nicht mehr vor seiner Haustür hat. Er glaubt, daß du da drüben geschlagen wirst und hier keine Bedrohung mehr für ihn bist.«

Robert sah seinen Erben an.

Roger war Anfang zwanzig, nicht kleiner als sein Vater und sein Halbbruder Boemund. Aber neben ihnen wirkte er mit seinem Stiernacken und dem untersetzten vierschrötigen Körper plump wie ein Bär.

»Ich schließe mich meinem Onkel an. Das Ganze ist ein Abenteuer. Es wird viel Geld verschlingen, und der Erfolg ist mehr als zweifelhaft.«

Robert schnaubte.

»Abenteuer! Abenteuer! Mein ganzes Leben ist ein Abenteuer.«

»Du bist nicht mehr der Ritter Habenichts aus der Normandie«, sagte Sichelgaita scharf. »Du bist der Herzog von Apulien. Du kannst nicht mehr auf Abenteuer ziehen, du mußt Politik treiben.«

»Denkst du auch so?« wandte Robert sich mit verdrossener Stimme an seinen ältesten Sohn.

Boemund drehte sich um. Sein Gesicht lag im Schatten, seine schlanke hohe Gestalt zeichnete sich als Schattenriß vor dem Licht ab.

»Wenn eine Krone auf der Straße liegt, hebt man sie mit der Spitze einer Lanze auf.«

»Das ist mein Sohn«, sagte Robert beifällig.

Roger Borsa lief rot an.

»Boemund hat leicht reden«, sagte Sichelgaita giftig. »Schließlich hat er nichts zu verlieren.«

»Aber etwas zu gewinnen.«

Robert stellte den Becher nachdrücklich auf den Tisch und erhob sich.

»Wir werden diesen Feldzug beginnen. Was immer wir dabei erobern – Boemund wird es erben. Für deinen Sohn, Sichelgaita, das Herzogtum Apulien, das ihm rechtens zusteht. Aber was ich im Osten erobere, ist nicht Teil unseres Vertrages. Ob es nun bloß die Festung von Durazzo ist oder die Kaiserkrone von Byzanz – es wird Boemund zufallen.«

Boemund rührte sich nicht. Roger Borsa zuckte hoch, aber seine Mutter legte ihm die Hand auf den Arm und zwang ihn nieder.

Roberts Bruder räusperte sich.

»Hier geht es um Politik, Robert, nicht um Vaterliebe. Ich stimme Roger zu. Du willst dich auf ein unkalkulierbares Abenteuer einlassen.«

Der Herzog begann, den Raum mit langen Schritten zu durchmessen.

»Das ist es nicht. Seid ihr denn blind? Wir müssen es tun. Wir haben gar keine Wahl. Byzanz wird sich nie damit abfinden, daß wir ihm Bari und Reggio genommen haben. Es wird immer Aufstände der Barone gegen uns anzetteln. Ganz recht, Abälard ist noch nicht tot. Er ist beim Kaiser untergekrochen, bezieht eine Rente von ihm und wird auf Geheiß seines Herrn wieder hier einfallen. Er ist nicht der einzige Normanne, der dort drüben sitzt und wie eine Laus nur auf die Gelegenheit wartet, sich wieder in unseren Pelz zu verbeißen. Wir müssen diese Gefahr ein für allemal beseitigen. Und zwar jetzt.«

Er blieb stehen und schlug mit der Faust auf den Tisch.

»Jetzt, sage ich. denn jetzt ist Byzanz schwach. Der neue Kaiser Nikephoros hat an allen Ecken des Reiches zugleich zu kämpfen, gegen die Petschenegen, die Ungarn, die Bulgaren, die Seldschuken und gegen seine eigenen Generäle, denen er gerade das Beispiel gegeben hat, wie man einen Kaiser stürzt. Er ist nicht beliebt, sagt man mir. Er füttert seine Speichellecker mit Gold und Ämtern. Wer leer ausgeht, nimmt es ihm übel.«

Er nahm seine Wanderung wieder auf.

»Wir aber sind stark. Wir haben den Segen des Papstes. Wir kämpfen für den rechten Glauben. Und wir haben einen gerechten Grund. Der Usurpator Nikephoros hat uns schwer beleidigt. Er hat den Verlobten meiner Tochter des Purpurs entkleidet und sie selbst in ein Kloster gesperrt. Wir eilen dem entthronten Kaiser zu Hilfe und setzen ihn, seinen Sohn und meine Tochter wieder in ihre angestammten Rechte ein.«

»Soviel ich weiß«, wandte Sichelgaita höhnisch ein, »hat Michael Dukas sich mit großer Erleichterung ins Kloster zurückgezogen. Er wird sich schwerlich für deinen Feldzug mißbrauchen lassen.«

Robert zuckte die Achseln.

»Ob mit ihm oder ohne ihn ...«

»Mit ihm wäre es besser«, sagte Boemund aus dem Schatten. »Wir würden eher die Unterstützung der Byzantiner bekommen, denen der neue Kaiser nicht paßt, wenn Michael Dukas aus Konstantinopel fliehen und sich unter deinen Schutz stellen würde.«

»Willst du nach Konstantinopel fahren und ihn gewaltsam aus dem Kloster verschleppen?« fragte Roger Borsa spöttisch.

Robert und Boemund beachteten ihn so wenig wie sie einen kläffenden Hund beachtet hätten.

»Du hast eine Idee?« fragte der Herzog.

Boemund nickte.

»Als ich nach meiner Verwundung in Policastro war, bin ich eines Sonntags im Dorf zur Messe gegangen. Erinnert du dich, daß ich es war, der Olympias nach Konstantinopel gebracht hat? Ich habe an der Tafel des Kaisers Michael gesessen und ihn von so nahem gesehen, wie ich dich jetzt sehe. Ich sage dir, einer der Mönche von Policastro sieht Michael sehr ähnlich. Ähnlich genug für unsere Zwecke.«

»Du meinst, er soll für uns den Kaiser spielen? Du bist verrückt. Er ist ein Mönch und wird nicht bei einem Betrug mitmachen«, sagte Roger.

Boemund lehnte seine breiten Schultern gegen die Wand und betrachtete seinen Bruder verächtlich.

»Begreifst du nicht? Der Papst ist auf unserer Seite. Über uns weht die Petersfahne. Wie soll da ein kleines Mönchlein

Widerstand leisten? Eine großzügige Spende an den Abt für das Kloster wird das Ihrige tun.«

»Wir werden es versuchen«, sagte der Herzog. »Der Plan gefällt mir. Er gefällt mir sehr. Er könnte von mir sein.«

Die Normannen nutzten die nächsten sieben Monate, um den Kriegszug vorzubereiten. Sie mußten Schiffsraum organisieren, um die Truppen über die Adria zu bringen. Sie brauchten zusätzliche Krieger, denn wegen der immer noch zu Aufständen neigenden Barone konnten sie Apulien nicht völlig von Truppen entblößen. Der Herzog hob junge Männer aus der Landbevölkerung aus und ließ sie den Winter über für den Kampf ausbilden. Er war unablässig bemüht, das Geld für das Unternehmen aufzubringen. Es bedurfte einer gewaltigen Summe, denn er rechnete mit einem mehrjährigen Krieg, der sich erst auszahlen würde, wenn er Byzanz besiegt hatte. Der Papst steuerte einiges bei, weil er daran interessiert war, den Guiskard in der Ferne zu wissen. Die Steuern in Apulien wurden erhöht und erbarmungslos eingetrieben.

Kurz nachdem Helena fortgebracht worden war, wurde Anna zur Zweiten Kammerfrau der Kaiserin ernannt. Das hohe Amt hätte ihr bei ihrem Rang durchaus zugestanden, aber noch nie war eine Zweite Kammerfrau direkt aus dem Schulzimmer gekommen. Die Aufgabe bestand darin, die Oberaufsicht über die Mägde zu führen, die sich mit den Gewändern der Kaiserin beschäftigten, die sie nicht zu Festen trug. Festgewänder unterstanden der Ersten Kammerfrau. Da den Mägden über- und der Kammerfrau untergeordnet noch eine Oberaufseherin fungierte, war die Arbeit eher symbolisch und das Amt ohne Amtsgeschäfte eine hohe Ehre, die ihre Trägerin in unmittelbare Nähe der Kaiserin brachte.

Anna fand bald heraus, daß sie ihre Ernennung der Tatsache verdankte, daß sie Irenes Freundin war. Sie wurde ermutigt,

Irene zu besuchen, die in einem Palast der Komnenen auf der anderen Seite des Goldenen Horns wohnte. Man gab ihr einen Soldaten aus der Leibgarde der Kaiserin zur Begleitung, einen mittelgroßen breitschultrigen Mann mit braunem Haar und braunen Augen, der sich in einem derben Wollmantel, die Kapuze über den Kopf gezogen, neben sie ins Boot setzte, nichts sprach und nach der Ankunft im Haus der Komnenen stillschweigend verschwand.

Anna fand Irene glücklich. Anna Dalassena, ihre gefürchtete Schwiegermutter, behandelte sie liebenswürdig, und die Schwägerinnen waren freundlich. Von Alexios sah sie nur wenig. Er arbeite hart, sagte Irene, und es war offenkundig, daß sie sich wenig darunter vorstellen konnte. Er besuchte sie gelegentlich des Abends und verbrachte ein paar Stunden mit ihr, verließ sie aber lange vor dem Morgen wieder. Seit einer Woche wußte sie, daß sie schwanger war.

Das war das erste, was sie Anna mitteilte. Sie lief auf sie zu, umarmte sie und flüsterte ihr die Neuigkeit ins Ohr. Dann zog sie sie in ihr Zimmer und gab den Dienstboten Befehle, was sie bringen sollten. Sie sah zum ersten Mal in ihrem Leben schön aus, strahlte von innen heraus, weil sie sich als Mittelpunkt des Hauses fühlte, die Herrin, die einen Sohn gebären würde.

Anna fühlte einen Stich des Neides. Was bedeutete die Existenz als Zweite Kammerfrau der Kaiserin gegenüber diesem Leuchten der Erfüllung?

»Du liebst ihn, nicht wahr?« fragte sie.

Irene nickte.

»Wie sollte ich nicht? Er ist so rücksichtsvoll, so aufmerksam. Wenn wir zusammen sind, hört er mir zu, als hätte ich wirklich etwas zu sagen. Dabei denke ich, daß mein Gerede ihn langweilen muß. Ich weiß doch gar nichts, nur ein bißchen Palastklatsch. Er war es auch, der vorgeschlagen hat, daß ich der Kaiserin schreibe und um deinen Besuch bitte.

Ach, Anna, es ist so schön, daß du gekommen bist. Hier sind alle freundlich zu mir, aber sie sind mir doch immer noch etwas fremd. Du bist meine allerbeste Freundin, und dir kann ich alles sagen. Du verstehst mich.«

Als Anna sich von ihr verabschiedet hatte und schon zum Bootssteg hinuntergehen wollte, verbeugte ein großer schwarzer Eunuch sich vor ihr und bedeutete ihr, ihm zu folgen. Er führte sie durch zwei unbeleuchtete dämmerige Gänge in ein kleines Gemach und zog sich dann zurück.

Am Fenster des Raumes stand ein mittelgroßer breitschultriger braunhaariger Mann in einem dunklen Wollmantel, die Kapuze zurückgeschlagen. Auf den ersten Blick hielt Anna ihn für den Leibgardisten, der sie herbegleitet hatte, auf den zweiten Blick erkannte sie ihn: Alexios Komnenes. Irenes Gatte.

»Jeder Mensch«, sagte Alexios Komnenes, »hat einen Preis. Für viele ist es Geld oder Macht, für einige Ehre und Ruhm, für wenige das Wohlergehen ihrer Nächsten oder ihrer Mitmenschen, für sehr wenige das Heil des Staates. Was ist Euer Preis, Anna Phokaina?«

Sie war verblüfft und brauchte einige Sekunden, bis sie sich gesammelt hatte, Vorsichtig sagte sie: »Geld? Ich bin die reichste Erbin von Byzanz. Ehre und Ruhm? Ich bin eine Frau. Mir kann davon nicht mehr zuteil werden, als ich schon habe. Die Ehre und der Ruhm, dem Hause Phokas anzugehören. Das Wohl meiner Nächsten? Mein Nächster ist ein uralter Großonkel, den ich kaum kenne.«

»Also das Wohl des Staates«, sagte er mit flüchtigem Lächeln. »Aber jede gute Tat sollte ihren Lohn haben. Gibt es etwas, das Ihr Euch wünscht und das Ihr nicht besitzt, trotz Eures Reichtums und Eures hohen Ranges?«

Anna dachte an Irenes von innen leuchtendes Gesicht.

»Ein Gatte«, sagte sie, »ein Heim, Kinder. Ich möchte, daß mein Großonkel mich endlich verheiratet. An einen jungen, vornehmen, gebildeten und gutaussehenden Mann.«

Diesmal lachte er laut heraus.

»Ich sehe, Ihr seid ein Mädchen mit Vorsicht und Überlegung. Um so besser. Ich verspreche Euch, ein solch tadelloser Gatte soll Euer sein, wenn Ihr mir helft. Wenn Ihr der Kaiserin helft.«

Es hätte des Anreizes einer Belohnung nicht bedurft, Anna hätte sich auch sonst auf das gefährliche Spiel eingelassen, in das sie nun verwickelt wurde, teils, weil sie die Aufregung zu lieben begann, teils, weil sie Maria von Alanien helfen wollte. Ihr Anteil bestand darin, auf eine Aufforderung der Kaiserin hin ihre Freundin Irene zu besuchen, jedes Mal begleitet von dem braunhaarigen Mann im Wollmantel, der im Palast der Komnenen verschwand. Wenn Anna sich abends zurückrudern ließ, dann trug den Mantel, die Kapuze tief ins Gesicht gezogen, Alexios Komnenes, der als Annas wohlbekannter Begleiter mühelos die Wachen passierte und von ihr über schlechtbeleuchtete schmale Korridore und eine Geheimtür in die Gemächer der Kaiserin eingelassen wurde. Er verließ die Kaiserin im Morgengrauen, und Anna schmuggelte ihn über eine Treppe der Dienstboten in den Küchenbereich, wo morgens, wenn ganze Rinder und Schafe, Berge von Gemüse und Obst, Getreide in Säcken und Körbe voller Eier angeliefert wurden, ein Chaos herrschte, in dem ein einzelner Mann rasch untertauchen konnte. Am Landesteg lag ein Ruderboot, das sich mit seinem Passagier rasch entfernte.

Seit Maria sich gelegentlich mit Alexios traf, war eine Veränderung mit ihr vorgegangen. War sie vorher eine müde resignierte Frau gewesen, die stundenlang im Gebet vor der Theotokos kniete, so gewann sie jetzt ihre Energie zurück. Ihr Gang war rasch und beschwingt, ihre Wangen gerötet, ihre Augen glänzten, ihre Rede kam sprudelnd und wurde von Lächeln begleitet, sie scherzte mit den Hofdamen und machte ihnen Geschenke. Sie hatte ein Netz von Spionen im Großen Palast und erfuhr alles, was in den Gemächern des Kaisers vor sich ging, und auch wie die Bevölkerung in der Stadt über ihn dachte.

Sollten Leute anfangs für Nikephoros Sympathien gehegt hatten – immerhin war er ein erfahrener Feldherr, von dem man sich Schutz vor den Feinden versprechen konnte – so hatte er alles getan, um das zu ändern. Sobald er sich im Besitz der Purpurstiefel befand, das Kennzeichen seines Kaisertums, und im Besitz der schönsten Frau des Reiches, schien er der Meinung zu sein, er habe nun alles erreicht, was ein Mann erreichen konnte und setzte sich zur Ruhe. Er überließ die Führung der Staatsgeschäfte seinen Günstlingen, die wohl wußten, daß die Zeit ihrer Herrschaft knapp bemessen war, und deshalb in kürzestmöglicher Zeit soviel zusammenrafften, wie nur möglich. Der Staatschatz schmolz wie Schnee in der Sonne, die Münzen wurden in ihrem Goldgehalt verschlechtert, und der Pöbel, der den Umsturz witterte, begann sich zusammenzurotten. Satirische Verse erschienen über Nacht an den Hauswänden, und die Soldaten konnten sie nicht so schnell übertünchen, wie neue erschienen. Im Volk verbreitete sich das Bild der schönen jungen Kaiserin, die mit ihrem kleinen Sohn, dem rechtmäßigen Thronfolger, dem alten Ungeheuer auf dem Thron ausgeliefert war, eine Vorstellung, die Matronen ebenso zu Tränen rührte wie sie an den Beschützerinstinkt der Männer appellierte. Nikephoros Botanaiates war die längste Zeit Kaiser gewesen, und alle außer ihm wußten dies.

Trotzdem schlug die Nachricht aus den Frauengemächern wie ein Blitzschlag in die nervöse Hauptstadt ein. Maria von Alanien hatte sich darauf besonnen, daß die Kaiserin kraft eigenen Rechtes handeln konnte und hatte Alexios Komnenes als ihren Sohn adoptiert.

Damit konnte Irenes Mann zu jeder Zeit am Tag und bei Nacht den kaiserlichen Palast und die Frauengemächer betreten. Wenn sie diesen Mann, der mit einer Dukaina vermählt und mit den Paläologen verschwägert war, so hoch erhob, dann demonstrierte Maria öffentlich, daß sie Schutz brauchte vor ihrem Gatten, dem Kaiser. Und sie zog die Komnenen, die Dukoi und die Paläologen auf ihre Seite. Das reiche, adlige, mächtige Byzanz stand hinter ihr und ihrem Sohn Konstantin.

Annas Dienste, Alexios in den Palast einzuschleusen, wurden zwar nicht mehr benötigt, aber Alexios und Maria, die wußten, wie vertrauenswürdig sie war, verließen sich weiterhin auf sie, wenn es um geheime Aufträge ging.

An einem frostigen Februartag wurde sie zu Irene geschickt. Der Bauch der Freundin wölbte sich inzwischen wie eine Halbkugel zwischen Brüsten und Schoß. Irene bewegte sich schwerfällig, lag den ganzen Tag auf einem Ruhesofa, aß Unmengen von Honigplätzchen und jammerte über ihre angeschwollenen Füße, ihre morgendlichen Übelkeiten und über Langeweile. Der Glanz, der sie zu Anfang ihrer Schwangerschaft umgeben hatte, war fort. Von Alexios sprach sie nie, und Anna hütete sich, ihn zu erwähnen. Sie war sich nicht sicher, ob Irene etwas von Alexios´Beziehung zu Maria ahnte. War sie im Großen Palast und erlebte, wie Maria aufgeblüht war, dann freute sie sich über das Glück der Kaiserin, war sie aber bei Irene, dann schlug ihr das Gewissen. Sie fühlte sich schuldig, weil sie mithalf, Irene zu hintergehen. Da es zwischen ihnen beiden einen Bereich gab, den sie im Gespräch sorgfältig vermieden, war die Unbefangenheit ihrer Beziehung vorbei.

Anna war froh, daß sie an diesem Tag nur kurz bei Irene vorbeischauen mußte, denn ihre eigentliche Botschaft ging an Anna Dalessena, Alexios' Mutter. Sie sollte ihr ein Paket überreichen, das die Kaiserin persönlich und allein gepackt hatte und eine Botschaft ausrichten, die nur aus einem Satz bestand: Das Mahl wird heute nacht bereitet.

Es war ein Satz, der Anna Phokaina nichts, Anna Dalassena aber viel sagte. Sie wurde, als sie ihn hörte, blaß, schloß für einen Moment die Augen und atmete tief durch, dann traf sie ihre Anordnungen.

Alle Frauen der Familie wurden zusammengerufen Sie versicherte sich, daß keine Dienstboten in Hörweite waren, scharte ihre Töchter und Schwiegertöchter eng um sich und erteilte ihnen knappe Befehle.

Sie sollten am Abend zu Bett gehen wie gewöhnlich, am Ende der Nacht aber, noch während der Dunkelheit, würden sie geweckt werden. Dann sollten sie sich und ihre Kinder still und heimlich warm anziehen, und mit Anna Dalassena das Haus verlassen, um in die Hagia Sophia zu gehen.

Auf die errregten Fragen der jungen Frauen antwortete sie nur damit, daß sie den Zeigefinger auf die Lippen legte und energisch den Kopf schüttelte. »Weißt du, was das bedeutet?« fragte Irene ihre Freundin halblaut.

Anna schüttelte den Kopf.

»Ich muß jetzt gehen«, sagte sie. »Die Ruderer erfrieren sonst.«

Sie küßte Irene flüchtig auf die Wange.

Auf dem Rückweg, als die Ruder gleichmäßig ins Wasser tauchten und das dunkle Wasser an die Holzwand des Bootes schlug, dachte Anna, daß sie zwar nichts wußte, aber alles vermutete.

Wenn Alexios' Mutter alle Frauen und Kinder heimlich in die Hagia Sophia brachte, dann nur, weil sie dort Asyl finden konnten. Was immer auch den Komnenen in der nächsten Zeit geschehen würde, die Frauen waren sicher im Schutz der Kirche, den kein Kaiser anzutasten wagen würde.

Das Mahl wird heute nacht bereitet.

Der Aufstand würde ausbrechen. Die Komnenen würden sich gegen den Kaiser erheben, und mit ihnen die Dukoi und die Paläologen.

Es waren nur drei Tage, aber sie vergingen in zermürbender Passivität, und erschienen daher endlos. Nach all den Aktivitäten der vergangenen Monate blieb Maria von Alanien nichts übrig, als abzuwarten, ob es den Komnenen gelingen würde, Truppen auf ihre Seite zu bringen und gegen die Stadt marschieren zu lassen. Sie hatte den Hauptmann einer Söldnerschar bestochen, die am Adrianstor Dienst tat, damit er Alexios den Eingang in die Stadt öffnete. Aber wer konnte sicher sein, daß der Mann sich daran hielt? Und was wäre, wenn die Truppen in der Stadt sich auf die Seite des Kaisers Nikephoros schlugen und es zu einem Bürgerkrieg in Konstantinopel selbst kommen würde?

Im großen Palast herrschte die angespannte Stille, die Anna noch von der Abdankung Michael Dukas' her kannte. Alle warteten mit angehaltenem Atem, was geschehen würde.

Anna hatte Tag und Nacht Dienst bei der Kaiserin. Maria wollte jemanden wie sie um sich haben, als hoffte sie, sich auf Annas Mut verlassen zu können, wenn der Aufstand mißlänge. Anna wachte mit ihr in der Privatkapelle, wo Maria sich vor dem goldglänzenden Bild der Theotokos auf die Knie geworfen hatte. Manchmal versank Anna in einen Halbschlaf, aus dem sie hochschreckend Maria noch immer knien sah, die ganze Nacht hindurch bis zum Morgengrauen. Dann, als hätten Gebete bei Helligkeit weniger Kraft, stand sie auf und wanderte ziellos durch die Frauengemächer. Das Essen widerstand ihr, Überredungsversuche der Ersten Hofdame, sich zu Bett zu begeben, wurden mit einem Blick zum Schweigen gebracht.

Der nächste Tag brachte die Meldung, daß den Komnenen die Flucht aus Konstantinopel geglückt war, daß sie Truppen um sich geschart hatten und daß Alexios unter dem Beifall des Heeres von seinem Bruder Isaak die Purpurstiefel des Kaisers angelegt worden waren.

Die Stiefel, dachte Anna, mußten in dem Paket gewesen sein, das sie Anna Dalessena, Alexios' Mutter, überreicht hatte.

Sie warteten eine weitere Nacht, in der Maria keinen Schlaf fand und unablässig betete.

Am zweiten Tag erfuhren sie, daß der bestochene Hauptmann tatsächlich das Tor geöffnet und Alexios' Truppen Einlaß gewährt hatte. Der Mann, der die Nachricht brachte, war bleich vor Schrecken. Alexios' Heer war aus verschiedensten Hilfstruppen zusammengewürfelt, keine disziplinierte Einheit, und angesichts der Reichtümer der Hauptstadt, die viele von ihnen noch nie betreten hatten, verweigerten die Soldaten alle Befehle und begannen hemmungslos zu plündern. Sie fielen über die Stadt her wie Feinde, die vom Recht des Eroberers Gebrauch machten.

Maria wurde so bleich wie der Bote. Alles hing jetzt davon ab, wie Kaiser Nikephoros reagierte. Fand er zu dem Mut seiner früheren Jahre zurück und stellte er sich an die Spitze seiner Truppen, dann konnte er seiner Sache immer noch zum Sieg verhelfen. Alexios' Streitmacht in ihrem Plünderungsrausch war leicht zu besiegen.

Am dritten Tag erfuhren sie, daß die Flotte, die im Kriegshafen gelegen und den Befehl erhalten hatte, die Truppen vom jenseitigen Ufer in die Hauptstadt überzusetzen, von Georgios Paläologos, einem Mann, der mit Irenes Schwester verheiratet war, dazu gebracht worden war, den Befehl zu verweigern und zu Alexios überzulaufen. Das war anscheinend das letzte Ereignis in der Kette, das Nikephoros Botanaiates überzeugte, er könne den Kampf gegen Alexios nicht gewinnen. Verlassen von seinen Schmarotzern, die nun versuchten, im allgemeinen Zusammenbruch das Erraffte in Sicherheit zu bringen, ging er denselben Weg wie Michael Dukas. Er schleppte sich, ein gebrochener alter Mann, in die Hagia Sophia, entsagte feierlich der Krone, nahm das Mönchsgewand aus der Hand des Patriarchen im Empfang und zog sich ins Kloster zurück.

Am vierten Tag – die Soldaten waren inzwischen vom Plündern gesättigt und wieder zur Disziplin zurückgekehrt –, zog Alexios Komnenes in Purpurstiefeln feierlich in seiner

Hauptstadt ein, wurde vom Patriarchen gekrönt und bezog im Großen Palast die Gemächer des Kaisers.

Anna umarmte Helena, dann schob sie sie auf Armeslänge von sich und rief:

»Bist du gewachsen! Du überragst mich ja um mehr als einen Kopf!«

Helena lachte.

»Ich hatte auch weiter nichts zu tun. Wachsen und beten – meine einzigen Beschäftigungen.«

Sie ließ sich auf ein Kissen sinken und beäugte die Schale mit Früchten, die auf dem Tischchen neben ihr stand.

»Feigen, Trauben, Granatäpfel – himmlisch! Ich habe die letzte Zeit von Brei und Kohl gelebt. Und mir vom Beten Schwielen an den Knien geholt. Aber es hat sich gelohnt. Gott hat meine Gebete erhört. Ich habe ihn die ganze Zeit angefleht, er möge Nikephoros genauso in ein Kloster stecken wie mich.«

Sie nahm eine Handvoll geschälter Nüsse und sprach mit vollem Mund weiter.

»Ich bin froh, daß du noch hier bist. Ich dachte, sie hätten dich schon verheiratet. Hat dein Großonkel immer noch keinen Gatten für dich gefunden? Paß nur auf, daß er dich nicht ins Kloster stecken will, damit er den ganzen Besitz der Kirche vermachen kann, um sich einen Platz im Paradies zu erkaufen. Ich warne dich. Du hast keine Ahnung, wie langweilig es da ist.«

»Da besteht keine Gefahr. Der Kaiser steht bei mir im Wort.«

»Alexios? Was hat der damit zu tun?«

»Ich habe ihm einen Dienst erwiesen und mir zur Belohnung einen Mann ausgebeten.«

»Klug von dir!«

Helena angelte nach einer Weintraube voll blauer Beeren.

»Wie geht es denn meiner Freundin, der Kaiserin Irene?«

»Irene ist nicht Kaiserin.«

Helena verschluckte sich an einem Traubenkern. Als sie ausgehustet hatte, wiederholte sie:

»Was? Ist sie tot? Im Kindbett gestorben? Oder hat Alexios sie etwa nicht geheiratet?«

»Um der Reihe nach zu antworten: Alexios hat sie geheiratet, sie hatte eine Fehlgeburt, aber sie ist nicht daran gestorben. Sie lebt im Hause der Komnenen unter der Aufsicht ihrer Schwiegermutter. Die Kaiserin im Großen Palast ist nach wie vor Maria von Alanien.«

»Ein schöner Zug von Alexios, daß er Maria nicht ins Kloster schickt, wie es viele andere getan hätten,« sagte Helena beifällig, »aber warum zieht Irene nicht trotzdem hier ein? Die Frauengemächer sind doch geräumig genug, um Platz für mindestens vier Kaiserinnen zu bieten.«

»Es geht nicht um den Platz. Alexios ist vom Patriarchen zum Kaiser gekrönt worden, aber er hat dem Patriarchen nicht erlaubt, Irene zu krönen. Maria ist die einzige Kaiserin.«

Helena brauchte einige Sekunden, bevor sie die versteckte Botschaft verstand. Dann leuchteten ihre Augen boshaft auf. »Unsere kleine Irene und ihr großer Held! Dann wird sie also bald ins Kloster abgeschoben, damit Alexios Maria heiraten kann.«

Anna sah sie an, als habe sie den Verstand verloren.

»Heiraten? Das ist unmöglich. Für Maria wäre es die dritte Ehe. Du weißt, wie die Kirche über dritte Ehen denkt. Sie sind so gut wie verboten. Für einen Kaiser und eine Kaiserin auf jeden Fall. Der Patriarch würde sie niemals trauen. Zumal auch noch Marias erste beiden Ehemänner leben. Und – aber das weißt du wohl nicht – Maria hat Alexios als Sohn adoptiert. Auch das verhindert eine Ehe. Aber selbst wenn das kein Ehehindernis wäre: Alexios kann Irene nicht abschieben. Daß er Kaiser geworden ist, verdankt er der Hilfe der Dukoi. Sie würden ihn sofort stürzen, wenn er Irene fallen ließe.«

»Aber er kann nicht unverheiratet mit Maria zusammenleben. Das ist Sünde.«

»Sie können auch nicht heiraten. Das ist auch Sünde.«

»Sie müssen einander sehr lieben. Wenn sie den Patriarchen nicht fürchten und wenn sie Gott nicht fürchten ...«

Helena flüsterte fast, mit einer Mischung von Ehrfurcht und Schaudern. Die beiden Mädchen schwiegen eine Weile. Dann sagte Anna mit einem Seufzen:

»Irene muß Kaiserin werden. Maria muß gehen. Es gibt keine andere Lösung.«

»Ich will nicht, daß Maria geht. Sie ist die Mutter meines Bräutigams. Was soll aus mir werden, wenn sie geht und Irene Kaiserin wird? Sie wird mich sofort ins Kloster zurückschicken. Glaubst du, ich bin solange auf den Knien herumgerutscht und habe die Gottesmutter angefleht, mich herauszuholen, bloß um jetzt wieder hineingesteckt zu werden? Eher bringe ich mich um.«

Anna lächelte leicht.

»Keine Angst. Irene darf dir kein Härchen krümmen. Als Nikephoros deine Verlobung gelöst hat, hat dein Vater Byzanz den Krieg erklärt. Alexios hat dich zurückgerufen und dich wieder mit Konstantin verlobt, damit dein Vater die Kriegserklärung zurücknimmt. Du bist ein wichtiges Unterpfand für den Frieden, das Alexios jetzt am Anfang seiner Herrschaft unbedingt braucht.«

Helena nickte zufrieden und griff nach einem Apfel, in den sie die Zähne hineinschlug.

»Stimmt. Ich bin wieder einmal eine wichtige Person. Weißt du, was ich am meisten vermißt habe?« fragte sie kauend.

»Das gute Essen«, sagte Anna prompt.

»Das auch, aber am meisten haben mir die Stunden bei Theophilos gefehlt. Die einzigen Bücher, die es gab, waren Lebensbeschreibungen von Heiligen, die ihr Leben auf der Spitze einer Säule im Gebet verbracht oder in der Wüste von wildem Honig und Heuschrecken gelebt haben. Ich hatte solche Sehnsucht nach dem Kampfgetümmel in der Ilias, das glaubst du nicht.«

Anna lachte.

»Warum sollte ich das nicht glauben? Du bist eben die Tochter deines Vaters, eine Hauteville.«

Ende März, als das Wetter stabil wurde, setzte Boemund mit der Vorhut von Otranto aus nach Epirus über. Er sollte einen Brückenkopf einnehmen, an dem Robert Guiskard einen Monat später mit dem Hauptheer landen wollte, um auf Durazzo zu marschieren und die gewaltige Festung zu belagern, die der Schlüssel war zur via egnatia, der alten Römerstraße nach Konstantinopel.

Für Boemund, der begierig war, den Feldzug anzutreten und sich ein eigenes Reich zu erobern, waren nervenzermürbende Tage vorausgegangen. Alexios, der neue Kaiser, hatte eine Gesandtschaft nach Salerno geschickt, die Robert Guiskard aufgefordert hatte, seine Kriegserklärung zurückzuziehen, mit dem Hinweis darauf, daß Helena wieder die Verlobte des Thronfolgers Konstantin sei. Der Herzog verlangte die Wiedereinsetzung von Michael Dukas als Kaiser. Er sei der Schutzherr des Entthronten, der sich hilfesuchend zu ihm geflüchtet habe. Die byzantinische Gesandtschaft wies so höflich wie möglich darauf hin, daß Michael Dukas aus freiem Willen im Studioskloster in Konstantinopel lebe und der Herzog einem Betrüger aufgesessen sei. Robert Guiskard reagierte mit einem Wutanfall und warf die byzantinischen Gesandten hinaus.

So überquerte die normannische Vorhut an diesem sonnigen Märztag die sanft gekräuselte Adria.

Geoffroy hockte am Boden, den Rücken gegen die Bordwand gelehnt und betrachtete Boemund, der am Bug stand und mit der Hand die Augen beschirmte, um den ersten Blick auf die Berge von Epirus zu haben, die bald blauverschattet am Horizont auftauchen mußten. Geoffroy war stolz auf seinen Zögling, dem er das erste Schwert in die Hand gegeben und den er gelehrt hatte, wie man die Lanze hält und dem Gegner entgegenritt. Boemund war ein guter Kämpfer geworden, mutig im Angriff, stark und ausdauernd im Kampf. Aber das waren manche anderen auch. Was ihn auszeichnete und was Geoffroy ihn nicht hatte lehren müssen, war die Ausstrahlung siegreicher Männlichkeit, die die Krieger mitriß und die sie dazu brachte, ihm blindlings zu folgen.

So, wie er jetzt am Bug stand und Ausschau nach dem Land hielt, so, dachte Goeffroy, mußten die Heldenkönige aus dem Norden gestanden haben, die mit ihren schnellen todbringenden Drachenbooten, Stürmen und Wogen trotzend, die grauen Meere befahren und sich eine Welt erobert hatten.

Dann fiel Geoffroys Blick auf den Mann, der jetzt neben Boemund trat, und seine Miene verfinsterte sich. Ein Grieche, ein alter Mann mit weißem Bart, der ihm schöngelockt bis über die Brust fiel. Boemund hatte ihn in Policastro bei seiner Mutter getroffen. Es mochte angehen, wenn Alberada mit arabischen Dichtern und Architekten aus Sizilien, jüdischen Ärzten aus Salerno und griechischen Gelehrten aus Bari Umgang pflegte, denn sie war nur eine Frau. Für Boemund, den Krieger, war solche Gesellschaft völlig unnötig und brachte ihn nur in Gefahr zu verweichlichen. Daß diese Gefahr bestand, sah man schon daran, daß er plötzlich verkündet hatte, er wolle griechisch lernen.

»Wozu?« hatte Geoffroy gefragt. »Du kannst es doch schon!«

»Ich rede griechisch wie ein Stallknecht«, hatte Boemund gesagt. »Die vornehmen Griechen sprechen anders. Ich will sprechen lernen wie ein Höfling.«

Geoffroy schnaubte.

»Du willst ein Höfling werden? Du bist ein Krieger, vergiß das nicht! Byzanz eroberst du mit dem Schwert, nicht mit der Zunge! Glaubst du, Wilhelm von der Normandie und seine

Ritter haben nach Hastings angelsächsisch gelernt? Seine Untertanen müssen sich ins Französisch schicken. Der Sieger bestimmt, wie gesprochen wird, nicht der Besiegte.«

»Ich will kein primitives Bauernvolk unterjochen. Ich will die höchste Zivilisation der Welt erobern. Und dazu brauche ich die Sprache, die die Würdenträger von Byzanz sprechen.«

Geoffroy hatte unzufrieden den Kopf geschüttelt.

»Würdenträger! Die höchste Zivilisation! Das klingt, als ob du sie bewunderst. Laß dich nicht blenden! Sie sind Griechen, Meister in Betrug und Hinterlist, raffgierig, nur auf ihren eigenen Vorteil bedacht. Sie haben die Lüge in die Welt gesetzt. Wenn du ihnen die Hand gibst, zähle anschließend deine Finger nach! Sei sicher, daß sie dir ins Gesicht lächeln, während sie hinter ihrem Rücken schon den Dolch in der Faust umklammern! Griechen!«

Er hatte ausgespuckt.

»Das ist nur ein anderes Wort für Verräter. Nimm dich in Acht!«

Boemund hatte auf ihn heruntergelächelt und gesagt:

»Keine Sorge! Ich habe Erfahrung mit Verrat. Ich vertraue niemals einem Menschen, sei er Grieche oder nicht.«

Geoffroy hörte einen Schrei. Männer um ihn herum sprangen auf. Vor ihnen zeichneten sich am Horizont die Berge von Epirus ab, hinter denen Byzanz lag.

Am Nachmittag hatte Anna Dienst bei der Kaiserin. Sie wartete im Vorzimmer, während Maria eine Unterredung unter vier Augen mit dem Patriarchen hatte. Es konnte nur um ein Thema gehen. Maria mußte den Großen Palast räumen. Sie mußte Alexios freigeben und sich in ein Kloster zurückziehen.

Schwere Schritte näherten sich dem Türvorhang. Der Patriarch verließ die Kaiserin. Er ging langsam und gebeugt, ein alter Mann, der eine Niederlage erlitten hatte.

Anna stockte der Atem.

Maria hatte offensichtlich nicht nachgegeben. Sie hatte sich geweigert, von Alexios zu lassen. Was konnte daraus anderes entstehen als ein neuer Krieg um die Krone?

Der Kaiser lebte mit der Frau seiner beiden Vorgänger im Konkubinat, und seine angetraute Frau hatte er bei seiner Mutter hinterlassen wie ein Möbelstück, das er nicht brauchte. Die Dukoi konnten die Demütigung Irenes nicht hinnehmen. Der Patriarch konnte die Sünde nicht dulden.

Die Beziehung zwischen Alexios und Maria war nicht nur skandalös, sie war gotteslästerlich, denn der Kaiser war nicht nur der weltliche Herrscher, er war auch der Stellvertreter Christi auf Erden.

Anna schlüpfte leise durch den Vorhang zur Kaiserin hinein.

Maria saß am Fenster. Das Licht fiel auf ihr Gesicht. Ihre Augen waren vom Weinen gerötet, ihre Lider geschwollen. Sie hatte eine Hand zur Faust geballt und hielt sie vor den Mund gepresst, um das Schluchzen zu ersticken, das sie schüttelte.

Am liebsten wäre Anna zu ihr gelaufen und hätte ihr den Trost einer Umarmung geboten, aber ihr Respekt vor dem Hofzeremoniell verbot es. Ihr war nicht klar, ob Maria ihre Anwesenheit übrhaupt bemerkt hatte. Sie überlegte, wie sie sich am besten auf sich aufmerksam machen konnte, als sie die Schritte aus dem Vorzimmer hörte.

Sobald der Kaiser eintrat, machte Anna die vorgeschriebene tiefe Reverenz und wollte hinaushuschen, aber er hielt sie mit einem Blick und einer Geste zurück.

Sie begriff.

Dies war das Ende, und Alexios wollte vermeiden, mit Maria allein zu sein. Er blieb neben der Tür stehen.

Die Kaiserin hatte sein Eintreten bemerkt, und ihr verweintes Gesicht abgewandt. Er konnte nur den schweren dunklen Haarknoten über dem schmalen Nacken sehen.

Anna kam es wie eine Ewigkeit vor, die sie stand und wartete, während keiner der beiden etwas sagte. Einmal zuckten Marias Schultern vom unterdrückten Weinen, aber sonst rührte sie sich nicht.

Der Kaiser lehnte mit dem Rücken an der Wand, die Arme hatte er vor der Brust verschränkt. Seinen Blick richtete er gegen die Zimmerdecke, als sei es ihm unerträglich, Maria anzusehen.

Endlich sprach er mit leiser, monotoner, abgehackter Stimme.

»Ich habe eben die Nachricht erhalten. Robert Guiskard hat unseren Friedensvorschlag zurückgewiesen. Sein Bastard Boemund ist bei Durazzo gelandet.«

Maria beugte schweigend den Kopf tiefer.

»Ich habe die nötigen Befehle erteilt. Mein Schwager Georgios Paläologos wird Durazzo verteidigen. In wenigen Tagen gehe ich nach Thessaloniki zur Armee. Während meiner Abwesenheit werden mein Bruder Isaak und meine Mutter die Regentschaft führen.«

Sein Bruder und seine Mutter.

Nicht die Kaiserin.

Anna hielt den Atem an.

Maria regte sich nicht, als habe sie noch nicht begriffen, was er eben gesagt hatte.

Alexios wartete einen Moment und fuhr dann schneller fort:

»Die Normannen sind Feinde, die man nicht unterschätzen darf. Dieser Guiskard ist gefährlich. Er ist imstande, das Reich in den Grundfesten zu erschüttern. Ich brauche Rückhalt unter der Bevölkerung, im Adel, in der Kirche. Wenn ich Konstantinopel verlasse, muß ich sicher sein, daß kein Aufstand ausbricht und kein Usurpator sich an meine Stelle setzt. Ich darf niemandem einen Grund bieten, mein Feind zu sein.«

Er wartete wieder.

Maria rührte sich nicht.

»Dein Sohn wird meinem Herzen immer nahestehen. Seine

Verlobung mit der Tochter des Guiskard ist unter diesen Umständen natürlich hinfällig. Ich werde meine erste Tochter mit ihm vermählen. Er wird mein Mitkaiser und wie ich den Purpur tragen.«

Anna befeuchtete ihre trockenen Lippen mit der Zungenspitze. Ihr Herz klopfte zum Zerspringen. Fast körperlich konnte sie den Schmerz mitempfinden, der Maria in ihrer Starre gefangenhielt.

Alexios verstummte. Maria rührte sich nicht.

Sie will es ihm nicht leichter machen, dachte Anna.

Als er endlich wieder sprach, war seine Stimme so laut, als spräche er nicht über die Stille hinweg zu der schmalen reglosen Frau, sondern als müsse er eine gegen ihn tobende Volksmenge überschreien.

»Ich muß es tun. Ich bin der Kaiser.«

Er drehte sich um und ging.

Als seine Schritte verklungen waren, kehrte eine solche Totenstille im Raum ein, daß es Anna schien, als ob die Kaiserin nicht einmal mehr atmetete.

Dann schrie sie.

Der Schrei stieg aus ihrer Brust zur Decke empor, prallte an den Wänden ab, quoll durch Türen und Fenster, drang durch den ganzen Palast und ließ jedem, der ihn hörte, das Blut stocken. So schrie ein Tier in höchster Qual.

Sie schrie immer noch, als die Soldaten kamen, die den Befehl hatten, sie zu dem Schiff zu eskortieren, das sie über das Goldene Horn zum Kloster der Theotokos auf der Insel der Vergessenen Frauen bringen sollte.

Irene ließ keine Scham- und Schonfrist verstreichen. Marias Sachen waren noch nicht zusammengepackt, als sie schon die Gemächer der Kaiserin bezog. Mit den anderen Hofdamen zusammen waren auch Anna und Helena zu ihrer Begrüßung im großen Empfangssaal versammelt.

Irene trat am Arm ihres Onkels ein. Sie trug die purpurnen Stiefel der Kaiserin, eine purpurne Seidentoga, die mit Goldfäden durchwirkt war, und auf dem Kopf ein edelsteinbesetztes Diadem, von dem rechts und links der Stirn Perlengehänge auf ihre Wangen herabhingen.

»Grandios«, murmelte Helena in Annas Ohr. »Schade nur, daß Purpur nicht ihre Farbe ist. Er macht sie fahl.«

Anna schüttelte leicht zurechtweisend den Kopf. Es war nicht die Stunde, über Irene zu lästern wie früher im Schulzimmer. Dazu schmerzte sie Irenes Anblick viel zu sehr. Sie dachte an das fröhliche Mädchen, mit dem sie nächtelang flüsternd und kichernd Geheimnisse ausgetauscht hatte, an die junge Frau mit dem gewölbten Bauch, die von innen geleuchtet hatte, an Irene, die fröhlich und glücklich gewesen war.

Von dieser Irene war nichts übriggeblieben.

Die Kaiserin hatte den Saal betreten, hinter ihrer prächtigen und glanzvollen Fassade schimmerte die Frau durch, noch jung und schon alt, die erste Schutzschicht von Fett unter der Haut, zwei scharfe bittere Falten um den Mund und mit Augen, die hart waren im Triumph.

Irene machte am Arm ihres Onkels langsam die Runde durch den Saal, empfing die Huldigungen jeder einzelnen Hofdame und belohnte sie mit einem Lächeln und einem Wort. Endlich blieb sie vor Helena stehen.

»Ich freue mich, Euch begrüßen zu können,« sagte sie. Ihre Stimme war so hart wie ihre Augen. Natürlich kein vertrautes Du mehr. Sie waren nicht mehr die Mädchen aus dem Schulzimmer. Aber Irene hatte das Schulzimmer nicht vergessen. Die Kaiserin zahlte zurück, was das Mädchen aus Eifersucht erlitten hatte.

»Ich erinnere mich gut, wie freundlich die Mutter des Prinzen Konstantin Euch aufgenommen hat, als Ihr, damals noch eine kleine Barbarin, den großen Palast bezogen habt. Ich bin überzeugt davon, daß Ihr diese Freundlichkeit nicht vergessen habt und Euch wünscht, sie jetzt vergelten zu können. Deshalb habe ich den Kaiser gebeten, und er ist meinem Wunsch nachgekommen, daß Ihr Eurer Beinahe-Schwiegermutter im Kloster der Theotokos auf der Insel der Vergessenen Frauen Gesellschaft leistet. Noch heute wird ein Schiff Euch dorthin bringen.«

Anna hatte noch im Ohr, was Helena über das Klosterleben gesagt hatte, und sie fürchtete, die Freundin könnte die Fassung verlieren. Irene schien das zu hoffen. Ihre harten Augen belauerten Helenas Gesicht. Aber die Tochter Robert Guiskards war durch eine harte Schule gegangen. Sie zuckte nicht mit der Wimper, versank in einer tiefen Reverenz und sagte mit lauter den ganzen Saal durchtönenender Stimme:

»Ich danke Eurer Majestät. Dann bin ich nicht weit entfernt, wenn mein Vater im Triumph in Konstantinopel einzieht. Ihr erspart mir zwei lange Seereisen.«

Irene wandte sich mit einer brüsken Bewegung von ihr ab und Anna zu. Als Anna sich aus der Verneigung aufrichtete, sah sie in Irenes Augen blanken Haß.

Sie mußte erfahren haben, was hinter ihrem Rücken bei Annas Besuchen im Palast der Komnenen abgelaufen war. In ihren Augen war die Freundin eine Verräterin, und, sagte sich Anna, Irene hatte recht. Sie hatte die Freundschaft zu Irene geopfert, um zu helfen, einen unfähigen Kaiser zu stürzen. In Irenes Augen konnte sie nichts anderes als eine Verräterin sein. Jetzt würde sie sich rächen.

Anna machte sich keine Hoffnung, daß Alexios ihr beistehen würde. Er hatte Irene die Verfügung über Helena eingeräumt, und er würde nichts dagegen einwenden, wenn sie mit Anna nach Belieben verfuhr. Er war Irene etwas schuldig, er mußte sie um der Unterstützung ihrer Familie willen gnädig stimmen. Wenn er seine Liebe zu Maria geopfert hatte, um sein Kaisertum zu behalten, dann würde er es wegen Anna Phokaina, die ihm nichts bedeutete, nicht aufs Spiel setzen.

Anna wartete.

Irene lächelte. Sie genoß ihren Triumph im voraus.

»Der Kaiser, mein Gemahl, hat mir berichtet, welchen großen Dienst Ihr unserem Haus geleistet habt und welche Belohnung er Euch versprochen hat. Einen Gatten, vornehm, gebildet, jung und gutaussehend. So war es doch? Der Kaiser hat mir die Auswahl dieses Mannes überlassen, und ich freue mich, Euch mitteilen zu können, daß ich jemanden gefunden habe, der Euren Ansprüchen genügen wird. Es ist Romanos Paläologos.«

Der Priester sprach mit weithin schallender Stimme den Segen. Die Männer bekreuzigten sich und erhoben sich von den Knien. Schweigend ging jeder an seinen Platz. Man hörte nichts als das Klirren, wenn Stahl und Eisen aneinanderstießen.

Boemund wandte sich zur Seite, wo der Herzog stand. Robert Guiskard, schon alltags eine imponierende Erscheinung, sah in der Rüstung furchterregend aus. Die Normannen hätten ihn, wären sie nicht seit Jahrzehnten so gute Christen, sondern noch heidnische Wikinger, für Wotan selbst halten können.

Er legte Boemund die Hand im Eisenhandschuh auf die Schulter.

Wer die beiden nebeneinander sah, konnte nicht zweifeln, Vater und Sohn vor sich zu haben.

Boemund, nicht länger ein schlaksiger Junge, war von der gleichen gewaltigen Größe, jeden anderen Mann um Haupteslänge überragend, Schultern und Brust waren so breit wie die des Gusikard. An Bauch und Hüften allerdings, wo Robert im Laufe der Jahre Fleisch und Fett angesetzt hatte, war sein Sohn schlank. Das Blond seiner Haare war noch nicht mit Grau durchmischt, das Blau seiner Augen strahlender, der Blick offener, in die Stirn hatten sich noch keine Falten eingegraben, der Mund war noch nicht so schmal und hart. Er war wie ein zweites Ich des Herzogs, jünger und sorgloser.

Er lächelte seinem Vater zu.

»Bis heute abend zum Siegestrunk.«

Der Guiskard lächelte kurz, nahm seine Hand fort, wandte sich ab und hatte den Sohn schon vergessen.

Boemund schlenderte zu der Stelle, an der der Knappe das Pferd für ihn bereithielt.

Es war noch reichlich Zeit.

Jetzt erst zeigte sich am Himmel der erste helle Streifen. Langsam kroch die Dämmerung den Himmel empor und tauchte die Landschaft in ungewisses Zwielicht. Vom Boden stieg Nebel in langsamen weißen Schwaden auf. Die Männer, die sich auf dem riesigen Feld zu Gruppen und Reihen ordneten, bewegten sich wie graue Lemuren in einem Totenreich.

Boemund schwang sich in den Sattel und lenkte das Pferd auf den linken Flügel, wo er die Hälfte der schweren Reiterei und einige Hundert der leichten berittenen Bogenschützen befehligte. Auf dem rechten Flügel auf der anderen Seite des Feldes erschien zur gleichen Zeit Raoul von Pontoise. Boemund erkannte ihn an dem Banner, unter dem er ritt. Das Zentrum des Heeres zwischen ihnen kommandierte der Herzog selbst. Er hatte die schwerste Aufgabe, denn seine Soldaten waren ausgehobene, nur kurz ausgebildete apulische Bauernsöhne, an Krieg und Schlacht nicht gewöhnt.

Boemund blickte sich um, als er eine Bewegung hinter sich wahrnahm. Sein Fahnenträger war herangekommen und hielt sich links hinter ihm. Das Banner mit dem normannischen Löwen rauschte in der Luft.

»Noch nichts zu sehen«, sagte Geoffroy, der rechts neben ihm war und mit zusammengekniffenen Augen den Horizont musterte.

Boemunds Pferd tänzelte. Er brachte es zur Ruhe und sah Geoffroy an.

»Hörst du nichts?«

Er hörte es, und alle anderen auch. Eine Stille hing plötzlich über dem normannischen Heer, als ob die Soldaten den Atem anhielten, und selbst der Wind vergaß, in den Büschen zu rauschen.

Von fern her näherte sich ein dumpfes Dröhnen, der Marschtritt eines Heeres, das Zehntausend zählen könnte.

Dann sahen sie die Staubwolke, die sich näherte. Die Angreifer marschierten nicht in bedächtigem Gleichschritt. Sie rannten.

Boemund blickte zu seinem Vater hinüber. Robert Guiskard saß regungslos auf seinem schweren Pferd und starrte den Angreifern entgegen, ohne das Zeichen zum Angriff zu geben.

Die Feinde rückten unaufhaltsam weiter vor. Aus der Staubwolke tauchte die erste Schlachtreihe auf.

Boemunds Herz schlug schneller, seine Hände krampften sich um die Zügel.

»Mein Gott!« flüsterte Geoffroy heiser.

Es war ein furchterregender Anblick.

Die Waräger kamen, des Kaisers angelsächsische Garde der Unsterblichen. Sie hatten sich die Gunst ausgebeten, den ersten Angriff führen zu dürfen. Aus England geflohen, nachdem Wilhelm von der Normandie es unterworfen hatte, waren sie willens, alle Normannen von der Erde zu vertilgen.

Sie zählten etwa dreitausend Mann. Sie kamen, in mehrere Reihen gestaffelt, in kettenbesetzten Lederkollern, Schild an Schild, über der Schulter die doppelschneidige Streitaxt, auf dem Kopf den Spangenhelm mit dem tiefgezogenen Nasenschutz. Nicht mehr menschlich anzusehen, rannten sie im Gleichschritt vorwärts, und allein die Wucht ihres Anpralls mußte die unerfahrenen apulischen Bauernsoldaten hinwegfegen.

Endlich senkte der Herzog den Arm und gab damit das Zeichen zum Angriff.

Boemund zwang das Pferd unter sich zur Ruhe. Er und Raoul hatten strikten Befehl, die Reiterei einstweilen zurückzuhalten und erst später anzugreifen, wenn das byzantinische Gesamtheer herangerückt war.

Die Schlacht begann. Sie schien vorbei, bevor sie recht angefangen hatte. Die kurz ausgebildeten apulischen Bauern waren schon vom Anblick der todbringenden Waräger so geängstigt, daß sie keinen Angriff wagten. Sie machten kehrt und liefen fort. Manche warfen ihre Waffen ab, um schneller laufen zu können.

Geoffroy stieß einen Fluch aus. Er legte Boemund die Hand auf den Unterarm und sagte entsetzt:

»Das ist unser Ende.«

Gemeinsam beobachteten sie, wie die Waräger den normannischen Soldaten folgten. Die Äxte blitzten im Sonnenlicht auf. Sie hielten furchtbare blutige Ernte unter den Fliehenden. Der Herzog richtete sich in den Steigbügeln auf und brüllte mit einer Stimme, die das Klirren der Waffen, das Wiehern der Pferde, die Schreie der Verwundeten und Sterbenden übertönte. Es nützte nichts. Er brachte niemanden zum Stehen. Boemund wandte den Blick von dem Gemetzel ab, in dem sein Vater jeden Augenblick untergehen konnte. Er sah nach vorn, wo die nächste Angriffswelle der Byzantiner heranrollen mußte.

Was er sah, schien ihm so unglaublich, daß er Geoffroy hart an der Schulter packte.

»Schau! Was siehst du da?«

Geoffroy folgte seinem Blick und sagte:

»Nichts.«

Dann begriff er und starrte Boemund an.

»Nichts!«

»Die Waräger hatten es zu eilig, uns totzuschlagen«, sagte Boemund mit einem wilden Auflachen. »Los!«

Er setzte sich an die Spitze der schweren Kavallerie und

schwenkte auf das Schlachtfeld ein. Raoul von Pontoise auf dem rechten Flügel folgte seinem Beispiel.

Erst jetzt, als es zu spät war, bemerkten die Waräger ihren furchtbaren Fehler. Sie waren so schnell vorwärts gestürmt, daß die ihnen nachfolgenden Truppen den Anschluß nicht hatten halten können. In die Lücke stießen jetzt die schweren normannischen Reiter hinein, umfaßten die Waräger von den Seiten und von hinten. Die apulischen Fußsoldaten waren inzwischen auf ihrer Flucht auf eine andere todbringende Gefahr gestoßen. Ihr Weg endetete am Meer. Sie hatten nur die Wahl, sich hineinzustürzen und zu ertrinken oder sich umzuwenden und zum Kampf zu stellen. Als sie sich umdrehten, das Gebrüll des Guiskard im Ohr, sahen sie, wie sich die Lage verändert hatte, und sie begannen, Widerstand zu leisten.

Die Waräger waren vom raschen Lauf über vier Meilen und von der blutigen Arbeit bereits ermattet. Sie kämpften löwenhaft, aber dem Ansturm der Pferde, den Stößen der Lanzen, den Schwerthieben vom Sattel herab, von allen Seiten eingekreist, hatten sie nichts entgegenzusetzen. Einer nach dem anderen sanken sie in den Staub und starben.

Sechzig oder siebzig Mann, die an den Rand des Schlachtfeldes gedrängt worden waren, wo die Ebene schroff anzusteigen begann, ersahen eine Chance. Sie rannten den Hügel hinauf, auf dessen Kamm eine kleine uralte Kirche der Muttergottes stand.

Boemund, Geoffroy und der Bannerträger jagten den Flüchtenden nach. Andere Reiter lösten sich aus dem Kampf und folgten ihnen. Während die Waräger vorwärtsrannten, mußten sie vorsichtig sein, damit die Pferde die Füße achtsam setzen konnten, nicht strauchelten oder abrutschten und sie alle, in einem bösen Durcheinander zu Tale stürzend, sich das Genick brachen.

Als sie die Kuppe des Hügels erreichten, sahen sie, daß die

Waräger ihren Vorsprung genutzt hatten. Sie warfen gerade die Eingangstür der Kirche hinter sich zu.

»Die kriegen wir nicht mehr«, sagte Geoffroy enttäuscht.

Er befeuchtete seine staubverkrusteten Lippen mit der Zunge. Er schmeckte das Salz des Schweißes.

Die anderen waren jetzt herangekommen und bildeteten eine Halbkreis um sie.

»Was jetzt?«fragte einer.

»Wir können nicht hinein. Das ist eine Kirche«, sagte ein anderer.

»Das heilige Asylrecht? Pah! Wer schert sich darum! Los! Hinein!« schrie sein Nachbar.

»Gebrauche deinen Verstand!« sagte Boemund, »der einzige Eingang ist die schmale Tür. Da kommt nur einer nach dem anderen durch. Und den empfangen die Männer dort drinnen nicht mit Blumen. Sie würden uns der Reihe nach abschlachten, wenn wir versuchten einzudringen.«

»Also hierbleiben und Wache halten. Einmal müssen sie herauskommen«, schlug Geoffroy vor.

Boemund nahm den Helm ab, wischte sich den Schweiß von der Stirn und strich eine feuchte Haarsträhne zurück.

»Soviel Zeit haben wir nicht. Geoffroy, du nimmst dir zehn Männer und bleibst hier! Legt Feuer an die Kirche! Räuchert sie aus!«

Er lenkte sein Pferd um und überblickte das Schlachtfeld unter sich.

Eine Staubwolke lag darüber, die sich hin und wieder lichtete, so daß er erkennen konnte, was sich dort unten abspielte.

Es gab keine Garde der Unsterblichen mehr.

Die apulischen Bauern, durch diesen Sieg in einem Blutrausch, stürmten vorwärts. Über ihrer ersten Reihe wehte die Petersfahne. Boemund konnte bis hier herauf das anfeuernde Brüllen seines Vaters hören.

Er blickte in die Gegenrichtung, aus der das Heer des Kaisers heranmarschierte.

Nach den Warägern hatte Alexios die berittenen Bogenschützen ausgesandt, die er sich gegen teures Geld vom Sultan der Seldschuken ausgeliehen hatte. Sie waren eine vernichtende Waffe, weil sie den Tod aus der Ferne bringen konnten. Sie schossen im Reiten ihre Pfeile ab. Gegen sie rannten nun der Guiskard und seine Bauernsoldaten.

Boemund setzte den Helm wieder auf. Er wollte seinem Pferd die Sporen geben und hinunterreiten, als er stutzte.

Die türkischen Bogenschützen, die Robert Guiskard an der Spitze seines Fußvolkes herannahen sahen, begriffen, daß die Unsterblichen niedergemetzelt worden waren, erschraken in abergläubischer Furcht, rissen die Pferde herum und jagten mit verhängten Zügeln hinein in das nachfolgende Heer der Byzantiner, das sie auf ihrer wilden Flucht mitrissen.

Die Normannen fielen über die Fliehenden her wie ein Rudel Wölfe über eine Schafsherde.

Mitten in dem Gewühl, hoch über den Kämpfenden, hin- und herschwankend, aber nicht weichend, flatterte das Purpurbanner mit dem byzantinischen Adler.

Boemund nahm die Zügel in die linke Hand, beugte sich tief über den Hals seines Pferdes und sprengte hinunter, das Banner im Auge behaltend.

Je nachdem, wie das Kampfgetümmel wogte, war das Purpurbanner einmal rechts, einmal links von ihm, aber er näherte sich ihm unaufhaltsam.

Endlich war er so nahe, daß er den Kaiser in der goldenen Rüstung darunter erkennen konnte, der, gedeckt von seinem Schildknappen, wilde Hiebe nach allen Seiten austeilte. Boemund richtete sich hoch im Sattel auf und lachte das laute gewalttätige Lachen der Hautevilles.

Alexios Komnenes blickte auf.

Die beiden jungen Männer, der blonde Riese und der vierschrötige Dunkelhaarige, maßen einander, herausfordernd der eine, in wütender Abwehr der andere.

Immer noch lachend, ritt Boemund auf Alexios zu, das Schwert, dessen Klinge von Blut troff, hocherhoben.

Das war kein Spiel mehr. Hier galt kein Scherz, keine Finte. Dies war Ernst, und am Ende stand nicht der Pokal aus der Hand der Kaiserin, sondern die Eroberung und der Verlust eines Reiches oder der Tod.

Alexios zögerte einen Moment, dann wandte er sich ab und sprengte davon. Boemund wollte ihm folgen, aber mehrere Gardisten aus der Leibwache des Kaisers warfen sich zwischen sie, und als er sich den Weg durch ihre Leiber gebahnt hatte, war Alexios verschwunden.

Er fand nur das Purpurbanner im Staube liegen, schmutzig und zerfetzt. Der Bannerträger umklammerte es noch im Sterben. Sie mußten ihm die Hand abhacken, um es aufheben zu können.

Anna verlor noch am selben Tage das Amt der Zweiten Kammerfrau und mußte aus dem Großen Palast zu ihrem Großonkel nach Pera übersiedeln. Sie hatte als kleines Kind dort gelebt und nur noch verschwommene Vorstellungen von einem Haus, von dem aus man aufs Wasser schauen konnte. Jetzt, da sie es wiedersah, erfüllte es sie mit Entzücken. Ursprünglich war es nur eine Sommerresidenz, und wenn es auch zu einem ganzjährig zu bewohnenenden Palast umgebaut worden war, so hatte der Architekt doch die anmutige Heiterkeit des Sommerhauses bewahren können. Das Haus war nicht groß, eher eine stattliche Villa mit zwei Eckpavillons und einem Mittelteil, der unten auf Arkaden ruhte und im ersten Stock eine Loggia hatte, die einen weiten Ausblick über das Goldene Horn zu den Dächern und Kuppeln von Konstantinopel bot.

Das Haus stand auf der Kuppe eines Hügels, und hinab

zum Wasser zogen sich Terrassen, auf denen Gärten mit Wasserspielen und schattenspendender Bepflanzung angelegt waren. Unten gab es einen vieleckigen Pavillon und einen Anlegesteg.

Anna wurde erst Stunden nach ihrer Ankunft zu ihrem Großonkel geführt. Als sie ihn sah, begriff sie, warum er sich nicht um ihre Verheiratung gekümmert hatte. Diogenes Phokas war ein Greis, spindeldürr, die Haut schlotterte faltig um die Wangen und den Hals, seine Augen, groß und schwarz wie Annas Augen, lagen tief in den Höhlen, flackerten mit unruhigem Blick und fixierten keinen Gegenstand länger als eine Sekunde.

Zwei Diener stützten ihn unter den Achseln, als er hereinschlurfte, und setzten ihn so vorsichtig, als sei er zerbrechlich, auf ein Sofa. Der eine schrie ihm Annas Namen ins Ohr und der alte Mann richtete seinen Blick auf sie, sagte:

»Sososo, Anna« und blickte wieder weg.

Sie machte einen tiefen Knicks und sprach die gehörigen höfischen Komplimente, aber er ließ seine Augen ununterbrochen durch den Raum schweifen, und sie hatte das Gefühl, er habe ihre Anwesenheit bereits wieder vergessen.

Später lernte sie den Verwalter kennen, der den Geschäften ihres Großonkels vorstand, seit Diogenes Phokas' Geist schwach geworden war, und erkannte, daß er seinem Herrn keinen Eheplan vorgelegt hatte, weil er keinerlei Verlangen hatte, daß ein Gemahl der Erbin sich in die Verhältnisse einmischte. Trotzdem pries er ihr jetzt die Ehe mit dem jungen Paläologos in den höchsten Tönen.

Anna Mißtrauen war geweckt.

An der Herkunft von Romanos Paläologos war nichts auszusetzen. Die Paläologen waren eine reiche und bedeutende Familie, gleichwenn sie auch noch keinen Kaiser gestellt hatten wie die Phokoi. Das jetzige Oberhaupt der Familie, Georgios, war mit einer Schwester von Alexios Komnenes verheiratet, hatte im Aufstand gegen Nikephoros Botanaiates dafür gesorgt, daß die Flotte sich auf die Seite der Komnenen stellte und hatte jetzt das ehrenvolle Kommando, Durazzo gegen die Normannen zu halten. Er stand dem Kaiser sehr nahe, ein Mann von Rang und Einfluß. Romanos war der Sohn seines jüngeren, bereits verstorbenen Bruders. Er konnte noch nicht alt sein, denn Georgios war selbst erst Anfang Vierzig, und sein jüngerer Bruder konnte keinen Sohn hinterlassen haben, der viel älter als zwanzig war.

Dennoch mußte mit ihm etwas nicht stimmen.

Irene hatte ihn ausgesucht, der Verwalter pries diese Ehe in höchsten Tönen, und Anna begann sich zu fürchten.

Sie war zwei Wochen in Pera damit beschäftigt, ihre Aussteuer zusammenzustellen, als der Verwalter sie in den großen Empfangssalon bat.

Dort traf sie auf einen Mann, der ihr unbekannt war. Er war mittelgroß, noch jung, mit einem sehr gepflegten braunen Bart, einem freundlichen Lächeln, und Augen, aus denen sorgfältig jeder Ausdruck verbannt war.

»Darf ich Euch Michael von Skutari vorstellen?« sagte der Verwalter. »Es ist mir gelungen, ihn als Euren Reisebegleiter zu gewinnen.«

»Reisebegleiter? Ich soll eine Reise machen?« fragte Anna verblüfft.

Michael von Skutari richtete sich aus seiner Verneigung auf und strich mit seiner schmalen gepflegten Hand langsam durch die Locken seines Bartes.

Der Verwalter hüstelte.

»Gewiß, gewiß, nobilissima. Ist es Euch entfallen? Vielleicht hat man Euch auf diesen Punkt des Ehevertrages nicht hingewiesen? Zoe Paläologa, die Mutter Eures Bräutigams, hat darauf bestanden, daß die Trauung auf dem Landgut bei Larissa vorgenommen wird und daß Ihr dort auch Euren Wohnort nehmt.«

»Larissa? Wo ist das?«

»Es liegt an der Grenze zwischen Epirus und Thessalien. Eine sehr schöne Gegend, wie man mir gesagt hat.«

Das war also der Pferdefuß ihrer Ehe. Sie war nicht nur vom Hof verstoßen, sondern auch aus Konstantinopel. Irene hatte einen Mann für sie ausgesucht, der in freiwilliger Verbannung lebte. Freiwillig? Wirklich? Kein junger Mann lebte freiwillig fern der Hauptstadt. Seine Mutter verlangte es. Was war mit einem jungen Mann los, dessen Mutter verlangte, daß er und seine Frau auf dem Land lebten, weit fort von Konstantinopel?

Anna fror.

Inzwischen deckte der Verwalter alle Probleme mit seiner geschwätzigen Rede zu.

Er sprach weitschweifig davon, daß Michael von Skutari ein aufstrebendes Unternehmen leite, das von Venedig bis Damaskus Niederlassungen habe. Gelegentlich verlasse Michael die Hauptstadt und begleite eine seiner Karawanen durch Anatolien und Syrien oder einen Geleitzug mit Waren durch Thessalien. So sei er jetzt auf dem Weg nach Durazzo, das, wie Anna sicher gehört habe, durch Verrat an die Normannen gefallen sei. An die Normannen, die – Gott schicke dies sicher als Prüfung über das Reich – unglücklicherweise den glorreichen Kaiser Alexios in einer Schlacht besiegt hätten. Nun sei eine gewonnene Schlacht natürlich noch kein gewonnener Krieg, aber sie habe doch etwas unangenehme Folgen für sie, Anna. Denn wie bekannt, streiften jetzt Horden von Normannen durch Epirus und Thessalien und machten die Straßen unsicher. So brauche Anna auf dem Weg nach Larissa Schutz. Deshalb sei er, der Verwalter, auf den Gedanken gekommen, Anna Michael anzuvertrauen. Mit seiner Handelskarawane würde sie sicher das Haus ihres Bräutigams erreichen.

Während er sprach, gewann Anna langsam ihre Fassung zurück.

»Schutz? Sicherheit?« sagte sie mit hochgezogenen Brauen. »Bei einer Handelskarawane? Ich denke doch, die Normannen würden nichts lieber tun, als einen Kaufmann auszurauben. Ich habe Anspruch darauf, von der Garde der Phokoi geleitet zu werden.«

Es stellte sich heraus, daß die Garde der Phokoi, eine Mannschaft von den Landgütern der Familie, die bei öffentlichen Auftritten das Familienoberhaupt zu begleiten und seine Macht zu demonstrieren pflegte, vor einigen Jahren aufgelöst worden war. Sie sei zu teuer und überdies nutzlos gewesen angesichts des beklagenswerten Zustandes ihres Großonkels, der den Palast nicht mehr verlasse.

Michael von Skutari ließ die Hand, die den Bart gestreichelt hatte, sinken und sagte mit einer warmen kultivierten Stimme:

»Eure Bedenken sind überflüssig, nobilissima. Ich pflege meine Waren mit bewaffneten Knechten zu schützen. Außerdem sind die Barbaren an meinen Gütern wenig interessiert. Ich handle mit Salben, Parfüms, Stoffen und Büchern. Statt sie mir abzunehmen, sind sie bereit, mit einem – nennen wir es Wegezoll – vorlieb zu nehmen. In meiner Gesellschaft seid Ihr sicher. Wenn Ihr hingegen als Prinzessin Phokaina reist, müßtet Ihr damit rechnen, in Gefangenschaft zu geraten, um Eurer Familie ein Lösegeld abzupressen.«

Anna zögerte. Was er vorbrachte, war vernünftig. Indes schien es ihr doch unter der Würde einer Phokaina zu sein. Michael, der ihre Vorbehalte spürte, fügte hinzu:

»Es ist der Kaiser selbst gewesen, der auf die Idee kam, daß ich Euch begleite.«

Alexios Komnenes und der Kaufmann Michael von Skutari; eine sonderbare Verbindung.

Anna starrte den Mann an, als könne sie mit ihrem Blick das Geheimnis aufklären, das dahinter lag. Aber während Michaels Lächeln verbindlich war, blieben seine Augen ausdruckslos.

Fünf Tage später brachen sie auf. Die meisten Bräute machten sich ängstlich und voll Kummer auf den Weg vom Elternhaus in die fremde Familie, die für den Rest ihres Lebens die ihre werden sollte. Auch Anna verließ Konstantinopel schweren Herzens und drehte sich wieder und wieder um, solange sie die goldenen Kuppeln noch sehen konnte, die die Mauern überragten.

Man hatte für sie eine Sänfte zwischen zwei Maulesel gehängt, die so sehr schaukelte, daß ihr übel wurde in der stickigen Luft hinter den Vorhängen. Michael von Skutari löste das Problem, indem er in der nächsten kleinen Stadt einen Sattel besorgte, der einem sanften Maultier aufgelegt wurde, und Hosen nach barbarischer Art, die Anna unter der Tunika anlegen mußte, damit es nicht unschicklich war, wenn sie spreizbeinig auf dem Sattel saß. Übel wurde ihr nun nicht mehr, aber tagelang war ihr Rücken steif und sie glaubte, nie mehr sitzen zu können.

Doch sie beklagte sich nicht. Im Gegenteil, sie genoß jeden Tag von morgens bis abends und vergaß völlig, warum sie unterwegs war.

Sie kannte nichts mehr von der Welt als den Sommerpalast in Pera, den großen Palast in Konstantinopel, die Hagia Sophia und die Kirche der Zwölf Apostel und die mese, wenn sie an hohen Feiertagen vom Palast zu den Kirchen hindurchgetragen wurde, verschleiert hinter den Vorhängen der Sänfte.

Nie hatte sie Äcker gesehen, nie Dörfer, in denen die Schweine und die Kinder sich im Dreck wälzten, Hühner hinter Zäunen gackerten, Hunde an der Kette bellten, nie hatte sie so einen weiten Himmel gesehen und noch nie war ihr Blick so weit in die Ferne geschweift.

Zunächst war sie bestürzt gewesen, als sie sah, daß in absehbarer Entfernung die Erde sich mit dem Himmel vermählte. So klein hatte sie sich die Erde nicht vorgestellt. Zu ihrer Verblüffung ritten sie tagelang darauf zu, selbst ein Richtungswechsel der Straße änderte daran nichts, und nie kamen sie diesem Ort näher.

Sie fragte Michael. Das war der Horizont? Natürlich hatte sie von ihm gelesen, aber das Wissen aus Büchern bereitete nicht unbedingt auf die Wirklichkeit vor.

Anderes kannte sie, den Regen, den Wind, die Sonne. Im Großen Palast ging man dergleichen aus dem Weg, hielt sich bei Regen und Wind in den Gemächern auf und schützte sich vor der Sonne durch schattenspendende Bäume und große aufgespannte Sonnensegel. Zum ersten Mal erlebte Anna, wie der Regen auf ihrer Haut prickelte, wie der Sturm ihre Haare raufte und wie die Sonne sie durchwärmte und bräunte.

Sie schaute und fragte, eifrig wie ein kleines Kind, und Michael an ihrer Seite antwortete unermüdlich und ernsthaft.

»Ich bin froh, daß Ihr mich nicht auslacht«, sagte Anna. »Ich muß Euch furchtbar dumm vorkommen.«

Michael schüttelte den Kopf.

»Dumm ist nur, wer nicht erkennt, daß es etwas zu fragen gibt.«

»Es ist alles so neu für mich. Mir ist, als hätte ich bisher nur halb gelebt . Ich habe die Welt immer in meinem Kopf gehabt, jetzt spüre ich sie mit allen meinen Sinnen.«

Sie übernachteten in großen städtischen Herbergen und manchmal auch im Freien. In keiner Stadt trieb Michael mit seinen Waren Handel, aber immer kamen Männer zu ihm und sprachen mit ihm, manchmal schlossen sie sich seinem Zug an, manchmal verschwand einer der Knechte, die aus Konstantinopel mitgekommen waren, für ein paar Tage oder kehrte gar nicht wieder zurück. Anna war klug genug, nicht danach zu fragen, aber Michaels Aussage, er diene dem Kaiser, kam ihr nun sehr viel wahrscheinlicher vor. Einmal fragte sie ihn nach Romanos Diogenes.

Michael breitete entschuldigend die Hände aus.

»Ich weiß nichts über ihn, nobilissima. Sein Vater hat unter seinem Stand geheiratet. Zoe, die Tochter eines Großbauern. Seine Familie hat ihm das übelgenommen, aber am Ende war es wohl doch ein Glück. Denn er starb früh und hinterließ der Witwe nur das Landgut bei Larissa und vier Kinder. Zoe Paläologa ist für ihre Tüchtigkeit und ihre Frömmigkeit bekannt. Sie hat das Gut hochgewirtschaftet und das Kloster, das zum Hause gehört, wieder instandsetzen lassen. Sie lebt zurückgezogen mit Sohn und Töchtern auf dem Gut.«

Er sah die Enttäuschung in Annas Augen, erkannte, daß er keine Erleichterung gebracht hatte und fügte hinzu:

»Die Leute lästern gern. Wenn es etwas Skandalöses, Gehässiges, Gemeines oder Widerwärtiges in dieser Familie gäbe, glaubt mir, es wäre bekanntgeworden, und der Kaiser hätte diese Ehe nicht für Euch arrangiert.«

Der Kaiser nicht, dachte Anna, aber Irene gewiß.

Sie versuchte, den Gedanken an Romanos Paläologos zu verdrängen und zu ihrer ursprünglichen Freude an der Reise zurückzukehren, aber es wollte ihr nicht gelingen.

Nach einer schlaflosen Nacht, die sie auf einem der Planwagen Michaels verbracht hatte – sie übernachteten wieder einmal im Freien – schob Anna im Morgengrauen die Decken beiseite, schlüpfte in einen langen, dunklen Wollmantel mit Kapuze und kletterte vom Wagen.

Das Gras war naß vom Tau. Obwohl die Tage bereits von der Sonne erhitzt wurden, kam nachts die Kühle zurück und schuf einen frischen Morgen, in dem der Atem tief in die Brust drang. Die Vögel versuchten bereits ein Morgenständchen, und am heruntergebrannten Lagerfeuer schnarchten die Knechte noch. Anna ging zwischen den Bäumen hindurch zum Ufer. Sie, die nur das warme parfümierte Wasser in den mosaikgeschmückten Bädern des Palastes kannte, hatte ein großes Vergnügen für sich entdeckt, das Baden im Fluß. Sie konnte nicht schwimmen, aber in der Nähe des Ufers ins

Wasser zu tauchen und es um ihre Haut strömen zu fühlen, wenn die Kälte wie mit tausend Nadeln auf sie einstach, das Auftauchen, wenn die Wärme der Sonne sie wohlig durchdrang, gehörte für sie zu den schönsten Momenten der Reise. Die beste Zeit dafür war der Morgen, wenn die Knechte noch schliefen und niemand sie störte.

Sie war enttäuscht, als sie, noch unter den Weiden stehend, Geräusche aus dem Wasser hörte. Jemand von Michaels Leuten mußte ihr zuvorgekommen sein. Sie zögerte, ob sie umkehren sollte. Aber vielleicht war es keiner der Männer, sondern nur ein Tier, das sich im Fluß badete?

Anna trat zwischen den tiefhängenden grünen Zweigen hindurch an den schlammigen Ufersaum. Ihr Fuß in der glattsohligen Sandale glitt aus und sie wäre ins Wasser gefallen, wenn sie sich nicht an einem der Weidenzweige festgeklammert hätte. Unwillkürlich war ihr ein Laut entfahren, mehr aus Überraschung als aus Schrecken, nicht laut, aber laut genug, um das feine Ohr des Mannes im Fluß zu erreichen.

Er war geschwommen. Jetzt richtete er sich auf. Der Fluß war nicht tief, das Wasser reichte ihm nur bis zur Brust. Er blickte sich um, sah sie, immer noch an den Weidenzweig geklammert, und kam auf sie zu.

Von den Schultern abwärts war sein Leib weiß, breit in Schultern und Brust, schmal in den Hüften, schlank und muskulös. Er hätte ein Ares oder Achill sein können, eine Marmorstatue aus der Hand eines Phidias. Aber sein hünenhafter Körper war nicht aus Stein. Unter der Haut bewegten sich die Muskeln, spannten sich Sehnen, pulsierte sein Blut. Er bewegte sich mit kraftvoller Anmut, ein Bild gezügelter Gewalt.

Wie hätte sie ihn nicht erkennen sollen?

Unter dem kurzgeschnittenen blonden Haar die breite Stirn, die hohen Wangenkochen, die gerade Nase und das vorspringende Kinn. Es war das Gesicht Helenas, ins Männliche gehärtet.

Anna kannte das leuchtende Blau dieser Augen, aber nicht den Blick, mit dem sie sie umfaßten. Nie hatte ein Mann sie so angesehen. Das Blut schoß ihr heiß in die Wangen.

Sie zitterte. Ihr Puls hämmerte, ihr war, als ob Hitze und Frost gleichzeitig in ihr aufstiegen und in Schauern über ihre Haut liefen. Niemals zuvor hatte der Anblick eines Mannes solche Empfindungen in ihr ausgelöst, ein Begehren, dem sie ohnmächtig ausgeliefert war.

Er kam näher, ohne Lächeln, in den Augen die Schamlosigkeit des Verlangens, die sie erzittern ließ. Erziehung und Instinkt sagten ihr, daß sie zurückweichen, sich umdrehen und ins Lager fliehen sollte, in die Sicherheit, die Michael von Skutari ihr bot, wo sie die Prinzessin Phokaina war und kein Mann wagte, sie so anzublicken.

Aber sie konnte sich nicht rühren. Es waren nur noch wenige Schritte, die ihn von ihr trennten, als er plötzlich den Blick von ihrem Gesicht löste und über ihre Schulter sah. Fast im selben Moment, so schnell, daß sie zunächst kaum begriff, was er tat, wandte er sich um, warf sich ins Wasser und tauchte unter.

Er verschwand, als habe es ihn gar nicht gegeben. Langsam drehte Anna sich um. Michael von Skutari trat neben sie. Hinter ihm sah sie fünf bewaffnete Knechte am Rand des Uferwaldes stehen.

»Ihr solltet nicht allein das Lager verlassen. Ich habe Euch gewarnt, daß die Gegend unsicher ist. Aufklärungsabteilungen der Feinde sind überall unterwegs. Das war ein Normanne«, sagte er.

»Ich weiß«, erwiderte Anna. »Es war Boemund, Herzog Roberts Sohn.«

Zoe war von Anfang an gegen diese Heirat gewesen. Bisher war es ihr gelungen, eine Verehelichung ihres Sohnes zu verhindern. Das war einer der Gründe, weshalb sie ihm nie erlaubt hatte, das Landgut bei Larissa zu verlassen. Der andere war, daß in der Hauptstadt nur Versuchungen auf einen jungen Mann lauerten, die ihn von seinem rechten Weg abbringen konnten.

Was der rechte Weg für Romanos war, wußte seine Mutter genau. Zehn Nächte vor seiner Geburt waren ihr im Traum der heilige Nikolaus und der heilige Athanasios erschienen und hatten ihr offenbart, daß ihr Sohn einmal einer der Ihren werden würde. Ein Bischof und ein Heiliger. Romanos Vater, der sehr jung geheiratet hatte, war schwach auf der Lunge gewesen und hatte sich von der kräftigen, lebenstüchtigen jungen Frau angezogen gefühlt. Er hatte die Ehe mit ihr gegen den Willen seiner Familie durchgesetzt. Allerdings war der Widerstand der Paläologen nicht sehr groß gewesen, denn niemand hatte damit gerechnet, daß der Kranke lange leben würde. Immerhin hatte Zoe noch drei Töchter und einen Sohn geboren, ehe sie Witwe wurde.

Sie hatte die Verwaltung des Gutes in ihre Hände genommen, jede Rechnung gnadenlos geprüft, jede Drachme, die für den Haushalt ausgegeben wurde, abgezählt, keine Gastmähler gegeben – was sich für eine Witwe ohnehin nicht geschickt hätte –, für Küche und Kleidung nur verwendet, was auf dem Hof angebaut und hergestellt wurde und es so in fünfzehn Jahren zu beträchtlichem Reichtum gebracht.

Sie steckte jeden Solidus, den sie entbehren konnte, in den Ausbau des kleinen Klosters, das sich auf dem Grundbesitz befand. Vor hundert Jahren von einem Paläologos gegründet, der der Welt müde war, hatten dort ein halbes Dutzend Mönche in einem Gebäude gelebt, durch dessen Dach es durchregnete, und in einer Kirche gebetet, in der die Bemalung von den Wänden blätterte.

Zoe richtete es in großartigem Stil wieder her. Sie ließ das Dach neu decken, einen Brunnen bohren und berief Handwerker aus Thessaloniki, die die Wände und Decken der Kirche mit strahlenden goldgrundigen Mosaikbildern belegten. Wer in die Kuppel blickte, sah sich Auge in Auge mit dem unerbittlichen Antlitz des Christos Pantokrator, des Weltenherrschers und Weltenrichters.

In dieses Kloster, hatte Zoe geplant, würde Romanos eintreten. Hier würde er seine Studien betreiben, bis der Ruf seiner Gelehrsamkeit so groß geworden war, daß der Patriarch ihn zum Bischof berufen und er sich würdig an die Seite des heiligen Nikolaus und des heiligen Athanasios stellen würde.

Der erste Heilige in der Familie.

Sie, Zoe Paläologa, die Mutter eines Heiligen.

Es war nicht Romanos, der ihren Plänen Widerstand entgegengesetzt hatte, sondern Georgios Paläologos, der älteste Bruder ihres Mannes, das Oberhaupt der Familie. Georgios beschied Zoe, als sie mit ihrem Plan herausrückte, zunächst müsse Romanos seine Pflichten gegenüber der Familie erfüllen, heiraten und Kinder zeugen. Danach stände es ihm frei, mit Einverständnis seiner Gattin Mönch zu werden. Nicht einmal Zoe wagte es, gegen seinen Willen ihren unmündigen Sohn ins Kloster zu schicken. Sie ließ die Sache auf sich beruhen und wartete ab.

Schon hatte sie gehofft, Georgios habe seinen jungen Neffen auf dem Lande vergessen, schon rückte der Zeitpunkt nahe, in dem Romanos über sich selbst bestimmen konnte, was nichts anderes bedeutete, als daß er sich den Wünschen seiner Mutter fügen würde, da schrieb sein Onkel aus Konstantinopel, er sende ihm eine Braut. Er hatte eine Verbindung für Romanos zustande gebracht, die in jeder Hinsicht brillant genannt werden mußte. Die junge Braut stammte aus dem Geschlecht der Phokoi, war damit vornehmer als der Bräutigam, war die einzige Erbin eines riesigen Vermögens, im Großen Palast von der Kaiserin Maria erzogen worden, mit der Kaiserin Irene befreundet, hatte dem Kaiser Alexios einen großen Dienst erwiesen, der nicht näher erläutert wurde, und diese Eheschließung fand auf Wunsch des Kaiserpaares statt.

Zoe war machtlos.

Als sie, inmitten des ganzen Haushaltes, umringt von ihren Töchtern, an der Seite ihres Sohnes im Empfangssal der Villa auf die Ankunft Anna Phokainas wartete, war ihre Miene umwölkt.

Anna traf gegen Mittag ein, nicht mehr von Michael von Skutari eskortiert, der sich in Larissa von ihr verabschiedet hatte. Sie wurde von dem Gouverneur und seiner Familie begleitet, die der Hochzeit fern von Konstantinopel wenigstens etwas Glanz verleihen wollten.

Als sie sich dem Haus näherte, war Anna entzückt über die Schönheit der Landschaft. Das Gut, einen Tagesritt außerhalb von Larissa, lag in einem hügeligen Gelände. Auf den sanft ansteigenden Kämmen wogte ein goldenes Weizenmeer, am Horizont begrenzt von den dunkelblauen Rücken der umgebenden Hügel.

»Ein altes Zentrum des Christentums«, sagte der Gouverneur. »Als der Kaiser Diokletian die Christen verfolgte und ihre Kirchen in Larissa zerstörte, versammelten sie sich in den Bergen. Sie sind durchzogen von Höhlen, in denen sie eine heimliche Kirche anlegten, Natürlich ist das alles heute verfallen und niemand wagt sich mehr hinein.«

Im Hof vor dem Säulenportikus des Hauses wartete die Familie auf sie. Zuerst sah Anna die drei Töchter. Die jüngste war in ihrem Alter, die älteste wohl zehn Jahre älter. Alle drei waren klein, mager und schlicht gekleidet und hatten die Haare nach ländlicher Sitte zu Zöpfen geflochten und um den Kopf gewunden. Darüber lag ein festes Tuch aus Leinen, kein zarter Hauch von Seidenschleier.

Bauerntöchter, dachte Anna und erinnerte sich, daß man ihr erzählt hatte, ihre künftige Schwiegermutter sei eine Bauerstochter gewesen.

Ihr zweiter Blick fiel auf Zoe. Sie war ebenso klein wie ihre Töchter, aber von wogender Üppigkeit. Auf ihrem gewaltigen Busen lag das einzige Schmuckstück, das sie trug, ein emailliertes, mit Granatsplittern besetztes Kreuz. Ihr schwarzes Haar, von grauen Strähnen durchzogen, war in einem Knoten im Nacken zusammengenommen. Auch sie trug ein Leinentuch darüber.

Anna lächelte ihr höflich zu und begegnete einem Blick so abgrundtiefen Hasses, daß sie erschrak.

Sie konnte nicht ahnen, daß bei ihrem Anblick Zoes schlimmste Befürchtungen wahr wurden. Die künftige Schwiegertochter war kein blutjunges Ding, gerade den Kinderschuhen entwachsen, schüchtern und unscheinbar, vielleicht auch etwas dümmlich, wie sie monatelang gehofft hatte. Sie war eine Hauptstädterin, eine Hofdame, selbstbewußt, elegant, schön. Eine Frau, die Romanos' vom Weg seiner Bestimmung abbringen konnte. In diesem Moment, in dem ihre Blicke sich kreuzten, schwor Zoe ihr unerbittlichen Kampf.

Der Mann, um den sie ihn ausfechten wollte, trat jetzt von der Seite seiner Mutter und machte ein paar Schritte auf die Braut zu, die am Arm des Gouverneurs auf seine Begrüßung wartete. Alexios Komnenes hatte sein Versprechen gehalten. Romanos Paläologos war aus vornehmer Familie, er war jung und auf eine ungewöhnliche Weise schön. Sein blasses Gesicht war gemmenhaft fein und zart, die großen tiefliegenden Augen brannten von einem inneren Feuer.

Aber Anna sah nur einen jungen Mann auf sich zukommen, ein oder zwei Jahre jünger als sie selbst, der klein und mager war und sie mit einstudierten Worten linkisch begrüßte. Vor ihn schob sich das Bild eines anderen Mannes, groß und hell, mit einem blauen Blick, der ihr noch in der Erinnerung die Röte in die Wangen trieb.

Die Trauung fand am späten Nachmittag statt. Anna hatte das Haus klein und einfach eingerichtet gefunden. Um so größer war ihre Überraschung, als sie die Klosterkirche betrat, in der die Bilder der Heiligen auf Goldgrund im Licht einer verschwenderischen Zahl von Kerzen geheimnisvoll herabsahen. Von der Trauung selbst bekam Anna wenig mit. Die Brautkrone – aus dem Besitz der Phokoi, die schon ihre Mutter getragen hatte, über und über mit Edelsteinen und Perlen besetzt – drückte auf ihre Stirn. Vom Weihrauch, der unentwegt aus den geschwenkten Räucherfässern quoll, bekam sie Kopfschmerzen. Sie erinnerte sich später vor allem an den Moment, da Romanos mit zitternden Fingern ihren Schleier zurückschlug, um ihr den Brautkuß zu geben. Seine Lippen waren kalt und berührten die ihren so flüchtig wie Schmetterlingsflügel. Anna unterdrückte den Impuls, sich den Mund abzuwischen.

Nach der Trauung gab es ein Festmahl, das für Zoes Verhältnisse üppig ausfiel, Anna aber als eine Form subtiler Beleidigung erschien. Zu ihrer Überraschung saßen Männer und Frauen gemeinsam an der langen Tafel. Die Frau des Gouverneurs bemerkte ihr Erstaunen.

»Das sind eben die einfachen Sitten in der Provinz«, sagte sie. »Es kommen selten Fremde zu uns. Jeder kennt hier jeden, jeder ist irgendwie mit jedem verwandt. So ist es bei solchen Gelegenheiten immer so, als säße man nur in Familie bei Tisch.«

Anna begnügte sich damit und bemerkte, daß die Anwesenheit der Männer einen Vorteil hatte. Sie war nicht mehr nur umgeben vom Geschwätz über Putz und Mode, sondern konnte den Männern zuhören, die über ein weit interessanteres Thema sprachen.

Am Morgen, ehe sie von Larissa aufgebrochen waren, hatte der Gouverneur die Mitteilung erhalten, die Normannen hätten die Festung von Durazzo erobert.

»Ein halbes Jahr heldenhafte Verteidigung umsonst«, sagte der Gouverneur düster. »Gefallen ist die Stadt nur durch Verrat. Einer der Venezianer, die zur Verstärkung der Verteidiger in der Stadt waren, hat sie dem Guiskard ausgeliefert. Es heißt, zur Belohnung habe er die Hand einer Nichte des Guiskard gefordert und auch bekommen. Sonderbarer Lohn für einen Verrat! Die Hand einer Barbarin!«

Seine Stimme hätte nicht verächtlicher klingen können, wenn er gesagt hätte: die Hand einer schwachsinnigen Spülmagd.

»Man sollte die Normannen nicht unterschätzen«, warf Anna ein. »Ich kenne die Tochter des Herzogs, Helena. Sie ist schön, klug und gebildet.«

Die Frauen verstummten und starrten die junge Frau mißbilligend an, die es gewagt hatte, sich ins Männergespräch einzumischen. Waren das die Sitten der Hauptstadt?

»Sie wurde ja schließlich auch in Konstantinopel erzogen. Da ist es kein Wunder, daß ein Mensch aus ihr geworden ist«, sagte der Gouverneur, ohne sich seine Verärgerung über den Einwurf anmerken zu lassen. Schließlich war diese vorwitzige Frau nicht irgendjemand, sondern eine Prinzessin vornehmster Abstammung und eine vertraute Freundin der Kaiserin.

»Die normannischen Krieger jedenfalls sind wilde Ungeheuer. Habt Ihr gehört, was sie mit den Warägern gemacht haben, die sich in eine Kirche geflüchtet hatten? Statt das Asyl zu achten, hat der junge Boemund sie bei lebendigem Leibe in der Kirche verbrennen lassen. Barbarisch!«

Der junge Boemund.

Es bedurfte nur der Erwähnung seines Namens, daß Anna blaß wurde, und ihre Hand, die das Weinglas zum Munde führen wollte, zitterte.

Der Gouveneur sah es und deutete es auf seine Weise.

»Ihr braucht keine Angst zu haben. Nach Larissa werden diese Teufel niemals kommen. Hier sind wir dank unseren abgelegenen Lage in Sicherheit. Die Normannen werden jetzt, da sie den Rücken freihaben, versuchen, die via egnatia zu erobern, um nach Thessaloniki vorzustoßen. Aber die Straße ist mit festen Kastellen so gut gesichert, daß sie sich nur blutige Nasen holen werden.«

Das Fest währte bis in die Nacht. Spät am Abend zog sich die Braut mit den Frauen zurück, wie es die Sitte verlangte. Sie wurde ins Schlafgemach geleitet, entkleidet, gesalbt, mit Blumen geschmückt, in ein leichtes seidenes Gewand gehüllt und ins Ehebett gebracht.

Die Frau des Gouverneurs sparte dabei nicht mit anzüglichen Redensarten, ihre Töchter lachten, und einmal kicherte sogar eine von Zoes Töchtern, was ihr einen scharfen Blick der Mutter eintrug und sie sofort verstummen ließ.

Dann wurde Anna noch einmal von allen Frauen geküßt, selbst ihre Schwiergmutter hauchte einen Kuß über ihre Wange und verschwand.

Sie lauschte auf die sich entfernenden Geräusche. Die Luft war schwül, gesättigt von den üppigen Blumengebinden, die langsam vor sich hinwelkten. Zwei Kerzen flackerten und warfen groteske Schattenbilder an die Decke. Anna wartete. Nur die Stille der Nacht umgab sie. Nichts war zu hören, als das leise Rauschen des Windes in den Baumkronen.

Allmählich wurde ihr kalt. Die Frauen mußten Romanos längst das Zeichen gegeben haben, daß sie bereit war. Jetzt mußte Flötenklang den Korridor entlangkommen und das angetrunkene Lachen der Männer, die den Bräutigam bis zur Tür des Schlafgemachs begleiteten. Aber alles blieb still. Sie wußte nicht, ob sie sein Kommen herbeiwünschen sollte, um es endlich hinter sich zu haben, oder ob sie hoffen sollte, er bliebe noch lange aus.

Wie wäre es, wenn ein anderer Mann dort draußen im Festsaal säße? Wenn ein anderer den Korridor herunterkäme und die Tür öffnete? Sie versuchte, sich diesen Gedanken zu verbieten, aber wenn sie ihn gerade mit großer Willensanstrengung in die Flucht geschlagen hatte, so kam er rasch wieder in ihren Kopf gekrochen und erhitzte ihre Gedanken und ihr Blut.

Als Anna am nächsten Morgen erwachte, war sie allein im Bett, und das Kissen neben dem ihren war unberührt. Dieser blasse schmale Junge, der ihr Mann war, war nicht zu ihr gekommen, hatte sie nicht angerührt. Ihr erstes Gefühl war Erleichterung, aber kurz danach kam der Zorn. Der Bräutigam hatte die Braut in der Hochzeitsnacht verschmäht. Romanos Paläologos hatte es gewagt, Anna Phokainas Bett fernzubleiben, als sei sie seiner nicht würdig. Der Gouverneur und die anderen Gäste aus der Provinz waren Zeugen dieser Demütigung geworden.

Anna dachte an den Blick blanken Hasses, mit dem ihre Schwiegermutter sie empfangen hatte, und wußte, wo sie die Schuldige für diesen Affront zu suchen hatte. Zoe hatte ihren Sohn beeinflußt. Diese Bauerntochter hatte es gewagt, die Prinzessin Phokaina zum öffentlichen Gespött der ganzen Provinz zu machen. Jetzt wußte Anna, warum Irene ihr diesen Gatten ausgesucht hatte. Sie mußte gehört haben, daß Zoe ihren Sohn zu einem Heiligen machen wollte, zu einem asketischen Mönch, der es nicht wagte, sich zu einer Frau ins Bett zu legen. Und sicher hatte sie erwartet, daß Zoe in ihrer Eifersucht eine feindselige Schwiegermutter wäre, die ihr das Leben zur Hölle machen würde. Anna setzte sich auf. Sie würde sich das nicht bieten lassen. Sie war kein dahergelaufenes Waisenkind, der Gnade dieser Frau auf Gedeih und Verderb ausgeliefert. Sie hatte genug Stolz und Intelligenz, um Zoe zu zerschmettern. Von nun an war sie die Herrin im Haus. Und Zoe würde das so bald wie möglich zu spüren bekommen.

Anna läutete nach der Bedienung und befahl, ihr ein Frühstück zu bringen. Als die Dienerin, ein blutjunges, schüchternes Mädchen, damit erschien, schickte sie sie in die Küche zurück.

»Ich erwarte ein silbernes Tablett, Blumen und Silberschalen statt der Holznäpfe.«

»Herrin«, flüsterte das Mädchen verschreckt, »man wird es mir nicht geben. Alle im Haus essen von Holzgeschirr.«

Hochmütig hob Anna die gezupften Brauen:

»Ich habe dich nicht aufgefordert, mit mir zu reden. Ich habe dir einen Befehl erteilt, und du wirst meine Befehle befolgen.«

Sie mußte eine Viertelstunde warten, dann kam das Mädchen zurück. Es blieb furchtsam an der Tür stehen. Auf dem Holztablett befanden sich nach wie vor drei hölzerne Schalen, nur eine kleine Vase mit Feldblumen hatte sich dazugesellt.

»Die Herrin sagt ... die Herrin sagt, daß ... daß es im Haus keine neuen Sitten geben wird«, flüsterte das Mädchen verängstigt. »Alle essen davon und niemand beklagt sich, sagt die Herrin.«

»Die Herrin bin ich«, entgegnete Anna scharf.

Das Mädchen knickste und dabei rutschten Schalen und Blumenvase über die schiefe Ebene des Tabletts zu Boden.

»Macht man hier die Stallmägde zu Dienerinnen?«

»Verzeihung, Herrin, Verzeihung!«

Das Mädchen kniete nieder, fischte die Blumen aus dem Wasser und versuchte, die Lache mit ihrem Rocksaum aufzuwischen. Anna beobachtete sie, bis sie fertig war, und sagte dann in einem scharfen Ton:

»Du kannst gehen. Schick mir meine Zofe!«

Das Mädchen floh erleichtert. Anna ließ sich in die Kissen zurücksinken. Jetzt würden alle in der Küche wissen, wie streng und anspruchsvoll die neue Herrin war.

Die Zofe, die sie aus Konstantinopel begleitet hatte, kam mit grimmigem Gesicht. Erstklassige Zofen waren rar, wurden reichlich entlohnt und mit Respekt behandelt. Anna vermutete zu Recht, daß in Zoe Paläologas Haus einer Frau, die angestellt war, um der Eitelkeit zu dienen, nicht achtungsvoll genug begegnet wurde.

Die Zofe warf einen Blick auf das unberührte Kopfkissen neben Anna und preßte die Lippen zusammen.

»Ganz recht«, sagte Anna freundlich, »man mag uns nicht in diesem Hause und läßt uns das spüren. Hier wird sich vieles ändern.«

Seit dem Tode ihres Mannes vor fünfzehn Jahren regierte Zoe den Haushalt und ihre Kinder mit eiserner Hand. Niemand hatte es in all den Jahren gewagt, ihr zu widersprechen oder sie warten zu lassen. Als Anna am Morgen nach der Hochzeit nicht zur allgemeinen Frühmahlzeit mit anschließender Morgenandacht erschienen war, schickte sie eine Dienerin zu ihrer Schwiegertochter. Anna ließ ausrichten, sie werde kommen, sobald sie angekleidet sei.

Zoes Doppelkinn bebte. Ihre drei Töchter wurden blaß. Eudokia, die jüngste, senkte den Kopf, um den Blick der Bewunderung für soviel Kühnheit zu verbergen. Theodora, die älteste, immer um Frieden und Eintracht bemüht, sagte besänftigend:

»Sie will Euch gewiß nicht den Respekt verweigern. Die Sitten in der Hauptstadt sind andere als bei uns. Anna muß sich erst an das einfache Landleben gewöhnen.«

Was Anna sich unter einfachem Landleben vorstellte, wurde klar, als sie fast zwei Stunden später erschien. Sie trug ein Kleid aus fliederfarbener Seide mit perlenbesetzten Bordüren an Hals und Saum und hatte ihr Haar zu vielen kleinen Zöpfen flechten lassen. Ihr Gesicht war sorgfältig geschminkt, ihre Hände waren mit komplizierten Mustern rot bemalt, und sie duftete nach persischem Rosenwasser.

Eudokia starrte sie offenen Mundes an, Theodora lächelte

freundlich-unsicher, und Sophia, die mittlere Schwester, vermied jeden Ausdruck.

Zoes Lippen waren schmal, als sie Anna mit gespielter Freundlichkeit entgegenging.

»Mein liebes Kind, wir führen hier ein schlichtes, gottgefälliges Leben. Den Eitelkeiten der Welt stehen wir fern. Putz und Tand haben in unserem Leben keinen Platz. Wir machen uns nützlich. Ich nehme an, du kannst weben und spinnen?«

Anna blieb stehen und ließ ihren Blick langsam durch den Raum gleiten. Die Wände waren weiß gekalkt. An der Stirnwand prangte ein Bild, das Maria mit dem Kind zeigte, eine strengblickende Maria, die aussah, als sei jedes Lachen eine Todsünde. Auf einem langen Tisch unter dem Fenster lagen Wollstränge in verschiedenen Farben. Theordora und Eudokia saßen jede an einem Webstuhl, während Sophia vor einem Spinnrad hockte. Alle drei trugen sackartige dunkelgraue Gewänder, ihre Haut war blankgeschrubbt, ihre Haare schlicht zu Knoten geschlungen. Es gab keine Blumen, kein Obst, keine Musikinstrumente, keine Bücher, keine Kunstwerke.

Wie in einer Besserungsanstalt für gefallene Frauen, dachte Anna.

Sie begegnete dem lächelnden Mund und den harten Augen ihrer Schwiegermutter und sagte mit trügerischer Liebenswürdigkeit:

»Ich habe grundlegende Kenntnisse in Geographie, Geschichte, Mathematik und Philosophie. Der Schwerpunkt meiner Studien lag bei Musik und Literatur. Ich spiele die Laute, singe und dichte. Dazu habe ich im Dienst der Kaiserin aber nur wenig Zeit gefunden. Ich hoffe, in der Ruhe des Landlebens mehr Muße dafür zu finden.«

Die drei Schwägerinnen lauschten atemlos. Zoe wiegte mitleidig den Kopf.

»Wie ich es mir dachte – im Palast herrscht der Geist der Sittenverderbnis. Wenn Frauen anfangen, sich zu bilden wie

Männer, dann lacht Satan. Lobe den Herrn, Kind, daß er dich aus diesem Sodom und Gomorrha hierher geführt hat, wo Frauen noch wissen, was sich ziemt! Wir werden dir mit Freuden helfen, den Pfad zum Heil zu finden. Sophia, rücke beiseite, damit deine neue Schwester sich neben dich setzen kann! Zeige ihr, wie man die Spindel dreht! Du solltest deine Ringe abnehmen, Kind. Sie werden dich bei der Arbeit behindern.«

Anna lachte ihr ins Gesicht.

»Die Prinzessinnen des Hauses Phokas sind keine Bauerntöchter, die die Arbeit der Mägde tun.«

Vom Hof erschollen gedämpfte Rufe der Arbeiter, die einen Erntewagen abluden. Im Zimmer selbst war es totenstill. Keine der drei Schwägerinnen wagte zu atmen. Noch niemals war ihre Mutter so herausgefordert worden.

Zoes Gesicht färbte sich rot, während sie nach einer Entgegnung suchte, die diese Schwiegertochter ein für allemal zum Schweigen bringen und unterwürfig machen würde. Während sie noch überlegte, fuhr Anna bereits fort:

»Seit gestern bin ich die Herrin dieses Hauses. Ich darf Euch also bitten, mir die Schlüssel auszuhändigen. Es gibt wohl eine Inventarliste für Wäsche und Vorräte? Ich möchte sie einsehen.«

Zoes Farbe hatte ein beängstigendes Purpur erreicht, so daß Anna dachte, sie würde gleich einen Schlaganfall erleiden. Aber sie hatte sie unterschätzt. Keuchend holte Zoe Luft und schnaubte:

»Mein Sohn hat zu bestimmen, wer die Schlüssel in diesem Hause trägt.«

Ihre kleinen Augen zwischen den Fettwülsten schillerten boshaft, als sie mit Nachdruck hinzufügte:

»Noch seid Ihr nicht seine Gattin und werdet es nie werden, meine Liebe. Romanos ist ein Heiliger.«

Am liebsten hätte Anna ihr ins Gesicht geschleudert, daß

sie auf Romanos' Anwesenheit in ihrem Bett mit Vergnügen verzichten würde, aber sie beherrschte sich. Es hatte keinen Zweck, Gefühlen nachzugeben. Sie würde ihr Leben in diesem Landhaus verbringen, deshalb mußte sie den Kampf gegen Zoe gewinnen, und das würde ihr nur gelingen, wenn sie Romanos auf ihre Seite ziehen konnte. Sie mußte ihn dem Einfluß seiner Mutter entfremden, und dazu gab es nur ein Mittel.

»Ihr wäret gut beraten, Eurem Sohn von einer Josephsehe abzuraten«, sagte Anna drohend. »Larissa ist nicht außerhalb der Welt. Ich bin eine Phokaina, ich bin eine Freundin der Kaiserin, der Kaiser ist mir zu Dank verpflichtet. Georgios Paläologos, das Oberhaupt Eurer Familie, hat sich geehrt gefühlt, daß ich mich herabgelassen habe, Euren Sohn zu heiraten. Ihr nehmt den Kampf mit Mächten auf, die stärker sind als Ihr. Seid vorsichtig! Es könnte sein, daß Ihr alles verliert. Es gibt viele Klöster in diesem Lande, in denen Ihr und Eure Töchter willkommen wäret. Und es gibt sicher einen Posten am Hof des Kaisers in Konstantinopel, an dem Euer Sohn willkommen wäre.«

Sie sah, daß sie ins Schwarze getroffen hatte. Ihr Konflikt mit Irene war niemandem bekannt, schon gar nicht dieser Provinzlerin. Zoe glaubte, daß hinter ihren Drohungen Macht stand. Sie sah in ihren Augen die Angst um den Sohn, der von seiner Heiligkeit ins Weltliche verlockt werden könnte.

Sie drehte sich um und ging. Zoe sah ihr schweigend nach. Anna wußte, daß sie zwar eine Schlacht, aber nicht den Krieg gewonnen hatte. Sie ließ Romanos bitten, ihr einen Besuch abzustatten.

Unter Anleitung der Zofe war ihr Zimmer verwandelt worden. Auf dem Tisch standen Vasen mit Blumen, Schalen mit Obst, Karaffen mit Wasser und Wein, ein Käfig voll bunter zwitschernder Vögel hing von der Decke, über die Polster waren Decken aus Brokat gebreitet, den Boden bedeckten dicke

Teppiche aus Persien. Annas Zimmer glich dem, das sie im Großen Palast bewohnt hatte. Romanos, wie geblendet von dem Luxus, blieb neben der Tür stehen und lehnte sich an die Wand. Er schaute sie nicht an, sonden studierte das Muster des Teppichs.

»Ich glaube, meine Mutter und Ihr ... Ihr habt ein Problem«, sagte er stockend.

»In der Tat«, versetzte Anna. »Aber ich bespreche es erst, wenn Ihr Euch gesetzt habt. Ich will mir nicht den Hals verrenken, indem ich die ganze Zeit zu Euch hinaufstarre.«

Er wurde rot, kam langsam näher und ließ sich ihr gegenüber auf einem Polster nieder, ohne die Augen zu heben.

»Möchtet Ihr Wasser oder Wein?«

»Wasser bitte!«

Sie schenkte ein und schob ihm den Becher über den Tisch.

»Danke.«

Er umfaßte mit den Fingern den Fuß des Bechers und drehte ihn hin und her.

»Ich bin gekommen ... Also, es ist so, daß ... ich meine, es geht nicht ...«

»Genau das ist der Punkt«, sagte Anna, ihn rigoros unterbrechend. »Es geht nicht, daß Ihr so tut, als sei ich nicht Eure Frau. Wir sind gestern getraut worden. Jetzt bin ich die Herrin hier. Eure Mutter muß mir die Schlüssel übergeben. Es ist Eure Aufgabe, ihr das begreiflich zu machen.«

»Das kann ich nicht. Meine Mutter hat das Haus geführt, seit mein Vater gestorben ist. Ich bin ihr dankbar für alles, was sie für meine Schwestern und mich getan hat. Ohne sie hätte ich meine Studien niemals so betreiben können. Sie hat mir alles abgenommen, mich von allen lästigen Pflichten befreit. Unmöglich kann ich ihr jetzt sagen, daß sie ... daß Ihr ... können wir denn nicht alles beim Alten lassen? Fürs erste jedenfalls. Bis Ihr gelernt habt, worauf es ankommt.«

»Glaubt Ihr, ich sei nicht imstande, einen Haushalt zu führen?«

»Meine Mutter sagt, Ihr seid unerfahren. Sie wünscht, Euch in die Arbeit einzuführen. Sie sagt, Ihr seid ganz unwissend. Ihr könntet weder spinnen oder weben noch kochen oder nähen. Ihr hättet im Palast Studien getrieben, wie sie nur einem Mann zustehen. Es ist die Aufgabe der Frau«, seine Wangen röteten sich und er sprach schneller, sei es, weil er sich auf diesem Gebiet sicherer fühlte – es war immerhin Theologie – sei es, daß es ihm besonders peinlich war, »ihrem Mann den Haushalt zu führen, ihm ein Heim zu bereiten und seine Kinder zu gebären und aufzuziehen. Ansonsten hat sie zu schweigen. Das sagt schon der Apostel Paulus.«

Anna goß sich Wein ein. Ihre Armreifen klirrten. Als sie sich vorbeugte, traf ihn eine Wolke ihres Parfüms. Romanos wich unwillkürlich zurück.

»In Konstantinopel denkt man nicht wie Eure Mutter. Da glaubt niemand, Frauen seien wie Hühner. Sie hätten nichts zu tun, als Eier zu legen, sie auszubrüten und ein bißchen zu gackern.«

Romanos Stimme zitterte.

»Ihr wollt mich bewußt mißverstehen. Könnt Ihr Euch denn nicht an das Leben hier anpassen? Habt Ihr Euer Herz denn an Schminke, Parfüm und Seide gehängt? Ihr seid auch ohne diesen Putz schön. Ja, dann erst recht, weil die Schönheit der Natur sichtbar würde, mit der Gott Euch beschenkt hat.«

»Soll ich das für ein Kompliment nehmen?«

»Ich mache keine Komplimente. Ich sage die Wahrheit. Jeder Mensch ist schön, der das Antlitz zeigt, das Gott ihm verliehen hat. Wir brauchen keinen Luxus, keinen Reichtum. Wir brauchen Gottes Gnade. Und die ist mit denen, die demütigen Herzens sind, den Eitelkeiten der Welt entsagen und ein schlichtes, frommes Leben in Zurückgezogenheit führen.«

Ihre Sache stand schlimmer, als sie gedacht hatte. Romanos war nicht nur aus Furcht vor seiner Mutter auf Zoes Seite, sie hatte es fertiggebracht, aus ihrem Sohn einen religiösen Fanatiker zu machen. Er glaubte jedes Wort, das er sagte. Anna, mit all ihrer Eleganz, ihrem Schmuck, ihrer sorgfältig betonten Schönheit machte ihm Angst. Er wollte, daß sie so eine graue Maus werden sollte wie seine Schwestern.

Anna straffte den Rücken.

»Ich bin entsetzt«, sagte sie. »Habe ich Euch richtig verstanden? Ihr seid ein Edelmann. Ihr gehört einer der führenden Familien des Reiches an. Statt Byzanz den Dienst zu leisten, den der Staat von Euch erwarten kann, vergrabt Ihr Euch in der Einöde. Ihr lebt armselig wie ein Bauer. Ihr predigt Armut und Demut. Ihr bleibt meinem Bett fern, als sei es eine Sünde, eine Frau zu berühren. Eure Ansichten ähneln gefährlich denen der Paulikianer. Seid Ihr ein Ketzer?«

Erschrocken hob Romanos beide Hände.

»Beim Leben Christi, nein! Ich bin so gut orthodox wie der Kaiser und der Patriarch. Es ist keine Ketzerei, den Weg der Bescheidenheit zu gehen. Auch Jesus war arm. Vor allem für Frauen schickt es sich nicht ...«

Sie unterbrach ihn.

»Ich will nicht hören, was sich Eurer Meinung nach für Frauen schickt. Eure Mutter ist die Tochter eines Bauern, und sie hat Euch die Vorstellungen einer Bäuerin vermittelt. Ich aber bin eine Prinzessin Phokaina. Ich erwarte, mit allem Respekt behandelt zu werden, der mir gebührt. Eure Mutter mag in einem Flügel dieses Hauses weiterleben und Eure Schwestern erziehen, wie sie will. Aber die Herrin bin ich. Ich werde dieses Haus führen.«

»Meine Mutter würde nie einwilligen!« rief er.

»Eure Mutter«, sagte Anna vernichtend, »interessiert mich nicht. Sollte sie Schwierigkeiten machen, dann werde ich mich beim Kaiser beschweren. Bedenkt, was Euer Onkel dann von Euch halten würde!«

Romanos hatte seinen Onkel Georgios zweimal in seinem Leben gesehen und die Erinnerung an einen harten, befehlsgewohnten Mann behalten, der mit dem Wink seiner Brauen ein Haus und eine Truppe regierte. Er konnte sich lebhaft vorstellen, was sein Onkel von einem Neffen hielte, der den Streit zwischen Mutter und Frau nicht beenden konnte.

Er wurde wieder rot und kaute an der Unterlippe. Anna sah, daß sie gut gezielt und getroffen hatte und legte sogleich noch einen Pfeil nach.

»Ich frage mich auch, was Euer Onkel davon hielte, wenn er erführe, daß Ihr Eurer Pflicht als Ehemann nicht nachkommt. Wie war das mit dem Apostel Paulus? Es ist meine Pflicht, Euch Kinder zu gebären? Dann ist es wohl auch Eure Pflicht, mir welche zu machen.«

An diesem Abend kam Romanos zu ihr. Er war scheu wie ein Eleve, der in geheimnisvolle und gefährliche Mysterien eingeweiht werden soll. Die Initiationsriten waren ihm so wenig vertraut wie seiner Braut. Er hatte Angst. Anna war kalt und steif.

Es war vorüber, ehe es begonnen hatte.

Sie lag lange wach, nachdem er sich davongestohlen hatte, und starrte mit offenen Augen in die Dunkelheit. Sie wußte, es würde keine Wiederholung geben. Anfangs spürte sie Erleichterung. Aber dann wurde ihr klar, was das bedeutete. Sie würde den Rest ihres Lebens in diesem öden feindseligen Haus verbringen und nicht einmal den Trost haben, den ein Kind ihr geben könnte.

Durch die Zeltwand sickerte das Licht des beginnenden Tages. Yolanda lag bewegungslos da, obwohl ihr Arm taub geworden war. Er lag unter seinem Kopf, und wenn sie sich bewegen würde, würde sie Boemund aufwecken. Denn er hatte den Schlaf eines wilden Tieres. Er lag ausgestreckt neben ihr.

Seine breite Brust hob und senkte sich unter ruhigen Atemzügen, aber es bedurfte nur eines kleinen Geräusches oder einer Bewegung an seiner Seite, und er würde auffahren, die Augen weit geöffnet, die Hand an der Hüfte, als wolle er ein Schwert ziehen. Von allen Männern, mit denen sie das Bett geteilt hatte, hatte niemand sowenig Vertrauen in den Frieden der Nacht und des Schlafes gehabt.

Also lag Yolanda still und wachte über seinen Schlaf.

Das Zwielicht enthüllte langsam sein Gesicht. Im Schlaf war es weich und ungeschützt. Er sah so jung aus, wie er war. Yolanda fragte sich, wie es wäre, wenn er diesen Krieg aufgäbe. Er würde über das Meer in seine Heimat zurückkehren. Würde er sie mitnehmen?

Er hatte keine Ehefrau, also sprach nichts dagegen. So, wie sie in Epirus und Thessalien sein Leben angenehmer machte, sein Zelt wohnlicher, seine Mahlzeiten schmackhafter, seine Tischgesellschaft zivilisierter und ihm mit ihren Umarmungen die Ruhe schenkte, die er tagsüber nicht finden konnte, so könnte sie doch auch in Apulien …

Sie biß sich auf die Lippen und verbot sich weiterzudenken. Es hatte keinen Zweck zu träumen. Sie war niemals eine Träumerin gewesen. Nicht einmal als Kind. Denn ihre Kindheit war früh zu Ende gegangen, viel zu früh.

Sie war das ältere von zwei Kindern eines Faßbinders in Durazzo, der seine Familie recht und schlecht durchbrachte. Aber obwohl es häufig nur Grütze gab, Brot seltener und Fleisch nur an den hohen Feiertagen, ihre Kleider aus der Wohltätigkeitsspende der Gemeinde stammten und ihr Spielzeug aus Holzstückchen, Steinen und Muscheln bestand, hatte Yolanda nichts entbehrt. Es war ihre Mutter gewesen, die die Armut mit Fröhlichkeit erfüllt hatte. Wenn ihr Mann sich beklagte, dann hatte sie ihn darauf hin gewiesen, daß sie ein Dach über dem Kopf hatten, daß sie nicht hungerten und daß sie gesund waren. Ihre Mutter schwatzte mit den

Nachbarinnen, lachte mit ihrem Mann und sang mit den Kindern.

Bis zu dem Tag, an dem ihr Lied plötzlich abgebrochen war. Yolanda erinnerte sich an jede Einzelheit dieses Tages. Sie war damals acht Jahre alt, ihr Bruder sechs. Sie hatten neben dem Feuer gespielt. Ihr Bruder war unachtsam gewesen und hatte einen Topf vom Dreifuß herabgestoßen. Das kochende Wasser war über seine Füße gespritzt. Yolanda hatte geschrien, aber der Kleine nicht. Er hatte gelacht.

Nur eine Woche später hatte die Mutter mit dem Bruder das Haus verlassen. Sie waren in das Guteleuthaus vor der Stadt übergesiedelt. Der Bruder mußte dort den Rest seines Lebens verbringen, abgesondert von der Gemeinschaft der Lebenden. Denn er war ein lebendig Toter geworden. Die Unempfindlichkeit für Schmerz war ein untrüglicher Beweis für die Krankheit, mit der Gott ihn geschlagen hatte. So fing es an. Man spürte den Schmerz nicht, später begannen die Zehen, die Finger, die Nase abzufaulen. Der Aussätzige verweste noch zu Lebzeiten. Yolandas Mutter war mit ihrem Sohn gegangen. Sie brauchten gesunde Pflegerinnen im Guteleuthaus, und die waren schwer zu finden, denn auch sie durften nicht wieder in die Gesellschaft der Lebenden zurückkehren.

Von diesem Tag an hatte im Haus des Faßbinders niemand mehr gelacht oder gesungen.

Von einem Tag auf den anderen war Yolandas Kindheit vorbei. Sie hatte die Rolle der Hausfrau einnehmen müssen. Sie wurde schweigsam, nüchtern, tatkräftig, packte zu, wo es nottat, und hielt sich von den anderen, den Glücklichen, Lachenden, Schwatzenden fern.

Als die Normannen Durazzo belagerten, war es Yolanda gleich, ob sie es eroberten oder nicht. Ob sie einem normannischen Herzog oder einem byzantinischen Kaiser untertan sein sollte, ob sie nach römischem oder griechischem Ritus beten sollte, kümmerte sie nicht. Was sie kümmerte, waren die steigenden Getreidepreise, und deshalb hielt sie es für ein Unglück, als der Kaiser den korrupten Statthalter ablöste, der schon in Verhandlungen mit den Normannen stand, und Georgios Paläologos an seine Stelle setzte. Je eher der Krieg vorbei war, desto eher kehrte die Normalität zurück.

Aber der Krieg endete nicht, und nichts wurde normal. Im Winter erkrankte ihr Vater an einer Lungenentzündung, die sein geschwächter Körper nicht besiegen konnte. Er starb nach einer Woche. Im Frühjahr, als ein venezianischer Verräter ein Stadttor öffnete und die Normannen eindrangen, gingen Werkstatt und Wohnung in Flammen auf. Alles, was sie rettete, waren ihr Leben und ein paar Kupfermünzen, von denen sie keine drei Tage existieren konnte. Sie hatte nichts als ihre eigene Person, auf der sie ihre Zukunft aufbauen konnte. Zum Klagen blieb keine Zeit. Aber Yolanda hatte das Klagen schon lange verlernt. Hart, nüchtern, entschlossen packte sie ihr neues Leben an.

In dem halbzerstörten Durazzo konnte es nicht beginnen. Es begann im Lager der Normannen. Für eine hübsche, junge, kräftige Frau, die vor nichts zurückscheute, gab es dort Arbeit. Yolanda gelang es, die Aufmerksamkeit eines Ritters zu erwecken, der sie in sein Zelt nahm. Sie wusch seine Wäsche, kochte sein Essen und teilte sein Lager. Sie traf es gut mit ihm. Er lachte gern und schenkte ihr gelegentlich kleine Schmuckstücke aus seiner Beute. Er sprach dem Wein wenig zu und schlug sie nicht. Als die Normannen Kastoria belagerten, drang ein Pfeil in sein linkes Auge. Er starb nach drei Tagen und vererbte sein Kettenhemd, sein Schwert und Yolanda an seinen Zeltgenossen. Der lachte seltener, trank mehr und schlug zu, wenn er wütend war. Wenn er am nächsten Tag ihr zerschlagenes Gesicht sah, gab er seiner Reue in Form von Goldstücken und Perlenbroschen Ausdruck. Wenn sie am Fluß die Wäsche wusch, erfuhr sie aus dem Klatsch der anderen Frauen nicht nur die neuesten Geschichten über Schwangerschaften, mißglückte Abtreibungen, Eifersuchtsdramen und Krankheiten, sondern auch, was sie mehr interessierte, etwas über den Krieg.

Denn Yolanda verwahrte ihren Lohn sorgfältig, gab nur wenig für Putz aus und betrachtete ihn als Mitgift, mit der sie nach dem Krieg in Durazzo ein Haus und einen Ehemann kaufen wollte. Je länger der Krieg dauerte, desto wohlhabender wurde sie und desto besser würde sie im Frieden leben können.

Im Mai verließ Herzog Robert das Heer. Er übergab den Oberbefehl seinem Sohn, Graf Boemund, einem jungen Riesen, den Yolanda häufiger durch die Lagergasse hatte reiten sehen. Unter den Frauen am Fluß hieß es, Herzog Roberts Frau habe ihren Stiefsohn vergiften lassen wollen, deshalb müsse er nach Italien zurück, um sie zu bestrafen. Andere meinten, in Apulien seien wieder langobardische Barone gegen den Herzog aufgestanden, und er gehe zurück, um die Rebellion niederzuschlagen. Yolanda war es gleich, weshalb der Herzog zurückkehrte. Sie war zufrieden, daß sein Sohn den Krieg fortführte.

Im Frühjahr und Sommer zogen die normannischen Truppen durch die Berge, mal südlich, mal nördlich der via egnatia. Einmal lagen sie vor einem Kastell, das aussah, wie alle anderen Kastelle auch, die sie gesehen hatte. Aber ihr Ritter hatte glänzende Augen.

»Wir sind nur zwanzig Meilen vor Thessaloniki. Wenn wir diese Burg genommen haben, ist die Stadt uns ausgeliefert. Das gibt prächtige Beute.«

Die Festung fiel nicht, sie rückten nicht vor Thessaloniki, sondern zogen stattdessen wieder nach Süden. Yolanda spürte, wie die Stimmung im Heer von Woche zu Woche schlechter wurde. Ihr Ritter trank weit mehr als gewöhnlich, suchte Händel mit jedem, der ihm über den Weg lief und schlug sie so hart, daß Yolanda überlegte, ob sie sich einen anderen Herrn suchen sollte. Die Furcht vor dem Ärger, den ihr Ritter machen könnte, hielt sie davon ab.

Als der Sommer sich dem Ende zuneigte, bemerkte Yolanda eine Veränderung. Es lag eine Spannung in der Luft, als halte das ganze Lager den Atem an. Sie schritt, den Wasserkrug auf die Hüfte gestützt, zum Fluß hinunter. Oberflächlich betrachtet, war alles wie sonst. Die Zelte standen in Reih und Glied, die Eingänge offen wie jeden Morgen. Durch die Lagergassen tobten die Kinder, die Frauen fegten, schichteten Holz, machten Feuer, Schweine schnüffelten in den Abfällen und Männer in Lederkollern standen zusammen und schwiegen. Niemand riß einen Witz, niemand lachte, niemand fluchte, niemand stritt. Eine schweigende Erwartung von Gefahr lag vibrierend in der Luft.

»Was ist los?« fragte Yolanda am Fluß eine Frau, die, längst zu alt, um noch ein Bett zu finden, das sie anwärmen durfte, sich ihren Unterhalt mit Waschen und Flicken für die einfachen Soldaten verdiente.

»Die Männer sind so sonderbar heute morgen.«

»Es ist die Schlacht«, sagte die Alte lakonisch.

Yolanda stellte den Krug ab und rieb sich den schmerzenden Rücken.

»Welche Schlacht?«

»Hast du es noch nicht gehört? Kaiser Alexios ist mit seinen Truppen keine zwei Tagesmärsche mehr von hier entfernt. Jetzt, da der Guiskard fort ist, sollte er ein leichtes Spiel gegen den Bastard haben. Möge der heilige Georg ihm beistehen!«

»Du wünschst dir den Sieg der Byzantiner?«

»Du nicht? Du bist doch auch aus Durazzo. Haben die Normannen deine Familie verschont? Haben sie dein Haus nicht angezündet? Mußt du dir nicht deinen Lebensunterhalt als Hure verdienen? Schlägt dieser Mann dich nicht, der dich besteigt? Liebst du die Normannen?«

Sie spuckte aus.

Yolanda zuckte die Achseln.

»Was habe ich davon, wenn der Kaiser siegt? Gibt er mir Geld, damit ich mein Haus wieder aufbauen kann? Hier habe ich mein Auskommen und kann mir etwas zurücklegen. Haß ist ein Luxus, den sich nur die Reichen erlauben können.«

»Jedenfalls«, sagte die Alte abschließend, »haben die Normannen Angst. Sieh sie dir an, wie sie herumstehen und lange Gesichter ziehen. Der Kaiser hat ein riesiges Heer, und er ist ein erfahrener Anführer im Krieg. Bisher hat er nur eine Schlacht verloren, gegen den Guiskard. Und der Guiskard ist fort. An deiner Stelle würde ich meinen Sparstrumpf nehmen und mich fortstehlen. Wenn die Kaiserlichen nach ihrem Sieg das Lager plündern, machen sie vor deinem Gold nicht Halt.«

Der Rat war gut, das wußte Yolanda, und daß sie ihn nicht befolgte, war eine Sentimentalität, die sie sich eigentlich nicht leisten konnte.

Als sie mit dem schweren Krug vom Fluß zum Zelt zurückkehrte, kam ihr ein Reitertrupp entgegen. An seiner Spitze ritt Graf Boemund auf einem Schimmel. Er kam von Osten, die Sonne hinter ihm umglänzte seine Gestalt und ließ sein Haar golden aufleuchten. Er sah aus wie der Erzengel Michael, der ausritt, Luzifer zu bekämpfen.

Es war dieser Anblick, der Yolanda hinderte, ihr Geld zu nehmen und zu verschwinden.

Am nächsten Tag war es zu spät. Die byzantinische Armee war herangerückt, und die Umgebung wurde von ebenso vielen Aufklärungspatrouillen wie Marodeuren durchstreift, und zu ihrer eigenen Sicherheit mußte sie nun im Lager bleiben. Yolanda verfluchte ihre Dummheit.

Noch vor Anbruch der Dämmerung stand ihr Ritter auf. Yolanda half dem Knappen dabei, ihm die Rüstung anzulegen, und als er gegangen war, lief sie hinaus, um dem Abmarsch der Soldaten zuzusehen.

Die hellen Trompeten schmetterten das Signal, die dumpfen Trommeln übersetzten es in einen Rhythmus, der das Marschtempo vorgab.

Es war ein kühler Morgen. Nieselregen fiel wie ein feiner Schleier, hinter dem die Männer, waffenklirrend, stiefelstampfend, wie eine Prozession von zum Tode Verurteilten entlangzog. Dem Fußvolk folgten die Reiter. Die Hufe der Pferde verwandelten den nassen Lehm der Lagerstraße in Schlamm. Aus den Pfützen spritzte braunes Wasser auf.

Danach wurde es still.

Die Frauen verbrachten die ersten Stunden in angstvoller Erwartung. Die Schlacht wogte drei, vier Meilen entfernt, und alles, was sie davon mitbekamen, erfuhren sie von den Verwundeten, die sich aus eigener Kraft aus dem Getümmel ins sichere Lager retten konnten. Zunächst hörten sie, daß der Kaiser mit einem Riesenaufgebot erschienen sei und als erstes die türkischen Bogenschützen ins Treffen geschickt habe. Der nächste Trupp, der eintraf, wußte zu berichten, Graf Boemund habe das Fußvolk Deckung hinter hohen Schilden beziehen lassen, an denen die Angriffswoge der Bogenschützen sich gebrochen habe. Dann habe er die Reihen sich öffnen lassen und die Reiterei sei hervorgeprescht, an ihrer Spitze Boemund selbst. Die nächsten kamen trotz ihrer teilweise schweren Verletzungen mit strahlenden Gesichtern. Mit hoher Geschwindigkeit seien die schwergepanzerten Reiter, die Lanzen eingelegt, in das feindliche Heer hineingeprescht und hätten es zum Wanken gebracht. Wie dann der Kaiser, als Boemund sich ihm näherte, sein Pferd umgelenkt und ebenso das Schlachtfeld verlassen habe wie bei Durazzo, da sei kein Halten mehr gewesen, die Byzantiner seien in völliger Unordnung geflohen und jetzt – die Verwundeten hörten auf zu strahlen – nutzten die Normannen die Gelegenheit und plünderten das byzantinische Lager und verbrannten die Zelte.

In dieser Nacht schlief niemand im byzantinischen Lager. Sie saßen um die Lagerfeuer herum, der Weinschlauch kreiste, und sie überboten einander prahlerisch mit ihren Heldentaten. Das Schreien der Verwundeten und das Stöhnen der Sterbenden ging in dem Gegröhle unter.

Auch Yolanda schlief nicht. Ihr Ritter war mit einer schlimmen Wunde aus der Schlacht heimgekehrt. Ein Schwerthieb hatte ihm den rechten Arm oberhalb des Ellenbogens abgetrennt. Der Feldscher, der den blutdurchtränkten Verband abriß, mit dem Kameraden die Blutung zum Stocken gebracht hatten, betrachtete den Stumpf und machte ein bedenkliches Gesicht, ehe er eine Kräuterpaste daraufschmierte und ihn neu verband. In der Nacht stieg das Fieber des Ritters. Yolanda legte ihm nasse Tücher auf die Stirn, netzte seine Lippen und versuchte, den sich hin und her Wälzenden ruhigzuhalten.

Das Fieber hielt an, der Stumpf entzündete sich, eiterte und stank bestialisch. Der Feldscher beschloß, den Arm kurz unter dem Schultergelenk zu amputieren. Der Verwundete wurde betrunken gemacht, vier Männer hielten den sich aufbäumenden Körper eisern nieder, als der Feldscher die Knochensäge ansetzte. Yolanda, die gedacht hatte, nichts könne sie schrecken, was diesem Mann zustieß, stürzte aus dem Zelt, als sie das Knirschen des Knochens hörte, und übergab sich.

Am vierten Tag nach der Schlacht war der Ritter tot.

Yolanda raffte das Ledersäckchen mit ihren Ersparnissen an sich, vermehrte sie um etliche Goldstücke, die sie im Nachlaß des Toten gefunden hatte, und hielt jetzt den geeigneten Zeitpunkt für gekommen, das Lager zu verlassen und nach Durazzo zurückzukehren. Zweimal hatte sie Glück gehabt, an einen Ritter geraten zu sein. Sie konnte kein drittes Mal darauf rechnen, und sie wollte nicht das Schicksal so vieler Lagerhuren teilen, die von Mann zu Mann tiefer sanken, bis sie nur noch als Wäscherinnen geduldet wurden. Sie wollte nur noch aus einem Anstandsgefühl heraus abwarten, bis der im Zelt aufgebahrte Leichnam zur Bestattung abgeholt wurde.

Mit den Leichenträgern trat zu ihrer Überraschung Graf Boemund ein, um dem Toten die letzte Ehre zu erweisen. Yolanda hatte ihn immer nur vorüberreiten sehen und starrte ihn neugierig an. Er war jünger, als sie gedacht, und größer, als sie erwartet hatte. Die Sonnengloriole des Erzengels fehlte heute, und sie fand, daß er aussah, wie ein Mann, der schwere Sorgen hatte, nicht wie ein strahlender Sieger. Er trat an das Bett, auf dem der Tote aufgebahrt war, und starrte einige Minuten schweigend in das starre Gesicht, das auch jetzt noch die Spuren der ausgestandenen Qualen zeigte. Als er sich abwandte, bemerkte er Yolanda in ihrem Winkel und das geschnürte Bündel, das sie auf dem Schoß hielt. Er winkte sie näher.

»Wie heißt du?«

Sie mußte den Kopf in den Nacken legen, um ihn ansehen zu können. Nie zuvor war ihr unter den hochgewachsenen Normannen aufgefallen, wie klein sie selbst war.

»Yolanda, Herr.«

»Woher kommst du?«

»Aus Durazzo, Herr.«

»Du warst seine Kriegsbeute?«

Er wies mit dem Kinn auf den Toten.

»Ich bin niemandes Beute, Herr. Ich bin aus freien Stücken in das Lager gekommen, um meinen Lebensunterhalt zu verdienen.«

Sie sah, daß ihr Widerspruch seine Aufmerksamkeit geweckt hatte. Er sah sie schärfer an.

»Was wirst du jetzt tun?«

»Ich kehre nach Durazzo zurück, Herr. Ich habe genug Geld gespart, um einen Laden aufmachen zu können.«

Ihm gerade in die Augen sehend, fügte sie hinzu:

»Ich bin keine Hure, Herr.«

Das klang wie eine Kriegserklärung, und er lächelte.

»Das sehe ich. Das hier«, er streckte den Arm aus und wies mit einer ausholenden Bewegung durch das aufgeräumte und wohnliche Zelt, »das hier ist dein Werk. Keiner meiner Männer wohnt so ordentlich und behaglich, wenn es nicht eine Frau gibt, die sich darum kümmert. Hast du wirklich genug Geld gespart, Yolanda, oder möchtest du nicht eine neue Arbeit haben – in meinem Zelt?«

Von einem einfachen Ritter zum Befehlshaber selbst zu wechseln war ein schwindelerregender Aufstieg, und Yolanda fühlte sich auch schwindelig. Aber wenn sie ganz ehrlich zu sich selbst war, dann kamen ihre weichen Knie nicht von diesem Aufstieg, sondern von den blauen Augen, die sie anlächelten, als er auf ihre Antwort wartete.

Noch vor dem Abend siedelte sie zu ihm über. Sie brauchte Wochen, bis sie die Feindseligkeit Geoffroys überwunden hatte, die auf Eifersucht gründete. Geoffroy war der bisherige Zustand der Männerwirtschaft sehr recht gewesen. Eine ständig anwesende Beischläferin, die sich in alles einmischte, erweckte sein knurrend geäußertes Mißvergnügen.

»Weiberwirtschaft«, sagte er und spuckte absichtlich auf den Boden, wenn sie verlangte, daß er den Wein aus einem Becher trank und sich die Stiefel abputzte, bevor er das Zelt betrat. Mehr aber als ihre Weiberwirtschaft verübelte er ihr ihre Herkunft.

»Eine Griechin! Traue niemals einer Griechin! Ihre Gedanken sind so schwarz wie ihre Haare und ihre Augen. Eines Morgens wirst du aufwachen und einen Dolch zwischen den Rippen haben. Oder du leerst einen Becher Wein und wirst zu Boden stürzen wie ein gefällter Ochse.«

Yolanda wünschte sich, die Zeit möge schneller vorüberziehen und der Sommer rasch in einen kalten nassen Herbst übergehen, in dem kein Krieg mehr geführt werden konnte. Dann mußte der Kaiser in Konstantinopel bleiben und Boemund konnte ein paar Monate ins Winterquartier gehen und sich ausruhen.

Das Lager begann zu erwachen. Irgendwo krähte ein Hahn, plärrte ein Kind. Vor dem Zelt ertönten Rufe, klirrte Eisen. Die neue Wache zog auf. Yolandas Arm wurde von seiner Last befreit. Boemund richtete sich auf, eine steile Falte zwischen den Brauen, der Mund hart, die Augen wachsam.

Alle Weichheit des Schlafes war fortgewischt.

Zoe hatte die Schlüssel behalten. Auch nach fast zwei Jahren war es ihr Wille, der den Haushalt regierte und dem sich ihre Töchter und ihr Sohn unterwarfen. Anna sah die Familie nur sonntags bei der Messe. Dann kniete sie neben Zoe und den Mädchen im Gebet, während Romanos auf der anderen Seite bei den Männern stand und sie keines Blickes würdigte. Ostern kam er nicht darum herum, ihr den Friedenskuß zu geben. Die Lippen, die ihre Wange kurz berührten, waren trocken und heiß, und er zitterte wie im Fieber. Anna wich zurück.

Sie hatte sich nicht so weit herabgelassen, in dem kargen Saal mit ihren Schwägerinnen und ihrer Schwiegermutter zu weben und zu spinnen, sie nahm auch nicht an den gemeinsamen Mahlzeiten teil. Mit Hilfe Michaels von Skutari, der nicht nur mit Nachrichten handelte, hatte sie die Räume, die sie bewohnte, mit allem ausstatten lassen, was zu dem luxuriösen Leben, auf das sie Anspruch erheben konnte, gehörte. Sie hatte ihre eigenen Dienerinnen und ihren eigenen Koch und ihren eigenen Wagen, mit dem sie nach Larissa hinüberfuhr in das Haus des Gouverneurs, wann immer sie wollte.

Die Frau des Gouverneurs fühlte sich unendlich geschmeichelt, daß die Prinzessin Phokaina soviel Wert auf ihre Gesellschaft legte. Sie ahnte nicht, daß Anna die Stunden, in denen zu Gebäck und Sorbet der ganze Provinzklatsch gereicht wurde, nur durchstand, weil sie wußte, daß am Ende das kommen würde, wozu sie einzig und allein die Öde der Unterhaltung auf sich nahm.

Wenn der Lebenswandel jeder Frau und jedes Mannes von

Rang durchgehechelt worden war, kam das Gespräch unfehlbar auf die politische Lage. Die Frau des Gouverneurs breitete alles aus, was sie von ihrem Mann erfahren hatte. Sie wußte alles über die Bewegungen des normannischen Heeres, über die Besetzung kleiner Städte, über die mißlungene Eroberung von Thessaloniki, über den normannischen Sieg bei Joannina und Alexios' Flucht vom Schlachtfeld. Sie wußte, daß Robert Guiskard – längst in Italien damit beschäftigt, den Papst gegen den deutschen Kaiser zu unterstützen – seinen Sohn und dessen Heer vergessen hatte, daß die Normannen in Geld- und Versorgungsschwierigkeiten steckten und mit Raul von Pontoise der erste Baron zum Kaiser übergelaufen war.

In jedem zweiten Satz fiel der Name Boemunds. Nur deshalb kam Anna.

Sie erinnerte später nie die Einzelheiten der Berichte, sie waren ihr auch gleichgültig. Sie wollte nur den Namen hören, wollte, daß er ausgesprochen wurde. Nur dann konnte sie glauben, daß Boemund nicht ihrer Phantasie entsprungen war, daß er tatsächlich existierte. Mit jedem Tag, der seit der Begegnung am Fluß verging, erschien sie ihr unwirklicher.

Der Lautenspieler ließ seine Finger leicht über die Saiten gleiten. Er spielte ein zärtliches, träumerisches Lied, das man in Konstantinopel den Kindern zum Einschlafen vorsang. Anna saß am Fenster, den Kopf in die Hand gestützt, das Buch im Schoß und folgte mit den Augen den Versen, die sie nicht mehr lesen mußte, um sie vor sich hin sprechen zu können.

> Also umgoß die Göttin ihm Haupt und Schultern mit Anmut.
> Und er ging ans Ufer des Meeres und setzte sich nieder,
> Strahlend von Schönheit und Reiz. Mit Staunen sah ihn die
> Jungfrau.

Sie träumte sich in die Rolle der Nausikaa hinein, die sie einmal gespielt hatte. Wie die phäakische Königstochter war auch sie nicht davongelaufen, als ein nackter Mann, schön und gewaltig, aus dem Wasser kam. Was wäre geworden, wenn Michael von Skutari nicht aufgetaucht wäre? In ihrer Phantasie verließ Boemund das Wasser, trat auf den Ufersaum, wo sie sich an der Weide festhielt. Er kam näher, streckte die Arme aus und beugte sich hinab, um sie zu küssen.

Als Romanos eintrat, brauchte Anna einen Moment, um aus der Phantasie in die Wirklichkeit zurückzufinden. Romanos betrat Annas Zimmer mit der Vorsicht eines Reisenden, der sich einer fremden und möglicherweise sehr gefährlichen Welt gegenübersieht. Er war nicht blind für die Schönheit, die sie umgab, aber er fürchtete die Verführungskraft, die von der Sinnlichkeit dieser Schönheit ausging, vom Duft der Blumen und Parfüms, vom Wohllaut der Musik, von der Weichheit der Seiden, vom Geschmack der Sorbets und des Weines. Er hätte den Weg zu ihr niemals gemacht, wenn es bei ihr nicht etwas gegeben hätte, das ihn geradezu zwang, sich allen Gefahren auszusetzen.

»Manchmal bezweifle ich, daß Ihr überhaupt eine Christin seid«, sagte er und umfaßte mit einem Blick das ganze Zimmer. »Ihr lebt wie im alten Rom.«

»Gott hat die Welt erschaffen«, erwiderte Anna scharf. »Wollt Ihr behaupten, er habe etwas Böses geschaffen? Alle Schönheit und alle Freuden dieser Welt sind sein Geschenk an uns. Wir sündigen, wenn wir die Erde als ein Tränental betrachten, das wir voll Abscheu durchleiden müssen.«

»Dann glaubt Ihr nicht an die Sünde? Die Freuden dieser Welt, wir Ihr sie nennt, führen uns zu Völlerei, Habgier, Neid, Eifersucht, Hurerei.«

Sein blasses Gesicht rötete sich, seine Augen flammten. Anna unterbrach ihn schroff.

»Oh doch, ich glaube an die Sünde. An die Sünde des Hochmuts, der meint, er allein sei im Besitz der Wahrheit und selbst Christus habe sich geirrt.«

»Ich habe nicht …«

»Dann lest die Schrift genauer! Christus spricht wenig über die Sünde, aber viel über die Liebe. Und auf der Hochzeit von Kana hat er Wasser in Wein verwandelt. Soviel zu Eurer These, Lebensgenuß sei sündhaft.«

Romanos wollte mit einem Zitat eines berühmten Eremiten antworten, aber eine Dienerin riß die Tür auf, ohne anzuklopfen, fiel förmlich ins Zimmer und keuchte:

»Der Kaiser! Der Kaiser!«

Romanos und Anna starrten sie an.

Die Frau holte tief Luft und überschüttete sie mit einem Wortschwall, aus dem sich als Tatsache herausschälte, daß der Kaiser einen Boten geschickt hatte. Der Bote, der ihr langsamer gefolgt war, erläuterte sein Anliegen.

Alexios habe den trockenen sonnigen Herbst noch ausgenutzt, um den Normannen bei Arta eine Schlacht zu liefern, und sei zum dritten Mal geschlagen worden. Jetzt befinde er sich mit etwa zwanzig Begleitern auf dem raschesten Weg in die Hauptstadt. Er ersuche für sich und seine Begleiter um ein Nachtquartier.

Anna wurde ein Triumph zuteil, den sie in der Hektik nicht genießen konnte. Zoe beugte sich ihren Befehlen.

In aller Eile wurde das Haus hergerichtet. Hühner, Kaninchen und Schweine wurden geschlachtet, Gemüse geputzt, Weinfässer angestochen, Romanos' Schlafzimmer geputzt, sein Bett mit einer kostbaren Brokatdecke geschmückt, die sonst den Altar in der Klosterkirche zierte, der Blumengarten radikal geplündert, im Stall frisches Stroh aufgeschüttet, die Diener zogen saubere Kleider an, Anna lieh ihren Schwägerinnen Gewänder und ihre Zofe, damit sie anständig geschminkt und frisiert wurden.

Zoe, völlig außer Fassung, erhob niemals einen Einwand, ja, sie wäre wohl sogar soweit gegangen, Anna die Schlüssel zu übergeben, wenn sie es verlangt hätte. Aber Anna dachte nicht daran. Während sie die Arbeiten überwachte, überlegte sie fieberhaft, wie sie es anstellen sollte, daß Alexios sie mit nach Konstantinopel nahm. Dies schien ihr die einzige Chance, die das Leben ihr bot, von Zoe und Romanos fortzukommen und in dem Palast ihres Großonkels in Pera ein eigenes Leben zu führen.

Nach drei Stunden waren alle Vorbereitungen getroffen, und sie warteten. Nach vier Stunden kam Alexios, begleitet von zwei Dutzend Offizieren. Anna hatte ihn nicht mehr gesehen, seit er sich von Maria von Alanien getrennt hatte.

»Ich bin der Kaiser«, hatte er zu Maria gesagt, und er war es geworden.

Kaum mittelgroß, vierschrötig, von den Strapazen der Flucht gezeichnet, am Arm verwundet, strahlte er eine überlegene Ruhe aus, die allen deutlich machte, daß er nur einen unbedeutenden Kampf verloren hatte, das Reich aber nach wie vor bei ihm in sicherer Hut war. Anna sah, daß seine Offiziere davon ganz überzeugt waren. Sie hatten Eile, aber keine Furcht.

Als Anna sich vor ihm verneigte, sah ihr Alexios scharf ins Gesicht.

»Anna Phokaina? Wir sind uns begegnet.«

»Ich war zweite Kammerfrau der Kaiserin Maria.«

Kein Schatten flog über sein Gesicht. Er war der Kaiser. Er hatte keine persönlichen Gefühle. Mit dem einstudierten kaiserlichen Gnadenlächeln wandte er sich an Romanos.

»Ihr gestattet, daß ich meine Bekanntschaft mit Eurer Gemahlin erneuere? Vielleicht könntet Ihr mir den Garten zeigen, nobilissima?«

Romanos stammelte eine Antwort.

Der Kaiser reichte Anna den Arm und führte sie hinaus. Als Zoe folgen wollte, hielt einer der Offiziere sie mit Nachdruck zurück.

Alexios war nicht gesonnen, Zeit zu verlieren. Er betrachtete weder die Blumenbeete, auf denen keine Blüten mehr zu sehen waren, noch die Sträucher und Bäume, sondern kam sogleich zu dem Punkt, der ihn erzürnte.

»Was tut Ihr in dieser abgelegenen Provinz? Warum lebt Ihr nicht in Konstantinopel, wie es Eurem Rang entspricht? Euer Gatte ist jung und gesund. Das Reich braucht ihn.«

»Romanos ist ein Mann, der vorwiegend geistliche Interessen hat.«

Alexios machte eine ungeduldige Handbewegung.

»Männer wie er dürfen sich in diesen Zeiten nicht den Luxus der Weltflucht leisten. Es wird Zeit, daß er den Platz einnimmt, der ihm zukommt. Ich will ihn in der nächsten Schlacht an meiner Seite wissen.«

»Nichts lieber als das«, sagte Anna aus tiefstem Herzen. Schon sah sie vor sich, wie sie mit Romanos zusammen dieses Haus verlassen würde, während Zoe ohnmächtig zurückbleiben würde.

Er nickte kurz.

»Ich habe von einer Phokaina keine andere Antwort erwartet. Sie waren immer tüchtige Kriegsleute, die Phokoi. Wir müssen alle unsere Kräfte konzentrieren, um den Feind aus dem Land zu werfen. Dieser Boemund ist eine große Gefahr für das Reich.«

Annas Herz schlug schneller.

»Boemund«, wiederholte sie mit einem Tonfall, den er nicht verstand.

»Ihr kennt ihn?«

Anna riß sich zusammen.

»In Konstantinopel war ich mit seiner Schwester befreundet.«

Alexios blieb stehen.

»Seine Schwester, richtig. Sie war mit dem kleinen Konstantin verlobt, bis ihr Vater uns den Krieg erklärte. Was ist aus ihr geworden? Haben wir sie dem Guiskard zurückgeschickt? Ich erinnere mich nicht.«

»Man hat ihr dasselbe Kloster zur Wohnung angewiesen wie Maria von Alanien.«

»Steht Ihr im Briefwechsel?«

»Ich erhalte gelegentlich eine Nachricht.«

»Und?«

Er brauchte nicht mehr zu fragen.

»Kaiserin Maria hat seit Jahren ein Lungenleiden. Niemand erwartet, daß sie den nächsten Winter überlebt. Helena schreibt, daß Maria weder Kraft noch Willen zum Leben hat.«

Alexios ging eine Weile schweigend weiter. Eine Efeuranke verfing sich in seinem Hut, und er riß sie mit mehr Gewalt aus, als nötig gewesen wäre. Dann, den Weg zum Haus einschlagend, setzte er das Gespräch über Boemund fort, als sei es nicht unterbrochen worden.

»Ich habe ihn unterschätzt. Er ist gerissen in der Kriegführung. Er kann die Leute in der Schlacht begeistern. Ich hatte erwartet, daß die Normannengefahr gebannt sei in dem Augenblick, da der Guiskard nach Apulien zurückgekehrt war. Aber Boemund hält sich. Obwohl seine Schwierigkeiten groß sind. Sein Vater läßt ihn im Stich und schickt weder Truppen noch Geld. Seine Barone beginnen ihn zu verraten und zu mir überzulaufen. Byzantinische Goldsolidi haben auch in Normannenohren einen guten Klang. Am Ende werden wir Boemund besiegen, aber es kann uns noch teuer zu stehen kommen. Das beste wäre, wenn er dem Beispiel seiner Barone folgte und die Seiten wechselte. Er ist doch nicht Guiskards Erbe, oder?«

»Er ist der Sohn aus der ersten Ehe seines Vaters, die für ungültig erklärt wurde.«

»Der eigene Vater hat ihn zum Bastard gemacht. Er sollte zu uns kommen. Ein Mann wie er kann es in Byzanz weit bringen. Er könnte Heere führen, domestikos werden, vielleicht auch Cäsar und eine byzantinische Prinzessin heiraten.«

Anna war sicher, daß er ihr lautes Herzklopfen hören mußte.

Alexios sah sie an.

»Vielleicht wäre seine Schwester die geeignete Person, ihm ein Angebot zu unterbreiten.«

»Wollt Ihr Helena zu ihm schicken?«

»Wenn sie einwilligt, ihm den Vorschlag zu machen, ja. Viel Geld und ein hohes Amt in Byzanz sind besser als der Kampf um ein Erbe, um das man ihn geprellt hat. Dieses Mädchen – wie heißt sie, Helena? – Ich schicke sie zu Euch, damit sie mit ihm reden kann.«

»Bei mir? Hier?«

Alexios nickte.

»Vermutlich wird er in der Nähe überwintern. Das Tal von Larissa ist dafür hervorragend geeignet. Wenn seine Truppen kommen, dann flieht nicht hinter die Mauern von Larissa, sondern harrt hier aus! Ich setze meine Hoffnung auf Euch, daß Ihr und Helena ihn überzeugt, daß er in Konstantinopel das Glück seines Lebens machen kann. Bietet ihm, was immer er verlangt! Befriedigt seinen Ehrgeiz, seine Ruhmsucht, seine Geldgier! Die Barbaren sind alle gleich. Für Gold verraten sie alles und jeden.«

Geoffroy fuhr mit dem Löffel in die Schüssel mit dem Bohnen-Zwiebelbrei. Die Flämmchen der Öllampen flackterten von dem Luftzug, den Boemunds rasches Auf- und Abschreiten verursachte. Er hatte das Essen nicht angerührt, sondern war nach wenigen Minuten aufgesprungen und durchquerte in heftiger Bewegung das Zelt.

»Ich siege mich zu Tode. Bei Durazzo, bei Joannina, bei Arta, ein Sieg nach dem anderen. Alexios flieht, wir behaupten das Schlachtfeld – aber ändert sich etwas? Oh ja, unsere

Lage wird von Monat zu Monat schlechter. Man könnte meinen, wir seien es, die die Niederlagen einstecken.«

»Wir haben Durazzo. Wir haben Kastoria und andere Festungen. Wir haben uns in diesem Land festgekrallt. Im Frühjahr werden wir eine neue Offensive beginnen und den Krieg unter die Mauern von Konstantinopel tragen«, sagte Geoffrey beschwichtigend.

»Du und ich, meinst du? Wer denn sonst? Raoul von Pontoise ist zu den Byzantinern übergelaufen. Andere werden seinem Beispiel folgen. Die Ratten verlassen das sinkende Schiff.«

»Pah, was macht der schon aus! Ein Baron weniger, dem nur an einer fetten Futterkrippe liegt. Im Frühjahr wird er schon sehen, daß er die falsche Seite gewählt hat. Wir haben Alexios dreimal geschlagen. Welcher Soldat wird ihm denn noch zum vierten Mal ins Feld folgen? Woher will er eine neue Armee auftreiben? Wie sie bezahlen? Er hat schon die letzte nur aus Kirchenschätzen finanziert.«

Boemund blieb stehen und sah ihn gedankenvoll an.

»Du hast recht. Es ist das Geld. Geld entscheidet den Krieg, nicht Mut, Tapferkeit oder Feldherrenkunst. Was sind unsere Siege wert? Keiner hat uns etwas anderes eingebracht als Ehre. Aber Ehre kann man nicht essen. Von Ehre kann man keine Waffen und Pferde kaufen und keine Schiffe mieten. Wenn es uns gelungen wäre, Alexios gefangenzunehmen …«

»Diesen Feigling, der lieber flieht, als sich zum Kampf zu stellen!«

»Er flieht nicht aus Feigheit, Geoffroy. Er ist kein Ritter. Er ist der Kaiser. Er kämpft nicht um die Ehre, sondern um das Fortbestehen seiner Herrschaft und um die Existenz seines Reiches. Du siehst, wie erfolgreich er ist. Solange Alexios lebt und frei ist, wird Byzanz uns Widerstand leisten.«

Geoffroy spuckte aus.

»Unsinn! Byzanz ist nur noch ein Kartenhaus. Noch ein Sieg, und es fällt in sich zusammen.«

Boemund schüttelte den Kopf.

»Wir haben die Kastelle an der via egnatia nicht genommen. Wir haben Thessaloniki nicht genommen. Wir haben keine nennenswerte Beute gemacht. Wir sitzen in unwegsamem Bergland fest und warten auf einen Winter, der kalt und schneereich werden kann. Schon jetzt werden die Nahrungsmittel knapp. Es gibt nichts mehr auf den Feldern, was wir plündern könnten. Und aus Italien kommt kein Geld.«

Geoffroy hatte ihn noch nie so niedergeschlagen gesehen. Seiner Ansicht nach sah Boemund alles zu schwarz. Er hatte ohne die Hilfe seines Vaters zwei große Schlachten gegen den bisher unbesiegten Komnenen gewonnen. Er hatte die Eroberungen des Guiskard nicht nur gehalten, sondern noch erweitert. Es mußte das trübe Herbstwetter sein, das ihm die Laune verdarb, die frühe Dunkelheit, die feuchte Kälte im Zelt, der tückische Nebel draußen, der das Lager umklammert hielt.

»Wir sollten uns ein festes Winterquartier verschaffen«, sagte er aufmunternd. »Ein schönes Haus, das man heizen kann, eine Villa mit Bad, einem guten Koch und einem guten Weinvorrat. Das würde auch Yolanda gefallen. Ein Zelt ist im Winter kein Aufenthalt für eine Frau.«

Yolanda hob den Kopf von ihrer Näharbeit, mit der sie neben der Lampe saß. Es war das erste Mal, daß Geoffroy einen Gedanken an ihr Wohlbefinden verschwendete. Boemund lächelte über das Loblied der Häuslichkeit, das ausgerechnet der alte Haudegen sang.

»Klingt, als ob du ein bestimmtes im Auge hättest.«

Geoffroy nickte.

»Man hört so dies und das. Es gibt bei Larissa ein größeres Anwesen mit einem Kloster, das der Familie Pale… Palo… Papago… zum Teufel, wer kann sich diese griechischen Zungenbrecher merken! Jedenfalls gehört es der Familie von dem Burschen, der Durazzo gegen uns verteidigt hat.«

»Die Paläologen«, sagte Yolanda.

Geoffroy warf ihr einen Blick tiefer Abneigung zu.

»Stimmt. So heißen die Leute. Also, die hätten gerade das richtige Haus für uns.«

Boemund dachte nach.

»Larissa ist gut. Ein langes Tal, am Ausgang die Stadt, die wir im nächsten Frühjahr einnehmen müssen. Dort läßt sich gut ein Winterbiwak einrichten. Nimm dir ein paar Männer und requiriere das Haus! Gib den Leuten zwei Tage Zeit, es zu räumen. Und sei höflich, auch wenn es Griechen sind«, fügte er hinzu.

Geoffroy grinste.

Zoe hatte es nie vorhergesehen, nie befürchtet und nie geraten, nach Larissa zu fliehen. Aber wie alle dummen Leute brauchte sie es nur dreimal zu behaupten, um es selbst zu glauben. Am frühen Nachmittag war ein normannischer Reitertrupp erschienen. Der Anführer hatte in barschem Ton befohlen, die Familie solle binnen zweier Tage das Haus räumen, da Graf Boemund es als Stabsquartier für den Winter beschlagnahme. An Gesinde und Hausrat könnten sie mitnehmen, was immer sie wollten.

Annas Herz klopfte zum Zerspringen. Sie mußte verhindern, aus diesem Haus vertrieben zu werden. Wenn sie sich hinter die Mauern von Larissa flüchtete, hatte sie keine Möglichkeit, Boemund zu begegnen. Sie war viel zu aufrichtig sich selbst gegenüber, um sich hinter dem Gedanken zu verstecken, Alexios habe ihr den Auftrag erteilt, im Haus auszuharren. Es war ihr Wunsch, ihr Wunsch allein, der sie antrieb zu bleiben. Aber sie konnte nur bleiben, wenn auch die Familie blieb.

In rasender Geschwindigkeit überlegte sie, wie sie das erreichen konnte. Sie wagte nicht, Alexios' Ansinnen vorzubringen. Der Normanne stand zu nahe. Man konnte nicht wissen, ob er griechisch verstand.

Inzwischen zeterte Zoe lauthals.

»Larissa ist vollgestopft mit allen Flüchtlingen vom Land. Die haben es rechtzeitig kommen sehen. Aber auf mich wollte ja mal wieder niemand hören. Die haben jetzt die besten Unterkünfte in Beschlag genommen. Jetzt, heißt es, werden selbst die Ställe zu Schandpreisen vermietet. Ich habe es ja gleich gesagt. Hausrat und Gesinde mitnehmen! Daß ich nicht lache! Wir werden froh sein müssen, wenn wir noch einen Kaninchenstall finden, in den wir uns quetschen können.«

Der normannische Anführer zuckte die Achseln und nutzte ihre Atempause, um kalt zu sagen:

»Das ist Euer Problem. In zwei Tagen müßt Ihr fort sein. Jetzt zeigt mir das Haus!«

Anna trat einen Schritt vor.

»Wir gehen nicht. Meine Schwiegermutter hat recht. Es wird in Larissa keine Unterkunft für uns geben. Wir werden in den Gesindetrakt ziehen und Euch den Rest des Hauses zur Verfügung stellen.«

»Seid Ihr wahnsinnig?« zischte Zoe, »ich bleibe mit den Barbaren nicht unter einem Dach. Sie werden meine Töchter vergewaltigen und uns schlachten und in unserem Blut waten.«

»Mein Befehl lautet, das ganze Haus zu requirieren,« sagte der Normanne ungerührt.

»Weil Graf Boemund«, Anna verweilte einen Moment bei dem Namen, den sie zum ersten Mal laut aussprach, »weil Graf Boemund nicht weiß, wer ich bin. Ich bin Anna Phokaina.«

Der Noemanne zeigte sich unbeeindruckt.

»Und wenn Ihr die Kaiserin selbst wäret ...«

»Ich bin die Freundin der Prinzessin Helena, Herzog Roberts Tochter. Wüßte Graf Boemund, wie nahe ich seiner

Schwester stehe, ja, daß ich gerade jetzt ihren Besuch erwarte, er würde mich nicht aus meinem Haus werfen.«

Der Normanne wollte etwas sagen, aber Anna fegte jeden Einwand mit zornig blitzenden Augen beiseite.

»Beruft Euch nicht wieder auf Euren Befehl! Graf Boemund würde erwarten, daß Ihr Euren Verstand gebraucht, um unter diesen Umständen die richtige Entscheidung zu treffen. Er hat Euch sicher nicht zum Anführer gemacht, weil er glaubte, daß Ihr kein Hirn unter dem Helm habt.«

»Wer beweist mir, daß Ihr recht habt? Da kann ja jede kommen und behaupten, sie sei die Freundin von irgendwem«, brummte er, deutlich verunsichert.

»Laßt es doch darauf ankommen«, schlug Anna vor, »Ihr übernehmt das Haus, wir ziehen ins Gesindezimmer, und wenn Graf Boemund nicht damit einverstanden ist, kann er uns immer noch vor die Tür setzen.«

Er kratzte sich im Nacken und überlegte.

Anna wartete. Schließlich nickte er.

»Also gut. Wir sind keine Barbaren. Bleibt, aber stört uns nicht!«

Anna dankte und rief einen Diener, der ihm und seinen Begleitern das Haus zeigen sollte. Dann wandte sie sich an ihre Schwiegermutter.

»Es wird eng werden. Ein Zimmer für Euch und Eure Töchter, eines für Romanos, eines für mich. Mehr werden wir nicht beanspruchen können.«

Romanos nickte. Er war erleichtert. Die ganze Zeit hatte er überlegt, wie er seine Bibliothek nach Larissa befördern und vor allem, wie er sie dort unterbringen sollte. Es schien ihm ein unmögliches Vorhaben. Ließe er die Bücher aber hier, dann würden die Normannen nur das Kaminfeuer damit anzünden. Jetzt konnte er alle Bücher in sein Gesindezimmer retten und über sie wachen. Zoe drückte das Kinn auf die Brust.

»Besser, wir gehen jetzt. Später wird es in Larissa überhaupt kein Unterkommen mehr geben. Wenn Boemund kommt, müssen wir bestimmt fort. Der wird sich von Euch nicht so einschüchtern lassen wie dieser Kerl.«

»Laßt das meine Sorge sein. Ich werde Boemund empfangen«, sagte Anna.

Ihr Gesicht glühte und ihre Stimme klang heiser. Sie hoffte, man würde das nur der Aufregung über die Besatzung zuschreiben.

»Ihr könnt ihn nicht empfangen. Ihr seid nur eine Frau«, sagte Zoe.

»Bei den Franken ist es Sitte, daß die Frau des Hauses den Gast empfängt und ihm mit einem Becher Wein das Willkommen ausspricht.«

Zoe schnaubte.

»Wir sind keine Franken, und dieser Mann ist uns keineswegs willkommen. Diese Normannen sind zu allem fähig. Was, glaubt Ihr, wird meinen Töchtern widerfahren, wenn es in diesem Haus von Barbaren wimmelt?«

»Ihr könnt ja mit Euren Töchtern nach Larissa gehen«, sagte Anna kalt. »Wenn Ihr das Risiko auf Euch nehmen wollt? Ich habe schon von den ersten Seuchenopfern gehört.«

Das und Romanos' Angst um seine Bücher gaben den Ausschlag. Sie blieben und arbeiteten zwei Tage fieberhaft daran, ihre Zimmer zu räumen und sich im Gesindetrakt einzurichten. Selbst Anna packte mit an, und manchmal erweckte sie das Erstaunen der Mägde, weil sie sogar bei den harten und schmutzigen Arbeiten sang.

Boemund kam am Abend des zweiten Tages. Es war einer der frühen Novembertage, an denen es noch nicht wirklich kalt war, aber so feucht, daß die Kühle in die Knochen kroch. Er hatte vom Morgen bis zum Abend im Sattel gesessen, dort selbst gegessen und getrunken. Es galt, vierzehntausend Mann im Tal von Larissa einzuquartieren, Verbindungsposten einzurichten, Verpflegungsdepots anzulegen, Feldküchen aufzustellen und das ganze lange Tal mit einer Stafette von Wachtposten zu sichern.

Er war müde, durchnäßt und durchgefroren, wütend, weil vieles nicht geklappt hatte, und besorgt, weil die Vorräte noch magerer waren, als er befürchtet hatte. Als Geoffroy ihn am Tor der Villa empfing und sagte, der Herr und seine Familie hätten es vorgezogen, zu bleiben und in den Gesindetrakt überzusiedeln, zuckte er die Achseln und knurrte, solange sie ihn nur in Ruhe ließen, könnten sie schlafen, wo immer sie wollten. Er ritt bis vor das Säulenportal, und schwang sich aus dem Sattel. Der nasse Wollmantel hing mit Zentnergewicht von seinen Schultern. Aus seinen Haaren troff ihm der Regen über das Gesicht und den Nacken. In der Eingangshalle nahm er flüchtig eine zusammengedrängte Gruppe gutgekleideter Leute wahr. Vermutlich der Eigentümer mit seiner Familie. Boemund stand nicht der Sinn nach einer feierlichen Begrüßung auf byzantinische Art, die immer lang und umständlich war. Er wollte in das Zimmer, das für ihn vorbereitet worden war. Dort würde es hell sein und warm, es würde frische trockene Kleidung, eine heiße Suppe, gewürzten Wein geben und Yolanda. Nach der Hölle im Tal würde es das Paradies sein.

Boemund wollte mit einer flüchtigen Verbeugung an der Familie vorbeigehen, aber eine Frau löste sich aus der Gruppe und trat ihm in den Weg. Sie bot ihm einen Becher Wein an.

Ihm blieb nichts anderes übrig als stehenzubleiben. Er blickte zu ihr hinunter.

Eine elegante junge Frau, verschwenderisch mit Schmuck behängt, in fließende Seide gekleidet, die schwarzen Haare kunstvoll aufgesteckt und mit Perlen durchflochten, die

Brauen gezupft und in hohem Bogen nachgemalt, auf Lippen und Wangen sorgsam Rot aufgetragen, die Haut wie dunkles Elfenbein, die Augen unter den langen Wimpern schwarz und tief. Zierlich und zerbrechlich, eine zarte Madonna aus Elfenbein.

Er nahm den Becher entgegen. Seine Hand zitterte. In ihre Augen hinein begann er zu sprechen.

»Bist du eine der Göttinnen, welche den Himmel beherrschen,
Siehe, so scheinst du mir der Tochter des Kronion,
Artemis, gleich an Gestalt, an Größe und reizender Bildung!
Bist du der Sterblichen eine, welche die Erde bewohnen,
Dreimal selig dein Vater und deine treffliche Mutter,
Dreimal selig die Brüder! Ihr Herz muß ja immer von hoher
Überschwenglicher Wonne bei deiner Schöne sich heben,
Wenn sie sehen, wie solch ein Geschöpf zum Reigen einhergeht.
Aber keiner ermißt die Wonne des seligen Jünglings,
Der, nach großen Geschenken, als Braut nach Hause dich führet.«

Die Worte, die Odysseus zu Nausikaa sprach, als er dem Meer entstiegen war.

Er hatte sie erkannt. Er erinnerte sich an ihre Begegnung am Fluß. Sie war damals am frühen Morgen, in einem dunklen Mantel, das Gesicht ungeschminkt, eine Bäuerin gewesen, allein am Ufer, eine leichte Beute für das rasch aufflammende Verlangen. Sie hatte nicht erwartet, daß er sie nach so vielen Monaten wiedererkennen würde. Sie sah in seinen Augen den rasch wechselnden Ausdruck, erst die Überraschung, als er sie erkannte, dann die Freude darüber, sie gefunden zu haben, und schließlich die Flamme des Begehrens, die zu ihr hinüberschlug und ihr die Hitze in die Wangen trieb. Er hob den Becher an die Lippen und trank, dann reichte er ihn halbgeleert zurück. Anna nahm ihn entgegen und ihre Finger zitterten dabei ebenso wie seine.

Sie antwortete mit Nausikaas Worten:

»Jetzo gleichst du den Göttern, des weiten Himmels Bewohnern.
Würde mir doch ein Gemahl von solcher Bildung bescheret
Unter den Fürsten des Volkes, und gefiel es dir selbst zu bleiben.«

Sie hob den Kelch und legte ihre Lippen an derselben Stelle an den Rand, wo sein Mund ihn berührt hatte. Dann leerte sie den Becher bis zur Neige.

Der Konnetabel von Brienne, zweiter Mann im Kommando nach Boemund, war noch im Hof geblieben. Sein Schimmel lahmte, und er überwachte persönlich, daß er im Stall untergestellt wurde und ein erfahrener Pferdeknecht sich unverzüglich des Tieres annahm. Dann betrat er die Eingangshalle der Villa, gefolgt von seinem Knappen. Er warf den schweren Reitermantel ab und schaute sich um.

Geoffroy hatte wohl gewählt. Das Anwesen war groß und gepflegt, wenn auch nicht luxuriös. Um so besser. Er war ein Mann des Feldlagers, ein alter Kampfgefährte des Guiskard, und byzantinische Üppigkeit und Pracht waren ihm zuwider. Sie führten allein zu Verweichlichung und weibischem Verhalten gleich dem Mann, der gerade mit Boemund sprach. Ein junger Mann, schmal und blaß, ganz offensichtlich jemand, der im Hause über Büchern hockte, statt unter Waffen im Felde zu stehen. Der Hausherr vermutlich, denn außer ihm waren nur Frauen da. Der Konnetabel begann sie zu mustern, als ihm plötzlich die Spannung bewußt wurde, die im Raum hing.

Vier Frauen standen zusammen, drei junge und eine alte. Die jungen hielten die Köpfe gesenkt, ihre Augen waren zu Boden geschlagen, ihre Hände verbargen sie in den weiten Ärmeln. Das Gesicht der alten Frau war puterrot, ihr Mund zu einem schmalen Strich zusammengepreßt und ihre Augen brannten vor Haß. Zuerst dachte de Brienne, der Haß gelte dem normannischen Besatzer, aber als er ihrem Blick folgte, fand er ihn nicht auf Boemund gerichtet, sondern auf die fünfte Frau.

Ihre Erscheinung verschlug dem Konnetabel den Atem. Er war nie in Konstantinopel gewesen, nie der erlesenen Eleganz byzantischer Aristokratinnen begegnet, er hatte selten eine so schöne Frau gesehen, aber was ihn aus der Fassung brachte, war der Ausdruck in ihren großen schwarzen Augen, die auf Boemund geheftet waren.

Er blickte zu Boemund hinüber und fand dort denselben Ausdruck. Die beiden umarmten einander mit ihren Blicken, schamlos, vor aller Augen. Wenn dieser junge Byzantiner nicht zwischen ihnen stünde, dachte de Brienne, würden sie einander nicht nur anblicken, sondern in die Arme sinken.

Der junge Mann hielt eine gewundene, endlose Rede, wie nicht anders zu erwarten war. Der Konnetabel war des Griechischen unkundig und verstand kein Wort. Der Byzantiner war totenbleich. Auf seinen Wangenknochen glühten abgezirkelt zwei rote Flecken wie bei einem Fieberkranken, seine Augen brannten vor Haß wie die der alten Frau. Seine Stimme war heiser.

De Brienne begriff. Er trat einen Schritt zurück und stieß mit Geoffroy zusammen, der hinter ihm stand. Geoffroy würgte einen Fluch zwischen den Zähnen hervor. Der Konnetabel nickte. Er wußte, er mußte jetzt handeln. Was sich hier abspielte, konnte ihnen nur Ärger bereiten. Sie waren auf dieses Haus als Winterquartier angewiesen, jetzt, nachdem sie die Truppen untergebracht hatten.

Der Konnetabel straffte sich, räusperte sich energisch und trat vor.

»Den Rest der Rede ein andernmal, wenns beliebt«, sagte

er auf französisch mit einem leichten Kopfnicken in Richtung des jungen Byzantiners, faßte Boemund am Arm und drängte ihn dortin, wo die Diener standen, die ihnen ihre Räume anweisen sollten. Boemund ließ sich fortführen wie ein Schlafwandler, ohne Widerstand zu leisten und ohne zu wissen wohin.

Anna stand am Fenster ihrer Dachkammer. Nichts war von dort aus zu sehen als der Himmel, ein sternenübersäter Himmel mit einem Mond, rund und kalt wie eine Silbermünze. Der Nebel hatte sich verzogen. Die frostklare Nacht kündete den Winter an.

Der Haushalt war zur Ruhe gekommen. Es hatte lange gedauert. Zwar hatten Romanos und seine Familie sich gleich nach dem Ende seiner Rede in die Gesindekammern zurückgezogen, aber sie konnten keinen Schlaf finden. Das Haus barst vom Gelächter und Gebrüll der Besatzer, die ihren Einzug mit viel Wein feierten. Jetzt war alles still.

Anna starrte hinaus. Ihr Körper war angespannt, als lausche sie nicht nur mit den Ohren, sondern mit dem ganzen Leib auf Schritte. Auf Schritte, die nicht kamen. Natürlich nicht.

Der Oberbefehlshaber der Normannen konnte nicht Anna Phokaina Paläologa aufsuchen, um unter Romanos' Dach und als Romanos' Gast mit Romanos' Frau Ehebruch zu begehen.

Er war ihr so nahe. Nur die Treppe hinunter, den Korridor von der Küche zur Eingangshalle und dann zu Romanos' früherer Bibliothek hinüber. Ein Weg von zwei Minuten.

Und doch war er so fern. Zwischen ihnen standen nicht die Wände dieses Hauses, sondern die unsichtbaren Mauern von Religion, Ehre und Vernunft. Sie war nicht die junge Bäuerin, die er am Ufer nehmen konnte, sie war eine byzantinische Prinzessin, die er respektieren, eine Feindin, der er aus dem Weg gehen mußte.

Mit Romanos, Zoe und den Schwägerinnen war sie ins Dachgeschoß verbannt. Alles, was sie von seiner Anwesenheit haben würde, war, den Klang seiner Stimme zu hören, wenn er durch die Eingangshalle ging, und ihn manchmal zu sehen, wenn er im Hof sein gesatteltes Pferd bestieg. Und immer zu wissen, daß er da war, nur wenige Zimmer von ihr entfernt.

Sie wünschte sich, sie hätte Zoe nachgegeben und wäre nach Larissa gegangen. Jede Enge, jeder Streit, jede Entbehrung, selbst die Seuchen schienen ihr leichter zu ertragen als die unstillbare Sehnsucht nach dem Mann, der ihr so nahe war. Höhnisch grinste der Mond in ihre Kammer.

Geoffroy hatte nichts gegen Frauen. Zum Wäschewaschen, Nähen, Flicken, Fegen und zum Brotbacken waren sie hervorragend geeignet. Ein Mann mußte auch bestimmte Bedürfnisse befriedigen, da konnten die Pfaffen sagen was sie wollten. Ein Soldat war da in vergleichsweise guter Lage, denn dem Troß schlossen sich immer genügend Weiber an, und Geoffroy hatte nie Mühe gehabt, eine Frau zu finden, die willig war, ihm ein rasches Vergnügen zu verschaffen. Ein Mann mit Besitz an Grund und Boden hatte natürlich auch die Verpflichtung, einen Erben zu zeugen und mußte deshalb die Last der Ehe auf sich nehmen. Er heiratete am besten die Tochter eines Barons, der im Rang über ihm stand, handelte eine gute Mitgift aus und stieg in den Sippenverband seines Schwiegervaters und seiner Schwäger auf.

Im übrigen war die Bestimmung eines Mannes der Krieg, und seine Zuneigung galt seinen Kampfgenossen, seinem Pferd und seinem Jagdfalken. Geoffroys Leben war einfach, und das war nach seiner Meinung gut so. Er hatte Männer gesehen, die von diesem einfachen Weg abgewichen waren, und es hatte immer in einer Katastrophe geendet.

Geoffroy hatte die Inspektion der Wache übernommen und

machte seine letzte Runde über den Hof, bevor er sich schlafen legen wollte.

Bisher war ihm um Boemund nicht bange gewesen. Der Junge hatte sich prächtig entwickelt. Seinem Vater an Wuchs, Intelligenz, Zielstrebigkeit und Kampfgeist gleich, hatte er Sieg auf Sieg errungen und würde es noch weit bringen. Aber was Geoffroy heute abend in seinem Blick bemerkt hatte, machte ihm Angst.

Diese verdammte kleine griechische Hexe!

Da hatte sie gestanden mit ihren seidenen Kleidern und bemalten Augenlidern, klirrend vor Schmuck, duftend nach allen Wohlgerüchen Arabiens und hatte Boemund den Willkommenstrunk geboten.

Sie war schön. Geoffroy wollte das gar nicht leugnen. Aber ihre Schönheit war von der gefährlichen Art. Sie war nicht wie die blonden Normanninen, groß und üppig, lachend und unkompliziert. Sie war Verführung ins Verderben. Ihr Mund versprach die Wonnen des Venusberges, ihre Augen lockten in Tiefen, in denen ein Mann seinen Verstand verlieren konnte.

Geoffroy spuckte aus. Er würde dafür sorgen, daß Boemund sich von ihr fernhielt. Sie hatte die Auflage, sich im Gesindebereich aufzuhalten, und da würde sie auch bleiben. Gleich morgen früh würde er die Wachen so einteilen, daß immer zwei Soldaten oben an der Treppe standen und nur eine Magd passieren ließen, die das Essen für die Familie holte. Wenn Boemund diese Frau nicht mehr zu Gesicht bekommen würde, hätte er sie bald vergessen. Und außerdem war da noch Yolanda. Wozu brauchte er diese Byzantinerin, wenn er sein Begehren in Yolandas Schoß stillen konnte?

Zum ersten Mal, seit sie in Boemunds Zelt übergesiedelt war, war Geoffroy froh darüber. Er hatte seinen Rundgang beendet und näherte sich dem Eingangsportal, als ein Schrei ertönte. Er war hoch und schrill, ging dann in ein durchdringendes Wimmern über. Gleich darauf erhoben sich Männerstimmen, eine schrie auf griechisch, die andere mit schwerer Zunge auf französisch.

Geoffroy fluchte. Boemund hatte den Befehl gegeben, die Mägde in Ruhe zu lasssen. Ein Befehl, den Geoffroy ausdrücklich gebilligt hatte, nicht aus moralischen Gründen, sondern weil er genug Erfahrung besaß, um vorherzusehen, was andernfalls geschehen würde. Sie mußten den Winter über mit dem Gesinde auskommen. Tausend kleine Schikanen konnten ihnen sonst das Leben vergällen. Ein betrunkener Idiot hatte sich offensichtlich nicht an den Befehl gehalten, sondern eine der Mägde überfallen.

Geoffroy hastete zurück zu dem Stall, aus dem das Geschrei ertönte. Im flackernden Licht einer schwankenden Stallaterne fand er eine nicht mehr junge Frau mit zerrissenem Hemd, die sich an einen Balken drückte und mit entsetzten Augen auf zwei Männer starrte, die einander umkreisten. Der normannische Soldat trug nur Hose und Wams. Sein Wehrgehenk lag im Stroh. Er hatte die Fäuste geballt. Der Grieche ihm gegenüber hielt ein Messer in der Hand.

Gut, daß er rechtzeitig gekommen war, um das Schlimmste zu verhindern! Ganz gleich, wer hier wen umbringen würde, die Atmosphäre wäre vergiftet.

Die beiden Männer waren so in ihr Belauern vertieft, die Frau so verängstigt, daß sie Geoffroy erst bemerkten, als alles vorbei war. Er hatte dem Griechen mit dem flachen Schwert heftig auf den Arm geschlagen, so daß ihm das Messer aus der Hand glitt, dann den Normannen ins Heu gestoßen und ihn dort mit eiserner Faust niedergehalten, während er eine Flut von Beschimpfungen aussprach. Die Frau und ihr Beschützer nutzten den Moment, um sich hastig davonzustehlen.

Der Soldat starrte zu Geoffroy hoch. Sein Atem stank nach Zwiebeln und Wein. Allmählich begriff er. Entsetzen darüber, welche Strafe er zu erwarten hatte, zog in ihm auf. Das war der Moment, auf den Geoffroy gewartet hatte. Er lockerte seinen Griff und befahl ihm, sich sofort in sein Quartier zu scheren. Wenn er irgendwann in seinem schäbigen Leben sich noch einmal irgendetwas zuschulden kommen lassen würde, dann würde ihn Geoffroy persönlich auf der Stelle hängen lassen. Der Mann nahm sich keine Zeit für einen Dank. Er rollte sich zur Seite, sprang auf die Füße und rannte hinaus.

Goeffroy klopfte sich das Heu vom Ärmel. Als er sich wieder aufrichtete, spürte er die Anwesenheit eines weiteren Mannes im Stall. Er drehte sich um. In der Tür stand Boemund, einen Mantel übergeworfen, das bloße Schwert in der Hand.

»Was geht hier vor?«

Geoffroy zuckte die Achseln.

»Ein Idiot hat seinen Verstand versoffen.«

»Der Mann wird morgen früh gehängt.«

Geoffroy stellte sich unauffällig vor das Wehrgehenk am Boden.

»Schwerlich, Herr. Ich habe ihn nicht erkannt, und er wird sich nicht freiwillig melden. Sobald er nüchtern ist, weiß er, was er zu erwarten hätte. Außerdem ist nichts passiert. Ich bin rechtzeitig gekommen.«

Boemund wollte etwas erwidern, aber eine Stimme aus der Dunkelheit kam ihm zuvor.

»Ist es Sitte bei normannischen Gästen, die Mägde zu vergewaltigen?«

Boemund entfiel das Schwert und schlug scheppernd auf den Steinboden.

Anna Phokaina trat in den Lichtkreis der Laterne. Das schwankende Licht warf tiefe Schatten über ihr Gesicht.

»Niemand ist vergewaltigt worden. Wir haben alles unter Kontrolle. Ihr könnt wieder schlafen gehen«, sagte Geoffroy unwillig.

Sie beachtete ihn nicht. Sie stand Boemund gegenüber und sah ihn an. Und Boemund sah sie an.

Geoffroy bückte sich, hob das Schwert auf und sagte, sich wieder aufrichtend: »Herr, es ist spät. Wir sollten ...«

Auch Boemund hörte ihn nicht.

Geoffroy räusperte sich laut. Vergebens. Der Mann und die Frau standen in dem schwankenden Lichtkreis, den die Laterne aus der Dunkelheit riß, wie in einen Zauberkreis gebannt. Es war ein teuflischer Bann, das sah Geoffroy sofort. Das war keine Liebe, geboren aus dem hellen Licht des Tages, sondern eine Leidenschaft, die aus der Finsternis der Hölle aufgestiegen war, Sünde und Verbrechen waren in ihrem Gefolge. Die Todsünde der Wollust, die das Verbrechen des Ehebruchs gebar. Und schließlich würde Boemund in den Armen dieser Hexe seinem Vater die Treue brechen und die Normannen verraten.

Einen Augenblick lang wog Geoffroy das Schwert in seiner Faust. Aber er war ein Ritter, kein Mörder. Ein Schwert in seiner Hand trank Männerblut in offener Schlacht und meuchelte nicht ein Weib.

Weder Boemund noch Anna bemerkten, daß er den Stall verließ. Sie sagten nichts.. Was in ihnen brannte, war etwas, für das sie keine Worte hatten. Ihre Körper wußten den Weg zueinander ohne Sprache. Keiner von ihnen glaubte, sich bewegt zu haben, und doch fanden sie sich in enger Umarmung, Herz an Herz und Mund an Mund. Behutsam erst, als könne alles wie ein Traum verwehen, küßten sie einander, sanken umschlungen ins Heu hinab, wurden kühner, erforschten ihre Körper mit den Händen, ohne die Lippen voneinander zu lösen. Anna drängte ihm entgegen. Sie war weder furchtsam noch scheu, nur lodernde Flamme. Anfangs hielt er sich zurück, als fürchte er, sie sei so zart, daß er sie zerbrechen könnte, aber dann riß ihre Leidenschaft ihn hin. Als er sie in Besitz nahm und sie in schmerzvoller Lust schrie, erfüllte ihn ein Triumphgefühl, stärker als nach jeder gewonnenen Schlacht.

Im Morgengrauen sickerten durch die Ritzen der Stallwände graues Licht und Kälte. Anna erschauerte.

»Komm«, sagte er.

Schon hatten Mägde und Knechte ihr Frühstück beendet und schlurften über den Hof, um die Kühe zu melken, die Schweine zu füttern und Eier zu suchen. Sie sahen die beiden aus dem Pferdestall heraustreten, Hand in Hand, den normannischen Besatzer und die Prinzessin aus Konstantinopel. Sein Mantel war fleckig vom feuchten Heu, er war unbewaffnet, unrasiert und hatte einen großen Schmutzfleck auf der Stirn und schritt doch so herrisch und stolz einher wie der Kaiser. In ihrem aufgelösten Haar steckten Strohhalme, sie war bleich, hatte tiefe violette Schatten unter den Augen, ihre Lippen waren geschwollen, aber ihr Gesicht leuchtete.

Wer die beiden sah, blieb stehen, stellte den Eimer ab und gaffte ihnen nach, bis sie im Haus verschwanden. Niemand riß eine Zote, jeder kehrte stillschweigend zu seiner Arbeit zurück, molk die Kühe, suchte nach dem Gelege der Hühner oder schüttete Futter in den Schweinetrog und spürte ein vages Ziehen im Herzen, gemischt aus Neid und Sehnsucht.

Hand in Hand betraten Boemund und Anna das Haus. Ohne zu zögern, durchschritten sie das Vestibül, gingen an der Treppe vorbei in den Raum, der früher Romanos als Bibliothek gedient hatte und jetzt Boemunds Schlafzimmer war.

Yolanda war nicht da. Er wunderte sich nicht darüber. Er hatte sie schon vergessen.

Boemund warf Kissen auf den Boden vor das Feuer. Er zog Anna aus, bettete sie darauf und begann, ihre kalten Glieder warmzureiben.

»Du bist kalt wie die Eiskönigin.«

»Wie wer?«

»Wir haben eine Sage. Weit oben im Norden wohnt eine Königin, schön und strahlend wie Diamanten, aber kalt wie Eis. Wer sie liebt, dem erfriert das Herz, und er muß sterben.«

»Ich bin nicht aus Eis.«

»Nein, du bist das Feuer. Ich brenne, wenn ich dich berühre.«

»Das Feuer hast du in mir entfacht.«

Anna hob die Hände und streifte ihm den Mantel über die Schultern, daß er zu Boden fiel. Ihre Finger glitten über seine Schultern, seine Brust, seinen Bauch.

»Wie schön du bist! Als ich dich am Fluß gesehen habe, dachte ich, die Tage der Alten seien zurückgekehrt und du seiest einer der Unsterblichen, einer der alten Götter.«

»Meine kleine Heidin«, sagte er und küßte sie.

»Das bin ich wirklich. Könnte ich dir sonst beiliegen, ohne Gewissensbisse zu haben? Was wir tun, ist Sünde.«

»Gott hat die Menschen aus dem Paradies verjagt, aber er hat ihnen die Liebe gelassen als Erinnerung daran. Das hat meine Mutter gesagt, und ich fühle, daß sie recht hat. Wie kann etwas, das so schön und so wahr ist, Sünde sein? Das können nur alte Männer behaupten, deren Lenden eingeschrumpft sind.«

»Laß das keinen Bischof oder Patriarchen hören!«

»Kennst du einen, der nicht alt ist?«

Sie lachte.

»Jedenfalls fand ich sie noch nie überzeugend. Ich habe mich immer an Theophilos gehalten, meinen Lehrer für alte Literatur. Er hat mir eine Welt eröffnet, die ganz anders ist als die christliche. Du liebst sie auch, nicht wahr? Warum sonst hättest du Homer auswendig gelernt?«

Er stützte sich auf den Ellbogen und lächelte in ihr Gesicht.

»Weil ich nicht wollte, daß du mich für einen Stallknecht hälst.«

»Du erinnerst dich? Du hast mich wiedererkannt? Es ist so lange her.«

»Hast du mich vergessen?«

Es war eine Feststellung, keine Frage.

Sie schüttelte den Kopf.

»Nein. Wie hätte ich dich vergessen können? Du warst schmutzig, außer Atem, strahlend und erregt. Du warst so lebendig. Und dann, als ich dich am Fluß gesehen habe, seither ist mir heiß geworden, wenn ich an dich gedacht habe. Und ich habe oft an dich gedacht.«

Er strich mit dem Zeigefinger die Linien ihres Gesichtes nach.

»Ich habe dein Bild in mir getragen. All die Jahre. Ich habe es nicht gewußt bis zu dem Morgen am Fluß. Ich habe dich erkannt. Als du dort standest, den dunklen Mantel um die Schultern, das Haar offen und mit großen Augen zu mir herüberschautest und nicht schriest und nicht fortliefst, da wußte ich, daß ich dein Bild in mir trug. Und du das meine. Ich hätte dich dort auf den Ufersand gebettet und wir hätten einander geliebt und ich hätte dich mit mir genommen und dich nie wieder aus meinen Armen gelassen, wenn nicht deine verfluchte Leibwache aufgetaucht wäre.«

Sie glitten in Schlaf, die Glieder ineinander verschlungen, und erwachten, um einander von neuem zu entdecken. Anna betrat ein Reich der Lust, das sie nie gekannt hatte, erschauerte selig unter seinen Liebkosungen und war ebenso selig, als sie bemerkte, welche Macht ihre Hände und ihr Mund über ihn hatten.

»Dein Mann hat dich nicht erkannt.«

»Nein.«

»Warum nicht?«

»Er will ein Heiliger werden«, sagte Anna ohne Ironie.

Boemund ließ seinen Blick über ihren Leib schweifen, über die rosig im Feuerschein schimmernde Haut, die kleinen runden Brüste mit den dunklen Spitzen, den festen flachen Bauch, die sanft geschwungenen Hüften, die langen Beine.

»Wie könnte er das besser, als wenn er dich liebt? Du bist Gottes vollkommene Schöpfung. Dich anzubeten, heißt auch ihn zu verehren.«

Sie legte die Fingerspitzen auf sein Herz und ließ sie langsam abwärtswandern.

»Ich bin eifersüchtig auf all die Frauen, die du vor mir geliebt hast.«

»Es gab keine Frau vor dir.«

»Lügner!«

»Nein. Ich bin von neuem geboren worden. Für den früheren Boemund gab es nur etwas, das wichtig war auf der Welt: Land und Macht. Jetzt gibt es nur dich, und du bist meine Welt.«

Sie blickte ihn mit weitgeöffneten Augen an, und ihm war, als könne er bis auf den Grund ihrer Dunkelheit sehen.

»So geht es mir auch. Es gibt nichts anderes als dich. Du bist mein Gott. Mir ist, als wärest du einer der Unsterblichen.«

»Ich bin unsterblich«, flüsterte er, nah ihrem Mund, »solange du mich liebst. Wenn du mich verläßt, werde ich sterben. Du bist meine Seele.«

»Ich werde dich niemals verlassen.«

Yolanda war eine nüchterne, das Leben realistisch betrachtende Frau. Ihre ersten beiden Liebhaber hatten ihr eine ansehnliche Summe hinterlassen, und ihr dritter entließ sie mit einer Abfindung, wie man sie von einem Fürsten erwarten konnte, der seine Beischläferin fortschickt. Sie kehrte nach Durazzo zurück und sagte sich täglich, daß sie ihr Lebensschiff gut an allen Klippen vorbeigesteuert hatte. Sie baute ihr Haus geräumiger wieder auf, richtete einen Stoffladen ein, nahm sich einen Mann, der nicht trank und sie nicht schlug, und bekam im Verlauf der Jahre zwei Töchter. Manchmal, in Nächten, in denen sie nicht schlafen konnte, weil der Mond ihre Kammer erhellte, dachte sie an einen anderen Mann im Bett neben sich, und ein leises schmerzhaftes Sehnen durchzog sie. Aber mit dem Aufgang der Sonne, wenn ihr Tagewerk begann, verlor sich die Empfindung und sie schalt sich eine Närrin.

Romanos Paläologos verließ in diesem Winter seine Studierstube nur selten, vergrub sich in seine Bücher und wurde noch magerer und blasser. Ganze Nächte hindurch lag er auf den Knien und betete. Er fastete, und Zoe war sicher, daß er sich auch geißelte. Seine Augen sanken tiefer in die Höhlen, und darin glomm ein düsteres Licht, vor dem Zoe manchmal erschrak. Er war gewiß auf dem Weg zur Heiligkeit, aber sie hatte es sich anders vorgestellt. Einen heiteren gütigen Bischof, berühmt im ganzen Reich, zu dem alle pilgerten, um seinen weisen Rat zu hören, hatte sie sich erträumt. Diese finstere Frömmigkeit ängstigte sie. Sie sprach mit dem Abt des Klosters darüber, aber außer Gebeten, hatte er ihr keinen Trost anzubieten.

»Ich werde nicht vorgelassen«, sagte er mißmutig. »Die Prinzessin ist nicht bereit, mich anzuhören. Sie geht nicht einmal mehr zur Messe. Dieser Normanne muß mit dem Teufel im Bunde sein. Der schenkt ihm die Siege in den Schlachten und hat die Seele der Prinzessin in Versuchung geführt. Laßt uns beten, meine Tochter, daß Gott sie auf den rechten Weg zurückführt.«

Zoe kniete gehorsam nieder und betete mit ihm, allerdings nicht für die Rettung von Annas Seele.

Den Offizieren an der Abendtafel präsidierte der Konnetabel von Brienne, an den zu wenden sich alle gewöhnten, wenn es um Streitigkeiten, Nachschubprobleme oder die Einteilung des Wachdienstes ging. Geoffroy ging mit finsterem Gesicht und unheilahnendem Herzen umher, dennoch schirmte er seinen Herrn von der Welt ab und sorgte dafür, daß niemand ihn störte.

Boemund und Anna bemerkten nichts davon. Sie waren

eingesponnen in einen Zauber. Die ganze Welt existierte nur um ihretwillen. Es schneite nur, damit er ihr die Schneeflocken von den Wimpern küssen konnte. Es war kalt, damit er seinen Mantel um sie beide schlagen konnte. Das Feuer im Kamin brannte hell, damit er, ihren nackten Leib liebkosend, ihre Schönheit preisen konnte. Sprache gab es nur, damit sie Liebesworte stammeln konnten. Sie trennten sich keine Stunde. Tags ging sie einher im Schutz seines Armes, nachts umschlangen sie einander, ihr Atem mischte sich und ihre Herzen pochten im gleichen Rhythmus. Sie schliefen, sie aßen, sie wanderten umher, als seien sie nicht mehr zwei, sondern ein Mensch geworden.

Im Februar wußte Anna, daß sie schwanger war.

Boemund legte seine Hand auf ihren Bauch und sagte feierlich:

»Unser Sohn wird Kaiser von Byzanz werden, das schwöre ich.«

Waren die vergangenen Monate nur ein Tropfen Glückseligkeit gewesen, in denen es weder Zeit noch Raum gegeben hatte, dann waren sie jetzt wieder in Thessalien und hatten eine Zukunft. Der Zauberbann war gebrochen.

»Du liebst Byzanz?«

»Ich liebe eine Byzantinerin.«

»Byzanz muß dir etwas bedeuten. Sonst hättest du nicht unsere Sprache gelernt. Sonst könntest du nicht Homer rezitieren.«

»Natürlich bedeutet mir Byzanz etwas. Es ist das Reich, das ich erobern werde. Ich werde Alexios im Frühjahr vernichtend schlagen und seinen Thron besteigen.«

Anna starrte Boemund an. Sie waren im Krieg. Wie hatte sie das vergessen können? Wie eine Schlafwandlerin war sie durch den Winter gegangen. Er war der Anführer der Normannen. Er war der Feind.

Sie rückte von ihm ab.

»Du willst Byzanz zerstören.«
»Ich will es erobern.«
»Das ist dasselbe. Selbst wenn du Alexios noch einmal schlägst und bis nach Konstantinopel vordringst – du wirst um jede Straße, um jedes Haus kämpfen müssen. Die Stadt wird in Flammen aufgehen, die Kirchen werden verbrennen, die Kunstschätze und Bücher zerstört werden. Du wirst eine tausendjährige Kultur vernichten. Glaube nicht, daß du auf den Trümmern deine Herrschaft errichten kannst! Die Seldschuken sind schon in Nikäa. Sie werden die endgültigen Sieger sein. Wenn du dich von den Mühen des Sieges ausruhen willst, werden sie über dich herfallen, und kein Byzantiner wird den Finger krümmen, um dich zu retten.«
Er zog den Arm zurück, den er um ihre Schulter gelegt hatte. Eine gewisse Schärfe klang in seiner Stimme mit.
»Hast du Angst um mich oder um Byzanz?«
»Oder?« sagte Anna und starrte ihn mit geweiteten Augen an. »Das klingt, als ob ich wählen müßte.«
»Nein, das mußt du nicht. Byzanz und ich werden eines sein. Und du wirst meine Kaiserin.«
»Eine Kaiserin, die über Leichen und Trümmer gebietet.«
Er zog die Brauen zusammen.
»Was erwartest du denn, daß ich tun soll? Mit eingekniffenem Schwanz nach Hause kriechen und meinem Bruder Roger Borsa den Vasalleneid leisten? Bis zum Ende meines Lebens ein kleiner Baron sein, der seinem Bruder Kriegsdienste leistet? Ich bin der Sohn eines Mannes, der sich aus dem Nichts ein Herzogtum errungen hat und den heute Kaiser und Papst fürchten.«
»Ich will nicht, daß du nach Italien zurückgehst. Apulien ist zu klein für dich. Du solltest an der Spitze der größten Armee des größten Reiches stehen.«
Er lachte.
»Dann sind wir uns ja einig, Anna.«

Sie schüttelte den Kopf.

»Ich meine nicht als Kaiser, Boemund, als domestikos, als oberster Feldherr! Komm zu uns nach Konstantinopel! Der Kaiser wird dich mit offenen Armen empfangen. Du wirst einen hohen Rang bekleiden, du wirst Grundbesitz bekommen, Gold, einen Palast, den Oberbefehl über das Heer. Der Patriarch wird meine Ehe auflösen. Wir können heiraten. Unser Sohn wird kein Bastard sein.«

Sein Blick verdunkelte sich.

»Du willst mich zum Verrat überreden. Wie würde dir das gefallen: Boemund, der Verräter?«

»Du verrätst niemanden. Du bist doch derjenige, der verraten worden ist.«

Ihre Stimme wurde lauter und drängender.

»Sag mir, daß ich lüge! Du bist der älteste Sohn des Herzogs. Du solltest sein Erbe sein. Er hat dich um deine Erbfolge betrogen. Du führst hier den Krieg für ihn, er aber läßt dich im Stich. Du sendest Boten auf Boten, aber keiner kehrt mit Geld zurück. Er liefert dich und deine Soldaten Alexios aus. Ist das ein Vater, dem man die Treue zu halten hat?«

»Was wißt ihr Griechen von Treue?« sagte er verächtlich.

Sie wurde blaß um die Lippen, stand auf und verließ den Raum.

Sie versöhnten sich nach Stunden, die sie erbittert allein verbracht hatten. Sie schliefen mit ineinander verschlungenen Gliedern ein, aber ihre Umarmung war keine zärtliche Verschmelzung mehr, sondern heftige Umklammerung, als könnten sie einander verlieren, wenn sie sich nicht festhielten.

Der Wind rüttelte an den Stangen, die das Purpurzelt trugen. An einer Stelle, wo er schlecht festgezurrt war, blähte sich der schwere Stoff und fiel dann knatternd zurück. Wind kroch durch Ritzen am Boden und wurde von den Teppichen erstickt, die dreifach übereinander lagen.

Der Kaiser lehnte sich auf seinem Feldstuhl zurück und ließ den Blick in nachdenklichem Schweigen auf der Karte ruhen, die auf dem Tisch ausgebreitet war. Sie zeigte das weite Tal von Larissa mit allen Gehöften und der Villa der Paläologen, den Flußlauf und die jäh ansteigenden Hänge der Hügelkette. Es war ein ideales Gelände für eine Schlacht. Das Tal war breit genug, um eine Schlachtreihe zu entfalten, und die Flügel konnten sich an die Hänge lehnen, so daß die Armee nicht umgangen werden konnte.

Das byzantinische Heer hatte fünf Tagesmärsche vom Tal entfernt sein Lager aufgeschlagen. Es war kein großes Heer. Die türkischen Bogenschützen fehlten. Alexios konnte ihren Sold nicht mehr aufbringen. Er hatte auch bei Durazzo, Arta und Joannina den Eindruck gehabt, daß sie ihr Geld nicht wert waren. Der Überraschungseffekt des Überfalls durch Tausende von beweglichen Reitern, die den Gegner mit einem Pfeilregen, der sogar den Himmel verdunkelte, aus der Fassung brachte, war verpufft. Gegen die schwere normannische Reiterei vermochten sie nichts auszurichten.

Aber wer war der normannischen Reiterei überhaupt gewachsen? Es war immer sie gewesen, die den Kampf entschieden hatte. Unter der Führung Boemunds war die Wucht ihres Angriffs unwiderstehbar.

Der Kaiser hatte keine Zuversicht, daß es diesmal anders werden würde. Dieses Heer war das letzte, das er aufbieten konnte. Die finanziellen Reserven des Reiches waren erschöpft, selbst die Kirche konnte keine Schätze mehr opfern. Wenn er jetzt eine Niederlage erlitt, dann stand Boemund der Weg nach Konstantinopel offen.

Alexios hatte auf die demoralisierende Wirkung des harten Winters gehofft. Er war gut unterrichtet. Er kannte die Versorgungsprobleme seines Gegners. Aber außer Raoul von Pontoise war kein bedeutender Baron auf die byzantinische Seite übergewechselt. Vor allem war es nicht gelungen, Boemund selbst zum Überläufer zu machen. Helena – Alexios biß sich auf die Lippen und verbot sich den Gedanken an sie. Die Hoffnung, Anna Phokaina könnte den Normannen beeinflußt haben, hatte sich zerschlagen. Boemund hatte beim Nahen des Kaisers seine Armee zusammengezogen, nahezu zwanzigtausend Männer, kampferprobt, ausgeruht, die wußten, daß es die letzte und entscheidende Schlacht werden würde.

Die Schlacht.

Alexios sah die Szene vor sich, die sich dreimal abgespielt hatte. Dreimal hatte Boemund sich eine Gasse durch die Kämpfer gebahnt, und dreimal war er vor dem Normannen geflohen. Er hatte recht gehandelt, sich nicht auf einen Zweikampf einzulassen. Er war kein Ritter auf Abenteuer. Er war der Kaiser. Mit seiner Person stand und fiel Byzanz. Er hatte noch nicht einmal einen Sohn, dem er die Herrschaft vererben konnte. Bei seinem Tod würde ein Bürgerkrieg ausbrechen. Normannen und Seldschuken würden wie die Wölfe über das Land herfallen, in dem ein mörderischer Thronfolgekrieg tobte.

Er hatte vernünftig gehandelt. Und doch, so oft er sich das auch sagte, blieb ein Stachel in seiner Seele zurück. Er wußte, er war nicht aus vernünftigen Erwägungen geflohen. Er hatte sich umgewandt, weil er sich vor dem jungen Hünen mit dem dröhnenden Lachen und den blitzenden Augen gefürchtet hatte. Er konnte nicht mit Boemund das Schwert kreuzen, er konnte nur …

Eine Ordonnanz hob den Zelteingang an, eine Windböe fuhr herein, zerrte an den Vorhängen und Kleidern und fegte die Landkarte vom Tisch.

Froh über diese Ablenkung sah Alexios auf.

Der Offizier verneigte sich dreimal auf dem Weg vom Zelteingang zum Tisch, an dem der Kaiser saß. Im Feld wurde das umständliche Hofzeremoniell, das Proskinese verlangte, abgemildert, um Zeit zu gewinnen.

»Was gibt's?«

»Ein Mann möchte Eure Majestät sprechen. Er sagt, er sei Romanos Paläologos, ein Neffe des gefallenen Georgios.«

In Stimme und Formulierung klang ein Zweifel mit, den Alexios sogleich begriff, als der Mann eintrat.

Romanos hatte ihm im letzten Herbst Gastfreundschaft gewährt, und Alexios hatte ihn als einen kultivierten jungen Mann in Erinnerung. Der Mann, der jetzt vor ihn trat, hatte damit wenig Ähnlichkeit.

Er trug einen alten geflickten Kittel, wie ihn die Bauern trugen, und kotbespritzte Stiefel. Aber es war nicht die schmutzige, abgerissene Kleidung, die Alexios frappierte. Der junge Mann hatte sich in den wenigen Monaten völlig verändert. Alles Weiche, Kindliche, das noch in seinem Gesicht gelegen hatte, war verschwunden, übriggeblieben war ein mageres, hungriges Antlitz, in dem die Augen tief in den Höhlen flammten. Der Mund war schmal und hart geworden, der Körper straff wie aus Fieberschauern gehärteter Stahl. Etwas Düsteres und Bedrohliches ging von ihm aus. Alexios hatte so etwas einmal bei einem religiösen Fanatiker gesehen, den er wegen Ketzerei zum Tode verurteilt hatte.

Ein Mann veränderte sich in einem halben Jahr nicht so grundlegend, wenn ihm nicht Furchtbares zugestoßen war. Der normannische Generalstab hatte sein Haus requiriert. Was war in diesem Winter in der Villa geschehen?

»Wir sind erfreut, Euch in Unserem Lager zu sehen«, begann der Kaiser unverbindlich huldvoll und warf einen sprechenden Blick auf Romanos' Stiefel. »Es war offenbar nicht einfach, Euch von den Normannen fortzustehlen und zu Uns zu schleichen.«

»Das stimmt. Ich mußte mich als Diener verkleiden und mich im Morgengrauen auf den Weg machen. Wir werden scharf bewacht.«

»Wir danken Euch dafür, daß Ihr in Eurem Hause ausgeharrt habt und nicht nach Larissa geflohen seid.«

Romanos' Stimme klang plötzlich heiser.

»Es war die Idee meiner Frau, Majestät.«

Anna hatte offensichtlich nicht mit ihm darüber gesprochen, daß es sein Wunsch gewesen war. Daß er gehofft hatte, Helena – er biß die Zähne zusammen und schob den Gedanken an sie fort – daß er gehofft hatte, Anna könne Boemund überreden, zu ihm überzulaufen. Sie mußte einen Grund dafür gehabt haben.

»Wir freuen Uns über Eure Anwesenheit. Gewiß könnt Ihr Uns wertvolle Einzelheiten über die Feinde verraten. Ihr seid ihnen schließlich sehr nah gekommen. Seid Ihr hier, weil Ihr eine wichtige Nachricht für Uns habt?«

Der junge Mann richtete sich hoch auf. Seine Augen flammten, als er leidenschaftlich ausrief:

»Ich bin hier, um Euch zu sagen, wie Ihr die Normannen vernichten könnt.«

Unter den Offizieren gab es eine heftige Bewegung.

»Wie meint Ihr das?«

»Ich bin hier geboren und aufgewachsen. Ich kenne das Tal sehr gut. Als mein Vater noch lebte, nahm er mich häufig mit auf die Jagd. Damals zeigte er mir eine Höhle.«

Romanos deutete auf einen Punkt auf der Karte.

»Hier, fast am Ausgang des Tales, gibt es ein verzweigtes Höhlensystem. Unter all den Gängen und kleinen Kammern gibt es zwei große Säle, die miteinander verbunden sind. Als Dioklatian die Christen verfolgte, richteten sie hier eine Fluchtkirche ein. Heute sind die Eingänge dicht mit Buschwerk bewachsen. Niemand, der sie nicht kennt, würde sie finden. Die Normannen wissen nichts von dieser Höhle. Sie ist Gottes Geschenk an Euch, damit Ihr diesen Sohn des Teufels vernichtet.«

Der schmutzstarrende Finger auf der Karte zitterte.

»An einer der Wände ist noch ein Bild der Muttergottes zu sehen. Sie wird Euch den Sieg verleihen. Gott will, daß Ihr die

Barbaren aus dem Land treibt. Noch ist der Jüngste Tag nicht gekommen. Wir werden siegen. Siegen über die Hure Babylon und den Antichrist!«

Alexios blieb äußerlich unbewegt. Das war es also, was den Jungen umtrieb. Gott verdamme die Hautevilles! Sie waren nur in die Welt gekommen, um Krieg und Unglück zu verbreiten. Anna Phokaina war die Geliebte Boemunds geworden. Er verstand sie, er verstand sie so gut. Er sah Boemund durch das Schlachtgewühl sich auf ihn zukämpfen, sprühend von Leben, während er den Tod brachte, und er sah Helenas flammendes Gesicht vor sich. Er sah ihre Augen blitzen, während sie den Kopf in den Nacken warf und ihm ihr Nein entgegenschleuderte. Er hörte ihr herausforderndes Lachen, und spürte noch in der Erinnerung das brennende Verlangen, sie zu unterwerfen.

Alexios sprang auf und wanderte im Zelt umher, als könne Bewegung Gedanken und Vorstellungen auslöschen.

»Wieviel Menschen kann diese Höhle fassen?«

Romanos brauchte einen Moment, um in die Wirklichkeit zurückzufinden.

»Viele. Mehrere hundert bestimmt. Die Gemeinde war groß, die sich dort zu Ehren des Herrn versammelte.«

»Und die Gänge? Muß man kriechen oder kann man aufrecht gehen? Kann man Pferde hineinbringen?«

»Die Gänge sind hoch und breit. Als mein Vater und ich dort Unterschlupf vor einem Unwetter suchten, haben wir die Pferde mit hineingenommen.«

»Ihr könnt uns zu den Eingängen führen?«

Romanos nickte.

»Deshalb bin ich gekommen.«

»Wir danken Euch dafür, Romanos Paläologos. Ihr habt Uns eine wichtige Nachricht gebracht. Sie wird den Krieg entscheiden, da sind Wir sicher. Sprecht eine Bitte aus! Wir werden gewähren, was in Unserer Macht steht.«

»Gestattet mir mitzukämpfen.«

Der Wunsch wurde so leidenschaftlich vorgetragen, daß niemand darüber zu lachen wagte.

Alexios starrte in die flackernden Augen. Der Wunsch war Wahnsinn. Dieser Junge, der noch nie ein Schwert getragen hatte, würde Boemund nicht töten können, er würde noch nicht einmal in seine Nähe kommen. Er läge längst im Staub unter den Hufen der Rosse, ehe er ihn überhaupt zu Gesicht bekommen hätte. Aber es war ein Wunsch, den der Kaiser nicht abschlagen konnte. Er würde den Offizieren einen Wink geben, besonders über ihn zu wachen und ihn aus dem Getümmel herauszuhalten.

Er nickte und hatte sich schon halb abgewandt, als Romanos ihn noch einmal ansprach.

»Meine Familie ist in der Villa in der Hand der Normannen. Wenn die Barbaren geschlagen sind, werden sie sie vielleicht auf die Flucht mitnehmen. Sie sind wertvolle Gefangene. Könntet Ihr ...?«

»Sobald die Schlacht begonnen hat, werden wir eine Abteilung Soldaten in Eure Villa schicken, die Eure Familie befreit und in Sicherheit bringt.«

Romanos dankte und fügte hinzu:

»Haltet mich nicht für vermessen, wenn ich noch eine Bitte zu äußern wage.«

Alexios unterdrückte seine Ungeduld.

»Nun?«

»Es wäre gut, wenn Eure Soldaten ein Schreiben dabei hätten. Damit meine Familie weiß, daß es Euer Wille ist, daß sie die Villa verlassen. Meine Frau würde sonst vielleicht nicht gehen wollen. Vielleicht sollten auch die Normannen den Brief erhalten, damit sie wissen, daß die Paläologen nicht fliehen, sondern nur ihrem Kaiser gehorchen.«

Alexios musterte ihn mit schmalen Augen. Ein perfider Plan. Aber warum nicht? Er war Boemund nichts schuldig. Er nickte, dann wandte er sich endgültig von Romanos ab und seinen Generälen zu.

»Nun, meine Herren, was sagt Ihr?«

»Die Normannen sind verloren.«

»Ja. Wie Paläologos schon sagte, diese Höhle ist ein Geschenk Gottes. Wir werden morgen Nacht dreihundert Reiter und dreihundert Bogenschützen hineinbringen. Ich werde sie anführen. Die Schlachtreihe stellen wir hier«, er zog mit dem Daumen eine Linie über die Karte, »mitten im Tal auf. Im Zentrum wird die kaiserliche Standarte wehen. Die Normannen werden sich auf dieses Zentrum werfen. Leistet eine Weile Widerstand und flieht dann! Lockt die Normannen hinter Euch her! Wir werden ihnen in den Rücken fallen. Sobald Ihr die Trompeten hört, die unseren Angriff verkünden, wendet Euch und geht zum Angriff über! Wir werden die Normannen zwischen uns zerreiben. Keiner wird entkommen.«

Anna stellte sich auf die Zehenspitzen und streifte Boemund, der sich vorneigen mußte, eine dünne goldene Kette über, an der ein Medaillon hing.

»Was ist das?« fragte er.

Sie klappte den Deckel auf. Ein winziges Bild wurde sichtbar, die Miniatur einer Ikone, auf Goldgrund gemalt, eine strengblickende Madonna mit Kind.

»Die Theotokos. Das Bild wird in meiner Familie vererbt. Mein Vater trug es, mein Großvater und alle Phokoi vor ihm. Es ist uralt. Wer es trägt, den beschützt die Gottesmutter in der Schlacht. Er ist unverletzlich.«

Sie küßte das Bild und schloß den Deckel wieder. Boemund schob das Amulett unter das Kettenhemd.

»Dann ist ja alles gut.«

Sie schüttelte den Kopf.

»Wer kann sicher sein? Vielleicht hilft es nur den Phokoi.

Oder die Jungfrau steht niemandem bei, der gegen Byzanz kämpft. Sie ist unsere Schutzpatronin. Ich habe Angst.«

Ihre Haut war grau, ihre Augen gerötet und geschwollen. Sie hatte ihn noch nie unter Waffen gesehen.

In dem Kettenhemd, das bis zu den Knien reichte und mit der enganliegenden Schuppenhaube, die den Kopf umschloß, war er ihr fremd. Leder und Stahl umkleideten den Leib, dessen Schönheit sie entflammt hatte. Die weiße Haut, die sie geküßt, die Muskeln, deren Beben sie unter ihren Händen gespürt hatte, waren begraben unter seinem Kriegskleid. Er war fremd und fern. Sein Kuß hatte schon nach Abwesenheit geschmeckt. Seine Gedanken waren nicht mehr bei ihr, sondern bei dem Kampf.

Vor dem Haus war die Schwadron, die ihn begleiten würde, schon aufgesessen. Anna hörte das Schnauben der Pferde, das Stampfen der Hufe, das Eisenklirren der Waffen, dazwischen scharfe Rufe und lautes Lachen.

»Du gehst gern in die Schlacht«, sagte sie anklagend.

»Natürlich. Dazu bin ich geboren worden. Das ist mein Leben.«

»Und was bin ich dann für dich?«

Er sah sie erstaunt an.

»Das weißt du doch. Du bist die Frau, die ich liebe.«

»Aber du liebst den Krieg mehr.«

Anna schrie es fast.

Er zog die Brauen zusammen.

»Was soll das heißen? Verlangst du etwa, daß ich wähle?«

Anna drängte sich an ihn, als versuche sie, mit ihrem Körper den Panzer, der ihn umgab, zu erwärmen.

»Ich habe Angst. Ich will keine Angst haben. Ich will nicht in den Nächten träumen, daß der Mann, den ich liebe, auf seinem Schild zurückgebracht wird, es so lange träumen, bis es eines Tages wahr geworden sein wird. Warum nimmst du das Angebot des Kaisers nicht an? Ich habe einen Palast in Pera.

Laß uns dorthin gehen. Du weißt nicht, wie die Rosen duften in den warmen Sommernächten im Garten am Meer, wenn die Nachtigall singt und die Sterne funkeln wie Diamanten auf dunklem Samt. Du weißt nicht, wie es sein wird, wenn dein Sohn mit seinen ersten wackligen Schritten auf kurzen dicken Beinchen auf dich zugestolpert kommt und seine kleine Hand in deine schiebt. Willst du ihn nicht aufwachsen sehen? Spendet mein Leib dir nicht die Freuden des Paradieses? Wie kannst du das alles eintauschen wollen gegen das Blutvergießen, gegen den Tod? Wenn du mich liebst, dann lege die Rüstung ab und komm mit mir nach Pera! Alexios wird dir alle Ehren erweisen. Wir können glücklich werden.«

Er schob sie von sich.

»Du weißt nicht, was du redest, Anna. Wenn du einen Mann willst, der die Laute zupft und Verse rezitiert und vor dem Kaiser auf den Knien rutscht, warum bist du dann nicht in Romanos´ Bett geblieben? Wenn du einen Mann des Friedens willst, dann geh zurück zu deinem Schwächling von Ehemann! Ich bin ein Krieger. Ich werde niemals etwas anderes sein. Du solltest stolz auf mich sein!«

Annas Augen funkelten.

»Stolz sein? Wer bist du denn, daß du glaubst, du kannst Forderungen stellen? Der Bastard eines dahergelaufenen Straßenräubers einer Prinzessin Phokaina! In Konstantinopel fänden sie, daß du nicht einmal wert wärest, meine Schleppe zu tragen. Alles könnte dir in den Schoß fallen, alles! Die ganze Schönheit der Welt, die ganze tausendjährige Schönheit unserer Kultur und meine Liebe. Aber du bist ein Barbar. Du kannst nur zerstören und töten. Geh! Geh schnell! Ich werde bis zum Abend auf den Knien liegen und die Jungfrau anflehen, daß sie dem Kaiser den Sieg schenkt.«

Einen Augenblick hatte es den Anschein, als wolle er sie schlagen. Dann drehte er sich wortlos um und verließ den Raum.

Anna stand ganz still.

Ihr war so kalt, daß sie dachte, ihr Blut müsse gefrieren.

Hugo von St.Victor war achtzehn. Als er vor zwei Jahren mit Boemund über die Adria gesegelt war, hatte er noch beim Troß die Pferde versorgt. Bei Arta und Joannina hatte er bereits mitgekämpft, und heute wurde ihm eine Ehre zuteil, von der er kaum zu träumen gewagt hatte. Sein Herz schlug schnell, und seine Augen glänzten. Stolz und lachend ritt Hugo von St.Victor in die große, die alles entscheidende Schlacht und lenkte sein Pferd dicht hinter dem von Boemund. Seine Rechte hielt das Banner mit dem normannischen Löwen.

Die Byzantiner warteten bereits. Sie hatten ihre Linien weit auseinander gezogen, von Hügel zu Hügel durch die ganze Breite des Tals, auf dem rechten und linken Flügel das Fußvolk, jeder Soldat gedeckt hinter einem Schild. Die Lanze zum Himmel gereckt, standen sie wie ein Wald von angespitzten Bäumen. Im Zentrum stand die Reiterei, und bei ihr war der Kaiser. Die große Purpurfahne mit dem Adler wehte im Morgenwind.

Boemund hob sich in den Steigbügeln empor. Er war weithin sichtbar, bis zu dem Konnetabel de Brienne, der die Nachhut kommandierte. Alle konnten sehen, wie er den Arm hob, ihn einen Augenblick in der Luft hielt und dann fallen ließ, das Zeichen zum Angriff.

Der Boden dröhnte unter den Hufen der Pferde. Staubwolken wirbelten auf. Hugo von St.Victor schrie laut auf vor Freude und Aufregung. Das Löwenbanner flatterte hoch über Boemunds Kopf.

Die Byzantiner hielten dem Angriff der schweren normannischen Reiterei nicht stand. Sie waren des Kaisers letztes Aufgebot, rasch ausgehobene, nur notdürftig ausgebildetete Soldaten, die sich zur Flucht wandten, als der Anprall der Normannen kam. Sie wendeteten ihre Pferde, das Purpurbanner schwankte. Boemunds Lachen übertönte den Schlachtlärm. Hugo hatte Mühe, sich dicht hinter ihm zu halten, so rasch schlug er sich mit dem Schwert eine Gasse durch die Feinde, den Blick immer auf das Purpurbanner gerichtet. Diesmal würde er Alexios nicht entkommen lassen.

Hugos Herz sang vor Freude. Dies war der Tag des Mutes und der Ehre. Dafür war er zum Ritter geschlagen worden. Weit hinter sich hörte er ein Trompetensignal. Dreimal, hell und durchdringend. Es war kein normannisches Signal.

Und dann war alles plötzlich ganz anders.

Hugo sah, wie Boemund beim ersten Trompetenstoß lauschend den Kopf hob, beim zweiten innehielt und beim dritten sein Pferd wendetete. Auch Hugo drehte sich um. Er brauchte länger als Boemund, um zu erkennen, was geschehen war. Von den Hängen ritten byzantinische Soldaten ins Tal hinunter. Auf den Hügeln standen Bogenschützen und schickten einen Hagel von Pfeilen hinab. Und die Byzantiner, die bisher vor ihnen geflohen waren, machten kehrt und schlugen mit Ingrimm auf die übertölpelten Normannen ein.

Sie saßen in der Falle, das war selbst Hugo klar. Eingeklemmt zwischen den Hügeln, die Feinde von vorn und hinten, konnten sie nur versuchen, ihr Leben so teuer wie möglich zu verkaufen. Das war kein Kampf mehr um den Sieg, sondern nur noch um die Ehre. Statt der Freude war plötzlich die Angst da. Er war erst achtzehn, er hatte das Banner noch nicht einmal einen ganzen Tag lang getragen, und schon sollte alles vorbei sein? Dies die letzte Stunde seines Lebens?

Unvermutet hob Boemund sich in den Steigbügeln hoch und schrie. Wie seines Vaters Stimme erreichte auch die seine die Männer über den Lärm hinweg. Er schwang den Arm in Richtung der Berge und setzte sein Pferd in Bewegung. Er ritt bis an den Fuß des nächsten Hügels. Die Byzantiner, die von dort herabgestürmt waren, standen schon längst im Kampfgetümmel mitten im Talkessel. Der Hügel war leer. Boemund zwang sein Pferd den Abhang hinauf. Wer es von den Normannen schaffte, sich freizukämpfen, folgte ihm bei dem halsbrecherischen Ritt aufwärts. Hugo hatte große Mühe, sich auf dem Pferd zu halten. Er kam nur langsam voran, Die schwere Fahne behinderte ihn. Als er den Kamm des Hügels erreichte, waren auch die letzten Bogenschützen, die sich dort oben noch gehalten hatten, niedergemetzelt. Die Normannen besetzten die Höhe und hielten sie bis zum Einbruch der Nacht.

Den Byzantinern gehörten das Tal und der Sieg.

Im Schutz der Dunkelheit führte Boemund seine Leute den Hügel auf der dem Schlachtfeld abgekehrten Seite hinunter und ließ sie sich in einer Schlucht sammeln.

Hugo schluckte, als er sah, wie wenige sie nur noch waren. Die Truppen des Konnetabels waren fast vollständig vernichtet worden. Von den Leuten Boemunds war nur ein Bruchteil dem Kampf entronnen. Tausende von Normannen und Apuliern lagen tot oder verwundet auf der Walstatt.

»Ihr müßt euch nach Kastoria durchschlagen«, sagte Boemund.

Sein Gesicht, verschmiert von Blut, Schweiß und Staub, war grimmig, aber seine Stimme klang ruhig.

»In Kastoria haben wir eine größere Besatzung liegen. Der Ort ist gut befestigt und versorgt. Dort können wir uns halten, bis mein Vater uns neue Soldaten schickt. Alles andere müssen wir verlorengeben. Schlaft den Rest der Nacht und brecht in der Morgendämmerung auf! Bleibt dicht zusammen! Reitet die Byzantiner nieder! Als geschlossene Formation habt ihr eine Chance durchzukommen. Sobald einer fällt, schließt sofort die Reihen wieder!«

»Herr«, sagte Hugo und sah ihn fragend an, »geht Ihr nicht mit uns?«

Boemund schüttelte den Kopf.

»Der Konnetabel tritt an meine Stelle. Du wirst das Banner für ihn tragen. Ich treffe euch in Kastoria.«

Seine Augen verboten jede weitere Frage.

Boemund verließ den Rest seiner Truppen, als es noch dunkel war. Er ritt allein und machte einen weiten Bogen, um den byzantinischen Truppen auszuweichen. Als er die Villa der Paläologen erreichte, war es fast Mittag. Die Sonne stand hoch am Himmel, eine wärmende freundliche Frühlingssonne. Boemund hielt im Schatten einer Baumgruppe und beobachtete das Anwesen geraume Zeit. Nichts regte sich dort. Endlich ritt er hinüber.

Kein lebender Mensch war zu sehen. Im Hof lagen die Leichen der Normannen, die er zu Annas Schutz zurückgelassen hatte. Neben dem Haupteingang, den Kopf an eine Säule gelehnt, fand er Geoffroy. Gesicht und Haare waren blutverkrustet, zwischen Hals und Schulter klaffte eine große Wunde, auf der sich Fliegen niedergelassen hatte. Seine Augen waren geschlossen. Er stöhnte.

Boemund lief zum Brunnen und schöpfte Wasser in seinen Helm. Er befeuchtete Geoffroys Gesicht, stützte ihm dann den Rücken und hielt ihm den Helm an die Lippen.

Geoffroy schlug die Augen auf.

»Wir haben unser Bestes getan«, flüsterte er. Seine Stimme war kaum zu vernehmen.

Boemund legte sein Ohr an den Mund seines alten Waffenmeisters.

»Es waren so viele gestern. Sie kamen gleich, als Ihr fort wart. Es waren zuviele. Der Kaiser ...«

»Anna! Was ist mit Anna?«

»Die Familie ist fort. Mit den Kaiserlichen gegangen.«

Boemund schrie ihn an.

»Was schert mich die Familie! Wo ist Anna?«

»Sie auch! Sie ist mit ihren Leuten gegangen.«
»Sie haben sie verschleppt!«
»Sie ist aus freien Stücken gegangen.«
»Das ist nicht wahr!«
»Sie ist eine Griechin. Alles Griechen sind treulos.«
Mühsam bewegte Geoffroy den Kopf.
»Ein Brief des Kaisers! Wir haben ihn erbeutet. Er ist ...«

Er wies mit dem Kopf auf seinen Handschuh, schloß wieder die Augen, lehnte den Kopf zurück und tat einen tiefen seufzenden Atemzug. Dann fiel sein Kopf zur Seite wie der einer Marionette, wenn der Spieler die Fäden aus der Hand legt.

Der Brief war ein zerknittertes Stück Pergament, an dem das Siegel des Kaisers hing. Es fehlten alle Floskeln des Kanzleistils. Er war in aller Eile im Feldlager niedergeschrieben, adressiert an Romanos' Mutter und Gattin.

Der Kaiser beruhigte die Frauen. Romanos sei wohlbehalten in seinem Lager eingetroffen und er werde über ihn wachen lassen. Dann dankte er Anna dafür, daß sie gemäß seiner Bitte in der Villa ausgeharrt habe, statt sich in Sicherheit zu bringen, und versucht habe, den Normannen zum Übertritt zu bewegen. Zum dritten bat er die Frauen, sich seinen Soldaten anzuvertrauen, die sie in den sicheren Schutz seines Lagers bringen würden.

Als Boemund wieder etwas wahrnahm, schmerzte seine rechte Hand, im Arm hatte er einen Krampf, so fest umklammerte er das Pergament. Er löste mühsam die Finger und ließ das Schreiben auf der offenen Handfläche liegen. Ein Windstoß erfaßte es, blies es hoch, trieb es durch die Luft und ließ es langsam sinken. Es kam auf den Brunnenrand zu liegen. Der nächste Windstoß schubste es in die Tiefe des gemauerten Schachtes.

Boemund ging hinüber und sah hinab. Einen Moment schwamm das Schreiben des Kaisers auf dem schwarzen Wasser, dann sog es sich voll Nässe, wurde schwer und versank. Die Oberfläche des Wassers lag wieder bewegungslos.

Boemund hob die Hände zum Hals, nahm behutsam die Kette ab, die Anna ihm umgehängt hatte, ließ den Deckel des Medaillons aufklappen und starrte in das strenge Gesicht der Gottesmutter.

Dann schloß er die Faust darüber und machte Miene, es dem Schreiben nach in den Brunnen zu werfen. Mitten in der Bewegung hielt er inne.

»Wer es trägt, den beschützt die Muttergottes, und er ist unverletzlich in der Schlacht.«

Er begann zu lachen.

Geschüttelt von Gelächter streifte er die Kette wieder über den Kopf und steckte sie unter das Panzerhemd.

Drei Tage später war er in Kastoria.

II. TEIL

»Sein Zorn und sein Liebesverlangen trugen eine Rüstung und verlangten nach Kampf.«
Anna Komnene: Alexias XIII, 10.

Boemund hatte seinen Neffen Richard vorausgeschickt. Er sollte Alberada auf seinen Besuch vorbereiten. Das war einen Tag nach dem großen Ereignis gewesen, und Richard glühte noch vor Begeisterung.

Alberada hatte die Sitte eingeführt, daß bei der Abendtafel weder über Politik noch über Religion gesprochen werden durfte. Ihr arabischer Koch, sagte sie, wäre beleidigt, wenn sie sich nicht voll dem Essen widmeten, und ein beleidigter Koch bedeute unter Umständen wochenlang eine Katastrophe. So glitt die Unterhaltung über die anhaltende Trockenheit, den Chorgesang von Monte Cassino, ein neues Rezept in der Augenheilkunde, das ein durchreisender jüdischer Arzt aus Salerno dagelassen hatte, und die verschiedenen Methoden, einen Hasen zuzubereiten, weiter. Richard hörte weder, was gesprochen wurde, noch schmeckte er das, was er aß. Er fieberte vor Ungeduld, endlich erzählen zu dürfen.

Er wollte Alberada und ihrem Mann Humfried alle Einzelheiten schildern: wie sie Amalfi belagert hatten und wie etliche Ritter aus Frankreich angelangt waren, die ihnen von der großen Predigt des Papstes erzählt hatten, von seinem Aufruf, die geschändeten heiligen Stätten aus den Händen der Ungläubigen zu befreien, nicht länger Christ wider Christ in blutiger Fehde zu kämpfen und die ewige Glückseligkeit aufs Spiel zu setzen, sondern sich den Lohn der Tapferkeit, das Paradies, zu verdienen, indem man all seine Habe verkaufte oder verpfändete, sich mit Pferd und Rüstung und Vorräten versah und sich einem großen Fürsten anschloß, der auch nach Osten aufbrach. Wer nach Jerusalem gelangte und es von den Ungläubigen befreite, dem waren ein seliger Tod und ein seliges Jenseits beschieden. Wer auf dem Weg fiel, gelangte sofort ins Himmlische Jerusalem.

Richard wollte erzählen, wie der Mönch, der die Franken begleitete, eine Rede gehalten und sie alle mitgerissen hatte, auch Boemund. Kaum war die Rede beendet, hatte er seinen roten Samtmantel abgeworfen, in Stücke gerissen, aus denen Kreuze geschnitten wurden, und hatte den jungen Rittern, die sich wie Richard glänzenden Auges zu ihm drängten, mit eigener Hand die Kreuze an die Schulter geheftet. Das erste dieser roten Samtkreuze ließ er sich selbst auf einen weißen Umhang nähen.

Erst nach dem Essen konnte Richard mit seiner Geschichte beginnen, und er sprang mitten hinein.

»Jetzt«, sagte er begeistert, »sind wir alle Ritter Christi.«

Sie saßen in Alberadas Garten. Es war ein milder Spätsommerabend, der Himmel schon dunkel, die Luft noch warm. Zwischen den Blättern der Platane schimmerten die Sterne am Himmel.

Richards Mitteilung machte wenig Eindruck. Humfried drehte den Weinkelch in den Händen, der nur noch Wasser enthielt, und verzog den Mund. Alberada beobachtete ihn mit einem mokanten Lächeln.

»Man kann nicht alles haben, mein Lieber«, sagte sie. »Genüsse verkürzen nun einmal das Leben. Du mußt wählen.«

Humfrieds Stimme war rauh und brüchig, die Stimme eines sehr alten Mannes.

»Wie du siehst, habe ich gewählt. Für mich nur noch Wasser und Milchbrei. So kehren wir am Ende unseres Lebens zu unserem Ausgangspunkt zurück. Bin ich noch etwas anders als ein Säugling?«

Richard protestierte.

»Ihr seid der klügste Mann, den ich kenne.«

Humfried schüttelte den kahlen Schädel.

»Der erfahrenste, meint Ihr. Gewiß. Ich habe das Leben und Treiben der Welt so lange beobachtet, daß mich nicht mehr viel in Erstaunen versetzt. Wann geschieht schon etwas Neues?«

Richard starrte ihn an. Hatte er nicht zugehört oder hatte er es nicht begriffen? War er doch schon so senil, wie er beklagte?

»Jetzt«, sagte Richard, »geschieht Neues. Etwas, das noch nie dagewesen ist. Wir verändern die Welt.«

»Das tut jede Generation junger Männer. Nur, um am Ende festzustellen, daß sich doch nichts geändert hat. Nichts Wesentliches. Als der Guiskard in dieses Land kam, hat er auch geglaubt, alles zu verändern. Und was ist geschehen? Nur der Name des Lehnsherrn wurde ausgewechselt, sonst blieb alles beim Alten.«

»Aber wir wechseln nicht nur den Namen aus, wir tauschen den Lehnsherrn. Wir sind nicht länger Vasallen dieses oder jenes Barons. Wir sind jetzt Ritter Christi und ER selbst wird uns in unserem Kampf vorangehen. Wir erobern SEIN Erbe, wir vertreiben die Ungläubigen von SEINEM Grab, von den Stätten, auf denen ER gewandelt ist. Jeder Christ wird nach Jerusalem wallfahren und den Boden küssen können, auf dem ER geblutet hat und auf dem ER auferstanden ist.«

Richards Augen leuchteten, seine Stimme bebte vor Bewegung.

»Eine meiner Nichten ist vor zehn Jahren nach Jerusalem gereist. Ohne Probleme hat sie sich dem Heiligen Grab nähern können und ihre Andacht verrichtet. Soviel ich weiß, hat sich in den letzten Jahren daran nichts geändert. Die Pilgerzüge haben keine Schwierigkeiten, nach Jerusalem zu gelangen«, bemerkte Alberada nüchtern.

»Aber es könnte sich jederzeit etwas daran ändern. Begreift

Ihr nicht, wie wichtig es ist, daß die Heiligen Stätten in christlicher Hand sind? So sind wir gegen Willkür geschützt. Die verfluchten Heiden könnten uns sonst jederzeit den Zutritt versperren oder die Pilger auf ihren Zügen überfallen und abschlachten oder in die Sklaverei verkaufen. Wollt Ihr behaupten, so etwas sei nie vorgekommen?«

Richards Stimme war laut geworden.

Humfried schüttelte den Kopf.

»Nein, aber das waren immer Ausnahmen, und die heidnischen Fürsten haben darauf geachtet, daß es Ausnahmen blieben. Schließlich verdienen sie an den Pilgerzügen und sie sind nicht so dumm, die Kuh zu schlachten, die die Milch gibt.«

»Aber das war, als Byzanz noch groß war. Jetzt steht es der Eroberung durch die Heiden hilflos gegenüber. Kaiser Alexios hat den Papst um Hilfe gebeten, und der hat auf einem Konzil in Frankreich – das war vor fast einem Jahr, Ihr müßt doch davon gehört haben – die ganze Christenheit aufgerufen, zu ihm zu eilen und mit ihm zusammen die Heiden zu vertreiben und das Reich Christi aufzurichten. Gott will es.«

»Der Papst will es«, korrigierte Humfried milde.

»Ich habe davon gehört«, sagte Alberada, bevor Richard seine Bestürzung formulieren konnte. »Der Abt von Monte Cassino hat es mir erzählt. Im letzten Herbst sind Tausende von Männern aus dem Norden Frankreichs, aus Flandern und aus den germanischen Gebieten aufgebrochen und haben sich auf den Weg nach Byzanz gemacht. Angeführt von einer obskuren Gestalt, einem Mann, der sich Peter der Einsiedler nennt, einem armseligen Wanderprediger, der den Bodensatz um sich geschart hat, arme Leute, die auf dem Land für Tagelohn arbeiten, die sich in den Städten als Knechte verdingen, Bettler, Diebe und Mörder. Unterwegs haben sie am Rhein und an der Donau die Städte überfallen, die jüdischen Gemeinden ausgeplündert und ihnen vielfach nicht nur das Geld genommen, sondern auch das Leben.«

»Ich weiß«, sagte Richard etwas betreten und fuhr gleich darauf angriffslustig fort, »sie waren eben in einer Zwangslage. Sie hatten nichts, was sie verkaufen konnten, um sich für den langen Weg auszurüsten.«

»Ihr denkt gefährliche Gedanken, junger Mann«, sagte Humfried. »Diese Juden standen unter dem Schutz des Kaisers oder des Bischofs. Meint Ihr, man dürfe das Recht brechen um einer vermeintlich guten Sache willen? Wer könnte dann noch seines Besitzes oder seines Lebens sicher sein? Die Leute, die dem Aufruf des Papstes gefolgt sind, sind nichts als Gesindel, das die Ordnung stört. Glaubt Ihr wirklich, daß Gott das will?«

»Aber das ist es nicht, was der Papst gewollt hat. Er hatte im Sinn, ein Ritterheer auszuschicken, und ein Ritterheer wird es sein, das Jerusalem erobert. Es hat sich schon auf den Weg gemacht. Jetzt, im August brechen sie auf: die Provenzalen unter Führung des Grafen von St.Gilles, die Lothringer unter Herzog Gottfried von Bouillon. Der Bruder des französischen Königs ist dabei, ein Sohn und der Schwiegersohn des englischen Königs. Die Blüte der Ritterschaft begleitet sie. Sie sind auf verschiedenen Wegen unterwegs. In Konstantinopel werden sie sich treffen und in den Dienst des Kaisers Alexios stellen. Sie alle wollen für Christus streiten.«

»Ein langer Weg von Frankreich durch das Reich, Ungarn und Byzanz in den Orient. Um sich dafür auszurüsten, braucht man viel Geld«, sagte Humfried nachdenklich. Richard nickte.

»Viele verpfänden ihren Besitz dafür. Der Papst hat verfügt, daß ein solches Pfand nicht verkauft werden darf, solange ein Ritter auf diesem Kriegszug ist. Sein Besitz und seine Familie stehen unter dem besonderen Schutz der Kirche.«

»Viele werden nicht wiederkommen. Ihre Gebeine werden in den Bergen Anatoliens bleichen.«

»Aber ihrer ist das Himmelreich. Der Papst gewährt den Rittern, die das Kreuz genommen haben, einen vollkommenen Ablaß. Wenn sie in diesem Krieg fallen, sind ihnen ihre Sünden vergeben und ihre Sündenstrafen erlassen.«

Die Haut um Humfrieds Mund faltete sich in einem ironischen Lächeln.

»Mein lieber Richard, so ungeheure Sünden hat kaum jemand begangen, daß er dafür Jerusalem erobern müßte. Für die allermeisten von uns reicht eine Wallfahrt nach Monte Cassino oder meinetwegen Rom völlig aus, um die Seele zu retten.«

Richard seufzte. Natürlich, sie waren alt, Humfried und Albarada, und verstanden die neue Zeit nicht mehr.

Er holte tief Luft und brachte sein letztes Argument vor.

»Boemund geht auch. Er selbst ist jetzt ein Streiter Christi.«

Einen Augenblick herrschte Schweigen. Dann sagte Humfried, und es klang nicht spöttisch:

»Nun, Boemund mag einen Grund haben, nach Jerusalem zu ziehen. Zur Rettung seiner Seele reicht eine Pilgerfahrt nach Rom gewiß nicht aus.«

»Boemund«, sagte Alberada, »wird auch der Weg nach Jerusalem nichts nützen. Er hat keine Seele.«

Richard war schockiert. Wie konnte eine Mutter so vernichtend über ihren Sohn sprechen? Und noch dazu so ungerechtfertigt. Wenn er sich durch den Kopf gehen ließ, was er alles über Boemund wußte, dann war nichts darunter, das Humfrieds oder Alberadas Urteil gerechtfertigt hätte. Boemund war kein Säufer und kein Hurenbock, er fluchte nicht, er war nicht unnötig grausam und nicht hochmütig. Oft saß er mit den einfachen Soldaten zusammen und man hörte sein dröhnendes Gelächter im ganzen Lager.

Gewiß, er hatte sich nicht an seinen Schwur gehalten und nach Guiskards Tod Krieg gegen Roger Borsa geführt, aber auf Vermittlung seines Onkels hatte er sich mit einem kleinen Teil von Süditalien und dem Titel eines Herzogs von Tarent begnügt. Dann hatte er loyal an der Seite der Hautevilles die Eroberung Siziliens vorangetrieben, und auch die Belagerung von Amalfi war ein Familienunternehmen.

Nein, unter den großen Herren, die Richard vor seinem inneren Auge passieren ließ, war kaum jemand so frei von Sünden, läßlichen wie schwerwiegenden, wie Boemund.

Wenn Alberada auch dem geistlichen Anliegen des Kreuzzuges sehr skeptisch gegenüberstand, so verweigerte sie ihrem Sohn doch nicht den Kredit, um den er sie bat. Sein Herzogtum Tarent verpfändete Boemund seinem Halbbruder Roger Borsa und machte außerdem, was er an Wertgegenständen besaß, zu Geld. In nur drei Monaten, in denen er auf Schlaf nahezu verzichtete, sammelte er sechshundert Ritter mit ihrem Troß und siebentausend Fußsoldaten um sich, rüstete die meisten davon auf seine eigenen Kosten aus, leitete ihre Ausbildung persönlich vom Morgen bis zum Abend, organisierte den Schiffsraum, den sie brauchten, um die Adria zu überqueren, und sorgte für Nahrungsmittel auf See.

»Warum so eilig?« hatte Richard gefragt. »Wenn wir im Herbst übers Meer gehen, müssen wir auf byzantinischem Gebiet ins Winterquartier. Wäre es nicht besser, wir brächen erst im Frühjahr auf? Das wäre viel billiger.«

»Dann wären wir im Sommer in Konstantinopel«, hatte Boemund erwidert. »Monate später als Gottfried von Bouillon, Raimund von St. Gilles, Hugo von Vermandois und Stephan von Blois. Ich habe das Kreuz nicht genommen, um ihre Nachhut zu bilden.«

Im Oktober hatten sie die Adria überquert. Das Meer war still und unbewegt gewesen, anders als bei Hugo von Vermandois, der zwei Monate vor ihnen Schiffbruch erlitten und ohne Männer und ohne Waffen nahe Durazzo gestrandet war. Ihn hatte der byzantinische Statthalter mit dem Pomp, der einem Bruder des französischen Königs zustand, nach Konstantinopel geleiten lassen, wo er jetzt geschätzter Gast des Kaisers war.

Richard stand neben Boemund, als sein Flaggschiff sich Avlon näherte, dem Hafen, in dem er einst gelandet war, um den Krieg Robert Guiskards gegen Byzanz vorzubereiten, ein junger Mann, der ein Weltreich hatte erobern wollen und der jetzt nach fünfzehn Jahren zurückkehrte, Herr über ein kleines Herzogtum im südlichsten Winkel Italiens, das er seinem Bruder abgerungen hatte, das Kreuz auf der Schulter, ein Ritter Christi, der nicht mehr nach weltlicher Macht strebte, sondern das Grab des Herrn befreien wollte.

Richard sah eine Menge Volk am Ufer und wandte sich mit einer scherzhaften Bemerkung an seinen Onkel, doch die Worte erstarben auf seinen Lippen, als er Boemunds Gesicht sah.

Richard von Salerno führte die Vorhut, Tankred den Schluß des Zuges, und Boemund war überall. Der Saumpfad, dem die Pferde und Maultiere folgten, war so schmal, daß sie nur einzeln hintereinander gehen konnten. Das Heer zog in einer kilometerlangen Karawane durch die Berge. Der knöcheltiefe Schnee dämpfte alle Geräusche. Von Zeit zu Zeit hörte man das angstvolle Wiehern eines Pferdes, das ausrutschte, die Flüche der Männer, die sich gegen das Geschirr stemmten, um es vor dem Absturz zu bewahren, dann war wieder Stille. Die Bäume trugen schwer an ihrer weißen Last, gelegentlich stäubte lautlos der Schnee zu Boden. Zwischen den Bäumen war nur ein schmaler Spalt Himmel zu sehen, eisengrau, der sich erst am späten Morgen aus der Dunkelheit schälte und sich am frühen Nachmittag schon wieder verfinsterte.

Die Kälte biß Richard in Nase und Wangen. Er hob eine der Fäuste in Fellhandschuhen, um das Tuch, das über seiner Schulter lag, über Kinn und Mund hochzuziehen. Seine Augen tränten. Er kniff sie zusammen und starrte erbittert in das stumme Weiß vor ihm.

Zum ersten Mal in seinem Leben hatte er im Pindosgebirge Schnee gesehen, und der Anblick hatte ihn entzückt. Wie andere junge Männer aus Süditalien hatte er sich darin gewälzt, Kugeln daraus gerollt und die anderen damit beworfen, woraus sich eine regelrechte Schlacht der Männer aus Salerno gegen die aus Bari entwickelt hatte. Den Einheimischen – am Fuß des Gebirges waren sie noch Einheimischen begegnet – hatten sie abgeschaut, auf Brettern vom Hügel ins Tal zu donnern. Boemund hatte sie zwei Tage gewähren lassen und dann den Aufbruch angeordnet. Mitten im November, und der Schnee lag tief. Vergeblich hatte Tankred eingewandt, sie sollten bis zum Frühjahr warten. Die Männer fürchteten sich vor der Kälte, dem Schnee, der Weglosigkeit des Gebirges. Boemund hatte ihn aus schmalen Augen gemessen und als Antwort eine Versammlung des Heeres einberufen.

Seine Ansprache war kurz und schneidend. Jeder, der sich ängstige, dürfe in die Heimat zurückkehren. Er würde ihn mit einem Brief an den Statthalter von Durazzo schicken und darum bitten, seinen Heimtransport zu organisieren. Die Betreffenden sollten nur vor ihn treten. Es gab wohl mehr als einen, der angesichts der beschneiten Höhen gern vorgetreten wäre, aber die Männer scharrten nur unruhig mit den Füßen, keiner wollte den Anfang machen. Endlich, auf einen neuen Aufruf Boemunds hin, traute sich einer und trat vor den Feldherrn.

»Dein Name?« fragte Boemund.

»Odo, Herr, aus Lecce.« Der Mann sprach laut und patzig, um seine Nervosität zu verbergen.

Boemund hob die Hand und riß mit einer Bewegung das Kreuz ab, das auf Odos Mantel aufgenäht war, und warf es zu Boden.

»Nicht ich habe dir das Kreuz in Amalfi auf die Schulter geheftet. Es war Christus selbst. Kehre nach Lecce zurück, Odo! Geh zu deiner Familie, wenn sie dich aufnimmt, und verbirg dort deine Schande vor den Menschen! Vor Gott wirst du sie nie verbergen können.«

Er blickte auf die Männer, die in der klirrenden Kälte des grauen Novembermorgens vor ihm standen.

»Der Nächste!«

Es gab keinen Nächsten.

Fröstelnd, leise murmelnd, mit scheuem Blick wandten sie sich ab, und nach wenigen Minuten stand Odo aus Lecce allein auf dem Platz, zu seinen Füßen im zertrampelten Schnee den roten Stoffetzen, der seine Ehre und sein Heil gewesen war.

Sie waren erst am Anfang ihres Weges, und die Strapazen dieser Gebirgsüberquerung waren eine Kleinigkeit, verglichen mit dem, was noch auf sie zukommen würde auf dem Weg ins Heilige Land. Die alten Leute hatten sie gewarnt. Wie Humfried und Alberada begriffen sie die neue Zeit nicht. Auch Richards Mutter hatte nicht begeistert reagiert, als sie erfuhr, daß er das Kreuz genommen hatte. Sie hatte darauf hingewiesen, daß als einziger Sohn sein Platz auf dem Besitz sei, den er zu mehren und zu schützen habe, statt sich auf Abenteuer in fremde Länder zu stürzen. Sie verstand nicht, daß es kein Abenteuer war, sondern eine Pflicht.

Richard zügelte sein Pferd und riß den Arm empor. Der Zug hinter ihm kam langsam zum Stehen. Vor seinen Augen wand sich der Pfad abwärts in ein weites Tal, in dessen Mitte ein See den grauen Himmel widerspiegelte. An seinem Ufer lag eine mauerumgürtete kuppelreiche Stadt, aus deren Schornsteinen sich Rauch emporkräuselte. Das mußte die Stadt sein, die ihr Ziel war. Sie hatten den Weg durchs Gebirge beendet. Hier würden sie über Weihnachten ins Quartier gehen. Ein Pferd schob seinen Kopf neben den von Richards Roß. Aus den Nüstern der Tiere stieg die Atemluft wie Nebel auf. Boemund hielt neben seinem Neffen und spähte in das Tal hinunter.

»Ist das …?« fragte Richard.

Er mußte seine Frage wiederholen, bis Boemund antwortete.

»Das ist Kastoria.«

Seine Stimme klang so sonderbar, daß Richard ihn anstarrte und keine weitere Bemerkung wagte. Derselbe Schrecken erfüllte ihn wie in Avlon.

Greller Hohn lag in Boemunds Augen und um seinen Mund.

Richard hatte einmal ein Gemälde gesehen in einer Kirche, in der der Höllensturz der abgefallenen Engel dargestellt war und Luzifer hatte einen solchen Ausdruck auf den Zügen getragen.

Am späten Nachmittag, als sich die Sonne neigte, stieg von dem rosig gefärbten Wasser des Goldenen Horns zarter Dunst auf und verschleierte die Mauern und Kuppeln der großen Stadt, die jenseits des Wassers lag, und hüllte die schwerbeladenen Boote, die pausenlos das Wasser überquerten, in eine zärtliche Umarmung.

Das Mädchen auf der Loggia bemerkte nichts von der Schönheit des Abends. Sie hockte auf dem Boden, hatte die Knie bis unters Kinn gezogen und hielt den Kopf so gesenkt, daß die langen blonden Haare wie ein Vorhang vor ihr Gesicht fielen. Sie saß regungslos, nur ab und an lief ein Beben durch sie hindurch wie von einem unterdrückten Schluchzen. So fand Markos sie. Er hatte sie nicht suchen müssen, als sie nicht zu ihrer Verabredung erschienen war. Er kannte den Ort, an dem sie sich verkroch, wenn sie traurig war, und er wußte auch, was sie traurig machte. So fragte er nicht nach ihrem Kummer, als er sich neben sie setzte, sondern legte ihr nur schweigend eine Hand auf die Schulter und wartete. Zwischen den Marmorsäulen sah er hinaus auf das Wasser und die zarten verschwimmenden Konturen der großen Stadt und die zielgerichtete Bewegung der Boote. Unwillkürlich seufzte er.

Das Mädchen hob den Kopf, wandte ihm die verschwollenen geröteten Augen zu und versuchte ein Lächeln, das ihr mißglückte.

»Armer Markos! Und arme Maria! Wir haben kein Glück mit unseren Eltern, wie?«

»Sie hat dich wieder zum Weinen gebracht.«

Sie zuckte die Achseln in einem verfehlten Versuch, unbekümmert zu erscheinen.

»Dumm von mir! Ich sollte es gewöhnt sein. Ich sollte ihr nicht mehr zuhören.«

»Was hat sie gesagt?«

»Was sie immer sagt! Daß sie ihn haßt! Daß sie wünschte, er wäre tot! Daß sie auf seiner Beerdigung tanzen und singen würde!«

Er zog ihren Kopf an seine Schulter.

»Sie ist schrecklich. Ich werde mit meiner Mutter reden. Sie ist die einzige, die es mit ihr aufnehmen kann.«

Maria schüttelte den Kopf.

»Niemand kann es mit ihr aufnehmen. Nicht, wenn sie so ist wie jetzt! Sie ist wie rasend. Sie wird bei dem geringsten Anlaß wütend. Sie schreit, sie wirft mit Sachen, sie schlägt die Dienerinnen, sie hat gesagt ...«

Maria brach jäh ab und senkte den Kopf. Er hob ihr Kinn an und drehte ihr Gesicht zu sich.

»Was hat sie gesagt?« fragte er sanft.

Marias Lippen zitterten. Ihre braunen Augen füllten sich mit Tränen.

»Sie hat gesagt ...«

»Ja?«

Maria starrte in die mitfühlenden blauen Augen über ihr.

Markos war ihr Gefährte von klein auf. Was hätte sie jemals ohne ihn angefangen? Ihr einziger Spielkamerad in einem Palast ohne Kinder, der sie geneckt und verspottet, ihr Streiche gespielt, der sie zum Lachen gebracht hatte, mit dem sie auf Abenteuer gezogen war und der ihre Tränen getrocknet hatte, wenn ihre Mutter sie zum Weinen gebracht hatte. Markos, mit dem sie nicht verwandt war und der ihr näher war als ein Bruder. Ihm konnte sie alles sagen, auch das Schlimmste.

»Sie hat gesagt, daß sie ... daß sie mich genauso haßt wie meinen Vater.«

Ihre Stimme war nur ein Hauch, aber er hatte sie verstanden. Sie fühlte, wie der Arm hart wurde, der um ihre Schultern lag, sein Mund war schmal und seine Stimme scharf.

»Ich werde mit meiner Mutter sprechen.«

»Was nützt das schon?«

»Meine Mutter wird ...« begann er und wurde von einer Stimme unterbrochen.

»Was wird deine Mutter?«

Die beiden fuhren herum, sprangen auf und verneigten sich.

In der Tür zur Loggia stand eine elegante schlanke Frau von Mitte dreißig, deren üppiges schwarzes Haar noch von keinem grauen Haar duchzogen war. Die riesigen dunklen Augen unter den feingezupften Brauen wandten sich von dem jungen blonden Mann zu dem Mädchen.

»Nun, was soll ich tun?« fragte Anna Phokaina lächelnd.

»Es ist wegen Maria«, sagte ihr Sohn. »Ihre Mutter hat einen ihrer Anfälle, wie es scheint. Es wäre gut, wenn du mit ihr sprechen und sie beruhigen würdest.«

Annas Lächeln erlosch.

»Ich weiß«, sagte sie. »Aber ich fürchte, ich kann im Augenblick nichts tun. Es wird vorübergehen. Du darfst das nicht so ernst nehmen, Maria. Sobald der Kaiser die Stadt wieder verlassen hat, wird sie sich beruhigen. Bleibe ihren Räumen solange fern! Du bist mir immer willkommen. Du weißt, daß du mir nahestehst wie eine Tochter.«

Sie trat an die Brüstung der Loggia und schaute über das Wasser.

»Die Schiffe sind immer noch unterwegs. Obwohl es schon dunkel wird. Seit drei Tagen geht das so! Es müssen Tausende von Menschen sein, die nach Galata übergesetzt werden. Ich habe nach Michael von Skutari geschickt. Er wird wissen, was da los ist.«

Markos Paläologos strich sich ungeduldig eine Haarsträhne aus der Stirn und stellte sich neben sie.

»Was geht uns das an?« sagte er heftig. »Das ist die Welt draußen, wo die Menschen leben. Ein richtiges Leben, nicht so eine Traumexistenz wie wir hier in diesem goldenen Käfig. Und frage mich nicht wieder, ob ich etwas vermisse. Ich weiß, wir haben teil an allem Überfluß der Welt. Es fehlt uns nicht an Gold und Silber und Seide und den Wohlgerüchen Arabiens und den Früchten von den Hängen des Libanon und den Fischen aus dem Schwarzen Meer. Nur die Freiheit fehlt uns. Das Tor wird bewacht von der Garde des Kaisers, und alles, was wir von der Welt erfahren, erfahren wir einzig und allein durch Michael von Skutari. Vielleicht ist es kein Wunder, daß Marias Mutter Anfälle von Wahnsinn hat. Manchmal glaube ich, ich werde auch verrückt, wenn man mich länger hier einsperrt. Warum, Mutter, sag mir, warum!«

Anna wandte sich ihrem Sohn zu. Sie mußte zu ihm aufschauen.

Markos war beinahe fünfzehn und überragte sie um mehr als eine Kopfeslänge. Er hatte das blonde Haar und die blauen Augen seines Vaters, die jetzt zornig auf sie niederfunkelten.

»Wir sind nicht eingesperrt, Markos«, sagte sie, wie sie es schon oft gesagt hatte. »Die Garde ist eine Ehrenwache des Kaisers, mit der er Marias Mutter den Respekt erweist, der ihr als ausländischer Fürstentochter zukommt. Wir leben freiwillig in diesem Palast. Für Frauen wie Helena und mich schickt es sich nicht, ihr Heim zu verlassen. Wir sind keine Handwerkerfrauen, die auf dem Markt Gemüse und Brot kaufen müssen, oder Händlerinnen, die ihr Ware feilbieten. Wenn wir etwas brauchen, dann kommt Michael von Skutari zu uns. Wir müssen auch nicht in die Kirche gehen, denn wir haben hier eine

Kapelle im Haus. Und wir erscheinen nicht bei Hofe, weil Kaiserin Irene uns nicht freundlich gesonnen ist. Das ist eine alte Geschichte noch aus unseren Kindertagen. Du dramatisierst, was ganz alltäglich ist. Alle Prinzessinnen leben so.«

Er schüttelte unzufrieden den Kopf.

»Das sagst du immer, und es klingt so plausibel. Aber ich fühle, daß es falsch ist. Und wenn es für dich stimmt und für Helena und für Maria, dann stimmt es doch nicht für mich. Ich bin bald ein erwachsener Mann. Ich gehöre nicht länger in dieses Frauenhaus. Ich will fort aus Pera, hinüber nach Konstantinopel. Ich will den Platz einnehmen, der mir in der Welt gebührt. Ich bin ein Paläologe. Mein Onkel hat Durazzo gegen die Normannen verteidigt und sein Leben für den Kaiser bei Joannina gegeben. Mein Vater hat dem Kaiser geholfen, die Schlacht von Larissa zu gewinnen. Und ich verkrieche mich hier wie ein Feigling unter den Röcken von Frauen, während Jungen, die so alt sind wie ich, sich im Waffenhandwerk üben und nächstes Jahr mit dem Kaiser gegen die Seldschuken ziehen.«

Maria sprang auf.

»Sag so etwas nicht, Markos! Du willst doch nicht in den Krieg? Nicht wirklich?«

Er achtete nicht auf sie, sondern starrte mit einem zornigen Funkeln in die Augen seiner Mutter.

»Sag mir, wer mich hier gefangenhält! Du oder der Kaiser?«

Anna zuckte nicht mit der Wimper.

»Ich«, sagte sie, »ich habe alles in meinem Leben verloren, woran mein Herz hing. Nur du bist mir geblieben. Ich will dich nicht auch noch verlieren.«

»Glaubst du, du behälst mich, wenn du mich hier einsperrst? Meinen Körper, den ja, den kannst du haben, baden und salben und füttern und tränken wie einen Säugling. Aber meine Seele wirst du verlieren. Ich brauche Freiheit, sonst werde ich verrückt.«

Maria stellte sich neben Anna. Sie war fast so groß wie Markos, ihr Haar so blond wie das seine, nur ihre Augen, die wieder in Tränen schwammen, waren nicht von leuchtendem Blau, sondern von einem sanften Braun.

»Du kannst das nicht ernst meinen. Was soll denn aus mir werden, wenn du gehst? Willst du mich mit meiner Mutter alleinlassen? Mit dieser Mutter, die mich haßt?«

Anna zog scharf den Atem ein.

»Hat sie das gesagt?«

Maria nickte.

»Heute morgen, als ich sie begrüßen wollte. Sie hat mich angeschrien, ich solle fortgehen, sie wolle mich nie wieder sehen, sie hasse mich ebenso wie meinen Vater.«

Ihre Schultern zuckten, und ihre Tränen begannen zu strömen. Sie wischte sie ungeduldig mit dem Handrücken ab.

»Ich werde mit Helena sprechen. Sie geht zu weit«, sagte Anna entschlossen und wandte sich zum Gehen. Ihr Sohn trat ihr in den Weg.

»Was ist mit mir? Wirst du mich weiterhin wie einen Vogel im Käfig halten?«

Anna schüttelte langsam den Kopf.

»Wenn der Kaiser kommt, werde ich mit ihm über dich sprechen.«

Die steile Falte zwischen Markos' Brauen verschwand. Maria stieß einen leisen Laut zwischen Überraschung und Freude aus.

»Er kommt? Er wird kommen? Wann? Heute noch?«

»Ich weiß es nicht. Vielleicht heute, vielleicht morgen oder übermorgen. Aber er wird kommen. Er kommt immer. Seit fünfzehn Jahren.«

Sie blickte noch einmal über die Brüstung der Loggia auf das Wasser hinaus. Die Dunkelheit war inzwischen herabgefallen. Winzige Lichtpunkte strahlten wie Sterne vom jenseitigen Ufer herüber und durch die Fenster der Hagia Sophia leuchtete der sanfte Schein Tausender von Öllampen. Im Wasser spiegelten sich die Laternen der Schiffe, die immer noch ihre menschliche Fracht von Europa nach Asien übersetzten.

Helena trug ein Gewand in der Farbe ihrer Augen. Ihre Haare waren mit Perlenschnüren durchflochten und kunstvoll hochgesteckt, ihr Gesicht war sorgfältig geschminkt. Von Hals und Haar stiegen die Düfte eines teuren Salböls auf. Kein Finger war ohne Ring. Um ihre Handgelenke lagen schwere Armbänder, um ihren Hals wand sich eine dicke Goldkette und in ihren Ohren blitzten Gehänge von Perlen, die wie Weintrauben angeordnet waren.

»Du bist schöner und prächtiger als die Kaiserin«, sagte Anna mit ironischer Bewunderung. »So festlich geschmückt ist keine Braut, die ihren Herrn erwartet.«

Sie war unangemeldet eingetreten und begegnete Helenas feindseligem Blick mit Gelassenheit.

»Es ist nicht nötig, daß du mich hinauswirfst. Der Kaiser wird heute abend nicht kommen.«

»Woher weißt du das?« stieß Helena hervor. Ihr Stimme war heiser.

Anna setzte sich, ohne die Aufforderung abzuwarten. Sie blickte Helena so lange schweigend an, bis diese sich niederließ. Dann begann sie mit ruhiger Stimme zu sprechen. Helena hörte ihr zu, ohne sie zu unterbrechen, aber sie war die ganze Zeit in nervöser Unruhe, biß sich auf die Lippen, spielte mit den Armreifen, drehte an den Ringen und glättete ihr Kleid an Stellen, an denen es keine Falten warf.

»Ich habe nach Michael von Skutari geschickt. Ich wollte wissen, was es mit den Booten auf sich hat. Du hast sie doch sicher auch bemerkt. Tausende von Menschen werden ans andere Ufer transportiert. Es handelt sich um diese Franken, diese Wallfahrer. Merkwürdige Wallfahrer, sagt Michael. Sie sind bewaffnet. Sie wollen nicht nach Jerusalem, um zu beten, sondern um es den Händen der Ungläubigen zu entreißen. Sie sind durch Ungarn gezogen und den Balkan herab und sie verlangen jetzt die Hilfe des Kaisers, um ihr Ziel zu erreichen. Sie sagen, der Papst habe sie geschickt. Aber so dumm kann der Papst nicht gewesen sein. Es sind einfache Leute, Handwerker, Bauern und Tagelöhner. Viele, meint Michael, seien nichts als Bettler und Räuber gewesen. Abschaum. Sie haben Frauen und Kinder mitgenommen, aber kein Geld. Schon bald sind ihnen die Lebensmittel ausgegangen. Sie haben in den Landstrichen geplündert, durch die sie gezogen sind. Ihr Anführer, ein asketischer Wanderprediger, hat vom Kaiser verlangt, daß er sie durchfüttert. Das sei der Wille Gottes. Die Leute haben noch nie eine Stadt wie diese gesehen, sagt Michael, und als sie sie betreten haben, gingen ihnen die Augen über und sie wollten sehr viel mehr haben als Brot und Wasser. Es hat Kämpfe gegeben. Die Soldaten haben große Mühe gehabt, die Franken vom Plündern abzuhalten. Jetzt läßt der Kaiser sie alle nach Galata übersetzen und in einem Militärlager kasernieren. Sie sollen dort abwarten, bis die nächsten kommen. Anscheinend haben sich alle Ritter des Abendlands auf den Weg gemacht, das Heilige Grab zu befreien. Du siehst, Alexios ist so sehr in Anspruch genommen, daß er nicht zu dir kommen kann.«

Helena preßte die Hände so fest zusammen, daß das Blut unter den Nägeln zurückwich.

»Gut!« sagte sie. »Nichts höre ich lieber. Ich wünschte, er käme niemals wieder. Ich wünschte, er wäre tot.«

Anna seufzte.

»Liebste Helena, ich war die erste Freundin, die du bei uns hattest, und ich bin deine Freundin bis auf den heutigen Tag geblieben. Deshalb laß mich mit der Offenheit einer Freundin sprechen. Ich erlebe es seit Jahr und Tag, wie du reagierst, wenn es um Alexios geht. Du benimmst dich, als wärest du wahnsinnig. Aber nie willst du darüber sprechen. Gut, wenn du es mit dir allein ausmachen willst, dann tue es, aber du solltest es nicht an dem Kind auslassen. Wie kannst du zu Maria sagen, daß du sie genauso haßt wie Alexios!«

Helena sprang auf.

»Laß mich zufrieden! Laß mich allein!«

Sie begann, mit großen Schritten das Gemach zu durchwandern. Anna blieb sitzen.

»Nein, diesmal nicht, Helena! Du bist zu weit gegangen. Maria weint deinetwegen seit dem Morgen.«

»Ich wette, daß Markos sie tröstet, und daß er das sehr gern tut«, sagte Helena höhnisch, ohne innezuhalten. »Wann willst du ihnen eigentlich sagen, daß sie keine bloßen Spielgefährten sind, sondern Cousin und Cousine? Und daß der Patriarch es gar nicht gern sieht, wenn ein Cousin mit seiner Cousine das Bett teilt? Und daß der Kaiser es sicher nicht gern sieht, wenn seine Tochter sich zu Boemunds Sohn legt?«

»Du redest Unsinn, Helena! Die beiden sind nichts als gute Freunde. Du willst nur ablenken. Was du deiner Tochter antust ...«

Helena fuhr herum und starrte Anna an.

»Ich meiner Tochter? Du hast es nötig, mir Vorwürfe zu machen. Hast du dich gefragt, was du deinem Sohn antust? Markos, der nicht weiß, wer sein Vater ist! Der glaubt, er sei ein Paläologos! Und den du deshalb in diesem Haus einsperren mußt! Denn wenn er die Stadt betritt und am Hof den Platz einnimmt, der ihm zukommt, wie lange wird er unwissend bleiben? Ein Blick auf ihn, und jeder weiß, daß er kein Sohn dieses Schwächlings Romanos ist, sondern ein Normanne, ein Enkel des Guiskard, der Sohn Boemunds. Schau ihn dir an, wie er heranwächst! Er will ein Mann werden wie sein Vater und wie sein Großvater. Du aber hälst ihn wie einen zärtlichen Hänfling im Käfig. Mag sein, ich bin zu hart gewesen zu Maria, jedenfalls verbiete ich ihr nicht, eine Frau zu sein. Du aber verbietest deinem Sohn, ein Mann zu werden.«

Annas Wangen hatten sich gerötet. Ihr Atem ging heftig, und sie schwieg einige Momente, um ihre Erregung niederzukämpfen und ruhiger zu antworten.

»Du weißt sehr wohl, warum ich es tue, Helena. Der Junge hat keinen Vater, der für ihn sorgen kann. Er hat nur mich. Solange er als Romanos' Sohn gilt und als Paläologe, steht er im Schutz einer großen Familie. Wer wäre er, wenn herauskommt, daß Romanos nicht sein Vater ist? Doch es gibt einen wichtigeren Grund für mich, ihm seine Abstammung zu verbergen. Du hast recht. Sobald er dieses Haus verläßt, wird es Leute geben, die in ihm seinen Vater wiedererkennen. Denn obwohl Boemund seit fünfzehn Jahren tot ist, ist er noch nicht vergessen. Er war der einzige Feind, der Alexios' Herrschaft jemals erschüttert und den Kaiser dreimal in die Flucht geschlagen hat. Wenn Markos erfährt, daß Boemund sein Vater ist, wird er nicht nach Italien gehen wollen? Wird er nicht seines Vaters Herrschaft erobern wollen und sein Erbe antreten? Und dieses Erbe, Helena, ist die normannische Eroberung von Byzanz. Dein Vater wollte es, dein Bruder wollte es. Mein Sohn soll es nicht wollen.«

Helena wischte ihre Worte mit einer ungeduldigen Bewegung beiseite.

»Mach dir nichts vor, Anna! Du bist nur eine dieser Glucken, die ihre Küken unter ihren Flügeln behalten wollen. Jeder Grund ist dir recht, um den Jungen bei dir zu behalten.«

»Kannst du das nicht verstehen? Er ist alles, was mir geblieben ist. Sollte ich mir wünschen, daß auch er auf einem Schlachtfeld zugrunde geht? Du kannst nicht wissen, wie das ist, wenn du von dem Mann, den du liebst, nach so kurzer Zeit getrennt wirst, unwiderruflich getrennt. Wie solltest du auch? Alexios kommt ja immer wieder zu dir zurück.«

Helena lachte grell und nahm ihr Wanderung wieder auf.

»Anna, meine kluge Anna, klügste aller Frauen, und doch so dumm, so dumm! Glaubst du wirklich, du kannst einen

Normannen vom Schlachtfeld fernhalten? Es dauert nicht mehr lange, und dein Vogel ist davongeflogen. Denn er ist ein Hauteville, und der Krieg bedeutet ihm alles. Mein Vater verließ Alberada, die ihm einen Sohn geboren hatte, weil meine Mutter ihm viele Krieger zubrachte. Boemund hat das Schwert auch nicht um der Liebe willen in der Scheide steckenlassen.«

Sie hielt inne und blickte auf ihre Freundin. Anna hatte den Kopf gesenkt. Milder gestimmt durch diese stumme Geste der Zustimmung blieb Helena stehen und sagte auf das dunkle Haar hinunter:

»Was aber deine kurze Zeit betrifft, Anna, so gräme dich nicht. Du warst von November bis März mit ihm zusammen, fünf Monate, tausendfünfhundert Tage, dreißigtausend Stunden. Und ich? Habe ich Alexios je mehr als zehn Nächte im Jahr gesehen? Nächte, die um Mitternacht beginnen und vor dem Morgengrauen enden. Nie hat er mein Haar in der Sonne glänzen sehen, nie bin ich an seiner Seite durch den Park geschlendert, nie sind wir im Boot über das Wasser gerudert worden, nie haben wir in einer Kirche zusammen gebetet, nie eine Mahlzeit geteilt. Vergleiche meine Beziehung zu Alexios nicht mit deiner zu Boemund.«

Und mit schneidender Selbstverachtung fügte sie hinzu:

»Du warst Boemunds Frau. Ich bin Alexios' Hure.«

Anna zuckte zusammen.

»Aber …«

Helena schnitt ihr das Wort ab.

»Sag nichts! Du verstehst es nicht. Wie solltest du auch? Ich habe nie darüber geredet. Ich habe meine Schande für mich behalten. Ich schreie meine Schmach nicht in die Welt hinaus.«

Anna schluckte.

»Er hat … der Kaiser hat dich … du bist von Alexios …?«

»Du meinst, ob er mir Gewalt angetan hat?«

Anna nickte.

»Ich weiß es nicht«, sagte Helena. Ihre Stimme klang müde. Sie ließ sich Anna gegenüber auf das Kissen sinken. »Ich weiß es wirklich nicht.«

»Aber ...«

»Ach, Anna, die Dinge sind nicht so einfach, wie du sie dir denkst. Du hast es gut. Du hast es immer gut gehabt. Ein klares Leben mit eindeutigen Gefühlen, mit Stolz, mit Liebe, mit Schmerz.«

»Und mit Haß«, fügte Anna hinzu. »Ich hasse Romanos. Er war es, der Alexios den Zugang zu der Höhle verriet und damit Boemunds Tod in der Schlacht verursachte. Ich hasse Romanos und werde ihn bis ans Ende meiner Tage so hassen, wie ich Boemund bis ans Ende meiner Tage lieben werde.«

»Meinetwegen auch mit Haß«, räumte Helena ein. »Aber alles ist wohlgeordnet in deinem Leben. Für jeden Menschen hast du ein Gefühl, und du denkst, es sei das richtige. Ich wünschte, mir ginge es so. Aber bei mir ist nichts einfach und klar. Ich kann nicht einmal mein Kind so klar und einfach lieben. Weil Maria auch seine Tochter ist.«

»Vielleicht würde es dich erleichtern, mir alles zu erzählen«, sagte Anna behutsam.

Helena schwieg eine Weile, dann sagte sie mit einem Seufzen:

»Wohl kaum, was sollte es mir nützen? Aber wenn ich heute schon so weit gegangen bin, kann ich deine Neugier nicht unbefriedigt lassen.«

»Ich habe dir den Vorschlag nicht aus Neugier gemacht«, sagte Anna verletzt.

»Dann nennen wir es Anteilnahme. Du erinnerst dich an das Jahr, als Boemund in Epirus Sieg auf Sieg erkämpfte, aber seine Lage schwierig war, weil unser Vater ihm kein Geld schickte? Als Raul von Pontoise von ihm abfiel und zum Kaiser überlief? Da hatte Alexios die Idee, ich könnte Boemund den Vorschlag unterbreiten, sich auf die byzantinische Seite zu schlagen. Sogar zum Domestikos wollte er ihn ernennen.«

»Ich erinnere mich. Er hat davon gesprochen, als er auf der Flucht bei uns in Larissa übernachtete. Er sagte, er würde dich zu mir schicken, aber du bist nicht gekommen. Ich habe dann nichts von dir gehört, bis du hier in Pera angekommen bist.«

»Alexios hat nach mir schicken lassen. Ich war damals auf der Insel der Vergessenen Frauen. Es war der Herbst, bevor Maria von Alanien starb. Auf Befehl des Kaisers wurde ich nach Galata gebracht. In ein Jagdhaus seines Bruders. Ich wußte nicht, warum. Spät am Abend kam er.«

Sie verstummte, und Anna hütete sich, sie zu unterbrechen. Endlich fuhr Helena fort:

»Ich hatte ihn immer als den Mann gesehen, den Boemund so leicht besiegen konnte. Beim Polospiel und in der Schlacht. An den Ehemann Irenes. An den Mann, der Maria von Alanien zu einem langsamen Sterben verurteilt hatte. Der mich meines Anrechts auf den Thron beraubt und es Irene erlaubt hatte, mich ins Kloster zu verbannen. Ein Schwächling. Ich verachtete ihn. Aber der da vor mir stand, war ein anderer, als ich erwartet hatte. Er trug die einfache Uniform eines Hauptmanns der Linientruppen, er wirkte erschöpft, als habe er sich monatelang gnadenlos überanstrengt. Aber er war der Kaiser, der Autokrator und Basileus Rhomaion, der Erbe von Augustus, Konstantin, Theodosius, Justinian und Leo. Der Hüter einer tausendjährigen Geschichte. Ein Mann, der die Bürde von Macht und Verantwortung trägt, ohne darunter zusammenzubrechen. So ganz anders als mein Vater und alle normannischen Ritter, an die ich mich erinnere. Seine Macht liegt nicht in der Spitze seines Schwertes, sondern im Purpur. Aber es ist Macht, und vielleicht ist sie dauerhafter als die mit dem Schwert eroberte.«

Sie sah Anna an.

»Verstehst du, was ich meine?«

Anna nickte.

Helena fuhr fort:

»Er machte mir den Vorschlag, Boemund zum Verrat zu überreden. Es war ein wunderbarer Augenblick. Da stand der Kaiser. Auf einen Wink seiner Augen sprang ganz Byzanz, und er brauchte mich. Er wurde mit Boemund nicht fertig. Er war auf meine Hilfe angewiesen. Die kleine Barbarin, die überflüssige Normannin, mit der Irene hatte machen dürfen, was sie wollte, jetzt war sie für ihn plötzlich wichtig.«

Noch in der Erinnerung blitzten ihre Augen.

»Wie ähnlich du Boemund siehst«, sagte Anna unwillkürlich.

»Ja, nicht wahr?«

Helenas Lächeln war schwer zu deuten.

»Dreimal hatte er Boemund in der Schlacht von Angesicht zu Angesicht gegenübergestanden und war geflohen. Glaubte er wirklich, daß er mich zum Verrat an meinem siegreichen Bruder überreden konnte? Ich lachte ihm ins Gesicht. Und er ...«

Sie machte eine Pause und sagte dann schnell und hart: »Jetzt stand er Boemunds Schwester gegenüber, und da ist er nicht geflohen, sondern hat den Angriff gewagt und den Sieg errungen.«

Anna sprang unwillkürlich auf.

»Also doch! Dann hatte ich recht. Er hat dich überwältigt.«

Helena lachte ironisch.

»Das Klosterleben mag die Seele stärken, aber den Körper nicht. Ich habe mich gewehrt, so gut ich konnte, aber ich hatte von Anfang an keine Chance gegen einen Mann, der jedes Jahr zu Felde zieht und dessen Muskeln aus Stahl sind. Wir haben gegeneinander gekämpft, und dann hat er mich – wie sagtest du? – überwältigt. Du hast ein treffenderes Wort gefunden, als du ahnst.«

»Wie meinst du das?«

Helena stand wieder auf. Diesmal waren ihre Bewegungen ruhiger, und sie nahm ihre Wanderung nicht wieder auf, sondern ging ans Fenster hinüber und blickte hinaus. Mit dem Rücken zum Zimmer fuhr sie so leise und rasch fort, daß Anna Mühe hatte, sie zu verstehen.

»Er wollte in mir Boemund besiegen, und ich habe mich gewehrt. Ich habe keine Angst gehabt, und ich habe nicht meine Tugend verteidigt. Ich habe den Kampf genossen. Es war erregend, und es kam der Moment, wo die Kampfeslust in Wollust übergegangen ist. Er hat mich nicht vergewaltigt. Er hat mich zu Boden gezwungen und ich habe ihm meinen Schoß geöffnet und es war ... Nun, es war jedenfalls eine Erfahrung, die ich noch nie gemacht hatte. Und die ich nie wieder machen wollte. Er ist mein Feind, Anna. Ich bin eine Normannin. Mein Vater ist gestorben, als er den Krieg gegen ihn von neuem führen wollte. Mein Bruder ist auf dem Schlachtfeld gegen ihn gefallen. Er hat mir den Purpur geraubt, auf den ich Anspruch hatte. Er hat den Sohn Marias von Alanien, der mir versprochen war, mit seiner Tochter verlobt. Er hat Maria von Alanien, die ich liebte wie eine Mutter, einem elenden Tod ausgeliefert. Ich habe mehr als einen Grund, ihn zu hassen.«

Sie schwieg, und Anna rührte sich nicht. Nach einer Weile fuhr Helena fort, und sie sprach immer noch in die Dunkelheit hinein:

»Alexios ging noch vor dem Morgen, und ich blieb als Gefangene in dem Jagdhaus seines Bruders. Nachdem du aus Larissa zurückgekehrt warst, gestattetete er mir, in deinen Palast nach Pera überzusiedeln. Aber eine Gefangene bin ich hier wie dort. Die kaiserliche Garde vor dem Tor garantiert, daß ich da bin, wenn Alexios kommt. Seit fünfzehn Jahren kommt er, wann es ihm paßt. Jedes Jahr schwängert er Irene. Er kommt, wenn ihr Bauch so dick geworden ist, daß er kein Vergnügen mehr in ihrem Bett findet. Er kommt, wenn ihm im Felde oder in der Politik etwas schiefgelaufen ist, um sich hier den Triumph zu holen, den er draußen nicht gefunden hat. Ich warte und hasse. Und jedes Mal denke ich, es wird anders werden. Ich werde gegen ihn kämpfen, und er wird mich nicht besiegen. Ich werde stark sein. Meine Muskeln werden nicht zittern, wenn er mich berührt. Wenn er mich küßt, werden die Wogen der Lust nicht über mir zusammenschlagen, und ich werde mich nicht stöhnend seinen Händen und seinem Geschlecht ausliefern. Aber es ist jedes Mal dasselbe.

Ich kämpfe gegen den Feind, und ich erliege dem Mann, den ich begehre.«

Sie drehte sich um und begegnete Annas Blick, der voll Mitleid war.

Sie lachte heiser auf.

»Dafür hasse ich ihn. Dafür hasse ich mich. Und da kommst du und sagst, ich solle Maria lieben.«

Anna sagte leise:

»Du hast recht. Ich habe das bessere Teil im Leben. Meine Liebe war immer nur Liebe und wird es bleiben bis zu meinem Tod.«

Die Einwohner von Kastoria waren nicht begeistert, mehr als zehntausend Menschen unterzubringen und zu verpflegen. Sie gehorchten mit finsteren Mienen und mürrischen Worten, aber sie gehorchten. Binnen weniger Tage waren alle Ritter in festen Quartieren. Für die Mannschaften wurden vor den Toren der Stadt große Zelte aufgeschlagen. Aus der nahen und weiteren Umgebung trieben die Bauern ihr Schlachtvieh und ihr Korn heran und wurden dafür in guter Münze bezahlt.

Tankreds Blick war ebenso finster wie der der Kastorianer, als er Boemunds Hauptquartier betrat, das im Haus des Bürgervorstehers eingerichtet worden war. Er warf die Kapuze zurück und hauchte Wärme auf seine froststarren Finger.

»Ist das wahr? Du hast befohlen, für einen fetten Ochsen

ein halbes Goldstück zu zahlen? Wir werden arm sein, bevor wir Konstantinopel betreten haben. Wieso wirfst du diesen habgierigen Bauern das Geld vor die Füße? Ist dein Feldzug hier beendet? Hast du das Kreuz genommen, um als Graf von Kastoria zu enden?«

Boemund sah auf und wies ihm mit dem Kinn einen Stuhl an.

»Willst du sengen, brennen, morden, schänden und plündern? Wir sind hier nicht in Feindesland. Der Kaiser ist unser Verbündeter.«

»Ein schöner Verbündeter! Wir machen für ihn die Drecksarbeit und ziehen gegen die Türken, die er nicht besiegen kann. Dafür, sollte ich meinen, könnte er uns wenigstens fouragieren.«

Tankred spuckte aus.

Boemund hob die Brauen.

»Du solltest dir bessere Manieren zulegen, bevor wir Konstantinopel betreten«, sagte er trügerisch sanft. »Auf den Boden spucken magst du im Schweinestall von Burg, in dem du zuhause bist. Nicht einmal meine Mutter würde dir gestatten, an ihrem Tisch zu speisen, wenn du dich so aufführst, geschweige denn die Byzantiner.«

Tankred errötete vor Zorn.

»Nicht jeder kann die griechischen Sitten kennen. Ich war ja nicht vor fünfzehn Jahren hier und bin mit eingekniffenem Schwanz nach Hause abgehauen.«

Richard, der bei Tankreds letzten Worten eingetreten war, blieb wie angewurzelt stehen.

Zu seiner Überraschung griff Boemund nicht nach seinem Schwert, sondern warf den Kopf zurück und lachte dröhnend.

»Gut gebellt, Welpe, gut gebellt! Ich wußte gar nicht, daß du mit Worten so rasch bist wie mit dem Schwert. Schade, daß du nicht genauso schnell denken kannst. Das solltest du, bevor du Verantwortung übernimmst. Aber vielleicht überraschst du mich ja auch damit. Ich gebe dir für eine Woche den Oberbefehl über die gesamte Truppe. Du kannst dich bewähren! Und vergiß nicht, wir sind Freunde des Kaisers! Keine Übergriffe! Wer auch nur das Ohr eines Schweines stiehlt, wird sofort aufgeknüpft. Ist das klar?«

»Mir den Oberbefehl?« stotterte Tankred.

Richard trat einen Schritt vor.

»Willst du fort? Verläßt du uns, um schon nach Konstantinopel voranzugehen?«

Boemund stand auf und streckte sich.

»Ich will fort. Für eine Woche.«

»Wohin willst du?«

»Südwärts. Ich habe noch eine Rechnung offenstehen. Ich will meine Schulden bezahlen.«

»Wann brichst du auf?« fragte Tankred.

Boemunds Augen wurden schmal.

»Du kannst es kaum erwarten, in meinen Stiefeln zu stehen, wie? Morgen früh. Ich nehme zehn Reiter mit.«

»Darf ich dich begleiten?« fragte Richard eifrig.

»Ruh dich lieber aus! Es war ein harter Weg durchs Gebirge, und was noch vor uns liegt, wird nicht leichter sein.«

»Ich bin kein alter Mann. Ich brauche keine Ruhepause.«

»Dann laß uns sagen, du bleibst hier, um Tankred zu überwachen.«

Tankred stieß empört den Atem aus.

»Vertraust du mir nicht?«

»Nein!« sagte Boemund und fuhr, als Tankred die Hand an das Wehrgehenk an seiner Hüfte legte, mit spöttischer Miene fort, »nimm es nicht persönlich. Ich vertraue niemandem. Niemals.«

Tankred nahm zögernd die Hand wieder fort.

»Laß mich mit dir gehen«, bat Richard von neuem.

Boemund schüttelte den Kopf.

Aber Richard war nicht so leicht zu entmutigen. Als Boemund vor dem Morgengrauen am nächsten Tag seine Männer um sich sammelte, waren es statt der zehn, die er ausgesucht hatte, elf. Einen Augenblick runzelte er die Brauen, dann blickte er in Richards junges glühendes Gesicht und lachte kurz auf.

»Also gut. Komm meinethalben mit.«

Sie ritten vier Tage nach Süden, und manchmal dachte Richard, er hätte besser daran getan, in Kastoria zu bleiben. Ihr Weg ging in halsbrecherischem Tempo querfeldein. Die Nächte verbrachten sie in rasch aufgeschlagenen Zelten, Nächte, die kurz waren, weil Boemund ihnen kaum Rast gönnte. Er sprach nur das Nötigste und sein Blick, wenn jemand sich an ihn wandte, war so abweisend, daß ihn bald alle mieden.

Sie folgten keinem Weg, umritten die Dörfer, und trotzdem schwankte Boemund niemals in seinem Wissen, welche Richtung sie einzuschlagen hatten. Es schien, als ob er sie mit nachtwandlerischer Sicherheit führte. Wohin, fragte sich Richard. Er fragte es nie laut, denn Boemunds Miene verbot jede Frage.

Am Spätnachmittag des vierten Tages schienen sie ihr Ziel erreicht zu haben. Sie waren einem Flußlauf durch eine Schlucht gefolgt, als Boemund plötzlich die Zügel anzog und mit erhobenem Arm Halt gebot. Er wartete, bis die lang auseinandergezogene Kette der Reiter zu ihm aufgeschlossen hatte.

»Ubo, du sprichst griechisch?«

»Ein wenig, Herr«, sagte der Angesprochene und fügte grinsend hinzu, »was man so braucht, wenn man mit einer von diesen schwarzhaarigen Hexen ein Zelt teilt.«

»Nimm dir die Leute und reite weiter! Hinter der nächsten Biegung findest du ein Gehöft. Klopfe die Leute heraus und befiehl ihnen, Haus und Hof zu verlassen! Gib ihnen eine Stunde, um zu packen und sich fortzuscheren. Dann werft ihr

Brandfackeln in das Haus! Verbrennt alles! Ihr trefft mich hier wieder.«

Ubo nickte und trabte an. Die anderen folgten. Als Richard an Boemund vorbeiritt, wurde er angerufen.

»Du nicht! Du kommst mit mir!«

Richard lenkte sein Pferd zur Seite. Boemund wies mit dem Kopf auf den Hang zu ihrer Linken und begann auch schon, ihn hinaufzureiten. Das Gelände war mit hartgefrorenem Schnee bedeckt. Sie kamen nur langsam voran, weil sie den Pferden Zeit geben mußten, sich vorsichtig die sicheren Tritte zu suchen. Oben angekommen, entdeckte Richard, daß sie durch die kahlen Bäume einen weiten Blick in das Tal hatten. Der Fluß, dem sie gefolgt waren, floß gemächlich in weitem Bogen durch flache Ufergründe, die hin und wieder von Baumgruppen bestanden waren. Mitten im Tal lag das Gehöft. Richard hatte ein Bauernhaus erwartetet, aber er sah statt dessen eine weitläufige Villa mit Wirtschaftsgebäuden und im Anschluß daran die Kuppel einer Kirche, umrahmt von Dächern.

»Das ist ein Kloster«, sagte er schockiert. »Du willst doch nicht ein Kloster und eine Kirche in Brand stecken?«

»Warum nicht?«

»Ein Gotteshaus!« rief Richard.

Boemund antwortete nicht.

Die neun Reiter waren an ihrem Ziel angelangt. Wie kleine schwarze Punkte bewegten sie sich im Schnee. Richard beobachtete, wie einer von ihnen an das Tor klopfte. Er hörte den Befehl nicht, der übermittelt wurde, aber er sah das Resultat. Aus allen Türen stolperten binnen kurzem Menschen, die schwer bepackt waren. Aus einer Remise wurden Wagen geholt und beladen, jemand öffnete die Türen der Ställe und trieb das Vieh hinaus. Aus dem Kloster strömten die schwarzgekleideten Mönche, auf den Armen die schweren goldenen Kultgefäße.

Ubo und seine Männer trieben sie aus dem umzäunten Hof hinaus und warteten noch einige Augenblicke. Richard vermutete, sie wollten sichergehen, daß wirklich alle Leute das Gehöft verlassen hatten. Dann hob Ubo den Arm. Die Reiter hatten sich im Halbkreis aufgestellt, jeder trug eine Brandfackel in der Hand, und als Ubo den Arm hochriß, warfen sie die Feuerbrände auf die Dächer.

Die Vertriebenen schrien auf. Ihr Schrei war so gellend, daß er bis zu den beiden Männern auf dem Hügel drang. Dann fraß das Feuer sich durch die Balken und fand reiche Nahrung an den Möbeln, Stoffen, Teppichen, Ölvorräten, Holzschnitzereien, Treppen und Fensterrahmen. Krachend stürzte das erste Dach ein, und ein Funkenregen stob gen Himmel.

Richard glaubte, Boemund auflachen zu hören, aber als er den Kopf wandte, saß sein Onkel unbewegt zu Pferde und starrte mit einem Gesicht, wie aus Stein gehauen, in das Inferno. Ubo und seine Männer galoppierten davon. Boemund wartete noch eine Weile, dann sagte er rauh:

»Komm! Es ist genug. Das können sie nicht mehr löschen.«

Er wandte sich den Hang hinab. Inzwischen war es dunkel geworden. Der Weg talabwärts dünkte Richard noch gefährlicher als der Anstieg. Mehr als einmal rutschte sein Pferd auf dem verharschten Schnee aus. Schließlich stieg er ab und führte es behutsam hinunter.

Die zehn Reiter warteten bereits auf sie. Boemund setzte sich an ihre Spitze und trat den Rückweg an. Er blickte sich nicht einmal um.

»Nein!« sagte Gottfried von Bouillon, Herzog von Niederlothringen.

»Nein!« sagte Balduin von Boulogne.

Unähnlichere Brüder als diese beiden waren schwerlich zu finden.

Gottfried war groß und breit wie ein Turm, er hatte ein

kräftiges rotes wettergegerbtes Gesicht mit vorspringendem Kinn, durch ein Grübchen in zwei Hälften geteilt. Auf den ersten Blick erweckte er den Eindruck von Kraft und Entschiedenheit. Auf den zweiten Blick konnte man die Schwäche seines Mundes und die Unstetigkeit seiner Augen erkennen. Sein dunkelblondes Haar begann sich bereits zu lichten.

Balduin war dunkel, blaß , einen Kopf kleiner als Gottfried, hager und sehnig. Sein Blick war scharf und in den Tiefen seiner Augen glomm ein schlecht verhehlter Ehrgeiz, der keine Skrupel kannte. Sein dünnlippiger Mund deutete auf Härte und Entschlossenheit.

Beide Brüder waren betont schlicht gekleidet. Sie trugen einen schäbigen Lederkoller über einer einfachen Wolltunika und hätten jederzeit als Soldaten durchgehen können. Damit standen sie in schreiendem Kontrast zu ihrem Besucher, dem Grafen Hugo von Vermandois, Bruder des Königs von Frankreich.

Hugo, der bei der Überfahrt über die Adria Schiffbruch erlitten und alles verloren hatte, war von Kaiser Alexios fürstlich ausgestattet worden. Seine Tunika war aus seidendurchwebter blauer Wolle mit Goldborten, an seinen Fingern funkelten Ringe, auf seiner Brust lag eine Kette aus Gold und Amethysten, seine Schuhe waren mit Perlen verziert, und seine Haare dufteten nach teuren Salbölen. In den Augen Gottfrieds und Balduins stand da kein Mann vor ihnen, kein Ritter Christi, der ausgezogen war, das heilige Grab zu befreien, sondern eine Memme, die sich zu einem dekadenten griechischen Weichling hatte herabwürdigen lassen.

Und da Gottfried den Mann verachtete, verachtete er auch dessen Botschaft und wiederholte voller Entschlossenheit:

»Nein!«

Balduin stimmte in seiner Ablehnung Hugos mit seinem Bruder überein. Auch er wiederholte sein Nein, aber er tat es nicht aus persönlicher Abneigung, sondern weil er Zukunftspläne hatte, in denen nicht vorgesehen war, was Kaiser Alexios ihm durch Hugo ausrichten ließ.

Hugo hob die Arme und ließ seine weißen, ringgeschmückten Hände ausdrucksvoll durch die Luft flattern.

»Aber warum denn, meine Freunde, warum?«

»Ich kann dem Kaiser von Byzanz keinen Lehnseid schwören«, sagte Gottfried. »Ich habe bereits einen Lehnsherrn. Ich habe Kaiser Heinrich Treue geschworen und bin sein Vasall.«

Hugo unterdrückte einen ungeduldigen Seufzer. Dieser lothringische Dickschädel war so stur wie dumm. Wie kam man überhaupt dazu, als Bruder des französischen Königs sich mit einem solchen Mann auf eine Erörterung einzulassen? Zwar konnte Gottfried seine Familie auf Karl den Großen zurückführen, was ihm einen gewissen Rang gab, jedoch war er kein würdiger Urenkel des großen Karl, wenn man ihn so betrachtete. Er hielt nichts auf sich. Rang und Ansehen mußten nach außen durch Kleidung und Auftreten repräsentiert werden. Wer sich so einfach trug wie Gottfried und Balduin, konnte nicht auf Respekt hoffen. Aber da Alexios ihm, Hugo, und seiner Klugheit vertraute, mußte er Geduld aufbringen und noch einen Versuch unternehmen.

»Niemand«, fuhr Gottfried fort, »kann zwei Herren dienen.«

»Eben, eben«, stimmte ihm Hugo zu, »das ist der entscheidende Punkt. Ihr sollt ja gar nicht zwei Herren dienen. Soweit es Eure Besitztümer in Lothringen und anderswo im Reich betrifft, seid Ihr natürlich Kaiser Heinrichs Vasall. Daran soll sich auch gar nichts ändern. Doch was Ihr in Asien erobert, auf dem Weg zum Heiligen Land und im Heiligen Land selbst, das gehört nicht Euch, sondern ist rechtmäßiger Besitz des Kaisers Alexios, denn es war immer Teil des oströmischen Kaiserreiches.«

»Wir sind nicht gekommen, um byzantinisches Land für

Alexios zurückzuerobern?« sagte Balduin. »Habt Ihr vergessen, wem wir uns zugeschworen haben? Christus ist unser Lehnsherr.«

»Und seine Vasallen sind wir«, fügte Gottfried hinzu.

Diesmal gelang es Hugo nicht, ein Seufzen zu unterdrücken.

»Ihr werdet diese Länder nicht ohne die Hilfe des Kaisers erobern können. Seine Soldaten kennen die Wege. Sie kennen die Kampfweise der Feinde. Unsere Verpflegung und unser Nachschub können nur von Byzanz aus gesichert werden. Habt Ihr nicht gehört, wie es Peter dem Eremiten und seinen Scharen ergangen ist? Kaiser Alexios hatte sie nachdrücklich gewarnt, auf eigene Faust zu handeln.«

Zu spät bemerkte er, daß er einen Fehler begangen hatte. Gottfrieds Gesicht rötete sich vor Zorn. Er sprang auf.

»Ganz recht. Verdorben und gestorben sind sie. Wir haben sehr wohl davon gehört. Der Kaiser hat sie ziehen lassen und ihnen nicht seine Armee hinterhergeschickt, um sie zu beschützen. Das nenne ich Verrat an unserer Sache. Und Ihr, der Ihr das Kreuz genommen habt, um Christus zu dienen, nehmt jetzt die Partei dessen, der kalt lächelnd zugesehen hat, wie die Heiden die Unseren abgeschlachtet haben. Aber man braucht Euch ja nur anzusehen, um zu wissen, wofür Ihr den HERRN verraten habt. Die goldene Kette um Euren Hals, die Ringe an Euren Fingern – das spricht eine deutliche Sprache. Mit Gold und honigsüßen Worten hat Alexios Euch betört, so daß Ihr nicht einmal bemerkt, daß Ihr sein Gefangener seid. Ihr tragt Eure Ketten mit der Ergebenheit eines Sklaven, wenn sie nur vergoldet sind.«

Bleich vor Wut erhob sich Hugo.

»Das werdet Ihr noch bereuen, Herzog Gottfried. Der Kaiser hat mir alle Ehren erwiesen, die mir als Bruder des Königs von Frankreich zustehen. Er behandelt mich mit dem Respekt, auf den ich als Oberbefehlshaber des Kreuzheeres Anspuch habe. Ich speise an seinem Tisch, ich wohne in seinem Palast. Mich läßt er nicht in Regen, Schnee und Sturm auf offenem Feld biwakieren. Ehre, wem Ehre gebührt.

»Oberbefehlshaber des Kreuzheeres?« fragte Balduin scharf. »Wer hat Euch dazu ernannt? Der Papst? Kaiser Alexios?«

Hugo zog die Brauen hoch.

»Ernannt? Bedarf es der Ernennung? Das versteht sich doch wohl von selbst. Gibt es denn unter all den Männern, die das Kreuz genommen haben, einen, der edlerer Abkunft ist als ich?«

»Schlachten gewinnt man nicht mit dem Wappenschild, sondern mit dem Schwert«, sagte Balduin trocken. »Wenn einer uns anführen muß, dann nur der beste Feldherr.«

»Niemand muß uns anführen«, sagte Gottfried. »Wir sind alle erprobte Männer des Krieges. Wir wissen, was zu tun ist auf dem Schlachtfeld, und werden in gemeinsamer Beratung festsetzen, wie wir vorgehen. Vergeßt nicht, Christus ist unser Lehnsherr! ER wird uns führen, wie weiland Gott sein erwähltes Volk durch die Wüste geführt hat.«

Hugo verzog spöttisch den Mund.

»Jene Zeiten, Gottfried, sind lange vorbei. Gottvertrauen ist gut, aber weltliche Klugheit besser. Ohne Alexios' Hilfe werdet Ihr in der Wüste sterben und verderben wie Peters Scharen. War das Euer letztes Wort? Ihr wollt Kaiser Alexios den Lehnseid nicht schwören?«

Beide Männer schüttelten den Kopf.

Hugo ließ seine Hände in einer bedauernden Geste aufflattern, so daß die Ringe an seinen Fingern funkelten.

»Dann kann ich Euch nicht helfen. Wir werden uns in der Hagia Sophia wiedersehen, wo Ihr den Eid leistet. Denn leisten müßt Ihr ihn, täuscht Euch nicht. Besser freiwillig als gezwungen, sollte ich meinen. Aber wie Ihr wollt.«

Er ging und hinterließ einen Duft nach Rosen und Lilien.

Wenn die Lust gestillt war, kam die Mattigkeit der Körper und der Seelen und schuf eine Art von vorübergehendem Frieden zwischen dem Kaiser und der Tochter Robert Guiskards. Alexios öffnete sich und fand in Helena eine rasch auffassende und scharfsichtige Zuhörerin, deren Fragen und Einwände sein Denken klärten und seine Entschlüsse beeinflußten. Für Helena waren es Stunden, in denen sie ihren Haß beisetzte und ihn erst am folgenden Tag wieder ausgrub, wenn Alexios gegangen war und sie im Palast der Phokoi zurückblieb und sich dafür verfluchte, daß sie seine Rückkehr schon herbeisehnte, wenn er das Ruderboot, das ihn über das Goldene Horn brachte, noch nicht bestiegen hatte.

Alexios war aufgestanden und schenkte Wein in zwei Pokale. Die Flämmchen der Öllampen flackerten im Luftzug. Helena lag auf dem Rücken, die Hände unter dem Kopf verschränkt und betrachtete die Schatten, die an der Decke tanzten.

»Du mußt mit Anna sprechen«, sagte er und setzte den Pokal vorsichtig neben Helenas Kissen auf den Boden.

»Warum?«

»Es geht um Markos. Der Junge ist fast fünfzehn. Er kann nicht länger bei den Frauen bleiben. Es wird Zeit für ihn, daß er unter Männer kommt.«

»Anna will sich aber nicht von ihm trennen.«

»Deshalb mußt du ja mit ihr reden. Sie tut ihrem Sohn nichts Gutes, wenn sie ihn von der Welt fernhält.«

»Ich habe bereits mit ihr gesprochen.«

»Und?«

Alexios hatte den Pokal bereits an die Lippen gehoben, jetzt senkte er ihn wieder und starrte Helena gespannt an. Sie fühlte den Blick, richtete sich auf einen Ellenbogen auf und beobachtete ihn mit plötzlich aufkeimendem Mißtrauen.

»Sie sagt, wenn Markos dieses Haus verlasse, werde er bald erfahren, wer sein Vater ist und sein Erbe antreten wollen. Sie sieht in ihm schon den künftigen Eroberer Konstantinopels.«

»Nur über meine Leiche«, bemerkte Alexios ungerührt und nahm einen tiefen Zug. Dann sah er sie wieder an.

»Du hast mit ihr darüber geredet? Warum?«

Ihre Augen wurden schmal.

»Deine Tochter«, sagte sie und betonte das erste Wort scharf, »ist zu erwachsen geworden, um in ihm noch den Spielkameraden zu sehen. Die Spiele, die sie bald im Sinn haben wird, sind vor Gott und der Kirche verboten. Entweder schickst du Markos fort oder du verheiratest deine Tochter.«

Alexios setzte den Becher ab, verschränkte die Hände hinter dem Rücken und wanderte auf und ab. Helena kannte diese Gewohnheit, mit der er Probleme durch körperliche Bewegung leichter zu lösen versuchte. Sie setzte sich auf, lehnte den Rücken an die Wand und zog die Decke bis zu den Schultern hinauf. Trotz der Becken mit glühender Holzkohle war es winterlich kalt. Durch die Fenster drang feuchte Luft vom Meer herein.

»Du weißt, daß ich Maria nicht verheiraten kann. Niemand weiß von ihrer Existenz. Wenn ich sie ihrem Rang gemäß verheiraten wollte, dann müßte ich offenlegen, wer ihr Vater und ihre Mutter sind. Das ist unmöglich. Irene ...«

»Glaubst du nicht, daß Irene dich mit genügend Spionen umgibt und über jeden Schritt Bescheid weiß, den du tust? Glaubst du, deine nächtlichen Fahrten über das Meer sind ihr verborgen geblieben?«

»Ja«, sagte Alexios. »Jedermann glaubt, daß ich heute nacht im Blachernenpalast bete. Und der, der über das Goldene Horn hierher gerudert wurde, ist Hauptmann der Garde. Wäre es anders, du lebtest nicht mehr. Ich kann dich nur so lange schützen, wie Irene und die Dukoi nicht wissen, daß du hier bist und nicht im Kloster der Vergessenen Frauen an Schwindsucht gestorben. Wenn ich Maria verheiraten will, dann als eine Waise, Vater und Mutter unbekannt. Wer würde sie nehmen? Maria muß also hierbleiben. Es ist Markos, der dringend fort muß. Doppelt dringend, wenn Maria sich in ihn verliebt hat.«

Sie waren wieder am Ausgangspunkt angelangt, und Helena spürte wieder das Mißtrauen, das gleich am Anfang in ihr aufgestiegen war.

»Warum soll Markos fort? Sein Wohlergehen liegt dir nicht am Herzen, schließlich ist er Boemunds Sohn und sein lebendes Abbild. Welches Interesse hast du an ihm? Warum willst du ihn forthaben? Wird er dir zu gefährlich? Er ist Boemund nicht nur äußerlich ähnlich. Ist es jetzt Zeit, ihn an irgendeinem entfernten Kriegsschauplatz einzusetzen, in seinem Marschbefehl das Todesurteil, wie einst Uriah? Spielst du die Rolle Davids und räumst einen Unbequemen aus dem Weg?«

Der alte Haß ergriff sie von neuem, und sie fuhr mit funkelnden Augen und scharfer Stimme fort:

»Boemund war der einzige Feind, den du nur durch Verrat bezwingen konntest. Zu deinem Vergnügen hälst du Boemunds Schwester gefangen. Ist die Ermordung seines Sohnes dein letzter Triumph über meinen toten Bruder?«

Alexios war mit zwei Schritten bei ihr.

»Nimm dich in Acht! Niemand nennt mich ungestraft einen Mörder.«

Sie lachte ihm ins Gesicht.

»Willst du mir drohen? Laß mich doch töten! Lieber sterben, als immer und immer wieder deiner Lust zu dienen. Ich wundere mich nur, welche Scham dich zurückhält, Boemunds Nachfolger bei Anna zu werden und sie so zu vergewaltigen wie du mich vergewaltigt hast.«

Er beugte sich vor und schlug ihr mit dem Handrücken ins Gesicht.

»Sag das nicht noch einmal! Ich habe dir nichts getan, was du nicht auch wolltest.«

Sie spuckte ihn an und streckte die Hände, um ihm das Gesicht zu zerkratzen. Er fing sie ein, verlor das Gleichgewicht und fiel auf sie. Die Decke glitt zu Boden und stieß den Pokal um. Rot rann der Wein über den bunten Mosaikboden und blieb in einer dunklen Lache liegen, in der sich die Flamme einer Öllampe spiegelte. Die beiden auf dem Bett, von neuem verstrickt in den Kampf zwischen Haß und Lust, bemerkten davon nichts.

Erst, als Alexios vor Tagesanbruch fortgegangen war, erinnerte Helena sich wieder an den Anlaß ihres Streites und wurde wütend, weil sie sich hatte hinreißen lassen, statt kaltblütig zu ergründen, weshalb Alexios Markos aus dem Haus entfernen wollte.

Boemunds Quartier im Haus des Bürgervorstehers in Kastoria wurde von einer aufgebrachten Menge belagert, die mit Äxten, Sensen und Dreschflegeln gekommen war und sich von der Postenkette vor dem Eingang nur mühsam zurückhalten ließ. Boemund sprang vom Pferd, warf Richard die Zügel zu und bahnte sich mit kräftigen Stößen einen Weg durch die Menge. Bei dem Kommandierenden der Wache angelangt, brauchte er nichts zu fragen. Der Mann, froh, ihn zu sehen, sprudelte in einem einzigen Wortschwall die Geschichte heraus. Tankred hatte, kaum daß Boemund die Stadt verlassen hatte, den Befehl gegeben, alle Pferde und Maultiere in Kastoria und im Umkreis entschädigungslos zu requirieren und Widerstand mit Gewalt zu brechen.

Boemund hörte schweigend zu, dann wandte er sich an den Haufen. Etliche der Älteren hatten ihn erkannt und weitergegeben, wer hier angekommen war. Das Geschrei verebbte. Der Normanne überragte die Männer vor ihm um mehr als eine Haupteslänge und auch die in der letzten Reihe konnten ihn gut sehen, als er sich umwandte und zu ihnen sprach. Seine Stimme dröhnte über den Platz und brach sich an den Häuserwänden. Richard, der kein griechisch verstand, konnte nur aus dem Tonfall und den Reaktionen der Menge erraten, was er sagte. Zunächst machte er ihnen offensichtlich Vorwürfe und stieß Drohungen aus, denn die Männer duckten sich, zogen die Köpfe ein und schoben sich langsam mit finsteren Gesichtern zurück. Dann änderte sich Boemunds Stimme, die Männer richteten sich wieder auf, sie begannen zu lachen, die Mützen hochzuwerfen und schrien ein ums andere Mal: »Evvoe Baimundos!« woraus Richard zu recht schloß, daß sie ihn hochleben ließen.

Boemund wandte sich ab und betrat das Haus. Richard winkte einem normannischen Soldaten, übergab ihm sein und Boemunds Pferd und folgte seinem Onkel. Er fand ihn in dem Empfangsszimmer des Bürgervorstehers, in einen hochlehnigen Lehnstuhl geworfen, die Reitgerte noch zwischen den Fingern. Tankred stand vor ihm, das Kinn hochgereckt, die Augen trotzig.

»Weißt du, wieviele Tiere wir auf dem Marsch über die Pindospässe verloren haben? Weißt du welche unverschämten Preise diese Griechen verlangt haben? Sollen unsere Leute ihr Gepäck auf dem Buckel nach Jerusalem schleppen? Oder barfuß und in Lumpen neben den Pferden und Maultieren einhergehen und die Türken und Araber mit hölzernen Stangen bekämpfen?«

Boemund maß ihn mit schmalen Augen. Seine Stimme war trügerisch sanft. Richard lehnte sich mit dem Rücken an die Tür und verschränkte die Arme über der Brust. Er war froh, nicht in Tankreds Haut zu stecken.

»Du scheinst ein kurzes Gedächtnis zu haben, Tankred. Wir sind Verbündete des Kaisers, nicht seine Feinde. Wir führen ihm eine Armee zu, wir plündern nicht sein Land aus.«

»Wenn wir Verbündete des Kaisers sind, dann soll er uns entsprechend entlohnen. Dann soll doch Alexios die Tiere bezahlen«, sagte Tankred heftig.

»Wir haben sechshundert Ritter und knapp fünftausend Mann Fußvolk, den Troß nicht mit eingerechnet. Wieviele von uns werden Konstantinopel erreichen, wenn wir jetzt mit den Byzantinern Streit anfangen? Glaubst du, die Truppen des Statthalters werden lächelnd zuschauen, wie wir uns mit Gewalt nehmen, was wir brauchen? Glaubst du, der Kaiser wäre nicht froh, wenn wir ihm einen Vorwand liefern, uns bekämpfen zu können? Es existiert keine Liebe zwischen Alexios und mir. Er würde uns gern tot sehen, bevor wir Thessaloniki erreicht haben.«

»Er braucht uns! Er hat uns gerufen!« beharrte Tankred.

Boemund spielte mit der Gerte.

»Nein, Welpe. Er braucht uns nicht, und uns hat er nicht gerufen. Der Herzog von Niederlothringen und sein Bruder von Boulogne, der Bruder des französischen Königs, Bruder und Schwiegersohn des englischen Königs und der große Raimund von Toulouse – sie alle strömen mit Truppen nach Konstantinopel, die vielen kleinen Trupps aus Frankreich, England und dem Reich nicht mitgezählt. Es sind mehr, als Alexios erwartet hat. Er braucht uns nicht. Aber wir brauchen ihn. Ohne die Unterstützung des Kaisers werden unsere Leiber, mit türkischen Pfeilen gespickt, noch vor Nikäa von den Geiern gefressen und unsere Gebeine in Asien bleichen.«

Richard wünschte, Tankred würde einlenken. Aber sein Cousin ließ sich von Boemunds Sanftmut täuschen. Er zuckte die Achseln und sagte höhnisch:

»Ich vertraue auf mein Schwert und die Lanzen meiner Männer. Wenn dir deine Niederlage gegen Alexios noch so in den Knochen steckt, daß sie einen Feigling und Duckmäuser aus dir macht, der vor dem Kaiser auf den Knien kriecht, dann wäre es besser gewesen, du wärest in Otranto geblieben und hättest den Weibern beim Spinnen zugesehen. Zum Eroberer taugst du nicht mehr.«

Richard schrie auf.

Boemunds Bewegung war so schnell, daß Tankred die Hände nicht mehr schützend vor das Gesicht hochreißen konnte. Die Reitgerte fuhr ihm über Stirn und Wange und hinterließ einen tiefen Riß, aus dem das Blut langsam und dunkel in großen Tropfen quoll.

»Deine Meinung über mich ist mir gleichgültig. In deinem Interesse rate ich dir, sie nicht ins Heer zu tragen. Du könntest damit allein stehen, und das ist eine gefährliche Position, Welpe. Aber daß du meine Befehle mißachtest, dulde ich nicht. Ich habe den Bauern versprochen, ihnen ihre Tiere mit dem anderthalbfachen des Wertes zu bezahlen. Du wirst dafür aufkommen, Silbermünze für Silbermünze wirst du mir zurückzahlen, bis diese Schulden getilgt sind. Dein Platz wird bei der Nachhut sein, bis wir in Konstantinopel sind. Und jetzt geh mir aus den Augen! Dummköpfe und Prahlhänse sind mir zuwider.«

Das Blut tropfte Tankred von dem klaffenden Riß in der Braue ins Auge. Er verneigte sich schweigend und ging.

»Er wird dein Feind sein für immer«, sagte Richard in das Schweigen, als sich die Tür hinter ihm geschlossen hatte.

Boemund wandte ihm den Blick zu. Er lächelte.

»Ach, Richard, mein Gewissen, reiner Streiter Christi! Glaubst du, er sei es jetzt erst geworden? Tankred ist ein junger Wolf. Er wartet nur darauf, daß der Leitwolf eine Schwäche zeigt, damit er ihn totbeißen und die Führung des Rudels übernehmen kann.«

Aus dem dunklen Hintergrund des Zimmers löste sich eine Gestalt und trat vor. Richard starrte den Mann an. Er war klein, krummbeinig und drahtig, trug einen Lederkoller, Lederhosen und ein krummes Schwert an der Hüfte. Sein langes schwarzes Haar war im Nacken zu einem Knoten geschlungen. Von seinen Mundwinkeln hingen zwei dünne Bartsträhnen bis über das Kinn hinab.

»Das ist Tarik, der Führer der Petschenegen«, stellte Boemund vor. »Der Kaiser hat ihn zu unserem Schutz gesandt. Er wird uns mit seiner Truppe bis Konstantinopel das Geleit geben.«

Zum Schutz? Richard sprach es nicht aus, aber er hörte aus Boemunds ironischem Tonfall, daß sie dasselbe dachten. Tarik war ihnen gesandt worden, damit Alexios jeden ihrer Schritte überwachen konnte. Jetzt wäre es Boemund nicht mehr möglich gewesen, quer durchs Land zu reiten, um ein Gut und ein Kloster in Brand zu stecken.

Der Winter war lang und hart gewesen. Noch im März waren heftige Stürme aus den Weiten der östlichen Steppe über die Stadt am Goldenen Horn gefegt, gefolgt von Tagen voller Graupelschauer, deren feuchte Kälte alle Mauern durchdrang. Fröstelnd hatte man sich um die Kohlepfannen gedrängt, in Wollumhänge gewickelt, die klammen Finger behaucht und nach der Sonne gespäht.

Jetzt erst, kurz vor dem Fest der Auferstehung des Herrn, war der Winter abgezogen und hatte fast übergangslos den Sommer gebracht. Vom wolkenlos blauen Himmel strahlte die Sonne, ließ das Wasser des Goldenen Horns glitzern, wärmte Körper und Seele und trocknete die auf den Leinen flatternde Wäsche.

Maria badete ihr Gesicht im Licht und schaute mit zusammengekniffenen Augen von der Dachterasse auf das funkelnde Wasser. Kein Schiff war unterwegs, weder die großen Ruderer der Kriegsmarine noch die dickbäuchigen Segler der Kaufleute, die flinken Ruderboote der kleinen Händler und Fährleute. Niemand arbeitete an diesem und an den folgenden Tagen. Ein jeder legte jetzt sein Festgewand an, um in einer der großen Kirchen in Pera, in Chalkedon und in Konstantinopel selbst am Gründonnerstagsgottesdienst teilzunehmen. Maria seufzte. Sie würde wie jedes Jahr in der Kapelle des Palastes feiern müssen. Einmal hinüberfahren in die große Stadt, einmal die Hagia Sophia betreten, von deren Wundern die Mägde erzählten!

Ein Schatten fiel über sie. Sie drehte sich um. Markos war die Treppe hinaufgekommen, schon umgekleidet für die Festlichkeiten.

»Sie warten unten auf dich«, sagte er.

Maria zuckte die Schulter.

»Auf mich wartet niemand.«

»Ich habe auf dich gewartet.«

Ihr Gesicht wurde weicher.

»Ich komme gleich. Ich mag noch nicht hineingehen. Unten ist es dunkel, und mit jedem Atemzug erstickt man an Weihrauch und Parfum. Hier ist es schön. Warm und hell und weit. Hier kann man sogar an Freiheit glauben.«

Seine Augen verdunkelten sich.

»Freiheit? Die wird es für mich nicht geben, solange meine Mutter lebt.«

Maria öffnete den Mund, um zu antworten, aber stattdessen stieß sie einen Schrei aus.

»Markos, sieh! Rauch! Feuer! Pera brennt!«

Er wirbelte herum. Von der Terrasse aus hatte man nicht nur einen Blick über das Wasser auf die Mauern und Kuppeln von Konstantinopel, sondern auch über die Dächer von Pera bis ins sanftgeschwungene Land hinaus.

In den blauen Himmel stieg Rauch, nicht der leicht sich kräuselnde Rauch aus den Schornsteinen der Bäckereien und Schmieden, sondern fette schwarze Wolken, die sich über die Kuppeln und Türme wälzten und die Sonne verdunkelten.

»Pera brennt!«

Mit den Händen umklammerten sie das Geländer und starrten entsetzt auf die Stadt. Lärm drang zu ihnen, Geschrei der Weiber und Kinder, Alarmsignale der Brandwachen, das Krachen der einstürzenden Dächer und dazwischen Hornstöße, die fremdländische Militärsignale gaben.

»Schau!«

Markos streckte seinen Arm aus und wies nach Norden.

»Siehst du? Da am Tor! Die Franken! Die Lothringer, die den Winter in der Stadt einquartiert waren!«

Maria folgte mit ihrem Blick der Richtung, die sein Arm wies.

»Ja! Sie ziehen durch das Tor! Sie ziehen ab! Die Stadt ist frei von ihnen. Endlich!«

»Siehst du, wohin sie marschieren? Zur Brücke! Sie haben

die Stadt in Brand gesteckt und nun rücken sie über die Brücke nach Konstantinopel. Sie wollen die Stadt angreifen.«

Maria schüttelte den Kopf.

»Du irrst dich. Das können sie nicht tun. Nicht heute. Heute ist der Tag, da der HERR das Abendmahl hielt mit SEINEN Jüngern. An einem solchen Tag werden sie nicht kämpfen. Sie sind doch Christen.«

»Sie sind Barbaren.«

Markos beugte sich weit über das Geländer. Vor dem Palasttor unter ihnen wogten Helme, wehten Mäntel, schüttelten Rosse wiehernd die Mähne. Ein Banner flatterte über den Köpfen einer Truppe von Soldaten, die durch das Tor hinunter ritten in die Stadt, den abziehenden Franken auf den Fersen.

»Wenn ich doch nur mitreiten könnte! Ich will endlich kämpfen wie ein Mann, nicht länger das Schoßkind meiner Mutter sein.«

»Markos! Nein!«

Maria wandte sich ihm zu und legte ihm die Hände auf die Schultern.

»Sag das nicht! Sag nicht, daß du fortwillst! Willst du mich allein lassen? Du darfst nicht ... du kannst nicht ...«

Er blickte in ihr Gesicht hinab, sah die Tränen in den großen braunen Augen, den zuckenden Mund und nahm ihr Gesicht zwischen die Hände.

»Weine nicht, Maria! Wenn ich gehe, gehe ich doch nicht für immer. Ich werde wiederkommen und dann ...

»Rührend«, sagte eine laute Stimme höhnisch von der Tür her.

Markos und Maria fuhren herum.

Helena stand mit verschränkten Armen am oberen Treppenabsatz und musterte ihre blonde Tochter unter hochgezogenen Brauen. Ihr Blick ließ Maria frösteln.

Mehrmals täglich dachte Richard von Salerno, daß die Überquerung der tiefverschneiten Pindospässe vor Weihnachten ein Kinderspiel gewesen war, verglichen mit dem Marsch des Heeres im Frühjahr. Die Schneeschmelze machte aus den Bächen Flüsse und aus den Flüssen reißende Ströme, die zu überqueren Tage dauerte, wobei sie Männer, Lasttiere und Gepäck verloren. Es war jetzt nicht mehr klirrend kalt, dafür aber regnete es ununterbrochen. Niemand wurde mehr trocken. Die Pferdehufe versanken im Matsch, und die Wagenräder blieben im Schlamm stecken. Sie kamen unerträglich langsam vorwärts.

Boemund war überall und schonte sich nie. Er feuerte seine Leute an, schob selbst die Schulter unter einen Wagen, um ihn anzuheben, hatte immer einen aufmunternden Scherz auf den Lippen, saß mit ihnen abends am Feuer, trank mit ihnen aus derselben Feldflasche und lachte dröhnend über ihre derben Witze, die er an Obszönität noch überbot. Seine Männer beteten ihn an, und Richard, der fast zwanzig Jahre jünger war, den die Nässe in allen Knochen schmerzte und der abends nicht mehr wußte, wo er niederfiel, wenn ihn die Erschöpfung übermannte, fragte sich, welche Energiequelle sein Onkel besaß, um die Strapazen auszuhalten.

Richard war froh, als sie Edessa erreichten. In der Stadt blieben sie sieben Tage, legten sich in den Häusern ins Quartier, hatten endlich wieder ein Dach über dem Kopf, ruhten sich aus und trockneten ihre Kleider. Dann zogen sie weiter bis Thessaloniki, das sie zu Ostern erreichten. Hier stieß Nikolaos Kutzukukis zu ihnen, Abgesandter des Kaisers, der sie im Namen Alexios' Willkommen hieß. Richard bemerkte mit Erstaunen, daß dieser noch junge Mann, kaum älter als er selbst, sich seinem Onkel mit einer Art Ehrfurcht näherte, als sei Boemund ein Heros aus alter Zeit wie Herkules. Er hätte sich gern mit ihm unterhalten und saß mürrisch dabei, wenn Boemund mit dem Gesandten des Kaisers in fließendem wohllautendem Griechisch sprach, von dem er kein Wort verstand. Dafür verstand er um so mehr, als Boemund ihn nachts in sein Zelt bestellte. Er fuhr in seine Kleider und tappte dem Soldaten nach, der ihm mit abgedunkelter Laterne durch die Lagergasse vorausging.

In Boemunds Zelt sah er zuerst Tankred, der finster, mit übereinander geschlagenen Armen, am Kartentisch lehnte. Wie eine dünne rote Schlange zog sich die Narbe von seiner Stirn über die Wange bis zum Ohr und spaltete die Braue. Boemund saß auf einem Feldstuhl neben ihm. Richard bemerkte, daß er unter dem roten Mantel ein Kettenhemd und Beinschienen trug.

Richard nahm auf seine Kopfbewegung hin neben ihm Platz. Dann erst sah er den dritten Mann im Zelt. Es war ein Unbekannter, in schlammbespritztem Lederkoller, das Haar dunkel von Schweiß, blaue Schatten unter den Augen, scharfe Falten zwischen Mund und Nase. Ein Mann am Rande des Zusammenbruchs, wie Richard schien.

»Das ist Ubald von St.Victor«, erläuterte Boemund. »Er dient Balduin von Boulogne, dem Bruder Herzog Gottfrieds. Balduin hat ihn geschickt, uns zu warnen.«

»Warnen? Wovor?« fragte Richard alarmiert und setzte sich aufrecht. »Wollen die Petschenegen uns überfallen? Sind wir nicht mehr mit dem Kaiser verbündet?«

»Sprich!« sagte Boemund und nickte dem Mann zu.

Der stellte die Kanne mit Wasser ab, aus der er gierig getrunken hatte, räusperte sich und begann mit heiserer Stimme:

»Mein Herr Balduin und sein Bruder Gottfried sind schon vor dem Weihnachtsfest mit all ihren Männern in Konstantinopel angekommen. Der Kaiser wollte sie empfangen, verlangte aber, daß Herzog Gottfried und Graf Balduin ihm den Lehenseid leisteten. Die Herren weigerten sich. Sie wollen das Grab des HERRN befreien. Sie sind Ritter Christi, nicht die Vasallen des Kaisers von Byzanz. Daraufhin hat der Kaiser uns Quartiere in Pera angewiesen, das auf der anderen Seite des Goldenen Horns liegt, und er hat Herrn Hugo, den Bruder des Königs von Frankreich, zu Herzog Gottfried gesandt, ihn zu überreden, den Eid zu leisten. Herr Hugo nämlich hatte keine Bedenken gehabt, sich in den Dienst des Kaisers zu stellen, und er geht in seidenen Kleidern und mit goldenen Ketten behängt umher. Aber mein Herr und Herzog Gottfried haben Herrn Hugo eine feige Sklavenseele gescholten und ihn zum Kaiser zurückgeschickt. Herzog Gottfried hat vom Kaiser Schiffe verlangt, die ihn nach Asien übersetzen, aber der Kaiser hat sie verweigert. Kein Eid, keine Schiffe, hat er gesagt. Und schließlich, als Herzog Gottfried überhaupt nicht nachgab, hat er uns den Proviant gesperrt. Da haben Graf Balduin und Herzog Gottfried den Byzantinern gezeigt, aus welchem Holz die Lothringer gemacht sind. Wir haben unsere Quartiere in Brand gesteckt, sind auf Konstantinopel marschiert und haben vor dem großen Stadttor gelagert. Das war am Donnerstag.«

»Am Gründonnerstag?« sagte Richard entsetzt, »an dem Tag, da der HERR das Abendmahl einsetzte? Herzog Gottfried ist kein Heide. Er konnte an diesem Tag nicht kämpfen wollen.«

Der Lothringer zuckte die Achseln.

»Es kam auch nicht zum Kampf. Der Kaiser schickte Bogenschützen auf die Mauer und ließ über unsere Köpfe hinwegschießen. Wir blieben, wo wir waren. Da schickte der Kaiser noch einmal diese französische Zierpuppe heraus, diesen goldenen Herrn Hugo. Den haben wir mit Spott und Schande zurückgeschickt und das verlangt, was uns zustand: Schiffe und Brot. Aber der Kaiser, tückisch und hinterlistig wie alle Byzantiner, hat am nächsten Tag das Tor öffnen lassen und Tausende von Soldaten hinausgeschickt. Wir waren völlig überrascht. Wir hatten nicht kämpfen wollen, wir hatten nur unser Recht gewollt. Wir mußten uns zurückziehen.«

Er machte eine Pause, griff von neuem nach der Kanne und leerte sie mit einem tiefen Zug. Dann wischte er sich mit dem Handrücken über den Mund und fuhr fort:

»Danach blieb meinem Herrn, dem Grafen Balduin, und seinem Bruder, nichts anderes übrig, als die Bedingungen des Kaisers anzunehmen. Sie haben den Lehnseid geschworen.«

»Was mußten sie schwören?« fragte Tankred.

»Den Kaiser als Oberherrn über alle Länder anzuerkennen, die wir erobern werden, und alle eroberten Gebiete, die jemals zum byzantinischen Reich gehört haben, den Beamten des Kaisers zu übergeben.«

Tankred fuhr auf.

»Das macht uns von Rittern Christi zu Söldnern des Kaisers. Wir sind nicht aufgebrochen, um Alexios' Reich zu vergrößern, wir sind losgezogen, um die Heiligen Stätten von den Ungläubigen zu befreien.«

»Wirklich?« sagte Boemund ironisch. »Nun, dann brauchst du dich nicht aufzuregen. Das eine schließt das andere nicht aus. Befreie die Heiligen Stätten und übergib sie der Herrschaft des Kaisers! Dann sind sie in christlicher Hand, und du hast dein Ziel erreicht.«

Tankred lehnte sich wieder zurück. Die Narbe an seiner Stirn flammte in dem bleichen Gesicht.

Boemund nickte dem Boten Balduins zu.

»Fahre fort!«

»Es gibt nicht mehr viel zu sagen. Sobald die Herren den Eid geleistet hatten, hat der Kaiser uns wieder Verpflegung geschickt und Schiffe. Jetzt sind unsere Truppen schon drüben in Chalkedon, wo der Herzog und mein Herr, Graf Balduin, auf den Zuzug weiterer Kreuzritter warten. Sie haben mich geschickt, um die Führer der nächsten Truppen zu warnen, daß sie nicht in dieselbe Falle tappen. Laßt mich eine Nacht bei euch ruhen! Dann muß ich weiter, dem Grafen von Toulouse entgegen.

Boemund winkte einem Knecht. Der trat vor, ergriff den Boten an der Schulter und führte ihn aus dem Zelt.

»Was können wir tun?« fragte Richard. »Gibt es einen Weg,

ins Heilige Land zu kommen, ohne über Konstantinopel zu ziehen?«

»Wir bleiben hier und warten auf den Grafen von Toulouse«, sagte Tankred. »Außerdem sind noch zahlreiche kleinere Truppen unterwegs. Wenn wir uns sammeln und gemeinsam auf Konstatinopel marschieren, dann können wir die Stadt belagern und Alexios zwingen, uns Schiffe zu geben, ohne den Eid zu leisten.«

Boemund stand auf und streckte sich. Das Kettenhemd klirrte unter seinem Mantel.

»Du bleibst hier, Tankred, und wartest auf meine Befehle. Lagere dich mit den Truppen im Tal von Russa. Wir haben reichlich Verpflegung. Du wirst es nicht nötig haben zu plündern. Keine Zusammenstöße mit den Petschenegen! Wenn du diesmal meinen Befehl nicht befolgst, wird es nicht bei einem Peitschenhieb bleiben.«

»Was hast du vor?« fragte Richard.

»Ich reite nach Konstantinopel. Du kommst mit mir, Richard. Geh in dein Zelt und mach dich fertig! Ich breche noch in dieser Stunde auf.«

»Was hast du vor?« wiederholte Tankred mit gerunzelter Stirn.

Boemund lächelte.

»Ich eile, dem Kaiser den Eid zu leisten.«

Annas Schmerz schlug in lodernden Zorn um, als sie Helena erblickte.

»Das ist dein Werk! Das ist deine Vorstellung von Freundschaft! So dankst du mir, daß ich dich in meinem Haus aufgenommen habe! Verflucht die Stunde, als dein Fuß diese Schwelle überschritt! Verflucht der Tag, an dem du deinen Fuß auf byzantinischen Boden gesetzt hast.«

»Amen«, sagte Helena trocken.

Sie gab der Dienerin, die ihre Haare flocht, ein Zeichen, und das Mädchen entfernte sich.

»Was ist geschehen?« fragte sie.

»Du fragst?« schrie Anna.

Sie warf die Schriftrolle, die sie in Händen hielt, vor Helenas Füße.

»Lies, wenn du es noch nötig hast! Das ist dein Werk! Du hast das vom Kaiser verlangt!«

Helena bückte sich schweigend, hob die Rolle auf und entfaltete sie.

Der Text war mit Purpurbuchstaben auf goldgefärbtes Pergament geschrieben und trug am Ende den Abdruck eines Siegels: des doppelköpfigen byzantinischen Adlers.

Ein Erlaß des Kaisers.

Sie überflog den Text und sagte am Ende aus vollem Herzen:

»Endlich!«

Anna starrte sie an. Ihre Brust hob und senkte sich unter heftigen Atemstößen. Ihr erster Impuls war es, zu Helena hinzustürzen und ihr das Gesicht zu zerkratzen. Wie hatte sie diese Frau jemals als ihre Freundin betrachten können? Zur Kupplerin des Kaisers hatte sie sich hergegeben, und alles, was es ihr eingetragen hatte, war dieser bittere Verrat.

Da stand Helena, die Freundin und Gefährtin so vieler einsamer Jahre, hielt das Schreiben des Kaisers in der Hand und lächelte, nicht mit den Lippen, aber mit den Augen, mit den leuchtenden dunkelblauen Augen, die sie so sehr an andere Augen erinnerten, die ebenso gelächelt hatten. Annas Zorn fiel in sich zusammen, sie spürte die Trauer wie bittere Asche im Mund.

Sie ließ sich auf eine Bank sinken und fragte mit plötzlich müder Stimme:

»Warum, Helena? Warum hast du mir meinen Sohn genommen? Hätte es nicht gereicht, wenn du deine Tochter ins Kloster geschickt hättest? Du liebst sie nicht, ihr Anblick ist dir schmerzlich. Warum mußtest du mir rauben, was einzig mich noch am Leben erhalten hat, was einzig noch den Sinn meines Lebens ausmacht? Damals, als sie mir sagten, daß Boemund tot ist, wäre ich ihm nachgestorben, wenn nicht das Kind in meinem Schoß gewesen wäre. Und seither lebe ich jeden Tag nur für Markos. Warum hast du mir mein Kind genommen?«

»Du glaubst, daß ich …?«

»Wer sonst?« sagte Anna. Sie hob die großen dunklen Augen zu Helena auf.

»Versuche nicht, mich zu belügen! Es kann keine Freundschaft zwischen uns mehr geben, aber lass uns wenigstens Achtung voreinander haben. Du brauchst nicht zu lügen. Du hast den Kaiser gebeten, mir Markos wegzunehmen, damit er von Maria getrennt ist.«

»Nein!«

Helena durcheilte mit Riesenschritten das Gemach und warf sich vor Anna auf die Knie.

»Nein! Nein! Das ist nicht wahr! Ich habe ihn um nichts gebeten! Ich würde ihn niemals um etwas bitten, und wenn es mein eigenes Leben wäre! Ich bin froh über seinen Befehl, das ist wahr! Aber ich habe nichts dazu getan, daß er ihn faßte.«

Anna sah prüfend in Helenas aufwärts gewandtes Gesicht. Soviele Jahre der Gemeinsamkeit hatten ihr jeden Zug vertraut gemacht, sie kannte jeden Ausdruck dieser beweglichen Züge, besser als ihr eigenes Gesicht. Sie hatte ihre Fröhlichkeit gekannt, ihre Unbekümmertheit, ihre Trauer, ihren Zorn und ihre Verzweiflung, aber sie hatte nie Unaufrichtigkeit in diesem Gesicht gesehen, und auch jetzt waren Helenas Augen klar bis auf den Grund. Sie wollte ihr glauben, aber es machte keinen Sinn.

»Warum sollte Alexios mir meinen Sohn fortnehmen?«

»Das weiß ich nicht. Er hat um Weihnachten herum davon gesprochen. Ich habe ihm gesagt, daß du dich nie von Markos trennen würdest. Vielleicht findet er, daß es an der Zeit ist, den Erben der Paläologen in die Welt einzuführen.«

»Glaubst du das?«

Helena zuckte die Achseln.

»Warum nicht?«

»Alexios weiß, wessen Sohn Markos ist. Er wird nicht den Sohn seines größten Feindes an seinen Hof ziehen, ihm Ämter geben, ihn mit Auszeichnungen überhäufen und ihn zu einem bedeutenden Mann machen. Er wird nur ein Ziel verfolgen: Markos zu töten.«

Helena verschwieg, daß das auch ihr erster Gedanke gewesen war. Anna brauchte Trost, keine weitere Beunruhigung.

»Das hätte er in den letzten fünfzehn Jahren jeden Tag tun können, wenn ihm der Sinn danach steht«, sagte Helena beschwichtigend.

Annas Stimme klang rauh.

»Oh nein, er will seine Seele nicht mit einem Mord beflecken. Er braucht ihn nur in den Krieg zu schicken. Markos wünscht sich nichts anderes. Er wird sich leidenschaftlich, tollkühn, selbstvergessen in die Schlacht stürzen, und man wird ihn mir auf dem Schild ins Haus zurückbringen. Damit ist Alexios' Problem gelöst.«

Sie stand auf.

»Aber noch ist das nicht geschehen. Ich werde alles tun, um das zu verhindern.«

»Willst du dich dem Befehl des Kaisers widersetzen? Willst du Markos irgendwo verstecken?«

»Ich täte es, wenn ich es könnte. Aber der Hauptmann, der das Schreiben brachte, hat es Markos ausgehändigt, und Markos ist auf der Stelle mit ihm aufgebrochen. Helena, er hat sich nicht einmal von mir verabschiedet. Er ist gegangen, einfach fortgegangen!«

Sie schluchzte auf und schwankte. Helena streckte ihre Hände aus und stützte sie.

»Er hat gefürchtet, daß du ihn zurückhälst. Du mußt begreifen, Anna, daß er nicht nur dein Sohn ist. Er ist ein Hauteville, kein Paläologos. Er wird nie zufrieden sein, im Kloster Pergamente zu bemalen wie Romanos. Er ist für den Krieg geboren wie mein Vater, wie mein Bruder. Du kannst daran nichts ändern.«

Anna befreite sich aus ihrem Griff.

»Oh doch, ich kann!«

Sie wandte sich um und schritt zur Tür, hoch aufgerichtet und entschlossen.

In den drei Stunden, die sie warten mußte, hatte sie den kleinen Raum unablässig durchquert und in Gedanken zahllose Reden entwickelt und wieder verworfen, immer auf der Suche nach dem einen Satz, dem einen Wort, das ins Herz treffen mußte. Als jetzt die Erste Kammerfrau erschien und ihr winkte, ihr zu folgen, fühlte Anna ihre Knie nachgeben. Alle Wörter, die sie wie Perlen auf einen Schnur gereiht hatte, entschwanden aus ihrem Kopf.

Die Erste Kammerfrau sah sie auffordernd an, weder freundlich noch unfreundlich. Sie kennt mich nicht, dachte Anna, sie weiß nicht, wer ich bin, mein Name sagt ihr nichts. Aber Irene würde sie nicht vergessen haben. Anna folgte der Kammerfrau durch einen langen Gang mit marmorverkleideten Wänden. Alexios war aus dem Großen Palast am Hafen umgesiedelt in den Blachernenpalast, früher ein einfaches Jagdhaus, das nahe der nördlichen Stadtmauer gelegen war. Von hier sparte er sich bei Jagdausflügen den meilenweiten Weg über die mese, die menschenwimmelnde Hauptstraße der Stadt. Anna hatte keinen Blick für die Pracht des neuen Palastes. Sie sah, während sie der Ersten Kammerfrau folgte, die Vergangenheit vor sich aufsteigen, sah die Freundin mit den braunen Zöpfen, dem lachlustig gespitzten Mund und den tanzenden Augen, wie sie Theophilos' Zorn erregt hatte, weil sie wieder geschwatzt hatte, erinnerte sich an die sonnigen Nachmittage im Garten am Brunnen, wenn sie sich ihre

Zukunft ausgemalt hatten, Welcher Mann? Wieviele Kinder? Sie erinnerte sich an das Kichern, wenn das Wort Liebe fiel. Sie dachte daran, wieviele Jahre sie mit Irene ein Zimmer geteilt hatte, die Betten nebeneinander, wie sie einander die Haare gebürstet, die Nägel gefeilt und die geheimnisvolle Entwicklung ihrer mageren Kinderkörper zu weichen gerundeten Formen geteilt hatten.

Sie klammerte sich an diese Bilder und wies das andere zurück, das sich immer wieder vordrängen wollte: die junge Frau in Purpurstiefeln in der Purpurtunika mit dem Perlendiadem und dem herausfordernd triumphierenden Blick.

Die Erste Kammerfrau blieb stehen. Sie waren am Ende eines Ganges angelangt. Ein schwerer Teppich verdeckte den Eingang in einen Raum. Zwei riesige schwarze Eunuchen standen rechts und links davon. Auf ein Nicken der Kammerfrau schlugen sie ihn beiseite und ließen Anna eintreten. Es war der offizielle Empfangsraum der Kaiserin. Er hatte die Ausmaße einer mittleren Kirche. Säulen, deren Mosaiksteinchen vor Gold glänzten, trugen eine hohe Decke, unter der zahllose goldene Käfige hingen, in denen Singvögel zwitscherten. Am Ende des Raumes war eine Apsis, zu der fünf Stufen emporführten. Hier saß die Kaiserin, angetan mit Brokatgewändern, auf einem hochlehnigen Stuhl, umgeben von einem Dutzend ihrer Hofdamen, die im Halbkreis den Thron umstanden, glitzernd und duftend.

Der Weg von der Tür bis zum Thron war lang, darauf berechnet, jedem, der ihn entlangschritt, vor Augen zu führen, wie klein und unbedeutend er war. Ebenso starr wie ihre Brokatgewänder war das Gesicht der Kaiserin. Es war sorgfältig bemalt, aber auch die verschwenderisch aufgetragene Schminke konnte nicht verdecken, daß es ein erschlafftes Gesicht war, die Mundwinkel abwärts gekrümmt, die Wangen schwer, Tränensäcke unter den Augen, die farblos wirkten wie abgeschliffene Flußkiesel. Keine Erinnerung an ein lachlustiges braunzöpfiges Mädchen, an Freundschaft, geteilte Geheimnisse, keine Weichheit und auch kein Überlegenheitsgefühl wie damals, als sie Helena und Anna verbannt hatte. Überhaupt kein Gefühl lag in diesem Gesicht, in diesen Augen, in dieser unbeweglichen Gestalt, an der kein Edelstein unter schneller gehendem Atem aufleuchtete.

Die Kaiserin ließ die Prinzessin Phokaina den ganzen langen Weg unter den Augen ihres Hofstaates zurücklegen wie jede andere Bittstellerin auch und gab durch nichts zu verstehen, daß sie sie kannte. Mit jedem Fuß, den sie vorwärts setzte, fühlte Anna sich mutloser werden. Sie hatte auf eine Unterredung unter vier Augen gehofft, darauf, daß die Zeit Wunden geheilt hatte bei Irene. Seit langem war sie Kaiserin, Maria von Alanien war eines elenden Todes gestorben, aber jetzt sah sie, daß Irene nichts vergessen und nichts vergeben hatte. Die Wunde der Eifersucht war nicht vernarbt, sondern hatte sich zu einer eiternden Schwäre entwickelt. Hier wurde nichts inszeniert als Annas Demütigung. Jeder Kniefall, so sehr er auch der Etikette folgte war, war eine Geste der Erniedrigung und wurde von den farblosen Augen ausdruckslos registriert.

In der Mitte des Saales, nach einem beinahe endlosen Weg, hatte Anna den Impuls, sich umzudrehen und davonzulaufen. Ihr Stolz bäumte sich auf. Sie war die Prinzessin Phokaina. Sie stammte aus einer Familie, die schon Kaiser für Byzanz gestellt hatte, als noch niemand von den Komnenen gehört hatte. Sie war es gewesen, die die kleine durchschnittliche und heimwehkranke Irene Dukaina zur Freundin erwählt hatte.

Anna richtete sich aus dem dritten Kniefall auf, das Kinn vorgereckt, die Augen kriegerisch funkelnd. Kaiserin hin oder her, diese Frau würde sie nicht einschüchtern. Sie würde jetzt … Doch dann fiel ihr ein, weshalb sie gekommen war, und ihre Entschlossenheit und ihr Stolz fielen wieder von ihr ab. Es ging um Markos. Sie war hier, um Markos' Leben zu retten. Und wenn sie dafür zwanzigmal vor Irene auf die Knie fallen und ihr schmeicheln mußte mit honigsüßen Worten, sie würde heucheln, sich demütigen, sich alles gefallen lassen, wenn es am Ende nur den Zweck erreichte. Alexios mußte ihr Markos zurückgeben.

Vor der ersten Stufe zur Thronapsis blieb Anna mit gekreuzten Armen und gesenktem Kopf knien. Das Zeremoniell schrieb vor, daß sie sich erst erheben und erst aufblicken durfte, wenn die Erste Kammerfrau auf ein Zeichen der Kaiserin die Erlaubnis gab. Das Zeichen kam nicht. Anna erschien es wie eine Ewigkeit. Die Vögel in ihren goldenen Käfigen zwitscherten, und die Kaiserin schwieg. Als Anna die Knie schmerzten und sie überlegte, wie lange sie es noch auf dem Boden aushalten konnte, ohne zu schwanken oder sonst ein Zeichen von Schwäche zu geben, sagte die Stimme der Ersten Kammerfrau hinter ihrer Schulter:

»Ihr dürft jetzt Euer Anliegen vortragen. Die edle Herrin ist gewillt, Euch anzuhören.«

So also, im Knien, ohne jede Möglichkeit, ihr in die Augen zu sehen, sollte sie Irene um das Leben ihres Sohnes bitten. Anna biß die Zähne zusammen und begann. Sie sprach lange und gut, und sie schloß mit der Erinnerung an die unglückliche Andromache, die nach dem Fall Trojas nicht nur den Tod Hektors beweinte, sondern auch noch zusehen mußte, wie man ihr den kleinen Sohn entriß, um ihn zur Hinrichtung zu führen. Eine Anspielung an die Stunden bei Theophilos, eine schwache Hoffnung, die Frau über ihr zwanzig Jahre zurückzuführen.

Nachdem sie geendet hatte, mußte sie wieder in dem zwitschernden Schweigen warten, bis die Kammerfrau hinter ihr sagte:

»Die Kaiserin hat Euch angehört. Die Kaiserin wird bedenken, um was Ihr sie gebeten habt. Nachricht wird Euch in den nächsten Tagen zugehen. Kommt!«

Das war die Formel, mit der lästige Bittsteller abgespeist wurden. Eine Antwort würde nie kommen. Sie hatte versagt. Es war ihr nicht gelungen, Irenes Herz zu rühren.

Anna erhob sich mühsam. Ihr ganzer Körper war steif geworden. Sie spürte erst jetzt, wie ihre Muskeln sich verkrampft hatten. Die Erste Kammerfrau half ihr und legte ihr die Hand unter den Ellbogen, als sie hochtaumelte. Dann stand Anna auf den Füßen. Sie mußte sich jetzt rückwärts entfernen, mit den gleichen Verneigungen wie beim Eintritt, den Kopf immer gesenkt. Aber jetzt stand sie einen Moment aufgerichtet und starrte die fünf Stufen empor in das starre, schwere, geschminkte Gesicht und begegnete einem solchen Blick des Hasses, daß sie zusammenzuckte.

Sie streckte unwillkürlich abwehrend die Hände aus und unterdrückte den Ausruf nicht, der sich ihr auf die Lippen drängte:

»Warum?«

Die Gewänder der Hofdamen rauschten auf, ihr erregtes Gemurmel vermischte sich mit dem Zwitschern der Vögel. Es war ein ungeheuerlicher Verstoß gegen die Etikette. Die Erste Kammerfrau legte die Hand schwer auf Annas Schulter und winkte mit den Augen Frauen herbei, die ihr helfen sollten, diese Wahnsinnige zu entfernen. Die Kaiserin hob leicht die Hand, und die Frauen blieben stehen. Irenes kieselfarbener Blick tauchte in Annas Augen, ihr dunkelroter Mund klaffte wie eine Wunde in dem weißgeschminkten Gesicht, als sie ihn lächelnd öffnete und lächelnd sagte:

»Weil Ihr Euch zu Recht mit Andromache vergleicht. Auch wir kennen unsere griechischen Sagen. Wir haben sie bei dem selben Lehrer gelernt. Andromache war die Frau, die sich nach dem Tod Hektors in das Bett des Siegers legte. Die Freuden, die sie dort empfing, mögen sie über die Verluste getröstet haben. Geht! Ich werde Euch niemals wieder empfangen.«

Sie nickte den Frauen zu, und Anna wurde von der Ersten

Kammerfrau und drei weiteren Hofdamen so eilig, wie es sich noch mit der Etikette vertrug, aus dem Saal, den Gang hinunter und in den Hof geleitet, in dem ihre Sänfte sie erwartete. Halbbetäubt ließ sich Anna mitführen. Sie mußte Irene mißverstanden haben. Irene wußte doch nichts von den Besuchen des Kaisers in Pera. Sie konnte nicht glauben, daß …

Doch, sagte Anna sich später, als sie die Sache nüchtern bedachte, Irene konnte vieles wissen. Sie war die Kaiserin. Sie hatte die Möglichkeit, ein Netz von Spionen zu unterhalten. Warum sollte sie keinen Spion in Larissa gehabt haben, der ihr mitteilte, wie es ihrer früheren Freundin in der Verbannung ging? Vielleicht machte das ja erst die Rache süß.

Anna hatte von Markos nicht anders als von Romanos' Sohn gesprochen, aber Irene hatte ihr gezeigt, daß sie es besser wußte. Sie und Boemund hatten in jenem Winter kein Geheimnis aus ihrer Liebe gemacht. Es war nicht schwer zu erraten, wessen Sohn Markos war. Aber wie infam, wie niederträchtig, ihr vorzuwerfen, sie sei nach Boemunds Tod die Geliebte des Kaisers geworden.

Anna setzte sich auf. Natürlich. Nicht die Eifersucht aus Mädchentagen hatte Irene beherrscht. Sie hielt Anna für Alexios' Geliebte. Sie wußte von seinen Fahrten über das Wasser nach Pera in den Sommerpalast der Phokoi, aber sie wußte nicht, daß dort nicht nur die Prinzessin Anna Phokaina Paläologa wohnte, sondern auch die Schwester Boemunds. Das war ein Geheimnis, das nicht einmal Irenes Spione aufgeklärt hatten.

Annas erster Gedanke war es, die Sänfte umkehren zu lassen, um Irene die Wahrheit zu sagen. Was scherten sie Helena und der Kaiser, wenn es um Markos' Leben ging! Aber dann, noch bevor sie den Mund aufgetan hatte, um den Befehl zu geben, wußte sie, daß es vergeblich sein würde. Irene würde sie nicht empfangen. Es gab nur noch einen Weg, Markos zurückzubekommen. Sie mußte zum Kaiser selbst vordringen. Und sie konnte nicht warten, bis er irgendwann einmal wieder zu einem seiner verstohlenen Besuche in Pera auftauchen würde, sie mußte so schnell wie möglich eine Audienz erhalten. Wenn sie offiziell eine Unterredung beantragte, dann würde ihr Gesuch durch fünf Instanzen von Hofbeamten gehen, die es jeder prüfen, kommentieren und weiterleiten würden. Bis sie Bescheid erhielt, konnten Wochen vergehen. Sie mußte Alexios abpassen, wenn er ohne solches Zeremoniell für jedermann zu sprechen war. Annas Haltung straffte sich. In drei Tagen gab es eine solche Möglichkeit. Wie jedes Jahr würden Kaiser und Kaiserin zum Fest des Heiligen Theodosius an einem feierlichen Gottesdienst in der Hagia Sophia teilnehmen. Auf dem Weg zurück von der Kirche zum Palast durfte sich jeder Bittsteller an den Kaiser wenden.

Boemund hatte zugestimmt, ohne die geringsten Einwände zu machen. Er würde Alexios den geforderten Lehenseid leisten.

Hugo von Vermandois nickte beifällig.

»Das ist ein weiser Entschluß«, lobte er. »Der einzig vernünftige. Dieser sture Gottfried von Bouillon hat überhaupt nichts begriffen. Ich habe mit Engelszungen auf ihn eingeredet, aber ich hätte ebensogut mit meinem Helm sprechen können. Und was ist am Ende geschehen? Er hat den Schwanz einziehen müssen. Ein beschränkter Holzkopf. Aber wäre er das nicht, so säße er noch in Niederlothringen. Der hat doch nicht das Kreuz genommen aus Frömmigkeit, sondern um seiner Schande zuvorzukommen. Er hat seine Länder so schlecht regiert, daß nicht mehr viel gefehlt hätte, und der Kaiser hätte ihn aus dem Amt gejagt. Dem kam der Aufruf des Papstes, das Heilige Grab zu befreien, gerade recht. Aber er ist nicht übel im Kampf. Er führt eine gute Truppe mit sich. Als Oberbefehlshaber des Kreuzheeres werde ich …«

»Als Oberbefehlshaber?« unterbrach Richard ihn unwillkürlich

Auf seinem Gesicht stand deutlich geschrieben, was er davon hielt.

Hugo von Vermandois, der Bruder des französischen Königs, der seit Monaten von Alexios´ Gnaden im Blachernenpalast lebte, sich in Seide und Brokat kleiden ließ, Schuhe mit Perlenstickerei trug, dessen Haar von duftenden Salben troff und dessen Hände, klein, weiß und fett, mit Ringen überladen waren, war für Richard auf dem Schlachtfeld überhaupt nicht vorstellbar. Am liebsten hätte er laut aufgelacht.

Hugo musterte ihn unfreundlich aus zusammengekniffenen Augen. Er sah einen jungen vierschrötigen Mann mit rotem Kraushaar und einem hellen, sommersprossigen Gesicht, aus dem ihm zwei wasserblaue Augen mit einem merkwürdigen Ausdruck anstarrten. Ein einfacher Ritter, der es gewagt hatte, ihn zu unterbrechen

Er räusperte sich mißbilligend.

»Als Oberbefehlshaber, gewiß«, sagte er gravitätisch. »Wenn Ihr darauf anspielt, daß der Papst keinen Oberbefehlshaber über das Kreuzheer ernannt hat – nun, das tut nichts zur Sache. Denn er brauchte es nicht. Wer anders als ich ist auserwählt, das Heer zu führen? Keiner der anderen Herzöge und Grafen ist mir gleichrangig. Ich kann meine Ahnen zurückverfolgen bis zu Karl dem Großen.«

»Das kann der Herzog von Niederlothringen auch«, sagte Richard unbeeindruckt.

Hugo war nicht zu erschüttern.

»Nur über seine Mutter, mein lieber Junge, nur über seine Mutter. Meine Familie aber trägt die Krone Frankreichs seit Jahrhunderten. Mein Bruder ...«

Boemund hatte einem Knappen einen Wink gegeben. Der trat jetzt näher und bot auf einem Holztablett drei Becher mit Wein.

»Erweist uns die Ehre, das Mahl mit uns zu teilen«, sagte Boemund. »Es wird allerdings einfach sein, nicht wie Ihr es von der Tafel des Kaisers kennt ...«

»Wie?«

Hugo warf die fetten weißen Hände in die Luft und ließ sie wie zwei Vögel flattern, »wie? Hat der Kaiser Euch nicht aus seinem Palast geschickt, was ihm in Küche und Keller zur Verfügung steht? Mich hat er, von Anfang an, so behandelt, wie es einem Mann meines Ranges gebührt. Ich mußte nicht in einem Kloster vor der Stadtmauer auf meinen Empfang warten. Ich bewohne eine Zimmerflucht im kaiserlichen Palast, ich werde verschwenderisch mit Geschenken überhäuft, die Freundlichkeit des Kaisers kennt keine Grenzen. Ich würde Eure Einladung gern annehmen, aber der Kaiser würde mir nicht verzeihen, wenn ich an seiner Abendtafel fehle. Doch ich bleibe gern noch ein Stündchen, denn ich möchte Euch noch einige Ratschläge im Umgang mit dem Kaiser geben. Ihr kennt ihn ja nicht.«

Richard stellte den Becher mit Wein hastig auf den Tisch und hustete.

»Zuerst einmal muß ich Euch etwas über die Stadt sagen«, begann Hugo, nahm auf einem der unbequemen hochlehnigen Stühle Platz und wies Boemund den Platz zu seiner Rechten an. Richard lehnte sich in die Fensternische.

»So etwas wie Konstantinopel findet man auf der Welt nicht wieder. Und das sage ich, der doch Paris kennt und Rom«, sagte Hugo und schlürfte den Wein.

»Ich kenne Konstantinopel und den Kaiser«, sagte Boemund ausdruckslos. »Es ist allerdings eine ganze Weile her.«

»Tatsächlich?« Hugo schien enttäuscht, aber er schluckte seine Enttäuschung mit Wein hinunter. »Ich möchte doch allerdings vermuten, daß Eure Kenntnis nur eine flüchtige ist. Ich hingegen darf mich rühmen, des Kaisers bester Freund zu sein. Es gibt keine Entscheidung, die Alexios ohne meinen Rat trifft. Wir werden uns wunderbar verstehen. Ich erobere das Heilige Land, Syrien und Ägypten und gründe ein großes Reich und eine Hauptstadt, die ebenso großartig ist wie Konstantinopel. Wir beide, Alexios und ich, werden gemeinsam ganz Asien beherrschen. Das Kreuz wird über der Welt leuchten.«

»Sind das die Pläne des Kaisers?« fragte Boemund.

Hugo lächelte verschmitzt.

»Noch nicht, mein Freund, noch nicht. Alexios hat noch gar nicht begriffen, welche Möglichkeiten sich uns bieten. Ich werde ihm erst die Perspektiven zeigen, die sich daraus ergeben, daß der Bruder des Königs von Frankreich und der Kaiser von Byzanz Seite an Seite die Türken und die Araber besiegen.«

»Seite an Seite? Alexios will an der Spitze an seiner Truppen an dem Marsch auf Jerusalem teilnehmen?« fragte Boemund rasch.

»Nun, gesagt hat er es noch nicht«, räumte Hugo ein, »aber etwas anderes ist doch gar nicht vorstellbar. Schließlich ist er unser oberster Lehensherr. Es ist seine Pflicht. Und«, fügte er mit einem listigen Lächeln hinzu, »er wird sehr froh sein, wenn er Konstatinopel verlassen kann. Im Augenblick ist sein Palast, bei aller Größe, nicht groß genug für ihn und die Kaiserin. Ich kenne das von meinem Bruder. Seit Philipp mit Bertrada von Montferrat zusammenlebt, hat er keine ruhige Minute mehr gehabt. Alexios kann großem Ärger aus dem Weg gehen, wenn er ins Feld zieht. Seine Frau und seine Geliebte ...«

Boemund drehte müßig den Becher zwischen den Fingern.

»Palastklatsch interessiert mich nicht«, sagte er kühl. »Und wenn der Kaiser sich einen Harem hielte wie der Kalif von Bagdad – was geht uns das an?«

Hugo war gekränkt.

»Nein, nein, kein Harem, das ist ja das besondere daran. Wenn Alexios gelegentlich herumhuren würde wie jeder normale Mann, wer würde das auch nur erwähnen? Bisher galt er als tadelloser Ehemann. Jedermann glaubte, er begnüge sich damit, seiner Frau jedes Jahr ein Kind zu machen. Aber jetzt flüstert man in allen Gängen im Blachernenpalast, daß er seit Jahren eine Geliebte hat. Man sagt, sie sei die schönste Frau des Reiches. Drüben in Pera lebe sie in einem riesigen Palast, eine Prinzessin aus altem Adel. Ihren Mann habe er ins Kloster stecken lassen. Den Namen habe ich mir nicht gemerkt. Wer kann sich auch diese griechischen Namen merken? Nichts als as und os und äs und eus.«

Hugo unterbrach sich, nahm einen tiefen Schluck aus dem Weinkelch, wischte sich mit dem Handrücken über die Lippen und fuhr fort, ohne unterbrochen zu werden.

»Gerade daß man noch ein paar christliche Vornamen findet, an die man sich halten kann. Der Kaiser also hat diese Frau – ach ja, Anna, so heißt sie, das habe ich behalten – dort seit Jahren verborgen. Niemand hat etwas über sie gewußt. Und nun ist sie plötzlich, vor drei oder vier Tagen, zur Audienz bei der Kaiserin erschienen. Ich weiß nicht, was sie wollte, aber die Kaiserin hat sie vor ihrem ganzen Hofstaat heruntergemacht und hat sie öffentlich als die Mätresse ihres Mannes bezeichnet. Ein Gefäß mit griechischem Feuer, auf ein Schiffsdeck geschleudert, kann keine größere Wirkung hervorrufen. Denn niemand hat davon gewußt – und plötzlich stellt sich heraus, daß die Kaiserin es doch gewußt hat. Armer Alexios. Er wird einiges auszustehen haben. Ich erinnere mich daran, daß mein Bruder …«

Richard unterdrückte ein Gähnen und fragte sich, wann Boemund dem träge dahinströmenden Redefluß dieses Narren ein Ende machen würde. Er sah zu seinem Onkel hinüber. Offenbar hörte der bereits nicht mehr zu. Er saß ganz ruhig, die Beine locker ausgestreckt, drehte den Pokal zwischen den Fingern und starrte in die dunkle Flüssigkeit, als sähe er auf dem Grund des Bechers etwas, das seine ungeteilte Aufmerksamkeit erforderte. Hugo konnte ungestört seine lange pointenlose Anekdote über Philipp von Frankreich und seine rothaarige Mätresse beenden. Dann, als Schweigen sich im Raum ausbreitete, fühlte sogar er, daß der Gesprächsstoff zwischen ihm und den Normannen erschöpft war. Er erhob sich in all seiner Pracht, bunt und schillernd wie ein kostbarer Fisch, und verabschiedete sich endlich zu Richards Erleichterung, der die Strapazen der letzten Tage, in denen sie nahezu ununterbrochen im Sattel gewesen waren, in allen Knochen spürte.

Sich dehnend und reckend, sagte er, nachdem sie Hugo von Vermandois umständlich hinauskomplimentiert hatten:

»Unerträglich! Ein eitler Dummkopf und Wichtigtuer. Der und Oberbefehlshaber? Dem würden noch nicht mal die Troßbuben gehorchen. Der sollte lieber auf weichen Kissen im Kaiserpalast liegen bleiben, Konfekt knabbern, dem Hofklatsch lauschen und seine byzantinische Hofdame liebkosen. Das muß eine sonderbare Frau sein, die sich ausgerechnet den als Liebhaber erwählt.«

Boemund winkte dem Pagen und ließ ihn von neuem seinen Becher füllen.

»Oh, sie tut es nicht freiwillig, nehme ich an. Es ist eine altbekannte Spezialität der Byzantiner, daß sie ihren Gästen und ihren Feinden Frauen beigesellen, die sie aushorchen und verraten sollen.«

»Eine Magd meinetwegen, aber doch keine Frau von Rang und Adel! Soweit kann sich doch keine erniedrigen«, sagte Richard schockiert. »Oder ist in Byzanz alles möglich? Ich werde jedenfalls die Augen offen- und den Mund geschlossenhalten, wenn sich mir eine Hofdame der Kaiserin nähert.«

Boemund leerte den Becher in einem Zug. Er musterte seinen Neffen über den Rand aus halbgeschlossenen glitzernden Augen.

»Ein lobenswerter Vorsatz. Wenn ich dir raten darf: schau sie gar nicht erst an! Wenn sie kommt, dreh dich um und lauf so schnell du kannst! Es gibt vielerlei Gift in Konstantinopel. Die Augen der Byzantinerinnen enthalten das tödlichste.«

Richard lachte auf.

»Du hälst mich für einen Frischling, wie? Aber ich habe schon meine Erfahrungen gemacht, und ich kann dir sagen, Onkel, ich bin dir ganz ähnlich. Kein Weib kann mein Herz so mit Freude anfüllen wie der Kampf. Ich bin nicht nach Konstantinopel gekommen, um in den Armen einer schwarzhaarigen Griechin zu schmachten, sondern um für den HERRN in den Krieg zu ziehen. Es ist mein Schwert, das dürstet, nicht mein Herz.«

»Gut!« sagte Boemund. »Möge es immer so bleiben! Und jetzt geh zu Bett, Richard, bevor du hier im Stehen einschläfst! Ruh dich morgen aus! Wir sind übermorgen beim Kaiser zum Empfang geladen. Byzantinische Empfänge sind anstrengender als ein siebentägiger Ritt durchs Gebirge.«

Richard grinste, und das Grinsen verwandelte sich in ein Gähnen. Unter der Tür blickte er sich noch einmal um und hob verabschiedend die Hand. Boemund sah nicht hin. Der Page schenkte ihm Wein nach, und Boemund blickte auf den Strahl, der aus dem Krug in den Becher schoß. Es war etwas so Finsteres und Kaltes in seinem Gesicht, daß Richard unwillkürlich fröstelte.

Anna hatte nicht gewußt, worauf sie sich einließ. Ihr Leben war hinter den schützenden Mauern großer Paläste vergangen, in Parks, die von nahezu unsichtbaren Händen gehegt wurden, in geräumigen Gemächern, die gesäubert waren, bevor sie sie betrat, in Kirchen, in denen sie einen Ehrenplatz einnahm, geschieden von den übrigen Gläubigen. Volk kannte sie nur in der Gestalt der Diener, die bei Tisch aufwarteten, der Sänftenträger, der Zofen, Menschen, die gesund waren, in fleckenloser Livree lautlos einhergingen, gebadet und parfümiert waren, nur sprachen, wenn man das Wort an sie richtete, und sich jederzeit auf einen Wink mit tiefer Verbeugung entfernten. Nichts hatte sie auf den Pöbel von Konstantinopel vorbereitet. Die Soldaten der kaiserlichen Garde hielten eine breite Schneise frei, durch die Kaiser und Hofstaat reiten konnten. Sie standen breitbeinig, Schulter an Schulter, und drängten die Menge mit vorgestreckten Lanzen zurück.

Der große Platz vor der Hagia Sophia war schwarz von Menschen, die an diesem Tag, dem Tag des heiligen Thesodosius, aus ihren Quartieren gekommen waren, aus den dunklen Löchern, in denen sie hausten, in lichtlosen Höfen, über Werkstätten und Lagern, in Kellern und auf Dachböden, eine unendliche Menge von Alten, Weibern, Kindern und Männern, die sich vorwärtsdrängte, von den Wachen zurückgestoßen wurde und zurückflutete, immer in Bewegung, jammernd, weinend, brüllend, fluchend, ein einziges großes Tier, schmutzstarrend, stinkend und gefährlich.

Anna hatte sich zum Barbarator rudern lassen, angetan mit einem einfachen schwarzen Umhang mit Kapuze, nur begleitet von einer Zofe, mit der sie nach der Landung zu Fuß durch die Straßen ging, denn sie wollte jedes Aufsehen vermeiden, sich dem Kaiser als eine Bittstellerin unter anderen präsentieren und dem Volk kein Schauspiel bieten. Zunächst ließ sich alles gut an. Es war ein warmer sonniger Apriltag, der schon die Fülle des kommenden Sommers vorwegnahm, und die Gassen waren menschenleer, bis sie in die Nähe des großen Platzes vor der Hagia Sophia gelangten. Mehrere hundert Schritt vom eigentlichen Platz begann das Wogen der Menge. Anna verlor nach wenigen Minuten die Zofe von ihrer Seite und fand sich allein, eingekeilt inmitten von Leibern, die nach Knoblauch und rohen Zwiebeln stanken, nach Schweiß und Krankheiten. Spitze Ellenbogen stießen sie in die Seite, ihr Fuß glitt auf matschigem Obst aus, das auf dem Pflaster verfaulte, ein plärrendes Kind riß an ihrem Rocksaum und wischte sich damit den Rotz vom Gesicht, ein alter Mann blies ihr seinen weinstinkenden Atem ins Gesicht und griff nach ihrem Arm, Anna schwankte, ihr wurde übel und sie fürchtete, sie müßte sich übergeben. Daß sie den Kaiser nicht würde erreichen können, wurde ihr klar. Sie würde sich nie bis zu den Gardisten durchdrängen können, sie konnte nur noch nach einem Weg suchen, fortzukommen, zurück zum Tor, zum Boot, zu der klaren Luft, zu der frischen Brise über dem Wasser. Aber vergebens. Sie war zu weit vorgedrungen, um umkehren zu können. Leiber umstanden sie wie ein Wall, den sie nicht durchbrechen konnte.

Sie konnte nichts weiter tun als abzuwarten. Sie zog die Kapuze tief ins Gesicht, nahm den Umhang eng um sich und suchte, so gut es ging, der Berührung durch die fremden Körper auszuweichen. Sie schätzte später, daß sie so zwei Stunden mit der Menge gewartet hatte. Dann stieg ein Jubelschrei aus tausend Kehlen zum Himmel, kehrte zurück und brach sich an den Mauern, Türmen und Kuppeln. Der Kaiser hatte die Hagia Sophia verlassen und begann seinen langen Ritt die mese hinunter. Jeder, der einen günstigen Platz errungen hatte – viele waren deshalb schon am Abend vorher gekommen und hatten auf dem Pflaster geschlafen – konnte dem Kaiser persönlich seine Bittschrift überreichen oder seine Skrofeln vorweisen, seine Pusteln, seine Eiterbeulen und darauf hoffen, daß sie heilten, wenn der Kaiser seine Hand auf sie gelegt hatte. Manche hatten ihre kranken Angehörigen auf einer Bahre mitgebracht und schoben sie dem Kaiser in den Weg, damit wenigstens sein Schatten auf die Gebrechlichen fiele, andere streckten ihre Köpfe vor, die mit Geschwüren bedeckt waren, blatternarbige Gesichter, hohl von Hunger und Erschöpfung, reckten sehnige Arme aus mit Händen, gekrümmt wie Klauen von harter Arbeit, und alle schrien um Gnade und Erbarmen.

Der Kaiser ritt langsam auf seinem weißen Pferd mit goldenen Zügeln von der Kirche zum Blachernenpalast am anderen Ende der Stadt, ein Ritt, der Stunden dauerte und ihm alles Elend der glänzenden Stadt zeigte, das sich sonst in finsteren

Höfen und Kellergewölben verbarg. Endlich löste sich die Menge auf, der Druck ließ nach, Anna konnte etwas freier atmen. Sie schaute sich um. Das beständige Fluten der Menge hatte sie in eine Gasse gespült, eng und krumm und lichtlos, von hohen Häusern umstanden. Sie wußte nicht, wo sie war, und wandte sich fragend an einen der Umstehenden.

»Zum Barbarator?«

Ein Gesicht wandte sich ihr zu, durchrunzelt von tausend feinen Fältchen wie kleine Risse in der Haut, ein Gesicht ohne Lippen, ohne Zähne, die Nase spitz herausragend, die Augen tief eingesunken und vor Bosheit funkelnd. Anna zuckte zusammen, wandte sich ab, ohne auf Antwort zu warten und ging blindlings vorwärts. Die Gasse führte auf eine zweite ähnliche und an ihrem Ende fiel ein breiter Streifen Sonnenschein in die Düsternis. Anna lief darauf zu, so schnell sie konnte. Nur heraus aus diesem Unrat, diesem Gestank, diesem Elend.

Sie fand sich an einer Ecke zur mese, nahe dem Augusteum, blieb stehen und atmete tief durch. Hier hatte der Kaiser den Weg längst passiert. Abfall auf dem Pflaster zeigte an, daß die Menge hier stundenlang ausgeharrt hatte. Jetzt war sie auseinandergelaufen, die Soldaten der Garde begannen abzurücken. Nur ein Reitertrupp trabte langsam von der Hagia Sophia heran. Anna trat einen Schritt zurück. Ihre Kapuze war herabgeglitten. Sie hob die Hand, um sie wieder über den Kopf zu ziehen und hielt mitten in der Bewegung inne, so jäh, als wäre sie vom Blitz getroffen.

Richard fand Konstantinopel überwältigender, als er es sich vorgestellt hatte. Eine berittene Leibgarde hatte sie am Morgen im Kloster von Kosmas und Damian abgeholt und sie zur Hagia Sophia geleitet. Sie hatten als Geschenk des Kaisers zwei Pferde für Boemund und seinen Neffen mit sich geführt, Pferde, deren Anblick Richard den Atem verschlug, denn er hatte noch nie so edle Araber gesehen. Dann begannen sie ihren Ritt durch die Stadt, und Richard hätte sich vier Augen und vier Ohren und zwei Nasen gewünscht, um alles aufnehmen zu können, was er unterwegs sah, hörte und roch. Doch dann, als er hinter Boemund die große Kirche betrat, vergaß er alles über dem großen Staunen, das ihn erfüllte.

Jemand hatte ihm erzählt, daß Kaiser Justinian, als er die Kirche nach ihrer Fertigstellung zum ersten Mal betrat, eine lange Weile stillgeschwiegen und dann gemurmelt habe: »Salomo, ich habe dich übertroffen.« Richard war geneigt, ihm zuzustimmen. Der große Tempel Salomos in Jerusalem konnte niemals größer und prachtvoller gewesen sein als diese Kirche. Kirche? Das war keine Kirche, wie Richard sie kannte, schwerlastend von Stein und dunkel. Dies war ein Raum aus gesponnenem Licht.

Wände und Pfeiler waren verkleidet mit farbigem Marmor aus aller Welt, grünem aus Karystos und buntem aus Phrygien, blutrotem aus den jassischen Bergen, goldglühendem aus Libyen und schwarzem Onyx aus Thrakien. Über den mächtigen Pfeilern erhob sich in schwindelnder Höhe die riesige Kuppel über einem Kranz von Fenstern, und es schien Richard, sie liege nicht auf den Pfeilern auf, sondern sie schwebe vom Himmel herab, strahlend, funkelnd im Glanz tausender goldener Mosaiksteinchen. Es schien, als flute das Licht des Paradieses direkt in das Kirchenschiff hinein, ein Versprechen auf das himmlische Jerusalem, das sie alle erwartete. Während der ganzen langen Zeremonie ließ Richard seine Augen durch die Kirche spazieren, und er fand immer eine neue Einzelheit, die er vorher nicht bemerkt hatte, und die so schön, so kostbar, so vollkommen war, daß es ihm den Atem verschlug und er sich schwindelig fühlte, als sie endlich, lange nach dem Kaiser, im Anschluß an seinen Hofstaat die Kirche verließen und sich wieder in die Obhut ihrer Begleiter begaben. Er bestieg den geschenkten Araber und schloß zu

Boemund auf, der bereits in Richtung der mese den Platz überquerte. Richard gab seinem Pferd die Sporen – es reagierte schon auf den leichtesten Druck der Schenkel, wie er mit Vergnügen feststellte – und holte seinen Onkel ein.

Platz wie angrenzende Straße sahen wüst aus. In Fetzen flatterten Papier, Stoffe, Stroh über das Pflaster, Reste von Fladenbroten, fettigen Kuchen und zertretenes Obst lagen in Haufen umher, umsurrt von großen schwarzen Fliegen. Hunde schlichen dazwischen herum und schnüffelten, einmal glaubte Richard auch, eine Ratte vorüberhuschen zu sehen. Er lenkte sein Pferd vorsichtig und passte sich der langsamen Gangart von Boemunds Tier an. Hinter ihnen klirrten die Waffen der Garde, die sie begleitete.

Zwei Straßenecken weiter geriet sein Pferd plötzlich ins Stolpern. Richard zügelte es und blickte auf. Er sah am Rand der Straße eine dunkelgekleidete Frau, die Hand erhoben, als wolle sie ihr Haupt mit der herabgeglittenen Kapuze verhüllen, und sei dabei in der Bewegung erstarrt.

Sie war nicht mehr jung, ohne daß Richard hätte sagen mögen, wie alt sie war. Ein längliches Gesicht, umgeben von einer Wolke schwarzen Haares, mit einer schmalen gebogenen Nase, großen dunklen Augen, in denen der Schreck stand, und einem Mund, der zu einem lautlosen Schrei geöffnet war.

Während er sie noch betrachtete, war ihm, als zerbräche ihr Gesicht, als fiele eine Maske davon ab und an die Stelle des Schrecks trat eine Freude, die ihr Gesicht aufglänzen ließ, daß er dachte, sie strahle einen ebenso goldenen Glanz aus wie die Kirche.

Boemund hatte sein Pferd wieder auf Trab gebracht und war einige hundert Meter voraus. Richard holte ihn ein, schob sich an seine Seite und fragte:

»Hast du diese Frau eben bemerkt? Ich glaube, sie hat dich angesehen. Ich glaube, sie kennt dich. Sie muß dich wiedererkannt haben.«

»Unsinn, ich kenne keine Frau in Konstantinopel«,sagte sein Onkel.

»Aber hast du nicht gesehen, wie sie aufgestrahlt hat, als sie dich angesehen hat?«

»Nein. Aber daran wirst du dich gewöhnen müssen, mein Lieber. Das war ein ganz professioneller Blick. Diese Frau ist nichts weiter als eine Hure.«

Richard schüttelte den Kopf.

»Das hätte ich nicht gedacht. Sie sah gar nicht danach aus. Kein billiger Schmuck, kein Parfum, ein schlichter schwarzer Umhang – sie sah eher wie eine ehrbare Witwe aus.«

»In Byzanz sehen die Dinge immer anders aus, als sie tatsächlich sind. Wir müssen uns beeilen. Wir können den Kaiser nicht warten lassen.«

Boemund ließ sein Pferd in Galopp fallen, und Richard schloß sich ihm schweigend an.

Anna erinnerte sich nicht, wie sie in den Palast in Pera zurückgekommen war. Die Zofe erzählte ihr, sie habe sie stundenlang gesucht und endlich an einer Straßenecke gefunden, wo sie mit einem verzückten Gesichtsausdruck bewegungslos stand, während ihr die Tränen ununterbrochen aus den Augen strömten. Ein Kreis von Menschen hatte sich um sie gebildet, den sie nicht wahrgenommen hatte. Die Zofe hatte sie am Arm ergriffen, und Anna hatte sich widerstandslos fortführen lassen, ohne auf eine Frage eine andere Antwort zu geben als: er lebt.

In diesem Zustand war sie von der ängstlichen Zofe zu Helena gebracht worden.

»Ich glaube, sie ist verrückt geworden, Herrin«, sagte das Mädchen furchtsam.

Helena musterte die zerrauften Haare, das beschmutzte und eingerissene Kleid der Freundin, rümpfte die Nase über den Geruch, den sie ausströmte, und stellte die gleichen Fragen, die das aufgeregte Mädchen gestellt hatte, und erhielt dieselbe Antwort: er lebt.

Helena ergriff einen Krug mit schneegekühltem Wasser, der in ihrer Nähe stand, und goß den Inhalt mit Schwung über die Wahnsinnige. Das brachte Anna zur Besinnung.

Sie wischte sich das Naß aus den Augen, schüttelte sich und sagte:

»Was ist los? Warum tust du das?«

»Damit du aufhörst, dich aufzuführen, als sei dir der Herr Jesus persönlich erschienen und habe dir einen Platz im Paradies garantiert. Was ist los?«

»Er lebt!« sagte Anna schlicht und begann bereits wieder zu strahlen.

»Natürlich lebt er. Hast du gedacht, der Kaiser habe Markos in den letzten vier Tagen umbringen lassen?«

»Nicht Markos, Boemund.«

Helena trat einen Schritt zurück.

»Was?«

»Ja! Ich habe ihn gesehen. Ich stand am Straßenrand und er ist an mir vorübergeritten. Helena, er ist nicht tot. Er lebt!«

Helena sah an ihr vorüber auf die Zofe.

»Laß den Branntwein bringen, den der Arzt für besondere Fälle in seiner Apotheke hat. Dies ist ein besonderer Fall. Setz dich auf den Diwan, Anna, ans offene Fenster, und atme ganz ruhig durch!«

Anna warf den Kopf zurück, daß die aufgelösten Haare um ihr Gesicht züngelten wie Schlangen.

»Sei nicht töricht, Helena. Ich bin nicht geistesgestört. Ich habe meine Sinne beieinander. Ich habe deinen Bruder gesehen, genauso wie ich dich sehe.«

»Boemund ist seit fünfzehn Jahren tot. Du kannst ihn nicht gesehen haben. Es sind jetzt viele Franken in der Stadt. Michael von Skutari hat gesagt, Gottfried von Niederlothringen – der, der Pera angezündet hat, Gott verdamme seine Seele – sei nur der erste gewesen von zahllosen Rittern, die das Kreuz genommen haben und sich auf den Weg ins Heilige Land gemacht haben. Franken, verstehst du, Anna? Blonde, große Männer. Du hast einen gesehen, der Boemund ähnlich sah. Ein junger Mann aus der Normandie, wer weiß, vielleicht sogar jemand, der mit den Hautevilles verwandt ist. Eine Ähnlichkeit, weiter nichts.«

»Ich habe ihn gesehen,« sagte Anna hartnäckig.

»Eine Täuschung,« sagte Helena sanft.

Die Zofe kam mit einem Krug Branntwein zurück und goß davon in einen kleinen Becher aus Bergkristall.

»Nur einen Schluck, hat der Arzt gesagt.«

Sie hielt den Becher Anna hin, die ihn mit einer Handbewegung zur Seite fegte. Er entglitt den Händen des Mädchens und zerschellte auf dem Marmorboden. Ein scharfer Geruch nach Alkohol stieg auf.

»Behandelt mich nicht wie eine Idiotin! Ich weiß, wen ich gesehen habe. Ich bin nicht kurzsichtig oder schwachsinnig. Ich halte nicht jeden blonden Hünen für Boemund.«

»Du würdest ihn nicht erkennen, wenn er tatsächlich zurückgekommen wäre. Es ist fünfzehn Jahre her.«

Anna sah sie mit einem langen Blick an.

»Willst du nicht aufhören, dummes Zeug zu reden, Helena? Warum sollte er denn nicht leben? Ich habe seinen Leichnam nicht gesehen, ich war nicht bei seinem Begräbnis. Ich habe geglaubt, daß er tot sei, weil man es mir gesagt hat. Aber ich hatte nie einen Beweis dafür, nicht den geringsten.«

»Wer hat es dir gesagt?«

»Der Hauptmann, der die Villa der Paläologen zurückerobert hat. Boemund hatte eine Bewachung dagelassen. Die haben die Byzantiner niedergemacht und dann haben sie Zoe und ihre Töchter fortgebracht. Ich wollte nicht gehen, ich wollte auf Boemund warten, aber der Hauptmann hat mir gesagt, ich würde umsonst warten, er sei gefallen. Später hat Alexios es mir bestätigt.«

Helena drückte sie auf ein Polster, setzte sich neben sie und nahm ihre Hand.

»Denk nach, Anna! Warum sollten sie dich belogen haben? Alle beide? Das macht doch keinen Sinn.«

»Nein?«

Anna entzog ihr die Hand, stand auf und wanderte durch das Zimmer.

»Der Hauptmann hatte sehr wohl einen Grund. Er hatte den Befehl, Romanos' Familie in Sicherheit zu bringen. Ich wollte nicht gehen – was sollte er tun? Mir den Schwertgriff über den Schädel schlagen? Wirkungsvoll, aber respektlos. Da hat er zu einer Lüge gegriffen, und ich bin willig mitgegangen. Bestimmt hat er Alexios davon berichtet, und für den Kaiser muß es wie ein Geschenk des Himmels gewesen sein.«

»Das verstehe ich nicht.«

»Alexios war rührend besorgt um mich. Er befreite mich von meiner Schwiegermutter und ihren Töchtern, ließ mich nach Pera geleiten und veranlaßte, daß ich die Verfügungsgewalt über das Vermögen meines Mannes erhielt, um es für Markos zu bewahren. Er hätte auch anders handeln und mich als ehebrecherische Geliebte seines Feindes ins Kloster sperren können. Aber da wäre ich ihm nicht von Nutzen gewesen.«

»Von welchem Nutzen?«

»Er bat mich – als Gegenleistung sozusagen, aber so habe ich es damals nicht begriffen – dich in mein Haus aufzunehmen. Es war für ihn viel bequemer zu erreichen als das Jagdhaus seines Bruders in Chalkedon. Und wenn etwas über seine Besuche durchsickern würde, dann würde alle Welt glauben, daß sie mir galten. Niemand würde auf die Idee kommen, daß er hier Boemunds Schwester aufsucht.«

Sie blieb stehen und starrte Helena an.

»Es hat funktioniert. Ich war bei Irene, und sie hat mich beschuldigt, Alexios' Geliebte zu sein. Siehst du, Alexios hätte nichts Besseres geschehen können. Wenn Boemund nicht tot war, so war es doch nützlich, daß ich ihn für tot hielt. Kommt dir das wie das Denken einer Wahnsinnigen vor?«

»Es klingt logisch«, gab Helena zögernd zu. »Ich traue es Alexios zu, dich und mich jahrzehntelang zu täuschen. Aber dennoch glaube ich nicht, daß du recht hast, Boemund heute gesehen zu haben. Hat er, hat dieser Mann, den du für Boemund hälst, dich auch wiedererkannt?«

Anna schüttelte den Kopf.

»Er hat mich nicht bemerkt. Ich war nichts als eine einfache Frau am Straßenrand. Er ritt in einem Haufen von Männern und blickte nicht zur Seite.«

»Stell dir vor, welch ein Zufall das wäre! Boemund reitet ausgerechnet in dem Moment die mese hinunter, wenn du am Straßenrand stehst! Solche Zufälle gibt es nicht. Es war ein junger Franke, der ihm ähnlich sah.«

»Darüber müssen wir nicht streiten. Das können wir feststellen lassen.«

Sie nickte dem Mädchen zu, das die Scherben zusammenfegte.

»Laß Michael von Skutari rufen!«

»Michael?« sagte Helena gedehnt. »Wenn jemand es feststellen könnte, dann er mit all seinen Verbindungen, das ist sicher. Aber wieso glaubst du, daß er dir die Wahrheit sagen würde? Könnte er dich nicht genauso belügen wie der Hauptmann und Alexios?«

»Michael belügt mich nicht.«

»Und warum hat er dir dann nicht gesagt, daß Boemund lebt?«

»Ich habe ihn nie gefragt.«

»Und jetzt willst du ihn fragen.«

»Ja. Er wird wissen, wo Boemund logiert. Er wird ihm eine Botschaft von mir bringen und dann, Helena, und dann…«

Helena biß sich auf die Lippen, als sie das Leuchten in Annas Augen sah.

Boemund hatte nicht zuviel gesagt, als er behauptete, ein Empfang bei dem Kaiser von Byzanz sei eine Strapaze. Das Defilee, die Verneigungen, die huldvollen Worte des Kaisers an die, die ihm vorgestellt wurden, ihre zeremoniellen Erwiderungen – das alles dauerte Stunden, während derer nur der Kaiser auf einem marmornen Thronsessel saß, alle anderen aber stehen mußten. Dreimal verschwand der Kaiser durch eine Seitentür und kam in neuen, noch prächtigeren Gewändern wieder hervor.

Als endlich die Reihe an die Normannen kam, vorgestellt zu werden, erwies der Kaiser dem Herzog von Tarent hohe Gunst. Er erhob sich von seinem Thron, nachdem Boemund die vorgeschriebenen Fußfälle absolviert hatte, schritt die Stufen herunter und führte ihn abseits, um in Ruhe, wenn auch beobachtet von hunderten von Augen, mit ihm zu sprechen. Richard, der die beiden Männer scharf beobachtete, fand, daß der äußeren Herzlichkeit ihres Umgangs die innere Wärme fehlte. Beide sprachen mit einem Lächeln, maßen einander jedoch mit kalten Blicken.

»Er ist dir nicht wohlgesonnen«, sagte Richard auf dem Rückweg in ihr Quartier, als er an der Seite seines Onkels ritt.

»Wie kommst du darauf?«

»Ich konnte es sehen.«

»Du hast recht. Wir sind Feinde und werden es immer bleiben. Aber im Augenblick brauchen wir einander. Ohne Alexios' Hilfe kann kein Heer ins Heilige Land gelangen, und ohne die Hilfe der Kreuzritter wird Alexios die Seldschuken vor den Toren Konstantinopels nicht los. Sie halten Nikäa. Das ist keine hundert Meilen von hier. Der Kaiser braucht es unbedingt zurück. Dafür benötigt er mich.«

»Er hat doch Hugo von Vermandois, Gottfried von Bouillon und diesen Franzosen, der jetzt heranzieht, den Grafen von Toulouse.«

Boemund zuckte hochmütig die Schultern.

»Was sollen ihm die schon nützen? Er braucht keine Herzöge und Grafen, die aus welchen Gründen auch immer nach Jerusalem pilgern, er braucht einen Feldherrn. Er hat mir vor langer Zeit das Angebot machen lassen, mich zum Domestikos zu ernennen. Heute habe ich das Angebot angenommen.«

»Er hat dich zum obersten Feldherrn des byzantinischen Reiches ernannt?« rief Richard aus.

Boemund brach in sein lautes dröhnendes Gelächter aus.

»Du hättest sein Gesicht sehen sollen, als ich ihm das sagte. Niemand, der auf Zitronen beißt, könnte saurer dreinschauen. Er hat sich gewunden wie ein Aal und sich so herausgeredet, wie es nur Byzantiner können. Kurzum, ich kann mir Hoffnungen machen, Domestikos zu werden, sobald Alexios Erfolge gesehen hat.«

»Aber du willst das doch nicht im Ernst werden?« fragte Richard, »du bist doch nicht über das Meer gefahren, um Dienste in Byzanz zu nehmen. Du stehst im Dienst Gottes.«

»Ich stehe in niemandes Dienst«, versetzte Boemund. »Ich diene nur mir selber.«

»Aber du hast das Kreuz genommen, um das Grab Christi zu befreien.«

Boemund streifte ihn mit einem spöttischen Blick.

»Habe ich das? Versprich mir, Richard, daß du nicht von meiner Seite weichst. Ich brauche dein Gewissen, weil ich selbst keines habe.«

Richard war verwirrt und wußte keine Antwort. Es blieb ihm auch erspart, nach einer suchen zu müssen, denn sie hatten das Tor durchritten und näherten sich dem Kloster von Kosmas und Damian. Die Leibgarde geleitete sie noch in den Hof, dann verabschiedete sich der Hauptmann, die Gardisten trabten hinaus, das große hölzerne Tor wurde hinter ihnen geschlossen. Boemund und Richard sprangen aus dem Sattel, überließen die Pferde den herbeieilenden Knechten, und Boemund legte seine Hand auf die Schulter seines Neffen.

»Laß dich nicht anfechten, Junge! Ich schwöre dir, wir beide werden gemeinsam am Grabe des HERRN beten.«

Sie gingen einige Schritte nebeneinander her, dann blieb Boemund plötzlich stehen.

»Wir haben Besuch, scheint es«, sagte er.

Richard sah einen untersetzten Mann von etwa vierzig Jahren vor sich, in reichen Gewändern und mit pelzbesetztem Hut, der sich tief verneigte. Ein Kaufmann, dachte Richard, kein Adliger würde sich so tief verbeugen.

Der Mann sprach Boemund auf französisch an, das er fließend, wenn auch mit starkem Akzent sprach.

»Seid gegrüßt, Herr Herzog von Tarent. Ich bin Michael von Skutari. Gestattet mir eine Unterredung. Ich habe eine Botschaft für Euch.«

Boemund erwiderte die Verbeugung mit einem knappen Kopfnicken.

»Von wem?«

Der Mann warf einen sprechenden Blick auf Richard.

»Mein Neffe bleibt. Ich habe vor ihm keine Geheimnisse.«

Der Mann räusperte sich und sagte mit spürbarem Unbehagen:

»Die Botschaft kommt von der Prinzessin Anna Phokaina Paläologa.«

Boemunds Hand, die locker auf Richards Schulter gelegen hatte, krampfte sich plötzlich zusammen. Richard biß sich auf die Lippen, um nicht aufzuschreien unter dem jähen Schmerz.

»Behaltet sie für Euch, mein Freund! An Nachrichten dieser Dame bin ich nicht interessiert. Richtet ihr das bitte aus! Wenn Ihr mich jetzt entschuldigen wollt!«

»Aber, mein Herr Herzog, wollt doch bitte ...!«

Mit einem ebenso knappen Nicken wie vorhin ging Boemund an Michael von Skutari vorbei und ließ ihn mit seinem halben Satz mitten auf dem Hof stehen.

Richard und sein Onkel vertauschten das schwere kostbare Hofgewand mit leichten Tuniken und trafen sich eine Stunde später bei einem einfachen Mahl. Richard hatte sich tagelang gewundert, warum Boemund seine eigenen Leute auschickte, frisches Fleisch und Gemüse auf dem Markt zu besorgen und zuzubereiten. Nach dem Blick, mit dem der Kaiser ihn gemessen hatte, verstand er die Vorsichtsmaßnahme besser. Es mußte Alexios wie eine unerträgliche Provokation erschienen sein, daß sein Feind seit langen Jahren, den er mühsam aus dem Land vertrieben hatte, nun mit Truppen unbehelligt durchziehen konnte, ja, sogar noch seine Unterstützung beanspruchen konnte. Konnte er denn sicher sein, daß Boemund als Freund kam, als Helfer gegen die Seldschuken und daß er nicht plötzlich das Schwert gegen Byzanz erheben würde?

»Ich habe einen Boten zu Tankred geschickt«, sagte Boemund und zerschnitt das Fleisch mit dem Dolch. »Unsere Leute können in drei Tagen hier sein. Dann leiste ich dem Kaiser den Eid, du und Tankred auch, und dann werden wir übergesetzt und vereinigen uns mit dem hochgeschätzten Gottfried und seinem Bruder Balduin.«

Er ergriff den Becher und leerte ihn in einem Zug. Es war bereits der dritte, und Richard wunderte sich darüber, kannte er seinen Onkel doch sonst als einen mäßigen Trinker.

»Marschieren wir dann los?«

»Nein, dann warten wir voll christlicher Geduld oder Ungeduld auf Raimund von Toulouse, der sich reichlich Zeit läßt. Es wird Mai sein, wenn wir aufbrechen können.«

Richard wunderte sich über Boemunds Tonfall und fragte: »Warum ärgert dich das? Mai ist doch eine gute Zeit zum Kriegführen. Es wird nicht mehr regnen, und es wird warm sein in den Nächten.«

Boemund lachte auf.

»Gesegnet sei deine Unwissenheit, Richard. Es wird kalt

sein in den Nächten, und an den Tagen so heiß, daß du glaubst, du würdest in deiner Rüstung lebendig gebraten wie der heilige Laurentius auf dem Rost. Nein, es wird nicht regnen, es wird trocken sein, und es wird keinen Brunnen geben im Umkreis von Meilen, und die Lasttiere werden brüllen vor Durst und dann verrecken, und du wirst neben deinem Pferd einhergehen und ihm eine Ader öffnen und sein Blut saufen, um nicht zu verdursten. Wir werden durch die Hölle gehen.«

Richard, der gerade sein Brot in die Sauce tunken wollte, ließ es über dem Teller schweben.

»So schlimm wird es nicht werden. Wir sind doch an heiße Sommer gewöhnt.«

»Italien ist nicht Asien«, sagte Boemund. »Aber du hast recht. Wir werden durchkommen. Was aber wird aus diesen Männern aus dem Norden, die nur eine blasse Sonne kennen und feuchte grüne Wiesen und schattige Wälder? Die noch nie gegen türkische Reiterei gekämpft haben?«

»Was soll aus Hugo von Vermandois werden?« fragte Richard spöttisch.

»Es liegt doch auf der Hand. Sie alle brauchen einen Befehlshaber, der mit Hitze, Trockenheit und Türken fertig wird.«

»Sie brauchen dich.«

»Ich werde sie anführen und auf den Weg nach Jerusalem bringen und dann ...«

»Auf den Weg?«

Richards Augen wurden groß vor Erstaunen.

»Heißt das, du willst nicht nach Jerusalem ziehen? Hast du nicht gesagt, daß wir gemeinsam in der Grabeskirche beten wollen?«

»Jedes zu seiner Zeit«, erwiderte Boemund und wischte sich die fettigen Finger am Mundtuch ab.

Auf seinen Wink eilte der Knappe herbei, um seinen Becher von neuem zu füllen. Ein Diener öffnete die zweiflügelige

Tür, die vom Hof hereinführte und wollte etwas ankündigen, wurde aber energisch zur Seite geschoben. Richard wandte den Kopf.

Eine Frau in einem schwarzen Gewand trat herein, schüttelte die Kapuze vom Kopf und wandte sich mit raschem Schritt zu dem Platz, an dem Boemund saß. Richard erkannte sie. Es war die Frau, die er am Mittag in der Stadt gesehen hatte und von der Boemund gesagt hatte, sie sei wahrscheinlich von zweifelhaften Sitten.

Anna hatte den zurückgekehrten Michael von Skutari angehört und war bleich geworden.

»Das kann er nicht gesagt haben!« rief Helena ungestüm. »Ich werde zu ihm gehen«, hatte Anna sie schroff unterbrochen. »Das ist eine Sache zwischen ihm und mir. Ich werde ihm alles erklären. Er weiß doch gar nicht, daß ich ihn für tot gehalten habe. Wir haben uns am letzten Morgen gestritten. Er wird denken, daß ich freiwillig mit dem Kaiser gegangen bin. Vielleicht hat er auch die Gerüchte über mich und Alexios gehört. Ich muß ihm alles erklären. Ich gehe sofort zu ihm.«

»Ich begleite dich.«

»Michael wird mit mir gehen.«

Michael von Skutari hatte unbehaglich zugestimmt. Unterwegs hatte er die eine oder andere Andeutung fallen lassen, daß fünfzehn Jahre eine lange Zeit seien und sich vieles in diesen Jahren ändere, auch die Menschen, auch ihre Gefühle. Anna hatte ihm nicht zugehört. Sie hatte nur die Rede vorbereitet, mit der sie Boemund über alles aufklären würde, jedes Mißverständnis aus der Welt schaffen würde.

Jetzt stand sie ihm gegenüber, nur eine Tischbreite trennte sie von ihm, und sie fand keine Worte, konnte ihn nur anstarren, seinen Anblick mit den Augen trinken. Sie sah, was unverändert an ihm war, das dunkle Blau der Augen, die starke Nase, die breiten Schultern, und sie sah die Veränderungen, die einzelnen grauen Haare, die sich an den Schläfen in das

Flachsblond mischten, die Fältchen, die wie ein weißer Fächer auf der gebräunten Haut um die Augenwinkel lagen, die Furchen, die zwischen Mund und Nase verliefen, die Lippen, die schmaler geworden waren und fast blutleer, so sehr waren sie zusammengepreßt. Sie sah die Falte zwischen den Brauen, die tiefer geworden war, und sie sehnte sich danach, daß er lächelte und die Arme ausbreitete und sie an seine Brust sinken könnte. Aber erst einmal mußte sie alles erklären.

Sie holte tief Luft und sagte:

»Ich muß mit dir sprechen. Allein.«

Boemund schüttelte den Kopf.

»Mein Neffe bleibt. Es braucht dich nicht zu genieren. Er versteht kein griechisch.«

»Brauchst du einen Schutzschild? Vor mir? Früher warst du mutiger. Da bist du der Griechin allein und nackt gegenübergetreten.«

»Damals warst du jung, Anna. Da war es reizvoll, mit dir allein zu sein. Weshalb bist du gekommen?«

Richard verstand kein Wort, aber er hörte in Boemunds Stimme den seidenweichen sanften Ton, der Tankred das Fürchten gelehrt hatte, und wünschte um ihretwillen, diese Frau wäre nicht gekommen.

»Ich will dir alles erklären.«

»Erspare mir das bitte! Nichts ist gräßlicher als eine abgelegte Geliebte, die nach vielen Jahren eine alte Affäre wieder aufwärmen will. Ich wundere mich über dich. Die Nächte sind lange vorüber, in denen ich mit Anna Phokaina das Lager geteilt habe. Ich habe mich manchmal gern an dich erinnert. An ein schönes, kluges, stolzes Mädchen. Wo sind jetzt dein Stolz und deine Klugheit? Kommst du nach so vielen Jahren zu mir, um mich anzubetteln, dich wieder in mein Bett zu nehmen? Soll ich die Erinnerung an eine läufige Hündin mit nach Jerusalem nehmen?«

Richard sah, daß Boemund Worte wie Peitschenhiebe benutzen mußte, denn die Fremde krümmte sich unter ihnen, als würde sie geschlagen. Aber sie gab nicht auf.

Sie ballte die Hände zu Fäusten und atmete tief ein, dann sagte sie mit zitternder Stimme.

»Das habe ich nicht verdient. Du bist bitter geworden. Vielleicht ist das verständlich. Du weißt ja nicht, was sie mir angetan haben. Ich habe dich nicht verlassen. Ich habe immer nur dich geliebt. Ich liebe dich noch heute.«

»Wie rührend«, sagte Boemund mit seiner katzenweichen Stimme. »Leider kann ich dir dieses Geständnis nicht erwidern. Männer wie ich sind nicht treu, Anna. Wir haben auf jedem Feldzug ein neues Liebchen. Du warst eine wunderbare Bettgenossin für einen Winter, nach dir sind andere gekommen, und es werden noch eine Reihe anderer kommen, hoffe ich. Für Männer wie mich sind Frauen ein Zeitvertreib, ein Spielzeug zwischen den Schlachten. Ich bin ein Eroberer, Anna, und kein Liebhaber. Du hättest besser daran getan, deine Liebe deinem jämmerlichen, aber häuslichen Gatten zuzuwenden. Er wäre dir dafür dankbar, und du würdest mich jetzt nicht belästigen.«

»Du sprichst nicht im Ernst«, rief sie.

Boemund hob die Hände zum Nacken und nestelte unter seiner Tunika ein Lederband hervor. Er zog es über den Kopf. Richard sah, daß daran ein Medaillon befestigt war. Boemund legte es auf die flache Hand und streckte es Anna hin. Die Hand zitterte nicht.

»Ich habe immer noch dein Geschenk. Nimm es zurück! Es wird sicher einen anderen Mann geben, dem du es schenken kannst.«

Richard sah, daß mit der Frau eine Veränderung vor sich ging. Sie richtete sich hoch auf und starrte Boemund mit flammenden Augen aus einem totenbleichen Gesicht an.

»Behalte es!« schleuderte sie ihm entgegen. »Trage es in jedem Kampf, in den du gehst! Ich will nicht, daß du in der

Schlacht stirbst. Den Heldentod auf dem Feld der Ehre! Nicht für dich! Du sollst in einem finsteren Winkel auf einem Bündel Stroh verrotten, bei lebendigem Leib verfaulen, Glied um Glied. Du sollst dir selbst zum Abscheu werden und dir soll vor deinem eigenen Anblick ekeln. In Verzweiflung sollst du sterben, umgeben vom Haß deiner Feinde und fern von allen, die dich lieben.«

»Wie dramatisch, Anna«, sagte er und seufzte. »Der Himmel bewahre uns vor den Szenen früherer Mätressen. Darf ich jetzt meine Mahlzeit fortsetzen?«

Sie maß ihn einen Moment lang mit einem mörderischen Blick, dann drehte sie sich um und ging aus dem Saal, aufrecht und langsam, erhobenen Hauptes. Richard bewunderte sie für die Würde und den Stolz, die in ihrem Abgang lagen.

Boemund zog seinen Dolch aus dem Braten, wog ihn einen Moment in der Hand und schleuderte ihn dann.

Richard schrie auf.

Der Dolch traf in Schulterhöhe den linken der hölzernen Türflügel, einen Sekundenbruchteil, nachdem die Tür sich hinter Anna geschlossen hatte, und blieb zitternd im Holz stecken.

Das erste Mal sah Richard den berühmten Raimund von St.Gilles, Graf von Toulouse, in Konstantinopel, und er war enttäuscht. Er hatte sich den reichsten und mächtigsten der Kreuzfahrer, der eine Tochter des Königs von Aragon geheiratet und in Spanien gegen die Mauren gekämpft hatte, imposanter vorgestellt. Raimund war ein drahtiger kleiner Mann mit ergrautem Haar und stechenden Augen, der etwa zwanzig Jahre älter als Boemund sein mochte.

Er trat mit Bestimmtheit auf, pochte darauf, daß ihn der Papst vor seiner großen Rede in Clermont ins Vertrauen gezogen hatte, daß er der erste gewesen war, der das Kreuz genommen hatte und daß ihn der päpstliche Legat begleitete.

Daraus leitete er den Anspruch ab, das Kreuzheer zu führen, und sehr zum Mißvergnügen Hugos schienen Gottfried von Bouillon und Stephan von Blois bereit, diesen Anspruch anzuerkennen. Gottfrieds Bruder Balduin und Boemund hielten sich bedeckt, bis es zum ersten Konflikt kam.

Raimund weigerte sich, dem Kaiser den Eid zu leisten, den alle anderen Fürsten geschworen hatten. Es war klar, daß Alexios die provenzalischen Truppen nicht eher auf das asiatische Ufer übersetzen lassen würde, ehe er nicht den Schwur erhalten hatte. Die Fürsten saßen zusammen und redeten mit Engelszungen auf den störrischen Mann ein.

Hugo von Vermandois und Gottfried nahmen Raimund persönlich übel, daß er nicht nachgeben wollte, wo sie sich unterworfen hatten, Stephan von Blois und Robert von der Normandie betrachteten Raimunds Widerstand als kindisch, da der Eid ja doch unvermeidlich war.

Boemund griff den Provenzalen hart an.

»Es ist unverantwortlich, aus persönlichem Ehrgeiz das ganze Unternehmen zu gefährden. Der Kaiser wird Euch und Euer Heer nicht ziehen lassen, wenn Ihr den Eid nicht schwört. Jeder Tag, den wir hier tatenlos herumhängen, wird Menschenleben kosten. Und wenn wir uns etwas nicht leisten können, dann sind es Verluste.«

»Ihr gewiß nicht«, gab Raimund höhnisch zurück. »Ihr habt die kleinste Truppe von uns allen. Euch muß natürlich jeder Mann teuer sein.«

»Teuer in der Tat. Meine Leute sind diszipliniert und gut ausgebildet. Ich kommandiere keine bessere Räuberbande.«

Das war mehr als eine Anspielung darauf, daß Raimund auf dem Weg nach Byzanz keine Disziplin in seinem Heer hatte halten können und die Provenzalen so hemmungslos geplündert, gesengt und vergewaltigt hatten, daß Alexios ihnen ein Heer entgegengeschickt und sie in offener Feldschlacht bezwungen hatte.

Die anderen Fürsten verwandelten ein aufsteigendes Lachen in Husten und Gemurmel. Raimund biß sich auf die Lippen.

»Ich bezweifele, daß es Euch überhaupt um Jerusalem geht. Ihr habt doch nur das Kreuz genommen, um Euch eine Herrschaft zu erobern, die Euch angemessener dünkt als Euer Zaunherzogtum von Tarent. Habt Ihr nicht den Kaiser gebeten, Domestikos zu werden? Wollt Ihr nicht den Oberbefehl über uns alle? Ihr benützt die Gelegenheit, um die Männer, die aufgebrochen sind, das Heilige Grab zu befreien, Euren Zwecken dienstbar zu machen. Deshalb könnt Ihr getrost dem Kaiser den Eid leisten. Ich erkenne nur Christus als meinen Lehensherrn an. Ihm diene ich. Um seinetwillen ziehe ich nach Jerusalem!«

Boemund maß ihn aus schmalen Augen.

»Ihr werdet Jerusalem nicht erreichen, wenn Ihr starrsinnig bleibt. Wir alle werden Jerusalem nicht erreichen. Wir sind aufeinander angewiesen. Begreift Ihr denn nicht? Wir werden monatelang durch Feindesland marschieren, wir werden monatelang kämpfen müssen. Der Feind kann uns aus den Tiefen des Raumes immer neue Truppen entgegenwerfen, seine Ressourcen sind unerschöpflich. Wir hingegen sind abgeschnitten von unserer Heimat. Weder aus Frankreich noch aus Italien werden wir Zuzug bekommen. Keiner unserer Toten ist ersetzbar. Unser Nachschub an Lebensmitteln kommt nicht über das Meer aus Flandern und der Normandie, es kommt einzig und allein aus Byzanz. Nur der Kaiser ist imstande, uns die Unterstützung zu geben, die wir brauchen. Wir zählen fast hunderttausend Mäuler, die es zu stopfen gilt. Die werden nicht satt durch das, was wir unterwegs vom Wegesrand pflücken oder in den Dörfern erstehen. Wir brauchen Führer durch das Land, die die Straßen kennen, die wissen, wo Brunnen und Flüsse sind. Sind Eure Provenzalen etwa ortskundig? Wenn Ihr die Hilfe des Kaisers verschmäht, macht Euch besser gleich auf den Rückweg! Sonst werdet Ihr noch vor Antiochia verrecken.«

»Ich verschmähe die Hilfe des Kaisers nicht. Ich bin bereit mich ihm unterzuordnen, wenn auch er das Kreuz nimmt und mit seinem Heer nach Jerusalem zieht.«

Es war Balduin von Boulogne, der scharf dazwischenfuhr:

»Nein. Wir haben Männer genug und sind alle kriegserfahren. Wir brauchen den Kaiser als Feldherrn nicht.«

Boemund warf ihm einen langen Blick zu und lächelte. Balduin starrte zurück und erwiderte das Lächeln mit einem angedeuteten Heben der Mundwinkel.

»Ihr auch?« sagte Raimund verächtlich. »Dann ist es verständlich, warum Ihr die Partei des Herzogs von Tarent ergreift. Ihr habt also die Absicht, Alexios' Hilfe in Anspruch zu nehmen, aber Ihr wollt ihn nicht dabeihaben, wenn es darum geht, die Eroberungen zu verteilen. Ihr wollt sie für Euch behalten. Ihr habt gar nicht die Absicht, das Grab des HERRN zu befreien. Ihr wollt Euch hier niederlassen und Fürstentümer begründen. Deshalb, Balduin, habt Ihr Eure Frau und Eure Kinder mitgenommen. Deshalb soll der Kaiser nicht mit uns ziehen. Habt Ihr ihm nicht geschworen, daß Ihr ihm die Städte und Landschaften übereignet, die Ihr erobert? Was ist Euer Schwur wert? Wollt Ihr mich überreden, so zu schwören wie Ihr? Einen Meineid?«

Hugo von Vermandois sprang auf. Die anderen schrien durcheinander, Robert von Flandern legte die Hand an die Hüfte, wo sonst das Schwert saß. Durch den Tumult verschaffte sich Boemunds Stimme mühelos Gehör.

»Wir haben geschworen, dem Kaiser zurückzuerstatten, was des Kaisers ist, und diesen Schwur werden wir halten. Habt nicht auch Ihr, Graf von St. Gilles, Frau und Sohn mitgenommen? Wollt Ihr behaupten, daß Ihr nach der Eroberung Jerusalems den Staub des Heiligen Landes von Euren Füßen schüttelt und nach Hause zurückkehrt? Sollen wir Euch das glauben?«

Zustimmendes Gemurmel erhob sich. Hugo setzte sich

wieder. Gottfried, der neben seinem Bruder saß, schien die Zeit gekommen, seine Bedeutung durch eine Wortmeldung zu unterstreichen.

»Verschwendet nicht unsere Zeit, Raimund! Wenn Alexios will, daß Ihr schwört, dann werdet Ihr es tun müssen. Wir alle mußten es tun. Sonst wird er Euch besiegen, wie er mich besiegt hat und Eure Soldaten hinten in Thessalien, wo Ihr sie zurückgelassen habt.«

Zornesröte stieg in Raimunds Gesicht, als er wiederum an die Niederlage seiner Truppen erinnert wurde. Er wollte heftig antworten, aber Boemund kam ihm zuvor.

»Wenn Alexios Euch angreift, dann findet Ihr mich an seiner Seite«, sagte er kalt.

Raimund sah sich um. Sie saßen auf Feldstühlen im Halbkreis um ihn herum, die Nordfranzosen, die Lothringer, die Normannen, und in allen Gesichtern las er denselben unnachgiebigen Ausdruck. Sie standen auf Boemunds Seite.

Am nächsten Tag leistete Raimund dem Kaiser einen modifizierten Eid, wie er in Südfrankreich üblich war. Er unterwarf sich Alexios nicht als Vasall, sondern er gelobte nur, nichts zu tun, was dem Kaiser Schaden und Nachteil bringen könnte.

Zu Richards Erstaunen war der Kaiser mit diesem Eid zufrieden und behandelte Raimund fortan mit ausgesuchter Höflichkeit. Er schien ihn allen anderen Kreuzrittern vorzuziehen. Als Richard Boemund gegenüber darüber eine Bemerkung machte, verzog sein Onkel nur spöttisch den Mund.

»Aber natürlich. Alexios und Raimund haben einen gemeinsamen Feind: mich, das verbindet.«

Kurz darauf wurden alle Kreuzfahrer auf das asiatische Ufer übergesetzt, bei sonnigem warmen Wetter und Windstille, und Stephan von Blois bemerkte, den Bosporus zu überqueren, sei auch nicht anders, als die Seine oder Marne zu überschreiten. In mehreren Heersäulen marschierten sie auf Nikäa zu.

Boemund blieb in Konstantinopel zurück, um mit den kaiserlichen Beamten über Nachschub an Getreide und Vieh zu verhandeln. Tankred führte die Normannen.

»Hälst du es für klug, ihm den Oberbefehl zu geben?« hatte Richard gefragt, und Boemund hatte gleichgültig gesagt:

»Ein paar Tage durchs Land zu marschieren und ein Lager vor den Mauern einer Stadt aufzuschlagen, das wird Tankred nicht überfordern. Außerdem geht er nicht allein, sondern im Verband mit Gottfried, Balduin, Stephan und den beiden Roberts.«

»Seit du ihn geschlagen hast, ist er nicht mehr dein Freund«, gab Richard zu bedenken.

Boemund lachte.

»Er war noch nie mein Freund. Er ist niemandes Freund. Er ist gierig auf Beute, und er wird sich an den halten, der ihm die meiste Beute verspricht.«

Der Marsch ging ohne Schwierigkeiten vonstatten.

Aber als sie den Paß von Civetot herabschritten, erwartete sie ein grausiger Fund. An der schmalsten Stelle war der Weg versperrt von verrosteten Waffen und den in der Sonne bleichenden Gebeinen jenes wüsten Haufens von landlosen Bauern, Bettlern und Räubern, die sich im Jahr zuvor mit Peter dem Einsiedler auf den Weg gemacht und von den Türken unter ihrem Sultan Kilidsch Arslan abgeschlachtet worden waren.

Sie machten zwei Tage Halt und begruben die Toten, dann marschierten sie weiter. Von Alexios hatten sie erfahren, daß der Weg nach Nikäa frei sei, denn Kilidsch Arslan, obwohl er von der Ankunft der abendländischen Heere gehört hatte, setzte seinen Krieg gegen den Emir der Danischmendiden im Osten seines Reiches fort. Nach dem leichten Sieg über die Scharen Peters verachtete er wohl die Franken als Gegner. Niemand verlegte ihnen den Weg zur Hauptstadt seines Reiches, die sein Vater vor zwanzig Jahren den Byzantinern abgenommen hatte.

Beim Anblick Nikäas blieb Richard vor Staunen der Mund offen. Er hatte Konstantinopel für die einzige riesige Stadt des Ostens gehalten, alle anderen Städte aber für so kleine mauerumgürtete Flecken, wie er sie aus seiner Heimat kannte, Orte für höchstens vier- bis fünftausend Einwohner. Aber Nikäa, wenn auch nicht so groß wie Konstantinopel, war bestimmt größer als Rom.

Beim Abreiten stellten sie fest, daß die Mauern mehr als vier Meilen lang waren, und sie zählten zweihundertvierzig Wachtürme. Von Osten, Norden und Süden konnten sie die Stadt belagern, im Westen aber stiegen die Mauern direkt aus dem Wasser eines großen Sees auf, über den sich die Einwohner mit allem Nötigen versorgen konnten. Die Franken würden die Stadt im Sturm nehmen müssen, aushungern konnten sie sie nicht.

Da Raimund noch nicht erschienen war, reichte das Heer der Kreuzfahrer nur aus, um die Stadt im Osten und Norden einzuschließen, die Südseite mußten sie freilassen, bis die Provenzalen erschienen.

Was sie an Proviant mitgeführt hatten, erschöpfte sich in wenigen Tagen, und die Ausplünderung der umgebenden Landschaft erbrachte nicht mehr als einen Mundvorrat für weitere vier Tage, denn die Einwohner Nikäas, vorbereitet auf eine Belagerung, hatten, was sie an Lebensmitteln und Vieh in der Umgebung gefunden hatten, in die Stadt geschafft und das Land dann verwüstet.

Am sechsten Mai schlugen die Franken ihr Lager unter den Stadtmauern auf. Zehn Tage später erschien Boemund, und er erschien nicht allein. Er brachte Wagenladungen von Mehl, getrocknetem Fleisch und gedörrtem Gemüse mit und der Jubel der Männer, die sich mit knappen Rationen durch die Tage gequält hatten, schien grenzenlos. Als Raimund zwei Tage später mit den Provenzalen auftauchte und seinen Platz an der Südseite der Stadt einnahm, scholl ihm von überall her das

Lob Boemunds entgegen. Sein Mund wurde schmal, während er zuhörte.

Ein Sturm auf die Mauern wurde von der seldschukischen Besatzung leicht abgewiesen. Die Kreuzfahrer lagen unter den Mauern und warteten wie die Einwohner Nikäas auf den Sultan, der aus dem Osten herangestürmt kam, nachdem er mit dem Emir der Danischmendiden einen Waffenstillstand geschlossen hatte. Der Sultan griff an der Südseite an. Zugleich wurden die Verteidiger Nikäas auf den Mauern so aggressiv, daß weder die Normannen noch die Lothringer wagten, ihren Abschnitt von Truppen zu entblößen, und es war schließlich allein das Verdienst Raimunds und der Provenzalen, den Sultan in die Flucht geschlagen zu haben.

Das Lager erscholl vom Lobe Raimunds, die Fürsten beglückwünschten ihn, und Boemund gratulierte wie die anderen. Seine Augen glitzerten spöttisch. Sie setzten die Belagerung der Stadt fort. Der Mai verging, der Juni brach an, die Tage waren hell und heiß, und der Staub aus der Ebene legte sich wie eine dünne Haut auf ihre verschwitzten Leiber.

»Die Stadt wird sich nicht ergeben, solange sie sich über den See versorgen kann«, sagte Boemund.

Der byzantinische General Tatikios, den Alexios ihnen mit einigen Pioniertruppen zur Seite gestellt hatte und dessen Leute vordringlich damit befaßt waren, Belagerungsmaschinen herzustellen, nickte.

»Wir müssen den See in unsere Hand bringen.«

»Wie denn?« fragte Gottfried und fuhr sich mit der Zunge über die trockenen Lippen. »Unsere Truppen reichen aus, die Stadt einzuschließen, aber nicht, um auch noch den See zu umfassen.«

»Wir müßten Schiffe auf dem See haben«, sagte Boemund nachdenklich.

»Sollen wir aufhören, Belagerungstürme zu errichten und stattdessen Ruderboote bauen?« fragte Raimund höhnisch.

»So ungefähr«, sagte Tatikios. »Ich werde dem Kaiser Bericht erstatten.«

Ende Juni sahen sie den Erfolg seines Berichts.

Alexios hatte leichte Schiffe auf Wagen über das Gebirge geschickt. Sie setzten sie, mit Byzantinern bemannt, auf dem See aus, und damit war Nikäa von der Welt abgeschnitten. Im Rat der Fürsten wurde beschlossen, am übernächsten Tag zum Sturm auf die Stadt anzutreten. Der Tag dazwischen diente der Vorbereitung, in kriegstechnischer Hinsicht ebenso wie der Vorbereitung ihrer Seelen in Gebet, Beichte und Sakramentsempfang. Nach einer Nacht, in der alle den unruhigen Schlaf derer schliefen, die nicht wußten, ob sie den nächsten Abend erleben würden, standen sie noch im Dunkeln auf, legten ihre Rüstungen und Waffen an, sattelten ihre Pferde, brachten die Belagerungsmaschinen in Stellung und richteten ihre Blicke, als die Sonne aufging, auf die Wälle der Stadt.

Ein wütendes Geschrei stieg zum Himmel. Das Banner von Byzanz flatterte über den Mauern von Nikäa, und auf ihnen standen byzantinische Soldaten. Nikäa hatte sich dem Kaiser ergeben. Heimlich in der Nacht hatten die Einwohner die Tore zum See geöffnet, und aus den Booten waren die Byzantiner in die Stadt geströmt und hatten die Macht übernommen. Nach zwanzig Jahren war Nikäa nach Byzanz heimgekehrt.

Die Kreuzfahrer unter seinen Wällen, die sie seit zwei Monaten belagert hatten, sahen sich um die Früchte ihrer Arbeit geprellt. Nikäa war nicht erstürmt worden, es durfte nicht geplündert werden.

»Griechischer Verrat!« sagte Gottfried.

»Wir sind alle betrogen worden«, murrte Raimund.

Boemund hob eine Braue und sagte sanft:

»Nur Ihr! Haben wir nicht alle, außer Euch, Raimund, geschworen, dem Kaiser zurückzuerstatten, was sein war? Nikäa ist zweifelsfrei Bestandteil des byzantinischen Reiches.

Die Stadt gehört Alexios. Wer will ihm da verdenken, daß er sie lieber unversehrt zurückerhält als gebrandschatzt?«

»Griechenfreund«, brummte Gottfried abfällig.

Boemunds Ton wurde schärfer.

»Auch uns hat Alexios einen Gefallen getan. Wir können endlich abziehen. Wer weiß, wie lange wir hier noch hätten liegen, wieviele Verluste wir noch hätten hinnehmen müssen. Jeder Tag, den wir hier verbringen, ist teuer bezahlt. Wir haben Juni. Und jetzt ist es schon heiß wie in der Hölle. Bedenkt, wie lang die Strecke noch ist, die vor uns liegt! Endlich sind wir frei, unseren Weg fortzusetzen.«

Dagegen gab es nichts zu sagen.

Der Kaiser versammelte die Fürsten noch einmal um sich und machte ihnen für die entgangene Beute von Nikäa reiche Geschenke. Dann sammelten die Kreuzfahrer ihre Truppen und marschierten ab, nicht ohne daß es noch einmal zu einem heftigen Streit kam.

Raimund von Toulouse beanspruchte den Oberbefehl über das gesamte Heer, und Boemund, aufreizend gelassen gegen Raimunds Forderung argumentierend, scharte die Reihe der nordfranzösischen und normannischen Grafen hinter sich. Es war der päpstliche Legat, der einen salomonischen Ausweg fand. Sie teilten das Heer in zwei Marschsäulen, die mit Tagesabstand aufbrechen sollten, die erste unter Boemunds, die zweite unter Raimunds Führung. Bischof Adhemars Gegenwart war ein Segen für das ganze Unternehmen. Niemand außer ihm hätte der Kirche soviel Autorität bei den Rittern verschafft. Weil alle wußten, daß er ein streitbarer Mann war, der auch in der Schlacht kommandieren konnte, wenn er auch das Schwert nur zur Verteidigung führte, waren alle bereit, sich seinem Spruch zu unterwerfen, wie sie es bei einem bloßen Pfaffen nicht getan hätten.

Fröhlichen Herzens brachen sie aus Nikäa auf. Der Ruf: »Nach Jerusalem! Gott will es!« erscholl aus vollen Kehlen.

Sie waren reichlich mit Nahrung, Wasser und sogar Wein versehen, marschierten und ritten frühmorgens, rasteten um die Mittagszeit und legten die größte Strecke zurück, wenn sich der Abend ankündigte. Ihr Weg führte durch ein enges Tal, rechts und links ragten kahle graue Felswände auf, die ihnen Schatten spendeten. Sie folgten einem breiten Flußbett, in dessen Mitte noch ein Rinnsal floß, ein kläglicher Rest der Wassermassen, die im Frühjahr nach der Schneeschmelze zu Tal flossen.

Am Abend des fünften Tages kamen die Späher zurück, atemlos, aufgeregt, und schrien ihre Botschaft heraus, sobald sie das Lager erreicht hatten. Sie hatten türkische Bogenschützen erspäht, eine kleine Truppe, offenbar ebenso zu Aufklärungszwecken unterwegs wie sie selbst. Die Türken hatten sich sofort zurückgezogen, und als sie ihnen vorsichtig gefolgt waren, hatten sie über den Kamm des Berges hinweg das Heer Kilidsch Arslans entdeckt. Zelt an Zelt, eine riesige Stadt aus Leinwand.

Ihre Worte flogen von Mund zu Mund und erregten Schrecken. Unter den Frauen erhob sich ein Heulen und Jammern, die Männer fluchten, und jeder richtete seine Augen auf die Felsen rechts und links von ihnen, als kämen die Seldschuken schon über sie.

Die Fürsten trafen sich in Boemunds Zelt.

Die Narbe, die Tankreds Braue spaltete, flammte rot in dem bleichen Gesicht.

»Es kann nicht sein. Kilidsch Arslan kann kein so großes Heer ausgehoben haben. Er hat doch Krieg im Osten mit den Danischmendiden. Er kann seine Grenze dort nicht entblößen.«

»Wenn ich an Kilidsch Arslan Stelle wäre«, sagte Robert von der Normandie, »würde ich mit den Danischmendiden einen Waffenstillstand schließen.«

Boemund hob ungeduldig die Hand.

»Zerbrechen wir uns nicht unseren Kopf über Kilidsch Arslan, sondern denken wir lieber daran, wie wir uns retten können. Wir dürfen hier nicht bleiben. Diese Schlucht wird zur Todesfalle für uns, wenn es den Türken gelingt, sie abzuriegeln. Ohne großen Aufwand können sie uns von oben und von vorn mit Pfeilen überschütten und wir sind ihnen ohnmächtig ausgeliefert. Wir müssen hier heraus.«

»Und wie?«

Boemund winkte einem der Späher.

»Wie lang ist dieses Schlucht? Wann gelangen wir in die Ebene?«

Der Mann trat vor, kratzte sich im Nacken und überlegte.

»Zu Pferde braucht man das Viertel eines Tages, Herr, aber mit den Fußsoldaten, dem Troß, den Weibern gewiß einen ganzen Tag. Und dann erreicht Ihr nichts als einen Talkessel, aber nicht die freie Ebene. Den Türken bleibt dann immer noch der Vorteil, daß sie die Höhen besitzen.«

»Du bist in diesem Tal gewesen?«

Der Mann nickte.

»Ich kenne es gut. In anderen Zeiten bin ich Hirte hier und hüte meine Ziegen.«

»Gibt es dort Wasser?«

»Ja, Herr, eine Quelle, die reichlich Wasser spendet.«

Boemund erhob sich.

»Wir brechen auf. Gebt den Befehl weiter! Wir brechen sofort auf und werden dieses Tal bis zum Morgengrauen erreicht haben.«

»Die Reiter und die Fußsoldaten?« fragte Tankred.

Boemund maß ihn mit einem kalten Blick.

»Alle brechen auf. Wir nehmen die Kranken mit, die Weiber, alle Wagen.«

»Ihr habt gehört, Boemund, daß wir dann nicht schnell genug sind«, wandte Robert von der Normandie ein.

»Wer zurückbleibt, erlebt den morgigen Mittag nicht mehr.

Macht das bekannt! Es wird unseren Marsch außerordentlich beschleunigen. Wir brechen in einer Viertelstunde auf! Du!« er winkte den Späher näher heran, »du reitest zurück zum zweiten Heer und überbringst die Nachricht! Sag dem Grafen von Toulouse, daß er seinen Marsch beschleunigt! Er muß gegen Mittag in der Ebene zu uns stoßen. Einen Teil des Heeres muß er über das Gebirge führen, damit er im Rücken der Türken erscheint, die uns angreifen. Kannst du sie führen?«

Der Mann verbeugte sich.

»Herr, ich bin hier aufgewachsen. Ich kenne jeden Berg, jeden Bach, jeden Baum.«

Boemund streifte einen Ring von seinem Finger und hielt ihn ihm hin.

»Nimm einstweilen dies! Wenn alles so verläuft, wie ich es geplant habe, bekommst du morgen abend das Doppelte seines Wertes in Gold.«

»Sollten wir nicht besser hier auf Raimund und die anderen warten?« fragte Robert von Flandern besorgt. »Wir sind heute den ganzen Tag marschiert. Wenn unsere Leute sich nicht eine Nacht lang ausruhen, werden sie morgen nicht kämpfen können. Die Türken werden uns besiegen, bevor Raimund erschienen ist. Das heißt, sie können beide Heere nacheinander erledigen.«

»Wir werden nicht kämpfen«, sagte Boemund knapp.

Es war eine warme Nacht. Die Sterne am samtdunklen Himmel waren zahllos wie die Schafe in einer Herde, und der Mond, ein gelassener Hirte. leuchtete ihnen den ganzen Weg. Um die Pferde zu schonen, wurden sie von den Knechten am Zügel geführt. Niemand ritt, jeder ging zu Fuß, eilig, ohne Rast, gebeugt, den Kopf gesenkt, um nicht über Steine zu stolpern. Zu hören waren nur das Rumpeln der Karren, das Klirren der Waffen, wenn eines der Räder in eine Bodenvertiefung rollte, das dumpfe Trommeln der Hufe auf dem Boden, Keuchen, Husten, gelegentlich ein Fluch, ein gemurmeltes Gebet, dann wieder Stille. Sich umsehend, erschien es Richard im bleichen Licht des Mondes, das alle Farbe aufsog, als ob sich die Unterwelt geöffnet habe und ein Zug von fahlen Toten sich durch die Schlucht wälze.

Sie waren noch in der Enge, als Mond und Sterne verblaßten und der Himmel sich rötete. Sie hatten seit Stunden keine Rast gemacht, und Boemund, der an der Spitze marschierte, verschärfte das Tempo. Sie marschierten nach Osten, und plötzlich blendete sie die Sonne, die sich über dem Horizont erhob. Sie hatten die Ebene von Doryläum erreicht, den weiten Talkessel, hinter dessen nördlichen Bergkämmen die Seldschuken lauerten.

Wie der Führer gesagt hatte, gab es eine reichlich sprudelnde Quelle, und Boemund befahl, daß Frauen, Kinder und alte Pilger sich um sie herum lagerten. Er ließ die Ochsenkarren so auffahren, daß sie einen Wall bildeten, sammelte in ihrer Mitte die Pferde und Maultiere und bemannte die Wagen mit Fußsoldaten. Dann ließ er die Ritter in Stellung gehen. Sie formten einen engen Kreis um das Lager, dreifach gestaffelt. Die mannshohen Schilde schräg vor sich gegen den Boden gestemmt, die Lanze vorgereckt, Schulter an Schulter, kauerten sie und warteten.

Richard begriff, was Boemund gemeint hatte, als er sagte, sie würden nicht kämpfen. Offenbar sollten sie bis zur Ankunft Raimunds und des restlichen Heeres in dieser Igelstellung verharren.

Kaum hatten sie ihre Stellung bezogen, als die Seldschuken auch schon von den Höhen herabstürmten, auf kleinen struppigen Pferden, den runden Schild auf den Rücken geworfen. Zu Tausenden donnerten sie die Hänge herab, näherten sich der Stellung der Kreuzfahrer bis auf hundert Meter, zügelten die Pferde, stellten sich in den Steigbügeln auf, hoben den Bogen, schossen den Pfeil ab und galoppierten zurück, dabei den Weg freimachend für die nächste Welle der Angreifer. Tausende von Pfeilen, in so dichten Wolken, daß sie die Sonne verdunkelten, wurden gleichzeitig abgeschossen, prallten gegen die lederbespannten Schilde der Christen, fielen zu Boden oder blieben federnd stecken.

Die Sonne stieg höher und brannte erbarmungslos herab. Die Männer hinter den Schilden spürten, wie die Muskeln ihrer Arme unter dem Gewicht der Schilde zitterten, ihre Kehlen ausdörrten, ihre Lippen rissig wurden und wie ihre Nerven nachgaben unter der Anspannung dieser endlosen Angriffe, denen sie nichts entgegenzusetzen hatten als ihr Beharrungsvermögen.

Der Schweiß rann Richard in Strömen über das Gesicht. Er hatte keine Hand frei, ihn abzuwischen. Von außen, dachte er, müssen wir wirken wie ein Igel, der seine Stacheln hochgestellt hat. Würden die Türken den direkten Angriff auf ihre Stellung wagen, dann würden die hochgerissenen Lanzen ihren Pferden den Bauch aufschlitzen. Aber die Türken unternahmen keinen Nahangriff. Sie stoben auf ihren raschen leichten Pferden heran, schossen den Pfeil ab und machten kehrt, um dem nächsten Platz zu machen. Woge auf Woge dieser Bogenschützen rollte heran, unerschöpflich wie das Meer war das Seldschukenheer.

Richards rechtes Bein fühlte sich taub an. Die Muskeln in dem Arm, mit dem er den Schild hielt, zitterten. Es mußte bald Mittag sein. Wieviele Stunden kauerte er schon hinter dem schützenden Lederdach? Wieviele Stunden würde er noch ausharren können? Er leckte die salzigen Schweißtropfen auf, die auf seiner Oberlippe standen. Er lockerte vorsichtig seine Schultern und bewegte das taube Bein. Einen Moment hielt er den Schild senkrecht, und der eine Moment genügte, daß aus dem Hagel der Geschosse einer der gefiederten Pfeile auf das lederüberzogene Holz prallte und steckenblieb. Richard wankte unter der Wucht und warf sich nach vorn, damit er die Reihe festgeschlossen hielt. Sein

Nebenmann packte ihn an der Schulter und hielt ihn fest. Richard blickte auf und wollte etwas sagen, aber es wurde nur ein Krächzen daraus. Der andere grinste und wies mit dem Kopf hinter sich. Richard folgte der Richtung mit seinem Blick.

Aus der Mitte des Lagers krochen unzählige Gestalten vorsichtig und langsam auf dem Bauch auf sie zu. In den Händen balancierten sie Becher, Helme und Töpfe, vorsichtig, um nichts von dem kostbaren Wasser zu verschütten. Der Anblick der staubgrauen Gestalten, deren Gesichter unter einer Maske von Schweiß und Dreck nicht mehr zu erkennen waren, war so erschreckend wie grotesk. Bei ihrem Anblick schlug Richards Herz schneller. Er wünschte sich, sie würden sich beeilen, aber er wußte auch, daß er es nicht würde ertragen können, wenn jemand von ihnen sich versah und sein Gefäß auskippte und auch nur ein Tropfen des Wassers nutzlos in den Staub rinnen würde. Langsam, quälend langsam, robbten die Frauen heran.

Richard drehte sich wieder nach vorn und behielt den Neigungswinkel seines Schildes im Auge. Nur wenn er ihn schräg genug hielt, konnten die Pfeile an ihm keinen Halt finden. Die Sonne stand im Zenit. Sie würden nicht den ganzen Tag ausharren und dem seldschukischen Angriff standhalten können. Wo blieben nur die Provenzalen? Von Raimund von Toulouse und dem zweiten Heer, das sie erlösen sollte, war nichts zu sehen.

Einmal verlor einer der Ritter die Nerven. Richard kannte ihn nicht. Es war ein blonder Hüne, der aufsprang und mit Gebrüll vorwärtsstürzte und keine drei Schritte später in die Knie sank, mit Pfeilen gespickt wie ein Braten mit Speck. Sie mußten den Leichnam liegenlassen. Niemand wagte es, den Schutz der Schilde zu verlassen, um den Toten zu bergen.

Eine Hand berührte Richard an der Schulter. Er wandte langsam den Kopf. Die Frauen mit dem Wasser waren herangekommen, ohne daß er es gehört hatte. Vor ihm kauerte ein Geschöpf, dessen Alter unmöglich zu erraten war. Ihr Gesicht war von einer dicken dunklen Dreckschicht bedeckt, durch die Schweißtropfen helle Schneisen gezogen hatten. Die Frau lächelte, und die Schmutzmaske zerbarst in tausend kleine Risse. Sie hob den Becher und hielt ihn Richard an die Lippen. Er öffnete den Mund. Als sie den Becher kippte, rann der größte Teil des Wassers über sein Kinn auf seine Brust herab, aber schon das wenige, das seine Zunge netzte, warm, abgestanden, modrig nach Erde schmeckend, war köstlicher als Wein an der Tafel des Kaisers. Er rollte es im Mund herum, spülte jeden Winkel aus, bis er es endlich schluckte und es schmerzhaft die entzündete Kehle hinabrann.

Die Frau nahm ein Tuch, das sie in ihrem Ärmel trug, und wischte ihm damit den Schweiß vom Gesicht. Richard bedankte sich mit einem Lächeln, und sie lächelte zurück. Er sah in Augen, die so grau waren wie ein Regentag im Winter. Sie neigte den Kopf und begann, rückwärts zurückzukriechen. Richard folgte ihr mit seinem Blick, bis ein Stoß, der seinen Schild erschütterte, ihn in den Kampf zurückholte. Das wenige Wasser, das er bekommen hatte, reichte kaum aus, um ihn für eine Viertelstunde zu erfrischen. Dann schwoll ihm wieder die Zunge an, der Hals brannte wie Feuer, und vor seinen Augen tanzten flammende Kreise.

Plötzlich erhob sich eine mächtige Stimme und sang. Andere Stimmen fielen ein, Richard spürte, daß er selbst sang, bevor er begriff, was geschehen war. Boemund hatte ein Kirchenlied angestimmt, einen Lobpreis Gottes, und alle sangen mit krächzenden Stimmen, und in ihre Herzen kehrte mit den Worten der Mut zurück und die Bereitschaft auszuharren und die Strapazen zu erdulden, im Namen Christi, als dessen Ritter sie unterwegs waren. Richard schien es, als wenn einen Augenblick lang der Pfeilbeschuß aufhörte, als seien die Feinde von dem Jubellied gestört worden, aber dann hagelte es erneut auf sie ein, und er faßte den Schild fester, das Gesicht erhoben, die Stimme jetzt klar und laut.

Sie sangen alle zehn Strophen dieses Liedes, und als sie warteten, welches Boemund als nächstes anstimmen würden, hörten sie in die Pause hinein den Schrei, auf den sie alle seit dem Morgen gewartet hatte.

»Sie kommen.«

Dann ging alles schnell. Boemund brüllte einen Befehl. Der Igel löste sich auf, die Knechte führten die Pferde vor, die Ritter schwangen sich mit ihrer Hilfe in den Sattel, die Schlachtreihe formend, die sich weit auseinander über die Ebene zog, die Provenzalen und Lothringer unter Raimunds Führung verstärkten sie, und sie galoppierten los, eine Masse schwerer gepanzerter Kavallerie, mit Schwertern, Streitäxten, Lanzen, unerbittlich vorwärtsstürmend, und die türkischen Bogenschützen wendeten ihre leichten Pferde und flohen in Richtung auf ihr Lager und fanden sich gegenüber dem zweiten Teil von Raimunds Heer, das die Nordhänge herabstürmte. Die Seldschuken gaben alles verloren und ritten verzweifelt, die Christen auf den Fersen, die jetzt blutige Ernte hielten, bis ein Befehl sie zurückriß und sie unwillig umkehrten. Sie erbeuteten das gesamte Lager der Seldschuken und das Zelt des Sultans mit seinem Staatsschatz.

Als sie abends am Lagerfeuer saßen, maßen sie ihre Taten gegeneinander, und an den Feuern der Provenzalen hieß es, den Tag habe Raimund gewonnen, denn ohne sein Dazukommen wären die Normannen abgeschlachtet worden, und an den Feuern der Normannen sagten sie, ohne ihr heldenhaftes Ausharren wären die Provenzalen in ihren Tod marschiert.

Im großen Zelt Kilidsch Arslans saßen die Fürsten, ließen den Becher kreisen und waren trunken, halb vom Wein und halb vom Sieg. Stephan von Blois faßte mit schwerer Stimme zusammen, was sie dachten. Er hob den Becher.

»In einem Monat sind wir in Jerusalem!«

Gottfried, Raimund und die beiden Roberts taten es ihm gleich.

»In einem Monat in Jerusalem!«

Balduin von Boulogne zögerte und blickte auf den Herzog von Tarent, der den Becher in der Hand hielt und den Kopf schüttelte.

»Jerusalem? Nein. Erst kommt Antiochia.«

Und in einer jähen wilden Gebärde riß er den Arm hoch.

»Auf Antiochia!« rief er und stürzte den Wein in einem Zug herunter.

Die Gänge waren schmal, die Wände aus grobbehauenen großen Steinen, hoch oben wölbte sich eine Tonnendecke, die kleine Öffnungen enthalten mußte, denn graues Licht sickerte von dort herunter und zeigte ihr den Weg. Es war still, nur in der Ferne tropfte Wasser langsam und gleichmäßig herab. Die Gänge nahmen kein Ende. Wenn sie an eine Abzweigung oder Kreuzung kam, gab es keinen Unterschied zwischen Breite, Höhe, der Beschaffenheit der Steine oder der Helligkeit, nichts, was ihr verraten hätte, welchen Weg sie einschlagen sollte. Sie irrte seit Stunden in diesem Labyrinth umher. Anfangs hatte sie gerufen, hatte geschrien, war gerannt, aber jetzt klebte ihr die Zunge am Gaumen, sie schleppte sich nur noch langsam vorwärts, schweißüberströmt und gleichzeitig vor Kälte zitternd. Kein Geräusch außer ihren Schritten, ihrem Atem und den ständig fallenden Wassertropfen. Kein lebendiges Wesen begegnete ihr auf ihrem Weg, kein Mensch, keine Ratte, keine Maus, nicht einmal ein Käfer oder ein Wurm. Sie war allein, und ihr Weg führte nirgendwohin. Sie hatte keine Zukunft und keine Vergangenheit mehr, nur noch die Gegenwart des grauen Steins. Endlich trugen ihre Füße sie nicht mehr, sie sank zusammen, und als ihr Kopf auf dem Boden aufschlug, erwachte sie.

Maria war noch so in ihrem Traum gefangen, daß sie nur

langsam in die Wirklichkeit zurückfand. Als sie die Augen öffnete, sah sie das graue Licht aus dem Labyrinth, aber es fiel durch die Fensterläden ihres Zimmers auf ihr Bett. Sie lag ohne Laken und war verschwitzt, denn die Nacht hatte keine Abkühlung gebracht, und gleichzeitig fror sie. Sie streckte die Hand aus und fand den Wasserkrug auf dem Tisch neben ihrem Bett. Sie setzte sich auf, schenkte sich mit noch zitternder Hand einen Becher voll und leerte ihn in großen Schlucken.

Es war nur ein Alptraum gewesen. Ihr war nichts geschehen. Sie war in ihrem Zimmer, und es ging ihr gut. Dennoch fror sie. Die Kälte lag wie ein Eisblock in ihrem Magen und strömte von dort in alle Glieder und ließ sie zittern. Schon während sie das Laken hochzog und sich zusammenkrümmte wie ein Kind im Mutterleib, als könne sie sich an sich selbst wärmen, wußte sie, daß sie sich täuschte. Ihr würde nicht warm werden. Dafür war ihre Angst zu groß. Nicht die Angst aus dem Labyrinth, sondern die Angst um Anna.

Nach einer Weile stand sie auf, warf sich einen Schal um und ging hinaus. Der Mosaikboden war kühl unter ihren bloßen Füßen. In Annas Zimmer waren die Fenster weit geöffnet, große mit Schnee gefüllte Schalen kühlten die Luft im Raum. Der Arzt hatte das Bett in die Mitte des Zimmers stellen lassen, so daß Luft von allen Seiten herankommen konnte. Weiße Leinentücher, die vom Betthimmel herabhingen, dämpften das Licht, das auf Anna fiel. Eine Dienerin war damit beschäftigt, die Tücher mit Wasser zu besprengen, um der Kranken Kühlung zu verschaffen.

Der Arzt stand an der linken Seite, neben ihm auf dem Bettrand saß Helena. Maria ging auf Zehenspitzen näher, verharrte am Fußende und schaute auf die Kranke hinab. Annas Augen waren geschlossen. Sie waren tief eingesunken, und große blauschwarze Schatten lagen darunter. Ihre Lippen waren rissig und aufgesprungen. Die Nase ragte spitz aus dem abgemagerten Gesicht, dessen Haut nicht mehr von einem sanften Elfenbein, sondern von fahlem Oliv war. Die Kranke lag still, den Kopf zur Seite gewendet. Nur die Hände, abgezehrt und so blaß, dass die Adern blau hervortraten, bewegten sich ruhelos, zupften an der Decke, glitten darüber hin, verschränkten sich ineinander und begannen wieder zu zupfen.

»Wird sie sterben?« flüsterte Maria.

Der Arzt strich sich den gelockten und gesalbten Bart und hob leicht die Schultern an.

»Das Fieber wütet den vierten Tag«, sagte er. »Die Prinzessin hat ein starkes Herz, aber wenn das Fieber nicht sinkt …«

Er ließ den Satz ins Leere ausklingen.

»Sie wird nicht sterben«, sagte Helena scharf.

Der Arzt, der das als Kritik an seiner Kunst ansah, begann unverzüglich damit, auszuführen, weshalb kein Herz der Welt über eine lange Zeit so hohes Fieber ertragen könnte und spickte seinen Vortrag mit gelehrten Zitaten aus dem Werk des großen Galen. Am Schluß, als er merkte, daß keine der beiden Frauen ihm zuhörte, fügte er hinzu:

»Außerdem müssen die Kranken mithelfen gesund zu werden. Sie müssen den Willen haben zu genesen. Die Prinzessin hat ihn nicht. Sie kämpft nicht. Sie läßt sich auf dem Fieber treiben. So etwas habe ich schon bei Patienten erlebt, die etwas Schreckliches erlebt hatten. Sie hatten allen Lebensmut verloren und sahen in einem Weiterleben keinen Sinn. Ihnen war nicht zu helfen. Ich weiß natürlich nicht, ob die Prinzessin …«

»Gott verdamme meinen Bruder«, sagte Helena. »Ich weiß nicht, was er ihr angetan hat. Aber er ist daran schuld, daß sie nicht mehr leben will.«

»Dann kann ihr niemand helfen. Dann wird sie …«

»Nicht, wenn ich es verhindern kann«, sagte Helena und stand entschlossen auf.

»Was wollt Ihr tun, Herrin?«

»Ich will, daß sie kämpft. Komm her, Maria!«

Das Mädchen näherte sich seiner Mutter zögernd.

»Du hast heute nacht geschlafen. Besonders frisch siehst du nicht aus, aber du wirst ein paar Stunden durchhalten. Ich lege mich jetzt hin und löse dich nachher ab. Setz dich hierher neben Anna und rede!«

»Reden?«

»Ja, du wirst reden, als ob es um dein Leben ginge! Schwatze wie eine Elster!«

»Worüber denn?«

Helena runzelte die Brauen.

»Hast du nicht gehört? Anna muß leben wollen. Sie muß einen Grund haben, leben zu wollen. Welchen Grund, glaubst du, kann sie haben?«

Maria begriff.

»Markos!«

Helena nickte.

»Rede über Markos! Du hast fünfzehn Jahre mit ihm gespielt, gelernt, zusammengelebt. Da wird dir wohl genug in Erinnerung geblieben sein, um ein paar Stunden über ihn zu reden. Was immer dir einfällt, sage es!«

»Aber sie hört mich nicht.«

»Woher willst du das wissen? Tu, was ich dir sage!«

»Vielleicht hilft es, vielleicht nicht«, sagte der Arzt, den Kopf wiegend, »aber schaden wird es auf keinen Fall.«

Maria war ein systematisch denkendes Mädchen. Sie begann mit ihren frühesten Erinnerungen. Sie sah Anna in einem blauen Kleid in der Loggia sitzen und hinter ihrem dunklen Kopf schimmerte der Himmel in einem zarten Violett. Die ersten Sterne erschienen blaß und zitternd, und zu Annas Füßen hockten die beiden Kinder, aneinander geschmiegt, die Augen auf die junge Frau gerichtet, die bedachtsam, mit großen Pausen, eine Geschichte erzählte von einem Mann, der Schiffbruch erlitten hatte und Abenteuer auf

Abenteuer erlebte, bevor er in seine Heimat zurückkehren konnte. Markos' Augen hatten geglänzt, wenn der Held in Kämpfe verwickelt wurde, die er alle siegreich bestand, Maria hatte gelächelt, wenn der Held einem schönen Mädchen aus Not und Gefahr half, und sie war enttäuscht, wenn er die Schöne in ihr Schloß geleitet und dann Abschied genommen hatte.

»Natürlich muß er gehen«, hatte Markos verächtlich ausgerufen. »Soll er etwa zuhause hocken und die Spindel drehen? Das ist Weiberarbeit. Ein Mann muß kämpfen.«

»Für jeden Menschen«, hatte Anna gesagt, »gibt es ein Zuhause. Er muß nur solange kämpfen, bis er es erreicht hat. Unser Held hat das richtige noch nicht gefunden.«

Die Dienerinnen schlugen die Laken zurück. Sie wuschen Annas Leib mit persischem Rosenwasser, richteten sie auf und flößten ihr Wasser ein, wischten ab, was aus ihren Mundwinkeln danebenlief und ließen sie sanft in die Kissen zurückgleiten. Eine Frau tränkte ihren Zeigefinger mit dickflüssigem goldgelbem Olivenöl und strich damit zart über Annas aufgesprungene Lippen.

Marias Gedanken schweiften ab. Ein Zuhause? Hatte sie ein Zuhause? Bisher war ihr diese Villa in Pera immer wie ein Heim vorgekommen, aber nur, weil es Markos und Anna gab. Markos war fort. Wenn Anna jetzt auch ginge, würde sie allein zurückbleiben, allein mit Helena, die ihr nie Mutter gewesen war. Mutter war für sie immer Anna gewesen. Dann wäre dieses Haus kein Heim mehr, sondern ein Gefängnis des Hasses. Wenn sie es nur verlassen könnte! Aber wohin sollte sie gehen?

Immer hatte sie geglaubt, sie würde mit Anna und Markos hierbleiben. Es war selbstverständlich erschienen, daß der Gefährte ihrer Kindheit ihr Mann werden würde, daß sie Kinder bekommen, eine große glückliche Familie werden würden, trotz Helena. Mit Annas Tod würde das Gebäude einstürzen, auf dem sie ihre Zukunft aufgebaut hatte, zerstört bis in die Grundmauern. Wohin sollte sie sich wenden? Was gab es für sie außer dem Kloster?

Maria preßte die Lippen zusammen. Ins Kloster zu gehen, wäre ein unwiderruflicher Schritt, der Ausdruck der Verzweiflung. Aber durfte sie nicht noch hoffen? Vielleicht kehrte Markos bald zurück, vielleicht wurde Anna wieder gesund.

Maria richtete ihre ganze Aufmerksamkeit wieder auf die Kranke. Anna hatte alles über sich ergehen lassen, ohne ein Zeichen zu geben, daß sie spürte, was mit ihr geschah. Jetzt lag sie wieder reglos da, den Kopf zur Seite geneigt, die Augen geschlossen. Ihre Hände glitten unablässig über die Bettdecke. Maria straffte sich und setzte ihre Erzählung fort.

Am Mittag kehrte Helena zurück. Sie sah Maria fragend an. Das Mädchen hob die Schultern.

»Es hat sich nichts verändert. Sie hört mich nicht.«

Helena winkte ihr, den Platz freizumachen und setzte sich.

»So schnell werden wir nicht aufgeben. Ruh dich aus! Komm in fünf oder sechs Stunden zurück und löse mich ab!«

Maria blieb zögernd neben dem Bett stehen. Helena beachtete sie nicht weiter. Sie beugte sich über die Fiebernde und strich ihr mit der Hand über die Stirn. Sie hatte sich nicht die Zeit genommen, ihr Haar flechten und aufstecken zu lassen. In langen weizenblonden Wellen floß es ihr den Rücken hinab. Niemand sonst hatte so helles Haar, nur sie und Helena. Ihr normannisches Erbteil. Maria starrte auf das Haar und erinnerte sich an die Worte Helenas.

Gott verdamme meinen Bruder! Helenas Bruder?

»Ich habe nicht gewußt, daß du einen Bruder hast«, sagte Maria. Einen Moment dachte sie, Helena habe sie gar nicht gehört. Aber natürlich hatte sie es. Ohne sich umzuwenden, sagte sie beißend:

»Ich habe einen Vater, eine Mutter, Brüder, Schwestern,

Onkel, Tanten. Hast du gedacht, ich sei wie Aphrodite aus dem Schaum des Meeres geboren?«

»Nein, natürlich nicht. Nur, du hast nie von ihnen geredet.«

Jetzt drehte Helena sich doch um. Ihre Augen waren schmal und zeigten das Glitzern, das Maria zu fürchten gelernt hatte.

»Ich will das gern nachholen. Was willst du hören? Wie meine Mutter mich liebevoll das Sticken gelehrt, wie ich mit meinen Schwestern den Maienreigen getanzt und meinen Brüdern beim Turnieren zugeschaut habe? Eine große glückliche Familie? Traulich vereint beim Mahle im großen Saal, während die Musikanten aufspielen und der Sänger die Taten Rolands besingt oder irgendeines Wikingerkönigs? Und eines Tages kommt ein fahrender Ritter, erblickt mich, wirbt um mich, erringt meine Hand und es stellt sich heraus, daß der Ritter niemand anders ist als der Kaiser von Byzanz und er führt mich auf sein Schloß am Meer und wir leben glücklich bis ans Ende unserer Tage?«

Vor dem Haß in ihrer Stimme taumelte Maria zurück. Sie wünschte, sie hätte nicht gefragt. Sie wollte nichts weiter hören, aber sie traute sich nicht fortzulaufen. Helenas Stimme hielt sie zurück.

»Oder willst du vielleicht doch lieber die Wahrheit statt einer erbaulichen Geschichte? Ich bin nichts als Abfall, ein Ding, das man benützt hat, um Politik zu machen und das überflüssig geworden ist. Ich war schon abgeschoben worden ins Kloster, wo man die überflüssigen Frauen aufbewahrt, bis sie endlich sterben, als der Kaiser mich wieder hervorgezogen hat. Mein Bruder hatte sich darangemacht, Byzanz zu erobern, und ich sollte ihn zum Verrat an meinem Vater überreden. Ich habe mich geweigert, aber ich war Alexios dennoch nützlich. Wenn er schon Boemund auf dem Schlachtfeld nicht besiegen konnte, dann doch wenigstens seine Schwester im Schlafzimmer. Alexios Komnenes, der Normannenbezwinger.«

Sie lachte auf.

Die Kranke warf sich unruhig hin und her. Maria wollte etwas sagen, aber sie brachte nur ein heiseres Krächzen zustande. Helena kräuselte flüchtig die Lippen.

»Oh, verschwende dein Mitleid nicht auf mich, meine Liebe! Du bist keinen Deut besser daran. Du warst von dem Moment an unerwünscht, da du gezeugt wurdest. Mein Vater hatte mich dazu bestimmt, dem Kaiser von Byzanz den Thronfolger zu gebären, den purpurgeborenen Sohn, nicht dem Usurpator eine Bastardtochter, die er vor der Welt versteckt. Du wirst niemals heiraten, niemals Kinder gebären. Markos mag sich in der Welt bewähren und sich einen Platz erobern. Er ist ein Mann. Mädchen erwerben das Ihrige nicht mit dem Schwert in der Faust. Du sitzt hier und wartest auf den Tag, an dem das Schiff anlegt, das dich über den Bosporus bringt auf eine kleine Insel, wo du an den Gräbern all derer beten kannst, die nicht mehr gebraucht wurden. Für dich und für mich wäre es besser, nicht geboren zu sein.«

Maria erreichte gerade noch den Schutz ihres Zimmers. In ihrem Magen ballte sich eine feuchte kalte Masse zu einer schweren Kugel zusammen und stieg hinauf in ihre Kehle. Sie würgte und erbrach sich, wieder und wieder, bis nur noch grüne Galle kam, sauer und ätzend.

Irgendwann kam eine Dienerin herein, stieß einen leisen Schrei aus, alarmierte andere, man begann, sie zu entkleiden, zu säubern, sprach auf sie ein, und Maria ließ alles über sich ergehen, mit klappernden Zähnen, jäh von krampfartigem Zittern überfallen. Es dauerte lange, bis die beiden Namen in ihr Bewußtsein drangen, die eine Dienerin wiederholte: Markos und Michael von Skutari, und sie brauchte noch länger, um den Zusammenhang zu begreifen.

Michael von Skutari war in den Hof eingeritten, wie immer mit einem Wagen voller Waren, aber sein Hauptanliegen war offenbar nicht, etwas zu verkaufen, sondern zwei Briefe zu bestellen, einen an Anna und einen an sie.

Es war die Erwähnung von Markos' Namen, die langsam Farbe in Marias bleiche Wangen trieb, ihre Glieder wärmte, daß sie aufhörte zu zittern und schließlich soweit war zu sprechen. Ihre Stimme klang dünn, aber die Sätze, die sie äußerte, sorgten dafür, daß Michael von Skutari zu ihr geführt wurde.

Er verneigte sich, als er eintrat, und setzte zu einem langen Kompliment an, das er unterbrach, als er in ihr Gesicht sah. Ohne Umschweife reichte er ihr eine versiegelte Rolle.

»Vom jungen Paläologos für Euch«, sagte er einfach.

Das Pergament zitterte in Marias Hand.

»Ihr habt ihn getroffen?« fragte sie.

Michael nickte.

»In Thessaloniki«, sagte er.

»In Thessaloniki? Was hat er in Thessaloniki vor?«

»Er gehört der Delegation an, die der Kaiser nach Kiew schickt. Mehr weiß ich nicht. Wir begegneten uns in der Kirche des Hl. Georg. Er ist wohlauf, und mir schien, daß es ihm gutgeht. Genauer gesagt, er strahlte, als er von seinen Plänen erzählte. Sicher steht Näheres in dem Brief.«

Sie blickte mit so viel Verlangen auf die Rolle, daß Michael taktvoll erklärte, er müsse nach seinen Leuten sehen. Ob die Herrin ihn einen Augenblick entschuldigen wolle? Maria nickte abwesend und erbrach das Siegel, noch bevor Michael den Raum verlassen hatte.

Der Brief war nicht lang, sagte nicht mehr, als sie schon von Michael erfahren hatte. Der Kaiser hatte ihn zum Sekretär des Botschafters ernannt. Er war Teil einer wichtigen Mission des Kaiserreiches, er machte sich nützlich, er war glücklich. Und kein Gedanke daran, daß sie nicht glücklich sein würde bei der Entdeckung, daß der Kaiser ihn in das unvorstellbar weit entfernte Land der Rus geschickt hatte, an den Hof des Großfürsten, auf eine Mission, die ihn für mindestens ein Jahr von Konstantinopel fernhielt.

Sie hatte den Brief dreimal gelesen, bis Michael, eine weitere Rolle in der Hand, zurückkehrte. Er verneigte sich leicht.

»Ich habe einen Brief von Markos an seine Mutter. Wie ich gehört habe, ist die Prinzessin krank und kann mich nicht empfangen. Wäret Ihr so freundlich, auch diesen Brief entgegenzunehmen und ihn ihr auszuhändigen? Mein Weg führt mich schon heute weiter. Ich gehe nach ins Hauptquartier des Kaisers. Er wartet bei Pelagion auf den Fall von Nikäa. Die Stadt wird von den Franken und Normannen belagert. Wenn sie gefallen ist, werden sie ihr Beute verkaufen wollen, denn nur mit Geld läßt sich marschieren, nicht mit Kleidern, Geschirr, Möbeln und Büchern. Der Krieg wird für uns Kaufleute ein gutes Geschäft.«

Er rieb sich die Hände und lächelte, wobei er die vier gelblichen Zahnstummel entblößte, die ihm geblieben waren.

Maria hatte nur eine Bemerkung in seinem Redeschwall gehört.

»Ihr geht zum Kaiser? Ihr werdet den Kaiser sehen? Ihn sprechen?«

Das Lächeln verschwand aus Michaels Gesicht und machte der Vorsicht Platz.

»Das wäre möglich«, räumte er ein.

»Dann wartet noch eine Viertelstunde. Ich werde Euch einen Brief an den Kaiser mitgeben. Bitte händigt ihn nur dem Kaiser persönlich aus! Er muß, er muß ihn lesen. Versteht Ihr mich?«

Michael starrte forschend in das Mädchengesicht, das plötzlich vor Eifer glühte. Die braunen Augen, so ähnlich denen des Kaisers, flehten so drängend, daß er alle Bedenken außer Acht ließ.

»Ich verspreche es Euch, Herrin!« sagte er.

Eine halbe Stunde später ritt er aus dem Hof des Phokas - Palastes.

Ob es der Kräuterabsud war, angereichert mit Schimmelpilzen, den der Arzt nach einem arabischen Rezept zubereitet hatte, oder Helenas und Marias abwechselnde Wache am Krankenbett, ihr intensives Bemühen, in Anna den Funken Leben, der noch vorhanden war, wieder anzufachen, blieb ungeklärt. Am sechsten Tag jedenfalls begann das Fieber zu sinken, und Anna schlug zum ersten Mal die Augen auf. Am zehnten Tag wurde sie abends auf die Loggia getragen, wo ein sanfter Wind vom Goldenen Horn die Hitze des Tages hinwegfächelte. Über die dunkle Fläche des Wassers schimmerten die Lichter der großen Stadt. Von den Rosen- und Jasminsträuchern kam ein betörender Duft, irgendwo schlug eine Nachtigall.

Maria kauerte zu Annas Füßen und hatte ihren Kopf in deren Schoß gelegt. Annas abgezehrte Hand lag leicht auf ihrem Haar und fuhr gelegentlich mit abwesender Liebkosung durch die Locken. Helena lehnte an der Brüstung und starrte auf das Wasser, in dem der Mond sein zitterndes Spiegelbild besah.

Ohne sich umzuwenden, in die Dunkelheit der Nacht hinein, sagte Helena nach einem langen Schweigen:

»Du hast Markos. Das ist das einzige, was zählt.«

Annas Stimme war so leise, daß Maria sich anstrengen mußte, sie zu verstehen.

»Ich habe ihn nicht mehr. Er hat mich verlassen.«

»Er ist ein Mann geworden. Er geht den Weg eines Mannes. Alle Mütter werden eines Tages verlassen.«

Nicht nur die Mütter, dachte Maria bitter. Sie mußte es laut gesagt haben, ohne es zu wollen. Annas Hand lag plötzlich schwer auf ihrem Haar. Das Mondlicht zauberte einen silbernen Heiligenschein um Helenas blonden Kopf.

»Was hast du erwartet, Anna? Die Männer der Hautevilles sind keine Liebhaber, sie sind Eroberer. Wer weiß, weshalb Boemund sich diesem Kreuzzug angeschlossen hat? Will er das Heilige Grab in Jerusalem befreien oder glaubt er, von Osten her Byzanz angreifen zu können, nachdem er vom Westen her gescheitert ist? Mein Vater wollte Byzanz erobern, und Boemund wollte es auch, will es wohl immer noch. Er wird das Ziel seines Lebens nicht aufgeben, weil er eine Byzantinerin liebt.«

Annas Hand krallte sich plötzlich in Marias Haare, die mit Mühe einen Schmerzenslaut unterdrückte.

»Wer spricht von Liebe? Hast du nicht einmal gesagt, du seiest eine Hure? Du kannst mich in diesem Kreis willkommen heißen.«

Helena fuhr herum.

»Das kann er dir nicht gesagt haben.«

»Nein?« fragte Anna höhnisch. »Du kennst ihn doch so gut. Besser, als du selber weißt. Genau das hat er zu mir gesagt. Er sei ein Eroberer, kein Liebhaber. Es war keine Liebe in jenem Winter in Larissa. Wir haben nur die Freuden des Bettes geteilt.«

»Er hat dir ... mein Gott, Anna«, Helenas Stimme war heiser geworden, »dann verstehe ich, weshalb du sterben wolltest.«

Annas Nägel bohrten sich in Marias Kopfhaut. Das Mädchen biß sich auf die Lippen, um nicht aufzuschreien.

»Ich bin froh, daß ich nicht tot bin. Ich bin euch beiden sehr dankbar dafür. Ich will leben. Denn mein Leben hat einen Sinn und einen Zweck. Ich will Rache.«

»Ich verstehe, daß du ihn haßt«, sagte Helena. »Aber ich kann nicht wollen, daß du dich rächst. Er ist mein Bruder, Anna, und vergiß nicht, er ist der Vater deines Sohnes.«

Maria hatte keine Zeit, über diesen Satz und seine Bedeutung nachzudenken, denn Annas Antwort kam so rasch, so kalt und schneidend, daß Maria über dem Erschrecken vergaß, was ihre Mutter gerade gesagt hatte.

»Er ist ein Hauteville. Ich bin eine Phokaina. Die Phokoi

waren Kaiser, als die Hautevilles noch den Mist im Hühnerhof aufkratzten. Niemals ist eine Phokaina die Hure eines Hauteville. Er ist ein Normanne, ein Barbar, ich bin eine Byzantinerin. Wir sind Todfeinde. Ich werde nicht eher ruhen, bis ich ihn vernichtet habe.«

Die beiden Boten kamen am selben Tag. Der eine, mager, mit vornübergeneigten Schultern, schlurfendem Gang und in den schäbigen schwarzen Kleidern eines Wandermönchs, kam kurz vor Mittag und begehrte, die Prinzessin Phokaina Paläologa zu sprechen. Anna empfing ihn in ihrem kleinen Wohnzimmer. Maria wollte gehen, aber Anna wies sie mit einer Handbewegung an zu bleiben.

Der Mönch machte es kurz. Er verbeugte sich nicht, sondern verschränkte nur die Hände in den Ärmeln seiner Kutte, hielt den Blick zu Boden gesenkt und sagte:

»Meinen Gruß der edlen Herrin. Ich bin von meinem Abt gesandt, um Euch die Nachricht zu überbringen. Der Bruder, der seit fünfzehn Jahren in einer Höhle auf Athos betete und fastete und uns alle mit seinem gottseligen Wandel erbaute, ist von uns geschieden und in die Seligkeit des Herrn eingegangen.«

Der Zwiebelgeruch seines Atems erfüllte das kleine Zimmer. Maria bedeckte Mund und Nase mit dem Ärmel ihres Gewandes.

»Ich danke Euch«, sagte Anna ruhig. »Ich bitte Euch, in der Küche eine Mahlzeit einzunehmen. Mein Verwalter wird Euer Kloster mit einer Spende bedenken dafür, daß Ihr Euch die Mühe gemacht habt, mich zu benachrichtigen.«

Er verbeugte sich und schlurfte hinaus.

»Wer war der Mann, der gestorben ist?« fragte Maria neugierig.

Der Tonfall in Annas Stimme war undeutbar.

»Romanos Paläologos.«

»Markos' Vater ist tot?«

Anna lehnte sich zurück und musterte das blonde Mädchen. Wie ihr Tonfall war auch ihr Blick undeutbar, aber in den Tiefen der dunklen Augen lauerte etwas, das Maria frösteln machte.

»Nein, meine Liebe. Es ist nur mein Mann, der tot ist. Markos' Vater lebt. Er ist dein Onkel Boemund. Deine Mutter ist Markos' Tante und du bist Markos' Cousine. Ich bin deine Tante. Wäre ich mit Boemund verheiratet gewesen, wäre ich auch die Schwägerin deiner Mutter. Wir sind alle eine Familie.«

»Aber wenn Markos mein Cousin ist, dann ...«

Maria brach ab. Anna vollendete den Satz für sie.

»Dann darf er für dich nicht mehr sein als ein Bruder. Ihr seid zu nahe verwandt, um heiraten zu dürfen.«

»Warum habt ihr mir das nie gesagt?«

»Ich wollte nie, daß Markos erfährt, wer sein Vater ist. Ich will es immer noch nicht. Du wirst schweigen, Maria, mir und ihm zuliebe. Er ist mein Sohn, einzig und allein mein Kind. Ein Byzantiner. Kein Normanne, keine brutale barbarische Kriegsmaschine.«

Der zweite Bote kam gegen Abend. Er hätte dem ersten nicht unähnlicher sein können, ein schneidiger Gardeoffizier aus der Leibwache des Kaisers. Er betrat Helenas Empfangssalon, in dem die drei Frauen ihn erwarteten, in der arroganten Haltung sieghafter Männlichkeit. Unter Helenas spöttischen, Marias erstaunten und Annas eisigen Blicken schrumpfte er zusammen, und als er sie verließ, glich sein Gehen einem geordneten Rückzug, der die Niederlage vertuschen sollte.

Er überbrachte einen Befehl des Kaisers.

Maria von Hauteville habe sich unverzüglich nach Nikäa zu begeben, wo der Kaiser sie zu sprechen wünsche.

»Nikäa?« fragte Helena.

»Es ist wieder byzantinisch, edle Herrin. Es ist unserer glorreichen Armee gelungen, die Stadt einzunehmen.«

»Eurer glorreichen Armee? Ihr meint, den fränkischen Kreuzfahrern.«

Er schüttelte den Kopf.

»Nein, edle Herrin. Die Franken haben die Stadt belagert, das ist wahr. Aber sie waren unfähig, sie zu erobern. Erst als der Kaiser in seinem unerschöpflichen Vorrat von Kriegslisten auf die Idee kam, Schiffe übers Gebirge zu schicken und Nikäa auch vom See her zu belagern, da ergab die Stadt sich dem Kaiser, und bevor die Franken zum letzten Sturm ansetzen konnten, flatterte unser Banner auf den Wällen.«

»Und die Kreuzfahrer?«

»Der Kaiser belohnte sie reichlich für ihre Hilfsdienste, und sie zogen weiter. Nach wenigen Tagen stießen sie auf ein großes Heer unter der Führung von Kilidsch Arslan. Es gelang ihnen, die Türken in die Flucht zu schlagen. Das war bei Doryläum. Die Berichte, die wir jetzt haben, sind wenig erfreulich. Die Franken ziehen durch ein Gebiet, in dem die Türken bei ihrem Rückzug die Brunnen vergiftet haben. Wir tun, was wir können, um sie zu versorgen, aber das ist schwierig bei einem so großen Heer. Neben den Rittern, den Fußsoldaten und den Troßknechten ziehen Tausende von Pilgern mit, Männer, Frauen, sogar Kinder. Ich fürchte, viele von ihnen werden gestorben sein, bevor der Zug die Küste erreicht.«

»Was ist ihr Ziel?« fragte Helena.

»Antiochia, Herrin. Sie müssen die große Stadt Antiochia erobern, wenn sie auf Jerusalem marschieren wollen.«

Die Frage, die allen auf den Lippen brannte, wurde nicht gestellt.

Der Offizier, von dem Schweigen, das in der Luft hängen blieb, nervös gemacht, räusperte sich schließlich.

»Der Kaiser hat mir eine Eskorte für die nobilissima Maria mitgegeben. Wann werden wir aufbrechen können?«

Es war Anna, die entlassend das Kinn senkte.

»Wir werden darüber beraten und Euch später benachrichtigen.«

Helena stand auf, sobald er gegangen war. Sie durchquerte auf ihre gewohnte unruhige Weise den Raum.

»Ich verstehe es nicht. Was soll dieser Befehl? Was ficht den Kaiser an, sich um Maria kümmern zu wollen? Aus heiterem Himmel!«

»Nein!« sagte Maria.

Helena blieb stehen.

»Was soll das heißen: nein?«

»Es ist nicht aus heiterem Himmel. Ich habe ihm geschrieben.«

»Was? Wozu?«

»Ich habe ihm geschrieben, daß ich fort muß aus diesem Haus. Ich bin hiergeblieben, all die Jahre, weil Markos hier war. Er war mein Trost und meine Stütze in meinem Elend. Aber jetzt bin ich allein. Ich ertrage es nicht länger. Ich ertrage es nicht einen einzigen Tag mehr. Ich will fort. Ich werde noch heute gehen.«

Sie hatte leise begonnen, aber mit jedem Wort war ihre Stimme lauter geworden, und jetzt stand sie ihrer Mutter mit geballten Fäusten und schreiend gegenüber.

»Du bist hysterisch«, sagte Helena verächtlich.

»Und wenn? Wer ist daran schuld? Du hast mich gehaßt, vom Tage meiner Geburt an. Du hast nie ein freundliches Wort für mich gehabt, nie eine zärtliche Berührung, nie einen liebevollen Blick. Mit all deinen Worten, all deinen Gesten hast du mir nur immer mitgeteilt, daß es besser wäre, wenn ich nie geboren worden wäre. Besser für dich, für dich, für dich! Du hast immer nur an dich gedacht. Du kennst niemanden anderen als dich. Gibt es für dich überhaupt noch andere Menschen? Ich habe keine Mutter, ich habe nie eine Mutter gehabt.«

»Maria!« sagte Anna in scharfem Ton.

Maria fuhr herum.

»Und du? Dir ging es auch immer nur um dich. Markos sollte nicht wissen, wer sein wahrer Vater ist. Solange er den Mönch auf dem Athos dafür hielt, war er dir sicher. Aber wenn er gewußt hätte, daß er ein halber Normanne ist, dann hätte er dich verlassen und zu seinem Vater gehen können. Du hast ihn hier eingesperrt wie einen Vogel im Käfig, damit er zu deiner Freude singt. Du hast gewußt, daß er mein Cousin ist! Ein Wort von dir zur rechten Zeit, und ich hätte ihn immer nur als meinen Bruder angesehen. Aber du hast geschwiegen. Du hast zugesehen, wie ich mich in einen Mann verliebte, den ich nicht lieben darf. Wie weit wärest du gegangen, Anna? Hättest du uns heiraten lassen?«

»Da war keine Gefahr«, sagte Anna, »Markos dachte nicht ans Heiraten.«

Maria ergriff den Krug, der neben ihr auf dem Tisch stand, und schmetterte ihn zu Boden.

»Markos dachte nicht! Und ich? Hast du dich einmal gefragt, was ich denke? Was ich empfinde? Ich bin zufällig keine große Puppe, die man kämmen kann und die dann still auf dem Kissen sitzt und mit Glasaugen in die Gegend glotzt. Ich bin ein Mensch wie ihr. Mit Gefühlen wie ihr! Das habt ihr nie gemerkt, wie? Ihr seht nur euch selbst, euer Leben, eure Gefühle, eure Verletzungen. Ich hasse euch. Ich will euch nie wiedersehen. Ich gehe zu dem einzigen Menschen, dem ich etwas wert bin. Ich gehe zu meinem Vater.«

Helena begann zu lachen. Sie lachte mit weitgeöffnetem Mund, ihr Körper bog und krümmte sich unter diesem Lachen, Tränen quollen aus ihren Augen, ihre Tonhöhe stieg und stieg, es schien, als könne es nie ein anderes Ende geben für dieses fürchterliche Gelächter als den totalen Zusammenbruch.

Maria beobachtete sie mit angstgeweiteten Augen. Sie

fühlte sich wie gelähmt vor Entsetzen. Anna stand auf, durchquerte ruhigen Schrittes den Raum, blieb vor Helena stehen, die immer noch im Krampf zuckte. Mit der flachen Hand schlug sie ihr ins Gesicht. Das Lachen brach ab. In die Stille hinein sagte Anna:

»Du hast recht, Maria. Sag deinen Dienerinnen, daß sie packen sollen! Wir reisen noch heute abend ab.«

Wenn Richard sich später jemals das himmlische Jerusalem vorstellte, dann immer wie das Tal von Ikonion. Flüsse durchzogen es, gespeist vom schmelzenden Schnee der fernen, dunkelblau gegen den strahlenden Himmel stehenden Berge. Ihnen eilten silberhelle, über Steine plätschernde Bäche entgegen. Grün war das Tal, von einem weichen üppigen Grün, wie Richard es noch nie gesehen hatte, Weidegrund für Schafe, Rinder und Ziegen. Die knorrigen Stämme der uralten Ölbäume mit ihrem silbrigen Laub und die schlanken breitkronigen Stämme der Orangen- und Zitronenbäume, aus deren dunklen Blättern die Früchte leuchteten, umgaben die Mauern der alten Stadt. Sie nahmen sie kampflos ein, denn die Bevölkerung war vor ihnen geflohen.

Und wenn Richard jemals an die Hölle dachte, dann erschien sie ihm wie ein ewiger Marsch durch jene Salzwüste, die sie durchzogen hatten, nachdem sie den steinigen Paß von Sultan Dagh hinuntergestiegen waren. Tag für Tag durch menschenleeres Gebiet ohne Baum, nichts als Dornengebüsch und flache Tümpel mit Salzwasser. Die Pferde waren zuerst zugrundegegangen, und sie hatten Ochsen, Ziegen, Hammel, sogar Hunde vor die Wagen gespannt, bis endlich die Männer selbst sich einschirren mußten, denn die letzte Ziege, der letzte Hund waren geschlachtet worden, weil man ihr Fleisch essen und ihr Blut trinken mußte. Es ging auf den Herbst zu, nachts überfiel sie beißende Kälte, tags und nachts rauschte der Regen herunter, ein stetiger heftiger Strom, der alles durchnäßte, und nie erschien die Sonne, die sie bei Doryläum so verflucht hatten und jetzt so inbrünstig herbeibeteten, damit sie sich aufwärmen und trocknen konnten. Die Wege weichten auf, die Räder der Wagen versanken im Schlamm, niemand hatte mehr Kraft, sie herauszustemmen. Von Sultan Dagh bis zur Ebene von Ikonion hinterließen sie eine breite Spur von verrosteten Waffen und Rüstungen, zerbrochenen Wagen, Tierkadavern und Leichen. Vor allem die Leichen der waffenlosen Pilger, die sich ihnen angeschlossen hatten, ältere Männer und Frauen, die kein Geld hatten, um die horrenden Summen zu bezahlen, die ein Fladen Brot oder ein Becher Wasser oder Rinderblut kosteten.

Richard hatte zu jener privilegierten Gruppe um Boemund gehört, die von den eifersüchtig gehüteten Vorräten der Normannen ernährt wurde, und manche Nacht den Wagen bewacht, auf dem die Fässer mit dem Wasser waren, dem fauligen Wasser, das köstlicher schmeckte als jeder Wein, den Alberada kredenzte. Richards Anteil war täglich ein Helmvoll von diesem Naß gewesen, und er hatte sich, wenn er es empfangen hatte, vorsichtig den Pilgern genähert, doppelt vorsichtig, nichts zu verschütten, und nicht bemerkt zu werden, von niemanden außer von der, für die ein Teil des Wassers bestimmt war, dem Mädchen, das ihm in Doryläum den Schweiß vom Gesicht gewischt hatte. Er hatte sie wiedergefunden, obwohl damals ihr Gesicht unter einer Maske von Staub und Schweiß verborgen gewesen war. Er hatte sie an ihren Augen wiedererkannt, den Augen, die so grau waren wie ein Regentag im Winter.

Sie hieß Gabrielle, war kaum sechzehn Jahre alt, kam aus der Normandie, hatte ihren Vater begleitet, der sich Peter dem Einsiedler angeschlossen hatte und in Konstantinopel zu krank gewesen war, um Peters Schar über den Bosporus zu folgen. Das hatte ihnen das Leben gerettet. Wieder genesen, hatte ihr Vater sich als Pilger der Ritterschar Roberts von der Normandie angeschlossen und den strapazenreichen Marsch mitgemacht bis kurz vor Ikonion. Sie hatten kein Zelt und waren bis auf die Haut durchnäßt. Er begann zu husten und legte sich eines Abends, in den schweren nassen Mantel gehüllt, auf den Boden, spuckte mitten in der Nacht Blut und stand am nächsten Morgen nicht mehr auf. Gabrielle hatte mit den anderen weiterziehen müssen, ohne ihn begraben zu können.

Richard kam einmal am Tag zu ihr, teilte mit ihr Wasser und Brot, wortlos. Sie nahm es ohne Dank, schlang das Brot hinunter wie ein Tier, schüttete das Wasser nach und lief davon.

Als sie in Ikonion eingezogen waren, hatte Richard nach ihr gesucht. Er hatte gehofft, sie in sein Quartier aufnehmen zu können. Sie brauchten Wäscherinnen und Küchenhilfen, und Gabrielle mußte arbeiten, um ihren Lebensunterhalt zu verdienen. Er fand sie nicht.

Kurz nach Sonnenaufgang trat er in Boemunds Saal, den früheren Verkaufsraum eines geflohenen Stoffhändlers, in dessen Haus die Normannen ihr Hauptquartier aufgeschlagen hatten. Tankred wartete schon. Er lehnte mit verschränkten Armen am Fenster und spähte hinaus. Als er sich umwandte, zeigte sein Gesicht den Ausdruck von Unzufriedenheit und Mißtrauen.

»Hast du ihn gesehen?« fragte er.

»Wen?«

»Bagrat, den Bruder von Kogh Vasil.«

»Kogh wer?«

»Kogh Vasil. Er hat sich ein Fürstentum usurpiert, irgendwo am Euphrat. und sein Bruder treibt sich seit Nikäa in Balduins Gefolge herum. Das gefällt mir nicht. Er hat etwas vor.«

»Was soll er vorhaben? Er will nach Jerusalem, wie wir alle.«

Tankred stieß sich von der Mauer ab und schlenderte auf Richard zu.

»Oh nein, er will nicht nach Jerusalem. Weil wir dort nämlich niemals ankommen werden. Nur starrsinnige Dummköpfe wie Gottfried glauben noch daran. Niemand, der bei Verstand ist, denkt daran, nach Jerusalem zu marschieren. Hunderte von Meilen durch Feindesland, ohne Unterstützung durch die Byzantiner, ohne Kontakt mit dem Westen. Rechne doch zusammen, welche Verluste wir schon erlitten haben, vor Nikäa, bei Doryläum, auf dem Weg durch die Salzwüste. Wenn wir so weiter machen, kommen drei Ritter durch zur Heiligen Stadt – ohne Pferd natürlich.«

Er lachte auf und begann hin und herzuwandern.

»Balduin führt etwas im Schilde, da bin ich mir sicher. Etwas, das mit diesem Armenier zusammenhängt. Paß auf, was ich dir sage! Er wird, wenn wir aufbrechen, nicht mit dem Heer marschieren. Er wird dafür plädieren, eine andere Straße zu nehmen. Und ich ...«

»Und du?« fragte Boemund.

Sie fuhren beide herum.

Der Herzog von Tarent war lautlos eingetreten. Er trug ein leuchtendes Brokatgewand, das der Stoffhändler zurückgelassen hatte, mit weiten Ärmeln und einem goldbestickten viereckigen Halsauschnitt. Richard, der ihn nie anders als unter Waffen oder in einer schlichten Tunika gekannt hatte, fand seinen Anblick bedrohlich. Die Pracht ließ ihn barbarisch, schön und grausam aussehen.

»Nun, was willst du tun, wenn Balduin uns verläßt?« fragte Boemund. Seine Stimme war so sanft, daß Richard fröstelte.

Tankreds Narbe rötete sich.

»Ich werde ihm folgen. Ich gehe nicht blind in meinen Untergang. Hier ist weites Land, von Ungläubigen besiedelt. Hierher Christus zu tragen, ist gottseliges Werk genug. Ich werde mit meinen Leuten abziehen.«

Er starrte Boemund trotzig an.

»Ich bin nicht dein Vasall. Ich habe dir keine Gefolgschaftstreue geschworen. Ich bin ein freier Mann.«

»Du bist ein freier Narr. Wenn Balduin geht, nimmt er mindestens fünfhundert Ritter und zweitausend Mann Fußvolk mit. Wie groß ist deine Truppe?«

Tankred preßte die Lippen zusammen.

»Du hast nur ein Fünftel seiner Ritter und höchstens ein Zehntel seines Fußvolks, und damit willst du durch die Berge? Die Türken werden dich vor dem Frühstück verspeist haben. Glaube nicht, daß sie schon geschlagen sind! Nikäa und Doryläum waren nur ein Vorgeschmack dessen, was noch auf uns zukommen wird. Wenn du dich von uns trennst, bist du ein toter Mann.«

»Du meinst, daß dir meine Streitkräfte fehlen werden«, zischte Tankred. »Deine eigene Streitmacht ist nicht so groß, wie du sie gern hättest. Gottfrieds Heer ist größer, ganz zu schweigen von Raimunds. Ohne mich und meine Männer bist du ein Nichts, verglichen mit ihnen.«

Boemund lachte sein lautes dröhnendes Lachen, und Richard atmete auf.

»Mein Gott, Tankred, du denkst, du seiest ein Wolf, und bist doch nur ein Wadenbeißer. Glaubst du im Ernst, einer deiner Männer würde dir folgen, wenn ich es verhindern wollte? Du bist nicht mein Vasall, aber sie sind auch nicht die deinen. Wir sind nicht mehr in Apulien. Wir haben alle das Kreuz genommen. Unser Lehensherr ist Christus, und niemand wird mit dir gehen, wenn du Christi Banner fahnenflüchtig wirst.«

Tankreds Gesicht wurde bleich. Nur die Peitschenspur leuchtete blutrot. Aus seinen Augen sprach mörderische Wut. Er öffnete den Mund, um etwas zu erwidern, brach aber sofort nach dem ersten Wort ab und starrte über Boemunds Schulter. Richard folgte seinem Blick.

In der Türöffnung, die zu Boemunds privatem Zimmer führte, stand ein Mädchen, eingehüllt in ein rotes Tuch. Ein sehr junges Mädchen mit großen grauen Augen, so grau wie der Himmel im Winter, wenn es regnete.

Richard fühlte, wie das Blut ihm heiß ins Gesicht schoß. Auch Gabrielle errötete. Die Farbe stieg ihr von den Schultern über den Hals in Wangen und Stirn und es sah aus, als würde sie noch unter den Haaren rot. Dann stieß sie einen kleinen vogelähnlichen Schrei aus und floh zurück in das Zimmer, aus dem sie gekommen war.

Boemund beachtete den Zwischenfall nicht. Er maß Tankred mit dem gleichen spöttischen Ausdruck wie zuvor.

»Nun?«

»Es wird der Tag kommen, an dem ich gehe, und du wirst mich nicht daran hindern können«, zischte Tankred.

Boemund zuckte die Achseln.

»Leere Worte. Laß uns lieber zu dem kommen, weshalb ich euch gerufen habe. Ich will eine genaue Übersicht über unsere Kampfstärke. Die Männer haben sich in den letzten drei Tagen genug ausgeruht. Laßt sie antreten unter vollen Waffen und mit allen Pferden, die wir noch haben. Ich will in zwei Stunden Musterung halten.«

Er nickte entlassend.

Tankred rührte sich nicht. Mit einem Auflachen sagte er:

»Ich hoffe, du hast ein Tuch dabei, um Jung-Richards Tränen abzuwischen. Das Mädchen, mit dem du dich heute nacht gewälzt hast, verdankt ihr Leben nur seiner liebevollen Fürsorge während der letzten Wochen. Aber er hat sich wohl nicht an sie herangetraut. Nur Mut, Richard! Der Weg für dich ist frei. Und vielleicht ist sie für dich ja noch reizvoller geworden, weil dein Abgott ihr sein Siegel aufgedrückt hat.«

Er ging hinaus, und sie hörten sein Lachen noch von der Straße hereintönen. Richard senkte den Kopf und trat von einem Fuß auf den anderen. Er wünschte, er hätte gewußt, wie er sich jetzt einen männlichen Abgang verschaffen konnte, aber er hatte sich nie weiter von Männlichkeit entfernt gefühlt als jetzt.

»Ist es wahr?« fragte Boemund.

Richard hielt das glühende Gesicht weiter gesenkt. Sein Schweigen war beredter als jede Antwort.

»Es tut mir leid«, sagte sein Onkel. »Wenn ich es gewußt hätte ... jede andere Frau hätte es auch getan. Es tut dir jetzt weh, weil du dich in sie vergafft hast. Aber es wird vorübergehen, das versichere ich dir.«

Richard biß sich auf die Lippen.

»Nein, es ist nicht so. Du verstehst das nicht. Tankred hat recht. Ich weiß nicht, wie er es herausbekommen hat, aber er hat recht. Ich liebe sie.«

Er erwartete eine zynische Antwort. Jeder wußte, wie Boemund über Frauen dachte. Er hatte nie geheiratet, und er hielt sich nicht, wie die meisten der Fürsten, eine Konkubine, die ihn begleitete. Er ließ sich Lagerdirnen zuführen und verlangte nur, daß sie sauber und gesund seien. Nach einer Nacht warf er sie wieder hinaus, und er ließ niemals zu, daß dieselbe Frau je wieder sein Zelt betrat.

Als Boemund sprach, war seine Stimme sanft, aber nicht von jener trügerischen Sanftheit, die Richard zu fürchten gelernt hatte, sondern sie klang so echt, daß der junge Mann erstaunt aufblickte. Um Boemunds Lippen lag ein halbes Lächeln, und in seinen dunkelblauen Augen las Richard echtes Mitgefühl.

»Du bist verliebt? Armer Richard. Aber dagegen kannst du nichts tun als abzuwarten. Liebe ist wie eine Kinderkrankheit. Jeder macht sie einmal durch und wird dann immun.«

»Du auch?«

Boemunds Lächeln verstärkte sich.

»Ich auch. Ich erinnere mich gut. Ich war jünger als du heute. Sie hieß Caterina, war eine Dienerin meiner Mutter, und ihre langen Zöpfe kitzelten mich. Ich glaube, damals wäre ich sogar bereit gewesen, sie zu heiraten. Irgendwann war es vorüber. Eines Morgens wachte ich auf, und sie bedeutete mir nichts mehr. Sie hat den Burgvogt meiner Mutter geheiratet und ihm sieben Kinder geboren. Beim ersten Sohn stand ich Gevatter. Übrigens hat sie bei jeder Schwangerschaft einen Zahn verloren. Wenn sie heute redet, hält sie sich die Hand vor den Mund, damit man es nicht sieht. Und ihre Zöpfe sind inzwischen grau, fest aufgesteckt und unter einem Tuch verborgen. Damit kitzelt sie niemanden mehr. Das ist der Lauf der Liebe, Richard.«

Boemund verstand ihn nicht. Oh ja, die Liebe, von der er sprach, hatte er auch durchgemacht. In Salerno gab es eine hübsche Wirtstochter mit Grübchen und Silberblick und einem unstillbaren Kichern, und ihr Vater hatte über den Hof einen kleinen Stall voll duftenden Heus für die Pferde der Gäste. Aber Gabrielle – das war etwas anderes. Das war keine Liebelei, das war wirkliche Liebe. Sollte Boemund den Unterschied nicht kennen?

»Hast du danach niemals wieder geliebt?« fragte er und sah sofort, daß er zu weit gegangen war.

Boemunds Züge wurden hart.

»Nein. Laß Weiber über die Liebe schwatzen, wenn sie spinnen und weben! In unserem Leben ist kein Platz dafür, Richard. Wir sind Männer, Normannen, Ritter, für den Kampf geboren, erzogen und dazu bestimmt, zu erobern oder auf dem Schlachtfeld zu fallen. Geh jetzt und rufe das Heer zusammen. Wir wollen in zwei Tagen aufbrechen.«

Am Abend trafen sich die Fürsten in Boemunds Saal. Allen sah man die Strapazen der letzten Wochen an. Gottfried von Bouillon trug den Arm in einer Schlinge. Er hatte ihn sich gebrochen, als er vom Pferd gefallen war. Raimund von St. Gilles trank den ganzen Abend nur Wasser und lag mehr im Lehnstuhl, als daß er saß. Auf seinen Wangen zeichneten sich scharf abgezirkelte rote Flecken ab. Er hatte hohes Fieber.

Tatikios, der byzantinische General, der sie mit einer Einheit anatolischer Truppen begleitete, hatte eine Karte auf dem

Tisch ausgebreitet und zeigte mit dem Dolch auf die Orte, von denen er sprach.

»Hier«, sagte er, »hier ist Ikonion. Hier sind wir. Hier ist Heraklea, unser nächstes Ziel.«

»Und dort ist Tarsos«, sagte Boemund, auf die Karte starrend. »Dort kommen wir ans Meer. Dann um die Bucht herum und wir stehen vor Antiochia.«

Der Byzantiner schüttelte den Kopf.

»Gefährlich, Herzog, sehr gefährlich. Dazu müßtet Ihr durch die Kilikische Pforte. Der Paß ist so steil und eng, daß ein großes unbewegliches Heer wie dieses dort leicht den Türken zum Opfer fallen könnte. Wenn sie dort einen Hinterhalt aufbauen, könnten wir dem nicht entgehen wie bei Doryläum. Außerdem müßten wir dann« – die Dolchspitze wanderte etwas weiter nach rechts – »hier noch durch das Amarosgebirge und durch die Syrische Pforte, die nicht weniger gefährlich ist als die Kilikische. Und unten an der Küste ist noch Sommer. Im September ist es dort noch mörderisch heiß.«

»Was schlagt Ihr also vor?«

Die Dolchspitze wanderte nordwärts und beschrieb einen Halbkreis, ehe sie in der Nähe Antiochias wieder zur Küste zurückkehrte.

Erregtes Stimmengewirr erhob sich.

»Unmöglich«, sagte Gottfried.

»Welch ein Umweg! Sollen wir noch mehr so verheerende Märsche auf uns nehmen wie der, den wir gerade hinter uns haben?« fragte Raimund.

Hugo von Vermandois schauderte. Stephan von Blois schüttelte den Kopf.

»Der kürzestes Weg ist der beste«, sagte er. »Haben wir nicht schon mehr Gebirgspässe überquert?«

»Auf direktem Weg zur Küste! Das werden wir schaffen«, schloß Robert von Flandern sich an.

Boemunds Stimme übertönte den Lärm.

»Was spricht für diese längere Route?« fragte er.

Tatikios wartete ab, bis Ruhe eingekehrt war, ehe er antwortete.

»Durch den Sieg bei Doryläum und Kilidsch Arslans Flucht steht der Weg nach Cäsarea Mazacha offen. Dort stoßen wir auf die alte byzantinische Heerstraße nach Antiochia. Sie ist gut zu begehen, und sie führt durch christliches Gebiet. Die armenischen Fürsten dort sind von den Türken bedroht. Sie werden uns als Freunde und Befreier begrüßen und uns mit Lebensmitteln versorgen. Der Weg ist länger, das ist wahr, aber er ist weitaus ungefährlicher.«

»Gut«, sagte Boemund. »Wir werden diesen Weg nehmen.«

Raimund protestierte.

»Ihr könnt nur für Euch sprechen, nicht für uns alle! Geht den Weg, wenn Ihr wollt, aber macht Euch darauf gefaßt, daß Ihr ihn allein gehen müßt. Wir müssen das miteinander beraten und dann abstimmen, ob wir den Umweg machen wollen.«

»Nur weil ein Byzantiner ihn vorschlägt, muß er nicht der bessere Weg sein«, fügte Tankred provozierend hinzu.

Boemund beachtete ihn nicht. Er blickte Raimund an.

»Seit Doryläum wissen wir, daß wir unser Heer nicht aufspalten dürfen. Und was den längeren oder den kürzeren Weg betrifft, wichtig ist einzig der Weg, der uns die geringsten Verluste garantiert. Wieviel Waffen, Pferde, Männer können wir noch einbüßen, ohne daß wir unser Vorhaben aufgeben müssen?«

»Er hat recht«, sagte Balduin von Boulogne. »Wir müssen den Weg durch die armenischen Gebiete nehmen, wenn wir unser Heer retten wollen.«

Tankred starrte ihn mißtrauisch an.

Robert von Flandern gab zögernd nach, schließlich schlossen sich Gottfried, Hugo und Stephan an. Raimund gab als letzter auf und nur unter Murren.

Spät am Abend, nachdem die Fürsten aufgebrochen waren, blieb Balduin von Boulogne in Boemunds Saal, an seiner Seite Bagrat, der Armenier. Geruch nach Knoblauch und kaltem Öl lag in der Luft, vermischt mit den Ausdünstungen von abgestandenem Schweiß und Trunkenheit. Auf der langen Tafel, auf der der Stoffhändler seine Ware zu präsentieren pflegte, waren Becher umgestürzt, Wein stand in Lachen darauf, angebissene Brotstücke weichten darin. Öllampen verbreiteten ein flackerndes Licht. Boemund kehrte von der Tür zurück, an der er seine Gäste verabschiedet hatte, und fand Balduin und den Armenier über die Karte gebeugt.

Der Armenier, ein Mann nahe den fünfzig, der Bart von grauen und weißen Fäden durchzogen, das braune faltige Gesicht verschlagen, nickte ihm zu.

»Das war der richtige Entschluß«, sagte er, »Ihr braucht die Armenier als Verbündete, und sie brauchen Euch. Sie sitzen zwischen dem Herrschaftsanspruch von Byzanz, dem sie sich nur nominell gebeugt haben, und den ständigen Bedrohungen durch die Türken wie Käfer zwischen Baum und Borke. Sie brauchen Verbündetete, um ihre Unabhängigkeit zu bewahren. Hier in Melitene Gabriel, hier in Edessa sein Schwiegersohn Thoros und in Maarasch mein Bruder Vasil. Es kostet Euch nichts weiter als etwa dreihundert Ritter, die Ihr, sagen wir, in Edessa, zurücklaßt, um die armenischen Fürstentümer vor den Türken zu schützen.«

»Edessa«, sagte Balduin langsam, »Edessa. Wer sagtet Ihr, herrscht dort?«

»Thoros, der Schwiegersohn Gabriels von Melitene. Kerbogha, der mächtige Emir von Mossul, bedroht sein Gebiet. Ihm käme die Hilfe der christlichen Ritterschaft mehr als erwünscht.«

Boemund starrte auf die Karte.

»Wir haben die Verbindung zum byzantinischen Reich verloren. Wir gehen durch Feindesland, weiter und weiter. Vor uns, neben uns, hinter uns nur Feinde. Wenn wir eine fränkische Besatzung nach Edessa legten, dann würden wir uns den Rücken freihalten, während wir Antiochia belagern.«

Balduin sah auf und direkt in Boemunds Augen.

»Edessa würde Antiochia abschirmen. Antiochia ist der notwendige Stützpunkt für jedes weitere Ausgreifen nach Süden. Mit der Sicherung Edessas und Antiochias sichern wir den Weg nach Jerusalem.«

Ein langsames Lächeln bildete sich um Boemunds Lippen.

»Es wäre eine Aufgabe für Euch, Balduin, den Kreuzzug zu schützen, indem Ihr Edessa vor den Türken bewahrt.«

»Und Euch, Herzog von Tarent, würde es anstehen, den Weg nach Jerusalem zu sichern, indem Ihr Antiochia haltet.«

Der Armenier blickte zwischen den beiden Männern hin und her und fühlte eine unbestimmte Furcht in sich aufsteigen, als sei hier mehr beschlossen worden, als gesagt worden war.

Als ihm gemeldet worden war, daß die beiden Frauen, nach denen er gesandt hatte, eingetroffen seien, hatte Alexios halb befürchtet und halb gehofft, Helena habe ihre Tochter begleitet. Er war enttäuscht und zugleich erleichtert zu erfahren, daß Anna statt ihrer gekommen war. Sein nächster Gedanke war dann gewesen, daß ihm auch mit Anna eine unangenehme Unterredung bevorstand, denn seine Handlungsweise ihren Sohn betreffend, konnte er nicht frei von allem Tadel nennen. Deshalb beschloß er, sie zunächst allein zu sprechen und sich um Maria später zu kümmern.

Er empfing Anna nach einem langen Arbeitstag in einem kleinen Raum in der Residenz des Bischofs von Nikomedia, in der er sein Hauptquartier aufgeschlagen hatte. Seine Füße schmerzten ihn, wie so oft in den letzten Monaten, und er sehnte sich nach der Massage, die ihm Erleichterung verschaffen würde. Deshalb blieb er sitzen, als Anna ihm gemeldet wurde, und blickte ihr über den mit Akten und Karten übersäten Tisch entgegen.

Er erschrak bei ihrem Anblick. Sie war dünner als er sie in Erinnerung hatte, aber was ihn erschreckte, war die Veränderung ihres Wesens. Er hatte sie in Gedanken immer mit einem goldenen Herbsttag verglichen, eingehüllt in eine zarte Melancholie, in der die Erinnerung an einen reichen Sommer nur leicht übersponnen wurde von dem Wissen um die Vergänglichkeit.

Die Frau, die ihm jetzt entgegenschritt, bewegte sich mit der abgezirkelten Anmut eines mechanischen Spielzeugs. Sie strömte eine klirrende Kälte aus. Alles, was an ihr weich gewesen war, schien jetzt hartgefroren. Sie war immer noch schön, aber es war die starre Schönheit einer Eiskönigin. Er unterdrückte ein Seufzen. Die Unterredung würde schwierig werden. Anna machte Anstalten, die vorgeschriebenen Fußfälle zu vollziehen, aber er winkte ungeduldig ab und wies mit der Hand auf einen Stuhl.

»Nehmt Platz, Anna! Ich freue mich, daß Ihr Maria begleitet habt. Ihr befindet Euch hoffentlich wohl? Die Reise war angenehm?«

Anna nickte, ohne zu lächeln.

»Wir haben viel zu besprechen«, sagte sie.

»Eurem Sohn geht es gut. Er ist auf dem Weg nach Kiew. Aber das wißt Ihr selbstverständlich. Er hat Euch aus Thessaloniki geschrieben.«

»Ihr haltet ihn als Geisel gegen seinen Vater.«

Alexios heuchelte keine Überraschung. Wie hätte sie, als Tausende von Franken durch Konstantinopel gezogen waren, nicht erfahren sollen, daß man sie jahrelang belogen hatte und daß Boemund lebte?

»Ich habe ihn zu seinem eigenen Schutz entfernt. Zu Eurem Besten, Anna. Oder wollt Ihr, daß er sich den Kreuzfahrern anschließt und vor Antiochia oder Jerusalem fällt?«

Sie schüttelte den Kopf.

»Ich biete Euch ein Geschäft an: mein Sohn gegen Eure Tochter.«

»Wie soll ich das verstehen? Wollt Ihr die beiden verheiraten? Das ist unmöglich. Sie sind zu nahe verwandt.«

»Ich weiß. Es geht um folgendes. Ich habe Probleme, weil mein Sohn der Sohn Eures größten Feindes ist. Ihr habt Probleme mit Maria, weil Ihr sie nicht anerkennen könnt. Sie existiert offiziell nicht. Gebt mir eine Garantie, daß Markos immer Markos Paläologos bleibt, daß Ihr Euch seiner niemals gegen seinen Vater bedient, und ich löse das Problem Maria.«

Alexios wäre gern aufgestanden und hätte, die Hände auf dem Rücken verschränkt, den Raum durchmessen, wie er es zu tun pflegte, wenn er Probleme durchdachte, aber seine schmerzenden Füße hinderten ihn daran. So rieb er nur die Hände aneinander.

»Wie sollte das gehen?«

»Ihr könnt Maria nicht ins Kloster stecken. Sie selbst ist dagegen, und, was mehr zählt, Helena ist dagegen. Helena liebt das Mädchen nicht, aber sie haßt sie nicht so sehr, daß sie sie in einem Kloster verschwinden lassen würde. Helena würde das nicht kampflos hinnehmen. Sie ist unausgeglichen, und man kann nicht wissen, was sie täte, wenn es geschehen würde. Ihr müßt Maria verheiraten. Aber Ihr könnt keinen Gatten für sie finden, weil sie keine Eltern hat. Offiziell jedenfalls nicht. Ihr folgt mir soweit?«

»Voll und ganz. Ich sehe nur keine Lösung.«

Anna nickte.

»Der Zufall ist uns zu Hilfe gekommen. Romanos Paläologos ist tot. Damit ist der einzige Mensch aus der Welt, der bestreiten könnte, daß Maria meine Tochter ist. Ich bin bereit, sie als Maria Phokaina Paläologa auszugeben, meine und Romanos' Tochter.«

Alexios verschränkte die Finger ineinander.

»Das wäre eine Möglichkeit. Aber die Geschichte bleibt dünn. Wenn die Diener in Pera reden, wenn Irene Nachforschungen anstellt, wenn die Familie Paläologos ...«

»Ihr müßt Maria in solche Entfernung verheiraten, daß niemand Nachforschungen anstellt. Und ist es nicht einleuchtend, daß ich, eine Witwe, mich jetzt Eurer Majestät zu Füßen geworfen habe und Euch gebeten habe, einen Gatten für meine Tochter zu suchen? Ihre Mitgift ist groß. Es sollte Männer geben, die bereit sind, eine Heirat mit einer Phokaina Paläologa als Ehre aufzufassen.«

Alexios begann sich für den Gedanken zu erwärmen.

»Zweifellos. Und wenn ich als Ehestifter fungiere, dann ist die Ehre um so größer. Es gäbe schon Männer, die ich mit einer solchen Geste mir verpflichten möchte. Da wären diese armenischen Fürsten, vor allem Gabriel von Melitene, der kürzlich verwitwet ist und den ich mit der Hand einer byzantinischen Prinzessin fester an Konstantinopel binden würde, ehe er sich in die Arme der Kreuzfahrer wirft. Aber nein, das ist mir für die Kleine zu gefährlich. Melitene wird von dem Sultan von Mossul und von den Danischmendiden bedroht. Ich will nicht, daß das Mädchen eines Tages in einem türkischen Harem landet.«

»Ich habe gehört, daß der Statthalter von Zypern einen einzigen Sohn hat, der noch nicht verheiratet ist.«

Alexios starrte sie an.

»Ihr solltet ein Mann sein, Anna. Ich hätte Euch gern an meiner Seite. Gut, machen wir das Geschäft. Maria heiratet nach Zypern, und ich werde Euren Sohn in meinen Diensten beschäftigen, so wie es dem Sohn von Romanos Paläologos zukommt.«

»Er hat keinen anderen Vater«, sagte Anna, und ihre Stimme klirrte vor Kälte, »noch möchte ich, daß jemals jemand auf den Gedanken kommen könnte. Er soll Boemund niemals begegnen.«

»Ich werde dafür sorgen, daß er immer in Gegenden beschäftigt ist, die weit entfernt von den Franken sind.«

Anna neigte dankend den Kopf, blieb aber zu Alexios' Erstaunen sitzen.

Eine Weile schwiegen beide, dann fragte Alexios, der sich nach seiner Fußmassage sehnte:

»Gibt es noch etwas, was Ihr mit mir besprechen wolltet?«

Anna hob den Kopf. Ihre schwarzen Augen waren weit geöffnet, und auf ihrem Grund sah Alexios etwas funkeln, was ihn frösteln machte.

»Ja!« sagte sie mit derselben klirrenden Stimme, »Boemunds Untergang.«

Alexios sprang unwillkürlich auf, und wurde von dem Schmerz, der glühend durch seine Füße zuckte, auf den Stuhl zurückgetrieben.

»Ihr wollt, daß Boemund vernichtet wird?«

»Ich selbst will ihn vernichten«, präzisierte sie.

Die Frage, die sich auf die Lippen des Kaisers drängte, verbot sich unter Annas Blick.

»Ich brauche dazu Eure Hilfe«, fügte sie hinzu.

Alexios rieb wieder seine Hände aneinander.

»Es ist unmöglich, ihn ermorden zu lassen. Der Verdacht würde sofort auf mich fallen. Die Kreuzfahrer würden unverzüglich das ganze byzantinische Truppenkontingent, das bei ihnen ist, niedermetzeln. Und man kann auch nichts in einer Schlacht arrangieren. Boemund ist kühn, aber nicht tollkühn. Er ist immer von seiner Leibgarde gedeckt.«

»Ich habe Zeit«, sagte Anna. »Ich habe ein Leben lang Zeit, wenn es darauf ankommt. Aber am Ende soll er am Boden liegen und demütig Staub fressen.«

Ihre Worte beschworen in Alexios ein Bild herauf: Boemund, der sich ihm nach einer furchtbaren Niederlage unterwerfen und vor ihm in Ketten auf dem Boden liegen mußte, dem Sieger hilflos ausgeliefert. Der Gedanke gefiel ihm.

»Wie sollte das geschehen? Habt Ihr einen Plan?« fragte er.

Anna schüttelte den Kopf.

»Ihr habt ihn gesehen und mit ihm gesprochen. Hattet Ihr den Eindruck, daß er ein frommer Mann ist, der das Kreuz genommen hat um des Heils seiner Seele willen?«

»Nein!« sagte der Kaiser. »Er ist so stolz und hochfahrend wie je. Er war der erste, der mir umstandslos den Eid geschworen hat, und ich bin sicher, er wird ihn keine Minute halten, wenn er es nicht mehr für nötig hält. Er ist ehrgeizig, und sein Ziel ist nicht geringer geworden. Es ist nicht Jerusalem, das er will. Es ist Byzanz.«

»Was wird er tun, um das zu erreichen?« fragte sie.

Alexios fegte ein paar Akten vom Tisch und breitete eine Karte aus.

»Seht her, Anna! Hier liegt Konstantinopel, hier Jerusalem. Wenn er nach Jerusalem geht, ist er viel zu weit von uns entfernt, um etwas gegen uns tun zu können. Er würde Ärger mit Ägypten bekommen, seine Kräfte wären gebunden im Kampf gegen Araber und Ägypter. Nein, er wird sich einen Stützpunkt suchen, von dem aus er gegen Byzanz Krieg führen kann. Hier«, er wies mit dem Daumen auf die Karte, »hier ist die Schlüsselposition für Boemund. Antiochia. Es ist reich, er würde genug Gold haben, um aufzurüsten. Es liegt an der Küste. Er hätte auf dem Seeweg Verbindung ins Reich der Franken. Und es ist nahe genug an unseren Grenzen, um den Krieg nach Byzanz hineinzutragen.«

»Er könnte sich mit den Türken verbünden«, sagte Anna, auf die Karte blickend.

Alexios schüttelte den Kopf.

»Das könnte er nicht wagen. Seine Männer haben das Kreuz genommen. Sie wollen die Ungläubigen töten, nicht an ihrer Seite gegen ein christliches Reich kämpfen. Die einzigen Verbündeten, die er finden könnte, wären die armenischen Fürsten. Sie sind von den Türken bedroht und wären gern von

Byzanz unabhängig. Hier, Edessa, Melitene, Maarasch – da gibt es Kampfgenossen für ihn.«

»Melitene?«

Anna blickte auf.

»Sagtet Ihr nicht vorhin etwas von Melitene? Gabriel von Melitene?«

»Ich erinnere mich nicht.«

»Als es um Marias Verheiratung ging. Ihr wolltet sie nicht mit Gabriel vermählen.«

»Ach ja. Gabriel ist am meisten von den Danischmendiden bedroht. Er braucht Hilfe, von wo immer er sie bekommen kann. Er ist hier, um ein Bündnis mit mir abzuschließen. Deshalb kam ich auf ihn. Ein Witwer. Es wäre nicht schlecht, das Bündnis durch eine Ehe abzusichern. Ich denke, Gabriel, der diesen Gedanken ins Spiel gebracht hat, will zur Aufwertung seiner Position eine meiner Töchter, eine purpurgeborene.«

Alexios lachte.

»Als ob purpurgeborene Prinzessinnen für armenische Abenteurer zu haben wären.«

Anna studierte die Karte.

»Nein«, sagte sie, »keine purpurgeborene. Aber eine Prinzessin aus dem Hause Phokas.«

Alexios zog scharf den Atem ein.

»Anna, Ihr könnt nicht …«

»Ich kann«, sagte sie. »Gabriel ist Witwer? Das trifft sich gut. Ich bin Witwe.«

Boemund richtete sich im Sattel auf.

»Antiochia«, sagte er.

In seiner Stimme war eine Mischung aus Erregung und vorweggenommenem Triumph.

Richard wischte sich den Schweiß aus den Augen und starrte in die Ebene hinunter, die sich vor ihnen ausbreitete.

Es war fruchtbares Land, durchzogen von dem breiten,

gemächlich dahinfließenden Orontes, reihten sich Felder und Haine aneinander, kleine Landgüter lagen wie hingetupft, weiße Flecken in einem grünen Tal. Und am Horizont Antiochia, das alte, das prächtige, das hellenistische, römische, byzantinische und jetzt türkische Antiochia. Es zog sich vom Ufer des Flusses über mehrere Hügel, von deren Hängen die Villen leuchteten, hinauf zu der Zitadelle. Die Mauern, die sich über Meilen und Meilen erstreckten, folgten dem Verlauf der Hügel und Schluchten und schlossen ein riesiges Gebiet ein, in dem Raum für Gemüsegärten und Weideland war. Sie waren mit hunderten von Türmen bestückt, die jeweils in Bogenschußweite voneinander lagen. Im Norden erhoben sie sich aus der sumpfigen Flußniederung, im Süden führten sie auf jäh abstürzende Höhen. Es war unmöglich, diese Stadt vollkommen einzuschließen, und es war unmöglich, sie auszuhungern.

»Das ist das Ende«, sagte Richard. »Das wird viel schwerer als Nikäa. Niemand kann die Stadt einnehmen. Hier werden wir verbluten. Oder an Seuchen zugrundegehen. Es ist hoffnungslos.«

Boemund hielt den glitzernden Blick auf die Stadt gerichtet.

»Wir werden Antiochia nehmen«, sagte er. »Es gibt immer einen Weg.«

Richard sah ihn an. Seine Haut war von der Sonne verbrannt, sein Haar gebleicht, tiefe Falten hatten sich zwischen Nase und Mund eingegraben, der Mund war fest zusammengepreßt, die Augen schmal und an seiner Wange zuckte ein Muskel. Die Hände in den Lederhandschuhen hielten die Zügel fest umklammert, und die Schenkel übten einen solchen Druck auf das Pferd aus, daß es sich aufbäumte. Boemund zwang es nieder, den Blick immer auf die Stadt gerichtet.

Und plötzlich wußte Richard, ohne daß sein Onkel es aussprechen mußte, daß dies das Ziel Boemunds gewesen war, von Anfang an. Er hatte das Kreuz nicht genommen, um Jerusalem zu befreien. Er hatte diese Stadt erobern wollen, er wollte der Herr sein von Antiochia am Orontes. Warum aber? Und auch das wußte Richard instinktiv, als er den Mann betrachtete, der auf die Stadt starrte wie auf eine Geliebte, die es zu erobern galt. Antiochia war der Stützpunkt, von dem aus er Krieg gegen Byzanz führen konnte. Inzwischen waren sie von den anderen eingeholt worden. Stephan von Blois wiederholte, was Richard gesagt hatte.

»Unmöglich! An dieser Nuß beißen wir uns die Zähne aus.«

»Es wird schwer werden, verdammt schwer«, sagte Robert von Flandern langsam. »Vielleicht ist es wirklich unmöglich.«

»Die Mauern müssen nicht in gutem Zustand sein«, sagte Gottfried, um Hoffnung zu verbreiten.

»Die Stadt ist vor zehn Jahren an die Türken gefallen. Vorher haben unsere Ingenieure die Mauern nach den neusten Erkenntnissen der Technik instandgesetzt. Die Türken haben sie nur durch Verrat einnehmen können«, bemerkte Tatikios, der byzantinische General.

»Laßt uns sofort angreifen«, sagte Raimund, »noch haben wir das Überraschungsmoment auf unserer Seite. Und Gott, der uns bis hierher geführt hat, wird uns den Sieg schenken.«

Boemund wandte sich ihm zu.

»Gott schenkt nichts, niemals. Wir werden uns die Stadt erkämpfen müssen. Aber nicht mit einem erschöpften Heer und ohne Belagerungsmaschinen. Und der Herr von Antiochia ist über unsere Ankunft durchaus informiert.«

Seinem Blick folgend, sahen sie alle, genauer hinschauend, daß die Tore der Stadt geschlossen und die Mauern mit Bogenschützen besetzt waren.

»Boemund hat recht«, sagte Robert von der Normandie. Stephan und Hugo schlossen sich an.

Raimund biß sich auf die Lippen.

»So sei es, aber«, und er starrte Boemund herausfordernd

an. »Laßt es uns nicht vergessen, diese Stadt gehört dem Kaiser. Wir erobern sie für Alexios, nicht für uns.«

»Was sollten wir mit Antiochia?« fragte Gottfried erstaunt: »Unser Ziel ist Jerusalem.«

Sie legten einen Ring um Antiochia, schlugen ihre Zelte auf, plünderten die Umgebung, versorgten sich reichlich mit Nahrungsmitteln und ruhten sich aus, während die Krieger auf den Wällen Wache schoben und auf einen Angriff warteten, der nicht kam.

Manchmal, wenn Richard müßig durch das Lager schlenderte, hielt er Ausschau nach einem Mädchen mit grauen Augen, aber er sah sie nie, sei es, daß sie ihm auswich, sei es, daß das Menschengewühl zu groß war. Denn zu all den Frauen und Männern, die dem Ritterheer aus dem Abendland gefolgt waren, gesellten sich jetzt noch die aus der Stadt Vertriebenen. Yaghi-Siyan hatte, sobald er begriff, daß er sich auf eine längere Belagerung einstellen mußte, alle unnötigen Esser und potentiellen Verräter aus der Stadt gejagt. Armenier, Syrer, Griechen, alle Christen, deren Familien seit Generationen dort ansässig waren, waren erbarmungslos vertrieben worden und fanden nun Unterschlupf und Versorgung bei den Kreuzfahrern.

Gottfried hatte gemurrt, man solle sich mit ihnen nicht belasten, aber Boemund war im Rat der Fürsten energisch für sie eingetreten. Richard sah täglich Männer in Boemunds Zelt gehen, die aus Antiochia stammten und mit denen er lange Unterredungen pflog, die niemand verstand, weil er sie auf griechisch führte.

Inzwischen ging ihnen die Nahrung aus. Weil sie im ersten Überschwang verschwendet hatten, drohte ihnen nun der Mangel. Richard, der mehrmals gesehen hatte, wie achtlos Getreide fortgeworfen und Tiere getötet wurden, ohne daß man ihr Fleisch bis zum letzten verwertete, machte zu Boemund eine Bemerkung darüber. Sie waren auf dem Weg zu

Raimunds Zelt, in dem Kriegsrat gehalten werden sollte. Es regnete, ein kalter Wind fegte durch die Lagergassen, und ihre Stiefel versanken im Schlamm.

»Wenn wir den Winter über vor Antiochia liegen müssen, müssen wir mit den Lebensmitteln sparsamer umgehen. Sollten die Fürsten nicht eine Kontrolle über die Vorräte ausüben?«

Boemund zuckte nur die Achseln.

»Wenn es hier nichts mehr gibt, müssen wir uns eben aus weiterer Entfernung fouragieren. Und wenn auch das erschöpft ist, werden wir die Stadt nehmen müssen, um jeden Preis, oder verrecken.«

Stephan von Blois hielt die Hände über das Kohlenbecken und zeterte, als sie eintraten.

»Dies soll der Süden sein, der warme, ewig heitere Süden? Hier ist es nicht anders als in Blois. Kälte, Nässe, unsere Waffen rosten, unsere Knochen schmerzen. Wir werden Antiochia nie einnehmen.«

»Nicht, wenn wir uns vor Frostbeulen fürchten«, sagte Robert von Flandern verächtlich.

Stephan warf ihm einen Blick tiefgefühlter Abneigung zu.

»Sind wir nicht reich geworden? Was der Kaiser uns nach Nikäa geschenkt hat, was wir von den Türken nach Doryläum erbeutet haben – das ist weit mehr, als wir gewinnen werden, wenn wir diese Stadt erobern. Falls wir sie erobern! Laßt uns die Belagerung aufheben!«

»Eine gute Idee«, sagte Raimund ironisch. »Laßt uns nach Jerusalem gehen, Feinde im Rücken, Feinde vor uns, Feinde neben uns.«

»Wer sagt, daß wir überhaupt nach Jerusalem gehen sollen? Wir haben dem Kaiser geholfen, ihm Nikäa zurückgewonnen, Byzanz vor dem Ansturm der Türken bewahrt. War das nicht unser Ziel? Das war es doch, worum Alexios den Papst gebeten hatte. Wir haben das Ziel längst erreicht.«

»Das Ziel ist Jerusalem«, beharrte Raimund. »Wir haben das

Kreuz genommen, um das Grab des HERRN zu befreien. Ich werde davon nicht ablassen, und wenn ich barfuß und im Büßerhemd dorthin gehen müßte.«

Stephan schnaubte, sagte aber nichts mehr.

Boemund nahm am Tisch Platz, und die anderen folgten seinem Beispiel. Da er sich als erster gesetzt hatte, hatte er sich den Platz gewählt. An der Stirnseite des langen Tisches, gerade als sei er der Anführer der Fürsten. Raimund warf ihm einen bösen Blick zu und setzte sich ihm gegenüber.

»Unsere Lage ist schlecht«, begann der Herzog von Tarent. »Meine Vertrauensleute aus Antiochia sagen mir nicht nur, daß die Stadt über große Vorräte verfügt und sich noch lange halten kann, sondern auch, daß Yaghi-Siyan seinen Sohn nach Damaskus geschickt hat, damit er dort ein Entsatzheer für die Stadt anwirbt. Wenn Duqaq von Damaskus tatsächlich mit einem Heer anrückt, sitzen wir in der Falle. Die Türken werden uns unter den Mauern zerquetschen wie eine Laus. Außerdem haben wir ernsthafte Versorgungsprobleme. Unsere Leute auf Beutezügen müssen immer weitere Entfernungen zurücklegen, um Verpflegung heranzuschaffen. Dabei werden sie von Yaghi-Siyans Männern in der Festung Harenc überfallen. Bevor es Weihnachten ist, werden wir hungern.«

»Habe ich das nicht gesagt?« fragte Stephan und sah sich herausfordernd um.

»Was schlagt Ihr vor?«

Gottfried fragte es so, als hinge ihrer aller Heil einzig von Boemunds Rat ab. Raimund wurde blaß vor Wut. Boemund wartete mit der Antwort, bis er der Aufmerksamlkeit aller Barone sicher war.

»Wir müssen Antiochia nehmen. Wir müssen es mit all unseren Kräften versuchen. Laßt uns folgendes beschließen: wer von uns imstande ist, in die Stadt einzudringen und sie den Streitkräften der anderen Fürsten zu öffnen, der soll die Herrschaft über Antiochia bekommen.«

Der byzantinische General Tatikios stieß wütend seinen Dolch in die Tischplatte.

Raimund sprang auf.

»Das ist Verrat am Kaiser!«

Auch andere Fürsten sprangen auf und riefen durcheinander. Eine große Erregung hatte sich aller bemächtigt. Boemund kreuzte die Arme vor der Brust und musterte sie mit kaltem Blick. Allmählich legte sich der Tumult. Es war Raimund, der mit seiner Frage Schweigen erzwang.

»Wenn Ihr so sprecht, dann kann das nur eines bedeuten. Habt Ihr einen Weg in die Stadt ausgekundschaftet?«

Bevor Boemund etwas sagen konnte, wurde das Zelt geöffnet. Sie hörten von draußen ein erregtes Stimmengewirr. Es schien, daß Hunderte sich aufgemacht hatten, um vor das Hauptquartier der Fürsten zu ziehen. Was sie riefen, war unklar. Ab und zu schien es, man höre das Wort Genua heraus.

Ein Mann stolperte in das Zelt. Er war über und über mit Schlamm und Kot bespritzt, seine Stimme vom vielen Schreien schon heiser.

»Genua!« schrie er, »Genua! Die Genuesen! Eine Flotte aus Genua! Auf dem Meer! Vor dem Hafen!«

Antiochia lag einige Meilen vom Meer entfernt, und sein Hafen St. Symeon war bisher ebenso in der Hand der Türken gewesen, wie die Stadt selbst und das Fort Harenc. Jetzt, mit Hilfe der genuesischen Flotte, die auf der Reede kreuzte, gelang es den Franken, den Hafen einzunehmen. Die genuesische Flotte brachte Mannschaften, Belagerungsgerät, vor allem aber Lebensmittel und eine Botschaft des Patriarchen von Zypern an den päpstlichen Legaten, den Bischof von Le Puy, und die Fürsten des Kreuzzugs. In Zukunft würde aus Zypern regelmäßig Getreide und Holz geliefert werden. Der Kommandant der genuesischen Flotte brachte noch eine zweite Botschaft. Sie war nicht vom Patriarchen, und sie galt

Boemund allein. Der Kommandant blieb nach dem großen Gelage, mit dem seine Ankunft gefeiert worden war, in Boemunds Zelt zurück. Er war betrunken, seine Augen glänzten, seine Zunge war schwer, aber er formte die Worte mit großer Sorgfalt und überdeutlich.

»Schöne Frau«, sagte er. »Sehr schöne Frau, die Prinzessin. Der Sohn des Statthalters ist zu beneiden.«

Boemund schenkte seinen Becher wieder voll und schob den Krug zu Richard hinüber. Tankreds Kopf lag auf der Tischplatte, in den Armen vergraben. Er atmete laut und regelmäßig.

»Sehr schöne Frau«, wiederholte der Genuese, »jung und blond. Blond und braune Augen. Eine unwiderstehliche Mischung. Ah, die Blonden, die Blonden!«

Er verdrehte die Augen und seufzte pathetisch.

Richard verdrängte den Gedanken an ein Paar grauer Augen und stürzte den Becher in einem Zug hinunter.

»Komisch, ich hätte nie gedacht, daß Griechen blond sein können«, fuhr der Genuese fort, »aber sie ist eine Griechin, kein Zweifel. Der Vater ist Grieche, die Mutter ist Griechin. Ihre Mutter war die schönste Frau von Konstantinopel, heißt es. Na ja, es wird viel geredet. Gesehen hat sie keiner. Und was das Gerücht angeht, der Kaiser halte sie in einem Turm gefangen, weil er sogar auf die Sonne eifersüchtig sei, die ihr Gesicht bescheint – alles Unsinn. Er hat sie gerade verheiratet.«

»Vielleicht ist sie nicht mehr so schön«, schlug Boemund gelangweilt vor. »Der Zahn der Zeit nagt auch an den schönsten Weibern.«

Der Genuese schlug mit der Faust auf den Tisch.

»Wem sagt Ihr das, wem sagt Ihr das! Weiberfleisch muß frisch sein. Hab ich immer gesagt! So wie das der schönen Blonden! Ich habe übrigens etwas von ihr für Euch.«

Er steckte die Hand in sein Wams und wühlte einen Augenblick darin herum, dann förderte er eine Papyrusrolle zutage, von der ein Siegel herabhing. Er hielt sie Boemund hin.

»Hier, für Euch! Von ihr. Schöne Frau, sehr schöne Frau!«

»Für mich?« fragte Boemund erstaunt. Er nahm die Rolle mechanisch entgegen und wog sie in der Hand.

»Für Boemund von Hauteville, den Sohn von Robert Guiskard«, sagte der Genuese und hatte Mühe, mit schwerer Zunge die Namen korrekt auszusprechen, »der seid Ihr doch, oder?«

»Der bin ich. Und wer ist die schöne Absenderin?«

»Schwiegertochter des Statthalters. Hat auch einen Namen. Gott verdamme diese griechischen Namen. Maria heißt sie, ist eine Prinzessin mit vielen as und os und äs. Phokas und Poläolomi,« er kämpfte mit den Silben, verwarf sie, änderte sie, schmeckte dem Klang nach, schüttelte den Kopf und begann von neuem, bis Boemund ihn unterbrach.

»Eine Prinzessin Phokaina Paläologa?«

»Das ist es, das ist es!« Der Genuese klopfte ihm begeistert auf die Schulter, »so heißt sie, Maria, die schöne Blonde, la bella bionda!«

Das schien der Refrain eines genuesischen Gassenhauers zu sein, denn er begann zu singen und wiederholte immer wieder: »Maria, la bella bionda!«

Boemund hatte die Rolle fallen lassen, als verbrenne sie seine Hand. Er rüttelte den Betrunkenen.

»Wie alt ist die Frau? Wie heißt ihre Mutter?«

»Was?« Der Mann unterbrach sein Singen und rülpste.

»Was?«

»Ihr Alter? Der Name ihrer Mutter? Ihres Vaters? Und mit wem ist die Mutter verheiratet?«

Der Genuese zuckte die Achseln.

»Hab mich um den Stammbaum nicht gekümmert. Der Vater ist irgend so ein vielsilbiger Grieche. Ihr kennt sie doch besser. Sonst würde sie Euch keinen Brief schreiben. Kleine Erinnerung an ein Abenteuer in Konstantinopel, wie? Aber daß Ihr die Blondinen schätzt, wo Ihr doch selbst blond seid.«

Er schüttelte den Kopf und begann wieder, den Gassenhauer zu grölen. Dabei wurde seine Zunge schwerer und schwerer und schließlich lallte er nur noch, dann sank sein Kopf auf die Tischplatte, und er begann zu schnarchen.

Boemund sah angeekelt auf den sinnlos Betrunkenen.

»Bring ihn zu Bett, Richard!« sagte er.

Richard versuchte sein Bestes, aber der Genuese ließ sich weder bewegen noch aufwecken. Schließlich gab er es auf. Als er zurücktrat, knisterte etwas unter seinem Fuß. Er bückte sich, hob die Papyrusrolle auf und überprüfte gedankenlos, ob das Siegel unverletzt war.

Er besah es zweimal, dreimal und stieß einen leisen Pfiff aus.

»Das ist merkwürdig.«

Boemund beachtete ihn nicht. Er saß im Stuhl zurückgelehnt, die langen Beine ausgestreckt, und ließ den Wein im Becher kreisen. Sein Gesicht war ausdruckslos.

»Das ist das Wappen der Hautevilles«, sagte Richard aufgeregt. »Diese griechische Prinzessin siegelt mit Guiskards Wappen.«

»Warum nicht? Sie ist schließlich seine Enkelin.«

»Du kennst sie?«

Boemund lachte auf.

»Oh, nicht persönlich. Ich bin nur zufällig ihr Vater.«

Diesmal war es Richard, der die Rolle fallen ließ, als habe er sich verbrannt. Er bückte sich, hob sie wieder auf und streckte sie Boemund hin. Der rührte sie nicht an.

»Willst du es nicht lesen?«

»Wozu? Was interessieren mich die Ergüsse eines Bankerts, den ich vor Jahrzehnten irgendeiner Byzantinerin angehängt habe?«

»Dann werde ich es lesen«, sagte Richard mit dem Mut des Angetrunkenen.

»Nur zu!«

Richard riß das Siegel ab und öffnete den Papyrus. Die

Sprache war nicht griechisch, sondern lateinisch. Er las laut vor.

»Ihrem Bruder Boemund Gruß und Segen! Ich bin so tot, wie du mich glaubst. Forsche mir nicht nach, aber vertraue meiner Warnung: Anna wird alles tun, um dich zu vernichten. Nimm dich in Acht vor dem Armenier. Olympias.«

Richard war verwirrt. Er blickte auf die Unterschrift, um sich zu vergewissern. Da stand Olympias, kein Zweifel. Er kannte alle Schwestern Boemunds, die Töchter aus der Ehe des Guiskard mit Sichelgaita, und die beiden Töchter Alberadas aus ihrer zweiten Ehe. Eine Olympias war nicht darunter.

»Was«, begann er aufblickend und brach ab.

Mit Boemund war eine Veränderung vorgegangen. Richard hätte nicht zu benennen gewußt, worin sie bestand, ob in seiner Haltung, seinem Ausdruck, seinem Blick, aber er sah einen anderen Mann vor sich als den, den er kannte, seit er ihm als Knappe gedient hatte. Und plötzlich erinnerte er sich an Alberadas Worte: er hat keine Seele, und er begriff, was sie gemeint hatte. Der Mann, der ihm gegenübersaß und die Hand nach dem Brief ausstreckte, hatte eine Seele. Sein Gesicht war ungeschützt, und Richard zog, erschreckt, als sei er zufällig in das Allerheiligste eines Tempels getreten und befände sich Auge in Auge mit dem furchtbaren Wahrheit der Gottheit, seinen Blick ab und reichte ihm das Schreiben mit abgewandtem Gesicht.

»Es ist gut, Du kannst gehen«, sagte sein Onkel.

»Und sie?«

Richard deutete auf Tankred und den Genuesen.

»Laß sie hier ihren Rausch ausschlafen«, sagte Boemund gleichgültig.

Gabriel von Melitene litt unter Schlaflosigkeit. Sie überfiel ihn nahezu jede Nacht und ließ ihn sich in den Kissen wälzen. Gegen Morgengrauen trieb sie ihn hoch, durch die Gänge der

Zitadelle, die Treppe hinauf auf den Söller, von dem aus er die Stadt, die Mauern und die Ebene überblicken konnte.

Er hatte ein langes wechselvolles Leben hinter sich. Begonnen hatte er als byzantinischer Offizier, sich dann, als vor zwanzig Jahren nach der Schlacht von Mantzikert Konstantinopel den Osten an die Seldschuken verloren hatte, eine eigene Hausmacht bei seinen armenischen Landsleuten aufgebaut, indem er in einem zähen Kleinkrieg ihre Dörfer gegen die Türken verteidigt, schließlich Melitene eingenommen und es bisher gegen alle Angriffe verteidigt hatte. Dabei war ihm bewußt, daß nicht jeder Erfolg auf sein militärisches oder politisches Geschick zurückzuführen war. Manchmal hatte er einfach Glück gehabt. So wie vor mehr als einem Jahr, als die Danishmendiden Melitene belagert hatten. Nie war er so knapp davor gewesen, die Stadt zu verlieren. Dann waren die Belagerer plötzlich abgezogen, Gabriel hatte zunächst an sein Glück nicht glauben können. Das mußte ein Trick sein, um die Stadt in ihrer Freudetrunkenheit umso gewisser zu verderben. Er ließ keine Dankgottesdienste zu und hielt die Wachen auf den Wällen weiterhin unter Waffen, als sei die Stadt noch belagert. Dann war der Bote gekommen und hatte diese höchst merkwürdige Geschichte erzählt.

Fern im Westen waren auf einen Aufruf des Papstes hin Zehntausende von Männern aufgebrochen, um die Herrschaft der Türken zu brechen und den ganzen Osten zu erobern. Die Danishmendiden hatten sich mit ihrem Feind Kilidsch Arslan verbündet, um dieser Gefahr zu begegnen. Melitene war frei.

Gabriel stützte sich mit den Armen auf die Brüstung der Mauer und spähte nach seiner Gewohnheit über die Ebene, über der noch das graue Tuch der Dämmerung hing.

Nichts bewegte sich dort draußen. Melitene war frei. Aber wie lange? Gabriel machte sich keine Illusionen. Kilidsch Arslan hatte bei Doryläum eine große Niederlage erlitten, aber die

Türken waren nicht vernichtend geschlagen worden. Sie hatten ihre westlichen Besitzungen aufgegeben und waren in den Osten zuürckgewichen. Sie leckten jetzt ihre Wunden, aber sie würden zurückkehren, dessen war er gewiß. Er und sein Schwiegersohn Thoros von Edessa waren sich einig darüber, daß sie Bündnispartner brauchten, wenn sie überleben wollten. Aber sie waren sich nicht einig, wer der bessere Partner sein würde. Die Franken oder Byzanz? Gabriel hatte sich für Byzanz entschieden. Er war ein offener Bewunderer von Alexios Komnenos, der ein Reich übernommen hatte, das daniederlag und es in fast zwei Jahrzehnten nicht nur verteidigt, sondern erweitert hatte. Er hatte die nahezu tödliche Bedrohung durch die Normannen Guiskards überstanden, er hatte die Petschenegen vernichtet, er hatte jetzt mit Hilfe der Franken aus dem Westen Nikäa zurückgewonnen und anschließend mit seiner Flotte die Küsten Kleinasiens und die Inseln der Ägäis zurückerobert. Byzanz war wieder ein starker und mächtiger Bündnispartner. Gabriel war nach Nikomedia gegangen, hatte Alexios gehuldigt und sich ihm als Vasall unterstellt. Dafür hatte er den Titel und die Einkünfte eines Kuropalates erhalten, eine Abteilung Soldaten unter byzantinischem Kommando, eine große Summe Geld, mit der er eigene Truppen ausheben konnte, und zur Besiegelung des Bündnisses eine byzantinische Prinzessin zur Frau bekommen.

Eine steile Falte erschien zwischen Gabriels Brauen, wenn er an diese Frau dachte. Sie war nicht mehr jung, eine Witwe mit erwachsenen Kindern, und er hatte sich von ihr nichts versprochen, bis er nach der Trauung ihren Schleier gehoben hatte und ein Gesicht von vollendeter Schönheit erblickt hatte, mit glatter Haut, einem vollen Mund, einer schmalen Nase und großen schwarzen Augen. Aber noch bevor er eine freudige Erregung über die ihm zugefallene Schönheit verspüren konnte, hatte der Ausdruck ihrer Augen ihn so niedergeschmettert, daß er den Schleier unwillkürlich wieder fallenließ. Sie war eine Byzantinerin, und sie ließ es ihn fühlen. Sie hatte einen Teil des Palastes für sich beansprucht, ihn umbauen lassen und luxuriös ausgestattet. Sie unterhielt ein eigenen Hofstaat mit Dichtern, Sängern und Musikern aus Byzanz, den sie aus ihrem eigenen Vermögen besoldetete, und einen eigenen Kurierdienst mit Byzanz, der sie mit den erlesensten Waren der Hauptstadt versorgte. Sie ließ keinen Zweifel daran, daß Melitene eine nahezu barbarische Stadt war, und er, Gabriel, mochte er auch den Titel eines Kuropalates tragen, ein Emporkömmling, den eine Phokaina Paläologa nur unwillig an ihrer Tafel und auf keinen Fall in ihrem Bett duldete.

Einmal, als er noch versucht hatte, in ihr Schlafzimmer zu gelangen, hatte er ihr vorgeworfen, sie sei vom Teufel des Hochmuts besessen und würde nach ihrem Tod gewiß in die Hölle kommen. Da hatte sie ihn mit ihren großen dunklen Augen angeschaut, daß es ihm kalt den Rücken hinuntergelaufen war und mit einem halben Lächeln gesagt:

»Erst nach meinem Tod, glaubt Ihr?«

Nie, hatte Gabriel gefühlt, war er ihr so nahe gekommen, und nie wieder wünschte er es, wenn er an dieses Lächeln und diesen Blick dachte. Von da an lebten sie in friedlicher Nichtbeachtung nebeneinander her.

Gabriel kniff die Augen zusammen. Der Horizont erhellte sich langsam und färbte sich rötlich.

Hatte er recht damit gehabt, sich an Byzanz zu wenden? Die Ritter aus dem Westen rückten ununterbrochen vor. Hatte Thoros die bessere Politik betrieben, indem er sich ihnen in die Arme warf? Vor fünf Tagen erst war ein Bote von Gabriels Tochter gekommen und hatte davon berichtet, wie Balduin von Boulogne mit Hunderten von Rittern, schwergepanzert und scheinbar nicht zu besiegen, sowie Tausenden von Fußsoldaten in Edessa eingezogen und von Thoros als Sohn adoptiert worden war. Jetzt lag in Edessa eine Besatzung, die den Danischmendiden gewachsen war, eine, die, wenn sie bedroht wurde, jederzeit das große Heer der Franken zu Hilfe rufen konnte, ein Heer, das sich für die Türken als unbezwingbar erwiesen hatte.

Eine graue Wolke zog vom Boden aufwärts gegen das rötliche Licht des Horizonts, stieg empor, vergrößerte sich, kam näher. Gabriel starrte ihr entgegen. Die Wolke aus Staub kam so schnell näher, daß sich darin nur ein Reitertrupp verbergen konnte. Ein Reitertruppp aus Richtung Edessa. Gabriel blieb noch einen Moment auf dem Söller stehen und beobachtete, wie sich allmählich Einzelheiten aus dem Staub herausschälten, Pferdebeine, die rasch ausgriffen, Schilde, Schwerter, Helme. Ein Trupp Bewaffneter aus Richtung Edessa. Eine Gruppe ohne Banner. Und in ihrer Mitte, er sah es jetzt deutlicher, ein Mensch ohne Rüstung, in wehendem Weiß. Eine Frau. Aus Richtung Edessa.

Eine Stunde später empfing Gabriel die Reiter, jetzt im pelzverbrämtem Brokat des Kuropalates, an seiner Seite den Kanzler, den Befehlshaber der byzantinischen Hilfstruppen und die byzantinische Prinzessin, die seine Fürstin war. Die Gruppe bestand aus vierzehn Männern und einer Frau. Vierzehn Männer, die schweißüberstömt waren, staubbedeckt, mit blutunterlaufenen Augen, graue Schatten auf den Wangen, Männer, die vier Tage und fast vier Nächte im Sattel gesessen hatten. Und Gabriels Tochter, Thoros' Frau, die Fürstin von Edessa, schmutzig, abgerissen, bleich, auf der Stirn den schwarzen Schorf einer Wunde.

Sie erzählten eine Geschichte, die so unglaublich war, daß sie sie dreimal wiederholten, bevor Gabriel geneigt war, ihnen zu glauben. Wenn er noch zweifelte, so brauchte er sie nur anzuschauen und sah in ihrer Erschöpfung und ihrer Verzweiflung das Siegel auf ihren Bericht.

Thoros hatte die fränkischen Ritter mit offenen Armen empfangen, er hatte sie gefeiert und ihnen Geschenke gemacht und er hatte Balduin in einer feierlichen Zeremonie in der Kathedrale zu seinem Sohn erklärt, zu seinem Sohn und Erben.

»Das mit der Erbschaft«, sagte Gabriels Tochter bitter, »das ging ihm nicht schnell genug. Er brauchte nur fünf Tage, dann hatte er einen Aufstand in der Stadt angezettelt. Angeblich waren es die Leute von Edessa, aber es waren seine Männer, als Armenier verkleidet. Sie belagerten den Palast, und als Thoros heraustrat, um mit ihnen zu verhandeln, rissen sie ihn in ihre Mitte. Sie haben ihn buchstäblich in Stücke gehackt. Danach hat Balduin Ruhe und Ordnung wiederhergestellt und ist jetzt Graf von Edessa. Diese Franken sind schlimmer als die Türken. Fluch der Stunde, da sie den Bosporus überschritten haben! Sie sind unsere Feinde, mehr als es jemals die Danischmendiden waren.«

Gabriel, zu seiner Rechten die byzantinische Prinzessin, zu seiner Linken den byzantinischen Hauptmann, war sich bewußt, daß er die richtige Wahl getroffen hatte.

Robert von Flandern und Boemund kehrten ins Lager zurück. Sie brachten kein Vieh mit, weder Rinder, noch Hammel oder Ziegen, und die meisten Flamen fehlten. Ihre Geschichte war rasch erzählt. Sie waren südwärts nach Hama gezogen, hatten sich dann getrennt, um ein breiteres Gebiet plündern zu können. Sie wußten nicht, daß Yaghi-Siyans Sohn mit einem riesigen Entsatzheer für Antiochia von Damaskus aus anrückte, und sie waren in die gleiche gefährliche Lage gekommen wie bei Doryläum. Die Türken überfielen Roberts ahnungslose Soldaten, kesselten sie ein und machten sie nieder. Boemund, von Robert benachrichtigt, wartete fast bis zum Ende des Tages, als die Männer aus Damaskus, verführt von ihrem leichten Sieg, sorglos plündernd über das Schlachtfeld strömten, fiel dann mit seinen frischen Truppen über sie her und metzelte sie bis zum letzten Mann nieder.

Die Nachricht von diesem Sieg löste unter den Kreuzrittern keinen Jubel aus. Zu groß waren die Nöte jedes einzelnen. Endlos strömte der Regen herab und durchnäßte alles. Der Hunger tat ein übriges. Durchfallkrankheiten breiteten sich aus, viele demoralisierte Männer stahlen sich heimlich des nachts davon und versuchten, sich auf eigene Faust zurück nach Frankreich durchzuschlagen.

Richards Gesundheit litt unter den Umständen so wie die vieler anderer Männer. Er fühlte sich fiebrig, hustete viel und zog es vor, sich in seinem eigenen Zelt aufzuhalten. Boemund ging er soweit wie möglich aus dem Weg.

Es war Tankred, dem das auffiel, und eines Nachmittags, als Richard sich auf sein Lager geworfen hatte, kam er in das Zelt geschlendert, und sagte grinsend:

»Na? In Ungnade gefallen? Nicht mehr der Liebling unseres großen Mannes? Was hat er dir denn angetan?«

»Nichts«, sagte Richard und hustete.

Tankred zog sich mit dem Fuß einen Schemel heran und setzte sich.

»Hast du schon gehört? Stephan von Blois ist fort.«

Richard setzte sich auf.

»Wie? Fort?«

»Weg eben. Abgehauen. Er hatte den Regen satt und die Kälte und den Hunger. Er ist auf dem Weg nach Hause. Keine schlechte Idee. Der einzige von uns, der bis jetzt profitiert hat, ist Gottfrieds Bruder Balduin. Der hat seine Grafschaft von Edessa. Und was haben wir? Wir husten uns die Seele aus dem Leib und scheißen unsere Gedärme aus. Und Raimund und Boemund belauern einander, als gelte es nicht, die Türken zu besiegen, sondern sich gegenseitig auszurotten. Jeder von ihnen will diese Stadt erobern, und am Ende werden wir alle vor ihren Mauern verscharrt sein.«

Richard zuckte die Achseln.

»Abhauen ist keine Lösung. Glaubst du, der Rückweg sei

leichter als der Herweg? Wer sich jetzt einzeln auf den Marsch macht, fällt um so leichter den Türken in die Hand und kann irgendwo als Mühlensklave das Rad drehen.«

»Der Bischof von Le Puy will den Beistand Gottes auf uns herabflehen. Er hat ein dreitägiges Fasten angesagt. Als ob wir nicht schon genug fasteten.«

Ein Knappe riß die Leinwand vom Zelteingang fort.

»Rat der Fürsten! Im Zelt des Grafen von Toulouse! Jetzt!« schrie er.

Die beiden Männer fuhren auf.

»Ein Rat? Jetzt? Aber es war doch erst gestern ...« sagte Richard.

»Es muß eine Neuigkeit geben. Komm!«

Richard war erst wenige hundert Meter die Lagerstraße in Richtung der Provenzalen entlanggegangen, als ihn ein Geruch überfiel, der süßliche Geruch von verbranntem Fleisch. Das war sonderbar, denn es gab seit Tagen kein Stück Vieh mehr im Lager und keine Expedition hatte neues auftreiben können. Er sah sich suchend um und erblickte in der nächsten Gasse, wo die Zelte einen freien Platz umstanden, einen sorgsam aufgeschichteten Holzstoß, den eine erregte Menge umringte.

»Was ist da los?«

Tankred zuckte die Achseln.

»Eine neue Anordnung unseres großen Mannes. Alle gefangenen Spione werden getötet, geschlachtet und gebraten.«

»Was?«

Richard blieb stehen und starrte Tankred an.

»Sag, daß das nicht wahr ist! Das kann nicht wahr sein! Ist er verrückt geworden?«

»Er glaubt, daß das die Zahl der Spione im Lager drastisch reduzieren wird.«

»Aber das ist Kannibalismus.«

»Oh, niemand wird gezwungen, von diesem besonderen

Braten zu kosten. Ich schätze aber, daß es eine Menge Leute gibt, die nichts dabei finden, menschliche Ochsen zu fressen. Du siehst ja, wie sie sich drängen.«

Er wies mit dem Kopf auf die Menge, die den Scheiterhaufen umwogte. Richard sah unter den vielen Männern auch einige Frauen, darunter eine Blonde, die sich, Gott sei dank, nicht umwandte, so daß er nicht wußte, ob sie graue Augen hatte oder ob er sich nur täuschte.

Er spürte ein Würgen im Hals, beugte sich vor und erbrach seinen Mageninhalt.

»Das«, sagte Tankred zynisch, »ist Luxus in diesen mageren Zeiten. Schließ dich doch den nächsten Deserteuren an, wenn deine Seele so zart besaitet ist. Ich wette, Hugo von Vermandois sehnt sich auch nach Konstantinopel zurück.«

Als Richard das Zelt des Grafen von Toulouse betrat, stellte er sich an den Rand neben dem Eingang, von wo er Boemund am besten im Blick hatte. Er hatte ihn seit Tagen nicht gesehen, und aus diesem Abstand fiel ihm auf, wie sehr Boemund sich in den letzten Monaten verändert hatte. Er war hager geworden, die Augen waren blutunterlaufen, der Mund schmal wie eine Messerschneide. Die blauen Augen blitzten über die Fürsten hin, die sich unwillkürlich unter seinem Blick duckten.

Die Beratung war bereits in vollem Gang.

»Worum geht es?« flüsterte Richard einem Mann zu, der neben ihm stand.

»Neue Meldung«, zischte der zurück, »Kerbogha von Mossul hat die Belagerung Edessas abgebrochen und marschiert auf uns zu.«

»Wie lange,« dröhnte Boemunds Stimme durch das Zelt, »wie lange wollen wir hier noch festsitzen und die Mauern der Stadt anstarren? Laßt sie uns endlich erobern!«

»Nichts anderes versuchen wir seit Monaten!« schrie Raimund, »Ihr seid es, der alles blockiert! Ihr wollt die Stadt nicht erobern! Jedenfalls nicht für den Kaiser!«

»Für den Kaiser? Damit er uns wieder um die Früchte unseres Schweißes und unseres Blutes bringt? Wie bei Nikäa? Dieser Kaiser, der mit den Türken im Bunde ist gegen uns?«

Die Fürsten sprangen auf. Erregte Stimmen wogten durcheinander.

»Habt Ihr Beweise?« schrie Raimund, und alle kehrten sich Boemund zu. Der wartete ab, bis Stille eingekehrt war und sagte dann:

»Schaut Euch um! Seht Ihr Tatikios, den byzantinischen General? Er hat gestern nacht das Lager verlassen mitsamt der Elite seiner Soldaten und nur ein paar armenische Söldner zurückgelassen. Er flieht in dem Augenblick, da Kerbogha von Mossul sich nähert. Mit einer ungeheuren Streitmacht. Unsere Zahl ist zusammengeschmolzen durch Tod, Krankheit, Desertion. Vor uns die unüberwindlichen Mauern Antiochias, hinter uns, in wenigen Tagen uns einschließend, die Türken von Mossul, eine frische Armee. Und Ihr streitet darum, ob Antiochia dem Kaiser gehören soll oder dem Mann, der es erobert.«

Gottfried ließ seine Faust auf den Tisch donnern und zog aller Aufmerksamkeit auf sich.

»Nieder mit dem Kaiser! Wo bleiben seine Versorgungsschiffe? Wir kämpfen seinen Kampf, und er läßt uns im Stich! Nein, ich folge Boemund. Antiochia ist unser!«

»Nicht unser«, bemerkte Raimund giftig, »Boemund meint es anders. Antiochia soll allein ihm gehören.«

»Und was wäre daran so schlimm?« flammte Robert von Flandern auf. »Nur Eure Eifersucht, Raimund, mißgönnt ihm die Stadt. Wäre Boemund nicht, wir lägen hier nicht mehr unter den Mauern Antiochias. Wir wären bei Doryläum den Geiern ein Fraß geworden, ich wäre nicht mehr aus dem Tal von Hama zurückgekehrt. Wir verdanken ihm viel, ja, alles, und wenn er Antiochia haben will, dann gebe ich es ihm mit Freuden. Denn ich habe nicht das Kreuz genommen, um Herr von Antiochia zu werden. Ich will nach Jerusalem.«

»So ist es«, stimmte Robert von der Normandie zu. »Habt Ihr unser Ziel aus den Augen verloren? Antiochia ist nicht unser Ziel, sondern nur eine Etappe auf dem Weg zum Heiligen Grab.«

»Dorthin will Boemund aber nicht, wie es scheint«, höhnte Raimund.

Boemund verschränkte die Arme vor der Brust. Sein Mund verzog sich zu einem undeutbaren Lächeln.

»Auch ich will nach Jerusalem. Ich habe geschworen – und ich werde meinen Schwur halten –, daß ich die Heiligen Stätten besuche. Ich werde in Bethlehems Stall beten und am Grabe des HERRN niederknien und meine Seele wird Gott preisen, aber zuvor bedenken die Herren vielleicht, wie man Krieg führt, wenn man ihn denn noch führen will. Etliche von uns würden wohl auch gern wieder nach Hause gehen.«

Hugo von Vermandois erhob sich mit puterrotem Kopf.

»Niemand will nach Hause. Wir stehen zu unserem Schwur. Erklärt Euch, Boemund!«

Die anderen murmelten Zustimmung und setzten sich wieder. Boemund wartete, bis auch Raimund unwillig Platz genommen hatte, und begann dann:

»Gottfrieds Bruder Balduin hat Edessa fest in der Hand. Das ist zu unserem Vorteil. An dieser Festung hat Kerbogha sich soeben die Zähne ausgebissen. Von dieser Festung wird unsere Flanke geschützt. Erobern wir jetzt Antiochia, wird diese Stadt eine noch bedeutendere Rolle als Edessa für die Zukunft Jerusalems spielen. Denn was stellt Ihr Euch vor? Eine bewaffnete Wallfahrt zu den heiligen Stätten und dann der Weg zurück ins Frankenreich? Wenn wir Jerusalem befreien, müssen wir es in unserem Besitz behalten. Aber nicht nur diese eine Stadt. Dann säßen wir in der Falle. Wir müssen die ganze Küste besitzen, wir müssen einen Staat gründen, der vom Meer bis zur Wüste reicht, den wir mit Festungen besetzen und in dem wir Land besitzen für viele Barone, die nach uns aus dem Westen kommen und ihre Vasallen, denn wir werden immer auf Zuzug aus dem Westen angewiesen sein. Ein christlicher Staat, ein rechtgläubiger Staat in dem Land, in dem Christus gewandelt ist – das ist unser Ziel. Habe ich recht?«

Sie nickten.

»Dann muß Antiochia in unserer Hand verbleiben. Diese Stadt sichert ein Königreich Jerusalem gegen die Türken und gegen Byzanz. Ich schwöre Euch, ich werde Antiochia erobern, wenn Ihr mir zusichert, daß ich es anschließend zum Nutzen unseres ganzen Unternehmens unter meiner Herrschaft sichere gegen unsere Feinde.«

»Ich wüßte nicht, was dagegen spricht«, sagte Hugo von Vermandois.

»Ich auch nicht,« schloß sich Gottfried von Lothringen an.

»Unser Eid dem Kaiser gegenüber«, begann Raimund von neuem.

Boemund richtete sich zu seiner vollen Höhe auf. Seine Stimme war schneidend.

»Dann gewinnt doch den Krieg mit dem Kaiser, Raimund. Ich gehe!«

»Wohin?« fragte Raimund spöttisch.

»Nach Tarent. Ich habe mein Herzogtum schmählich vernachlässigt. Ich kehre nach Italien zurück. Von meinen Männern mag bei Euch bleiben, wer will.«

»Kein schlechter Schachzug«, murmelte der Mann neben Richard. Richard nickte. Boemund spielte hoch, um Raimunds ständige Opposition auszuschalten, aber sein Risiko war nicht unkalkuliert. Wie Robert von Flandern vorhin gesagt hatte: alle Erfolge dieses Kreuzzuges schrieben die einfachen Soldaten Boemund zu. Er war ihr Abgott, seien sie nun Normannen oder Flamen oder Lothringer. Nur die Provenzalen teilten den Haß ihres Anführers gegen ihn. Wenn Boemund das Lager verließ, dann würde eine Panik ausbrechen, eine Massenflucht erfolgen, und alles wäre verloren.

Es war der Bischof von Le Puy, der die Stille unterbrach. Er erhob sich.

»Wir haben dem Kaiser den Eid geschworen, Byzanz zurückzugeben, was ihm gehört. Dafür hat der Kaiser uns Hilfe gelobt. Heute Nacht hat uns der kaiserliche General verlassen. Byzanz hat uns seine Unterstützung entzogen. Damit ist die Rechtsgrundlage unseres Eides hinfällig. Wir sind Alexios nichts mehr schuldig. Wenn wir Antiochia erobern, so gehört die Stadt nicht ihm, sondern dem Papst, dem Stellvertreter Christi, dessen Ritter wir alle sind. Wenn Ihr die Stadt erobert, Herzog von Tarent, dann nehmt sie aus meiner Hand zu Lehen und werdet als Fürst von Antiochia ein Vasall des Papstes.«

»Wie«, fragte Tankred später im Zelt Boemunds, »wie hast du es geschafft, daß der Byzantiner uns verlassen hat?«

Boemund zuckte die Achseln.

»Das war nicht schwer. Eine kleine Verschwörung und am Ende hat er geglaubt, daß Gottfried, Raimund und die anderen ihn ermorden wollten. Mit meiner Hilfe ist er ihnen entkommen.«

»Wie willst du jetzt Antiochia erobern?«

»Ich habe einen Plan. Es fehlt nur noch die günstige ... Wartet!«

Er brach ab und starrte zum Zelteingang. Der Knappe hob die Leinwand an und führte einen schmächtigen schwarzhaarigen Burschen von etwa fünfzehn Jahren herein, der blaß und verängstigt wirkte.

»Es ist soweit«, sagte Boemund. »Übermorgen wird uns Antiochia gehören.«

Richard spürte die Erregung, die von ihm ausging, die ihn plötzlich mitriß und alles auslöschte, was er gegen seinen Onkel auf dem Herzen trug und die sogar den Schwall Luft, der mit dem Jungen hereingeweht war und der süßlich nach gebratenem Menschenfleisch roch, erträglich machte.

»Er ist unser Schlüssel zur Stadt«, sagte Boemund und wies

auf den Jungen. »Sein Vater ist Firuz, Hauptmann in Antiochia. Er befehligt den Mauerabschnitt beim Turm der Zwei Schwestern. Dort werden wir morgen abend die Mauer übersteigen.«

»Das könnte eine Falle sein«, gab Tankred zu bedenken.

Boemund schüttelte den Kopf.

»Dieser Junge bürgt uns für seinen Vater. Er bleibt als Geisel hier.«

»Aber welchen Grund hat dieser Firuz, mit uns gemeinsame Sache zu machen?«

»Den Grund, den alle Verräter haben: Geld. Yaghi-Siyan besteuert alle Armenier hoch, auch die zum Islam übergetretenen. Bleibt Firuz auf seiner Seite, verliert er ein Vermögen. Schlägt er sich auf unsere Seite, gewinnt er eines. So einfach ist das.«

Richards Nackenhaare sträubten sich.

»Ein Armenier? Firuz ist Armenier?«

Tankred sah ihn erstaunt an.

»Was ist daran besonderes? Es gibt viele Armenier in Antiochia.«

»Man kann ihnen nicht trauen«, sagte Richard laut. »Man muß sich vor den Armeniern hüten.«

Boemund blickte ihn an. Seine Stimme war wie das sanfte Schnurren einer Katze.

»Richard, mein lieber Richard, so jung und so feige?«

Tankred blickte scharf zwischen ihnen hin und her.

»Ich bin nicht feige«, rief Richard stürmisch, »aber es ist dumm, Warnungen in den Wind zu schlagen. Hast du den Brief vergessen?«

Boemund hob die Brauen.

»Welcher Brief?«

Richard biß sich auf die Lippen.

Richard fror. Die Nacht war eisig als sie sich ihrem Ende näherte. Er hauchte den warmen Atem auf seine Hände, bemüht, dabei nicht das leiseste Zischen vernehmen zu lassen. Jedes Geräusch schien sich in der Stille der Nacht zu vervielfachen, mit rollendem Echo zurückzukehren, über die Mauer zu schwappen und die Einwohner von Antiochia aus dem Schlaf und zu den Waffen zu reißen, die sich in dieser Nacht beruhigter schlafen gelegt hatten, nachdem sie beobachtet hatten, wie das fränkische Heer abgezogen war.

Boemund hatte einen gefangenen Boten Kerboghas von Mossul in die Stadt gelangen lassen, damit er dort die Botschaft verkündete, daß ein großes Heer zum Entsatz nahe. Und dann waren am Nachmittag darauf die Lothringer, die Provenzalen, die Flamen und die Normannen abgerückt. Von Soldaten verlassen stand das Lager. In der Mitte hatten sich die alten Männer, die Frauen, die Kinder und die Priester zusammengeschart, sangen lange Litaneien und reagierten nicht auf die spöttischen Zurufe von den Mauern der Stadt.

Yagi-Siyans Leute unternahmen keinen Ausbruch, wie einige der Fürsten befürchtet hatten.

»Er wird seine Leute ausschlafen lassen«, hatte Boemund gesagt. »Sie sind erschöpft von zahllosen Nachtwachen. Morgen mittag erst wird er sie ausrücken lassen, damit sie uns verfolgen und uns in den Rücken fallen, wenn wir auf Kerboghas Heer treffen.«

Im Schutze der Nacht war dann das ganze fränkische Heer zurückgekehrt, langsam, leise, behutsam, damit kein Pferdewiehern, kein Hundegebell, kein Waffenklirren die da oben auf den Mauern zur Erkenntnis brachte, daß der Abzug nur ein Täuschungsmanöver gewesen war.

Und jetzt standen sie hier unten, mit dem Rücken an der Mauer, zweihundert Mann, Tankred, Boemund und Richard und lauschten hinauf zum Turm der Zwei Schwestern, den Firduz bewachte, dessen Sohn bleich und furchtsam zu Tankreds Füßen kauerte.

Richard zitterte vor Kälte und Erschöpfung. Hoch oben über ihren Köpfen wurden Schritte hörbar, Stahl klirrte, laute Stimmen ertönten. Richard zuckte zusammen. Ihr Plan war verraten.

Boemund schien das gleiche zu denken. Er riß den Jungen hoch und setzte ihm den Dolch an den Hals. Der Junge stammelte unzusammenhängende Sätze mit heiserer Stimme. Nur Boemund war des Griechischen kundig und konnte ihn verstehen. Langsam lockerte er seinen Griff

»Der Hauptmann auf Kontrollgang«, flüsterte er.

Oben wurde es wieder still. Dann das Geräusch, auf das sie gewartet hatten, so leise, daß es kaum wahrnehmbar war. Jemand ließ von oben ein Seil herab.

Boemund nickte Richard zu. Der knotete die Strickleiter, die er über dem Arm trug, daran und zog kräftig. Das Seil wurde wieder hochgezogen, die Strickleiter endete eine halbe Mannshöhe über dem Boden und verlockte dazu hinaufzuklettern.

Boemund blickte sich auffordernd um. Niemand erwiderte seinen Blick. Alle Männer starrten in den Himmel oder auf die Erde. Niemand wollte der erste sein, der hinaufkletterte, um oben von den Türken in Empfang genommen zu werden. Es war zu einfach, es war zu leicht. Seit Monaten belagerten sie diese Stadt, jetzt sollten sie so einfach hineinspazieren, weil ein Armenier sie ihnen ausliefern wollte? In dem Moment, da die Rettung für die Stadt so nah war? Jetzt, da man in Antiochia wußte, daß Kerbogha mit einer großen Armee heranrückte, der die Franken nichts mehr entgegenzusetzen hatten, jetzt sollte jemand da drinnen Verrat begehen?

Zweifel und Angst standen deutlich auf allen Gesichtern.

Boemund schleuderte den Jungen zu Boden, steckte den Dolch in den Gürtel und streckte die Hand nach der Strickleiter aus.

Sie beobachteten in völligem Schweigen, wie er emporkletterte, den Fuß auf die Mauer setzte und hinter einer Zinne verschwand.

Richard hörte nichts als das Dröhnen des Blutes in seinen Ohren. Er war überzeugt, Boemund nie wiederzusehen. Mit diesem Trick hatten die Türken sich des Anführers der Christen bemächtigt. Boemund war in seinen Tod geklettert. Seine Gier nach der Herrschaft über Antiochia war größer gewesen als seine Vorsicht und Überlegung.

Von oben kam ein Laut, ein unterdrücktes Lachen, eine spöttische Stimme. Es riß Richard den Kopf hoch. Breitbeinig stand der Herzog von Tarent auf der Mauer, das Schwert in der Faust.

Von dem Moment an gab es kein Halten. Sie prügelten sich darum, wer als nächster auf die Strickleiter durfte. Die Normannen bemächtigten sich des Turmes, liefen auf den Mauern weiter, erschlugen die Wächter der nächsten Türme, die völlig unvorbereitet während der Wache eingedöst waren, gaben den unten Wartenden das Zeichen, Leitern anzulegen, sprangen in die Stadt hinunter, rannten durch die Straßen bis zum großen St. Georgstor, töteten die Wächter dort, öffneten das Tor, und das christliche Heer strömte in die wehrlose Stadt, die Lothringer, die Provenzalen, die Normannen, die Flamen und die Franzosen.

Das große Morden begann. Den ganzen Tag liefen die Männer durch die Gassen der Stadt, hügelauf und hügelab, kein Haus, in das sie nicht eindrangen, die Männer töteten, die Frauen vergewaltigten, Hab und Gut plünderten, ihre Beute auf die Straße schleppten, wo sie sie liegenließen, sobald im nächsten Haus größere Beute winkte. Kisten, Kästen, Stoffe, Teppiche lagen auf dem Pflaster, rotgefärbt vom Blut der Türken, das in die Gosse rann. Boemund ritt über die Leichen hinweg zur höchsten Stelle der Stadt. Dort zügelte er sein Pferd und starrte schweigend hinab in die Gassen, aus denen das Klirren der Waffen, das Grölen der Betrunkenen, das

Schreien der Opfer drang, wo die Rauchfahnen über den brennenden Häusern standen. Gebieterisch streckte er die Hand aus, und sein Bannerträger reichte ihm die große Fahne mit dem normannischen Löwen an langem Schaft. Boemund wog sie in der Hand, und den Blick immer noch auf die Stadt unter ihm gerichtet, stieß er sie mit einem grimmigen Lachen in den Boden. Der Fürst von Antiochia hatte von seiner Herrschaft Besitz ergriffen.

Erst als er sie gefunden hatte, wurde Richard klar, daß sein zielloses Sichtreibenlassen in den Straßen der Stadt nur ein Suchen nach Gabrielle gewesen war. Er hatte sich zu den Nachtwachen einteilen lassen. Wenn sein Dienst auf den Mauern vorbei war, warf er sich für wenige Stunden unruhigen Schlafes auf das Lager, um dann den Rest des Tages durch Antiochia zu streifen. Eine sterbende Stadt. Die Leichen der Erschlagenen hatte man rasch beseitigt. Nur dunkle Flecken an den weißgekalkten Hauswänden erinnerten noch an das Schlachten. Die Überlebenden verbargen sich in den Häusern, in den schattigen Räumen, hinter verschlossenen Läden und taumelten erst nach Sonnenuntergang hinaus auf der Suche nach Nahrung. Tagsüber waren die Straßen wie ausgestorben, keine Hunde oder Katzen streunten mehr herum, nicht einmal Ratten huschten durch die Gosse. Was immer eßbar war, war bereits eingefangen und verzehrt worden.

Antiochia hungerte. Den Soldaten auf den Wällen der Stadt ließen die Fürsten zu Beginn jeder Wache eine Suppe austeilen. Gemüsestücke schwammen in einer dünnen Brühe, in die sie Brot bröckelten, und manchmal bekamen sie auch ein Ei zugeteilt. Wer aber keine Wache schob, der war auf das angewiesen, was er in der Stadt auftreiben konnte, und das wurde täglich weniger.

Die Kreuzfahrer hatten Antiochia solange belagert, daß die Bevölkerung ihre Vorräte aufgezehrt hatte. Und jetzt, da die

Armee Kerboghas von Mossul herangerückt und sie eingeschlossen hatte, litten sie denselben Mangel, den zuvor die Türken in Antiochia ausgestanden hatten, litten ihn doppelt schmerzlich, da sie schon während der Belagerung zuwenig zu essen gehabt hatten. Doch da hatte es immer noch die Möglichkeit gegeben, durch Plünderungszüge ins Landesinnere ihre schwindenden Vorräte zu vergrößern, jetzt aber saßen sie in der Falle. Kerbogha hatte den Belagerungsring so eng gezogen, daß nicht einmal ein kleiner Stoßtrupp im Schutz der Nacht einen Ausfall wagen konnte.

Richard fand Gabrielle im Hof eines baufälligen Hauses in einer engen Gasse auf halbem Weg zwischen der Kathedrale und dem St. Georgstor, in die nie ein Sonnenschien fiel. Feucht war es hier und kühl, und es roch nach Moder und Verwesung. Das Tor stand offen und ließ den Blick in einen quadratischen Hof ein, dessen Boden aus gestampfter Erde bestand. In der Mitte brannte ein Feuer. Von einem dreibeinigen Gestell hing ein Topf in die Glut, in dem eine Frau rührte. Es war ihr helles Haar, das Richard auffiel. Erst auf den zweiten Blick erkannte er sie und trat in den Hof. Sie erschrak, schrie und warf ihren Oberkörper vorwärts, um den Topf vor seinen Augen abzuschirmen. Unverzüglich trat ein vierschrötiger Mann aus dem Haus, einen Spieß in der Hand, und baute sich drohend vor Richard auf.

»Raus hier!« brüllte er. »Raus und laß dich nicht mehr blicken, wenn du kein Messer in deinem Bauch haben willst, Kerl!«

Gabrielle hatte sich mühsam erhoben und legte ihm ängstlich eine Hand auf den Arm.

»Sei vorsichtig, Peter! Er ist keiner von uns. Er ist einer von den Vornehmen.«

Sie schwankte. Richard sprang vor, um sie zu stützen, und fing sie in seinen Armen auf. Sie wog fast nichts, war fleischlos und knochig wie ein kleiner Vogel, Richard versuchte, nicht daran zu denken, was Gabrielle in dem Topf kochen mochte. Eine Maus oder eine Ratte, wenn sie Glück gehabt hatten, sonst Blätter und Baumrinde.

Der Mann räusperte sich.

»Halten zu Gnaden«, sagte er, und seine Stimme klang unterwürfig. »Ich habe nicht gesehen, daß Ihr ein Ritter seid. Sonst hätte ich nie … Es tut mir leid, aber Ihr wißt, wie es in diesen Zeiten ist. Jeder ist sich selbst der Nächste. Und wenn es ums Fressen geht, dann gilt ein Leben wenig. Wenn diese Schlampe nicht das Tor offengelassen hätte …«

Richard starrte auf die Ohnmächtige in seinen Armen hinunter und schluckte.

»Ist sie deine Frau?« fragte er.

Der Mann stieß ein rohes Gelächter aus.

»Eine Nutte wie die? Sie macht mir die Wäsche, kocht, hält mein Bett warm, dafür kriegt sie was zu fressen, solange ich genug finde, was ich teilen kann. So stehen wir miteinander. Und sie würde mich sofort verlassen, wenn sie einen fände, bei dem es ihr besser ginge.«

Gabrielle schien wieder zu sich zu kommen. Ihre Lider flatterten

»Ich nehme sie mit«, sagte Richard und wandte sich zum Gehen.

Sie bewegte die Lippen. Richard beugte seinen Kopf zu ihr hinunter, um die geflüsterten Worte zu verstehen.

»Meine Sachen«, murmelte Gabrielle.

Richard wandte sich an den Mann.

»Pack ihre Sachen!« befahl er.

Der Mann spuckte aus und grunzte, aber unter dem Blick Richards besann er sich, trat mürrisch ins Haus zurück und kam kurz darauf mit einem kleinen Bündel zurück.

»Folge mir!« sagte Richard herrisch und trat mit seiner leichten Last auf die Straße.

Der Mann ging zum Feuer, nahm den Topf herab und

stellte ihn auf den Boden. Dann folgte er Richard und schloß das Hoftor sorgfältig, bevor er die Gasse hinunterschritt, Gabrielles Bündel auf der Schulter.

Der Weg zu Boemunds Hauptquartier unterhalb der Zitadelle war lang, und als Richard in den Hof eintrat, war er, so leicht Gabrielle auch in seinen Armen wog, schweißgebadet. Ihm war heiß, und zugleich schlugen seine Zähne wie im Frost aufeinander. Der Anblick, der sich ihm bot, ließ ihn wie angewurzelt stehenbleiben, so daß der Mann, der ihm folgte, fast in ihn hineingerannt wäre.

Peter der Eremit, der vor drei Jahren einen wüsten Haufen armen Volkes von Frankreich ins Heilige Land hatte führen wollen, durch einen Zufall der Vernichtung dieser Scharen bei Civitot entkommen war und sich dem Ritterheer angeschlossen hatte, bildete den Mittelpunkt einer Gruppe von Reitern. Peters Haare und Bart waren gestutzt, man hatte ihm eine neue Kutte aus feinem grauem Stoff gegeben, und der Esel, auf dem er saß – denn er war zu demütig, um ein Pferd als Reittier zu akzeptieren – war wohlgenährt, so gut wie die Pferde der Reiter, die ihn umgaben. Angesichts des Hungers, der durch die Straßen Antiochias schlich, auf seinen Fersen den Tod, angesichts des vogelhaft leichten Mädchens auf seinen Armen, fand Richard den Anblick der gut im Fleisch stehenden Pferde obszön.

Hitze stieg ihm zu Kopf, vor seinen Augen flimmerte es, und wäre Boemund ihm näher gewesen, er hätte ihn geschlagen. So aber schrie er über den ganzen Hof zur Treppe hinüber, die sein Onkel gerade herabstieg:

»Schau her! Sie stirbt, und du bist schuld daran. Aber was kümmert es dich? Du wirst sie nicht einmal wiedererkennen. Für dich war sie nichts weiter als ein Gefäß deiner Lust, das du benutzt und dann fortgeworfen hast wie Abfall. Sie war in deinen Augen kein Mensch. Wir alle sind keine Menschen für dich! Nur Werkzeuge! Wenn du nur dein Ziel erreichst! Jetzt bist du da, wohin du wolltest! Fürst von Antiochia! Fürst über Sterbende und Tote! Ein Herrscher über Schatten bist du geworden. In deinem Land schwinden die Menschen dahin, und die Pferde werden fett.«

Ihm schien, mit jedem Wort, das er aussprach, würde seine Stimme lauter werden, schließlich dröhnte sie in seinem Schädel wie die großen Glocken im Dom von Salerno. Das rote Flimmern vor seinen Augen verdüsterte sich zu einem Schwarz, in das er hinabsank, tiefer und immer tiefer wie in einen bodenlosen Schacht.

Als Richard wieder zu sich kam, schien ihm, daß keine Zeit vergangen war. Die Glocken läuteten immer noch. Bleigewichte drückten auf seine Lider. Als er sie mit aller Willensanstrengung, der er fähig war, hob, erblickte er nichts als eine weißgekalkte Decke, die sich hoch über ihm wölbte, keine roten oder schwarzen Kreise mehr. Und die Glocken läuteten nicht in seinem Kopf, sie klangen von draußen herein, große, erzene Glocken, die tief und feierlich dröhnten, und kleine, helle, die in die Pausen der großen wie eifrige Kinder hineinbimmelten.

Richard wandte stöhnend den Kopf. Er lag auf einem Bett in einem großen kühlen Raum mit Kachelboden. Die Fensterläden waren vorgelegt und ließen nur durch Ritzen ein wenig Sonnenlicht sickern, gerade genug, daß Richard den Mann erkannte, der am Fußende seines Bettes mit verschränkten Armen stand und auf ihn niederblickte.

»Geht es dir besser?« fragte Tankred ohne spürbares Mitgefühl.

Richard probierte ein Grinsen, das jämmerlich mißglückte. »Wo bin ich?«

»Erstaunlicherweise in meinem Bett. Alle hatten erwartet, dich in deinem Sarg wiederzusehen nach dem, was du unserem großen Mann gesagt hast. Aber er hat, so scheint's, einen Narren an dir gefressen. Er hat so etwas gesagt wie: Richard mein Gewissen – hat einen Arzt rufen lassen und befohlen, dich hierherzubringen.«

»Was war los mit mir?«

Tankred zuckte die Achseln.

»Der Arzt hat geflucht, ob diese Franken nichts besseres zu tun hätten, als sich wie unvernünftige Kinder zu benehmen. Du bist stundenlang ohne Kopfbedeckung durch die Sonne gegangen und hast anscheinend nichts getrunken. Erst hatten wir gedacht, du habest uns irgendeine Seuche eingeschleppt, aber du warst nur ein Dummkopf.«

Richard erinnerte sich schlagartig. Sein Herz hämmerte plötzlich gegen die Rippen und seine Kehle war so trocken, daß er nur krächzen konnte.

»Was ist mit ihr?«

»Die Hure, für die du dich zum Narren gemacht hast? Sie wird deine Hilfe nicht mehr brauchen.«

Die Lider schlossen sich von selbst über Richards Augen. Dunkelheit und Kühle, in die er sich fallenlassen konnte. Wenn auch noch Schweigen herrschte, dann wäre es, als wenn das Leben stillstehen würde.

Aber die Glocken schwiegen nicht. Ihre Stimmen brandeten an Richards Schädel, umkreisten ihn, drangen ein, erfüllten ihn mit ihrem Dröhnen, daß darin für nichts anderes mehr Platz war, für keinen Gedanken, für kein Gefühl, für kein Erlöschen.

»Mach, daß sie aufhören!« sagte er in plötzlicher Wut.

Tankred lachte auf.

»Das wird so weitergehen, bis die Prozession zu Ende ist. Also noch zwei oder drei Stunden.«

»Die Prozession?«

Tankred zog sich einen dreibeinigen Hocker heran und setzte sich.

»Die Prozession. Du hast zwei Tage geschlafen und das

Wichtigste verträumt, mein Lieber. Peter Bartholomäus, der gottbegnadete Peter Bartholomäus, hat eine Vision gehabt, in der ihm der heilige Andreas verraten hat, daß die Heilige Lanze in Antiochia vergraben ist und daß, wenn wir sie finden, der Sieg über die Türken und die Eroberung Jerusalems uns sicher sind.«

Richard hatte das Gefühl, daß er nur schneckenhaft langsam denken konnte.

»Peter Bartholomäus?«

»Du solltest ihn kennen. Er ist der Mann, der die Habseligkeiten deines Mädchens getragen hat. Er hatte eine längere Unterredung mit Boemund.«

Richard erinnerte sich an den vierschrötigen Mann mit dem brutalen Kinn und der rohen Sprache.

»Er hat Boemund gesagt, daß ihm der heilige Andreas erschienen ist?«

»Hälst du Boemund für einen Mann, der glaubt, daß einem Tölpel der heilige Andreas erscheint?«

Richard schüttelte den Kopf, was er gleich darauf bereute, als der Schmerz ihm in die Stirn schoß.

»Peter Bartholomäus, wie gesagt, hatte ein Gespräch mit Boemund, und dann ging er wieder seines Weges. Seine Vision hat er dort offenbart, wo sie hingehörte. Der Provenzale Peter enthüllt sein Geheimnis natürlich dem Provenzalen Raimund von Toulouse, dem Grafen von St. Gilles. Und Raimund wittert seine Chance. Gegen die Bedenken unseres guten Bischofs Adhemar von Puy – die Kirche steht ja immer den Visionen einfacher Leute skeptisch gegenüber –, gegen den Willen des Bischofs also läßt Raimund die Geschichte öffentlich machen. Der heilige Andreas ist so zuvorkommend, Peter noch einmal zu erscheinen und lokalisiert den Grabungsort genauer. Einen Tag lang heben zwölf Männer das Erdreich in der Kathedrale aus und finden – nichts. Am Abend, als es dämmrig wird und alle sich entmutigt abwenden, springt Peter Bartholomäus noch einmal in die Grube, und diesmal fördert er sie zutage – die heilige Lanze. Deshalb jetzt die Glocken. Alle ziehen in einer Prozession rund um die Mauern der Stadt. Peter trägt die Lanze voran, dann folgen sie alle, der Bischof, der das Wunder anerkennt, Raimund, Boemund und alle Fürsten. Das ist Raimunds großer Tag. Er hat Peter geglaubt, das Wunder ist geschehen, und nun wird auch das andere Wunder eintreten. Wir werden Kerbogha besiegen und Jerusalem erobern.«

Richards Schädel war erfüllt von einem pulsierenden Schmerz, und er war der spöttisch vorgetragenen Rede mit Mühe gefolgt. Erst die letzten Worte, die Tankred plötzlich mit Nachdruck gesprochen hatte, drangen klar in sein Bewußtsein.

»Kerbogha besiegen? Bist du nicht auf der Stadtmauer gewesen? Hast du nicht gesehen, wie eng die Zelte der Türken stehen? Bis zum Horizont dehnt sich ihr Lager, und es ist versehen mit allem, was man zum Leben braucht. Frische ausgeruhte Truppen sind das da draußen, und wir hier drinnen sind nur noch wandelnde Leichname. Wie sollen wir Kerbogha besiegen können?«

Tankred lachte auf.

»Mit Gottes Hilfe, wenn wir Raimund und dem Bischof glauben. Mit Boemunds Genie, wenn du mich fragst. Ich mag ja nicht alles billigen, was unser großer Mann tut, aber diesmal ist er einzigartig. Du bist ein Narr gewesen, Richard! Du hast ihm vorgeworfen, daß er die Pferde besser ernährt als die Menschen. Selbstverständlich. Was wäre denn gewesen, wenn er das Pferdefutter und womöglich das Pferdefleisch unter die Hungernden hätte verteilen lassen? Deine Kleine hätte ein paar Tage länger gelebt, aber dann wäre sie sicher gestorben. So wie wir alle. Glaubst du, wir könnten den Türken zu Fuß gegenübertreten? Wo immer wir sie besiegt haben, verdankten wir das nur unserem massiven gepanzerten Kavallerieangriff. Ohne die Pferde wären wir alle verloren und könnten in dieser Stadt krepieren wie die Ratten in der Falle. Ahnst du überhaupt, was es uns gekostet hat, die Tiere und ihr Futter zu bewachen? Jede Nacht haben Hungernde versucht, die Wachen zu durchbrechen, um sich Heu oder Pferdefleisch zu holen. Keine Nacht ging es ohne Tote und Verwundete ab. Vor zwei Tagen hat Boemund eine Gesandtschaft zu Kerbogha geschickt und hat ihn aufgefordert, sich zu ergeben und zum Christentum überzutreten Du hast sie doch gesehen. Boemund hat sie gut ausstaffiert.

Wohlgenährt und prächtig waren sie. Ein paar der Knechte, die mitgegangen sind, haben allerdings durchblicken lassen, daß ihr Auftreten nur Heuchelei sei und wir statt dessen am Hungertuch nagende Elendsgestalten seien.«

»Da hatten sie recht.«

»Gewiß.«

Tankred schenkte sich einen Becher voll Wasser, leerte ihn, schenkte nach und bot dann Richard davon an.

Richard richtete sich auf und trank dankbar.

»Gewiß, Kerbogha und seine Emire schätzen unsere Kampfkraft jetzt sehr gering ein«, fuhr Tankred fort. »Und sie hätten wohl recht, wenn nicht Peter Bartholomäus die Heilige Lanze gefunden hätte. Dieses Wunder hat die Männer neu belebt. Sie wissen, daß der Himmel auf ihrer Seite steht. Und wenn morgen St. Georg persönlich mit einer Schar von Heiligen in die Schlacht eingreift …«

»Wieder eine Vision von Peter Bartholomäus?« unterbrach Richard.

»Nein, nein, ein wirklich handfestes Wunder. Vor dem Hafen von St. Symeon kreuzt ein genuesisches Schiff. Heute Nacht wird es zwei Dutzend Ritter an Land setzen, die morgen, wenn die Schlacht begonnen hat, im Rücken des türkischen Heeres auf dem Berggipfel auftauchen und unter dem Banner St. Georgs sich in den Kampf stürzen. Das wird die

Kampfmoral unserer Männer, die im Zeichen der Heiligen Lanze fechten, noch weiter erhöhen.«

»Aber um die Schlacht zu liefern, müssen wir erst aus Antiochia ausrücken«, sagte Richard, »Kerbogha braucht sich doch gar nicht auf die Schlacht einzulassen. Er kann jeden von uns einzeln abschießen, sobald er sich zum Tor hinauswagt.«

»Was sollte ihm das nützen? Wenn die Vorhut angegriffen wird, rückt die Hauptstreitmacht nicht mehr aus, und Kerbogha muß sich auf eine längere Belagerung einstellen. Für ihn ist es vorteilhafter, wenn wir mit all unseren Leuten aus der Stadt herauskommen. Dann kann er uns an einem einzigen Tag erledigen. Weiß er nicht durch die Gesandtschaft, daß wir aus dem letzten Loch pfeifen? Wahrscheinlich hofft er, daß er uns noch vor Mittag besiegt hat.Übrigens wissen wir durch einen Gefangenen, daß zwischen ihm und etlichen Emiren ein Streit schwelt. Sie werden ihn nicht mehr lange unterstützen. Er kann sich die Belagerung sowenig leisten wie wir. Boemund und Kerbogha haben beide Grund, morgen die Entscheidungsschlacht zu suchen.«

»Boemund wagt viel, wenn er auf diesen Plan setzt.«

»Er wagt alles«, sagte Tankred und erhob sich. »Morgen geht es um unser aller Leben oder unsere vollständige Vernichtung.«

Die Glocken läuteten immer noch.

Die Eidechse lag auf der Steinbank und sonnte sich. Anna saß kaum einen Fußbreit von ihr entfernt und unterdrückte jede Bewegung, um das Tier nicht aufzustören. Sie betrachtete den zartgliedrigen grünen Leib, der sich so regungslos der Wärme auslieferte, scheinbar ganz gelassen, und doch spürte man in ihm die Spannung, die sich in blitzschnelle Bewegung umsetzen konnte. Ihr schien, das Tier habe viel Ähnlichkeit mit ihr selbst. War sie nicht ebenfalls in scheinbarer Ruhe hier in

Melitene und lauerte nicht unter ihrer Ruhe die Spannung, auf das leiseste Anzeichen hin loszuschlagen?

Wann würde es kommen, dieses Zeichen? Würde es jemals kommen? Seit drei Jahren wartete sie darauf, harrte in Melitene aus, einzig um dieses einen Zieles willen, Boemund zu vernichten. Und sie war davon soweit entfernt wie an dem Tag, da sie die Stadt als Gabriels Frau und Melitenes Fürstin betreten hatte.

In der Erinnerung verschwammen ihr die Monate und Jahre zu einem einzigen, nicht endenwollenden Tag, gleichförmig, jede Stunde ausgefüllt mit Tätigkeit und doch leer.

Sie hatte viel zu tun, Melitenes Fürstin zu sein, war nicht vergleichbar mit dem Leben als Prinzessin Phokaina am Bosporus. Da waren die Repräsentationspflichten an Gabriels Seite, die feierlichen Gottesdienste, die Empfänge und Gastmähler für die fremden Gesandten, das Führen eines Haushaltes, der zwar kaum größer war als der ihre in Pera, aber weit weniger gut geschulte Dienerschaft besaß, die Planung und Überwachung der Bauarbeiten, denn sie hatte begonnen, ihren Flügel im Palast nach byzantinischem Vorbild auszugestalten, einen Park anzulegen und eine Kirche und ein Kloster zu bauen. Dann die vielen Stunden, die sie im Komitee der Flüchtlingshilfe verbrachte, das sie ins Leben gerufen hatte.

Melitene befand sich weder im Frieden noch im Krieg. Das Gold des Kaisers Alexios hatte Gabriel soviele Söldner verschafft und die Mauern der Stadt so verstärkt, daß Malik Ghazi Gümüschtekin, der Emir der Danischmendiden, der alte Feind aus dem Norden, sich nicht an die Stadt heranwagte, sondern sich darauf beschränkte, alljährlich einen Plünderungszug in die Grenzgebiete zu unternehmen. Er zog seine Truppen, nachdem sie die Dörfer ausgeraubt und niedergebrannt hatten, rasch zurück in seine Berge, in die ihm zu einer Strafexpedition zu folgen, der Fürst von Melitene miltärisch nicht stark genug war. Die verängstigte Grenzbevölkerung verließ ihre Felder, suchte Schutz in der Stadt und weigerte sich, in ihre Dörfer zurückzukehren.

Anna hatte es unternommen und dafür einen Teil ihres privaten Vermögens eingesetzt, diesen Flüchtlingen Unterkünfte zu schaffen, sie mit Nahrung zu versorgen und die arbeitslos herumlungernden Männer bei ihren Bauarbeiten zu beschäftigen. War Gabriel als Herrscher geachtet, so wurde Anna als Landesmutter geliebt. Segenssprüche ertönten, wo sie auftrat, alte Frauen drängten sich, ihr die Hand zu küssen, und kleine Kinder wurden auf die Schultern ihrer Väter gesetzt, damit sie die Frau sehen konnten, die Melitene Glück und Gold gebracht hatte.

Aber während sie all ihren Pflichten nachkam, stand sie dabei die ganze Zeit neben sich selbst und beobachtete sich mit kühler Distanz. Anna Fürstin von Melitene, Gabriels Gemahlin, das war eine Rolle, die sie spielte, deren Text sie sich erfunden hatte, in einem Stück, das großen Beifall fand, und das täglich wiederholt wurde.

Der Wind bauschte ihren Rock und raschelte mit den Papieren auf ihrem Schoß. Die Eidechse verschwand blitzschnell im Buschwerk neben der Bank. Anna legte die Hand auf den Brief, bevor das Papier fortgeweht werden konnte. Ein Brief von Maria aus Zypern. Helenas Tochter schrieb ihr zwei bis dreimal im Jahr. Mit ihrer runden Schulmädchenschrift bedeckte sie drei engbeschriebene Bogen, in denen es um ihre beiden Söhne und ihre Tochter ging, um deren Fortschritte, Krankheiten, Altklugheiten und Marias neuerliche Schwangerschaft. Sie hatte ihren Platz im Leben gefunden. Sie erwähnte Markos und Helena nie. Es schien, als habe sie über ihrer Aufgabe als Mutter ihre Vergangenheit in Konstantinopel völlig vergessen. Auch von Markos empfing Anna regelmäßig Briefe. Nachdem er von der Gesandtschaft nach Kiew zurückgekehrt war, hatte er den Kaiser überzeugen können, daß die Diplomatie nicht sein Metier war, und Alexios hatte ihn in das Korps der Elitetruppe aufgenommen. Jetzt war Markos auf seinem ersten Kommando. Zu seinem Ärger setzte der Kaiser ihn auf einem Posten ein, der von allen kriegerischen Schauplätzen weit entfernt war. Er diente in der Garnison von Durazzo und hatte kaum mehr zu tun, als die Ohren gegen den Baulärm zu verschließen, mit dem die Stadt zu einer uneinnehmbaren Festung ausgebaut wurde, über das Meer zu schauen, wo die großen venezianischen Schiffe mit geblähten Segeln am Horizont vorüberzogen und die Herzen der hübschesten Mädchen der Stadt zu brechen.

Von Helena empfing Anna niemals einen Brief und sandte ihr auch keinen. Sie unterhielt einen eigenen Kurierdienst nach Konstantinopel, und unter den Parfüms, Süßigkeiten, Stoffen und Büchern, die sie erhielt, befanden sich Lageberichte des kaiserlichen Geheimdienstes.

Sie erfuhr von der Schlacht bei Doryläum, von dem Hungermarsch durchs Gebirge, von der Belagerung Antiochias und seiner Eroberung durch die Kreuzfahrer, von ihrem Einschluß durch die frischen Heere Kerboghas von Mossul und von dem denkwürdigen Sieg, den die Kreuzritter unter der Führung Boemunds gegen ihn errangen, von dem gewaltigen Siegesfest, das sie feierten, von der Seuche, die in der Stadt ausbrach und die geschwächten Menschen hinwegraffte, von dem Streit der Fürsten, ob sie die Stadt in Boemunds Besitz lassen oder ob sie Antiochia, wie ihr Eid es befahl, an Alexios zurückgeben sollten und davon, daß Boemund sich endlich durchsetzte. Raimund von Toulouse setzte sich, barfuß und im Pilgergewand, an die Spitze der Truppen und begann den Marsch nach Jerusalem, begleitet von Gottfried von Lothringen, Robert von der Normandie, Robert von Flandern und Tankred, dem Normannen aus Süditalien, während Boemund zurückblieb und sich daran machte, seine Herrschaft über Antiochia zu festigen.

Es waren Monate der Aufregung für Anna. Bei jeder Gefahr, die die Kreuzritter zu bestehen hatten, zitterte ihr Herz, und wie alle Christen Melitenes begab sie sich zu einer festlichen Messe in die Kathedrale, wenn eine neue Siegesmeldung gekommen war. Sie aber dankte Gott nicht dafür, daß er so sichtbar mit den Seinen war, die für ihn in den Kampf gezogen waren, sondern dafür, daß er den Herzog von Tarent vor türkischen Pfeilen und Schwertern und Krankheiten bewahrte, denn niemand sollte ihr zuvorkommen und Boemunds Leben beenden.

Michael von Skutari war am Nachmittag in Melitene eingeritten, ein Kaufmann, der einen ansehnlichen Wagenzug mit sich führte, geschützt durch ein Dutzend bewaffneter Knechte. Er hatte Anna Marias Brief aus Zypern gebracht, und niemand außer ihr wußte, daß er in der Nacht zuvor die Stadt in einem weiten Bogen umrundet hatte, um sie durch das Südtor zu betreten. Marias Brief war lange unterwegs gewesen, denn er hatte ihn bei sich getragen, als er quer durch Kappadokien gezogen war, ein Händler mit Luxuswaren, der zwischen den Byzantinern, den Franken und den Türken ungehindert passieren konnte und von dem nur wenige wußten, daß er auch mit Nachrichten und Botschaften handelte.

Seit ihrem ersten Zusammentreffen, als er sie zu ihrer Hochzeit nach Larissa begleitet hatte, waren fast achtzehn Jahre vergangen, und wenn sie an die Anna von damals dachte, schien ihr, sie sei ein anderes Geschöpf gewesen und habe mit der Anna von heute nichts mehr gemein. Michael von Skutari hingegen schien unverändert. Klein und dick und jovial, mit verschmitzten Augen und immer einem harmlosen Scherz auf den Lippen, war ihm nur eine Veränderung anzumerken. Die Haare unter seiner Pelzmütze waren mit den Jahren schütterer geworden und von der Stirn weit zurückgewichen und in die sorgfältig gelegten Locken seines Bartes mischten sich mehr und mehr graue Strähnen.

Er schenkte eisgekühlten Rosenwein in den Pokal und bot

ihn Anna an. Nichts konnte unverfänglicher sein als ihr Gespräch, nachdem Anna seine Waren besichtigt und einiges nach langem Feilschen erstanden hatte.

Michael schenkte sich selbst nach und begann seine Rede mit einer Rückerinnerung.

»Ich habe nicht erwartet, daß die Franken so erfolgreich sein würden. Sie müssen von geradezu fanatischem Glaubenseifer gewesen sein, daß sie alle mörderischen Strapazen jahrelang auf sich genommen haben. Ihr wißt, daß nur wenige wie Stephan von Blois umgekehrt sind. Die anderen haben Jerusalem erreicht und es erobert. Das war eine stolze Stunde für die ganze Christenheit. Nun mögen die Franken sich an dem Besitz der Stadt erfreuen! Jerusalem ist weit, und Byzanz erhebt keinen Anspruch darauf. Anders steht es natürlich mit Antiochia. Noch vor zwanzig Jahren gehörte es uns, und die fränkischen Fürsten haben ihren Eid gebrochen, als sie es Boemund überließen. Der Kaiser wäre sogar bereit, das hinzunehmen. Er nimmt ja auch hin, daß Balduin in Edessa herrscht, weil er uns nützlich ist, so wie uns ein christlicher Staat in Jerusalem nützlich ist. Die Franken sitzen dem Türken wie Stacheln im Fleisch und binden dessen Kräfte, und so kann Alexios in Ruhe die Seldschuken zurückdrängen, die Inseln und die Küste erobern und von dort aus Kleinasien zurückerobern.«

Michael schenkte sich selbst nach und leerte den Pokal in drei tiefen Zügen. Anna wartete.

»Wie gesagt, hieße der fränkische Fürst von Antiochia Raimund oder Gottfried oder Hugo, der Kaiser würde es akzeptieren. Aber Boemund, das ist unmöglich. Der Mann ist zu gefährlich. Denn er hat sein Ziel nicht geändert. Nicht auf Jerusalem haben sich seine Pläne gerichtet. Er hat es auf Byzanz abgesehen. Seit er seine Herrschaft konsolidiert hat, unternimmt er militärische Expeditionen nach Westen. Die Reichtümer Antiochias wird er nützen, um Byzanz zu erobern. Er hat versucht, Alexios die kilikischen Küstenstädte zu entreißen, aber vergeblich. Denn ihm fehlt eine Flotte. Wäre er ein geduldiger Mensch, würde er sich in Antiochia zurücklehnen und abwarten, bis er selbst eine Flotte aufgebaut hat. Über das Geld dazu verfügt er. Aber es würde Jahre dauern, und er ist nicht mehr jung genug, um abwarten zu können. Er vertraut vielmehr auf seine Erfahrungen im Landkrieg. Das heißt, er wird Byzanz nicht in Kilikien angreifen. Er wird über Kappadokien und Phrygien gehen. Er muß die Pässe des Antitaurus in seinen Besitz bringen.«

Er machte eine Pause und sah Anna an.

»Dazu braucht er die Unterstützung der armenischen Fürsten«, sagte sie, »aber die wird er nicht bekommen. Sie sind alle mit Byzanz verbündet. Sie sind orthodoxe Christen, Würdenträger des Kaiserreiches. Sie werden Boemund nicht helfen, gegen Byzanz zu marschieren. Außerdem werden sie einen Krieg der Christen gegeneinander verhindern müssen, wenn sie überleben wollen. Wer kann einen Bruderkrieg wollen, wenn die Türken uns bedrohen? Jedes Jahr fallen die Danischmendiden bei uns ein. Gegen sie müssen sich die armenischen Fürsten schützen, nicht gegen den Kaiser. Nein, sie werden Boemund nicht unterstützen.«

Michael nickte bedächtig.

»So rechnet der Kaiser auch. Dennoch, Boemund ist und bleibt eine Gefahr für Byzanz. Der Mann muß beseitigt werden.«

Anna fuhr auf.

»Einen Mörder will der Kaiser ausschicken?«

Der Kaufmann seufzte.

»Es wäre eine einfache und saubere Lösung. Aber der Kaiser will sie nicht. Im Westen gilt Boemund als Held, und der Kaiser will keine Schwierigkeiten mit dem Papst.«

Sie atmete erleichtert aus.

»Nein, der Kaiser will, daß Boemund in der Schlacht fällt. Und Ihr sollt dafür sorgen, daß das geschieht. Er läßt Euch sagen, daß Eure Stunde gekommen ist.«

Anna saß ganz still. Nur die Farbe, die erst in ihre Wangen stieg und dann daraus verschwand und sie totenbleich aussehen ließ, und das Licht, das in den Tiefen ihrer dunklen Augen glomm, verrieten, was in ihr vorging.

Das Schweigen dehnte sich zwischen ihnen, und Michael unterbrach es nicht. Endlich sprach sie, und ihre Stimme klirrte.

»Was soll ich tun?«

»Ich habe im Auftrag des Kaisers mit Malik Ghazi Gümüschtekin gesprochen, dem Emir der Danischmendiden. Er hat bei Doryläum gegen die Franken gekämpft. Seine Krieger sind geflohen, und Boemund hat ihnen nachgesetzt. Dabei hat er einen Sohn Maliks getötet. Der Emir hat Rache geschworen. Er will Boemund. Ihr sollt dafür sorgen, daß er ihn bekommt.«

»Was soll ich tun?« wiederholte Anna.

»Der Emir wird auf Melitene marschieren. Gabriel wird Hilfe brauchen. Vom Kaiser kann sie nicht kommen. Seine Streitkräfte sind zu weit entfernt. Aus Edessa wird er sie nicht haben wollen, in Erinnerung daran, wie Balduin mit seinem Schwiegersohn Thoros umgesprungen ist. An Euch ist es, ihn zu überzeugen, daß Boemund der Mann ist, den er braucht. Und Boemund wird kommen. Denn hat er Melitene im Besitz und die Danischmendiden besiegt, dann gehört ihm der Antitaurus, und der Weg nach Byzanz ist frei.«

»Was soll an diesem Plan gut sein?« fragte Anna scharf. »Hat der Kaiser vergessen, daß Boemund noch jede offene Schlacht gewonnen hat? Daß man diesen Mann nur durch List und Verrat besiegen kann?«

Michael sah sie an.

»Ihr sagt es, nobilissima.«

Sie starrte zurück, und langsam, als der Gedanke Gestalt in ihrem Kopf annahm, breitete sich ein Lächeln auf ihrem Gesicht aus und ihre Augen begannen zu funkeln.

Der armenische Spion gelangte drei Tage später nach Melitene. Er war fast Tag und Nacht unterwegs gewesen und hatte vier Pferde zugrunde geritten. Was er erzählte, löste Angst und Entsetzen aus. Malik Ghazi Gümüschtekin, der Emir der Danischmendiden, hatte alle seine Krieger aufgeboten und sammelte in seiner Hauptstadt ein Heer, wie er noch keines aufgestellt hatte. Das waren nicht die Vorbereitungen für einen der üblichen Grenzüberfälle, das waren die Zurüstungen für einen großen Krieg. Der Emir wollte die Scharte von Doryläum auswetzen und die Franken aus dem Osten hinauswerfen. Sein Ziel mochte vorderhand Edessa sein, dann vielleicht Antiochia, auf jeden Fall aber lag Melitene auf seinem Weg, Melitene, das er schon einmal vergeblich belagert hatte und das er nicht in seinem Rücken liegen lassen konnte, wenn er gegen die Franken zog.

»Wieviel Zeit haben wir?« fragte Gabriel.

Der Spion überlegte.

»Es ist jetzt Mitte Juli. Der Emir wird wohl Ende August aufbrechen. Er wird den Feldzug gewiß im Herbst führen und ihn vor dem Winter beenden wollen. Wahrscheinlich ist er Anfang September vor den Mauern Melitenes.«

Im Morgengrauen stand Gabriel, schlaflos wie immer, auf dem Turm und starrte über das Land nach Osten, als könne er die Scharen der Danischmendiden schon kommen sehen.

Hinter sich hörte er leichte Schritte und das Rascheln eines seidenen Rocks. Er wandte den Kopf.

»Ihr seid beunruhigt?« fragte Anna.

»Wer wäre das nicht? Eine Belagerung ist kein Kinderspiel.«

»Melitenes Mauern sind stark. Die Befestigungen sind in den letzten Jahren verstärkt worden. Es gibt eine große Zahl gut ausgebildeter Männer für die Verteidigung innerhalb der Stadtbevölkerung, dazu die byzantinischen Hilfstruppen. Wenn wir Zeit haben, die Ernte einzubringen, können wir uns monatelang ernähren. Die Stadt verfügt über genügend Brunnen, so daß die Wasserversorgung gesichert ist. Was fürchtet Ihr?«

Gabriel seufzte. Sie nannte die Argumente, die er hatte in Umlauf setzen lassen, um die Bevölkerung zu beruhigen. Aber so einfach war die Sache nicht.

»Man muß den Leuten auf dem Lande erlauben, sich in die Stadt zu flüchten. Tausende werden kommen, zusätzlich zu den Hunderten von Grenzbewohnern, die hier schon ein notdürftiges Obdach gefunden haben. Natürlich werden wir sie monatelang ernähren können, natürlich gibt es genug Brunnen in der Stadt. So gesehen, kann Melitene den Truppen des Emirs monatelang widerstehen. Was ich fürchte, sind die Krankheiten, die ausbrechen können, wenn zuviele Menschen zu lange Zeit auf zu engem Raum leben.«

»Malik Ghazi Gümünschtekin wird sich nicht zu lange vor der Stadt aufhalten können, wenn er den Feldzug gegen die Franken vor dem Winter beenden will.«

»Wer sagt, daß er das tun will? Habt Ihr nicht gehört, daß er ein riesiges Heer aufbietet? Er wird wahrscheinlich einen Teil der Truppen benutzen, um Melitene einzuschließen und dann mit dem größeren Teil des Heeres weitermarschieren.«

Langsam verdrängte der Morgen die Nacht. Am Horizont erschien ein roter Streifen. Schwarz standen die Kuppeln und Türme der Stadt gegen den Himmel. Die eisenbenagelten Stiefel der Wachsoldaten dröhnten auf dem Steinpflaster. Irgendwo schlug ein Hund an, dann war wieder Stille.

»Ihr braucht einen Verbündeten«, sagte Anna. »Jemanden, der mit Truppen zu Hilfe kommt und den Belagerungsring von außen sprengen kann.«

»Der Kaiser ist weit. Bis wir ihn benachrichtigt haben und bis er Hilfe senden kann, mag es zu spät sein.«

»Es gibt Hilfe, die näher ist.«

»Balduin in Edessa meint Ihr? Habt Ihr vergessen, wie er meinen Schwiegersohn Thoros behandelt hat? Wer Balduin zum Verbündeten hat, braucht keinen Feind mehr.«

»Ich dachte nicht an Balduin«, erwiderte Anna.

Gabriel wandte ihr das Gesicht zu. Seine Augen waren blutunterlaufen vor Erschöpfung.

»Boemund von Tarent, der sich jetzt Fürst von Antiochia nennt? Kann es dem Hirsch nicht gleich sein, ob es der Bär oder der Wolf ist, der ihn reißt? Boemund ist um nichts besser als Balduin. Er hat dem Kaiser einen Eid geschworen und ihn gebrochen. Er hat türkische Spione nicht nur töten, er hat sie braten und zu einem kannibalischen Mahle anrichten lassen. Er ist machtgierig und skrupellos. Wenn er Melitene beisteht, wird es seine Stadt werden, verlaßt Euch darauf.«

Anna nickte.

»Ihr habt recht. Als Byzantinerin hätte ich besser nicht an ihn gedacht. Er ist der geschworene Feind des Kaisers. Wenn er käme, dann nicht, um Melitene zu retten, sondern um die antitaurischen Pässe in die Hand zu bekommen und Alexios von Osten her zu bedrohen.«

Gabriel verschränkte die Hände auf dem Rücken und rieb nervös die Finger gegeneinander.

»Ihr seht selbst, daß dieser Mann ein gefährlicher Feind ist, an den wir unsere Unabhängigkeit verlieren würden.«

»Andererseits«, sagte Anna, sich langsam vortastend, »ist Boemund des Kaisers größter Feind. Alexios wird ihm nicht verzeihen, daß er ihn um Antiochia betrogen hat. Wenn der Kaiser hört, daß Ihr Boemund um Hilfe gebeten habt, wird er dann nicht eilen, Euch zu Hilfe zu kommen?«

Gabriel schwieg. Anna ließ einen Moment verstreichen, bevor sie fortfuhr:

»Alexios ist im Besitz der Küste und einer Flotte. Dort kann er das Vorgehen des Normannen aufhalten. Ihm muß daran gelegen sein, ihn auch zu Lande zurückzudrängen. Die Pässe des Antitaurus dürfen nicht in normannische und nicht in türkische Hände fallen, sie müssen in armenischem Besitz bleiben. Sobald Alexios erfährt, daß Ihr im Moment nur die Wahl habt zwischen Malik Ghazi Gümüschtekin und dem

Fürsten von Antiochia, wird er Euch zu Hilfe eilen. Der Normanne hält Euch die Danischmendiden vom Hals und der Kaiser befreit Euch von dem Normannen.«

Gabriel kratzte sich am Hals.

»Es könnte helfen«, gab er zu. »Ich werde den Hauptmann der Byzantinergarde nach Konstantinopel senden. Er wird dem Kaiser alles vortragen.«

»Ihr braucht den Hauptmann hier«, widersprach Anna. »Schickt einen Boten, den Ihr im Krieg entbehren könnt!«

»Meinen Kanzler? Ich traue ihm nicht.«

»Traut Ihr Eurer Fürstin?«

Gabriel starrte sie an.

»Ihr wollt gehen, Anna?«

Die Dämmerung war zurückgewichen vor dem Ansturm des Tages. Blau und wolkenlos wölbte sich der Himmel über der Stadt. Im hellen Licht war jede Falte in Gabriels Gesicht scharf zu sehen, die Spuren, die Furcht und Übermüdung eingegraben hatten.

»Ich kann das nicht von Euch verlangen. Es wäre eine gefährliche Reise. Ich kann nur wenige Soldaten entbehren, die Euch das Geleit geben.«

»Vom wem könnt Ihr es eher verlangen als von mir? Ich bin Melitenes Fürstin. Ich habe die Pflicht, der Stadt in der Not zu helfen. Im übrigen brauche ich keine Leibgarde. Michael von Skutari, der Kaufmann, verläßt morgen Melitene und kehrt nach Konstantinopel zurück. Ich werde mich seiner Karawane anschließen. Ich nehme nur zwei oder drei Dienerinnen mit und reise inkognito.«

Michael von Skutari brach mit seiner Karawane kurz nach der Morgendämmerung auf. Die ganze Nacht hindurch hatten Annas Dienerinnen gepackt. All ihren Schmuck, ihre unschätzbaren Handschriften, ihre kostbarsten Kleider waren sorgfältig in Körben und Truhen verstaut und Michael anvertraut worden. Aus Gabriels Stall war ein Maultier für sie ausgesucht worden, das sanft und gleichmäßig ging und ausdauernd war. Zur Enttäuschung all der anderen Frauen aus Melitene, die sich brennend gewünscht hatten, die große Stadt am Bosporus zu sehen, begleiteten sie nur zwei Dienerinnen, die mit ihr aus Konstantinopel gekommen waren.

Anna hatte Gabriel nicht ausreden können, ihr eine bewaffnete Eskorte zu stellen, denn er fand es unter der Würde einer Fürstin von Melitene, unbegleitet nur mit einem Kaufmann zu reisen. Mit Mühe war es ihr gelungen, ihn auf die eher symbolische Zahl von vier Männern herunterzuhandeln. Schon das hatte sie mit Verzweiflung erfüllt, und erst Michaels verschmitztes Lächeln vermochte sie zu beruhigen.

Sie verließen Melitene durch das Westtor und ritten den ganzen Tag in dieser Richtung. Zuerst hatten sie die Sonne im Rücken, dann brannte sie auf ihre Köpfe nieder, zuletzt blendete sie sie mit schrägen Strahlen von vorn.

In den Rastpausen ließ Anna sich vom Maultier heben, aß und trank mechanisch, was die Dienerinnen ihr vorsetzten und ließ sich wieder auf das Maultier heben.

Wie eine Flut, die sich nicht eindämmen ließ, stiegen die Bilder in ihr auf, die sie fünfzehn Jahre in sich getragen, immer wieder betrachtet und dann in den hintersten, dunkelsten Winkel ihres Herzens verbannt hatte. Seit sie Gabriel geheiratet hatte, hatte sie geglaubt, diese Erinnerungen für immer begraben zu haben, aber jetzt, da sie sich auf den Weg nach Westen machte, auf einen Weg ohne Wiederkehr, war sie ihrem Ansturm hilflos ausgeliefert.

Sein Anblick am Fluß, als er aus dem Wasser auftaucht und seine Schönheit ihr den Atem verschlägt. Die Worte, mit denen Odysseus Nausikaa begrüßt. Das Zittern ihrer Hände, als sie ihm den Willkommenstrunk kredenzt. Der rote Wein aus Samos, den sie aus einem Becher nehmen, die Lippen an der Stelle auf den Rand pressend, wo der andere getrunken hat. Die

Behutsamkeit, mit der er sie liebkost, als sei sie zerbrechlich, und die dann von Leidenschaft übermannt wird. Seine Hand schwer auf ihrem Bauch, der sich noch nicht rundet. Unser Sohn.

Sie ritt stundenlang, ohne Staub und Hitze wahrzunehmen. Was sie spürte, waren Winterkälte und die Wärme des Kamins, was sie auf den Lippen schmeckte, waren Schnee, Wein, Lippen, suchend und weich und hart und fordernd, was sie sah, waren blaue Augen, blitzend vor Übermut, die sich über sie neigten und plötzlich dunkel und ernsthaft wurden, ein herrisches Profil, hinter dem rot das Feuer zuckte. Was sie hörte, waren lautes Gelächter, sanfte Liebesworte, heiseres Flüstern. Was sie fühlte, waren die Schauer der Erregung, das Begehren, sich ganz diesen Händen auszuliefern, die sie erforschten, zu verschmelzen mit dem Körper, den sie mit Armen und Beinen umschlang, in einen wollüstigen Tod hineinzusterben, der jede Trennung unmöglich machte.

Am Abend fand Michael von Skutari einen Lagerplatz an einem schmalen, fast ausgetrockneten Flußlauf abseits eines Dorfes. Sie tränkten die Tiere und pflockten sie an, schlugen Zelte für die Frauen auf, und Michael stellte Posten auf. Die vier Männer aus Melitene teilte er zur letzten Wache ein.

Anna sank auf einem Lager aus Fellen in einen unruhigen Schlummer, aus dem Michael sie weckte, bevor es Morgen wurde. Er schlich in ihr Zelt und rüttelte sie leicht an der Schulter.

»Herrin«, flüsterte er.

Anna fuhr schlaftrunken hoch, starrte in das bärtige Gesicht, hatte ein anderes zu sehen erwartet, und wollte schreien.

Michael legte seine Hand über ihren Mund.

»Verzeiht, nobilissima!« zischte er. »Jetzt ist der Moment gekommen. Noch habt Ihr die Wahl. Wenn wir einmal armenisches Gebiet verlassen haben und auf dem Weg nach Sebastea sind, gibt es kein Umkehren mehr. Ihr müßt Euch jetzt entscheiden.«

Er zog seine Hand zurück. Anna schluckte.

»Die Soldaten aus Melitene?«

»Kein Problem mehr.«

Michael fuhr sich mit einer sprechenden Geste mit der Handkante über den Hals.

»Noch könnt Ihr zurück«, sagte der Kaufmann. »Noch könnt Ihr, wie es Euer Gemahl geplant hat, nach Konstantinopel zum Kaiser reisen und ihn um Hilfe bitten. Die Straße geht durch byzantinisches Gebiet und ist wohlbewacht. Das ist eine Reise ohne Gefahr. Wenn Ihr nach Sebastea wollt, begebt Ihr Euch in Feindesland. Es ist nicht sicher, ob wir den Emir jemals erreichen werden, und wenn, ob er geneigt ist, Euch anzuhören, oder Euch als wertvolle Geisel gefangensetzt.«

Die gleiche Warnung hatte er schon in Melitene ausgesprochen, als sie ihn in ihren Plan eingeweiht hatte. Michael hatte ihr nachdrücklich abgeraten, sich selbst in das Spiel einzumischen. Was sie dem Emir an Nachrichten zukommen lassen wolle, könne auch ein verläßlicher Bote überbringen. Aber Anna hatte den Vorschlag abgelehnt. Ihr Mund mußte es sein, der Malik Ghazi Gümüschtekin die entscheidende Botschaft mitteilte. Sie wollte die Sätze sagen, die Guiskards Sohn, den Herzog von Tarent, den Helden von Doryläum und Fürsten von Antiochia, die Boemund von Hauteville ins Verderben stürzen würden.

»Noch ist es nicht zu spät«, sagte Michael drängend. »Noch habt Ihr die Wahl, Herrin.«

Sie zitterte. Die Wahl.

Wenn sie die Straße nach Westen nahm, würde Boemund mit seinen unbesiegbaren Rittern auf Gabriels Hilferuf hin aus Antiochia ausrücken, er würde den Emir der Danischmendiden besiegen, wie er bisher alle Türken besiegt hatte, er würde die Pässe des Antitaurus in seine Hand bekommen. Er würde seinem Lebensziel näherrücken, ja, es schien nicht unmöglich, daß er es erreichen würde.

Du mußt nicht wählen zwischen mir und Byzanz. Ich und Byzanz werden eines sein.

Sie hörte die anmaßenden Worte, als würden sie jetzt ausgesprochen werden, als lägen nicht achtzehn Jahre dazwischen, und sie hörte die harte unnachgiebige Stimme:

»Ich bin ein Krieger und ich werde niemals etwas anderes sein.

Und sie sah den Blick, der die Worte begleitete, die sie beinahe umgebracht hatten.

»Kommst du nach sovielen Jahren zu mir, um mich anzubetteln, dich wieder in mein Bett zu nehmen? Soll ich die Erinnerung an eine läufige Hündin mit nach Jerusalem nehmen?

Törin, die sie den ganzen Tag über gewesen war! Ihre Beziehung zu dem Normannen – das war eine Geschichte, die zwei Wahrheiten gehabt hatte, eine Wahrheit für sie und eine andere für Boemund. War er für sie der Mann gewesen, der ihr eine Welt bedeutete, so war sie für ihn nichts weiter gewesen als ein hübsches Gesicht, runde Brüste und ein williger Schoß – Zeitvertreib für einen Winter.

Sie war kein Normannenliebchen. Sie war eine Phokaina. Und was anderes hatte er denn von ihr erwartet als den Verrat?

Was wissen Griechen von Treue?

Sie richtete sich auf.

»Nach Sebastea!«

Je weiter sie sich von Antiochia entfernten, desto leichter wurde Richard ums Herz. Jetzt, da der Wind, der die Berge herabstrich, die Banner knattern ließ, ihnen die Haare zauste und ihre Lungen mit frischer klarer Luft füllte, vernahm Richard wieder Boemunds unwiderstehliches dröhnendes Lachen und lachte selbst. Das hier war das wirkliche Leben, ein Pferd unter dem Hintern, die Faust im Stahlhandschuh, das Schwert an der Seite, Gefährten, die alle Gefahren und Nöte teilten, die Erregung vor der Schlacht, die Angst vor dem Tod, die das Leben umso süßer und kostbarer machte, der Rausch im Kampf und der Triumph im Augenblick des Sieges – das war es, was zählte im Leben eines Mannes.

Richard dachte an den Morgen zurück, an dem alles begonnen hatte. Er sah sich im Hof der Burg von Bari. Ein klarer Herbsttag, der Himmel von seidigem durchsichtigem Blau. Zahllose Männer in weißen Mänteln mit roten Kreuzen, über ihnen das Löwenbanner, Boemund, der die Treppe vom Bergfried herabkam, sein Pferd bestieg und den Arm emporriß. Richard hörte noch den Schrei aus allen Kehlen »Gott will es!« und das Dröhnen der Pferdehufe auf dem Pflaster, als sie zum Hafen hinunterritten, wo die Schiffe vertäut lagen, die sie nach Avlon bringen sollten. Richard erinnerte sich, wie stürmisch sein Herz geklopft hatte bei diesem Aufbruch zum großen Abenteuer.

Vier Jahre waren seither vergangen, und anders, als er sich das vorgestellt hatte. Der feierliche Einzug in das befreite Jerusalem war damals der Endpunkt seiner Phantasie gewesen, als könne es danach kein alltägliches Leben mehr geben, als sei es gleichsam der Einzug in das himmlische Jerusalem.

Im Herbst, als sie auszogen, hatte er geglaubt, sie schlügen im nächsten Sommer vor den Mauern der heiligen Stadt die eine, die große Schlacht, in der sie natürlich siegen würden, denn Gott kämpfte auf ihrer Seite. Die meisten Männer, dachte er, hatten so simple Vorstellungen gehegt. Wieviele von ihnen hätten sich auf diesen Zug nie eingelassen, wenn sie gewußt hätten, wie lange er dauern und was er sie kosten würde? Drei Jahre hatten sie gebraucht, um durch Wüsten und über Gebirge, durch türkischen Pfeilhagel, Hunger, Durst und Seuchen dezimiert, unter die Mauern Jerusalems zu gelangen.

Boemund war in Antiochia geblieben und hatte die weiterziehenden Normannen unter Tankreds Kommando gestellt. Richard hatte ihn gebeten, mitgehen zu dürfen, und manchmal, wenn er in kühlen Nächten schweißgebadet aufwachte, wünschte er, er hätte es nicht getan.

Der Aufbruch aus Antiochia hatte sich gut angelassen. Raimund von Toulouse hatte sich unangefochten an die Spitze des Heeres gestellt, barfuß und im Pilgermantel. Die Nachricht über den Fall Antiochias und den Sieg in aussichtsloser Lage über Kerboghas großes Heer hatte die arabischen Fürsten zwischen Antiochia und Jerusalem so in Schrecken versetzt, daß sie die Franken freiwillig mit Nahrung und reichen Geschenken versorgten, um verschont zu bleiben.

Der Anblick Jerusalems war erschütternd gewesen. Richard wie den meisten Männern waren Tränen in die Augen geschossen, als sie die Stadt ihrer Träume und Mühen vor sich sahen. Sie waren auf die Knie gefallen, hatten einen Lobgesang zu Ehren Gottes angestimmt und waren anschließend gleich gegen die Mauern gestürmt. Sie wurden von den Belagerten verlustreich abgewiesen.

Ernüchtert sahen sie am nächsten Tag, wie schwierig ihre Lage war. Das Land um die heilige Stadt war steinig und baumlos. Es gab keine Nahrung, es gab kein Wasser, und es gab kein Holz, um Belagerungsmaschinen zu bauen. Was immer sie brauchten, mußten sie aus der Ferne herbeischaffen, damit aber schwächten sie ihre Kräfte für die Belagerung. Ohnmächtig mußten sie zusehen, wie die Belagerten Kreuze auf der Mauer errichteten und dagegen pissten.

In dieser Situation hatte Peter Bartholomäus wieder eine Vision. Raimund machte sie bekannt, und Tankred zweifelte sie an. Peter Bartholomäus unterwarf sich auf seine Forderung hin einem Gottesurteil. Er lief mit bloßen Füßen in einem flatternden Gewand zwischen Strohstapeln hindurch, die eine lange Gasse bildeten, und in Brand gesteckt worden waren. Peter kam aus der Flammenhölle lebend heraus, starb aber vier Tage später an seinen schweren Brandwunden.

Raimunds Autorität litt spürbar, und es war Gottfried von

Bouillon, Herzog von Niederlothringen, der jetzt das höchste Ansehen beim Heer genoß. Ihn zeichnete nichts aus als eine unermüdliche und sture Bereitschaft, immer und immer wieder gegen die Mauern anzustürmen, als könnte die bloße Wiederholung der Angriffe die Steine schmelzen lassen.

In Richards Erinnerung glich ein Tag dem nächsten. Er hatte den Zeitbegriff verloren. Als sich dann plötzlich, er begriff nicht wieso, eine Bresche in der Mauer auftat, als Dutzende von Männern in die Stadt eindrangen und das große Tor von innen öffneten, damit alle Krieger Gottes in die heilige Stadt strömen konnte, da war er so berauscht wie alle anderen. Das war das Ende des Weges, der letzte Kampf, mit dem sie Christus befreien und den Himmel auf die Erde herunterholen würden. Wie die Engel einst die Teufel erbarmungslos in die Hölle gestürzt hatten, so mußten auch sie jetzt erbarmungslos diese Teufelsbrut der Feinde, die das Kreuz geschändet hatten, ausrotten. Richard entsann sich nicht mehr dessen, was er getan hatte. Als er wieder zur Besinnung gekommen war, kniete er in der Grabeskirche, das Schwert in seiner Faust troff von Blut, das Rot des Kreuzes auf seiner Schulter war nicht mehr zu unterscheiden von dem Blut, das den weißen Stoff des Mantels durchtränkt hatte.

Der Bischof, der die Messe zelebrierte, hatte sich nicht die Zeit genommen, seine Gewänder zu wechseln. Auch sie waren rot. Und als er den Kelch hob, um das Wunder der Wandlung von Brot in den Leib Christi zu erflehen, da waren seine Hände blutbesudelt.

Erst am nächsten Tag begriff Richard, was geschehen war. Alle Einwohner Jerusalems, Männer und Frauen, Kinder und Greise, waren niedergemetzelt, und was sich vor dem Schwert in Häuser hatte flüchten können, war verbrannt worden. Schwer lagen die Rauchschwaden über den engen Gassen, in denen das Blut in großen Lachen stand.

In seinen Träumen verfolgte Richard das Bild eines etwa

dreijährigen Mädchens. Das Kind lag quer über der Straße, in seinen Armen hielt es eine Puppe fest an sich gepreßt, das schwarze Haar war wie ein Fächer auf dem Pflaster ausgebreitet. Ein Schwerthieb hatte den Schädel gespalten Die Hirnmasse war herausgespritzt. Hunde schnüffelten gierig daran. Richard verscheuchte sie mit Steinwürfen.

Er wartete nicht ab, wer sich zum Herrn der Stadt machte. Die Nachricht, daß die Barone nicht Raimund von Toulouse, sondern Gottfried von Bouillon erwählt hatten, erreichte ihn erst, als er schon wieder in Antiochia war. Dort fand er seinen Onkel damit beschäftigt, die normannische Verwaltung der Stadt zu regeln, Pfründen zu vergeben, Recht zu sprechen, Steuergesetze zu erlassen und ihre Durchführung zu überwachen, die letzten Reste türkischen Widerstandes zu beseitigen, die Armenier, Syrer und Juden durch Privilegien zum Bleiben zu bewegen und die Wirtschaft neu zu beleben, indem er Genuas Kaufleuten Vorrechte einräumte. Kaum ein Tag verging, an dem er nicht zehn oder zwölf Stunden mit seinen Sekretären arbeitete.

Richard war froh, als das Beistandsersuchen Gabriels von Melitene in Antiochia eintraf. Wenn sie jetzt ins Feld zogen, dann um eine Schlacht gegen die Danischmendiden zu schlagen, Mann gegen Mann, ein gerechter Kampf unter freiem Himmel, bei dem man nicht Frauen und Kinder abschlachtete und den Hunden zum Fraß vorwarf. In tiefen Zügen atmete Richard die Luft ein, die nach Sommer roch und nicht nach verbranntem Fleisch.

Vor zwei Tagen hatten sie Marasch verlassen und ritten die Schlucht aufwärts, an deren Ende sie den Gebirgspaß überqueren mußten, hinter dem Melitene lag. Die Berge, die die Schlucht rechts und links eng und steil umstanden, spendeteten ihnen Schatten, der Fluß führte auch im Juli noch Wasser und seine Ufer waren von schmalen Streifen Grün begleitet. Es war ein angenehmer Ritt, rasch, aber nicht erschöpfend.

An der Spitze des Zuges stimmte jemand ein Lied an, in das nach und nach alle anderen einfielen.

Gegen Mittag legten sie die erste Rast ein. Richard sprang ab, faßte sein Pferd am Zügel und führte es hinunter ans Wasser. Direkt vor ihm ging ein Ritter aus Bari, der alle Strapazen des Kreuzzuges von der ersten Stunde an mitgemacht hatte. Er wandte den Kopf über die Schulter, lächelte Richard zu und wollte etwas sagen, aber er gurgelte nur Unverständliches, seinem Mund entquoll ein Blutstrom, seine Hände zuckten krampfhaft hoch, und er brach zusammen. In seiner Kehle wippte der lange Schaft eines türkischen Pfeiles.

Richard schrie auf. Seine Stimme ging unter im Lärm. Pferde wieherten schrill, Eisen klirrte, Befehle wurden gebrüllt, von den Höhen ertönten die Schlachtrufe der Türken und das unheilvolle todbringende Sirren, mit dem Tausende von Pfeilen die Luft durchschnitten. Boemunds Stimme übertönte den Tumult. Er befahl allen Männern, abzusteigen, mit ihren Schilden Schutzdächer zu bilden und sich nahe aneinanderzukauern.

Richard warf einen Blick um sich. Die Höhen rechts und links waren von türkischen Bogenschützen besetzt, die Berge so steil, daß niemand wagen konnte, sie gepanzert zu Pferde zu erklimmen, um die Feinde in die Flucht zu schlagen. Hinten, wo die Nachhut zu ihnen aufrückte, herrschte Chaos. Gestürzte Pferdeleiber türmten sich, und darunter waren die Männer begraben, viel zu schwer gepanzert, um sich aus eigener Kraft wieder erheben zu können. Sie versperrten den Nachfolgenden den Weg, die über sie stolperten und zum Ziel der unablässig abgeschossenen Pfeile wurden. Ein geordneter Rückzug war unmöglich geworden. Ein Durchbruch nach vorn? Bevor Richard sich duckte, sah er noch, daß die Armenier, die ihre Vorhut bildeten, in wilder Flucht zurückströmten. Zwischen ihnen blitzten schon türkische Krummsäbel auf.

Sie waren von allen Seiten umzingelt. Hier würde ihnen auch Boemunds Genie nicht mehr heraushelfen. Wer immer diese Falle aufgestellt hatte, in die sie hineingetappt waren, hatte ein Meisterstück vollbracht.

Richard tauchte unter das schützende Dach der emporgehaltenen Schilde und stemmte es mit der Kraft seiner Schultern, damit das Gewicht der Pfeile und Steinbrocken, die herabgeschleudert wurden, ihn nicht zu Boden drückte und unter sich begrub.

Er wußte nicht, wie lange er mit den anderen so ausgeharrt hatte, als plötzlich Bewegung in die Masse der knienden Männer kam und Richard sich hart am Arm gepackt fühlte.

Er drehte sich um. Neben ihm kniete Boemund, das blonde Haar dunkel vor Schweiß, eine tiefe Falte zwischen den Brauen, der Mund schmal und hart.

»Du mußt durchbrechen, Richard!« brüllte er, den Lärm übertönend. »Geh zu Balduin nach Edessa ! Er muß uns zu Hilfe kommen.«

»Das wird Tage dauern«, wandte Richard ein.

»Wir werden uns hier einigeln. Wir haben Wasser, und wenn du Verstärkung bringst, haben wir eine Chance. Geh jetzt! Wir lenken sie hier vorn ab, damit du dort hinten durchkommst!

Richard nickte stumm.

Es gelang ihm, unter den Schilddächern rückwärts zu kriechen, bis er die Mauer aus gestürzten Pferden, toten und verwundeten Männern erreicht hatte. Er arbeitete sich langsam und vorsichtig durch das Gewirr der Gliedmaßen, verschloß die Ohren vor den Schmerzensschreien und dem heiser geflüsterten Verlangen nach Wasser, das an sein Ohr drang, wand sich um Kadaver herum, schlug mit der flachen Seite des Schwertes auf die Hände, die sich in seinen Mantel verkrallten, und kam vorwärts, unendlich langsam, wie ihm schien, aber er kam vorwärts und näherte sich dem Ende der Schlucht.

Er erinnerte sich, daß dort auf der linken Seite die Felsen unten ein wenig zurückgewichen waren und einen kleinen, von Fels überdachten, mit Buschwerk bestandenen Platz beschattet hatten. Wenn es ihm gelang, sich dort bis zum Einbruch der Dunkelheit zu verbergen, dann konnte er versuchen, sich im Schutze der Nacht durch die feindlichen Linien zu schleichen.

Er blieb einen Moment still liegen, um Kräfte zu sammeln und setzte dann zu einem jähen Sprung an, der ihn unter das schützende Felsendach bringen sollte. In diesem Moment traf ihn ein Stein, der von oben geschleudert wurde, an der Schläfe, und er stürzte besinnungslos zu Boden.

Als er wieder zu sich kam, spürte er lange Zeit nichts als rasende Kopfschmerzen, ein Gefühl, als ob sein Schädel zum Bersten angefüllt sei mit herumrollenden Kieselsteinen und gleich platzen müßte. Nach einer Weile nahm er ein sonderbares rhythmisches Schaukeln wahr, das seinen Kopf hin und her pendeln ließ. Er versuchte, die Hand zu heben, um den Kopf festzuhalten. Vergebens. Seine Hände waren gefesselt. Er bewegte die Beine und stellte fest, daß sie an den Knöcheln zusammengebunden waren. Mit unendlicher Anstrengung öffnete er die Augen und sah nichts als niedergetrampeltes Gras, das gleichförmig unter ihm hinzog.

Langsam begriff er seine Lage. Er war gefangen, man hatte ihn bäuchlings auf ein Pferd geworfen und transportierte ihn jetzt … wohin? Auf einen Sklavenmarkt, nahm er an. Gefangene Christen wurden in die Sklaverei verkauft.

Seine Kehle war ausgedörrt. Er versuchte, Spucke zu sammeln und hinunterzuschlucken, aber in seinem Mund bildete sich keine Feuchtigkeit mehr, und das Schlucken war nur ein einziger Schmerz in einer wunden Kehle. Schweiß floß ihm in Strömen über das Gesicht und über den brennenden Rücken. Richard wurde plötzlich klar, daß er seinen Mantel verloren hatte, daß er auf dem Pferderücken lag wie ein Sack Mehl und daß die Sonne ungehindert auf sein Kettenhemd schien, den Stahl erhitzte, bis er sich durch das dünne Leinenhemd darunter in sein Fleisch brennen würde. Er verlor von neuem das Bewußtsein.

Das nächste, was er bemerkte, war, daß das Schaukeln aufgehört hatte. Er war nicht mehr auf das Pferd geschnallt, sondern lag auf hartem Boden. Er wartete eine Weile, ehe er die Augen öffnete, und versuchte, durch die Geräusche zu erkennen, wo er sich befand. Der Lärm, der an seine Ohren schlug, war unverkennbar. Es waren die Geräusche eines Soldatenlagers, aber nicht eines fränkischen, denn die Stimmen, die er hörte, sprachen in fremder unverständlicher Zunge.

Richard bewegte Arme und Beine. Er war nach wie vor gefesselt. Er schlug die Augen auf. Licht drang gedämpft durch weiße Zeltbahnen, dann schob sich ein Schatten über sein Gesicht, ein Arm wurde ausgestreckt, schob sich unter seine Schultern und hob ihn leicht an, eine Hand näherte sich seinem Gesicht mit einer flachen Schale. Richard öffnete die Lippen und fühlte das lauwarme Wasser in seinen Mund rinnen. Er konnte nicht so schnell schlucken wie es geflossen kam, das meiste rann ihm über das Kinn den Hals hinunter.

Es war ein dunkles bärtiges Gesicht unter einem Turban, das sich über ihn beugte. Ein türkischer Krieger, der ihm Wasser gab?

»Das ist keine Barmherzigkeit«, sagte eine Stimme neben ihm. »Sie halten dich am Leben, weil du Geld einbringst.«

Richard erkannte ihn nur an der Stimme. Boemunds helles Haar war dunkel von Schweiß, Staub und geronnenem Blut, sein linkes Auge zugeschwollen, die Lippe aufgeplatzt und seine Wangen blauschwarz und dunkelviolett unterlaufen.

Richard wollte etwas sagen, etwas fragen, aber seiner Kehle entrang sich nur ein heiseres unverständliches Gestammel.

»Wir sind Gefangene von Malik Ghazi Gümüschtekin, Emir der Danischmendiden«, erläuterte Boemund die unausgesprochenen Fragen. »Wir, das sind nicht mehr als ein Dutzend Männer. Der Rest ist in der Schlucht von Aksu gefallen. Wir hatten keine Chance. Die Türken warfen die Toten in den Fluß und vergifteten so das Wasser. Nach drei Tagen mußten wir uns ergeben. Jetzt sind wir auf dem Weg in seine Hauptstadt Sebastea.«

Der Weg war lang, und jeder Tag verlief gleich. Tagsüber wurden Boemund und Richard mit schweren Ketten beladen und auf Pferde gesetzt, die von türkischen Soldaten geführt wurden. Abends führte man sie in ein Zelt, wo sie von einem Dutzend Bogenschützen bewacht wurden, die sich innen an den Zeltwänden niederließen, die Pfeile in Griffweite, und die alle zwei Stunden ausgetauscht wurden.

Eine Flucht, begriff Richard, war völlig ausgeschlossen.

»Was meinst du?« fragte er Boemund. »Wie lange wird es dauern, bis Tankred das Lösegeld für uns aufgebracht hat? Antiochia ist reich. Es kann nicht allzu lange dauern, nicht wahr?«

Boemund lachte.

»Mein lieber Richard, Tankred wird dem Emir kein Lösegeld anbieten.«

»Aber es ist seine Pflicht!«

»Tankred kennt nur eine Pflicht: sich selbst gegenüber. Dies ist eine Gelegenheit für ihn, Herr über Antiochia zu werden, die er sich nicht entgehen lassen wird. Er ist der letzte, der ein Interesse daran hat, daß ich zurückkehre. Von den Unseren haben wir nichts zu erhoffen.«

»Aber die anderen werden doch …«

Boemund zog die Brauen hoch.

»Die anderen? Gottfried hat sich in Jerusalem eingerichtet und kann die Truppen, die ihm geblieben sind, an einer Hand abzählen. Die Stadt ist seit dem Gemetzel bei der Eroberung entvölkert, sein Steueraufkommen tangiert gegen Null, und die Ägypter rüsten gegen ihn. Gottfried kann es sich nicht leisten, uns zu Hilfe zu kommen, die beiden Roberts und Hugo von Vermandois haben längst das Heilige Land verlassen, und Raimund von Toulouse würde sich lieber einen Arm abhacken als mir beizustehen.«

»Wer wird denn dann das Lösegeld aufbringen?«

»Alexios natürlich.«

Richard begriff nicht.

»Alexios?«

»Der Kaiser von Byzanz«, erläuterte Boemund hilfreich. »Es scheint, daß er nun doch die letzte Partie gewonnen hat. Der Emir erhält viel Gold, die Türken sind einen Feind los, und Alexios wird die Freude haben, mich in einen der berühmten byzantinischen Kerker zu werfen und dort verfaulen zu lassen.«

Natürlich. Boemund hatte einen Eid geschworen. Er hatte den Kaiser als Lehensherrn anerkannt und ihm gelobt, alles, was je byzantinischer Besitz gewesen war, wenn er es erobert hatte, dem Kaiser zurückzugeben. Indem er Antiochia behielt, hatte er den Eid gebrochen, und Alexios mußte daran gelegen sein, ihn dafür zu bestrafen, zur Abschreckung für alle anderen, die ihm die Treue aufkündigen wollten.

Richard starrte seinen Onkel entsetzt an.

»Aber das ist schrecklich. Das ist das Ende. Und du bleibst so gelassen?«

Boemund zuckte die Achseln.

»Sind wir nicht schon oft am Ende gewesen? Und immer bot sich eine neue Chance. Fortuna ist launisch. Sie verläßt uns, und sie kehrt wieder zurück. Wir müssen nur die Stunde erkennen und dann handeln.«

Richard ließ sich das durch den Kopf gehen.

War Boemunds Leben nicht ein ständiges Auf und Ab gewesen? Ein Leben, das von den späten Knabenjahren bis jetzt nur aus Kampf und Sieg bestand, sollte so kläglich enden? Durch einen Hinterhalt, durch Verrat! Der Gedanke war

Richard noch gar nicht gekommen. So beschäftigt mit der Zukunft, hatte er sich nicht gefragt, wieso das Heer der Danischmendiden an diesem Ort zu dieser Zeit gewesen war. Wohlinformiert über den Zug der Normannen aus Antiochia nach Melitene, hatte Malik Ghazi Gümüschtekin seine unentrinnbare Falle aufgestellt.

Wer war der Verräter? Tankred? Alles Gefühl in Richard sträubte sich, seinen Vetter zu verdächtigen. Aber es sprachen auch Vernunftgründe gegen diese Annahme. Boemund hatte dreihundert Ritter auf den Feldzug mitgenommen. Niemand, der ihn beseitigen und die Herrschaft antreten wollte, hätte dafür das Leben von dreihundert normannischen Rittern aufs Spiel gesetzt. Nach all den Verlusten der letzten Jahre waren sie dazu zu kostbar. Auf ihnen allein ruhte die Sicherheit der Franken im Heiligen Land. Wer dann? Raimund von Toulouse, der seine Herrschaft in Latakia aufgeschlagen hatte, immer noch in der Nähe Antiochias, sich immer noch Hoffnung auf die Stadt machend? War er soweit gegangen in seinem blinden Haß auf Boemund? Aber Raimund war auf dem Weg nach Konstantinopel. In Latakia hatte er nur seine Frau und seinen Sohn zurückgelassen. Er konnte gar nicht wissen, daß Gabriel von Melitene einen Hilferuf an Boemund geschickt hatte.

Das war es. Richard setzte sich auf. Niemand aus Antiochia hatte sie verraten. Gabriel selbst hatte sie mit seinem Notruf in die Falle gelockt. Gabriel, der Armenier.

Richard dachte an den Brief, dessen Siegel unter seinem Fuß zerbrochen war, in jener längst vergangenen Nacht vor den Toren Antiochias, als der Genuese in betrunkenem Schnarchen über dem Tisch lag. Der Brief mit dem Siegel der Hautevilles, der die Warnung enthalten hatte.

Hüte dich vor dem Armenier!

Er hatte das auf Firuz bezogen, den Armenier, der die Stadt an die Kreuzritter ausliefern wollte. Aber nicht vor Firuz war

Boemund gewarnt worden, sondern vor Gabriel von Melitene.

Er sagte es ihm. Boemund schüttelte den Kopf.

»Nicht der Fürst von Melitene ist der Verräter, sondern die Fürstin …«

»Woher weißt du das?«

»Der Emir hat es mir gesagt.«

»Aber warum sollte sie es getan haben?«

»Wenn ich gewußt hätte, wer sie ist, wäre ich nicht in diese Falle gestolpert«, sagte Boemund bitter.

»Aber nachdem wir von den Danischmendiden vernichtet worden sind, ist Melitene ihnen schutzlos ausgeliefert. Die Stadt wird jetzt fallen. Das kann sie nicht gewollt haben. Wer immer sie ist! Du mußt dich irren. Sie wird ihren Mann nicht verraten haben.«

»Nicht ihn«, sagte Boemund mit übertriebener Geduld, als spräche er zu einem begriffsstutzigen Kind, »mich!«

Es war Abend, und wie immer in diesem Gebirge folgte auf den heißen Tag eine kalte Nacht. Richard und Boemund lagen nahe des Dreifusses, in dem ein Holzkohlenfeuer glimmte. Der flackernde Schein der Glut war das einzige Licht, das zwischen ihnen leuchtete. Es ließ die tieferliegenden Partien von Boemunds Gesicht im Dunkeln und beleuchtete nur Kinn, Wangenknochen, Nasenrücken und Stirn mit einem rötlichen Schein.

Bevor Richard weiterfragen konnte, sprach sein Onkel. Seine Stimme hatte den seidenweichen Klang, der Richard immer Furcht eingeflößt hatte. Diesmal richtete er den kalten zerstörerischen Zorn dahinter nicht gegen Tankred oder einen Untergebenen, sondern gegen sich selbst.

»Ich habe einmal in meinem Leben einen Fehler gemacht. Ich war noch jung damals. Ungefähr so alt wie du heute, Richard. Das soll mich nicht entschuldigen. Ich hatte eine junge Frau in meinem Zelt, die mir alles gab, was ein Mann sich wünschen kann. Sie sorgte für Ordnung, gutes Essen, Wärme, angenehme Unterhaltung. Sanfte, freundliche Yolanda. Ich gab ihr Geld, sie mir Entspannung und Behaglichkeit. Das war ein klares, sauberes Arrangement. Wenn ich vernünftig gewesen wäre ...«

Er lachte kurz auf.

»Du hast Konstantinopel gesehen. Paradies und Hölle zugleich, betäubend, sinnverwirrend, überwältigend, voll von Luxus und Laster, Weihrauch und Wollust, Vernunft und Verrat, Machtgier und Demut. Sie ersinnen die raffiniertesten Genüsse für Körper und Geist. Eine Stadt, die einen Mann verrückt machen kann. Eine Stadt, die die Welt beherrscht hat und wieder beherrschen kann. Diese Stadt war das Erbe, das mein Vater mir zugedacht hatte. Für mich hat er den Krieg über die Adria getragen. Er kam von einem Misthaufen in der Normandie und hatte sich zum Herrn Apuliens gemacht, sein Sohn sollte der Herr der Welt werden. Sein Traum war auch mein Traum.«

Richard rührte sich nicht, um nicht durch eine Bewegung die Aufmerksamkeit Boemunds, die ganz nach innen gerichtet war, auf sich zu ziehen.

»Es war bei Larissa, im letzten Winter meines Thrakienfeldzuges. Ich ging ins Winterquartier in der Villa des Romanos Paläologos. Dort traf ich sie. Anna Phokaina. Sie war seine Frau. Er muß tot sein, denn sie hat wieder geheiratet. Gabriel von Melitene. Sie ist schön, elegant, kultiviert, von erlesener Bildung, sie hat einen bestrickenden Geist und ein betörendes Lächeln. Sie verkörpert Byzanz in allen seinen Facetten, den guten wie den schlechten. Sie hat versucht, mich auf Alexios' Seite zu ziehen. Als es ihr nicht gelungen ist, hat sie mich verraten. Deshalb habe ich die letzte Schlacht gegen Alexios verloren. Sie hat gedacht – oder Alexios hat gedacht – sie könnte das gleiche Spiel noch einmal spielen. Erinnerst du dich an die Frau im Kloster von Kosmas und Damian vor den

Mauern von Konstantinopel? Damals wollte sie wieder dort anknüpfen, wo sie bei Larissa aufgehört hatte. Es ist ihr nicht gelungen. Aber sie hat Geduld, bei Gott, sie hat Geduld. Sie hat Gabriel geheiratet – das muß Jahre her sein, und die ganze Zeit seither hat sie darauf gewartet, mich in die Falle zu locken. Es ist ihr gelungen. Und wie es ihr gelungen ist! Es hat mich dreihundert Ritter gekostet und ein paar tausend Mann Fußvolk. Eine einzige Schwäche vor so vielen Jahren, und sie ist mich so teuer zu stehen gekommen. Gott verdamme ihre schmutzige kleine griechische Seele in den tiefsten Pfuhl der Hölle! Damit ich ihr wenigstens in der Ewigkeit nicht begegne, wenn ich sie schon auf dieser Welt nicht aus meinen Lenden und aus meiner Seele reißen kann!«

Von dem verzweifelten Bemühen, sich nicht zu rühren, war Richards rechtes Bein eingeschlafen und kribbelte. Unwillkürlich rieb er den linken Fuß an der Wade des rechten Beines.

Boemund wurde sich des Zuhörers sofort bewußt.

»Richard?«

Aber der drehte sich ganz herum, grunzte und begann zu schnarchen.

Malik Ghazi Gümüschtekin, noch ganz in seiner nomadischen Herkunft verwurzelt, verbrachte den größten Teil seines Lebens im Sattel. Bevor die Franken ins Land eingefallen waren, hatte er Kilidsch Arslan, den Sultan der Seldschuken, bekriegt und gegen die Armenier gekämpft. Beinahe wäre ihm damals schon Melitene in die Hand gefallen. Dann aber überschritten die Franken die Grenzen des byzantinischen Reiches und begnügten sich nicht damit, Nikäa zurückzuerobern, sondern drangen tief in Kleinasien ein. Malik Ghazi Gümüschtekin hatte die Fehde gegen Kilidsch Arslan verschoben, sich mit ihm verbündet und bei Doryläum gegen die Franken verloren. Der Sieg bei der Schlucht von Aksu war die Revanche für diese Niederlage. Sie hätte ihn seinem Ziel, der

Eroberung Melitenes, näherbringen müssen, doch als er nach der Schlacht Truppen gegen die Stadt aussandte, kamen Boten zurück und teilten ihm mit, daß die Mauern mit Kriegern Balduins von Edessa besetzt waren, und er hatte auf eine Belagerung verzichten müssen. Trotzdem war er nicht unzufrieden mit dem Erfolg dieses Kriegszuges. Die Scharte von Doryläum war ausgewetzt, die Kreuzritter hatten sich als nicht unbesiegbar erwiesen, mit Boemunds Gefangennahme hatte er den Mann gedemütigt, der seinen Sohn getötet hatte, und einen Fürsten gefangen, für den er ein hohes Lösegeld erzielen konnte. So betrachtet, war er ganz und gar nicht unzufrieden, als er in Sebastea einritt.

Der Emir liebte die Städte nicht, und deshalb hatte er nur wenig Geld für seinen Palast ausgegeben. Um mehrere Innenhöfe ohne Springbrunnen und ohne üppigen Blumenschmuck gruppierten sich Wirtschafts- und Verwaltungsräume, seine eigenen Gemächer und der Harem. In ihm hatte er die Fürstin von Melitene untergebracht und sie der besonderen Obhut seiner Ersten Gemahlin anempfohlen, ehe er aufgebrochen war.

Er ließ sie rufen, damit sie mit ihm den Einzug der Truppen und der Gefangenen beobachten konnte. Sie kam, klirrend vor Schmuck, in einem schwarzen Umhang, der über und über mit Gold bestickt war, und dessen Zipfel sie so vor das Gesicht hielt, daß nur ihre Augen sichtbar waren, und sie duftete nach allen Wohlgerüchen des Paradieses.

»Wir haben über die Normannen gesiegt«, sagte der Emir.

Sie neigte leicht den Kopf.

»Ich habe es erwartet.«

»Aber ich habe Melitene nicht erobern können. Balduin von Edessa hat Truppen hineingeworfen.«

Sie neigte wieder den Kopf, sagte diesmal aber nichts.

»Habt Ihr ihn gerufen?« fragte der Emir direkt.

Die goldbestäubten Lider hoben sich, und er blickte in schwarze Augen, die nichts preisgaben.

»Ich bin Christin. Ich liefere Euch keine christliche Stadt aus.«

»Aber ein christliches Heer niedermetzeln zu lassen, macht Euch nichts aus.«

»Ich bin Byzantinerin. Die Normannen sind Feinde des Kaisers.«

Die Antwort befriedigte ihn nicht. Michael von Skutari, in dessen Begleitung sie eingetroffen war, war ein Agent des Kaisers. Aber eine byzantinische Prinzessin und armenische Fürstin lebte auf einem anderen Niveau als der Kaufmann. Frauen wie sie ritten nicht eine Woche über Land in die Hauptstadt des Feindes, um einen Feldzugsplan zu verraten. Sie hätte ihn Michael anvertrauen können. Welches Interesse hatte sie in seine Stadt geführt?

Die Hörner erschollen und kündigten den Beginn des Truppendefilees an. Der Emir trat an die Brüstung des Balkons und hob grüßend die Hand. Eine Stunde dauerte der Vorbeimarsch, dann wurden die Gefangenen gebracht. Sie waren nur eine kleine Schar, kaum mehr als zwei Dutzend Männer, viele davon schwer verwundet. An ihrer Spitze ging der Fürst von Antiochia. Geschlagen, gefangen, beladen mit schweren Ketten, schritt er einher wie ein Sieger, nicht wie ein Gedemütigter. Er überragte alle anderen Männer um mehr als eine Haupteslänge, trug den Kopf stolz auf dem ungebeugten Nacken, auf seinen breiten Schultern und seiner mächtigen Brust schienen die Fesseln wie Kinderspielzeug, das er jederzeit zerreißen konnte.

Er sah mit blitzenden blauen Augen umher, ließ den Blick über die Fassade des Palastes schweifen, bis er den Emir auf dem Balkon bemerkte, und grüßte ihn mit einer höfischen Verneigung, ein Fürst einen anderen. Der Emir erwiderte den Gruß feierlich. Als er sich wieder aufrichtete, sah er, daß Boemunds Augen weitergewandert waren, daß sie ausdruckslos waren und der Mann bis in die Lippen erblaßt war. Der Emir folgte seiner Blickrichtung und sah die Fürstin von Melitene, die den Umhang unwillkürlich hatte sinken lassen. Ihr Gesicht war ebenso blaß wie das des Mannes unten im Hof, die schwarzen Augen glühten, und ihr Atem ging heftig.

Malik Ghazi Gümüschtekin begriff, was Anna Phokaina Paläologa nach Sebastea getrieben hatte.

Diener hatten ihn entkleidet, gebadet, rasiert, seine Verletzungen versorgt, ihm neue Gewänder gegeben, und dann war er in ein Gemach mit vergittertem Fenster geführt worden, in dem ein Bett stand und ein Tisch mit Schalen voller Obst und einem Krug Wasser. Hinter ihm fiel die Tür ins Schloß und wurde mehrfach verriegelt.

Boemund hatte erwartet, wenigstens Richard vorzufinden, aber offensichtlich sollte er in Einzelhaft gehalten werden. Er warf sich auf das Bett, sprang wieder auf, wanderte umher, griff nach einem Apfel, biß ihn an und warf ihn achtlos fort, schenkte sich Wasser ein und stürzte es in einem Zug hinunter, dann nahm er die rastlose Wanderung wieder auf. Er wartete. Es schien ihm eine Ewigkeit, bis sich Schritte seiner Tür näherten und die Riegel zurückgeschoben wurden. Er zog sich an die entfernte Wand zurück und stellte sich, als ob er die Aussicht bewunderte, mit dem Rücken zur Tür, aus dem Fenster sehend.

Jemand trat leichten Schrittes ein, eine Wolke von Parfüm verbreitete sich in dem kleinen Zimmer, die Tür wurde wieder geschlossen, die Riegel vorgeschoben, die Schritte auf der anderen Seite der Tür entfernten sich nur um ein weniges. Schweigen erfüllte den Raum.

War er es, der sich zuerst umdrehte oder sie, die den ersten Schritt auf ihn zuging? Niemand hätte es zu sagen vermocht, so gleichzeitig waren ihre Bewegungen. Sie flogen aufeinander zu, umschlangen einander mit Heftigkeit, wie Verhungernde, die sich auf einen gedeckten Tisch stürzen und sich keine Zeit nehmen können, das Geschirr zu bewundern und sich mit einem Löffel zierlich die Speisen auf den Teller zu häufen, sondern die mit den Fäusten in die Schüsseln fahren und sich die Brocken in den Mund stopfen, getrieben von unersättlicher Gier. Sie verloren das Gleichgewicht und stürzten zu Boden. Ihre Küsse waren Bisse, seine Hände zerquetschten ihr Fleisch, ihre Nägel rissen seine Haut auf, mit glühender Ungeduld zerrten sie an den Kleidern, wälzten sich auf dem Boden, bis sie an das Ziel ihrer Begierde kamen, atemlos, schmerzhaft, schreiend, stöhnend, und fielen dann auseinander, fast besinnungslos.

Viel später erst nahmen sie einander wirklich wahr, erforschte er den vertrauten und doch veränderten Leib Annas. Seine Fingerspitzen strichen vorsichtig über ihr Gesicht, erkundeten das Netz feiner Fältchen um ihre Augen, die tiefen Furchen, die sich zwischen Mund und Nase eingekerbt hatten, glitten den immer noch glatten Hals hinunter, fuhren die Umrisse der vorstehenden Schlüsselbeine nach, verweilten einen Moment in der Halsgrube und tasteten sich dann langsam vorwärts, zeichneten verschlungene Muster auf ihren Brüsten, die voller und schwerer geworden waren. Er folgte dem Rippenbogen, ließ die Hand einen Moment ruhen, wo er ihren Herzschlag spürte, der sich unter seinen Fingern beschleunigte, schob sie dann tiefer über die weiche sanfte Wölbung ihres Bauches, seine Fingerspitzen folgten den weißen Streifen, die sich über ihre Hüften zogen, näherten sich dem dunklen Dreieck, das ihre Scham behütete. Sie stieß den Atem aus, den sie zurückgehalten hatte, ihre Hüften hoben sich ihm entgegen, und diesmal liebte er sie lange und sanft, bis sie beide wieder in einen Strudel der Leidenschaft gerissen wurden, der sie erschöpft zurückließ. Wie Schwimmer, die sich durch die Brandung an Land zurückgekämpft haben, sich in den nassen Sand werfen, ermattet an allen Gliedern.

Noch später war es Anna, die mit ihren Händen und ihren Lippen seinen Körper erkundete, Narben fand, die sie nicht kannte und deren Geschichte sie hören wollte, die gekrümmte rote Linie an der rechten Schulter – »eine Unachtsamkeit vor Nikäa«, die Einkerbung am rechten Oberarm »ein Andenken an die Belagerung von Antiochia« und das weite Feld des dunklen Schorfes am Oberschenkel »eine Lanze in der Schlucht von Aksu. Ich fiel wie ein Baum. Sonst wäre ich nicht gefangengenommen worden«.

Sie fand kein Fett an ihm, nur Muskeln und Sehnen unter der weißen Haut, und fuhr mit ihren Lippen den Saum der Sonnenbräune nach, der Hals von Schultern trennte.

Sie strich ihm das blonde schweißverklebte Haar aus der Stirn und entdeckte an seinen Schläfen die grauen Fäden, die sich in das Blond mischten.

»Du dagegen hast noch kein einziges graues Haar«, murmelte er.

Sie lächelte und verschwieg, daß eine Dienerin sie sorgfältig auszupfte.

Irgendwann verspürten sie Hunger und Durst. Er fütterte sie mit den dunklen Trauben, und einen Moment, während sie mit dem Mund die Beeren von seinen Fingern nahm, bildetete sie sich ein, die Zeit könne rückwärts laufen, sie seien wieder in der Villa in Larissa, und nichts sei geschehen.

Die Illusion verflog so schnell, wie sie gekommen war, und ließ sie, da sie sich der Zeit überhaupt wieder bewußt geworden war, daran denken, daß sie Wichtiges zu besprechen hatten.

Sie schob seine Hand beiseite.

»Ich habe dich verraten.«

»Ich weiß«, sagte er.

»Ich habe dich gehaßt. So lange habe ich um dich getrauert. Und dann warst du da und sagtest … Und sagtest …«

Sie brachte es nicht fertig, seine Worte zu wiederholen.

»Ich wollte dich verletzen. Ich wollte dir so weh tun, wie du mir weh getan hast, als du mich verlassen hast.«

»Ich habe dich nicht verlassen. Sie haben mir gesagt, daß

du tot bist. Erst der Hauptmann der Garde, der Romanos' Familie in Sicherheit bringen sollte. Und dann Alexios selbst. Wie sollte ich ihm nicht glauben? Wenn du am Leben geblieben wärest, dachte ich, dann hättest du nach mir gesucht. Ich glaubte nicht, daß du mich einfach aufgeben würdest.«

»Du hast mir gesagt, ich sollte in byzantinische Dienste treten. Selbst am Morgen der Schlacht hast du noch versucht, aus mir einen Überläufer zu machen. Als du fort warst, nahm ich an, du seist eine Agentin des Kaisers gewesen und hättest in Alexios' Auftrag gehandelt.«

Ihr Kopf ruhte auf seiner Schulter. Tränen strömten ihr über das Gesicht und tropften auf seine Brust.

»Alexios hat mir den Vorschlag gemacht, dich auf unsere Seite zu ziehen. Wie hätte ich dir sagen können, daß er dich zum Domestikos machen würde, wenn ich nicht sein Angebot an dich weitergeben hätte? Aber ich tat es nicht für Alexios oder für Byzanz. Ich tat es für uns. Ich wollte, daß du bei mir bliebst, daß wir für immer in Frieden zusammen leben würden in Pera. Aber du wolltest den Frieden nicht, du wolltest den Krieg. Laß uns das alles vergessen! Was nützt es uns, die Jahre der Bitterkeit und des Hasses wieder heraufzubeschwören? Wir haben uns wiedergefunden. Das ist alles, was zählt. Wir haben eine Zukunft vor uns.«

»Im Kerker von Sebastea?« fragte er spöttisch.

»Ich bin reich, Boemund, ich verfüge über das Vermögen der Phokoi und der Paläologen. Ich kann es mir leisten, dich freizukaufen. Dann gehen wir nach Konstantinopel. Ich habe noch immer den Palast in Pera. Er wartet auf dich. Er hat immer auf dich gewartet.«

»Und dort leben wir in rauschendem Glück, in Frieden und Eintracht, bis wir zahnlos und grau geworden sind, du, ich, meine Tochter und die Enkelkinder.«

Sie überhörte den Unterton in seiner Stimme.

»Deine Tochter?« fragte sie überrascht.

»Die edle Prinzessin Maria Phokaina Paläologa, verheiratet mit dem Sohn des Statthalters von Zypern. Du siehst, ich bin auf dem Laufenden.«

»Maria? Maria ist nicht deine Tochter. Sie ist Alexios' Tochter.«

Sie spürte, wie die Muskeln in seinem Arm sich anspannten.

»Ich bin nicht...ich habe nicht... er hat...«

Anna brach ab. Wie sollte sie ihm die Wahrheit über Maria sagen, ohne Helena zu verraten? Helena wollte, daß ihre Familie sie für tot hielt. Warum sollte sie ihm die Schmach seiner Schwester offenbaren? Welche Rolle spielte es noch? Es gehörte zu der Vergangenheit, die sie hinter sich gelassen hatten, war ohne Bedeutung für das Leben, das vor ihnen lag.

Aber jetzt war der Moment gekommen, da er von seinem Sohn erfahren mußte. Was sollte sie ihm sagen? Du kannst stolz auf ihn sein? Der Sohn, den du zum Kaiser von Byzanz machen wolltest, ist ein Byzantiner geworden? Ein Offizier des Kaisers, der sich nichts sehnlicher wünscht als gegen die Feinde von Byzanz zu kämpfen, seien es Seldschuken oder Normannen? Markos war seinem Vater so ähnlich, und Boemund würde stolz auf ihn sein. Er würde Markos zu sich rufen, ihn zu seinem Erben machen. Sollte Markos als künftiger Fürst von Antiochia den Kampf seines Vaters gegen Alexios fortsetzen? Anna zögerte. Sie würde Boemund erst von seinem Sohn erzählen, wenn sie sein Versprechen hatte, nach seiner Freilassung in Pera zu leben.

Während sie nachdenklich schwieg, stand er auf, entfernte sich von ihr und lehnte sich mit dem Rücken an das Fenster. Von dort schaute er mit einem undeutbaren Blick auf sie herunter.

»Und wohnen in Pera bis an unser seliges Ende. Was für eine Geschichte hast Du Dir da ausgedacht, Anna! Hast du vergessen, wer ich bin? Der Fürst von Antiochia, der geschworene Feind des Kaisers. Bis zu meinem letzten Atemzug werde ich gegen Byzanz kämpfen. Ich gehe nicht nach Pera, ich werde kein Hänfling in goldenem Gewand, komm du zu mir nach Antiochia!«

Anna starrte ihn an. Das war ein Gedanke, den sie nie gedacht hatte. Es schien ihr unvorstellbar, daß sie, die byzantinische Prinzessin, zu den Barbaren gehen und unter ihnen leben sollte. Immer hatte sie nur die Vorstellung gehegt, daß Boemund die Normannen verlassen würde. Damit wäre er nicht der erste Überläufer in Konstantinopel. Aber warum sollte sie nicht nach Antiochia gehen? Der Patriarch konnte ihre Ehe mit Gabriel, die nie vollzogen worden war, leicht für ungültig erklären. Sie würde Boemund heiraten, Markos würde legitimiert werden. In ihm würden byzantinisches und normannisches Erbe die Versöhnung herbeiführen. Boemund hatte recht. Sie konnte von ihm nicht verlangen, nach Pera zu gehen. Er hatte sich sein Fürstentum erkämpft, sie konnte nicht verlangen, daß er es um ihretwillen aufgab.

Sie öffnete den Mund, um ihm zu sagen, daß sie ihm folgen würde, als er schon weitersprach.

»Ich begehre dich, wie ich nie eine Frau begehrt habe. Ich will dich bei mir haben, Anna. Ich will, daß du auf mich wartest, wenn ich in die Schlacht reite, daß du mich in deinen Armen empfängst, wenn ich zurückkehre, in deinen Schoß will ich mich betten, mit Schätzen dich überhäufen. Ich will, daß nicht einmal der Tod dich mir entreißt. Ein Grab für uns beide, ein Ort in der Ewigkeit, sei es Himmel oder Hölle. Ich werde einen Palast für dich finden, in dem du wohnen wirst wie eine Königin und wo ich dich besuchen kann, wann immer ich will.«

Ihr Herz krampfte sich zusammen. Sie versuchte, sich einzureden, daß sie ihn falsch verstanden hatte.

»Mich besuchen?« wiederholte sie, »was soll das heißen?

Leben bei den Normannen Mann und Frau nicht unter einem Dach?«

Er lächelte auf sie herab, und sie fröstelte, als sie dem kalten blauen Blick begegnete.

»Ich habe viel von meinem Vater gelernt. Unter anderem auch, mit dem Heiraten bedachtsam abzuwarten. Als Herzog von Tarent war ich nicht viel wert. Als Fürst von Antiochia kann ich um eine Frau aus vornehmster Familie werben. Ich werde eine Dynastie gründen, die noch in Jahrhunderten den Osten beherrscht. Ich brauche eine Frau, die mir den Sohn gebiert, der mein Reich erben wird, eine Frau aus dem königlichem Blut Frankreichs, nicht eine byzantinische Agentin und Hure.«

Sie sprang auf. In dem bleichen Gesicht loderten die Augen.

»Wie kannst du es wagen! Und ich habe fünfzehn Jahre um dich getrauert, mich reut jeder einzelne Tag davon! Wärest du doch damals umgekommen!«

»Fünfzehn Jahre Trauer? Wie ergreifend«, höhnte er. »Haben sie dich nicht zu trösten gewußt, Alexios und Gabriel? Wie sehr mir das schmeichelt!«

»Ich bin froh, daß ich dich verraten habe! Ich hoffe, niemand zahlt das Lösegeld für dich! Ich hoffe, daß du im Kerker verreckst! Wie habe ich dich jemals lieben können!«

Er verschränkte die Arme vor der Brust und kräuselte verächtlich die Lippen.

»Liebe? Spar dir den Tragödienton, Anna! Es ging nie um Liebe zwischen uns. Du bist eine erfolgreiche Agentin des Kaisers. Die Falle war schlau gestellt. Dein Verrat hat mich dreihundert Ritter gekostet. Und er wird mich noch einige Monate meiner Freiheit und ein riesiges Lösegeld kosten. Du kannst stolz auf dich sein.«

»Es ging nie um Liebe? Von deiner Seite aus gewiß nicht. Das hast du mir gerade unmißverständlich klargemacht. Als deine Hure willst du mich in Antiochia halten, und indem du deine Wollust befriedigst, die Prinzessin Phokaina und das heißt Byzanz vor aller Welt demütigen. Wie gut, daß ich die Wahrheit rechtzeitig erkenne! Beinahe wäre ich bereit gewesen, dir zu folgen. Denn ich, ich habe dich geliebt! Glaubst du, ich hätte dich verraten, wenn ich dich nicht geliebt hätte? Glaubst du, ich wäre hier zu dir gekommen und hätte dich umarmt, wenn ich dich nicht geliebt hätte?«

Boemunds Augen glitzerten. Seine Stimme war sanft. Es war die Stimme, die Tankred zu fürchten gelernt hatte.

»Bravo, Anna! Ich applaudiere! Du bist eine großartige Schauspielerin. Du lügst mit deinen Worten, mit deinen Augen, mit deinem Körper. Aber ich habe dich schon vor langer Zeit durchschaut. Was ich dir damals in Konstantinopel gesagt habe, ist die Wahrheit. Du hast die Seele einer Dirne! Sonst wärest du nicht hierher gekommen und hättest dich mit mir gewälzt.«

Am nächsten Morgen machte sich Michael von Skutaris Karawane auf den Weg nach Westen. Der Emir persönlich verabschiedete sie. Anna, das Gesicht vollständig verschleiert, verneigte sich vor ihm, und er legte ihr einen Augenblick die Hand auf den Scheitel.

»Glaubt einem Mann, der viel älter ist als Ihr«, sagte er. »Männer und Frauen leben in verschiedenen Welten und werden es immer tun. Manche Menschen glauben, daß es eine Brücke gibt, gesponnen aus den Fäden des Verlangens, und nennen sie Liebe. Sie versuchen, auf ihr den Abgrund zu überqueren, aber es geht nie gut. Sie stürzen immer in die Tiefe.«

Sie antwortete nicht, und er fuhr nach einer Pause fort:

»Als Ihr mir den Plan überbrachtet, die Normannen zu schlagen, habt Ihr Euch die Erfüllung eines Wunsches ausbedungen. Ihr habt ihn noch nicht geäußert.«

Anna richtete sich auf.

»Ich habe gehört, daß Ihr in Niksar einen Kerker habt, den niemand lebend verläßt.«

Er nickte.

»Dort bewahren wir die lebendig Toten auf.«

Ihre Augen glühten durch den Schleier hindurch.

»Dann sperrt den Fürsten von Antiochia dazu!«

III. TEIL

»So fuhr er trotz seines Unglücks dennoch fort, Pläne zu schmieden und wie ein verwundetes Tier sammelte er sich.«

Anna Komnene: Alexias XIII, 2

Der Palast in Pera war schön wie immer. Üppig blühten die Rosen an den Spalieren, sanft murmelte das Wasser in den Springbrunnen, die Vögel in den Volieren zwitscherten, sobald die Sonne aufging, und nachts ließ die Nachtigall ihr betörendes Lied hören. Von der Loggia aus sah man über das glitzernde Wasser des Goldenen Horns im Sonnenglanz die Kuppeln Konstantinopels schimmern wie die einer fernen Märchenstadt.

Anna streifte ruhelos durch die Räume und die Gärten, als könne sie, wenn sie nur lange genug suchte, finden, was sie verloren hatte. Die alten Tage, da Markos und Maria Seite an Seite hier aufgewachsen waren, Kinderlachen erschollen war, Helena fiebrig auf die Besuche des Kaisers gewartet hatte und sie selbst in langen Träumen den Winter von Larissa nachempfunden hatte, schienen ihr Tage des Paradieses gewesen zu sein. Jetzt war sie allein.

Von Markos erhielt sie hin und wieder einen Brief. Er war Stellvertreter des Kommandanten von Durazzo. Anfangs hatte es ihn mit Stolz erfüllt, so jung einen so hohen Rang einzunehmen, aber zunehmend hörte Anna aus seinen Zeilen die Klage heraus, an einen Ort verbannt worden zu sein, an dem tiefster Friede herrschte und wo er sich nie würde im Kampf bewähren können wie seine Onkel vor ihm. Maria schrieb ihr regelmäßig aus Zypern, und alles, was sie vermeldete, waren die Fortschritte ihrer Kinder. Nikolaos lernte lesen und sein Lehrer lobte seine rasche Auffassungsgabe, Georgios stolperte auf seinen dicken Beinchen in jeden Winkel des Hauses, der kleinen Euphemia wuchsen die ersten Zähne, und Maria litt unter den Übelkeiten ihrer vierten Schwangerschaft.

Von Helena hörte sie nichts. Sie war nicht mehr dagewesen, als Anna aus Sebastea nach Pera heimgekehrt war. Der Kaiser hatte die Wachen abgezogen, und Helena war gegangen. Niemand von der Dienerschaft wußte zu sagen, wohin. Sie hatte alles, was sie besaß, Schmuck, Kleider und Bücher, zurückgelassen. Es kostete Anna eine große Summe Geldes und mehrere Wochen, bis sie herausfand, wo sich Helena aufhielt. Endlich machte der Verwalter einen Fischer ausfindig, der sich erinnerte, eine tiefverschleierte Dame, die ihn fürstlich entlohnt hatte, über den Bosporus gerudert zu haben. Er brachte ihn zu Anna.

Der Mann, schon Ende der fünfzig, war von der Sonne verbrannt, mager und zahnlos. Er drehte unablässig seinen Strohhut in den Händen, starrte auf den Boden, trat von einem Fuß auf den anderen und war so verlegen, daß er nur kurze Antworten gab und dabei so nuschelte, daß der Verwalter ihn mehrmals hart anfuhr.

Anna winkte ihm ab.

»Nimm Platz und erzähle alles«, sagte sie und mühte sich um Freundlichkeit, damit der Mann sich beruhigte. »Gleich, ob du meine Freundin gefahren hast oder nicht, es wird dein Schade nicht sein, wenn du mir in Ruhe und ausführlich alles berichtest.«

Der Fischer zog es vor stehenzubleiben. Sein Bericht war stockend wie der eines Mannes, der nicht gewöhnt ist, viel zu reden. Es bedurfte etlicher Nachfragen von ihrer Seite, bis sie alles erfuhr.

Der Mann war eines Morgens länger draußen geblieben, als die anderen Fischer, weil der Fang in der Nacht geringer gewesen war als gewöhnlich und er gehofft hatte, noch zwei oder drei Netze voll einzubringen. Als er sein Boot im Hafen vertäute, dümpelten die anderen Fischerboote schon längst entladen und verlassen am Kai. Da trat eine Frau auf ihn zu, eine große Frau, in einem schwarzen Kleid, tiefverschleiert. Sie hatte ihm zwei Goldsolidi geboten, wenn er sie geradewegs über das Goldene Horn und durch den Bosporus bringen würde.

»So, tiefverschleiert«, sagte derVerwalter höhnisch, »da kann es jede gewesen sein. Wenn du sie nicht beschreiben kannst, sind deine Worte wertlos.«

Der Mann stotterte weiter.

Doch, er habe ihr Gesicht gesehen. Am Ende der Fahrt, als schon heller Tag gewesen sei und sie ihm das Geld in die Hand gedrückt habe, da habe sie einen Moment den Schleier zurückgeschlagen. Es sei keine junge Dame gewesen, aber eine sehr schöne, mit hellen Haaren und blauen Augen und weißer Haut.

»Die Frau, die ich suche«, sagte Anna, »wohin hast du sie gebracht?«

Der Mann begann sich umständlich zu entschuldigen. Er habe sie nicht fahren wollen. Er sei die ganze Nacht draußen gewesen, er sei müde gewesen, und der Weg, den er machen sollte, weit, sein Boot noch voll Fisch, den er anlanden wollte, er habe sich vor dem Ärger gefürchtet, den er sich einhandeln würde, wenn er einer vornehmen Dame – denn das war sie offensichtlich – zur Flucht verhelfen würde. Aber sie habe ihn so heftig bedrängt und dann seien zwei Goldsolidi, mehr als er in einem Monat verdiente, und schließlich habe sie als Ziel einen Ort genannt, welchen jeder Christ respektieren mußte.

Welchen Ort? Anna hätte beinahe geschrien.

Der Mann drehte wieder seinen Hut. Er habe der Dame versprochen, ihn niemals zu nennen. Der Verwalter machte eine drohende Gebärde, und er duckte sich.

»Die Insel des Klosters der heiligen Theodosia«, sagte er hastig.

Das Kloster der heiligen Theodosia. In ihm war Maria von Alanien gestorben und vor ihr unzählige andere Prinzessinnen und Kaiserinnen, derer sich der Hof von Konstantinopel hatte entledigen wollen. Helena war freiwillig auf die Insel der Vergessenen Frauen gegangen. Der Fischer scharrte mit den Füßen.

»Es ist gut. Gib ihm Geld«, sagte Anna müde.

Sie saß auf der Loggia und schaute über das Wasser hinüber zur Stadt. Sie dachte an die Jahre, die sie dort drüben gelebt hatte. Drei Mädchen waren sie gewesen, neugierig auf das Leben, das sich ihnen wie ein Fest darbot, und was war aus ihnen geworden? Irene war am höchsten aufgestiegen. Als Kaiserin von Byzanz, Mutter des purpurgeborenen Prinzen, schritt sie in roten Schuhen einher und thronte im Glanz des Goldes und der Bewunderung fast wie die Theotokos, die Gottesgebärerin, selbst. Und doch mochte sie von ihnen dreien die unglücklichste sein, denn sie hatte nie das Glück erfahren. Von Anfang an hatte Eifersucht ihr Herz zerfressen. Sie war Kaiserin geworden, doch Alexios' Liebe hatte der schönen Maria von Alanien gegolten. Irenes Onkel hatten die Macht gehabt, ihn zum Verzicht auf Maria zu zwingen, aber sie hatten nicht die Macht gehabt, ihn dazu zu zwingen, Irene zu lieben. Sie wußte, daß er heimlich über das Goldene Horn fuhr, um eine andere zu umarmen. Ihr Purpur war mit Bitterkeit durchtränkt.

Und Helena? War es ihr besser ergangen als Irene? Von ihrem Vater der Fremde ausgeliefert, mit einem Knaben verlobt, an dessen Seite sie einmal die roten Schuhe tragen sollte, dessen Sturz auch der ihre gewesen war, verbannt mit Maria auf die Insel der Vergessenen Frauen, wieder hervorgeholt, als Alexios sie zu einem Werkzeug seiner Politik hatte machen wollen, war sie zu einem Werkzeug seiner Lust geworden. Ihr

Bett war das Schlachtfeld gewesen, auf dem er den Krieg gegen Boemund fortgesetzt hatte.

Helena war Anfang November gegangen. Da mußte sie die Nachricht von Boemunds Gefangenschaft erreicht haben. Und Alexios hatte die Wachen abgezogen. Sie mußte gewußt haben, daß er nie mehr zu ihr kommen würde. Sein Feind war endgültig besiegt. Er brauchte sie nicht mehr. Sie hatte die erste selbständige Entscheidung ihres Lebens getroffen. Diesmal hatte kein Politiker, kein Mann über sie verfügt, sie war ihren Weg allein gegangen und hatte alles verlassen, Liebe, Freundschaft, Mutterschaft. Nichts war ihr geblieben als das Grab Marias von Alanien.

Anna erschrak vor der Hoffnungslosigkeit, der Helena sich ausgeliefert fühlen mußte. Und sie selbst?

Die Kuppeln der Hagia Sophia schimmerten im Morgenlicht, der Himmel wölbte sich blau und wolkenlos über der strahlenden Stadt, die sie seit Jahren nicht mehr betreten hatte. Der Palast in Pera war ein freiwilliger Verbannungsort geworden, so wie es das Kloster für Helena war. In all der Schönheit, in der sie hatte glücklich sein wollen, wartete sie nur noch auf den Tod. Warum war er nicht an jenem Tag in Larissa gekommen, als die Soldaten des Kaisers in die Villa eingedrungen waren und die Normannen sie nicht mehr verteidigen konnten? Damals wäre sie im vollen Besitz des Glücks gestorben. Was hatten ihr die zwanzig Jahre seither gebracht? Nichts als die Erkenntnis, daß ihr Glück auf einer Illusion aufgebaut war, daß Boemund sie nie geliebt, nur begehrt hatte.

Seit sie Sebastea verlassen hatte, hatte sie nahezu jede Nacht von ihm geträumt, ihn in seiner Haft gesehen, in allen Einzelheiten, seine Hände, die das Schwert geführt, die Hände, die sie liebkost hatten, sein Gesicht, die kühnen Züge, die sie so geliebt hatte, hatte gesehen, was die Gefangenschaft ihm angetan hatte, und dann war sie schreiend aufgewacht und von ihrer Kammerfrau stundenlang nicht mehr zu beruhigen gewesen. Später fand sie ein Mittel dagegen. Sie mußte nur abends viel von dem schweren dunklen Wein aus Patmos trinken, um in einen Schlaf zu fallen, der an Bewußtlosigkeit grenzte und Träume verhinderte.

Die Tage vergingen einförmig, nur unterbrochen von den Briefen, die sie von Maria und Markos empfing und die sie ihnen schrieb, und hin und wieder einem Besuch Michaels von Skutari. Von ihm erfuhr sie, daß sie zum zweiten Mal Witwe geworden war. Gabriel hatte sich nach Boemunds Untergang Balduin, dem Grafen von Edessa, unterwerfen müssen. Kurz nach Boemunds Gefangennahme starb Gottfried von Bouillon und Balduin wurde von den Baronen zum König von Jerusalem gewählt. So waren das Fürstentum Antiochia und die Grafschaft Edessa fast zur gleichen Zeit ihrer Führer beraubt worden, und der Emir der Danischmendiden hatte seine Chance genutzt. Diesmal war es ihm gelungen. Melitene einzunehmen. Gabriel, ohne jede Unterstützung von den Kreuzfahrern, die zu schwach waren, um ihm Hilfe senden zu können, hatte kapitulieren müssen. Eine Festung außerhalb der Stadt mit byzantinischer Besatzung ergab sich nicht. Der Emir führte Gabriel unter die Mauern und drohte damit, ihn zu töten, wenn die Festung nicht übergeben werde. Die Besatzung weigerte sich, und Gabriel wurde enthauptet.

Anna beschwor das Bild des graubärtigen Mannes herauf, dessen Gemahlin sie jahrelang gewesen war, und fragte sich, was sie jetzt empfinden sollte. Trauer über seinen Tod? Schuldbewußtsein, weil er noch leben könnte, wenn sie Boemund nicht verraten hätte? Sie fühlte nichts. Wo sie einmal ein mitfühlendes Herz gehabt hatte, war nichts als Leere. Sie war auf ihre Art ebenso lebendig tot wie Boemund in seinem Kerker.

Tankred musterte die Männer, die im Kreis um ihn herumsaßen, Männer mit breiten Schultern und starken Händen, gewohnt, das Schwert zu führen und mit eingelegter Lanze gegen den Feind zu reiten, Männer, deren Mut in vielen Schlachten erprobt worden war. Alle hatten sie vor Jahren Apulien verlassen und sich in Boemunds Gefolge auf den Weg gemacht, das Heilige Grab zu befreien. Sie waren die Männer der ersten Stunde, die mit Boemund Antiochia erstürmt hatten und von ihm mit Grundbesitz belehnt worden waren. Sie hatten die Brücken hinter sich abgebrochen, sie waren jetzt Barone in diesem neuen Land, das sie sich mit harter Faust unterworfen hatten. Ihre Burgen und Dörfer hatten sie sich in zähem Kampf gegen die muslimischen Herren erobert, und sie konnten ihres Besitzes nicht sicher sein. Von zwei Seiten war das Fürstentum Antiochia bedroht, von den Türken, die sich vom ersten Schock der fränkischen Invasion erholt hatten und nun zurückzuschlagen begannen, und von Byzanz, das nicht bereit war, ein unabhängiges Antiochia zu dulden.

Tankred spürte die mißtrauische Zurückhaltung, die ihm entgegenschlug. Nach der Gefangennahme Boemunds war er von Galiläa heraufgekommen, wo er sich eine eigene kleine Grafschaft erobert hatte, und hatte die Herrschaft in Antiochia als Stellvertreter seines Onkels ergriffen. Die Barone hatten sie ihm bereitwillig überlassen, aber er wußte, sie hielten es nur für eine vorübergehende Verweserschaft, bis Boemund aus der Haft ausgelöst worden war. Das hielten sie für seine vordringlichste Aufgabe: das Lösegeld für Boemund aufzutreiben, der in ihren Augen der einzige Mann war, der die Sicherheit ihres Besitzes gegen Türken und Byzantiner verteidigen konnte.

Die Narbe an Tankreds Stirn pulsierte. Nur ein Narr würde Boemund auslösen und zurückkehren in das arme Galiläa, wenn er die Herrschaft über die reichste Beute des Kreuzzuges erringen konnte. Vor einigen Tagen waren die Abgesandten des Emirs der Danischmendiden eingetroffen und hatten ein Angebot unterbreitet. Er hatte sie hingehalten. Das sei nichts, was er allein entscheiden könne, er bedürfe dazu der Zustimmung der Barone. Dann hatte er seine Boten ausgesandt. Jetzt saßen die Mitglieder des Rates, der Patriarch und die höchsten Beamten, der Seneschall und der Bailli, und die einfachen Barone in dem großen Saal und warteten darauf, daß er die Gesandten rief und die Verhandlungen über Boemunds Freilassung eröffnete.

Tankred ließ den Blick langsam über die harten Gesichter wandern und unterdrückte ein Lächeln, das seinen Triumph vorwegnahm.

»Edle Herren«, begann er, »ich danke Euch, daß Ihr alle erschienen seid, um mir in dieser schweren Stunde mit Eurem Rat beizustehen. Wir haben dreihundert Männer verloren, die Blüte unserer Ritterschaft. Jeder von ihnen war kostbar und unersetzlich. Unsere Kampfkraft ist das einzige, was uns im Besitz dieses Landes hält, und unsere Kampfkraft ist nicht beliebig zu erhöhen. Die Ungläubigen haben Krieger, zahlreich wie Sandkörner in der Wüste. Für jeden Mann, den wir töten, wachsen drei oder vier nach. Wenn wir einen Ritter verlieren, haben wir keinen Ersatz. Wir bluten aus.«

Er machte eine kurze Pause. Niemand ergriff das Wort. Sie wußten, daß er die Wahrheit sprach.

»Wir brauchen Verstärkung, wenn wir uns halten wollen,« fuhr Tankred fort, »aber wo sollen wir sie suchen? Byzanz ist unser Feind. Es würde uns vor den Türken schützen, wenn wir Antiochia dem Kaiser ausliefern, aber haben wir dafür die unendlichen Strapazen auf uns genommen und soviele Leben eingesetzt, nur damit jetzt die Griechen eindringen und die Früchte unserer Mühen ernten?«

Es war eine rhetorische Frage, und alle wußten es. Niemand machte sich die Mühe zu antworten. Sie hatten ihre Lehen von Boemund empfangen, und es waren ihre Lehen nur solange, wie Boemund oder ein anderer Hauteville Fürst von Antiochia war. Übergaben sie die Stadt dem Kaiser, so würde er die Macht einem byzantinischen Statthalter übergeben und die Eide, die sie an Boemund banden und die ihnen ihren Besitz garantierten, wären null und nichtig.

»Wir können keine Hilfe von unseren Brüdern in Edessa und Jerusalem anfordern«, fuhr Tankred fort. »Sie sind in derselben Lage wie wir, bedroht von Türken, Arabern und Ägyptern, und leiden Mangel an Männern.«

Einer der Männer räusperte sich. Tankred hielt inne und sah ihn an. Der Mann räusperte sich noch einmal, und als er der Aufmerksamkeit aller sicher war, sagte er mißmutig:

»Probleme, Probleme, Probleme! An etwas anderes könnt Ihr nicht denken. Wenn wir bloß Probleme gesehen hätten, wären wir nie in diese Stadt gelangt. Kühnheit und Wagemut, das ist das, was wir brauchen. Solange Boemund uns geführt hat, ist uns alles geglückt. Wir müssen ihn auslösen.«

Einige Männer scharrten mit den Füßen. Ihre Gesichter waren verschlossen. Der Patriarch Bernhard von Valence, den Boemund noch – den byzantinischen Patriarchen der Stadt vertreibend – eingesetzt hatte, bevor er nach Melitene aufgebrochen war, sagte beschwichtigend:

»Deshalb sind wir hier. Der Emir hat, soviel ich weiß, ein Angebot unterbreitet, und wir sind hier, um darüber zu verhandeln, wie wir das Geld für Boemunds Freilassung aufbringen.«

Tankred nickte. Er sprach betont beiläufig.

»Ein solches Angebot liegt vor. Der Emir fordert zweihunderttausend byzantinische Goldsolidi.«

Stille folgte diesen Worten. Es war, als könnten sie die horrende Höhe der Summe kaum abschätzen, dann aber brach Tumult aus. Sie redeten alle durcheinander, versuchten, einander zu überschreien in ihrer Empörung. Tankred wartete eine Weile, bevor er die Hand hob und Schweigen gebot.

»Der Emir nennt das ein großzügiges Angebot. In dieser Summe sind die übrigen Überlebenden enthalten. Richard von Salerno zum Beispiel und das Dutzend Ritter, das gleich ihm gefangen ist. Der Emir der Danischmendiden weiß, wie wertvoll Boemund für uns alle ist. Ich habe es durchrechnen lassen. Wir müßten zehn Jahre die Zölle auf alle Waren, die den Hafen von Antiochia passieren, verdoppeln. Allerdings ist das problematisch, denn es könnte bedeuten, daß die Karawanen nicht mehr über Antiochia gehen, sondern nach Latakia ausweichen und wir dadurch mehr verlieren als gewinnen. Aber selbst dessen ungeachtet und gleiches Steueraufkommen vorausgesetzt, selbst dann hätten wir die Summe noch nicht zusammen. Aber wir schaffen es, wenn wir die Kopfsteuer verdoppeln und sie drei Jahre lang nicht an Euch bezahlt wird, sondern direkt und ohne Abstriche an die fürstliche Kasse.«

Sie waren Männer des Kampfes, und wenn es um Geld ging, brauchten sie länger um zu begreifen. Dann wurde ihnen klar, was Tankred ihnen zumutete. Nicht nur die Bürger und Bauern sollten mehr Steuern zahlen, was für sie selbstverständlich war, sondern sie selbst sollten für drei Jahre ihre Haupteinnahmequelle verlieren.

Tankred fuhr fort:

»Dann müßten wir die Gold- und Silberschätze der Kirche veräußern. Das sollte reichen. Für diesen Preis wird Boemund frei. Wir werden ihn haben, aber es wird kein Geld geben, um neue Krieger anzuwerben. Boemunds Feldherrngenie muß uns die Ritter ersetzen, die wir nicht mehr in Dienst nehmen können, weil wir jahrelang völlig ruiniert sein werden.«

»Es ist eine Frage der Ehre«, sagte der Seneschall. »Wir können ihn nicht länger in türkischer Gefangenschaft schmachten lassen.«

»Man muß mit den Türken verhandeln«, sagte der Patriarch Bernhard von Valence. »Sie werden nicht bei diesem Höchstpreis verharren. Wenn wir nichts zahlen, sitzen sie da mit ihm, und er nützt ihnen nichts. Also ruft die Gesandten des Emirs und laßt uns verhandeln!«

Die Gesichter der Barone hellten sich auf. Sie murmelten Zustimmung.

Tankred lehnte sich zurück.

»Der Emir hat es nicht nötig, auch nur einen Goldsolidus von seiner Forderung abzugehen. Es gibt jemanden, der mehr für Boemund bietet, und der Emir ist geneigt, das Geschäft mit ihm abzuschließen.«

»Mehr? Mehr als zweihunderttausend? Wer ist das? Wer bietet soviel für Boemund?«

»Zweihundertfünfzigtausend«, sagte Tankred. »Es ist der einzige Mann auf der Welt, der soviel Gold hat. Und einer, der alles darum geben würde, Boemund in seine Gewalt zu bekommen.«

Der Patriarch begriff als erster.

»Der Kaiser von Byzanz.«

Tankred nickte.

»Und warum macht der Emir das Geschäft dann nicht mit ihm?« fragte der Bailli.

Es war der Patriarch, der an Tankreds Stelle antwortete.

»Es ist für den Emir nicht wünschenswert, wenn Alexios von einem großen Feind befreit wird. Er kann nur davon profitieren, wenn die Christen sich gegenseitig bekämpfen. Deshalb ist er bereit, uns einen günstigeren Preis zu machen.«

Tankred nickte.

Der Seneschall sprach aus, was alle dachten.

»Es bleibt dabei. Es ist eine Frage der Ehre. Wir können nicht zulassen, daß Boemund aus einem türkischen Kerker in einen byzantinischen gerät.«

»Wenn er in Alexios' Gewalt ist«, setzte der Patriarch den Gedanken fort, »dann wird er Alexios dieses Fürstentum ausliefern müssen. Byzanz wird die Herrschaft in Antiochia antreten.«

»Haben wir dafür gekämpft?« fragte der Bailli verbittert.

»Wir müssen das Geld aufbringen«, sagte der Seneschall.

Schweigen folgte seinen Worten. Niemand stimmte zu, aber es war auch niemand, der widersprach.

Tankred ließ einige Zeit verstreichen, bevor er hinwarf:

»Vielleicht gibt es eine andere Lösung.«

Sie starrten ihn an, und Tankred winkte einem der Diener.

»Gestern abend ist ein genuesisches Schiff in den Hafen von St. Symeon eingelaufen. Es bringt interessante Nachrichten. Ich glaube, darin liegt die Lösung unseres Problems.«

Sie drangen in ihn, aber er winkte ab. Der Diener kam zurück und führte einen Mann in den Saal, der an seinem wiegenden Gang unschwer als Seemann auszumachen war.

Tankred stellte ihn als Kapitän aus Genua vor und bat ihn, seine Nachricht all den Baronen des Fürstentums mitzuteilen. Ein Diener schob ihm einen Hocker zu. Der Mann setzte sich umständlich und begann zu reden. Sein Latein war rasch und mit volkstümlichen Ausdrücken durchsetzt, seine Aussprache, da ihm die Schneidezähne fehlten, undeutlich, aber der Patriarch verstand ihn und übersetzte für die, die langsameren Geistes und des Lateinischen weniger kundig waren.

Während die Kreuzfahrer der ersten Stunde nach der Eroberung Jerusalems in ihre Heimat zurückgekehrt waren und als Kämpfer im Heiligen Land schmerzlich vermißt wurden, hatte sich in der Lombardei eine Gruppe aufgemacht, um sie zu ersetzen. Sie wurden angeführt vom Grafen von Biandrate und dem Erzbischof von Mailand. Augenblicklich zogen sie durch Ungarn in Richtung Konstantinopel. Zwanzigtausend Mann, schätzte der Kapitän, und damit nicht genug, wurde auch in Frankreich ein neues Heer rekrutiert, das den Franken im Heiligen Land zu Hilfe kommen sollte. Stephan von Blois führte es an. Ihm hatten sich viele französische Ritter angeschlossen, und ein Zug aus den germanischen Ländern war ebenfalls unterwegs.

Tankred dankte dem Kapitän und ließ ihn wieder hinausführen.

»Was soll uns das nützen?« fragte der Seneschall mißmutig, »davon kommt Boemund auch nicht frei.«

»Es wird ein großes Heer sein, das sich in Konstantinopel versammelt«, sagte Tankred und ignorierte den Einwand. »Dieses Heer muß nicht die alte Straße über Nikäa, Ikonion und Heraklea gehen, so wie wir damals. Es könnte die nördliche Route wählen, Ankyra erobern und dann nach Niksar marschieren, um Boemund zu befreien.«

Der Bailli schüttelte den Kopf.

»Ausgeschlossen«, sagte er. »Sie wollen nach Jerusalem. Alle wollen nach Jerusalem. Sie werden keinen so weiten Umweg machen.«

»Man muß sie dazu bringen, daß sie diesen Umweg machen wollen«, sagte Tankred.

Der Patriarch starrte ihn an.

»Es braucht viel weniger Geld als der Emir verlangt, um den Lombarden in den Kopf zu setzen, daß es ihr wichtigstes Ziel sein muß, Boemund, den größten, den tapfersten, den siegreichsten Fürsten der Christenheit zu befreien.«

»Das ist riskant«, sagte Bernhard von Valence warnend.

»Kein Lösegeld, sondern ein Heer, um ihn zu befreien – das ist genial«, sagte der Bailli, nachdem er begriffen hatte, worauf Tankred abzielte, »und das ist ganz in seinem Sinne. Schließlich ist er ein Mann des Krieges. Und er würde ganz gewiß nicht wollen, daß wir das Fürstentum um seinetwillen finanziell ruinieren. Das ist die Lösung.«

»Und wenn der Emir ihn inzwischen an dem Kaiser verkauft?«

Auch dafür hatte Tankred eine Lösung parat.

»Alexios wird sich hüten, ihn auszulösen, wenn ganz Konstantinopel von fränkischen und lombardischen Soldaten wimmelt, deren Held er ist. Sie würden in der Stadt keinen Stein auf dem anderen lassen, wenn Alexios ihn gefangenhielte. Dann wäre der Kaiser den Mann und das Geld los.«

Sie lachten. Sie schlugen sich auf die Schenkel, als sie sich vorstellten, wie Alexios doppelt geprellt dastehen würde.

Tankreds Plan war gut. Darüber waren sich alle einig. Boemund würde freikommen, und es würde sie nur wenig kosten. Jetzt erst gestattete Tankred sich das Lächeln, das er die ganze Zeit unterdrückt hatte.

»Wo ist sie?« fragte Alexios wild.

Er hatte sich, eingehüllt in einen langen dunklen Soldatenmantel, in regennasser Nacht über den Bosporus rudern lassen, Annas Haushalt aufgeschreckt und mit verschränkten Armen ihren Empfangssalon durchschritten, jede Dienstleistung brüsk zurückweisend, bis Anna erschien.

Sie hatte sich einen Mantel übergeworfen, das Haar, nur flüchtig gekämmt, floß ihr lang den Rücken hinunter, und ihre Augen waren noch verhangen. In Kopf und Gliedern spürte sie gleichermaßen die Nachwirkung des Schlafes und des Weines.

»Wo ist sie?« wiederholte Alexios.

»Wer?« fragte Anna mit schwerer Zunge.

Er starrte sie an.

»Wer? Nach wem soll ich wohl fragen!«

Sie strich sich mit zitternder Hand eine Locke aus der Stirn.

»Helena ist nicht hier.«

»Das weiß ich. Ich bin gekommen, um zu erfahren, wo sie ist.«

»Warum?«

Vom Saum seines schweren nassen Mantels tropfte Wasser auf den Mosaikboden. Er schleuderte ihn mit einer Bewegung von der Schulter. Darunter trug er die Uniform eines Hauptmanns der Garde.

»Vergeßt nicht, Anna, Ihr steht vor Eurem Kaiser! Es ist nicht an Euch, Fragen zu stellen, sondern zu beantworten.«

Sie ließ ihren Blick langsam von seinen Stiefeln über die Tunika bis zu seinem Gesicht wandern.

»Der Kaiser? Der Kaiser trägt Purpurstiefel und eine golddurchwebte Chlamys. Ich sehe keinen Kaiser. Ich sehe nur Alexios Komnenes.«

Er sah sie verächtlich an.

»Ihr habt getrunken.«

»Wein aus Patmos, dunklen roten Wein aus Patmos. Ihr solltet ihn versuchen. Er wärmt das Blut in kalten Nächten und schenkt den schweren Schlaf des Vergessens.«

Sie schwankte, griff nach der Lehne eines Sessels und ließ sich langsam hineingleiten. Er machte keine Bemerkung darüber, daß sie sich gegen jede Etikette verhielt, sondern nahm seine rastlose Wanderung wieder auf.

»Nehmt Euren Verstand zusammen, Anna, und sagt mir, wo Helena ist! Ich kann sie nicht suchen lassen. Ich kann keinem Menschen trauen. Wen ich bezahle, der mag sich doppelten Lohn verdienen, indem er Irene verrät, was ich erfahren will. Ihr seid meine einzige Hoffnung. Ihr seid ihre Freundin aus Kindertagen, ihr habt soviele Jahre zusammengelebt. Sie wird Euch gesagt haben, wohin sie gegangen ist.«

»Als sie ging, war ich nicht hier. Ich war in Sebastea und lieferte das normannische Heer dem Emir der Danischmendiden aus.«

Er bezähmte sich mühsam.

»Streitet nicht um Worte! Wenn sie nichts gesagt hat, dann hat sie doch etwas geschrieben. Sie hat Euch eine Mitteilung gemacht.«

Anna schüttelte den Kopf. Die ungebändigten Locken ringelten sich wie Schlangen um ihr Gesicht.

»Warum sollte sie? Was gab es noch mitzuteilen? War nicht alles offensichtlich? Euer Feind Boemund ist besiegt, endgültig besiegt, und Ihr braucht seine Schwester nicht mehr. Ihr habt die Wachen abgezogen und ihr die Freiheit zurückgegeben. Sie hat sie genutzt. Sie ist dorthin gegangen, wo sie Euch bald vergessen wird.«

Er blieb abrupt stehen.

»Ihr wißt also, wo sie ist?«
Anna nickte.
»Wo?«
Sie gab keine Antwort.
»Wo?« wiederholte er schärfer.
Sie schwieg.
Mit drei Schritten war er bei ihr, hob die Hand und ohrfeigte sie.
»Wo?«
Annas Augen unter den schweren Lidern funkelten voll Hohn.
»Soll ich an ihre Stelle treten? Ihr werdet keine Freude daran haben, mein Kaiser und Herr! Ich werde mich nicht wehren. Wozu? Ihr könnt mir nichts mehr antun. Mich hat schon ein anderer geschändet.«
Er starrte sie entsetzt an.
»Glaubt Ihr, ich will Euch vergewaltigen?«
»Macht Euch das nicht das größte Vergnügen? Wenn Boemunds Schwester nicht da ist, warum dann nicht seine Hure?«
»Ich könnte Euch töten lassen für das, was Ihr sagt!«
Sie lächelte.
Es war dieses Lächeln, das die Mauer aus Zorn und Erbitterung durchbrach, die ihn geschützt hatte. Er brach neben ihrem Sessel in die Knie, barg den Kopf in ihrem Schoß, und aus dem Schluchzen, das seinen Körper schüttelte, drangen abgebrochene Satzfetzen an ihr Ohr.
»Anna, du weißt nicht, was das heißt, Kaiser zu sein. Ich trage die Last der Welt auf meinen Schultern und manchmal denke ich, ich breche unter ihr zusammen. Es ist zu schwer, zuviel für einen Mann. Ich bin kein Mensch mehr, nur ein Symbol der Macht von Byzanz. Alles was ich denke, plane, tue ist nur für Byzanz, für diesen Moloch, der Menschen frißt. In meinen schlaflosen Nächten beneide ich Michael Dukas, der den Purpur abgeworfen hat und ins Kloster gegangen ist. Er hat Ruhe und Frieden ge-

funden. Ich aber schinde mich weiter, Tag für Tag. Und es nimmt kein Ende. Nie kann ich die Hände in den Schoß legen, mein Werk betrachten und sagen, es ist gut. Ich habe etwas erreicht, ich weiß. Ohne mich gäbe es Byzanz nicht mehr, hätten die Normannen es erobert und dieses tausendjährige römische Reich, dieser Ort des rechten Glaubens, diese Insel der Wissenschaft und Zivilisation, der Hort der Kultur wäre in die Barbarei zurückgesunken. Byzanz steht, aber wie lange noch? Von Feinden ist es umgeben, und wenn ich einen besiege, erstehen mir zehn neue. Ich kämpfe wie Herakles den Kampf gegen die Hydra, aber ich kann sie nicht ausrotten, ich kann sie nur aufhalten. Ich verbringe meine Tage mit dem Studium der Akten, ich lebe die meisten Monate fern der Hauptstadt im Feldlager. Es gibt keinen Menschen an meiner Seite, nur Schranzen, die mich umkriechen, Gewürm, das auf eine Schwäche lauert, um mich zu vernichten und sich an meine Stelle zu setzen. Die einzige, der ich vertrauen könnte, wäre die Mutter meines Sohnes. Aber Irene haßt mich. Mit finsterem Schweigen umgibt sie sich, dicker wird sie und dicker durch den Haß, den sie wortlos hinunterschluckt. Sie schwillt an wie eine Kröte, von Gift erfüllt, und dieser Frau habe ich Maria von Alanien geopfert. Nie gab es mehr Schönheit, Sanftmut und Klugheit, und ich mußte sie in der Verbannung sterben lassen, durfte nicht zu ihr eilen, als sie auf dem Totenbett lag, denn ich mußte Rücksicht nehmen auf die Dukoi.«

Annas Hände lagen flach auf den Armlehnen des Sessels. Sie blickte hinunter auf die zuckenden Schultern des Mannes und rührte sich nicht.

»Ich mußte Irene beiliegen, denn das Reich brauchte einen purpurgeborenen Erben. Dieser Sohn ist nicht in Liebe, nicht in Respekt, er ist in Haß und Abscheu gezeugt worden. Ich warf mich auf die Staatsgeschäfte, ich betäubte mich mit der Arbeit, und vergaß, daß ich nicht nur ein Kaiser, daß ich auch ein Mann bin. Dann kam Helena. Sie ist nicht wie Maria. An ihr ist nichts Sanftes. Alles an ihr ist Herausforderung und Kampf. Sie ist wie ihr Bruder, und in ihr habe ich ihn bezwungen. Aber das war nur der erste Moment. All die Jahre habe ich nicht Boemunds Schwester besucht, sondern sie selbst. Mit ihr habe ich mich lebendig gefühlt, bei ihr warf ich die goldene Chlamys ab und war nichts als der Mann Alexios. Ich brachte sie in Gefahr. Ich wußte es. Irene ist so rachsüchtig wie bösartig. Ich konnte es nur selten wagen, sie aufzusuchen, aber ich wußte immer, wo ich auch war, hier in Pera lebte die Frau, die ich liebte, wie ich nach Marias Tod nicht wieder lieben zu können erwartet hatte. Es gab Momente, da erflehte ich mir vom Himmel Irenes Tod.«

Anna rührte sich nicht, und er, als habe er vergessen, daß ihm jemand zuhörte, fuhr er fort:

»Manchmal dachte ich, es sei eine Kleinigkeit, mir diesen Wunsch zu erfüllen. Willige Hände hätte ich sicher gefunden, aber es hätte den Bürgerkrieg bedeutet. Die Dukoi hätten es nicht hingenommen, sie hätten einen Gegenkaiser aufgestellt, und bei all den fränkischen Heeren, die durchs Land ziehen, bei der Wiedererstarkung der Türken, bei der Bedrohung durch das normannische Antiochia hätte das das Ende von Byzanz bedeutet. Dafür hatte ich nicht die Krone errungen und so viele Opfer gebracht, um sie einer Leidenschaft wegen aufs Spiel zu setzen und das Reich dazu. Ich kann Irenes Mörder nicht werden, und der Himmel schenkt mir keine Erlösung. Ich muß so weiterleben, aber ich kann es nicht allein. Ich brauche Helena. Ich muß wissen, daß sie hier auf mich wartet, daß ich sie erreichen kann, wann immer ich will.«

Er hob den Kopf. Sein Gesicht war vom Schmerz verwüstet, es hatte keine Ähnlichkeit mit der Maske der heiteren Milde, die der Kaiser bei seinen öffentlichen Auftritten anlegte.

»Sag mir, wo sie ist, Anna!«

Es hatte eine Zeit gebraucht, bis Alexios' Worte durch den Weinnebel in Annas Kopf gedrungen waren. Sie hinterließen Verwirrung. War denn alles, was sie über Alexios' Beziehung zu Helena geglaubt hatte, falsch gewesen?

Aber warum hatte er dann nach Boemunds Gefangennahme die Wachen zurückgezogen, als sei es ihm nicht mehr wichtig, jederzeit über Helena verfügen zu können?

»Warum habt Ihr die Wachen zurückgezogen?«

»Ich wollte, daß sie freiwillig bleibt, nicht gezwungen. Ich wollte ... Ich war ein Narr ... Sie hat mich nicht geliebt. Sie ist geflohen. Und dennoch, ich will sie zurückhaben, Anna. Ich brauche sie.«

Er ergriff ihre Hände.

»Sag mir, wo sie ist!«

Anna starrte in das verwilderte Gesicht und preßte die Lippen aufeinander.

»Du kannst mir die Antwort nicht verweigern. Du hast selbst unglücklich geliebt. Du kannst ermessen, was ich leide.«

Seine Stimme war heiser.

»Ich schreie meine Schmach nicht in die Welt hinaus.

Ich kämpfe gegen den Feind. Und ich erliege dem Mann, den ich begehre.«

Er hatte unrecht. Helena hatte ihn geliebt, und sie hatte diese Liebe wie ein Brandmal getragen.

Alexios appellierte an ihr Mitleid. Aber wo war das seine? Mit Helena? Mit Maria von Alanien?Er hatte die Wahl gehabt. Er hatte den Purpur gewählt, und wenn er ihn jetzt wie ein Nessushemd fühlte, dann forderte er Mitleid. Mit ihm, nicht mit den Frauen.

In den Schrei Marias hinein, der über die langen Jahre hinweg in ihr nachklang, sagte Anna leise und langsam:

»Helena ist nach Hause zurückgekehrt. Sie hat den Schleier genommen und lebt in einem Kloster auf Sizilien.«

Er starrte sie an, offenen Mundes, und es brauchte eine Weile, bis ihm klargeworden war, was sie gesagt hatte. Helena war unerreichbar für ihn.

Stephan von Blois hatte das Kreuzheer bei der Belagerung Antiochias verlassen und war, beladen mit den Reichtümern, die er teils von Alexios als Kompensation für die entgangene Plünderung Nikäas erhalten, teils nach Doryläum im Lager der Türken erbeutet hatte, nach Frankreich zurückgekehrt. Der Anblick all der Schätze hatte seine Frau nicht milder gestimmt. Adela war eine Tochter des Normannenherzogs Wilhelm, der England erobert hatte. An der Größe ihres Vaters maß sie ihren Gatten, und er erschien ihr sehr klein. Sie nannte sein Fortgehen ein »feiges Sich-Davonstehlen«, ihn einen Schandfleck der Ritterschaft und ein übles Vorbild für seine Söhne und wetzte ihre Zunge in leisen eindringlichen Nachtgesprächen so lange an ihm, bis es ihm leichter erschien, sich dem neuen Kreuzzug anzuschließen, der von den Kanzeln gepredigt wurde, und sich den Pfeilen der Türken auszusetzen als ihren Worten.

Das Unternehmen ließ sich gut an. Graf Stephan von Burgund, Hugo von Broyes, Balduin von Grandpré und der Bischof von Soissons schlossen sich ihm an und unterwarfen sich seiner Führung, weil er das größte Aufgebot an Rittern mit sich führte und weil er als einziger Erfahrung hatte mit dem Zug nach Byzanz und übers Meer ins Heilige Land. Alles ging glatt. Anfang März brachen sie auf, marschierten durch Italien, setzten von Brindisi aus nach Byzanz über, wurden von Truppen des Kaisers geleitet und verpflegt, erreichten im Mai Konstantinopel, und Stephan sah mit der Herablassung des Weitgereisten das kindliche Staunen seiner Männer angesichts der prachtvollen Stadt.

Die Franken waren nicht die ersten, die dem neuen Aufruf der Kirche folgend Konstantinopel erreicht hatten. Die Lombarden waren vor ihnen eingetroffen, ein wilder undisziplinierter Haufen von etwa zwanzigtausend Mann, den seine Anführer kaum zu bändigen vermochten. Sie rekrutierten sich hauptsächlich aus dem Lumpengesindel der Städte, Menschen ohne Brot und Arbeit, die sich vom Zug ins Heilige Land das Paradies auf Erden versprachen und schon auf dem Weg dorthin geraubt und geplündert hatten und sogar frech in den Palast des Kaisers selbst eingedrungen waren. Nur mit Mühe hatten der Kaiser und ihre eigenen Anführer, der Graf von Biandrate und der Erzbischof von Mailand, erwirken können, daß sie sich übersetzen ließen und jetzt in einem Lager bei Nikomedia auf die Ankunft der Franken warteten, um ihren Marsch fortzusetzen.

Das erfuhr Stephan von einem Kampfgefährten aus alten Tagen. Raimund von Toulouse war es, der sich in Konstantinopel aufhielt und ihn mit großer Freude und Herzlichkeit begrüßte.

Stephan fand Raimund gealtert und verbittert und von einem einzigen Gefühl beherrscht: daß Boemund ihm alles genommen hatte, worauf er Anspruch gehabt hatte, den Oberbefehl über das Kreuzheer, die Siege, den Ruhm, die Herrschaft über die reichste Stadt im Orient.

»Er hat den Eid gebrochen, den er dem Kaiser geschworen hat, er ist nicht vor Jerusalem gerückt. Er hat die Heilige Stadt nicht erobert, sondern seinen frechen Raub gesichert, und dennoch tönt alle Welt von seinem Ruf wider und nennt ihn den größten Helden der Christenheit.«

Raimund stürzte den Becher Wein mit einem Zug hinunter und lachte auf.

»Dieser größte Held der Christenheit hat sich wie ein Gimpel fangen lassen.«

»Soviel ich gehört habe, hat der Emir der Danischmendiden ihm einen Hinterhalt gelegt, aus dem niemand hätte entkommen können, es sei denn, er hätte Flügel gehabt,« sagte Stephan.

»Oh ja, aber habt Ihr Euch schon einmal gefragt, wieso der Emir wußte, daß Boemund mit seinem Heer auf dem Weg war? Ich habe es vom Kaiser selbst. Alexios ist mein Freund. Eine Frau hat ihn verraten, unseren Helden. Sie hatte eine alte

Rechnung mit ihm zu begleichen. Ein Paar lockende Augen und runde Brüste haben ihn zu Fall gebracht.«

Raimunds Augen funkelten in bösartiger Freude.

»Wenn die Geschichte bekannt wird, wird die ganze Welt über ihn lachen, meint Ihr nicht?«

»Nein«, sagte Stephan ehrlich. »Man wird es nicht glauben. Man wird es für Ehrabschneiderei von Neidern halten. Boemund und eine Frau? Unsinn! Jedermann weiß, daß er sich nichts aus Weibern macht. Ab und an hat er sich eine Lagerdirne ins Zelt geholt, das war alles. Die Geschichte ist unglaubwürdig. Wer sie verbreitet, macht sich lächerlich.«

»Ich habe sie vom Kaiser selbst«, beharrte Raimund.

Stephan zuckte die Achseln.

»Die Griechen sind groß im Erfinden von Geschichten.«

»Jedenfalls ist Boemund am Ende. Er hockt in diesem Nest, diesem Niksar, fern im Pontus, wohin noch kein Christ seinen Fuß gesetzt hat und je setzen wird, und kann sich nur verfluchen für die Stunde, in der er mir Antiochia gestohlen hat.«

»Man wird ihn freikaufen.«

»Ach ja? Wer denn? Wer hat denn ein Interesse daran, ihn wieder in Freiheit zu sehen? Tankred nicht, der seinen Platz in Antiochia einnimmt, der Kaiser nicht, der dem Emir eher noch Geld geben würde, damit er ihn behält, und Balduin in Jerusalem ist zu arm, um an Lösegeld überhaupt denken zu können.«

Einige Tage später empfing der Kaiser Stephan, Raimund, den Erzbischof von Mailand und den Grafen von Biandrate im kleinen Kreis seines Generalstabes. Er stellte ihnen den General Tsitas vor, der sie mit einem byzantinischen Heer begleiten würde, und erläuterte, mit der Hand über die Karte fahrend, worum es ging.

»Konya und Heraklea sind wieder in türkischer Hand. Das bedeutet, daß der Landweg durch Syrien versperrt ist. Ihn müssen wir wieder öffnen, nur sein Besitz verbürgt die Existenz des Königreichs Jerusalem. Es wird immer auf Zuzug aus dem Westen angewiesen sein, und dieser Zuzug kann nicht allein mit den Schiffen der italischen Seestädte bewerkstelligt werden. Sie lassen sich ihre Dienste zu teuer bezahlen. Euer Marsch geht deshalb«, sein Finger wanderte die Karte entlang, »über Doryläum nach Konya.«

Raimund nickte.

Zwei Tage später setzten sie über den Bosporus zu den Truppen, die inzwischen alle bei Nikomedien versammelt waren, und gaben den Befehl aus, in drei Tagen marschfähig zu sein. Man würde nach Süden, nach Doryläum gehen.

Die Lombarden weigerten sich. Sie versammelten sich in Sprechchören. Was sie riefen, übersetzte der Erzbischof von Mailand.

»Sie fordern, daß wir nach Osten marschieren. Sie wollen Boemund befreien. Sie sagen, nur mit Boemund an der Spitze werden wir siegen.«

Der byzantinische General Tsitas zuckte die Achseln.

»Laßt sie sich heiser schreien. Der Befehl des Kaisers ist eindeutig. Wir gehen über Doryläum nach Konya.«

»Wir unterstehen nicht dem Befehl des Kaisers«, sagte der Erzbischof. »Wir sind keine griechischen Söldner. Wir kämpfen unseren Kampf im Namen Jesu Christi, und niemand anderer ist unser Kommandant.«

»Auf jeden Fall ist der Rat des Kaisers klug«, sagte Raimund. »Mit der Straße durch Kleinasien steht und fällt die Nachschublinie für das Heilige Land. Niksar liegt mitten im Gebiet der Danischmendiden, weit ab von jeder christlichen Siedlung und von den Heiligen Stätten.«

»Euch kann der Plan, Boemund zu befreien, nicht gefallen«, erwiderte der Graf von Biandrate. »Wir alle wissen, daß Ihr Boemund nicht leiden könnt und es nicht ungern seht, daß er in schimpflicher Gefangenschaft schmachtet. Wenn Ihr Euch nicht anschließen wollt, so werden meine Lombarden und ich allein gehen. Wir hauen Boemund heraus!«

»Es ist wahr, ich verabscheue Boemund. Er ist machtgierig, skrupellos und eidbrüchig. Aber nicht deshalb rate ich ab. Es wäre die schiere Unvernunft, dorthin zu marschieren.«

»Raimund hat recht«, stimmte Stephan zu. »Glaubt mir, ich weiß, wovon ich spreche. Der Weg von hier nach Jerusalem ist beschwerlich und gefährlich, und nicht alle von uns werden die Stadt sehen. Aber nur ein Narr würde die Gefahren vergrößern, indem er weit nach Osten in das Gebiet der Türken geht, wo es für uns keine Rückzugsmöglichkeiten geben wird. Wenn wir dort die Schlacht verlieren, sind wir alle verloren.«

»Wir wissen, wie bedenklich Ihr seid, wenn es darum geht, Gefahren zu bestehen«, sagte der Graf von Biandrate höhnisch. »Aber es gibt noch Ritter unter uns. Wir ziehen vor Niksar. Schließt Euch uns an oder geht nach Doryläum, ganz, wie Ihr wollt!«

Er stand breitbeinig da, die Hände auf den Schwertgriff gestützt, und starrte sie herausfordernd an.

Heiße Röte fuhr in Stephans Wangen. Er wollte aufspringen, aber Raimunds Faust auf seiner Schulter zwang ihn nieder.

Draußen lärmten die Lombarden. Das Geschrei war lauter geworden und näher gekommen.

»Uns zu trennen, ist Wahnwitz«, sagte Raimund heftig.

»Für Euch sicherlich«, meinte der Lombarde und wippte auf den Fersen. »Wenn meine Männer abziehen, seid Ihr nur ein kleines Häuflein und tätet besser daran, unter die Rockschöße des Kaisers zurückzukriechen.«

»Wir wären einen undisziplinierten unerfahrenen Haufen los, der noch nicht bewiesen hat, daß er mehr kann als plündern und sengen und vergewaltigen«, grollte Raimund.

Der Erzbischof von Mailand suchte zu vermitteln.

»Laßt uns auf der Karte nachschauen, liebe Herren, ob wir uns zu Recht so ereifern!«

Sie traten an den Tisch, auf dem die Landkarte ausgebreitet war. Raimunds Daumen legte sich schwer auf einen Punkt.

»Hier sind wir. Dort hinten ist Niksar. Es ist unmöglich. Das seht Ihr selbst mit einem Blick.«

»Was ist das hier?« fragte der Erzbischof.

»Das ist Ankyra, eine alte griechische Stadt. Sie ist vor Jahrzehnten an die Seldschuken gefallen und gehört heute Kilidsch Arslan.«

»Sie liegt nicht zu weit ab von unserem Weg«, sagte der Erzbischof nachdenklich. »Gehen wir nach Osten und erobern Ankyra. Dann werden wir sehen, ob die Truppen nicht bereit sind, nach Süden abzuschwenken, um rascher das Heilige Land zu erreichen.«

»Ich habe klare Befehle des Kaisers«, begann der byzantinische General.

»Der Kaiser«, sagte Raimund, »wird nichts dagegen haben, wenn wir ihm seine alte Stadt erobern und zurückgeben. Auch damit sichern wir den Landweg durch Kleinasien.«

Wie ein Schwarm Heuschrecken fielen sie in das friedliche, blühende Land ein, und hinterließen, wo sie durchgezogen waren, geplünderte Felder und verbrannte Dörfer. Sie nahmen Ankyra im ersten Sturm. Betrunken von dem leichten Sieg, weigerten sich die Lombarden, nach Süden abzuschwenken. Raimunds Bedenken schienen nur Vorwände eines Mannes zu sein, der Boemund haßte, und Stephans Feigheit war bekannt. Sie marschierten wohlgemut, lachend und lärmend weiter in Richtung Osten.

»Eine Katastrophe«, sagte Michael von Skutari.

Er saß Anna gegenüber, die Schale mit kühlem Sorbet in der Hand, und schwenkte sie leicht.

»Gott muß ihnen den Verstand getrübt haben, daß sie glaubten, sie könnten dieses Unternehmen ausführen. Ankyra haben sie mit Leichtigkeit genommen, weil die Seldschuken nicht im Traum daran gedacht hatten, die Franken könnten nach Osten, statt nach Süden marschieren. Aber dann waren sie natürlich gewarnt. Malik Ghazi Temüschtekin und Kilidsch Arslan haben ihre Kräfte zusammengeworfen und haben sie bei Mersiwan geschlagen. Nur Raimund und Stephan von Blois ist es gelungen, sich mit einer kleinen Truppe ans Meer durchzuschlagen. Alle anderen ließen ihr Leben auf dem Schlachtfeld oder wurden auf der Flucht niedergemetzelt. Im Lager fielen den Türken soviele Frauen und Kinder in die Hände, daß die Preise auf den Sklavenmärkten drastisch gesunken sind.«

Annas Mund fühlte sich trocken an. Sie nahm einen Schluck Wein und befeuchtete ihn. Michael beobachtete sie ausdruckslos. Sie hatte auf dem Weg von Melitene nach Sebastea und dann nach Konstantinopel Wochen mit ihm verbracht, aber sie waren einander nicht näher gekommen. Michael wahrte die Distanz, und nie hatte er zu erkennen gegeben, was er über sie dachte. Er versorgte sie mit Waren und Nachrichten, war immer gleichermaßen höflich und verriet niemals, was er fühlte. Trotzdem hatte Anna den Eindruck, daß er ihr Trinken mißbilligte. Vielleicht, weil er genauso wie sie das leichte Zittern ihrer Hände wahrgenommen hatte.

»Und jetzt?« fragte sie scharf.

»Jetzt kann der Kaiser die Verhandlungen über die Auslieferung Boemunds mit dem Emir wieder aufnehmen, die durch den Krieg unterbrochen wurden«, erwiderte Michael. »Die Sache wird bald zum Abschluß kommen. Der Kaiser bietet eine Viertel Million Goldsolidi.«

Anna zog den Atem ein.

»Das ist eine ungeheure Summe. Soviel ist noch nie für einen Menschen gezahlt worden. Nicht einmal für einen Kaiser.«

»Dennoch ist es ein gutes Geschäft. Solange dieser Mann lebt, muß Byzanz ihn fürchten.«

Anna winkte der Dienerin und hielt ihr den Becher hin.

»Was meint Ihr damit: solange er lebt? Alexios kann ihn nicht ermorden lassen. Die Franken und Normannen würden das nicht zulassen.«

»Es wird kein Mord sein«, sagte Michael gelassen. »Der Herzog von Tarent hat dem Kaiser geschworen, ihm jede Stadt auszuliefern, auf die Byzanz einen Anspruch erhebt. Er aber hat sich zum Fürsten von Antiochia gemacht. Er ist ein eidbrüchiger Verräter. Der Kaiser wird ihm den Prozeß machen und ihn zum Tode verurteilen. Kein Franke und kein Normanne werden etwas dagegen unternehmen können. Alle Lehnsherren sind darauf angewiesen, daß Eide respektiert werden.«

»So weit wird es nicht kommen. Seine Leute werden ihn befreien.«

»Das Befreiungsheer ist gerade vernichtet worden. Die Franken können es sich nicht leisten, ihn loszukaufen. Der König von Jerusalem ist arm und kann kaum seine Krieger bezahlen. Tankred in Antiochia will seinen Onkel nicht zurückhaben. Und auch er wäre, den ganzen Reichtum Antiochias einsetzend, kaum imstande, eine so gewaltige Summe aufzubieten.«

Anna setzte sich aufrecht. Der Wein aus ihren Becher schwappte bei der abrupten Bewegung über und näßte ihr Kleid. Mit einer ungeduldigen Bewegung stellte sie ihn ab.

»Der Emir wird keine Viertel Million erhalten«, sagte sie und beugte sich vor, als könne Michael sie dann besser begreifen, »Kilidsch Arslan ist sein Oberherr. Von jedem Lösegeld, das der Emir erzielt, muß er dem Sultan die Hälfte abgeben.«

»Wenn er davon erfährt«, wandte Michael ein.

»Das wird nicht geheim bleiben«, sagte Anna. »Eine so gewaltige Summe? Es wird Leute geben, die nicht den Mund halten werden. Das Gerücht wird sich verbreiten. Kilidsch Arslan wird davon erfahren. Nein, der Emir wird hundertfünfundzwanzigtausend Solidi bekommen, und nicht einen Solidus mehr.«

»Das ist noch immer ein gutes Geschäft«, meinte Michael.

»Aber eines, das sich überbieten läßt.«

Ihr Gesicht glühte, während ihre Hände eiskalt waren.

»Wenn der Emir – sagen wir – hunderttausend bekommt, dann muß er dem Sultan fünfzigtausend abgeben.«

»Fünfzig gegen hundertfünfundzwanzig sind ein schlechtes Angebot«, sagte Michael.

»Begreift Ihr nicht? Könnt Ihr nicht rechnen? Fünfzigtausend werden dem Emir offiziell bleiben. Aber wenn jemand ihm insgeheim, so daß der Sultan nichts erfährt, noch weitere neunzigtausend zahlt, so wird er mehr haben, als wenn er das Angebot des Kaisers annimmt.«

»Das heißt, jemand muß hundertneunzigtausend Solidi aufbringen, Wer sollte das sein?«

Michaels Gesicht zeigte das milde Interesse eines Mannes, der ein Schachbrett betrachtetet, auf dem eine Partie steht, die er nicht spielt.

»Der König von Jerusalem, die armenischen Fürsten, die vom Emir bedroht sind, seine italischen Verwandten und ...«

»Und?«

»Und ich«, sagte Anna.

Tankred schäumte vor Wut. Er hatte alles getan, um Antiochia zu sichern und zu erweitern, und alles war ihm gelungen. Er hatte den Byzantinern Mamistra, Adana und Tarsos an der Küste von Kilikien abgenommen, er hatte den großen Hafen von Latakia erobert, er hatte die Handelsstraßen gesichert, den Genuesen Privilegien erteilt, Antiochia blühte und gedieh unter seiner Hand, aber statt ihm Dank zu erweisen, statt ihn als Herrn anzuerkennen, lief auf das bloße Geschrei von seiner Freilassung alles zu Boemund über. Der Pöbel auf der Straße bereitete sich, ihn zu empfangen, die Barone waren von ihren Burgen gekommen, um ein Freudenfest zu feiern, der Patriarch rüstete sich zu einem feierlichen Dankgottesdienst.

Es war, als habe nicht Tankred all diese Erfolge errungen, sondern der Mann, der ein Ritterheer in den vernichtenden

Hinterhalt geführt hatte und gefangen gesessen hatte im hintersten Pontus. Der bloße Klang seines Namens reichte aus, um die Herzen hinzureißen.

Tankred wanderte in dem großen leeren Saal auf und ab und nagte an seiner Unterlippe.

Warum war dieser Mann nicht tot? Er hatte sein Leben – und ein langes Leben war es, bei Gott – nahezu ununterbrochen im Felde verbracht, ungeheure Strapazen ausgehalten, war im dichtesten Schlachtgetümmel zu finden gewesen, schwerverwundet in Gefangenschaft geraten, hatte drei Jahre in einem türkischen Kerker geschmachtet – konnte diesen Mann denn gar nichts umbringen?

Tankred wußte, was geschehen würde. Boemund würde feierlich unter Glockenklang in Antiochia einziehen, er würde ihm entgegenschreiten und ihm das Staatssiegel auf einem roten Kissen überreichen, Boemund würde wieder die Macht an sich ziehen, und er selbst wäre wieder der unbedeutende Lehensmann eines großen Fürsten.

Warum hatte der Kaiser von Byzanz ihn nicht dem Emir abgekauft? Wer steckte hinter diesem Kaufmann, der es fertiggebracht hatte, den König von Jerusalem, den Grafen von Edessa, den armenischen Fürsten Kogh Vasil und den Grafen von Sizilien zu einem Konsortium zusammenzuschweißen, das hunderttausend Goldsolidi gezahlt hatte, um einen alternden Helden freizubekommen?

Tankred blieb plötzlich stehen. Da war eine Hoffnung, natürlich. Sein Onkel ging auf die fünfzig zu. In dem Alter überstand man Kerkerluft schlecht. Wer sagte ihm denn, daß Boemund als der zurückkehren würde, als der er fortgeritten war? Vielleicht würde über alle die große Ernüchterung kommen, wenn sie ihn willkommen hießen? Vor Tankreds Augen erstand das Bild eines alten gebrochenen Mannes, krumm, mit zitternden Händen, kahlköpfig, zahnlos, triefäugig, dessen heisere Rede von Husten unterbrochen wurde, ein menschliches Wrack, das nur noch dazu taugte, in einem Kloster zu Tode gepflegt zu werden.

Die Narbe auf Tankreds Stirn färbte sich dunkel. Natürlich übertrieb er. Sein Onkel würde nicht sein wie einer der Bettler auf den Stufen der Kathedrale.

Aber er kam sicher als ein Gezeichneter zurück. Der Name Boemund mochte noch Klang haben und Herzen schneller schlagen lassen, der Mann selbst würde seinen Ruhm überlebt haben.

Adela, die Tochter Wilhelms des Eroberers und Witwe des Grafen Stephan von Blois, der sich zwar bei Mersiwan aus dem Untergang der Lombarden gerettet und Jerusalem erreicht und an den Heiligen Stätten gebetet hatte, dann aber in der Schlacht von Ramleh gegen die Ägypter gefallen war, beugte sich vor und kniff die kurzsichtigen Augen zusammen, um den Mann besser sehen zu können.

Sie saß, umgeben von ihren Damen, auf hochlehnigen Stühlen in der Loggia des Rathauses. Unter ihr füllten Menschen, die von weither zusammengeströmt waren, den Marktplatz. Die Menge stand nicht still, unentwegt ging ein Wogen durch sie hindurch, weil aus den schmalen Gassen Leute nachdrängten, die noch einen Platz suchten, wo kein Fußbreit Boden mehr frei war.

Auf der anderen Seite des Marktes erhob sich die große Kathedrale mit ihren grauen Quadern über die Dächer von Blois. Die Menge brandete bis an die Stufen heran, die zum Portal führten, und wurde von Soldaten zurückgehalten, die Schulter an Schulter standen, die Lanzen warnend vorgereckt.

Hinter ihnen, auf der höchsten Stufe, trat aus einer Gruppe von sechs oder sieben Geistlichen, unter denen der Bischof von Blois und der Legat des Papstes mit der Pracht ihrer Gewänder herausstachen, der Mann hervor, um dessentwillen sie alle zusammengeströmt waren.

Er hob die Hand, Schweigen gebietend, und begann zu sprechen, als jedes Geräusch verstummt war. Mühelos füllte seine laute und tiefe Stimme die Plätze, rollte über die Köpfe hinweg und brach sich an den Mauern der Häuser. Er sprach von der Begeisterung, mit der sich die ersten Kreuzfahrer das Kreuz an die Schultern geheftet hatten, von dem mühsamen Weg übers Meer und durch die Gebirgstäler des Balkans, wie sie die goldschimmernden Kuppeln des großen Konstantinopels hinter sich gelassen und das jenseitige Ufer des Meeres erreicht hatten. Hier machte er eine kurze Pause, ehe er fortfuhr und erzählte, wie sie die ausgebleichten Gebeine jener unglückseligen Pilger gefunden und bestattet hatten, die Peter dem Eremiten gefolgt waren. Ein Seufzer des Mitleids ging durch die Menge, die gleich danach die Fäuste zornig ballte, als sie vom Verrat des Kaisers Alexios in Nikäa hörte, die mitfieberte bei der Schlacht von Doryläum und aufatmete, als die Truppen des Bischofs Adhemar von den Hängen herabstürmten und die Türken in die Flucht schlugen.

Die Einwohner von Blois sperrten die Augen auf, als er ihnen die Schätze schilderte, die den Kreuzfahrern mit dem türkischen Lager in die Hände gefallen waren, und sie wischten sich den Schweiß von der Stirn, als das christliche Heer sich durch die Salzwüste schleppte, unter sengender Sonne zu verdursten drohte. Sie strahlten, als dann das Meer in Sicht kam, bebten zurück, als er ihnen den Anblick der gewaltigen Mauern und Türme Antiochias ausmalte, sie litten all die Monate der Belagerung mit, es verschlug ihnen den Atem, als eine kleine Schar tollkühner Normannen die Strickleiter erklomm und durch die dunklen Gassen schlich, um die Tore für das christliche Heer zu öffnen. Sie jubelten über den Sieg, und folgten dem Zug der Ritter weiter durch das Land, fruchtbares reiches Land, das Land, das den Erwählten Gottes versprochen war, das Land, in dem Milch und Honig flossen, bis unter die Mauern Jerusalems, sie schlugen ihre Zelte dort auf, pilgerten mit um die Stadt unter den blasphemischen Spottrufen der ungläubigen Feinde, und ihr Jubel fand kein Ende, als die Grabeskirche befreit und auf der großen Moschee das Kreuz aufgerichtet wurde.

Er stand auf der höchsten Stufe der Treppe, die zur Kirche führte, alle Männer neben ihm um Haupteslänge überragend, breitschultrig, die Faust in die Hüfte gestemmt, über der weißgoldenen Tunika aus Seide einen leichten Brustharnisch, in dem sich die Sonne spiegelte, den weißen Mantel mit dem roten Kreuz über die rechte Schulter drapiert, den Kopf mit dem kurzgeschnittenen, wie ein Goldhelm anliegendem Haar in den Nacken geworfen, und empfing den Jubel als den Tribut, der ihm gebührte, ihm, ohne den das Heilige Grab niemals befreit worden wäre, dem Herzog von Tarent, dem Fürsten von Antiochia, dem Anführer des Kreuzzugs, dem größten Helden der Christenheit, Boemund von Hauteville.

Adelas Zähne bohrten sich in ihre Unterlippe. Dieser Mann war ihr über den Weg geführt worden, als wollte Gott über sie spotten. Er wäre der richtige Gemahl für sie gewesen, ein Mann wie ihr Vater, ein Eroberer. Wie Wilhelm von der Normandie ein Bastard, einer, der hungrig geboren war und sich seinen Platz in der Welt erkämpfen mußte, mit Gewalt und List und ohne Skrupel. Adelas Vater hatte sich England unterworfen und eine Königskrone erobert, dieser hier war Fürst eines kleinen Staates jenseits des Meeres, aber sein Ehrgeiz war noch nicht gestillt, er kämpfte für ein größeres Ziel. Sie unterdrückte ein Seufzen und wandte sich wieder dem Redner zu.

Der Rest seiner Rede war kurz. Er sprach noch vom Königreich Jerusalem, das seinen Platz behaupten mußte, bedroht von den Ungläubigen und bedroht auch von den Griechen, die an Feindseligkeit den Ungläubigen nicht nachstünden. Er sprach von dem Land jenseits des Meeres als von einem leeren Land, das seinen Verteidigern doppelt Lohn zu bieten hatte, den irdischen großer Landbesitzungen und den himmlischen der ewigen Seligkeit, erwähnte seine Unterredung mit dem Papst und rief sie dann im Namen des Königs von Jerusalem und des Heiligen Vaters auf, ihm zu folgen und die Reihen der christlichen Verteidiger Jerusalems aufzufüllen.

Während die Soldaten jetzt die Lanzen schulterten und ihre Reihen öffneten, damit der Bischof, der päpstliche Legat, und der Fürst von Antiochia die Kreuze verteilen konnten an die herandrängenden Männer, erhob sich die Gräfin von Blois und gab ihren Damen das Zeichen zum Aufbruch zur Burg.

Als Boemund dort vier Stunden später eintraf, fand er alles für das große Bankett vorbereitet, mit dem die Gräfin ihn ehrte. Er ritt in den Burghof ein, wo der steinerne Donjon die niedrigen Fachwerkbauten überragte. In seinem unteren Geschoß waren die Küchen untergebracht. In riesigen Kaminen drehten sich langsam ganze Ochsen und Wildschweine am Spieß. Ihr Fett tropfte ins Feuer und ließ die Flammen lodern. Der beißende Geruch nach schmorendem Fleisch und verbranntem Fett zog über den Hof und vermischte sich mit dem sanften des frisch gebackenen Brotes.

Über die hölzerne Außentreppe gelangten Boemund und sein Gefolge in den ersten Stock des Turmes, der die große Halle enthielt. Sie bestand heute nur aus einem einzigen Raum. Alle Teppiche und hölzernen Zwischenwände waren entfernt worden, um Platz für das Bankett zu schaffen. Der Raum war hoch, von einer Galerie umsäumt, auf der die Musiker Platz genommen hatten. Licht erhielt er auf allen vier Seiten aus breiten Rundbogenfenstern, die mit zierlichen Säulen zweigeteilt waren.

Das nackte Mauerwerk der Wände war abgehängt mit Wandteppichen, auf denen in farbiger Wolle das Leben Jakobs dargestellt war. Der Boden aus Steinfliesen war mit frischem Stroh aufgeschüttet. Rechts und links zogen sich lange Tafeln hin, vor denen Bänke standen, am Ende des Saales war die Estrade, auf der, quer zu den Tischen und Bänken, die Tafel für die Gräfin gerichtet war, an der sie mit ihren Ehrengästen speiste. Sie war, im Gegensatz zu den Tischen unten im Saal, mit Tüchern aus gebleichtem Linnen bedeckt, und auf ihr stand goldenes und silbernes Tischgerät, Schüsseln, Platten, Löffel, Messer und Becher, vieles davon nicht aus einheimischer Werkstatt, sondern aus Byzanz, aus Nikäa und Ikonion, Anteil an der Beute des Kreuzzuges, die Graf Stephan in Sicherheit gebracht hatte, als er von der Belagerung Antiochias geflohen war. Die Mitte des Saals blieb frei, dort war der Platz für die Diener, die das Mahl auftrugen und für die Gaukler, die die Gäste unterhalten sollten. Zur Rechten der Gräfin nahm Bruno Platz, der Legat des Papstes, zu ihrer Linken Boemund, an dessen anderer Seite dann der Bischof von Blois. Er war es, der das Tischgebet sprach.

Anschließend gingen Pagen mit silbernen Becken umher, die den Gästen Wasser zum Händewaschen anboten und ein Leinentuch zum Abtrocknen. Während unten im Saal der Krug umstandslos von Hand zu Hand ging, kredenzte oben an der Tafel ein Mundschenk den Gästen den Wein im goldenen Becher, einen blassen, herben Wein von den Ufern der Loire, und Boemund leerte den Kelch mit Genuß.

»Das«, sagte er, lächelnd zu Adela gewandt, »ist eine der Freuden, die wir im Orient noch nicht haben. Da der Gott der Ungläubigen ihnen den Wein verbietet, haben sie keine Rebstöcke angepflanzt, und wir müssen alles, was wir trinken wollen, mit dem Schiff kommen lassen. Der Transport ist nicht nur teuer, er verdirbt den Geschmack, da die Fässer zur Sicherheit mit Harz ausgepinselt werden, und man immer den Harzgeschmack auf der Zunge spürt.«

Adela musterte ihn so eindringlich, wie die Höflichkeit es erlaubte. Auch aus der Nähe betrachtet, war er immer noch ein schöner Mann. Sie rechnete, daß er den fünfzig nahe sein mußte, aber an sein Alter erinnerten höchstens die grauen Haare, die sich unter die blonden mischten, und ein Netz von

Fältchen in den Augenwinkeln. Die Augen waren strahlend blau, hell und wach, die Haut spannte sich straff über festem Fleisch, und sein Lächeln offenbarte, daß er noch alle Zähne besaß, was Adela, die mit jedem Kind einen Zahn verloren hatte, mit Neid erfüllte.

»Ihr werdet mehr entbehrt haben als nur den Wein«, sagte sie. »Zumindest in der Zeit Eurer Gefangenschaft. Ich brenne vor Neugierde, darüber etwas zu erfahren. Wie geht es zu am Hofe der Ungläubigen? Stimmt es, daß sie ihre Frauen in einen Teil des Hauses verbannen, den sie nie verlassen dürfen? Und daß sie sich hunderte von Frauen halten, um ihr Verlangen zu befriedigen? Frauen, die nichts weiter zu tun haben, als sich zu schminken und zu parfümieren und auf ihren Herrn zu warten?«

Boemund stellte den Becher zurück.

»So sagt man«, bestätigte er.

Adela hob die Brauen.

»Ihr wißt es nicht? Ihr wart doch drei Jahre gefangen am Hofe des Sultans. Wer, wenn nicht Ihr, müßtet die Wahrheit kennen?«

»Ich war ein Gefangener«, erwiderte er, »kein Gast des Hauses. Und nicht am Hofe des Sultans in seiner Hauptstadt Sebastea, sondern in der entferntesten Grenzstadt seines Herrschaftsgebietes, in dem öden, kalten und sturmumtosten Niksar.«

Vier Diener traten in die Halle und schleppten schwer an einer Platte, auf der ein geschmorter Ochse lag. Sie stellten sie auf Böcke und begannen, das Tier zu zerlegen. Die Musiker auf der Estrade erhoben sich und übertönten das Gespräch mit einer langsamen schwermütigen Weise, auf Flöten geblasen und auf der Rebec gestrichen.

Adela lehnte sich näher an Boemund, um sich verständlich zu machen.

»Gefangenschaft bei den Türken – sagt, wie ist man mit

Euch umgegangen? Ritterliche Ehrenhaft wird es kaum gewesen sein, wie? Diese ungläubigen Teufel wissen nichts von Ritterlichkeit. Hat man Euch mit Ketten beladen in einem Verlies gehalten?«

Boemund ließ sich den Becher von neuem füllen.

»Bei Wasser und Brot und von Ratten benagt?« ergänzte er spöttisch. »Nein, Madame, die Türken mögen nichts von Gott und dem Erlöser wissen wollen, aber sie sind nicht dümmer als wir, und der Emir der Danischmendiden schon gar nicht. Er hat mir seine besten Ärzte geschickt, um mich von meinen Verwundungen zu heilen. Es fehlte mir an nichts. Der Emir ist ein gerissener alter Halunke, der wußte, wie wertvoll sein Gefangener war und mit mir das größte Geschäft seines Lebens zu machen gedachte.«

»Gedachte? Nur gedachte und es nicht tatsächlich gemacht hat? Ich habe gehört, Ihr seid nur gegen eine unglaublich hohe Summe Lösegeldes freigekommen.«

Boemund lächelte. Seine Zähne blitzten weiß in dem gebräunten Gesicht und seine Augen funkelten.

»Hunderttausend Solidi in Gold, keine Kleinigkeit, zugegeben. Aber nicht mehr als drei Jahreseinkommen an Steuern aus meinem Fürstentum Antiochia. Nein, er hätte das zweieinhalbfache haben können. Kaiser Alexios hat ihm eine Viertelmillion für mich geboten.«

Adela stieß einen Ruf der Überraschung aus.

»Eine Viertelmillion? Soviel ist noch niemals gezahlt worden. Das ist das Lösegeld für einen Kaiser. Warum hat der Emir dieses Angebot nicht angenommen?«

»Unglücklicherweise – unglücklicherweise für Malik Gümüschtekin – sind die Verhandlungen nicht geheim geblieben. Kilidsch Arslan erfuhr davon und beanspruchte als Oberherr des Emirs die Hälfte dieser Summe. Da war es für ihn ein besseres Geschäft, mich insgeheim den Armeniern zu verkaufen und die ganze Summe ungeteilt einzustecken. Außerdem fördert es seine Herrschaft, wenn der Feind seines Feindes in Freiheit ist«

Er lachte auf und fuhr mit einer Ironie fort, die Adela wohl hörte, aber nicht verstand.

»In Melitene wurde ich freigelassen, drei Jahre, nachdem Gabriel, der Herr von Melitene, meine Hilfe angerufen und ich, um ihm zu helfen, in die Falle geritten war. Jetzt gehörte die Stadt den Danischmendiden.«

»Wie schrecklich das für die Bevölkerung sein muß. Das waren doch Christen, nicht wahr?«

»Armenische Christen und Jakobiten«, bestätigte er. »Sie haben nichts dagegen, unter dem Türken zu leben. Er respektiert ihre Religionsausübung und läßt sie in Frieden, wenn sie nur ihre Steuern zahlen. Deshalb sind sie als Verbündete gefährlich unzuverlässig. Sie spielen die Byzantiner, die Türken und uns gegeneinander aus. Gabriel hat dieses Spiel verloren.«

»Was ist mit seiner Familie geschehen?« fragte Adela und winkte dem Diener, die erste Schüssel mit dem Fleisch, das von dem Ochsen abgesäbelt worden war, dem päpstlichen Legaten anzubieten.

»Soviel ich weiß, hatte er zwei Töchter. Was aus der älteren geworden ist, weiß ich nicht. Die jüngere hatte Jahre zuvor Balduin von Le Bourg geheiratet. Ihre Mitgift soll sehr hoch gewesen sein. Sie lebt jetzt in Edessa, wo Balduin seinen Vetter abgelöst hat, als der nach Jerusalem gegangen ist.«

»Hatte Gabriel keine Frau?«

Der Diener präsentierte Boemund die Schüssel mit dem fetttriefenden Fleisch und der Normanne musterte es ausgiebig, bevor er seine Wahl traf.

»Eine Byzantinerin«, antwortete er nach einer Weile ruhig, »der Emir hat sie nach Konstantinopel zurückgeschickt. Er will keinen Konflikt mit dem Kaiser. In Wahrheit arbeiten Byzantiner und Türken gemeinsam daran, uns aus dem Orient zurückzutreiben. Alexios ist nicht unser Unterstützer, sondern unser größter Feind.«

»Das ist fast nicht zu glauben. Er ist Christ wie wir, die Ungläubigen haben Byzanz den größten Teil seines asiatischen Gebietes entrissen, er selbst hat den Heiligen Vater um Hilfe gebeten. Die Unsrigen haben ihm Nikäa zuückgewonnen und die Seeherrschaft über die Inseln und die Küste. Warum sollte er unser Feind sein?«

Boemund betrachtete sie nachdenklich. Für eine Frau war sie groß und kräftig, ihr Gesicht mit den harten Zügen war wettergegerbt. Es war nichts Weiches oder Weibliches an ihr, sie hätte besser ein Mann werden sollen. Sie war keine müßige Plauderin, sie war die Gräfin von Blois, die reichste Frau in Frankreich, die in der Abwesenheit ihres Gatten das Land regiert hatte und nun das gewaltige Erbe ihrer Söhne verwaltete. Sie war eine der Pairs von Frankreich, Schwester des englischen und Vertraute des französischen Königs, berühmt für ihre Bildung und ihren scharfen Verstand und wohlunterrichtet über das politische Spiel Europas. Wenn er sie überzeugen konnte, dann auch den König von Frankreich.

»In Worten ist er unser Freund, gewiß, aber seine Taten sprechen eine andere Sprache. Er hat uns gebraucht, weil die Türken weniger als hundert Meilen vor Konstantinopel standen, aber er hat sich Söldner gewünscht, Männer, die für ihn kämpfen, wo und wie er es will. Die Befreiung des Heiligen Grabes lag nie in seiner Absicht. Er hatte ein Bündnis mit den Ägyptern geschlossen, die Jerusalem besetzt hielten. Als er sah, daß wir eine eigene Macht bildeten, versuchte er, uns zu unterwerfen. Ihr erinnert Euch sicher noch daran, daß er Herzog Gottfried die Lebensmittel verweigerte, bis der ihm den Treueid schwor? Von uns allen hat er diesen Eid verlangt, wollte uns zu seinen Vasallen machen, die wir doch als Vasallen Christi in den Kampf gezogen sind. Er hat Peter den Einsiedler und seine Scharen ins Verderben laufen, statt sie von seinen Soldaten beschützen zu lassen. Er hat uns Nikäa belagern lassen und es uns dann mit List entrissen. Er hat uns vor Antiochia jede Hilfe verweigert. Seit wir das Heilige Land erobert haben, bekriegt er uns und verbündet sich mit den Seldschuken und den Ägyptern gegen uns. Er läßt seine Flotte gegen den Hafen von Antiochia auslaufen, er führt Krieg gegen mich in den Bergen Kilikiens und wenn wir ihn nicht ausschalten, dann verlieren wir alles Gewonnene in weniger als einem Menschenalter.«

Er spießte ein Fleischstück auf seinen Dolch, steckte es aber nicht in den Mund, sondern sprach eindringlich weiter.

»Die Ungläubigen kommen aus den Tiefen Asiens und Afrikas, sie haben Nachschub, soviel sie nur wollen. Wir töten hundert, und tausend wachsen ihnen nach. Das Königreich Jerusalem ist angewiesen auf Zuzug von Rittern aus dem Westen, wenn es sich dagegen behaupten will. Auf zwei Wegen kann dieser Nachschub kommen, auf dem See- und auf dem Landweg. Den Seeweg kontrollieren die italischen Hafenstädte, und sie fordern ungeheure Summen für den Transport, und vor allem Handelsprivilegien, die unsere Wirtschaft auf Dauer ruinieren werden. Wer auf dem Landweg kommt, muß über Byzanz. Wenn es uns gelingt, einen Mann aus dem Westen auf den Kaiserthron zu setzen, dann können wir Konstantinopels gewaltige Reichtümer nutzen, um Jerusalem zu unterstützen. Die ganze christliche Welt würde dem Heiligen Vater untertan sein, der unheilvolle Riß, der jetzt die Kirche des Ostens und des Westens spaltete, wäre geheilt, mit vereinten Kräften trieben wir die Ungläubigen in die Wüste. Ich habe in Rom mit dem Papst gesprochen. In seinem Auftrag rufe ich zu einem neuen Kreuzzug auf. Ich werde die Männer, die das Kreuz nehmen, in meinem Herzogtum Tarent sammeln und ausbilden, dann führe ich sie über das Meer. Der nächste Kreuzzug beginnt in Durazzo, und er endet in Konstantinopel.«

Adelas Augen hatten sich geweitet. Sie brauchte nicht zu fragen, wer der Mann aus dem Westen sein sollte, der den Thron in Konstantinopel bestieg. Wenn ihm das gelänge, dann beherrschten die Hautevilles das ganze östliche Mittelmeer, von Unteritalien und Sizilien über Byzanz bis nach Antiochia, ein Reich, dessen Größe, Macht und Reichtum alle bisherige Herrschaft in den Schatten stellen würde. Dagegen war die Eroberung Englands, ihres Vaters gewaltige Leistung, nur gering. Es war ein kühner, ein wahnwitziger Plan, vermessen, ihn auch nur zu träumen, und doch, wenn es einen gab, der ihn verwirklichen konnte, dann dieser Mann, der neben ihr saß.

Die Musikanten auf der Galerie stimmten ein Lied an über Fortuna, die das Rad drehte, auf das die Menschen gebunden waren, aufwärtssteigend und abwärtssinkend, nach dem unerforschlichen Ratschluß der Göttin.

Um zu verschleiern, wie sehr sie beeindruckt war, fragte Adela mit leichter Ironie:

»Habt Ihr noch ein anderes Ziel im Leben?«

Boemund nickte. Er hatte sich das Fleisch in den Mund gesteckt und antwortete, nachdem er den Bissen durchgekaut und hinuntergeschluckt hatte:

»Ich muß daran denken, eine Dynastie zu gründen. Ich brauche eine Frau, die mir Söhne gebiert.«

»Ihr habt Euch sicher schon eine ausgesucht.«

Er spülte den Bissen mit einem großen Schluck Wein herunter und wischte sich mit dem Handrücken über den Mund.

»Natürlich. Ich werde bei König Philipp um seine Tochter Konstanze werben.«

Adela verschluckte sich und hustete.

Eine Tochter Frankreichs für den Sohn des Guiskard, der als Straßenräuber in Apulien angefangen hatte, eine Königstochter für den Abenteurer ohne Erbe, der sich den Platz, den er in der Welt einnehmen wollte, mit dem Schwert erkämpfen mußte!

Hoch gezielt, und doch nicht zu hoch für den künftigen Kaiser von Byzanz, der Söhne aus königlichem Blut zeugen durfte. Und eine kluge Wahl, denn Konstanze war vor einem Jahr – der Skandal war noch nicht vergessen – vom Grafen der Champagne geschieden worden, sie war königlicher Herkunft, aber nicht makellos, und ihr Vater würde erleichtert sein, sie wiederverheiraten zu können, noch dazu an einen Mann, der sich als die beste Partie des Abendlandes herausstellen mochte. Adelas Respekt vor dem Mann an ihrer Seite wuchs. Er war nicht nur ein Abenteurer, ein Träumer, sondern auch ein kühler Rechner.

In den Monaten, die ihrem Entschluß, Boemund freizukaufen, gefolgt waren, hatte Anna keinen Wein gebraucht, um schlafen zu können. Sie war unablässig tätig gewesen, hatte Teile ihres Landbesitzes verkauft, kostbare Bücher und Ikonen, die seit Jahrhunderten im Familienbesitz der Phokoi gewesen waren, und das alles durch Mittelsmänner, die Michael von Skutari ihr empfohlen hatte, denn es mußte im Geheimen vor sich gehen. Niemand, und schon gar nicht der kaiserliche Geheimdienst, durfte von dem plötzlichen Geldbedarf der Prinzessin Phokaina Paläologa erfahren. Sie hatte Boten ausgeschickt, Beziehungen spielen lassen, Maria auf Zypern war mehrfach in die Verhandlungen eingeschaltet worden, ohne zu wissen, worum es ging. Sie hatte über den armenischen Fürsten Kogh Vasil, den sie noch aus ihrer Zeit in Melitene kannte, Kontakt aufgenommen mit Boemunds Onkel auf Sizilien und mit Balduin von Jerusalem. Michaels Karawane war langsam durch Kleinasien gezogen und hatte ihre Güter auch am Hofe des Sultans Kilidsch Arslan feilgeboten, wo die Frauen nicht nur Waren kauften, sondern auch die hingeworfene Nachricht, daß der Kaiser Boemund für eine gigantische Summe freikaufen wollte. Nachdem das Unternehmen gelungen und Boemund wieder frei war, fühlte Anna sich leer. Die öden Tage begannen von neuem, und die Weinkanne stand verlockend nah. Aber sie widerstand der Versuchung. Tätigkeit war das Heilmittel, das ruhige Nächte bescherte, und sie blieb weiter tätig.

Sie ließ einen Flügel ihres Palastes in ein Hospiz für arme Alte umbauen, plante den Umbau, beaufsichtigte die Bauarbeiten, stellte Personal ein und hatte sich vorgenommen, anschließend selbst zu pflegen. Aber bald merkte sie, daß sie dafür nicht geeignet war. Die Alten, viele gebrechlich und bettlägerig, waren nicht sanft und dankbar, sondern nörgelig und zänkisch. Sie rochen schlecht, auch wenn sie regelmäßig gebadet wurden, nach Alter, Krankheit und Bosheit.

»Sie sind ihr Leben lang arm gewesen«, sagte der Pope, als Anna sich bei ihm beklagte. »Die Armut macht nicht gut, schön und edel, sondern häßlich, krank und gierig. Und doch, wenn Ihr ihnen dient, dann dient Ihr in Wahrheit Christus.«

Sie sah nicht überzeugt aus, und er fügte mit mildem Tadel hinzu:

»Ihr müßt Demut lernen, meine Tochter.«

Anna versuchte es jedoch vergeblich. Sie konnte ihren Abscheu nicht überwinden vor dem unablässigen Gekeife und Gejammere, vor dem Anblick von Geschwüren und vor allem nicht vor dem Gestank eiternder Wunden. Als ein Brief Marias eintraf, in dem sie wieder dringlich nach Zypern eingeladen wurde, ergriff sie erleichtert die Gelegenheit, auf achtbare Weise zu entkommen.

Ein Schiff, das den Hafen von Pera verließ und durch das Maramarameer steuerte, mußte vom Kurs abweichen, wenn es jene Insel erreichen wollte, auf der das Kloster der Heiligen Theodosia lag, und der Kapitän kam nur für eine stattliche Summe der Aufforderung nach, für einen Tag vor der Insel auf Reede zu gehen und seine vornehme Passagierin an Land rudern zu lassen.

Während sie auf dem Rücken eines Esels den Pfad zum

hochgelegenen Kloster hinaufschaukelte, fragte sich Anna, ob Helena sie überhaupt empfangen würde, und sie war sich nicht klar darüber, was sie mehr wünschte, die Freundin noch einmal zu sehen und die Schuld abzutragen, die sie auf sich geladen hatte, oder wieder umkehren zu können, ohne ein Geständnis gemacht zu haben.

Helena ließ sie in den Garten bitten und kam, kaum daß das dünne Glöckchen verhallt war, das das Ende des Nachmittagsgebetes angesagt hatte.

Anna blieb im Schatten der Platane stehen und schaute sie forschend an.

Helena hatte sich verändert. Sie trug kein Ordenskleid, sondern ein schlicht geschnittenes dunkelblaues Gewand aus feiner Wolle, keinen Schmuck und keinen Schleier über dem nachlässig aufgesteckten blonden Haar. Ihr Gesicht war ungeschminkt. Sie hatte es offenbar rücksichtslos der Sonne ausgesetzt. Ihre Haut war braun und von Sommersprossen gesprenkelt.

Anna hatte eine verbitterte alternde Frau erwartet, sie sah jedoch eine schlanke mädchenhafte Erscheinung vor sich, ein freudiges Lächeln auf den Lippen, die Arme ausgebreitet. Sie umarmte Anna und lachte.

»Wie gut du duftest! Das gibt es hier nicht. Wir bekommen nur Honig und Weihrauch zu riechen.«

Sie ergriff ihres Hände und zog sie zu einer Bank, die in der Sonne stand.

»Ich freue mich, daß du gekommen bist.«

Die Überraschung verschlug Anna die Sprache. Helena plauderte weiter, als bemerke sie das Schweigen der Freundin nicht. Sie sprach von dem Garten, in dem sie arbeitete, den Heilkräutern, die sie zog, und dem ärztlichen Wissen, das sie von einer der Nonnen erwarb. Dabei lächelte sie unentwegt.

Endlich unterbrach Anna sie rauh und unhöflich.

»Du hast mich noch nicht gefragt, wie es mir geht und warum ich gekommen bin.«

Helenas Lächeln erlosch.

»Nein, und ich werde dich auch nichts fragen. Ich lebe hier und heute. Ich habe mit der Vergangenheit abgeschlossen. Ich will an sie nicht erinnert werden.«

»Warum hast du mich dann empfangen?«

»Ich wollte es nicht. Die Mutter Oberin hat mir zugeredet. Sie hat die Hoffnung noch nicht aufgegeben, daß ich den Schleier nehme. Sie meinte, du seiest die letzte Prüfung auf meinem Weg. Wahrscheinlich hat sie recht. Wenn du gegangen bist, werde ich wissen, wohin ich gehöre.«

»Du hast das Kloster immer gehaßt. Als Irene dich damals hierher verbannt hat, schien dir das schlimmer als der Tod.«

»Damals war ich jung und töricht. Ich sage dir, Anna, es gibt nichts besseres als das Leben hier. Es ist ein Ort der Ruhe. Zuerst denkst du, es mache dich verrückt. Dieser Frieden ist nicht auszuhalten. Diese Tage im Schweigen und im gleichförmigen Einerlei. Du weißt am dritten April, was es am dritten September zu essen gibt, was vorgelesen wird. Du stehst auf, du arbeitest, du betest, du gehst schlafen. Jeden Tag das Gleiche zur gleichen Stunde. Aber dein Körper gewöhnt sich daran. Er gehorcht mechanisch dem Läuten der Glocke. Und ganz allmählich, es dauert Monate, Jahre, spürst du, wie der Frieden in deine Seele einzieht. Sie begehrt nichts mehr, dein Herz schlägt ruhig. Es gibt keine Wünsche mehr, nur noch gelassenes Warten auf das Ende. Was sind wir schon mit unserem armseligen Leben? Ein kleiner Tropfen im Meer der Ewigkeit.«

»Wenn du so denkst, warum bist du dann noch keine Nonne?«

»Ich bin noch nicht so weit. Manchmal, manchmal denke ich noch an früher, und dann spüre ich, daß ich nicht so abgeklärt bin, wie ich sein sollte.«

Anna zögerte. Wollte sie wirklich den Frieden der Freundin aufstören? Sollte sie nicht lieber schweigend gehen? Oder war das nur feiges Ausweichen vor dem Geständnis? Mußte sie es nicht notwendigerweise machen, war sie es Helena nicht schuldig, daß sie die Wahrheit kannte, bevor sie sich zu einem endgültigen Schritt entschloß? Anna straffte sich.

»Ich habe einmal eine Entscheidung für dich getroffen, und das stand mir nicht zu. Du mußt mich anhören, Helena, du mußt dich der Vergangenheit noch einmal stellen. Daß du noch immer an sie denkst, daß du Angst hast, dich ihr zu stellen, beweist, daß du sie noch nicht überwunden hast. Deshalb kannst du auch keine Nonne werden. Du bist nicht hier, weil du Frieden gefunden hast, du bist nur auf der Flucht vor dir selbst. Höre mich an!«

Helena stand auf. Sie ging erregt auf und ab.

»Was kannst du mir schon sagen? Glaubst du, ich weiß nicht alles? Die Winter hier sind lang und kalt und öde und zur Gesellschaft hast du nur dich selbst. Hier kann man nicht vor sich selbst davonlaufen, hier wird man gezwungen, sich der eigenen Wahrheit zu stellen. Ich kenne die meine.«

»Aber kennst du auch die von Alexios?«

Helena fuhr herum. Ihre Haut war fleckig geworden.

»Warum bist du gekommen? Macht es dir Freude, mich zu quälen?«

Anna atmete tief ein. Sie saß ganz still, die Hände zusammengepreßt, bis die Knöchel schmerzten. Sie ließ den Blick nicht von Helena.

»Ich habe bald gewußt, wo du bist. Es war nicht besonders schwer, deine Spur zu finden. Ich glaube, ich weiß auch, warum du es getan hast. Es war nach Boemunds Gefangennahme. Alexios hatte die Wachen zurückgezogen. Du dachtest, daß er das Interesse an dir verloren hatte, nicht wahr? Daß er nur gekommen war, um in dir Boemund zu überwinden, und daß er das jetzt nicht mehr nötig hatte. Du wollltest nicht warten auf einen Mann, der nie mehr kommen würde. Du konntest es nicht ertragen, verlassen zu werden. Du bist gegangen, weil du es sein wolltest, die ihn verlassen hat. Du bist nicht hierher gekommen, um Frieden zu finden, sondern um deinen Stolz zu retten.«

Anna spürte, wie ihre Stimme heftig wurde. Sie brach ab und wartete. Helena war stehengeblieben und hörte ihr zu. Sie hielt das Gesicht abgewandt und antwortete nicht. Nach einer Weile fuhr Anna ruhiger fort.

»Alexios ist zu mir gekommen. Er wollte wissen, wo du bist. Er wagte nicht, selbst Nachforschungen anstellen zu lassen. Helena, er war ein Mann am Rande des Zusammenbruchs. Er hat die Wachen zurückgezogen, weil er wollte, daß du in freier Entscheidung bei ihm bleibst. Er liebt dich. Er braucht dich. Dich, nicht Boemunds Schwester. Es war nichts mehr vom Kaiser in ihm. Es war der Mann, der in meinem Schoß geschluchzt hat, weil er dich für immer verloren glaubte.«

»Hast du ihm gesagt, wo ich bin?«

Helenas Worte waren kaum mehr als ein Flüstern. Sie hielt den Kopf immer noch abgewandt.

»Nein. Ich habe ihn belogen. Ich habe ihm gesagt, du seist nach Sizilien zu deinem Onkel gegangen und dort Nonne geworden. Er hat es geglaubt.«

Helena drehte sich um. Anna sah, daß ihr Gesicht tränenüberströmt war, aber um den Mund zuckte ein belustigtes Lächeln.

»Nach Sizilien! Mein Gott, welche Idee! Warum bin ich nicht darauf gekommen?«

Sie setzte sich neben Anna und nahm ihre Hand.

»Du hast recht und unrecht zugleich. Ja, ich bin geflohen. Dies hier ist meine Zuflucht. Ich habe Alexios verlassen, aber nicht, weil ich fürchtete, daß er mich verlassen würde. Ach Anna, unsere Beziehung hat soviele Jahre gedauert, da ändert sich manches im Laufe der Zeit. Wir wurden einander vertraut, wir haben miteinander gegessen, geredet, gelacht. Ich wußte, daß er mich liebt, daß er mich nie verlassen würde. Es schien bis ans Ende so weitergehen zu sollen. Ich warte auf ihn und er kommt oder kommt nicht, ganz nach seinem Belieben. Dieses Warten hat mich verrückt gemacht, Anna, davor bin ich davongelaufen. Ich habe sie nicht länger ertragen können, diese Nächte, in denen ich wach lag und lauschte und nichts hörte als den Wind in den Bäumen. Hier kann ich schlafen. Dies ist der Ort, an dem ich auf nichts warte als auf den Tod.«

»Du wirst nicht zu ihm zurückkehren?«

»Wozu?« fragte Helena müde. »Es würde alles wieder von neuem beginnen. Es ist inzwischen wirklich so, wie ich dir anfangs sagte: ich habe Ruhe gefunden. Ich will sie nicht wieder eintauschen gegen die alte Qual. Ich bin froh, daß du meine Entscheidung respektiert und Alexios belogen hast.«

Anna starrte auf die Hände in ihrem Schoß, ihre eigenen weißen mit den spitzgefeilten und bemalten Nägeln, umschlungen von Helenas braunen, sommersprossigen mit den kurzgeschnittenen Nägeln. Was sie jetzt sagen mußte, fiel ihr schwerer als alles zuvor, aber sie war der Freundin die Wahrheit schuldig. Sie zog ihr Hand aus Helenas.

»Ich habe es nicht getan, weil ich deine Entscheidung respektiert habe. Ich dachte, wenn Alexios dich zurückholt, dann weißt du, daß er dich liebt, und ihr würdet glücklich sein. Ich konnte den Gedanken nicht ertragen.«

Helena legte den Arm um ihre Schulter und zog sie an sich.

»Ich verstehe dich. Bleib hier, Anna! Glaube mir, auch du wirst eines Tages fühlen, daß es besser ist, sich zurückzuziehen. Auch du brauchst eine Zuflucht vor den Schrecken der Liebe.«

Anna schüttelte den Kopf.

»Ich fahre zu Maria nach Zypern.«

Helena sprach aus, was Anna sich selbst sogar zu denken verboten hatte.

»Zypern liegt nahe bei Antiochia.«
Und sie fügte mit tiefem Mitleid hinzu:
»Arme Anna!«

Maria, blühend und auf dem Weg zur üppigen Matrone, war voller Freude, als Anna kam, und entfaltete eine stolze Betriebsamkeit. Anna mußte alles besichtigen: Marias vier Kinder, ihren Mann und ihren Schwiegervater, den Gouverneur, ihren Stadtpalast, ihr Landhaus und die Sehenswürdigkeiten der Insel, die sie ihr vorstellte, als habe sie sie persönlich geschaffen.

Sie hatte ihren Platz gefunden. Als Herrin des Hauses und Mutter respektiert und geliebt, lebte sie einem Familienglück, das sie als Kind nie gekannt hatte. Als sie nach Markos fragte, war es die Frage einer freundlichen Cousine, nichts weiter. Sie liebte ihren Mann, weil er der Vater ihrer Kinder war. Die zärtliche Wärme, die sie um sich verbreitete, empfand Anna mit einer Mischung von Rührung und Neid.

»Ist Zypern nicht schön?« fragte Maria, und sie meinte mehr damit als die Inselnatur. Als Anna ehrlich bejahte, fügte sie hinzu:

»Warum bleibst du nicht hier? In Pera bist du allein, hier hast du meine Kinder und mich. Wir sind deine Familie. Wir lieben dich, und wir möchten, daß du bei uns bleibst.«

Anna sah sie nachdenklich an.

»Das ist eine große Versuchung«, gab sie zu.

Maria begnügte sich nicht mit dieser ausweichenden Antwort. Sie schickte ihre Kinder mit Bitten und Schmeicheleien vor, sie ließ ihren Mann vernünftige Argumente vorbringen, und schließlich wies selbst der Gouverneur darauf hin, daß es einer Phokaina gut anstand, auf Zypern zu residieren, das einst ihr Vorfahr, Kaiser Nikephoros Phokas, erobert hatte. Dem Ansturm so vieler Bittsteller widerstand Anna nicht lange. Zu Marias Enttäuschung kaufte sie sich nicht einen kleinen Palast in dem hochgelegenen Nikosia, sondern eine Villa unweit der Hafenstadt Famagusta, denn, so sagte sie, sie habe fast ihr Leben lang in der Nähe des Wassers gewohnt und sie wolle den Blick auf das Meer nicht missen.

»Außerdem«, fügte sie lächelnd hinzu, »betrachtest du mich beinahe als deine Mutter und dein Mann mich als Schwiegermutter. Es ist besser, Mutter und Schwiegermutter nicht allzu nahe zu haben.«

Sie fand ein Haus, das, verglichen mit dem Palast in Pera, klein war, baute an, ließ einen Gartenarchitekten und viele ihrer Möbel und Bediensteten aus Konstantinopel kommen, und verwandelte das Haus in kurzer Zeit in eine luxuriöse Residenz, in der sie einen König hätte empfangen können.

Famagusta war der Hafen Zyperns, von dem aus die Schiffe nach Palästina gingen, aber keines ging oder kam von St. Symeon, dem Hafen Antiochias, obwohl er so nahe lag, denn Tankred, der während Boemunds Abwesenheit in Frankreich wieder sein Stellvertreter war, befand sich im Krieg mit Byzanz um die kilikischen Städte. Häufig lagen im Hafen die hochbordigen Galeeren aus Pisa, die Pilger geladen hatten und hier Rast machten, ehe sie weitersegelten nach Jaffa, von wo aus die Wallfahrer dann nach Jerusalem hinaufzogen.

Anna machte es sich zur Gewohnheit, die pisanischen Kapitäne und ihre vornehmen Passagiere zum Gastmahl zu laden. Das hätte sie sich in Konstantinopel nicht erlauben können, hier aber, am Rande des Reiches, wo sie die höchstrangige Dame war, dazu nicht mehr jung, zweifach verwitwet und reich, galt ihr Benehmen nur als exzentrisch. Auf diese Weise erfuhr sie viel von dem, was in Frankreich, Italien und Palästina geschah. Ein Seneschall der Gräfin von Blois, ein alter Mann, der das Gelübde abgelegt hatte, in Jerusalem zu sterben, schilderte ihr farbig und detailliert die prachtvolle Hochzeit, die der Fürst von Antiochia in Chartres mit Konstanze, der Tochter des Königs von Frankreich, gefeiert hatte.

»Es war eine Doppelhochzeit«, fügte er hinzu. »Der König hat die Gelegenheit benutzt, eine seiner außerehelichen Töchter von Bertrada von Montfort an den Mann zu bringen. Die rothaarige Cecile ist Boemunds Neffen Tankred angetraut worden. Er kann sich freuen. Zwar ist sie illegitim, aber königliches Blut hat sie auch, und sie ist erheblich schöner und jünger als ihre ehelich geborene Schwester. Unter uns gesagt, ist Konstanze blaß und häufig leidend und hochmütig wie der Teufel. Ihr erster Mann, der Graf der Champagne, soll froh gewesen sein, sie los zu werden. Nun, für Boemund ist sie die beste Partie, die er machen konnte. Und er ist, wie man hört, Manns genug, sie zu zähmen. Er soll sie Tag und Nacht beschlafen haben, bis sie schwanger geworden ist. In seinem Alter muß er es auch eilig haben, Söhne zu zeugen.«

An einem der letzten milden Spätsommertage, bevor das Meer durch die Herbststürme unpassierbar wurde, erschienen die Schiffe, die Elvira von Aragon, Witwe Raimunds von Toulouse, des Grafen von St. Gilles, in die Provence zurückgeleiteten.

Die Gräfin ruhte sich mit ihrem halbjährigen Sohn drei Tage bei Anna aus. Sie war eine große, starkknochige Frau, ihre Stimme laut und befehlsgewohnt. Ihre Kleidung war kostbar, wie es ihrem Rang entsprach, aber sie machte keine Zugeständnisse an weibliche Künste, war weder geschminkt noch parfümiert, und den Luxus, den sie in Annas Haus antraf, betrachtete sie mit schlecht verhehlter Verachtung. Anna hatte keine Mühe, sich vorzustellen, daß sie in Abwesenheit ihres Mannes eine Burg oder eine Stadt hielt.

»Er war zu alt,« sagte sie grollend, als habe Raimund diese Tatsache mutwillig verschuldet, »in den entscheidenden Stunden war er krank, lag mit hohem Fieber darnieder, während dieser verfluchte Normanne alles an sich riß. Raimund stand die Führerschaft zu. Er war der vornehmste und reichste Mann des Unternehmens, ihn hatte der Papst als ersten ins

Vertrauen gezogen, ihm war der päpstliche Legat beigeordnet, er war der einzige, der die Freundschaft des Kaisers errungen hat. Wenn der Hauteville nicht gewesen wäre mit seiner abgefeimten Tücke, dann hätte Raimund dem Kaiser Antiochia übergeben, dann wären die Kreuzfahrer weiterhin von Byzanz unterstützt worden, dann wäre die Krone des Königreichs Jerusalem dem Mann zugefallen, der sie als einziger verdient hat. Stattdessen mußte Raimund länger und härter kämpfen als alle anderen, um nur einen Bruchteil dessen zu gewinnen, was die anderen errungen haben: Tripolis, so lange belagert und so wenig wert!«

Sie ließ sich die Schale mit Sorbet nachfüllen und leerte sie so hastig, daß sie kaum schmeckte was sie trank. Mit erneuerter Bitterkeit fuhr sie fort:

»Balduin von Boulogne – wer war er schon? Der jüngere Bruder dieses unbedeutenden Herzogs von Lothringen. Keinen einzigen Ritter und keinen Fußsoldaten besaß er, als er sich auf den Weg machte, mußte sich die Truppen vom Bruder ausleihen, als er nach Edessa zog, errang seine Herrschaft durch Mord, und was ist er heute? König von Jerusalem! Und der Hauteville? Besaß in Tarent ein Herzogtum, das nicht mehr war als ein Titel und ihm kaum etwas eintrug. Die Truppen, mit denen er sich auf den Weg machte, waren nicht halb so zahlreich wie die unseren. Der Kaiser und er waren einander feind von der ersten Stunde an, da er Konstantinopel betrat. Bei Doryläum wäre er jämmerlich zugrundegegangen, wenn Raimund nicht rechtzeitig gekommen wäre, um ihn zu retten. Antiochia hat er nicht erobert wie ein Held, sondern durch Verrat an sich gebracht. Dann ist er nicht nach Jerusalem gezogen, hat sein Gelübde nicht eingelöst. Eidbrüchig ist er dem Kaiser und Gott gegenüber.«

Zu ihrer eigenen Überraschung wollte Anna ihn verteidigen.

»Aber er war doch in Jerusalem.«

Elvira verzog den Mund.

»Ein Jahr später. Und nicht aus Frömmigkeit, möchte ich wetten. Er zwang Gottfried den Patriarchen auf, diesen Pisaner, damit er sich der Hilfe der pisanischen Flotte versichern konnte gegen den Kaiser. Aber einmal hat er bekommen, was er verdiente. Er hat sich in einen Hinterhalt locken lassen wie ein Knabe und ist in Gefangenschaft geraten. Wie haben wir gelacht, Raimund und ich.«

Sie warf den Kopf in den Nacken und lachte, ein lautes Lachen ohne Fröhlichkeit.

»Wenn es gerecht zuginge auf dieser Welt, dann wäre er dort hinten in Niksar in seinem Kerker verrottet. Verflucht seien alle Hautevilles! Ihretwegen muß ich gehen.«

»Ihretwegen?« fragte Anna und winkte der Dienerin, Elviras Schale wieder zu füllen. Die Gräfin von St. Gilles nickte. Ihr Gesicht war hart.

»Vier Söhne habe ich in diesem Land begraben. Alles, was mir geblieben ist, ist dieses kleine Kind, dessen Zukunft ich sicherstellen muß. Ich gehe nach Toulouse zurück. Mein Sohn ist der Erbe der Provence, und dieses Erbteil beanspruche ich für ihn. Dort werde ich mich durchsetzen, denn ich habe die Unterstützung von Aragon. Hier bin ich nur eine Frau. Mir werden die Barone nicht gehorchen, und die Hautevilles werden leichtes Spiel haben, Tripolis zu erobern. Ich habe Nachricht, daß Boemund aus Frankreich ein großes Heer zugewachsen ist, das er in Tarent für den Krieg trainiert. Die Männer sind auf seine honigsüßen Worte hereingefallen und glauben, sie zögen in den Kampf gegen die Ungläubigen. Alles, was sie tun werden, ist, die Macht Antiochias zu vergrößern auf Kosten der christlichen Staaten. Er wird gegen Tripolis kämpfen und gegen Byzanz. Er kämpft nicht für Christus, sondern gegen ihn. Manchmal glaube ich, er ist der Antichrist.«

Anna hob abwehrend die Hand.

Elvira warf den Kopf in den Nacken.

»Ihr glaubt mir nicht? Nun, Ihr kennt ihn nicht. Aber ich habe monatelang im Feldlager mit ihm gelebt. Ich sage Euch, an diesem Mann ist alles Ehrgeiz und Herrschsucht. Er würde dem Teufel seine Seele verschreiben, um dafür eine Krone zu bekommen. Manche sagen sogar, er habe es getan, und ich will nicht sagen, daß sie unrecht haben. Wie kann man sonst erklären, daß ihm alles, was er beginnt, gelingt? Sogar aus dem Kerker ist er freigekommen, obwohl der Kaiser dem Emir eine viel höhere Summe Lösegeld geboten hatte. Er ist immer noch strahlend und schön, wie ein Erzengel in der Schlacht. War nicht Luzifer auch ein Erzengel? Er ist unmenschlich, teuflisch grausam. Mich schaudert, wenn ich daran denke, wie er befohlen hat, Menschen am Spieß zu braten wie Ochsen. Ich habe ihn gesehen, Prinzessin. Ich habe ihm in die Augen gesehen, und ich sage Euch, ich habe nie härtere und kältere Augen gesehen. Er hat keine Seele und wird zum Teufel gehen, auch wenn er das Kreuz genommen hat. Ja, gerade deshalb! Auf seiner Schulter ist es Gotteslästerung und wird sich ihm einst tief ins Fleisch einbrennen. Gottes Rache wird kommen.«

Ihre Augen funkelten, ihr Atem ging rasch. Ihre Oberlippe war hochgezogen und entblößte die Zähne, als wolle sie sie in einen Feind schlagen. Strähnen hatten sich aus ihrem aufgesteckten Haar gelöst und umringelten den Hals wie Schlangen. Sie sah aus wie eine Furie. Anna schrak zurück. Ihr war, als blicke sie in einen Spiegel und sähe ihr eigenes Gesicht, von Haß verzerrt.

Noch Tage später fühlte sie sich krank. Sie fror, und kein heißer Würzwein, kein Dreifuß mit glühenden Kohle konnte die Kälte aus ihrem Körper und ihrer Seele vertreiben

Gottes Rache wird kommen. Gottes Rache?

In der Nacht, als sie schlaflos lag und sich den Trost des Weines verweigerte, versuchte sie, gegen Elviras Worte zu argumentieren. Aber es gab nichts, was sie ihr entgegensetzen konnte. Boemund hatte sein Kreuzzugsgelübde gebrochen, er hatte dem Kaiser einen Meineid geschworen. Er verachtete sie. Er war der Mann, den sie liebte. Es war still im Schlafzimmer. Die Sklavin, die vor ihrem Bett lag, schlief lautlos, draußen um das Haus herum jagte der Wind die Blätter, aber durch die geschlossenen Läden drang kein Laut. Es war dunkel bis auf das Öllicht, das vor der Ikone mit ruhigen Schein brannte und das Gesicht der Theotokos, der Gottesgebärerin, aus dem Dunkel heraushob. Umgeben vom goldenen Glanz schauten aus dem ovalen Gesicht die großen mandelförmigen Augen unbewegt in die Ewigkeit. Das Antlitz der Gottesmutter war schön und unmenschlich in seiner gelassenen Gefühllosigkeit.

Anna schloß die Augen. Sie sah ihn aus dem Wasser des Flusses auftauchen, breitschultrig und schmalhüftig, sah das Muskelspiel unter der weißen Haut, sah, wie die Sehnen am Hals sich spannten, als er den Kopf zurückwarf und lachte. Schön wie einer der alten Götter, der Gott des Krieges, der menschliche Gestalt angenommen hatte. Sie hatte seine Schönheit bewundert. Sie war ihr ins Blut gegangen. Sie hatte gebrannt von diesem Augenblick an, und ihre Ehe mit Romanos war gescheitert, noch bevor sie begonnen hatte. Sie hatte Boemund begehrt. Als sie ihn in jenem Winter in Larissa besessen hatte, war ihre Sehnsucht, kaum gestillt, schon wieder aufgeflammt. Die Jahre ohne ihn waren wie eine Wanderung durch die Wüste gewesen, auf der Suche nach einer Oase, von der sie geglaubt hatte, sie nie mehr erreichen zu können. Dann war er zurückgekehrt, sie war zu ihm gegangen, und das Blut sang in ihren Ohren. Er aber hatte ihr Verlangen als den schamlosen Trieb einer Hure verhöhnt und sie gedemütigt, als sei sie nichts als eine läufige Hündin. Hatte er recht gehabt? War es denn Liebe und nicht nur Verlangen gewesen, von dem sie besessen gewesen war? Konnte es Liebe gewesen sein, wenn aus der Demütigung solcher Haß entstanden war? Haß, den sie jahrelang in ihrem Herzen bewahrt und den sie zu einer scharfen kalten Waffe geschmiedet hatte, so daß sie zu einer Rache fähig geworden war, die maßlos und unmenschlich war? War das Liebe? Sie erinnerte sich an das Paulus-Zitat, das sie als Strafarbeit hatte abschreiben müssen.

Die Liebe suchet nicht das Ihre, sie läßt sich nicht erbittern, sie rechnet das Böse nicht zu.

Wenn Liebe so war, wie Paulus sie in seinem Brief an die Korinther beschrieb, dann hatte sie nicht geliebt. Ihr Stolz war größer gewesen. Ihr Geliebter hatte sich ihr ausliefern sollen mit Leib und Seele. Sie hatte mit dem Gedanken, daß er tot war, leben können, denn er lebte in ihr und ihrem Sohn weiter, aber sie hatte nicht ertragen können, daß er lebte und sie demütigte. Sie war mehr als bitter geworden, sie hatte gebrannt vor Haß. Sie hatte Böses nicht ertragen, sie hatte es durch Böseres vergolten.

Und doch war es Liebe gewesen, war mehr als die Lust gewesen, die sie im Bett geteilt hatten. Als sie seinen Sohn aufgezogen hatte, als sie Gabriel ihr Bett verweigert hatte, als sie in Sebastea sein Herz unter ihren Fingerspitzen hatte schlagen hören, als sie das Lösegeld für ihn aufgebracht hatte und die Villa bei Famagusta erworben hatte, da war keine Nacht vergangen, in der sie sich nicht nach seinen Händen, seinem Mund, seinem Geschlecht gesehnt hatte. Aber auch nach dem Lächeln in seinen Augen, dem Lachen, das laut aus seiner Kehle aufstieg, dem Ton seiner Stimme, dem fremdartigen Klang seiner Sprache, dem unverständlichen französisch, in das er verfiel, wenn er sie liebkoste.

Sie hatte ihn überreden wollen, sich Alexios auszuliefern. Sie hatte aus dem ungezähmten Falken, der frei in den Lüften kreiste und auf seine Beute niederstieß, den Hänfling im Käfig machen wollen. Warum war sie nicht mit ihm gegangen, warum hatte sie nicht mit einem Haus in Antiochia vorlieb genommen und dann demütig auf ihn gewartet, Tag für Tag und Nacht für Nacht?

Die Liebe erträgt alles, sie glaubet alles, sie hoffet alles, sie duldet alles.

Ihre Liebe nicht. Ihre Liebe war nie demütig gewesen, sondern fordernd. Wenn es ihr nur gelungen wäre, ihren Stolz zu besiegen! Dann hätte sie nicht in diesem auflodernden Haß Rache geübt, ihn zum zweiten Mal verraten, und schrecklicher, als er damals gewußt hatte. Ihr Haß war verschwunden, gestorben in jenen Nächten, in denen sie ihren furchtbaren Träumen nur entkommen konnte, wenn sie eine Kanne Wein geleert hatte.

Mit dem Ende des Hasses war die Angst gekommen. Anna fror. Sie stand leise auf, um die Dienerin nicht zu wecken, und fiel vor dem Bild der Theotokos auf die Knie. Sie hatte das Ihre getan, um die Folgen abzumildern, sie hatte den größten Teil seines Lösegeldes aufgebracht. Aber was, wenn es schon zu spät gewesen war? Er war für sie auf immer verloren. Er hatte die Tochter des französischen Königs in sein Bett genommen und sie würde ihm Söhne gebären, von ihrem Sohn aber zu erfahren, hatte sie ihm verweigert. Sie hatte ihn verloren, und es war allein ihre Schuld. Wo war ihr Stolz geblieben? Verweht wie Fußspuren im Sand. Wenn er jetzt käme – aber er würde nicht kommen. Niemals.

Die Liebe höret nimmer auf.

Das würde ihre Buße sein.

Mitte Oktober wurde die Schiffahrt eingestellt. In diesem Jahr war das Wetter schon am Anfang des Monats tückisch und die Winde unberechenbar, und nur wenige Schiffe wagten sich noch hinaus. Nach einer Nacht, in der der Sturm um das Haus geheult hatte, erfuhr Anna vom Haushofmeister, daß ein Segler aus St. Symeon im Hafen von Famagusta Zuflucht gesucht hatte. An Bord war ein Ritter aus Antiochia gewesen,

Leider nicht Tankred, wie der Stadthauptmann festgestellt hatte, der das Schiff mit einem Dutzend Soldaten der Stadtwache gestürmt hatte, aber immerhin einer aus der Familie der Hautevilles. Er hatte den Ritter in das Stadtgefängnis gebracht, den Gouverneur in Nikosia über den Fang unterrichtet und wartete auf weitere Anweisungen.

Als Anna davon hörte, schickte sie ihren Haushofmeister nach Famagusta. Sie ließ dem Stadthauptmann ausrichten, der Ritter sei, wenn er sein Ehrenwort abgebe, nicht zu fliehen, in ihr Haus zu überstellen, wo sie ihn seinem Rang gemäß unterbringen und bewachen werde. Einer Prinzessin Phokaina Paläologa, die der Schwiegertochter des Gouverneurs nahestand, konnte der Stadthauptmann das Verlangen nicht abschlagen, der Ritter gab sein Ehrenwort, und so empfing Anna ihn schon am Abend zum Mahle.

Sie war enttäuscht, als sie ihn sah. Er glich dem Hauteville nicht, den sie kannte. Er war nur wenig über mittelgroß, breitschultrig, stiernackig, vierschrötig, mit rotem Haar und einem jungen sommersprossigen Gesicht. Das offene Lächeln, mit dem er sie begrüßte, erlosch, als er sich aus der Verbeugung aufrichtete und ihr ins Gesicht sah.

Anna sprach die zeremoniellen Begrüßungsworte auf Latein. Sie sprach fließend und fehlerfrei, aber mit griechischem Akzent, so daß er sie offensichtlich nicht verstand, denn er starrte sie nur an, ohne zu antworten.

Richard von Salerno war wie vom Blitz getroffen, als er sie erkannte. Ihr Name hatte ihm nichts gesagt. Er kannte keine Prinzessin Phokaina Paläologa, und nach dem, was er vom Stadthauptmann erfahren hatte, hatte er eine etwas bizarre ältere Dame erwartet, die sich seine Gesellschaft aus Langeweile erbeten hatte. Ihr Anblick traf ihn wie ein Schock. Das ovale Gesicht mit einer Haut wie mattes Elfenbein, die großen brennenden Augen, das dunkle Haar, das wie eine Wolke das Gesicht umgab – er hatte den Anblick nie vergessen. An einer Ecke der mese in Konstantinopel, im Speiseraum des Klosters von Kosmas und Damian, an der Seite des Emirs der Danischmendiden in Sebastea.

Gott verdamme sie, damit ich ihr in Ewigkeit entgehe, wenn ich sie schon auf dieser Welt nicht aus meinen Lenden und meiner Seele reißen kann.

Anna Phokaina. Die Verräterin. Boemunds schönes Verhängnis. Sie erkannte ihn nicht. Wie denn auch, sie hatte niemals einen Blick auf ihn verschwendet, sondern nur Augen für seinen Onkel gehabt.

Anna zögerte einen Moment, dann legte sie ihm die Hand sanft unter den Ellbogen, um ihn ins Haus zu geleiten. Richard erwachte, errötete und entschuldigte sich in einem Latein, das viel schlechter war als ihres. Sie bemerkte, daß sein rechtes Knie steif war, und sah beim Essen, daß an seiner rechten Hand zwei Finger fehlten. Sie erkundigte sich nach der Ursache, überzeugt davon, daß er gern erzählen würde, wie und wo er verwundet worden war. Sie hatte das Richtige getroffen, denn seine anfängliche Befangenheit verlor sich, als er ihr von der Schlacht bei Harran erzählte. Es war nach Boemunds Freilassung gewesen. Sein Onkel hatte Tankred die Zügel der Regierung aus der Hand genommen und sich vor großen Problemen gesehen. Die byzantinische Bedrohung ließ Richard taktvoll aus, um so mehr sprach er von dem großen Heer, das die Türken von Mossul aufgebracht hatten, um über Edessa herzufallen. Der Graf von Edessa hatte Boemund zu Hilfe gerufen. Edessa zu verteidigen, diesen weit vorgeschobenen Posten der Christenheit, hieß auch, Antiochia zu verteidigen.

»Wir wollten die große Festung Harran nehmen,« sagte Richard, »aber sie war zu stark befestigt, als daß wir sie im Sturm erobern konnten. Während wir sie belagerten, näherte sich das türkische Heer von Mossul. Boemunds Plan mußte uns unfehlbar den Sieg eintragen, aber Balduin von Edessa versagte völlig. Wir versteckten uns hinter einem Hügel, während Balduin die Hauptmacht der Türken angriff. Wenn er ihre Kräfte im Getümmel gebunden hatte, wollten wir mit unseren frischen Kräften heranstürmen, sie umzingeln und vernichten. Die Türken aber flohen, bevor wir erschienen, die Leute aus Edessa stürzten ihnen nach, ließen sich über den Fluß locken, wo die Türken wendeten, sie angriffen und vernichteten. Wir kamen zu spät. Boemund konnte nichts weiter tun, als zum Rückzug blasen zu lassen, um unsere Armee zu retten. Dabei wurde ich in einem Zweikampf mit einem Türken schwerverletzt und wäre wohl wieder in Gefangenschaft geraten, wenn nicht Boemund selbst mich herausgehauen hätte.«

Er machte Anstalten, den Kampf in allen Einzelheiten zu schildern, aber Anna unterbrach ihn.

»Wieder in Gefangenschaft?«

Er nickte und seine Befangenheit kehrte zurück.

»Ich gehörte zu dem Dutzend Männer, die den Hinterhalt der Danischmendiden in der Schlucht von Aksu überlebten und mit Boemund in Gefangenschaft gerieten.«

Er brockte Brot in den Wein und sah sie nicht an.

Ihre Stimme klirrte.

»Ihr wart mit ihm in Niksar?«

Er schüttelte den Kopf.

»Wir blieben alle in Sebastea. Nur Boemund wurde nach Niksar geführt. Der Emir dachte wohl, für uns würde sich niemand mit einem Heer auf den Weg machen, um uns zu befreien.«

»Wie wurdet Ihr behandelt?«

»Ehrenvoll in ritterlicher Haft. Der Emir wies uns Gemächer an, die um einen hübschen Hof lagen, sandte uns Gewänder und erlesene Speisen und Dienerinnen und ließ uns von seinen eigenen Ärzten behandeln. Es war ein Leben wie im Paradies. Aber solange wir leben, taugen wir für das Paradies wohl nicht. Wir haben uns furchtbar gelangweilt und nach einer großen Schlacht, einem guten Kampf gesehnt.«

»Wie erging es ...« sie zögerte und sprach den Namen dann nicht aus. »Wie erging es Eurem Herrn?«

Richard zuckte die Achseln. Er drehte das Weinglas in der Hand und starrte auf die Brotkrumen darin, die den roten Wein aufsaugten.

»Wenn wir schon so gut behandelt wurden, wird er wie ein Fürst gehalten worden sein. Ich weiß es nicht. Er hat, als ich ihn gefragt habe, nur gesagt, er habe arabisch gelernt und sein Schachspiel verbessert.«

Anna malte mit der zweizinkigen Gabel, deren sich die Byzantiner statt der Hand bedienten, um die Bissen zum Mund zu führen, Muster auf das Tischtuch.

»Hat er sich verändert?«

Verändert? Die Frage verblüffte Richard. Als ob Boemund sich jemals verändern könnte! Er war immer noch derselbe hervorragende Reiter und Kämpfer. Sein Körper hatte kein Fett angesetzt, seine Energie war unerschöpflich, er war immer noch der Abgott seiner Soldaten, er war derselbe, der er gewesen war, als er Richard das Kreuz an die Schulter geheftet hatte. Die Jahre und die Strapazen hatten ihm nichts anhaben können.

»Er ist schön und strahlend und unverwundbar wie der Erzengel Michael«, sagte Richard.

Er hörte, wie sie den angehaltenen Atem laut ausstieß, blickte endlich von dem Glas hoch und sah in den Augen der Prinzessin Tränen stehen. Geniert wandte er den Blick wieder ab.

Zwei Tage später brachte das letzte pisanische Schiff, das vor dem Winter Famagusta anlief, Richard nach Italien. Anna Phokaina Paläologa hatte es übernommen, das Lösegeld für ihn vorzustrecken.

Kurz darauf folgte sie einer dringlichen Einladung Marias nach Nikosia. Zwei der Kinder waren an Halsentzündung erkrankt, Maria fürchtete das Schlimmste. Als Anna eintraf, waren beide schon wieder gesund und liefen ihr mit freudigen Geschrei entgegen.

Sie fand Marias Schwiergervater, den Gouverneur, so aufmerksam wie immer, aber es war eine mechanische Höflichkeit, die er an den Tag legte, und die seine Sorge nur wenig verbarg. Er fürchtete, wie sie am zweiten Tag ihres Besuches herausfand, um den Bestand des Reiches. Mit Hunderten von fränkischen Rittern und Tausenden von Fußsoldaten, die er ein Jahr lang in Süditalien ausgebildet hatte, war Boemund von Hauteville, Herzog von Tarent und Fürst von Antiochia, über die Adria gekommen und belagerte Durazzo.

So wie Durazzo nach der Zerstörung durch Robert Guiskard schöner und stärker wieder aufgebaut worden war, war auch Yolandas Leben aus den Trümmern aufgeblüht. Nachdem sie aus Boemunds Lager mit einer nicht unerheblichen Summe Geldes in die Stadt zurückgekehrt war, hatte sie das Haus ihres Vaters neu errichtet, diesmal aber höher gebaut, so daß sie nicht nur unten eine Werkstatt, sondern auch oben zwei Wohnungen vermieten konnte. In die Werkstatt zog ein Goldschmied ein, der nach kurzer Zeit ihr Gatte wurde, sie bekamen fünf Kinder, von denen drei das Säuglingsalter überlebten. Das Einkommen aus der Werkstatt und der Vermietung erlaubte ihnen, im Laufe der Jahre weitere Häuser zu erwerben und im Winter in feiner Wolle, im Sommer in Seide zur Kirche zu gehen. Yolanda wurde eine respektierte Matrone, deren Rat gern eingeholt wurde und der man schwierige Ehevermittlungsfälle anvertraute.

Die Stadt radierte zwei Jahre aus ihrem Leben aus, und Yolanda tat dasselbe. Sie war realistisch genug, nie einen Vergleich anzustellen zwischen dem freundlichen kleinen, frühzeitig kahl und fett werdenden Goldschmied und dem hünenhaften Normannen, dessen Lager sie ein halbes Jahr geteilt hatte. Und was sie noch an Erinnerung daran gehabt haben mochte, schwand mit jedem Kind mehr dahin.

Wenn sie sonntags in der Kathedrale einen blonden Kopf sah, arrogant auf einem schlanken Hals über breiten Schultern getragen, der die Männer neben ihm hoch überragte, dann schlug ihr Herz nicht schneller. Sie hatte sich erkundigt, als er seinen Dienst angetreten hatte, hatte sich zusammengereimt, weshalb ein Sohn des Romanos Paläologos so groß und so blond war, und den Mund gehalten. Was ging es die Frau des Goldschmieds an? Sie hatte ihren Platz im Leben gefunden und keinen anderen Wunsch, als ihn bis zu ihrem Ende – das Gott noch lange hinausschieben mochte – in Wohlstand und Ansehen zu behaupten.

Dann begannen Gerüchte in den Gassen der Stadt die Runde zu machen. Es war ein Wort, das ein Kunde in der Werkstatt hinwarf, und eine Meinung, die ihr Mann aus dem Wirtshaus mitbrachte, Yolanda, zwischen Wäschewaschen und Brotbacken, hörte kaum zu. Im Sommer verdichteten sich die Gerüchte. Die Männer blieben auf den Straßen stehen, tauschten Nachrichten aus und diskutierten. Im Herbst dann wurde es Gewißheit.

Leute aus Avlon kamen in die Stadt und schrien es auf dem Markt aus. Der Sohn des Guiskard, der Herzog von Tarent, der Fürst von Antiochia, war mit einem riesigen Heer gelandet und marschierte auf Durazzo, wie es sein Vater vor einem halben Menschenalter getan hatte. Die es mit eigenen Augen gesehen hatten, schilderten, welch schrecklicher Anblick die gewaltige Flotte gewesen war, die die Adria überquert hatte. In der Mitte, sagten sie, fuhren die mit Soldaten überreich besetzten Zweiruderer, so viele und mit so vielen Ruderern versehen, daß es einen Lärm machte, wenn ihre Riemen auf das Wasser schlugen den man von einem Ufer des Meeres zum anderen hören konnte. Umgeben waren sie von Lastschiffen wie von einem Wall, in deren Segel günstiger Wind fuhr, so daß sie leicht über das gekräuselte Meer dahin glitten. Die byzantinische Flotte aber, die seit dem Sommer wachsam das Meer befahren hatte, wurde von dem Wind, der ihr entgegenstand, zurückgedrängt, so daß der Normanne sein Heer unbehelligt an Land bringen konnte. Böswilligere Zungen behaupteten, der byzantinische Admiral habe Reißaus genommen, als er die gewaltige Flotte Boemunds erblickt hatte.

Von nun an standen die Einwohner Durazzos mit klopfenden Herzen auf den Mauern der Stadt, spähten über den Damm auf das Festland und warteten auf das normannische Heer.

Es dauerte nicht lange, da sahen sie den Rauch am Horizont aufsteigen, in dem die zum Schutz der großen Stadt vorgelagerten Festungen, die schon von den Normannen erobert worden waren, in Flammen aufgingen. Späher, die nachts die Stadt verließen, wußten anderntags zu berichten, daß die ganze Ebene mit Soldaten angefüllt war, die Schanzarbeiten verrichteten, und daß andere auszogen, die Gegend zu plündern, und daß den ganzen Tag über Ochsengespanne in das normannische Lager kamen, um alle zu versorgen. Da wußten sie, daß sie sich auf eine lange Belagerung einstellen mußten. Angst kroch durch die schmalen dunklen Gassen der Stadt. Nach der Messe hielt der Gouverneur eine flammende Rede auf dem großen Platz vor der Kathedrale.

Sie könnten guten Mutes sein. Anders als vor zwanzig Jahren seien sie wohlvorbereitet. Im Hafen lägen wendige Schnellsegler, deren kühne Kapitäne sich übers Meer nach Venedig durchschlügen, um die Verbündeten zu Hilfe zu rufen. In den staatlichen Vorratshäusern lagerten Mehlvorräte, um Brot für drei Jahre zu backen, die Mauern der Stadt seien verstärkt, die Besatzung verdoppelt worden. Seine Worte erreichten viel weniger als der Anblick seines Stellvertreters. Wenn Markos Paläologos auf seinem riesigen thessalischen Streitroß die Wälle abritt, über dem Kettenpanzer ein weißes Stepphemd mit goldener Stickerei, hünenhaft, den Arm in die Seite gestützt, das blonde Haar im Wind wehend, sein Gelächter laut über die Mauern schallend, dann glaubten die Männer, der heilige Georg kämpfe an ihrer Seite, und die Herzen der Frauen flogen ihm zu. Aber wenn Yolanda ihn sah, dann lächelte sie nicht. Ihr Gesicht wurde blass, sie preßte die Lippen fest zusammen und wandte den Blick ab.

Den Winter über wurde nicht gekämpft. Das Heer der fränkischen Kreuzfahrer lagerte vor der Stadt, die Belagerten wachten auf den Mauern, und dabei blieb es. Im Frühjahr kamen die Schnellsegler zurück und berichteten Ermutigendes. Der Kaiser habe seine Armee zusammengezogen und sei auf dem Marsch. Die von venezianischen Schiffen verstärkte byzantinische Flotte habe einen Sperrriegel vor die Küste gelegt, den nicht einmal ein kleines Fischerboot unbemerkt durchbrechen könne. Boemund habe keine Nachschublinien mehr. Während sie sich noch darüber freuten, sahen die Leute von Durazzo, was die Franken den Winter über getan hatten, und erbleichten.

Ein Turm näherte sich der Stadt. Die Franken und Normannen mochten Barbaren sein, aber sie verstanden sich auf das Kriegshandwerk. Sie hatten die Höhe der Stadtmauer errechnen können und den Turm so gebaut, daß seine oberste Plattform sie um eine Manneshöhe überragte. Ringsum war er mit Lederhäuten verhängt, in die auf jedem Stockwerk Öffnungen hineingeschnitten waren. Dort standen Bogenschützen. Ein dichter Hagel von Pfeilen ergoß sich aus dem Turm, während er langsam und schwerfällig, aber unerbittlich näherrollte. Auf der obersten Plattform blitzten die Rüstungen und Waffen der Männer, die dort bereitstanden, eine Hängebrücke auf die Stadtmauer zu werfen und hinüberzustürmen.

Der Neffe des Kaisers ließ Schützen an der Stelle postieren, an der der Turm ankommen würde, und sie mit Brandpfeilen ausstatten. An den nassen Lederhäuten des Turmes prallten die Pfeile wirkungslos ab. Der Kommandant befahl, das griechische Feuer einzusetzen, gegen das Wasser wirkungslos war, aber es erwies sich, daß Boemund lange genug gegen Byzanz gekämpft hatte, um das Geheimnis zu kennen, mit dem man es unschädlich machen konnte. Das Leder war nicht mit Wasser getränkt, sondern mit Urin, und das griechische Feuer verpuffte wirkungslos. Das Hohnlachen der Barbaren scholl laut über das Feld, der Turm kam ächzend und knarrend näher.

Markos Paläologos gab einen Befehl, und tausend Hände begannen sich in der Stadt zu rühren. Frauen, Kinder und Greise arbeiteten fieberhaft mit den Soldaten zusammen. Alles was leicht brennbar war, wurde aus den Häusern getragen und von der Mauer geworfen und bildete nach einer Stunde einen Berg, der fast so hoch war wie der Turm. Die Soldaten hoben die schweren Krüge an, die auf der Mauer aufgereiht worden waren, und gossen das goldgelbe zähfließende Öl auf das aufgeschichtete Holz, Stroh, Papier, Sackleinen und Bettzeug. Dann schossen sie Brandpfeile hinein. Der Turm kam näher und näher. Er war zu schwerfällig, um seine Richtung zu ändern, aber die Männer, die ihn beaufsichtigten, witterten auch keine Gefahr.

In dem aufgeschichteten Scheiterhaufen schwelte das Feuer still vor sich hin, hier und da kräuselte sich ein leichter Rauch, doch weiter geschah nichts. Die Männer auf der Brustwehr hörten das Klirren der Schwerter auf der Plattform des Turms, als die Männer dort oben sich bereitmachten, die Zugbrücke hinunterzulassen. Da kam ein Windstoß vom Meer herüber, fuhr in den glimmenden Haufen und fachte die Flamme an, daß sie hoch aufloderte. Es war, als brenne die Stadtmauer selbst. Das Feuer fraß sich in Windeseile durch den Holzstoß , suchte neue Nahrung und fand sie in dem Holzgerüst des Turmes. Seine Hitze versengte die nassen Häute, die schwarz wurden und verkohlten und die hölzernen Balken zum Fraß freigaben.

Am Abend war in allen Tavernen, in allen Häusern von nichts anderem die Rede als davon, wie der Turm gebrannt hatte, wie die Männer, die ihn besetzt hielten, als lebende Fackeln herunter gesprungen waren und wie das Entsetzen und die Hitze die Belagerer zurückgetrieben hatte, während die byzantinischen Soldaten auf der Mauer ihnen Spott und Hohn nachgerufen hatten.

Am nächsten Morgen verging ihnen das Lachen und Schenkelklopfen. Im Schutz der Dunkelheit und der Ablenkung durch den Turm hatten die Feinde eine Mine gegraben bis unter die Stadtmauer. Wäre nicht in der Nacht einer aufmerksamen Wache ein sonderbares Geräusch aufgefallen, so hätten fränkische Krieger im Morgengrauen Durazzo durch den Geheimgang betreten. Mit fieberhafter Eile hatte man lokalisiert, wo gegraben wurde, und als die Franken durchbrachen, hatte eine Hundertschaft sie empfangen und niedergemetzelt und den Gang zerstört.

Es gab eine Sonderration Wein für alle. Fortan war man auf der Hut und mißtraute der wiedereingekehrten Ruhe. Zu Recht, denn nur eine Woche später hatten die fränkischen Ingenieure eine Schildkröte gebaut, die mit keiner zu vergleichen war, die man bisher gesehen hatte. Spione berichteten von ihr. Sie bestand aus einem Holzgerüst, das man wie den Turm mit Häuten verkleidet hatte, in dessen Inneren ein riesiger Rammbock installiert worden war, so gewaltig, daß keine Mauer seinen Stößen lange zu widerstehen vermochte.

Sobald die Nachricht in die Stadt drang, beschloß man, Freiwillige einen Ausfall machen zu lassen, die versuchen sollten, die Maschine zu zerstören, bevor sie in Stellung gebracht worden war.

Von den Männern, die nach Mitternacht durch eine kleine Pforte hinausschlüpften, kehrte im Morgengrauen nur einer zurück, die anderen waren alle erschlagen worden. Ein fränkischer Herold ritt im Schutz seines Amtes unter die Mauer und bot an, die Toten herauszugeben, wenn sie ihre eigenen unter der Stadtmauer Gefallenen bergen dürften.

Aus Durazzo zog eine Gruppe von Männern aus, die ochsengezogene Karren führten, auf denen die Leichen zurückgebracht werden sollten. Neben einem der Gespanne schritt eine Frau in mittleren Jahren rüstig aus. Ihre Kleidung verriet Wohlhabenheit. Man hatte sie mit den Männern mitgehen lassen, weil sie der fränkischen Sprache mächtig war.

Als die Toten aufgeladen waren, ging sie nicht mit ihren Leuten zurück. Sie wandte sich an den Normannen, der die Arbeiten beaufsichtigt hatte, und verlangte, den Fürsten zu sprechen.

Zu ihrer Überraschung gab es keine Schwierigkeiten. Sie wurde nach Waffen durchsucht und dann in das Zelt Boemunds geführt, wo ein Knappe Lederzeug einfettete. Man rückte ihr einen Feldstuhl hin, schärfte dem Knappen ein, auf sie aufzupassen, und ließ sie allein.

Yolanda preßte die Hände im Schoß zusammen. Langsam glitt ihr Blick durch das Zelt. Es war nicht das, das sie gekannt hatte. Es war größer, luxuriös mit Teppichen ausgestattet, auf einem Tisch standen goldene und silberne Becher und Krüge, in einer Ecke war ein Vorhang zurückgeschlagen und zeigte ein schmales Feldbett, bedeckt mit Fellen. Es roch nach Rauch, nassem Leder, Fett und Wein. Soweit Yolanda sehen konnte, gab es kein Anzeichen dafür, daß eine Frau in diesem Zelt lebte.

Nach einer Weile hörte sie ein Dröhnen, das in gleichmäßigen Abständen wiederkehrte. Der große Rammbock hatte seine Arbeit aufgenommen. Jedesmal, wenn er wieder zustieß, zuckte Yolanda zusammen. Der Knappe pfiff vor sich hin und warf ihr ab und an einen mißtrauischen Blick zu. Er hörte die Ankunft seines Herrn früher als sie und sprang auf. Boemund verdunkelte einen Augenblick den Eingang. Er blieb mit dem Rücken zum Zeltinneren stehen, erteilte noch Befehle an Leute, die sich dann draußen zerstreuten, und trat ein. Er trug einen grauen Wollmantel über dem Kettenhemd, löste das Schwertgehänge und ließ sich von dem Knappen aus der Rüstung helfen.

Niemand beachtete Yolanda. Sie versuchte, ihren Atem zu kontrollieren. Es war eines, Markos Paläologos, sein junges Ebenbild, in der Kirche zu sehen, entfernt über die Köpfe der Gläubigen und durch die Weihrauchschwaden hindurch, und jetzt die raumfüllende Gegenwart des Mannes zu spüren, dessen Bett sie vor so langer Zeit geteilt hatte. Ihr war, als richteten sich die feinen Härchen an ihren Unterarmen und in ihrem Nacken auf, in ihrem Magen formte sich eine schwere kalte Kugel, ihre Kehle war wie zugeschnürt.

Er hatte sich nicht verändert. Er war immer noch ungebeugt, breitschultrig, die Hüften schmal, die langen Beine schlank, er bewegte sich immer noch mit der gleichen raubtierhaften Geschmeidigkeit. An den Schläfen entdeckte Yolanda graues Haar, sie sah die feinen Fältchen um die Augen, die ein weißes Netz in die gebräunte Haut zeichneten, die tiefe Falte zwischen den Brauen, die Furchen, die von der Nase zum Mund liefen, sie sah, daß die Backenknochen stärker hervortraten, der Mund schmaler geworden war. Das Gesicht war knochiger und härter, als sie es in Erinnerung hatte.

Der Knappe hatte die Lederschnallen gelöst, die das Eisenhemd zusammenhielten, und ihm hinausgeholfen. Darunter trug Boemund nach griechischer Sitte ein wattiertes Hemd mit langen Ärmeln. Den rechten schlug er jetzt zurück. Yolanda sah, daß zwischen Handgelenk und Ellbogen ein blutverkrusteter Verband saß. Er winkte dem Knappen. Der nahm einen Dolch und schnitt das schmutzige Leinen auf. Es klebte an der Wunde fest. Er zog leicht daran, aber es löste sich nicht. Boemund schob seine Hand beiseite und riß sich mit der Linken mit einem kurzen Ruck den Verband ab. Helles Blut schoß aus der Wunde und tropfte auf den Boden. Boemund hatte nicht mit der Wimper gezuckt.

»Ich hole den Arzt, Herr«, sagte der Knappe eifrig.
Boemund hielt ihn zurück.

»Für diesen Kratzer?« sagte er verächtlich. »Gib mir einen Leinenstreifen her, und gieß mir einen Becher Wein ein! Das reicht, um mich zu heilen.«

Der Knappe gehorchte. Er förderte aus einer Truhe ein altes Hemd hervor, das durch vieles Waschen fadenscheinig geworden war, riß einen Streifen davon ab und brachte es seinem Herrn. Boemund nahm es ihm aus der Hand und preßte es fest auf den Arm, dann begann er mit der Linken, den Streifen um den Arm zu winden.

»Laßt mich Euch helfen, Herr«, sagte Yolanda. »Das ist Frauenarbeit.«

Er drehte sich um und sah sie an. Er erkannte sie nicht, und das hatte sie auch nicht erwartet.

»Eine Frau aus Durazzo«, erklärte der Knappe eifrig. »Sie ist mit den Leuten gekommen, die die Toten abgeholt haben. Sie spricht unsere Sprache. Sie sagt, daß sie Euch warnen will.«

Boemund schlang das letzte Stück des Leinens um den Arm und streckte ihn dann aus. Der Knappe schnitt das Ende des Leinenstreifens mit dem Dolch auf, wand eines um den Arm und verknüpfte die beiden Zipfel miteinander. Dann eilte er zur Truhe und schenkte einen Becher voll Wein.

»Was willst du mir sagen, Weib?«

» Ich muß mit Euch allein sprechen«, sagte Yolanda.

Boemund nahm den Wein mit einem kurzen Dank und winkte den Knaben mit den Augen hinaus. Dann zog er sich mit dem Fuß einen Hocker heran und setzte sich ihr gegenüber.

»Also, was hast du zu sagen?«

Yolanda sah ihn an und erschrak. Wie hatte sie glauben können, er sei unverändert?

Sie hatte ihn müde, resigniert, erschöpft, zornig, erbittert, wütend erlebt, aber immer war in den blauen Augen ein

Leuchten der Freude am Leben gewesen. Jetzt waren seine Augen leer. Yolanda hatte gehört, daß es im Norden Berge gebe, deren Gipfel seit Anbeginn der Welt voller Eis seien, das nie schmelze. So erschienen ihr seine Augen, gletscherkalt und fern dem Leben wie der Tod. Sie hatte schon einmal einen Menschen mit solchen Augen gesehen.

Sie dachte daran, wie er sich ohne ein Zeichen des Schmerzes den Verband abgerissen und wie er sich selbst verbunden hatte, ohne zu erlauben, daß der Knappe die Wunde berührte, und sie glaubte, ihr müßte das Herz stehenbleiben. Boemund leerte den Becher.

»Wenn du mich lange genug angestarrt hast, kannst du mir vielleicht sagen, weshalb du mich sprechen willst?«

Seine Stimme klang ungeduldig. Aus der Ferne erscholl wieder der Lärm der Ramme.

Yolanda riß sich zusammen. Sie befeuchtete die trockenen Lippen mit der Zunge und räusperte sich. Dann sprang sie mitten hinein in das, was sie ihm mitteilen wollte, ohne die lange Vorrede, die sie sich überlegt hatte.

»Ich will Euch warnen, Herr, daß Ihr nicht Euren Sohn tötet.«

Er lachte auf.

»Das wird kaum geschehen. Mein Sohn ist weit fort in Otranto.«

»Ich spreche nicht von dem Wickelkind Eurer französischen Königstochter. Ich spreche von Eurem erwachsenen Sohn in Durazzo.«

Seine Lippen verzogen sich zu einem höhnischen Lächeln.

»Welcher Einfall! Und du bist wohl die Mutter? Du hast dir gedacht, es ist eine Weile her, daß ich in Durazzo war und es sei anzunehmen, daß ich mich nicht mehr an die Gesichter meiner Beischläferinnen vor Jahrzehnten erinnere. Nicht, nachdem soviele Dirnen inzwischen mein Lager geteilt haben. Da hast du recht. Nun, mag sogar sein, daß du dir die Geschichte nicht ausgedacht hast. Ein Krieger verbreitet seinen Samen sorglos im Lande, und wer weiß, wo ich überall Kinder habe. Was willst du? Geld? Die Garantie, daß dein Haus nicht geplündert und zerstört wird, wenn ich Durazzo erobere?«

»Ich will, daß Ihr den Rammbock zurückzieht und Durazzo nicht erobert«, sagte Yolanda und starrte ihn fest an.

Er warf den Kopf in den Nacken und lachte dröhnend auf.

»Du verlangst zuviel, Weib! Soviel ist der Bastard einer Lagerdirne nicht wert.«

»Ich bin nicht die Mutter dieses jungen Mannes«, sagte Yolanda in sein Gelächter hinein. »Der Mann, von dem ich spreche, ist kaum zwanzig Jahre alt und der Abgott der Soldaten in Durazzo. Sie sagen, er sei ein Mann, der für den Krieg geboren ist. Er wird sich gewiß, wenn es zum Kampf kommt, an vorderste Stelle begeben. Entweder werdet Ihr ihn töten oder er Euch. Er ist blond wie Ihr, er hat blaue Augen wie Ihr, er ist so groß wie Ihr. Er glaubt, er sei von Romanos Paläologos im Ehebett gezeugt worden. Es ist Markos Paläologos, der Sohn der Prinzessin Anna Phokaina.«

Der Becher entfiel seiner Hand und rollte lautlos über den Teppich. Der Wein sickerte heraus und hinterließ eine dunkle Spur wie Blut. Er bemerkte es nicht. Er hatte den Kopf gesenkt und stützte die Stirn auf die Hand, so daß seine Augen verschattet waren und Yolanda verborgen blieben. Sie sah nur, daß kurze heftige Atemstöße seine Brust hoben und senkten. Das lange Schweigen zwischen ihnen wurde nur vom fernen Gebrüll der Männer am Rammbock unterbrochen. Endlich nahm er die Hand fort. Sein Gesicht hatte die Farbe von Asche. Seine Stimme war tonlos.

»Wer bist du? Warum kommst du mit dieser Nachricht?«

»Ich habe einmal Euer Lager geteilt, Herr, bis Larissa.«

Er sah sie prüfend an und sagte erst nach einer Weile fragend:

»Yolanda?«

»Ja, Herr.«

»Warum bist du zu mir gekommen, Yolanda?«

»Ich kann nicht zulassen, daß der Vater den Sohn oder der Sohn den Vater tötet. Das ist eine zu große Sünde.«

Er nickte.

»Werdet Ihr die Belagerung aufheben, Herr?«

»Du hast dein Gewissen erleichtert. Für dich ist es vorbei. Kehre zurück nach Durazzo oder bleib hier im Lager, ganz wie du willst!«

»Heißt es, daß Ihr die Belagerung fortsetzt, Herr?«

Yolanda starrte ihn entsetzt an.

Die blauen Augen waren so eisig wie zuvor.

»Der einzige Sohn, der mir wichtig ist, liegt in seinen Windeln in Otranto.«

»Wenn Ihr es nicht um seinetwillen tut, so denkt an seine Mutter!«

»Wer den Sohn eines Hauteville gebiert, muß damit rechnen, daß er in der Schlacht fällt.«

Yolanda holte tief Atem, dann beugte sie sich mit einer raschen Bewegung vor, so schnell, daß er nicht reagieren konnte. Sein linker Arm lag locker im Schoß, der weite Ärmel war bis zum Ellbogen zurückgefallen. Yolanda krümmte die Finger zu Klauen und zog ihre spitzen Nägel durch sein Fleisch. Aus den tiefen Kratzern quoll tropfenweise Blut.

Sie hatte dabei die Augen auf sein Gesicht geheftet und gesehen, was sie sehen wollte. Kein Muskel hatte gezuckt.

Er hatte keinen Schmerz gespürt.

»So ist das also«, sagte sie.

Er antwortete nicht.

»Wenn ich das bekanntmache, werden Eure Soldaten schreiend davonlaufen und Ihr müßt mit bloßen Händen den Mörtel aus den Steinen kratzen, wenn Ihr eine Bresche in die Mauer schlagen wollt.«

»Willst du mir drohen, Yolanda? Fürchtest du nicht, daß du mein Zelt nicht lebend verläßt?«

»Ihr seid ein Krieger, Herr, kein Mörder«, sagte sie uneingeschüchtert. »Ich bin hier, um um Euch vor einer schweren Sünde zu bewahren. Denkt an den Moment, da Ihr vor Gottes Richterstuhl stehen werdet!«

»Weißt du denn nicht, daß ich augenblicklich ins Paradies eingehen werde? Ich bin ein Streiter Gottes, vergiß das nicht, und kämpfe hier mit dem Segen des Papstes.«

Yolanda bekreuzigte sich.

»Ihr lästert!«

Er erhob sich, durchquerte das Zelt und schenkte sich Wein ein.

»Deine Mission ist gescheitert. Du wirst verstehen, daß ich dich nicht in die Stadt zurückkehren lassen kann. Du wirst in meinem Zelt bleiben und dem Knappen zur Hand gehen. Wenn ich auch nur den Schatten eines Gerüchtes höre, dann wirst du sterben.«

»Wenn es nicht der Gedanke an Gott ist, der Euch zur Besinnung bringt, dann denkt daran, wie Ihr Markos' Mutter geliebt habt!«

Er stellte den Krug hart auf den Tisch und lachte auf.

»Liebe? Sie ist längst gestorben und begraben. Wenn du den Sarg öffnest, dann wirst du nur eine verweste Leiche finden, und der Gestank von Haß wird herausquellen. Anna hat mich in eine Falle gelockt, mich in Gefangenschaft fallen lassen und den Kerker für mich ausgesucht. Was ich heute bin, hat sie aus mir gemacht: lebendig verfaulendes Fleisch!«

Yolanda fror plötzlich.

Anna Phokaina war schuld an Boemunds Krankheit?

Sie erinnerte sich an jenen Abend in Larissa, als sie Boemund erwartet hatte. Sie war ins Vestibül gegangen, als sie ihn ankommen hörte, und sie hatte gesehen, wie Anna ihm den Becher zum Willkommen reichte. Sie hatte gesehen, wie Anna ihn angeblickt hatte, und sie hatte gesehen, wie er Anna angeblickt hatte. Was war geschehen, daß zwei Menschen, die sich so nacheinander verzehrt hatten, gefangen waren in solchem Haß?

Sie straffte sich.

»Euer Leib mag verfaulen. Eure Seele ist es schon, faul durch und durch. Ihr habt gehört, wer Euer Sohn ist. Er ist Euer jugendliches Abbild, schön und kühn. Die Herzen der Menschen fliegen ihm zu. Er hat ein glänzendes Leben vor sich. Ihr wollt es zerstören, weil Ihr von Haß zerfressen seid. Um seiner Mutter Schmerz zuzufügen, vernichtet Ihr, was von Euch als der beste Teil weiterleben würde. Die meisten Menschen müssen sterben, um in die Hölle zu kommen. Ihr bereitet sie Euch schon auf Erden.«

Sie stand auf.

»Ich gehe jetzt nach Durazzo zurück. Ich will bei den Meinen sein, wenn die Stadt fällt und in Flammen aufgeht. Wagt es und hindert mich daran, und ich schreie die Wahrheit heraus, solange noch ein Atemzug in mir ist!«

Er rührte sich nicht. Yolanda zitterte am ganzen Körper, als sie draußen war, und hätte nicht zu sagen gewußt, ob vor Furcht, Abscheu oder Mitleid.

Der fürchterliche Rammbock stellte seine Arbeit ein, noch bevor sie unter der Mauer der Stadt angekommen war.

Kein Winter war je langsamer vergangen. Die Tage dehnten sich endlos, bis endlich die Dämmerung einsickerte, die Nächte waren ein Ozean von Finsternis, in dem Anna hilflos trieb, bis gegen Morgen der Traum kam, immer derselbe.

Zwei gepanzerte Reiter galoppierten mit eingelegten Lanzen aufeinander zu, das Holz splitterte knirschend, beide verloren den Halt, stürzten, standen wieder auf, zogen die Schwerter, umkreisten einander, der eine stach zu, der andere fiel, ein Schwall von Blut entströmte seiner Brust und versickerte im Sand. Anna hob ihre Röcke und rannte, rannte, rannte, aber sie kam nicht von der Stelle. Nie in ihrem Traum erreichte sie den Gefallenen, nie erfuhr sie, welcher von beiden tot war.

Die Insel war ein Gefängnis mit unsichtbaren Gitterstäben. Sie konnte sie nicht verlassen, Nachrichten blieben aus, bis Ende März die letzten Frühjahrsstürme getobt hatten und die Schiffahrt wieder eröffnet wurde. Zunächst legte ein Zweiruderer aus Tripolis an, der Neuigkeiten nicht brachte, sondern erfahren wollte, dann kam ein Segler aus Pisa, der nicht mehr wußte, als schon im letzten Herbst bekannt gewesen war. Durazzo wurde immer noch belagert.

Anna nahm das erste Schiff nach Konstantinopel, wo sie Mitte April anlangte. Auch hier gab es kaum Neues. Durazzo wurde immer noch belagert. Der Kaiser war zu seiner Armee in Illyrien aufgebrochen, um den Kampf gegen das Kreuzheer persönlich zu führen. Michael von Skutari, mit dessen Hilfe sie fest gerechnet hatte, führte eine Karawane nach Bagdad und wurde nicht vor dem Herbst zurückerwartet. Kein Kapitän war bereit, Anna in die Adria zu bringen. Das byzantische Heer sperrte das Meer zwischen Illyrien und Italien, niemand konnte voraussagen, ob eine Seeschlacht entbrennen würde, und wehe dem, der dann zwischen die Fronten geriet. Anna ließ einen Preis bieten, für den man sich ein neues Schiff zulegen konnte, aber die Männer spuckten nur aus. Konnte sie soviel zahlen, daß man sich dafür ein neues Leben kaufen konnte? Sie warb eine Leibgarde an, die versprach, sie auf dem Landweg nach Illyrien zu bringen, aber nur bis in das Hauptquartier des Kaisers.

Bis Thessaloniki kannte Anna die Straße, dann war sie damals südwärts abgebogen nach Larissa, jetzt hielt sie sich nordwestlich. Sie verschwendete keine Gedanken an die Reise vor zwanzig Jahren, sie war ganz damit beschäftigt, ihre Begleiter zur Eile anzutreiben. Um rasch vorwärtszukommen, hatte sie auf Maultiere zum Gepäcktransport verzichtet, sie hatte überhaupt auf Gepäck verzichtet und führte nichts bei sich, als was in einem Mantelsack Platz hatte, der hinter ihr auf dem Sattel aufgeschnallt war. Sie hatte Männerkleidung angelegt, um wie ein Mann reiten zu können. Morgens war sie die erste, die zum Aufbruch trieb, abends die, die zuletzt nach einem Schlafplatz suchen wollte. Wenn sie in dem Gästehaus eines Klosters oder in einer Villa Quartier gefunden hatten, wusch sie sich, schlang achtlos Essen in sich hinein und fiel ins Bett. Jeder Knochen schmerzte und die Haut zwischen ihren Schenkeln brannte wie Feuer.

Das Land, durch das sie ritt, war friedlich. Überall wuchs das Korn auf den Feldern, graste das Vieh auf saftigen Weiden. Durch die Dörfer zog der Duft von frisch gebackenem Brot, die Schmiedehämmer dröhnten, die Töpferscheiben drehten sich, die Frauen saßen an den Webstühlen, die Kinder balgten sich zwischen den Hütten, die Glocken läuteten die Gebetsstunden. Es war ein Ritt durch tiefsten Frieden, aber unter all den alltäglichen Verrichtungen spürte man die Spannung, in der die Menschen lebten. Wenn Durazzo gefallen war, wenn die Franken und Normannen die Schlacht gegen den Kaiser gewonnen hatten, dann würden die Feinde über das Gebirge in die Ebenen einfallen wie ein Heuschreckenschwarm und mordend, sengend, plündernd Vernichtung bringen.

Nach zwölf Tagen erreichte Anna das Hauptquartier der byzantinischen Armee in Devre am Drin. Es lagerte weiträumig am Fluß, auf dessen anderer Seite sich die Berge steil erhoben, dunkel aufragend vor dem hellen strahlenden Himmel. Anna starrte hinüber. Hinter diesen Gipfeln war das Meer, war Durazzo, war Markos. Zwischen ihm und ihr lagen nicht bloß die Berge, sondern auch das Kreuzfahrerheer aus Franken und Normannen, lag Boemund, bereit zum letzten tödlichen Schlag gegen Byzanz.

Der Kaiser empfing sie am späten Abend in Privataudienz. Er hatte das Haus eines wohlhabenden Bauern zu seinem

Hauptquartier gemacht. In dem großen Raum, dessen Steinwände von Rauch geschwärzt waren, saß Alexios in einem Lehnstuhl, einfach gekleidet, den rechten Fuß, der in einem Verband steckte, auf einem Schemel vor sich gelagert.

Als Anna eintrat, winkte er den Sekretär hinaus, dem er gerade diktiert hatte. Sie machte Anstalten, die vorgeschriebenen Niederwerfungen zu vollziehen, aber er sagte ärgerlich:

»Laßt das, Anna! Kommt her und sagt mir, was dieser Wahnwitz soll!«

»Wahnwitz?« wiederholte sie verblüfft.

»Natürlich Wahnsinn! Ihr müßt verrückt sein, wenn Ihr zu mir ins Feldlager kommt. Wißt Ihr denn nicht, welche Gerüchte sich an Euch und mich geheftet hatten? Seit Ihr nach Melitene und dann nach Zypern gegangen seid, hat man geglaubt, wir hätten keine Beziehung mehr. Und jetzt taucht Ihr hier auf, und man wird von neuem Verdacht schöpfen.«

Anna erriet, daß »man« Irene war.

»Daran habe ich nicht gedacht«, gab sie zu.

Alexios grollte immer noch. Seine Stimme war unwirsch.

»Woran habt Ihr denn gedacht? Weshalb seid Ihr hier?«

»Ich will nach Durazzo. Zu meinem Sohn.«

»Und vorher zu seinem Vater? Dann geht ihr beide in die Stadt und feiert ein rührendes Familienfest?«

Sie beachtete seinen Hohn nicht.

»Durazzo ist noch nicht gefallen? Markos lebt noch?«

»Durazzo ist nicht gefallen«, bestätigte er.

»Und Markos?«

Er breitete die Hände aus.

»Wer kann das sagen in Kriegszeiten? Gestern lebte er noch.«

»Ihr habt Nachrichten aus der Stadt?«

»Wir haben eine Brieftaubenpost eingerichtet. Nicht alle Vögel kommen durch. Mancher wird von einem feindlichen

Pfeil getroffen und verbessert dann die magere Kost der Franken.«

Alexios lächelte zum ersten Mal, seit sie den Raum betreten hatte.

»Bevor der Herbst kommt, Anna, wird dieser Krieg zu Ende sein. Habt Geduld!«

»Geduld? Mein Sohn kann jeden Tag von der Hand seines Vaters sterben, und Ihr verlangt von mir, daß ich Geduld habe?«

»Markos hat gute Aussichten, den Herbst zu erleben, wenn er vernünftig ist und nicht den Helden spielt. Boemund hat Durazzo von der See und vom Lande her abgeschnürt, aber er greift die Stadt nicht an. Nicht mehr. Seit zwei Wochen kein Angriff mit Belagerungsmaschinen, kein Sturm auf die Mauern. Vermutlich will er seine Kräfte sparen und denkt, er könne die Stadt auch so bekommen. Durch Aushungern.«

Er sah das Erschrecken in ihren Augen und winkte ab.

»Die Vorräte dort reichen für drei Jahre. Es sind nicht die Belagerten, die Hunger leiden, sondern die Belagerer. Es ist ein großes Heer, das Boemund zu ernähren hat. In der Umgebung hat er bereits alles geplündert, Nachschub über See bekommt er nicht, weil meine Flotte ihm den Weg versperrt. Er muß über die Berge, wenn er Fleisch und Getreide beschaffen will. Aber meine Leute halten die Pässe. Er sitzt in der Falle. Von Tag zu Tag wird seine Lage unhaltbarer. Ich muß nur abwarten.«

»Ich verstehe. Ihr wollt ihm die Schlacht erst anbieten, wenn seine Männer vom Hunger entkräftet sind.«

In Annas Stimme schwang ein Unterton von Verachtung.

»Ihr meint, ich sei unritterlich? Ganz gewiß. Ich bin kein Knabe, Anna, dem Ruhm und Ehre mehr bedeuten als Vernunft. Ich bin kein Abenteurer, der den Krieg als Spiel sieht und für den Sieg sein Leben einsetzt. Ich bin der Kaiser. Ich habe für die Wohlfahrt eines Reiches zu sorgen. Ich biete ihm keine Schlacht. Denn die Schlacht ist das, was er will. Sie ist, was ich fürchten muß. Verliere ich, ist das Reich den Barbaren hilflos ausgeliefert. Dieser Städteeroberer und Schlachtengewinner wird in der Ebene von Durazzo ohne Kampf zugrundegehen. Seine Männer hungern bereits. Jetzt beginnt die Sommerhitze. Dort unten hinter den Bergen ist das Gelände sumpfig. Aus dem Morast werden Blasen aufsteigen, die Fieberdämpfe enthalten. Die vom Hunger geschwächten Männer werden ihnen zum Opfer fallen. Noch vor dem Herbst wird er auf seinen Knien zu mir gekrochen kommen und um Frieden betteln.«

Alexios' Lächeln verstärkte sich. Es war ein Lächeln der Vorfreude auf den vollständigen Triumph.

Anna befeuchtete ihre trockenen Lippen mit der Zungenspitze.

»Was wird …«

»Was mit ihm geschehen wird? Zunächst muß er Antiochia ausliefern. Es wird in Zukunft von einem byzantinischen Statthalter regiert werden. Kein Hauteville wird seinen Fuß mehr in die Stadt setzen. Dann werde ich ihm in Konstantinopel den Prozeß machen. Er ist ein Eidbrüchiger, und er wird die Strafe dafür erleiden. Er wird geblendet werden. Anschließend kann er in sein Herzogtum Tarent zu Weib und Kind zurückkehren. Er wird von der Eroberung Konstantinopels künftig nur noch träumen können. Denn auch Blinde können träumen, hat man mir gesagt.«

Der Kaiser hatte ihr nicht erlaubt, sich zu setzen. Sie schwankte vor Erschöpfung und Entsetzen.

»Gebt Ihr mir morgen eine Eskorte, damit ich in die Stadt gelangen kann?«

»Nein.«

Das Lächeln war aus seinem Gesicht fortgewischt.

»Ich traue Euch nicht, Anna. Ihr seid eine Verräterin. Ihr habt erst ihn in Melitene verraten und dann mich, indem Ihr ihn freigekauft habt.«

Sie starrte ihn an. Er beantwortete die Frage, die sie nicht stellte.

»Ich hätte mich nicht zwanzig Jahre auf dem Thron halten können, wenn ich nicht über einen guten Geheimdienst verfügen würde. Ich wußte von der Transaktion, die Ihr in Gang gesetzt habt, aber ich konnte sie nicht verhindern. Ich hätte mehr Geld geboten, doch dem Emir schien es günstiger, meinen geschworenen Feind wieder in Freiheit zu setzen. Er hat richtig gerechnet. Wir bekriegen uns hier in Illyrien, und der Emir erobert unterdessen Kleinasien.«

Plötzlich verließ ihn die kaiserliche Rolle der überlegenen Gelassenheit, die er die ganze Zeit an den Tag gelegt hatte. Seine Augen verengten sich und seine Stimme wurde hart.

»In Sebastea habt Ihr Euch in seine Arme geworfen, sobald Ihr ihn nur gesehen habt. Glaubt Ihr, ich dulde, daß eine byzantinische Prinzessin dem Feind beiliegt? Es sei denn, sie wäre eine Judith. Wie ist es, Anna? Ist Boemund Euer Holofernes?«

Sie schüttelte den Kopf.

»Schon lange nicht mehr. Ich will meinen Sohn retten, nicht seinen Vater töten. Ich kann ihn nicht mehr hassen«

Ihr Blick verriet ihm mehr als ihre Worte.

Er nickte langsam. Sein Gesicht war plötzlich müde.

»Ich verstehe. Was haben die Hautevilles an sich, daß man nicht aufhören kann, sie zu lieben?«

Da Anna Alexios' Befehl, nach Konstantinopel zurückzukehren, verweigerte, ließ er ihr eine umzäunte Lehmhütte mit Schilfdach und ein Bauernmädchen zur Bedienung zuweisen. Das Mädchen redete selten, sei es, daß die Ehrfurcht vor einer leibhaftigen Prinzessin ihr die Sprache verschlagen hatte, sei es, daß sie ohnehin zur Schweigsamkeit erzogen worden war. Sie fegte die Hütte, bereitete kleine Mahlzeiten, die hauptsächlich aus Grütze und Beeren bestanden, und wusch Annas

Kleider im Fluß. Anna selbst war es nicht erlaubt, die Umzäunung zu verlassen.

Was sie vom Kriegsgeschehen erfuhr, stammte aus dem Gerede der Soldaten, die sie bewachten. Es waren alte Thessalier, die nur noch Lagerdienst versahen, was sie wußten, von ihren Kameraden aus zweiter und dritter Hand erfuhren und es in einem nahezu unverständlichen Dialekt an Anna weitergaben.

Sie begriff soviel, daß Alexios sich geirrt hatte. Der Feldzug endetete nicht so rasch mit Boemunds Niederlage wie er geglaubt hatte. Woche auf Woche verging, ohne daß er in Verhandlungen mit dem Kaiser trat. Stattdessen erfolgten nahezu pausenlos Angriffe auf die Pässe, an einigen Stellen gelang es den Franken, durchzubrechen, und die Byzantiner hatten große Mühen, die die Berge herabflutenden Franken wieder zurückzutreiben.

Die Hitze nahm täglich zu. Die Sommer in Illyrien waren immer heiß, aber dieser Sommer, so erklärte selbst das mundfaule Bauernmädchen, sei außergewöhnlich. Der heiße August ging in einen nicht minder heißen September über, als sie überraschend Besuch bekam, Es war Michael von Skutari.

Er brachte ihr Wäsche, Kleider, die ihrem Rang angemessen waren, Parfüm und Gebäck und ihre Zofe aus Pera, die einen giftigen Blick auf das Bauernmädchen warf und sich sogleich daran machte, mit ein paar Tüchern aus der Hütte so etwas wie den Empfangsraum einer Dame zu machen.

Michael setzte sich zu Anna vor das Haus. Gemeinsam betrachteten sie die blaue Silhouette der Berge. Michael strich sich den Bart, in dem die silbernen Fäden überwogen und begann mit Ausführungen über die Situation des Kaisers.

Zunächst hörte Anna nur mit halbem Ohr zu.

»Ihr habt von der Verschwörung der Anemas-Brüder gehört, nehme ich an«, begann er. »Vor drei Jahren flog sie auf. Die Brüder hatten geplant, Alexios im kaiserlichen Schlafgemach zu ermorden. Ein Dukas war hineinverwickelt. Ihr wißt sicher auch vom Aufstand des Gouverneurs von Trapezunt, den der Bruder des Kaisers mühsam niedergeschlagen konnte. Die Tochter des Gouverneurs ist mit einem Dukas verheiratet. Als der Kaiser Konstantinopel verließ, um ins Feld zu ziehen, begleitete die Kaiserin ihn bis Geranion. In der Nacht, bevor sie ihn verließ, nahmen die Wachen einen Meuchelmörder fest, einen Sklaven des bulgarischen Fürstensohnes Aaron. Aaron ist der Gastfreund der Dukoi.«

Er machte eine Pause und sah Anna an.

»Keiner der Verschwörer ist geblendet, keiner hingerichtet worden. Alle sind nur zu Kerkerhaft oder Verbannung verurteilt worden.«

»Ihr meint...?«

»Ich meine, daß wenige Kaiser Verschwörer so milde behandelt haben. Alexios muß ein demütiger Christ sein. Wenn man ihn auf die eine Wange schlägt, hält er die andere hin. Jedenfalls so ähnlich.«

Anna verzichtete auf das Lächeln, das der kleine Scherz verdiente.

»Man hat also Angst vor ihnen und vor dem, was sie noch aussagen könnten, wenn man sie zum Äußersten treibt«, sagte sie. »Es ist nicht schwer zu erraten, wer hinter all diesen Anschlägen steckt. Sie ist unversöhnlich. Sie wird nicht aufhören, bis einer von ihnen beiden tot ist.«

»Ich habe Berichte für ihn. Gerüchte, daß sich eine neue Verschwörung anbahnt. Noch keine Beweise, aber hinreichend genug Verdachtsmomente, die es angebracht erscheinen lassen, daß er diesen Krieg abbricht und heimkehrt. Je länger der Kaiser von Konstantinopel abwesend ist, desto gefährlicher wird es für ihn.«

Anna spürte, wie sich ihr Herzschlag beschleunigte.

»Er muß zurück? Er kann hier nicht länger abwarten, bis Boemund sich ergibt? Er muß sich zur Entscheidungsschlacht stellen?«

»Oder er muß einen für Boemund akzeptablen Frieden anbieten«, sagte Michael.

»Boemund wird nie Frieden schließen. Solange er atmet, wird er siegen wollen.«

»Siegen kann man nur mit Soldaten, die kämpfen können. Seine Leute sterben wie die Fliegen. Ein Viertel ist ganz, die anderen sind halb tot. Aus den Sümpfen brodeln bei dieser Hitze giftige Gase. Es geht eine Seuche um in seinem Lager.«

»Weiß der Kaiser das?«

»Natürlich.«

»Dann weiß er auch, daß er nicht mehr lange abwarten muß.«

Michael strähnte sich mit den Fingern bedächtig den Bart.

»Boemund ist immer noch ein Gegner, den man nicht unterschätzen darf. Er hat seine Schiffe verbrannt. Das bedeutet, daß seine Leute keine Fluchtmöglichkeit mehr haben. Sie können nur noch siegen oder sterben. Sie werden sich mit dem Mut der Verzweiflung in den Kampf werfen. Der Kaiser sollte sich daran erinnern, wie Boemund in Antiochia, in ähnlich aussichtsloser Lage, ein paar halbverhungerte Ritter gegen das riesige Heer des Kerbogha ins Feld geführt und den Sieg errungen hat.«

»Beide sind also in einer Zwangslage.«

Michael nickte.

»Sie werden Frieden schließen müssen.«

Alexios' Füße schmerzten unerträglich. Die Kämmerer kleideten ihn langsam und feierlich in die Prunkrobe, die von Gold und Edelsteinen starrte und ein solches Gewicht hatte, daß in das Futter ein Stahlgestell eingezogen war. Alexios stützte sich mit einer Hand an einer Stuhllehne ab, um den Druck auf seine Füße zu verringern.

Als er Anna gesagt hatte, Boemund solle wie ein Verräter behandelt und geblendet werden, hatte er die Umstände vor sich gesehen, unter denen das geschah. Der Verurteilte wurde kahlgeschoren, in einen Sack gekleidet und Schafsgedärme als Spottkrone auf seinen Kopf gesetzt. Er mußte im Weibersitz auf einem Ochsen reiten, während Stabträger vor ihm hertanzten und Spottlieder auf ihn sangen. Vom Kaiserpalast ritt er die vom grölenden Pöbel gesäumte mese entlang bis zur Richtstätte, wo ihm in aller Öffentlichkeit der Henker die Augen ausriß.

Er hatte Anna Entsetzen einflößen wollen und zugleich eine bittere Freude daran empfunden, sich vorzustellen, wie er diesen Mann demütigen würde. Sein ältester und gefährlichster Feind, endlich und endgültig überwunden, der Bruder Helenas, die vor ihm geflohen war und ihn der Einsamkeit ausgeliefert hatte.

Er hatte Maria von Alanien fortgeschickt, er hatte mit der Frau purpurgeborene Kinder gezeugt, die hinter jeder Verschwörung gegen ihn stand, er hatte Attentäter begnadigt, weil er die Familie Dukas nicht bloßstellen durfte, er hatte Helena nur selten und heimlich besucht, weil es zu gefährlich war, er hatte Feldzug auf Feldzug geführt, seinen Körper, der gegen den Mißbrauch aufbegehrte, nie geschont. Er wußte, daß er beim Volk verhaßt war, denn er hatte die Steuern ins Unermeßliche getrieben, er hatte die Münzen abgewertet, er hatte alle wichtigen Posten mit Komnenen besetzt und sie überreichlich entlohnt, weil er nur noch seiner eigenen Familie vertrauen konnte. Er hatte die Geistlichkeit gegen sich, seit er Kirchenschätze eingeschmolzen hatte, um seine Feldzüge finanzieren zu können. Seit mehr als zwanzig Jahren trug er den Purpur, und von Jahr zu Jahr wurde er schwerer, drückte er ihn tiefer und tiefer, lag wie eine Zentnerlast auf ihm.

Er war verhaßt, krank, einsam.

Aber das war nur die eine Seite der Waagschale. Auf der anderen sah er vor sich, was er geschaffen hatte.

Er hatte ein Reich übernommen, das am Boden lag. Jahr für Jahr standen die Generäle auf und putschten gegen den Kaiser, und während Byzanz sich selbst bekriegte, richteten die Türken ihre Hauptstadt in Nikäa ein, keine hundert Meilen von Konstantinopel entfernt, rissen die Petschenegen Landstriche aus dem Reich wie Wölfe Fleisch aus einem Pferd, drangen Robert Guiskard und sein Sohn im Westen ein und streckten ihre Hand nach der Kaiserkrone aus.

Nach zwanzig Jahren war Nikäa wieder byzantisch, gehörten ihm die Inseln und die kilikische Küste, waren die Petschenegen vernichtet worden, hatte er die Hunderttausende von Kreuzfahrern durch sein Land geleiten lassen, ohne daß sie größeren Schaden angerichtet hatten. Handel und Gewerbe gediehen, die Straßen waren sicher, die Ernten wurden reichlich eingebracht. Er hatte Byzanz gerettet und hinterließ seinem Sohn ein großes und blühendes Reich.

Immer hatte er um dieses Reiches willen seine Gefühle unterdrückt, und er setzte es nicht auf das Spiel, um sich den Traum von der Demütigung Boemunds zu erfüllen. Er war Schachspieler, und er wußte, wann eine Partie so stand, daß keiner der Spieler mehr gewinnen konnte.

Die Kämmerer brachten das Skaramangion, den seidenen Mantel, den er über der Chlamys als letztes Gewand trug. Es war aus roter Seide, deren Farbe man kaum sah, weil es von oben bis unten mit Stickerei bedeckt war. In symmetrisch angeordneten, goldgeränderten Kreisen waren Adler, Löwen und Elefanten zu sehen.

Alexios beugte den Kopf, und die Kämmerer setzten ihm das Skiadion auf, den hohen purpurnen Hut, der mit Perlen und Gemmen geschmückt war. Gleich würde er in den Hauptraum des Zeltes treten, wo ein Thronsessel aufgeschlagen war, und Boemund empfangen. Eine Woche hatten sie über Gesandte unterhandelt. Die Zeremonie, die jetzt stattfinden würde, war bis in alle Einzelheiten abgesprochen, der Vertrag in zwei Sprachen, griechisch und lateinisch, vorbereitet. Die Kämmerer traten an die Seiten des Kaisers, und auf sie gestützt, begann er den schmerzvollen Weg zum Thron. Sobald er sich niedergelassen hatte, ordneten sie die Falten seines Gewandes und stellten sich hinter ihm auf.

Vom Thron zum Eingang des Zeltes war eine breite Gasse, belegt mit Teppichen, rechts und links gesäumt von Offizieren der Leibgarde in Paradeuniform. Am Eingang standen die Bläser. Alexios nickte leicht, der Zeremonienmeister gab das Zeichen weiter, sie hoben ihre Instrumente an. Die Tuben schmetterten. Alexios straffte sich. Boemund kam als ein Ebenbürtiger, nicht als ein Vasall und nicht als ein Niedergeworfener. Er war mit dreihundert Reitern gekommen, umgeben von allen Baronen, hatte verlangt, daß sechs Verwandte des Kaisers ihn zehn Meilen vor dem kaiserlichen Hauptquartier empfingen und ihm das Geleit gaben, und betrat jetzt das Zelt, gefolgt von zwei Rittern.

Er war so groß, daß er den Zelteingang nur eben durchschreiten konnte, ohne den Nacken zu beugen. Sich niederzuwerfen oder auch nur zu verbeugen, hatte er kategorisch abgelehnt, und Alexios hatte zähneknirschend nachgeben müssen. Boemund trug ein Obergewand aus blauer Seide, in der Taille mit einem goldbeschlagenen Gürtel gehalten. Über der rechten Schulter wurde der Mantel aus dunkelblauem Samt, mit Marderfell gefüttert, von der großen Fibel gehalten, deren rote und blaue Edelsteine auf Goldgrund leuchteten. So war auch sein Schwertgriff eingelegt, und die Sonne, die durch den Zelteingang fiel, fing sich darin und ließ sie funkeln.

Hochaufgerichtet schritt der Fürst von Antiochia den Gang hinab. Der Kaiser sah ihm regungslos entgegen. Die Blicke der beiden Männer verhakten sich und ließen einander nicht los.

Er geht einher wie ein siegreicher Held, dachte Alexios, und ihn erbitterte, den Gegner immer noch jugendlich schlank und in kraftvoller Anmut zu sehen, als hätten ihm die Jahre nichts anhaben können.

Wie verabredet, erhob sich Alexios zu seiner Begrüßung, reichte ihm die Hand und wies ihm einen Platz zu seiner Linken an. Boemund nahm Platz. Die Tubabläser schmetterten noch immer, weil der Zeremonienmeister vergessen hatte, ihnen das Zeichen zum Aufhören zu geben. In den Lärm hinein murmelte Alexios:

»Das ist doch wohl der Platz, den Ihr Euch immer gewünscht habt?«

»Aber ich wollte allein hier sitzen«, erwiderte Boemund lächelnd.

»Euer Griechisch ist besser geworden, seit wir uns das erste Mal trafen.«

»Ich hatte viel Gelegenheit, es zu üben.«

»Unser Spiel hat lange gedauert. Jetzt ist es vorbei. Und ich habe am Ende gewonnen«, sagte Alexios.

Die Bläser verstummten. Der Zeremonienmeister winkte den Schreibern. Zwei Männer traten vor. Jeder hatte ein tragbares Lesepult, das an einem Band um den Hals hing. Auf ihm lag der Vertrag, der jetzt geschlossen werden sollte. Der linke Schreiber begann mit dem Verlesen in griechisch. Nach jedem Satz machte er eine Pause und sein Nebenmann las die lateinische Version vor.

Der Vertrag war lang. Er war die Urkunde der Unterwerfung Boemunds unter die Herrschaft des Kaisers. Alexios belehnte ihn mit dem Fürstentum Antiochia in seinen jetzigen Grenzen, und Boemund verpflichtete sich, in Zukunft die Oberhoheit des Kaisers anzuerkennen und ihm im Kriegsfall zu Hilfe zu kommen. Alexios und Boemund hatten ihn tage- und nächtelang studiert, sie kannten jedes Wort darin. Boemund lauschte dennoch aufmerksam, als fürchte er, die Schreiber könnten einen Paragraphen ausgelassen oder zugefügt haben.

Alexios fiel es schwer, sich auf die Lesung zu konzentrieren. Er hatte gedacht, dies würde die Stunde seines Triumphes sein, und eine unbändige Freude würde ihn erfüllen. Aber dem war nicht so. Er versuchte zu ergründen, was das war, was er fühlte. Boemund hatte ihn ein Vierteljahrhundert lang herausgefordert. Er war ein furchtbarer, skrupelloser Feind gewesen, der größte, dem er sich je gegenüber gesehen hatte. Jetzt hatte er, Alexios, das Spiel gewonnen. Boemund war überwunden. Warum konnte er nicht frohlocken? Der Kampf gegen die Normannen war beendet, wie Helena würde auch Boemund endgültig aus seinem Leben verschwinden. Wie die Liebe würde auch der Haß gehen, und er blieb leer zurück. Er würde weiter Krieg führen, er würde Irenes Verschwörungen aufdecken, er würde Steuern einziehen, Gesetze erlassen. Wie ein Ochse in einer Tretmühle, dachte er. Was hatten die Hautevilles an sich, daß ohne sie das Leben farblos und öde schien?

Die Schreiber verstummten. Der Zeremonienmeister winkte sie näher, und sie traten an den Kaiser und den Fürsten heran, die Verträge zur Unterschrift präsentierend. Der Bischof von Amalfi, den Alexios zu diesem Zweck hatte rufen lassen, trat zwischen sie und begann die Eidesformel zu sprechen.

»Schwört, diesen Vertrag zu halten, bei dem Leiden Christi, bei der Dornenkrone, den Nägeln und der Heiligen Lanze!«

Boemund stand auf, hob seine rechte Hand und schwor mit lauter Stimme. In seinen Augen stand ein grimmiges Lächeln. Alexios krampfte die Hand im Schoß zusammen. Die blauen Augen, die Nase, die starken Wangenknochen erinnerten ihn schmerzhaft an Helena. Es war ihr Gesicht, nur älter, härter, männlicher. Alexios hatte das Gefühl, er selbst sei der eigentlich Besiegte.

In Durazzo beging man die Feier über die Aufhebung der Belagerung zunächst, wie es sich gehörte, mit einem feierlichen Gottesdienst. Dann wurde drei Tage und drei Nächte gefeiert, in den Tavernen floß der Wein in Strömen, auf den Gassen wurde gesungen und getanzt, junge Mädchen und verheiratete Matronen mischten sich unter die Männer, gingen von Arm zu Arm, lachten mit jedem, küßten viele und gewährten manchem mehr in der Dunkelheit der Hauseingänge. Am zweiten Tag begannen die Schlägereien, am dritten Tag gab es drei Tote und mehrere Schwerverletzte bei Messerstechereien. Der Stadtkommandant schritt ein, erließ eine Proklamation, daß alles zu Ruhe und Ordnung zurückzukehren habe, seine Wachsoldaten, die, die bereits wieder ausgenüchtert waren, patrouillierten durch die Straßen, verhafteten die letzten Randalierer, und über Durazzo kam die Ruhe der Erschöpfung. Die Einwohner zogen sich in ihre Häuser zurück und schliefen den Rausch aus. Durch die Gassen trieben Fetzen von Stoff und Papier, weichten auf in Lachen von Wein, Urin und Erbrochenem. Hier und da schnarchte einer, der es nicht bis ins sein Haus geschafft hatte, im Rinnstein.

Anna traf drei Tage nach dem wilden Fest in Durazzo ein und fand eine Stadt, die langsam zur Normalität zurückfand. Die Gassen waren gesäubert, die Läden hatten wieder geöffnet, die Frauen standen mit den Krügen an den Brunnen Schlange, und man hörte den Lärm der Handwerker aus den Werkstätten.

Im Palast des Kommandanten wurde Anna vom Gouverneur respektvoll begrüßt. Er wollte einen Boten ausschicken, um ihren Sohn zu benachrichtigen, der auf der Mauer Reparaturarbeiten beaufsichtigte, aber Anna schlug es aus. Sie ließ sich nur einen Mann mitgeben, der sie hinführte. Schon von weitem erkannte sie Markos daran, daß er alle anderen Männer überragte. Sie blieb stehen, zu bewegt, um mehr tun zu können, als ihn anzustarren. Ihren kleinen Sohn, den sie fünfzehn Jahre gehegt hatte, der ein hochaufgeschossener schlaksiger Junge gewesen war, als er sie verlassen hatte. Nun sah sie sich einem Mann gegenüber, breitschultrig, schmalhüftig, das blonde Haar von der Sonne gebleicht. In jeder Bewegung lagen Kraft und Geschmeidigkeit. Das Ebenbild seines Vaters in Aussehen, Haltung und Gesten. Ihr Sohn, der Normanne. Dann drehte er sich um, und in die Tränen, die Anna über das Gesicht strömten, mischte sich ein verblüfftes Lachen. Er war nicht Boemund. Ein modisch gestutzter rotgoldener Bart bedeckte Kinn und Wangen. Er war Markos Phokas Paläologos, ein junger Byzantiner.

Nach der ersten Freude des Wiedersehens fand Anna ihren Sohn verdrossen. Während sie miteinander von der Mauer stiegen und durch die Straßen zum Gouverneurspalast zurückgingen, wütete Markos darüber, daß er in diesem Krieg an keiner Schlacht habe teilnehmen können, daß er feige wie die Maus in ihrem Loch gesesen habe, während die Katze sich davor breitgemacht habe.

Anna war klug genug, ihm nicht zu sagen, wie froh sie darüber war. Sie hörte ihm zu und stellte mit Belustigung und Stolz fest, daß fast jede Frau, gleich welchen Alters, ihrem schönen Sohn einen Blick und ein Lächeln zuwarf.

Kurz vor dem Platz, an dem der Palast des Gouverneurs der Kathedrale gegenüberlag, fing Anna einen Blick auf, der nicht Markos galt, sondern ihr selbst. Es war ein finsterer Blick, in dem sich Zorn und Verachtung mischten, und als sie an der Frau vorüberging, spuckte die vor ihr plötzlich aus, wandte sich ab und wollte im Haus verschwinden. Der Wachsoldat, der Anna begleitete, reagierte schnell. Seine Hand schoß vor, legte sich um den Oberarm der Frau und zerrte sie auf die Gasse zurück.

»Holla, nicht so schnell! Du wirst dich erstmal entschuldigen, Weib! Du weißt nicht, wem du da vor die Schuhe gespuckt hast!«

Anna schätzte die Frau rund zehn Jahre älter als sie selbst war. Sie war gutgekleidet, keine Bettlerin, sondern eine wohlhabende Bürgersfrau. Anna war sicher, sie noch nie gesehen zu haben, aber nach dem Blick der Frau überraschte es sie nicht, daß sie antwortete:

»Oh doch, ich weiß, wer das ist!«

Der Soldat fand ihren Ton unverschämt und verstärkte seinen Griff.

Die Frau sah Anna an.

»Befehlt ihm, mich loszulassen!«

Markos war ein paar Schritte weitergegangen, jetzt bemerkte er, daß seine Mutter nicht mehr an seiner Seite war. Er kam zurück und starrte die Frau an.

»Was ist los? Belästigt sie dich?«

»Ich wollte nichts weiter«, sagte die Frau, »als mir Eure Mutter ansehen. Ich kenne Euren Vater.«

Anna begann zu zittern. Sie hoffte, daß Markos nichts bemerkt hatte, aber vergeblich.

»Mein Vater ist tot«, sagte er.

Die Frau sah auf die Finger, die ihren Arm umfaßt hielten. Anna gab dem Soldaten einen Wink, und er zog seine Hand zurück.

»Laß uns gehen«, sagte sie. »Der Gouverneur erwartet uns.«

Markos nickte.

Die Frau trat zurück in den Hauseingang. Anna bekämpfte den Wunsch, sich an der Ecke noch einmal nach ihr umzudrehen. Der Gouverneur gab ihr zu Ehren ein reichliches Bankett und bemühte sich immer wieder, die Unterhaltung von der Belagerung wegzuführen zu Themen, die für Damen geeigneter waren. Anna zerknüllte ihre Serviette, pickte mit der Gabel in den Speisen herum und antwortete zerstreut und zusammenhanglos.

Der Blick der Frau ging ihr nach, die grünen Augen voll zorniger Verachtung.

Ich kenne Euren Vater.

Am nächsten Morgen suchte sie, nur in Begleitung ihrer Zofe, das Haus auf, in dem die Frau verschwunden war.

Es enthielt im Erdgeschoß die Werkstatt eines Goldschmiedes, die restlichen zwei Stockwerke wurden von zahlreichen Frauen und Kindern jeden Alters bevölkert. Sie hörte Lachen, Kreischen, Keifen, einen Schlag und lautes Plärren. Durchdringender Kohlgeruch lag über allem.

Anna fiel ein, daß sie den Namen der Frau nicht kannte, und sie fragte sich, wie sie sie denn finden sollte in diesem bevölkerten Haus. Das Problem löste sich rasch.

Annas Eintritt tat große Wirkung. Jeder, der sie sah, verstummte zunächst, schrie dann etwas in unverständlichem Dialekt ins Stiegenhaus und blieb, sie mit offenem Mund anstarrend, stehen. Die anderen, durch das Geschrei angelockt, kamen hinzugelaufen, und Anna sah sich bald als Mittelpunkt eines, wie ihr schien, halben Volksauflaufes. Dann ertönte von oben eine gebieterische Stimme, die Anna sofort erkannte. Die Frauen und Kinder machten Platz.

Sie ist also hier die Respektsperson, dachte Anna. Yolanda sah von der Treppe auf ihre Besucherin herab, und ihr freundliches Gesicht verhärtete sich.

»Kommt, wenn Ihr mich sprechen wollt«, sagte sie, drehte sich um und verschwand in der Dunkelheit des Hauses.

Anna befahl der Zofe, draußen auf sie zu warten, erklomm die steile Treppe, fand Yolanda am Ende des Flurs, wo sie einen Vorhang angehoben hielt und folgte ihr in einen kleinen Raum, der offensichtlich als Schlafraum diente. Einziges Möbelstück war ein mit Teppichen belegtes Bett. Yolanda wies es ihr mit einer Handbewegung zum Sitzen an, blieb aber selbst stehen.

»Was wollt Ihr von mir?« fragte sie.

»Wer bist du?«

»Yolanda, die Frau des Goldschmieds unten im Haus.«

»Woher kennst du ...«, Anna zögerte, brachte es dann aber nicht fertig, dieser Frau gegenüber den vertrauten Namen zu benutzen, sondern fuhr fort, »woher kennst du den Fürsten von Antiochia?«

Yolanda quittierte das Eingeständnis, das darin lag, mit einem knappen Verziehen der Mundwinkel. Sie verschränkte die Arme.

»Ich war nicht immer die Frau des Goldschmieds. Als die Normannen vor zwanzig Jahren Durazzo eroberten, verbrannte mein Elternhaus, und mein Vater starb. Ich mußte mich nach einem Lebensunterhalt umsehen, und den fand ich bei der normannischen Armee. Ich war zu jung und zu hübsch, um Wäscherin zu bleiben. Im Zelt eines Ritters lebte es sich angenehmer. Ein halbes Jahr teilte ich das Lager mit Boemund. Bis er nach Larissa ins Winterquartier ging. Er entließ mich in Ehren und mit einer runden Summe, als er meine Dienste nicht mehr brauchte.«

»Du hast das Geld, scheint es, gut angelegt«, sagte Anna kalt.

»Ja«, erwiderte Yolanda und ihr Gesicht wurde weicher und jünger. »Er war großzügig in einer Situation, in der er selbst jeden Goldsolidus dringend gebraucht hat. Ein wahrer Fürst. Ich habe ihm immer ein ehrendes Andenken bewahrt und für ihn gebetet.«

»Deshalb also hast in meinem Sohn seinen Vater erkannt.«

Yolanda lächelte halb.

»Sofort. Trotz des Bartes.«

»Wie teuer schätzt du dein Schweigen ein?«

In Yolandas Augen kehrte die Verachtung zurück, die Anna am Vortag darin gesehen hatte.

»Ich habe meinen Körper verkauft, als es mir schlecht ging, um zu überleben. Aber mein Gewissen hat keinen Preis. Als Boemund die Stadt belagerte, bin ich zu ihm gegangen, um ihn zu warnen. Er sollte nicht die Sünde auf sich laden, seinen Sohn zu töten.«

Anna sprang auf.

»Du hast ihm gesagt, daß Markos sein Sohn ist? Daß ich seine Mutter bin?«

»Ja.«

»Was hat er gesagt? Wie hat er reagiert?«

Yolanda sah den Mann vor sich, der sich selbst die Wunde verband

Was ich heute bin, hat sie aus mir gemacht: lebendig verfaulendes Fleisch.

Diese Frau hatte ihm den Sohn verheimlicht und ihn einem Schicksal ausgeliefert, das schlimmer war, als wenn sie ihn getötet hätte.

Sie blickte Anna an und sagte hart:

»Seine genauen Worte waren, wenn ich mich recht erinnere: ein Krieger verbreitet seinen Samen sorglos im Lande, und wer weiß, wo ich überall Kinder habe.«

Hochgemut begleitete Markos seine Mutter nach Konstantinopel. Der Gouverneur von Durazzo hatte ihm das Schreiben gezeigt, das er an seinen kaiserlichen Onkel geschickt und in dem er Markos' Tapferkeit und Umsicht bei der Belagerung gerühmt hatte. Ohne Zweifel würde der Kaiser ihn jetzt für geeignet halten, auf einem richtigen Kriegsschauplatz eingesetzt zu werden. Auch die Pläne seiner Mutter, ihn zu verheiraten und zum Oberhaupt des Hauses zu machen, beflügelten ihn. Er war nicht länger ein Knabe, er war ein Mann, und selbst seine Mutter erkannte das an. Kein Wort verlor sie mehr darüber, daß er in den Krieg gehen wollte. Allerdings brach sie auch sofort ab, wenn er ihr etwas über die Belagerung von Durazzo erzählen wollte. Ansonsten aber war sie heiter und gesprächig. Er hatte zu wenig Lebenserfahrung, um zu erkennen, wie brüchig ihre Heiterkeit war, wie rastlos sie von einem Gesprächsthema zum nächsten wechselte und welch matten Ton ihr Lachen hatte.

Während sie an der Seite ihres Sohnes durch Thessalien ritt, überdachte Anna ihre Zukunft. Markos war ein Mann geworden. Er brauchte sie nicht mehr. Niemand brauchte sie. Ob sie nach Pera zurückkehrte oder nach Zypern, machte keinen Unterschied. Sie würde sich an jedem Ort durch die Tage schleppen, die Nächte schlaflos liegen und nur eines sehnsüchtig erwarten, ihren Tod. Manchmal wünschte sie, Yolandas Worte hätten in ihr den Haß gegen Boemund wieder anfachen können. Dann hätte sie sich lebendig fühlen können. Aber sie war nur an allen Gliedern zerschlagen, als sei sie ein langes Rennen gelaufen, in dem verzweifelten Bemühen zu siegen, und als letzte ans Ziel gekommen. Sie hatte Mühe, morgens aufzustehen und sich ankleiden zu lassen, sie zwang sich, ein wenig zu essen, und wenn sie mit Markos sprach, so erschöpfte die Anstrengung, sich nichts anmerken zu lassen, sie über die Maßen. Aber es war keine Erschöpfung, die müde machte und nach Schlaf verlangte. Bevor sie im Morgengrauen in einen unruhigen Dämmerzustand verfiel, starrte sie die Nacht lang an die Decke und empfand die Dunkelheit und die Stille als wohltuend. So wird es im Grab sein, dachte sie, und es war ein angenehmer Gedanke.

In Pera rief sie die Verwalter ihrer Güter zu sich, bestellte Notare und ließ alles vorbereiten, um den größten Teil ihres Vermögens auf Markos zu überschreiben. Sie behielt die Villa in Famagusta, das Landgut bei Larissa und ein jährliches Einkommen, das ihr einen angemessenen Lebensunterhalt garantierte. Mit den Skleroi trat sie in Heiratsverhandlungen. Das alles war zeitraubender, als sie gedacht hatte, erschöpfte sie bisweilen bis zu Tränen und machte sie an anderen Tagen rasend vor Ungeduld. An einem stillen Novembertag, als sie die Umstandskrämerei der Juristen satt hatte, ließ sie ein Boot bemannen.

Helena empfing sie nicht im Garten, sondern im Besuchszimmer. Diesmal trug sie das schwarze Gewand, den Schleier und das Kreuz einer Nonne.

»Du hast dich also entschieden«, sagte Anna.

Helena nickte.

»Als du mich besucht hast, hast du mir noch einmal vor Augen geführt, was ich verloren habe. Ein ewiges herzzerreißendes Auf und Ab von Glück und Schmerz. Aber der Schmerz überwog. Hier habe ich Ruhe gefunden und Gelassenheit. Das habe ich begriffen, nachdem ich den Schleier genommen habe. Vorher nicht. Vorher war ich immer schwankend, wußte nicht, was ich wirklich wollte. Dann, über Nacht, faßte ich den Entschluß, Nonne zu werden, und von dem Moment an, als ich das Gelübde abgelegt hatte, war alles klar für mich. Ich hatte mich entschieden. Ich konnte nicht mehr zurück, und das war richtig. Seitdem habe ich wirklich Frieden.«

»Dein Herz schlägt nicht schneller, wenn ich Alexios' Namen nenne?«

»Stell mich auf die Probe«, sagte Helena lächelnd.

»Irene läßt am laufenden Band Mordkomplotte gegen ihn schmieden. Er ist ein müder Mann, Helena, er trägt schwer an der Bürde des Kaisertums. Manchmal scheint es, als drücke sie ihn zu Boden. Er hat keine Freude und keine Hoffnung, nur die Pflicht.«

Helena ließ eine Weile verstreichen, bevor sie antwortete.

»Die alten Mythen, die Theodosius uns in der Palastschule erzählt hat, haben uns immer noch etwas zu sagen. Erinnerst du dich an die Geschichte von Herakles am Scheideweg? Jeder von uns steht irgendwann an einem solchen Scheideweg. Auch Alexios. Er hat sich vor langer Zeit für den Purpur entschieden. Wie jeder Weg ist auch dieser mit Blumen und Dornensträuchern gesäumt. Alexios war frei, als er seine Wahl traf, jetzt muß er die Konsequenzen tragen und seinen Weg zu Ende gehen. Nein, ich habe kein Mitleid mit ihm. Ich habe nicht das Bedürfnis, ihn zu trösten. Ich habe ihn gehaßt, begehrt, geliebt. Jetzt ist er mir fern und gleichgültig.«

Auf dem Rückweg nach Pera, während die Ruder der

Bootsleute gleichmäßig im Takt des Steuermannsrufes ins Wasser klatschten, dachte Anna voller Neid an Helenas ruhiges Gesicht.

War nicht ihre Leidenschaft für Boemund ein Feuer, das sich selbst verzehrt und nur noch Asche in ihrem Herzen zurückgelassen hatte? Liebe? Haß? Begehren? Nichts davon fühlte sie, nur eine tiefe schmerzhafte Erschöpfung. Warum war sie dann nicht so gelassen und heiter wie Helena?

Weil es einen Unterschied gibt, dachte sie, Helena konnte ihren Stolz bewahren. Sie weiß, was sie Alexios bedeutet. Die Prinzessin Phokaina war für den Barbaren Boemund nichts als eine Abwechslung von den Lagerhuren. Ich habe ihm nie etwas bedeutet. Unser Sohn bedeutet ihm nichts. Konnte sie diesen Schmerz überwinden? Wie Helena im Kloster Vergessen finden? Im täglichen Einerlei von Gebet, Arbeit und Schlaf zur Ruhe kommen?

Zwei Stunden, nachdem der Bote ihn verlassen hatte, hatte Tankred den Regentschaftsrat versammelt. Der Seneschall und der Bailli standen, während der Patriarch in seinem scharlachfarbenen Gewand in einem Armstuhl Platz genommen hatte. Neben ihm saß Cecile, einen Musselinschleier über dem roten Haar, aufrecht und blaß. Im Halbkreis hinter ihnen standen die Barone und Ritter, die gerade in Antiochia anwesend waren. Tankred musterte sie von seinem erhöhten Standort auf der Estrade aus. Sie wußten noch nichts, das sah er ihren neugierigen und erwartungsvollen Gesichtern an.

In seiner Miene konnten sie nichts lesen. Seit langem hatte er sich in der Kunst geübt, seine Gefühle nicht zu zeigen. Er war ein Meister in dieser Kunst geworden und stolz darauf. Nicht einmal Cecile, die ihm so nahe kam wie kein Mensch sonst, ahnte, daß ihr Anblick eine schwärende Wunde in seinem Inneren nährte. Sie war schön, jung, klug, sanft, gebildet, und jedermann in Antiochia pries ihn glücklich wegen dieser

Ehefrau. Aber sie war nur Cecile, nicht Konstanze. Sie war nur die außereheliche Tochter des Königs von Frankreich aus einer Beziehung, die der Papst selbst verflucht hatte. Für Boemund die legitime Königstochter und die Fürstenkrone von Antiochia. Für ihn, Tankred, nur der Bastard und die Statthalterschaft. Der zweite, immer und überall der zweite.

Die Narbe, die seine Braue spaltete, flammte. Jetzt war sein Moment gekommen. Er hatte es nicht eilig. Er wartete, bis die Menge zu seinen Füßen zur Ruhe gekommen war, bis das letzte Flüstern und Füßescharren verstummte. Langsam glitt sein Blick über die Gesichter der Männer. Nur wenige von ihnen waren von Beginn an dabei gewesen und hatten in Amalfi das Kreuz aus Boemunds Hand empfangen. Die meisten waren später gekommen, angelockt von seinem Ruhm. Im Geiste hörte Tankred noch einmal ihren Jubel, als Boemund damals aus der Gefangenschaft zurückgekehrt war, ihr Held, der Eroberer, der den Christen den Weg nach Jerusalem gebahnt hatte.

Freude erfüllte Tankred, als er oben stand und abwartete. Nur schade, daß Richard nicht hier war. Richards Gesicht zu beobachten, wenn er erfuhr, was Tankred gleich verkünden würde, hätte seinen Triumph versüßt. Richard, der immer ein Narr gewesen und Boemund angebetet hatte. Jetzt hätte er erfahren können, auf welch tönernen Füßen sein Idol stand. Tankred spürte, daß er nahe daran war, den Bogen zu überspannen. Der Patriarch räusperte sich. Cecile zupfte an ihrem Schleier. Wenn er noch länger zögerte, würde wieder Unruhe einsetzen.

Tankred gab dem Herold neben sich ein Zeichen. Der trat vor, entrollte ein Pergament und begann mit lauter tragender Stimme den Text zu verlesen. Tankred verschränkte die Arme vor der Brust. Je länger der Mann las, desto greifbarer wurde das Entsetzen der Menge im Saal. Manchmal ging ein Stöhnen durch die Menge, gleich wieder abgebrochen, weil niemand eine Silbe verpassen wollte. Die geschulte Stimme des Herolds trug leidenschaftslos Paragraph für Paragraph den Vertrag vor, mit dem Boemund sich Alexios unterwarf und Antiochia byzantinisch und ein kaiserliches Lehen wurde. Endlich schwieg er, rollte das Pergament zusammen und reichte es Tankred. Aller Augen waren auf Boemunds Neffen und Stellvertreter gerichtet, es war so still, daß man meinen konnte, niemand würde atmen.

Tankred nahm die Rolle in beide Hände, hob sie hoch und zerriß sie. Der Patriarch sprang auf. Cecile schwankte. Die Männer schrien. Zuerst war es nur ein unartikulierter Schrei, in dem sich ihre Wut Bahn brach, dann schlug er um in Jubel. Jubel, der Tankred galt, ihm allein. Tankred stand auf der Estrade, die Fetzen des Vertrages in Händen, und lächelte. Von dieser Stunde an gehörte Antiochia ihm.

Richard von Salerno stand auf dem Turm, die Schultern gegen die Brustwehr gelehnt, sein ganzes Gewicht auf das linke Bein verlagert, und schaute über die Mauer. Sein Blick glitt achtlos über die flachen Dächer der weißen, würfelförmigen Häuser hinunter zum Meer. Die Fischerboote waren auf den Strand gezogen, Netze lagen in der Sonne zum Trocknen ausgebreitet, Kinder pulten Muscheln aus den Knoten. Zwei Hunde jagten einander, ein paar alte Männer saßen auf Hockern, auf dem wackligen Tisch ein Brettspiel zwischen sich und einen Weinkrug.

Richard entsann sich des Tages, an dem er zum ersten Mal den Turm der Burg von Otranto bestiegen hatte. Es war frühmorgens gewesen. Die Sonne ging gerade auf. Er war noch zu klein gewesen, um über die Brustwehr schauen zu können. Boemund hatte ihn hochgehoben, und Richard, der zum ersten Mal den rotflammenden Horizont und den Goldglanz auf dem Meer gesehen hatte, hatte gefragt:

»Ist das der Himmel dort drüben über dem Meer?«

Die Männer um sie herum hatten gelacht, und er hatte sich geschämt. Aber Boemund hatte nicht gelacht. Nach einem Moment des Schweigens hatte er gesagt, so leise, daß nur der Knabe, dessen Wange an seiner Schulter lehnte, es verstanden hatte:

»Ja, der Himmel. Und die Hölle.«

Damals, dachte Richard, hatte er nichts weiter verstanden, als daß er ernst genommen worden war. Und vielleicht rührten seine Treue und seine Liebe zu diesem Mann von dem Tage her.

Hinter sich hörte er einen schwerfälligen Schritt die Treppe heraufkommen, begleitet vom Rauschen eines Kleides. Er drehte sich um, ohne an sein rechtes Bein zu denken, und unterdrückte ein Stöhnen.

Konstanze trat auf die Plattform des Turmes hinaus und beschirmte ihre Augen mit der Hand vor der grellen Sonne.

Richard verneigte sich.

»Nun?« fragte sie.

»Nichts, Madame.«

Sie seufzte, trat an die Mauer heran und schaute über das leere Meer, als könne sie mit ihrem Blick das Schiff herbeizwingen, auf das sie wartete.

»Ihr solltet diese steile und enge Treppe nicht heraufkommen, Madame. Der Arzt hat Euch Ruhe verordnet. Ich gebe Euch Nachricht, sobald ich etwas erfahre.«

Sie drehte sich zu ihm um. Sie war nahe dreißig, mit sandfarbenem Haar, fleckiger Haut und einem scharfen Blick aus leicht vortretenden grauen Augen. Richard achtete nicht auf ihr Gesicht, sondern auf ihren Leib. Sie war hochgewachsen, mager und knochig und hatte das Gewand flüchtig unterhalb der Brust gegürtet. Darunter stand ihr Bauch grotesk hervor. Sie war im zehnten Monat schwanger, und die Niederkunft ließ noch immer auf sich warten. Schon längst war eine Amme am Ort bestellt worden, und Richard hatte vorsichtshalber einen Arzt aus

Salerno kommen lassen, der ihm täglich in den Ohren lag, er dürfe nicht länger abwarten, sondern müsse das Kind mit dem Messer holen.

»Wenn ich nichts tue, werden beide sterben«, hatte der Arzt düster prophezeit. »Wenn ich aber den Bauch der Fürstin aufschneide, werde ich das Kind retten können.«

Das Kind, aber nicht die Mutter.

Richard hatte gezögert. Er wünschte, er wäre nicht der Mann, der die Entscheidung treffen mußte. Wenn Boemund hier wäre, dann ... Oder wenn er drüben bei Boemund in Durazzo sein könnte! Er schloß die Augen und sah einen Moment alles lebhaft vor sich: die farbigen Zelte mit den Wimpeln, die im Wind flatterten, den Rauch, der von den Feuern aufstieg, die Koppeln, die die Pferde unter ihren Hufen zerstampften, er hörte das Hämmern und Sägen, mit dem der Widder repariert wurde, wenn er von dem Einsatz an der Mauer zurückkam, die Flüche und Zoten und das dröhnende Gelächter der Soldaten, er roch das Fett, das in die Glut tropfte, wo die Ochsen am Spieß gebraten wurde.

Wie sehr sehnte er sich nach dem Lager! Dies war der erste Krieg, an dem er nicht an Boemunds Seite teilnahm. Nahezu ein Jahrzehnt waren sie Seite an Seite geritten, und wenn nicht jener verwünschte Türke ihm bei Harran das rechte Knie zerschmettert hätte, dann müßte er jetzt nicht hier in Otranto Boemunds Weib und Kind und Burg hüten. Dann wäre er jenseits des Meeres, würde in Durazzo eindringen, das blanke Schwert in der Hand, würde an Boemunds Seite Janina und Arta und Thessaloniki und Adrianopel einnehmen und schließlich unter den Mauern der Stadt stehen, die niemand vergaß, der sie einmal betreten hatte.

Die Stadt, von der aus ein Weltreich beherrscht worden war. Die Stadt der erlesensten Manieren, der höchsten Bildung, der vollkommenen Schönheit, der raffinerten Grausamkeit und des luziferischen Stolzes. Die Stadt des Alexios Komnenes.

Die Stadt der Anna Phokaina. Byzanz. Himmel und Hölle zugleich.

Konstanze hatte etwas gesagt, und Richard öffnete die Augen. In ihrer Stimme klang eine unterdrückte Erregung mit, die ihn augenblicklich alarmierte. Hoffentlich bedeutete das, daß die Wehen endlich einsetzten. Wie gut, daß er das Ansuchen des Arztes bisher abgelehnt hatte! Wenn das Kind jetzt auf natürliche Weise geboren werden konnte, dann wären vielleicht beide zu retten, das Kind und die wertvolle königliche Mutter. Aber Konstanze zeigte kein Anzeichen von Geburtsschmerzen. Sie war auf die andere Seite des Turmes getreten, wo man in den Burghof hinuntersehen konnte, und winkte heftig Richard an ihre Seite.

Im Hof waren die Knappen angetreten und übten sich mit Holzschwertern im Nahkampf. Jetzt waren sie alle beiseite getreten und hatten den Männern Platz gemacht, die in den Hof eingeritten waren. Es waren kaum mehr als ein halbes Dutzend, staubig, erschöpft, ohne Banner. Brachten sie Nachricht von Boemund? Die Nachricht, auf die sie so dringend warteten? Seit Wochen hatten sie nichts mehr aus Durazzo gehört. Aber eine Nachricht aus Durazzo müßte übers Meer kommen, nicht zu Lande.

Richard blickte genauer hinunter, als einer der Männer vom Pferd stieg, stieß einen Schrei aus und jagte, ohne sich weiter um Konstanze zu kümmern, die enge Steintreppe so rasch hinunter, wie sein versehrtes Bein es gestattete.

Boemund wartete mitten im Hof auf ihn. Er hatte den Helm abgenommen. Der Wind wehte ihm das schweißverklebte blonde Haar in die Stirn. Er strich es mit der behandschuhten Rechten zurück.

Richard hinkte rasch auf ihn zu und wollte ihn umarmen. Aber dann, zwei Schritte vor ihm, blieb er wie angewurzelt stehen. Boemunds Gesicht verbot jede Annäherung.

Zwei Tage nach Ankunft ihres Mannes gebar Konstanze einen Sohn. Boemund besuchte sie, drückte ihr seine Dankbarkeit aus, indem er ihr den Schmuck einer türkischen Prinzessin schenkte, den er bei Ikonium erbeutet hatte, und kehrte an seine Arbeit zurück. Er ließ sich eine vollständige Übersicht über all seine apulischen Besitztümer geben und überprüfte die Angaben an Ort und Stelle. Gleichgültig gegen Regen und Kälte, ritt er noch in diesem Winter alle Burgen ab.

Richard, der längere Ritte nicht mehr durchhielt, blieb in Otranto und sah ihn nur alle zwei Wochen. Jedes Mal schien ihm sein Onkel unnahbarer. Niemand wagte es, ihn ungefragt anzusprechen. Einmal nahm Richard seinen ganzen Mut zusammen und fragte, wann er nach Antiochia zurückzukehren gedenke.

Boemund blickte nicht von den Papieren auf, die er gerade unterschreiben wollte.

»Nie«, sagte er knapp.

»Aber ... aber du ... aber es ... ich meine ...« Richard fing an zu stottern.

»Tankred vertritt mich gut.«

»Er ist maßlos ehrgeizig. Er wird versuchen, selbst die Macht zu ergreifen.«

»Das hoffe ich.«

Boemund streute Sand über die Tinte und blickte auf.

»Mach nicht so ein vedutztes Gesicht, Richard, sondern gebrauche deinen Verstand! Tankred ist ein Usurpator, wie es nur je einen gegeben hat. Er wird den Vertrag, den ich mit Alexios geschlossen habe, nicht anerkennen. Sobald das erste Schiff im Frühjahr einläuft, wirst du erfahren, daß Tankred jetzt der unumschränkte Herrscher in Antiochia ist und daß der Vertrag von Devriol, der Antiochia zu einem byzantinischen Lehen macht, das Pergament nicht wert ist, auf dem er geschrieben ist.«

»Du überläßt Tankred kampflos alles, was du erobert hast?«

Boemund lächelte. Zum ersten Mal, seit er heimgekehrt war, war es ein Lächeln reinsten Vergnügens. So lächelte jemand, der beim Schachspiel vorhersieht, daß er seinen Gegner mit dem nächsten Zug mattsetzen wird.

»Wenn mein Sohn volljährig ist, wird er meine Nachfolge in Antiochia antreten. Bis dahin wird Tankred dort herrschen. Er ist tüchtig. Ich könnte mir niemanden vorstellen, der geeigneter wäre. Hat er das nicht bewiesen, als ich gefangen war? Tankred wird das Erbe meines Sohnes gegen Byzanz halten. Aber er wird sich nicht gegen meinen Sohn behaupten können. Der Mythos Boemund wird ihn zu Fall bringen, wenn er das versucht.«

Richard starrte ihn an. War das der Boemund, den er sein Leben lang gekannt hatte?

Der Mann, der mit Worten und mit der Peitsche Tankreds Anmaßung gezüchtigt hatte? Der Mann, der Byzanz hatte erobern wollen? Dieser Mann hatte sich dem Kaiser unterworfen, gab kampflos sein Fürstentum auf und beschränkte sich darauf, in diesem verlassenen Winkel Apuliens die Burgen in den Bergnestern zu inspizieren.

Trotz der Beschwerlichkeiten, die es für ihn mit sich brachte, ließ Richard am nächsten Tag ein Pferd satteln und machte sich auf den Weg nach Venosa, wo Alberada nach dem Tod ihres dritten Gatten wohnte. Eine dicke Frau, deren Haarsträhnen unordentlich unter der Haube hervorquollen, begrüßte Richard mit einem freundlichen Lächeln, das ihre verbliebenen vier Zähne enthüllte, und wies ihm den Weg. Er fand Boemunds Mutter in einem Raum, der angenehm warm war, obwohl weder Kohlebecken noch ein Kamin die Luft verräucherten.

»Eine alte Erfindung der Römer«, sagte Alberada. »Sehr komfortabel. Man leitet heiße Luft durch Hohlräume im Ziegelboden. Roger hat mir arabische Handwerker aus Sizilien geschickt, die sich auf diese Kunst verstehen.

Angenehm für mich, die einen trockenen Husten bekommen hat. Das Alter macht sich langsam bemerkbar, mein Lieber.«

Sie sah klein und zerbrechlich aus in ihrem Lehnstuhl, die Haut zerknittert wie altes Pergament, aber ihre Augen funkelten lebhaft und neugierig wie immer.

»Du bist sicher nicht gekommen, weil du mit mir über Heizungen reden willst. Was hast du auf dem Herzen?«

»Boemund«, sagte er.

Alberada nickte.

»Natürlich Boemund. In deinem ganzen Leben war dir nie ein anderer Mensch wichtig. Das war ein Fehler, Richard. Du wirst ein einsames Alter haben. Du hättest heiraten und Kinder und Enkel haben sollen. Schau mich an! Ich habe dreimal geheiratet. Ich habe fünf Kinder, zwölf Enkel und drei Urenkel. Der Herr hat mich gesegnet wie ... wie ... wer war das noch, der sich so zahlreich vermehrt hat in der Bibel?«

Richard dachte flüchtig an Gabrielle. Sein Onkel hatte sie benutzt und gleichgültig beiseite geworfen. Sie war verhungert, weil das Getreide an die Pferde verfüttert worden war. Es war schon so lange her. Er spürte keinen Schmerz, nicht einmal ein Bedauern um das, was hätte sein können. Schwerfällig ließ er sich auf einem Stuhl neben ihr nieder und streckte das Bein mit dem zerschmetterten Knie von sich.

»Er hat Euch besucht«, sagte er schroff.

»Gewiß. Das ist kein Geheimnis.«

»Was hat er Euch gesagt?«

»Was ein Sohn seiner Mutter sagt, wenn er sie lange nicht gesehen hat und er aus dem Krieg heimkehrt. Vermutlich dasselbe, was Ihr Eurer Mutter erzählt hättet.«

»Er ist verändert. Vor Jahren habt Ihr einmal gesagt, er habe keine Seele. Erinnert Ihr Euch?«

Sie nickte. Ihre Augen waren auf der Hut.

»Ihr hattet recht. Er hatte nur den Krieg im Kopf, nur

Kampf und Schlacht. Er zeigte überhaupt keine Gefühle. Es war, als trüge er nicht nur einen Panzer, um seinen Körper zu schützen, sondern auch, um seine Gefühle zu verbergen. Nur zwei- oder dreimal in all den Jahren habe ich einen Riß in diesem Panzer entdeckt. Immer ging es um eine Frau.«

»Natürlich.«

»Ihr wißt davon? Er hat Euch von ihr erzählt?«

»Es geht immer um eine Frau, wenn ein Mann sich unglücklich macht. Die Geschichte ist voll davon. Das war schon in biblischen Zeiten so. Denkt an David und Bathseba! Oder selbst die nüchternen Römer: Mark Anton und Kleopatra. In unseren Tagen König Philipp und Bertrada von Montfort. Er hat ihretwegen den Kirchenbann auf sich genommen. Nein, Boemund hat mir nichts erzählt. Was wißt Ihr darüber, Richard?«

»Nicht viel. Sie ist eine Byzantinerin. Anna Phokaina. Er kennt sie schon sehr lange, noch aus der Zeit, als er in Thessalien Krieg führte. Sie hat ihn verraten. Sie ist schuld daran, daß er in seldschukische Gefangenschaft geriet. Sie hat eine Villa auf Zypern. Ich war dort ihr Gast, als ich aus Antiochia zurückkehrte. Sie ist immer noch sehr schön. Sie hat sich nach Boemund erkundigt. Sie wollte wissen, ob er sich verändert hatte. Und als ich verneinte, weinte sie.«

»Sie hat ihn sehr geliebt«, sagte Alberada.

Richard starrte sie an.

»Habt Ihr nicht verstanden? Sie hat ihn verraten. Sie hat ihn gehaßt.«

»Ich habe mehr verstanden, als Ihr ahnt, Richard. Um so schrecklich zu hassen, muß man abgöttisch geliebt haben. Vielleicht kann sie ihm eines Tages verzeihen.«

Richard zwang sich zur Geduld. Wie vielen alten Menschen verwirrten sich ihr die Zusammenhänge.

»Sie ihm? Das ist doch wohl eher andersherum. Er müßte ihr verzeihen.«

Sie seufzte.

»Ach, Richard, wann werdet Ihr alt genug sein, um von Eurer Heldenverehrung abzulassen? Boemund ist nicht rein wie ein Erzengel. Wenn Anna Phokaina ihn verraten hat, dann nur, weil er ihr einen Grund gegeben hat, ihn zu hassen.«

Richards Stimme wurde lauter, als wären seine Argumente damit überzeugender.

»Ich weiß nicht viel. Aber ich weiß, daß er sie geliebt hat. Sie hat ihn verraten, und er hat darunter sehr gelitten. Wenn Ihr behauptet, er habe keine Seele, dann kann man wohl sagen, er hat keine, weil sie sie ihm gestohlen hat.«

Alberada lächelte.

»Es ist erstaunlich, Richard, wie Ihr aus völlig falschen Erwägungen zu der richtigen Schlußfolgerung kommt. Ich werde darum beten, daß Anna ihm verzeiht und ihm seine Seele zurückgibt. Vielleicht kann er dann in Frieden und versöhnt mit Gott sterben.«

Richard zuckte zusammen.

»Wenn Ihr vom Sterben anfangt – das ist es, was mir Sorgen bereitet. Er ist verändert aus Illyrien zurückgekehrt. Er will nicht mehr nach Antiochia gehen. Er will nicht mehr kämpfen. Er ordnet das Erbe. Das sieht verdammt danach aus, als ob er mit seinem Tode rechnet. Aber er ist nicht verwundet. Was ist mit ihm?«

Albarada legte den Kopf in den Nacken und schaffte es, so zierlich sie war, Richard von oben herab zu betrachten.

»Ich mag viel über meinen Sohn gesagt haben, aber sicher nie, daß er ein Dummkopf sei. Wie sollte er nach der Niederlage gegen Alexios je wieder in Antiochia Boden unter den Füßen bekommen? Tankred ist jung, erfolgreich und nicht an den Eid gebunden, den Boemund geleistet hat. Boemund hat keine Schlacht verloren, sondern einen Krieg. Er ist zu alt, um einen neuen anzuzetteln. Ein Mann, der Söhne hat, muß an ihr Erbe denken.«

Das war logisch und vernünftig. Es war das, was er selbst sich immer wieder gesagt hatte. Aber es war nicht die Wahrheit. Während er in Alberadas glänzende Augen schaute, die nichts als das Kerzenlicht widerspiegelten, wußte er, daß er sie von Boemunds Mutter nicht erfahren würde.

Im Juni wurde die Hochzeit von Markos Paläologos und Theano Skleraina gefeiert. Die Braut war aus erster Familie, sehr jung, sehr hübsch und sehr schüchtern. Markos war sofort entflammt. Und wie, dachte Anna, hätte das Mädchen ihrem schönen strahlenden Sohn widerstehen können?

Die offenkundige Verliebtheit des Paares war Gegenstand heiterer Scherze während des dreitägigen Festes, das in Pera mit allem Prunk gefeiert wurde. Der Kaiser selbst ließ sich eine Stunde blicken und errregte Aufsehen, weil er sich die Hälfte der Zeit mit der Schwiegertochter des Gouverneurs von Zypern unterhielt und sich ihre Kinder vorstellen ließ.

Maria war mit ihrer ganzen Familie erschienen und entschlossen, Anna anschließend mit sich nach Zypern zu nehmen. Jeden Gedanken Annas an ein Kloster wies sie mit Lebhaftigkeit zurück und deutete auf ihre Kinder hin, die Anna nicht missen wollten. Die kleine Sophia lag noch im Steckkissen, die beiden älteren, Nikolaos und Euphemia, waren kluge stille Geschöpfe, die die Welt aus dunklen Augen abwartend und vorsichtig betrachteten. Der jüngere Sohn hingegen, Georgios, blond und mit blitzenden blauen Augen, war so lebhaft und wagemutig, daß seine Kinderfrau ihn vorsichtshalber nie aus den Augen ließ. Maria sah die Blicke, die Anna auf dem Jungen ruhen ließ, und dachte, sie habe gewonnen. Vom Kloster würde nicht mehr die Rede sein.

Ehrengast der Hochzeit, nachdem der Kaiser sich zurückgezogen hatte, war sein Neffe, der Kommandant von Durazzo, der in Konstantinopel Zwischenstation machte auf dem Weg zu seinem neuen Posten in Kilikien. Er war im Feld aufgewachsen und hatte die Manieren eines Soldaten. Er sprach zu laut, trank zuviel und erklärte Anna im Laufe des ersten Abends viermal, daß nicht nur sie Witwe, sondern er auch Witwer sei, und daß das bestimmt etwas zu bedeuten hätte. Zuerst lächelte Anna nur, später erläuterte sie ihm die Auffassung der Kirche über Wiederheirat, die schon nach einer Ehe nicht gern gesehen wurde. Eine dritte Ehe aber betrachte die Kirche als Hurerei. Noch später erwähnte sie, daß sie alle ihre Güter bis auf einen kleinen Witwensitz ihrem Sohn überschrieben habe. Von da an widmete der Neffe des Kaisers sich nur noch den Schilderungen seiner militärischen Abenteuer.

Naturgemäß standen dabei die Heldentaten der jüngsten Vergangenheit im Vordergrund. Lang und breit beschrieb er die Einschließung Durazzos durch die Franken und die furchtbaren Belagerungsmaschinen, die sie gebaut hatten. Man sah förmlich den hohen Turm heranrollen, hörte das Knirschen der Räder, die Kommandos der Soldaten, roch den Angstschweiß der Belagerten und den Uringestank, der von dem Turm herüberwehte und das griechische Feuer nutzlos machte.

Er sprach laut, und alles wandte sich ihm zu. Teils aus Gerechtigkeitssinn, teils aus Höflichkeit vergaß er nicht, herauszustellen, welchen Anteil Markos an der Zerstörung des Turmes hatte. Kaum wollten seine Zuhörer sich wieder ihrer eigenen Unterhaltung zuwenden, fuhr er mit der Geschichte der glücklich entdeckten Unterminierung fort und fing das erlahmende Interesse noch einmal ein, indem er sagte:

»Aber das dritte Mal wären wir endgültig verloren gewesen, wenn Boemund nicht den Verstand verloren hätte.«

Er sah, daß die immer noch schöne Mutter des Bräutigams ihn mit brennender Neugier anstarrte, befeuchtete seine Kehle mit einem kräftigen Schluck Wein und zwirbelte sich den Schnurrbart.

»Nun, die Maschine kam als Schildkröte. Ein Holzdach

über einem Rammbock auf Rädern, versteht Ihr? Sie war so abgeschirmt, daß wir nicht herankamen. Keine Chance, sie mit Feuer zu zerstören. Der härteste Rammbock, den ich je erlebt habe. Wenn er gegen die Mauer stieß, erschütterten alle Häuser in Durazzo und die Glocken in der Kirche fingen an zu läuten. Er war nach einer Stunde durchgebrochen. Wir hatten in aller Eile hinter der Mauer einen Wall aus Erde aufgehäuft, in dem er steckenbleiben sollte, aber wir wußten, das verschaffte uns nur einen Aufschub. Und da – niemand weiß bis heute warum – wurde der Rammbock zurückgezogen und aufgegeben. In der Nacht flickten wir die Stadtmauer, aber Hoffnung, die Stadt zu halten, hatten wir nicht mehr. An diesem Abend, in dieser Nacht hätte Boemund Durazzo einnehmen können. Es war der Tag der heiligen Euphemia. Vielleicht hat sie ihm den Sinn verwirrt.«

Nach der Hochzeit verlor Anna tatsächlich kein Wort mehr über ein Kloster, aber sie lehnte es auch ab, Maria nach Zypern zu begleiten.

»Ich gehe nach Larissa«, sagte sie.

Maria starrte sie an.

»Da kannst du nicht leben. Die Villa ist vor vielen Jahren abgebrannt.«

»Ich werde sie wieder aufbauen. Dann habe ich etwas zu tun. Ich hasse es, untätig zu sein«, versetzte Anna.

Es gelang Maria nicht, sie von diesem Plan abzubringen, so gute Gründe sie auch vorbrachte. Markos schlug vor, er und seine junge Frau würden Anna begleiten. Er war neugierig, Larissa kennenzulernen, wo seine Eltern vor seiner Geburt gewohnt hatten. Anna sagte, sie würde ihn und Theano einladen, sobald sie das Haus instandgesetzt hätte. Einer jungvermählten Frau könne man nicht zumuten, in einer Ruine zu wohnen, ein Argument, das Markos sofort einleuchtete. Er blickte mit einem etwas törichten Stolz auf den Leib seiner Frau, der Maria zum Lachen brachte. Theano errötete sanft.

Mit den besten Wünschen ihrer Familie verließ Anna eine Woche nach der Hochzeit Pera und wandte sich nach Thessaloniki. Von dort aus schlug sie allerdings nicht den Weg nach Larissa ein, sondern hielt sich nordwestlich auf der großen Reichsstraße, die durch Thessalien und Makedonien nach Illyrien führte und in Durazzo ans Meer stieß.

Diesmal suchte sie Yolanda nicht in ihrer Wohnung über der Goldschmiedewerkstatt auf, sondern ließ sie durch zwei Wachsoldaten in den Palast des Gouverneurs bringen. Hatte sie aber damit gerechnet, Yolanda so einschüchtern zu können, hatte sie sich geirrt. Die Frau des Goldschmieds starrte sie trotzig an.

»Was wollt Ihr von mir, Prinzessin? Ich habe gesagt, was zu sagen war.«

Anna musterte sie eine Weile schweigend und stellte dann eine Frage, mit der Yolanda offensichtlich nicht gerechnet hatte.

»Wie bist du in das Lager der Franken gekommen?«

Yolanda überlegte kurz und fand nichts Verfängliches daran, die Wahrheit zu sagen.

»Es gab ein Abkommen, daß man Frieden halten sollte, um die Toten zu bergen. Ich bekam die Erlaubnis, unsere Männer ins feindliche Lager zu begleiten, weil ich die Sprache der Franken spreche. Einmal drinnen, war es leicht, mich von den Unseren abzusetzen.«

»Das war am Tag des Evangelisten Johannes, nicht wahr?«

Yolanda schüttelte den Kopf.

»Nein, Herrin. Es war der Tag, der der heiligen Euphemia gewidmet ist. Ich irre mich nicht, weil meine jüngste Tochter nach ihr benannt ist, und wir haben an diesem Tag ihr Namensfest gefeiert.«

»Der Tag der heiligen Euphemia also«, sagte Anna langsam und sah Yolanda scharf in die Augen. »Das ist ein Tag, den die Bürger von Durazzo nicht so schnell vergessen werden, nicht wahr? Der Tag, an dem der Rammbock die Mauer durchstieß und dann zurückgezogen wurde. Verehrt man dich schon als Retterin der Stadt? Bringen sie dir am Tag der heiligen Euphemia einen Fackelzug dar? Oder wissen die Bürger nicht, was sie dir verdanken?«

Yolanda biß sich auf die Lippen.

»Es gibt keinen Zusammenhang zwischen meinem Besuch im Lager und dem Befehl, die Ramme zurückzuziehen.«

»Du solltest nicht den Fehler begehen, mich für dumm zu halten, Yolanda«, sagte Anna freundlich. »Du gehst zu Boemund, du sagst ihm, daß hier sein Sohn kämpft, und fortan unternimmt er keinen Angriff mehr auf die Stadt. Da soll es keinen Zusammenhang geben?«

Yolanda schwieg.

»Ich kann dir schaden, Frau des Goldschmieds. Ich bin reich und mächtig. Wenn ich verbreiten lasse, was du erreicht hast beim Feind, wird man dich erst feiern, aber dann werden die alten Geschichten wieder ans Licht kommen, und hinter deinem Rücken wird man dich eine Lagerhure nennen. Ich kann das Geschäft deines Mannes ruinieren. Ich brauche ihn nur als Betrüger verhaften zu lassen. Selbst wenn sich seine Unschuld herausstellt – ein Verdacht bleibt immer hängen. Was wird dann aus dir und deinen Kindern?«

»Warum solltet Ihr das tun wollen? Ihr wißt doch jetzt, was Ihr wissen wolltet. Ja, er war erschüttert, als er von der Existenz Eures Sohnes erfuhr. Er hat von der Stadt abgelassen, weil Markos' Leben ihm wichtig war. Kann ich jetzt gehen?«

Sie wandte sich zum Gehen.

»Ich habe nur noch eine Frage«, sagte Anna. »Warum hast du mich belogen?«

Yolanda sah das ovale Gesicht, die elfenbeinerne Haut von feinen Fältchen durchzogen, die dunklen Augen groß und brennend auf sie gerichtet. Das war die Frau, um deretwillen sie fortgeschickt worden war, das war die Frau, die Boemunds

Leben vernichtet hatte. Die verwöhnte Prinzessin, die immer alles bekommen hatte, was sie wollte, für die Menschen nur Spielzeug waren, das sie nach Belieben fortwerfen oder zerbrechen konnte. Yolandas Zorn wuchs. Sie war kaum ihrer Stimme mächtig, als sie antwortete.

»Ich wollte Euch demütigen. Ich wollte Euren Stolz in den Staub treten. Ihr solltet leiden, ein wenig nur, verglichen mit dem Leiden, das Ihr über ihn gebracht habt.«

Anna packte ihre Schultern und schüttelte sie.

»Wovon redest du?«

»Das wißt Ihr sehr gut. Ihr habt ihn zu einem Leben verurteilt, das schlimmer ist als der Tod.«

Yolanda sah zu ihrer Befriedigung, daß alles Blut aus dem Gesicht der Prinzessin strömte. Selbst ihre Lippen wurden weiß. Sie ließ Yolandas Schultern los, ihre Hände fuhren hilflos durch die Luft, dann sank sie lautlos zu Boden.

Von Otranto bis Bari hatten sie das Schiff genommen. Nun ritten sie langsam durch das Land, ein halbes Dutzend Männer in Lederkoller und leichter Bewaffnung. Kein Banner flatterte über ihnen, kein Schild trug ein Wappen, nichts wies darauf hin, daß Boemund von Hauteville, Herzog von Tarent, Fürst von Antiochia, Schwiegersohn des Königs von Frankreich, durch sein Herzogtum ritt.

Es war die Zeit, in der ein warmer Frühling in einen heißen Sommer überging. Zum ersten Mal nahm Richard eine Landschaft nicht als Ritter wahr, für den sie ein mögliches Schlachtfeld und ein vielleicht ertragreiches Lehen war, sondern wie einer, der nie wieder unter freiem Himmel reiten würde. Er sah, wie schön das Land war, und sein Herz wurde schwer.

Solange sie noch in der Nähe der Küste waren, begleitete sie eine leichte Brise, dann flirrte das Licht von einem wolkenlosen tiefblauen unbewegten Himmel, war die Luft erfüllt vom Duft des Thymians und Rosmarins, die rosa und hellblaue Teppiche unter die Hufen ihrer Rosse legten. Meilenweit begleiteten sie die knorrigen Olivenbäume mit ihren silbergrauen Blättern, unter denen sich die roten Klatschmohnfelder ausbreiteten. Hin und wieder leuchtete weiß ein Rundhaus mit kegelförmigem Dach herüber.

Richards zerschmettertes Knie zwang sie dazu, Pausen einzulegen, und wenn die Pausen häufiger waren und länger dauerten als nötig, so verlor niemand ein Wort darüber. Sie sprachen ohnehin nicht viel, selbst wenn sie sich bei der Rast die Mahlzeit teilten. Keiner der Männer war mehr jung. Sie alle hatten vor Amalfi aus Boemunds Hand das Kreuz empfangen, mit ihm bei Nikäa, Doryläum und Antiochia gekämpft und die Belagerung von Durazzo mitgemacht. Sie hatten scharfe Züge, narbenbedeckte Haut, Herzen, die nicht Tod noch Teufel fürchteten und Zungen, die schweigen konnten.

Endlich kam Canosa in Sicht.

Die kleine Stadt im nördlichsten Zipfel des Herzogtums Tarent lag am Zusammenfluß von Busento und Crati, was ihr eine gewisse Bedeutung als Marktflecken gesichert hatte. Ihre Häuser zogen sich vom Flußufer den Hang des Hügels hinauf, so hoch gestapelt, daß zumeist nicht Gassen, sondern Treppen sie verbanden, dunkle kühle Schluchten zwischen den weißgekalkten Mauern. Dom und Bischofspalast überragten die flachen Dächer, und über allem klebte finster und bedrohlich wie das Nest eines Adlers die Burg am Gipfel des Hügels.

Bei ihrem Anblick zügelte Richard unwillkürlich sein Roß. Boemund neben ihm lachte kurz auf, gab seinem Pferd die Sporen und ritt in gestrecktem Galopp über die Brücke, daß die Händler, die mit Karren und Eseln unterwegs waren, sich fluchend in Sicherheit brachten. Erst kurz vor dem Burgtor, auf der steilsten Kehre des Hanges, holte Richard ihn wieder ein. Ihr Kommen war bemerkt worden, das Tor stand offen, und sie ritten in die Vorburg ein.

Von innen waren an die hohen Mauern Ställe, Scheunen, Dienerquartiere und das Haus des Vogtes gebaut. Der große Platz zwischen ihnen war mit Sand bedeckt, weil hier die Knappen im Lanzenstechen und Schwertkampf unterrichtet wurden. Eine Mauer, die höher war als zwei Männer, schloß den Hof gegen die innere Burg ab. Knechte standen bereit, ihnen die Pferde abzunehmen. Die Reiter sprangen aus dem Sattel. Während die Männer zurückblieben, schritten Boemund und Richard zum Tor, das in die eigentliche Hauptburg führte. Sie bestand aus einem hochaufragenden runden Donjon, zu dessen Eingang im ersten Stock eine Holztreppe führte. Außerdem gab es einen langgestrecktes einstöckiges Gebäude, dessen Obergeschoss große Fensteröffnungen enthielt. Der Platz zwischen den Gebäuden und Mauern war in einen üppig blühenden Garten verwandelt worden. Säulengänge mit spitzbogigen Arkaden umstanden den Hof und spendeteten Schatten. Zwischen ihnen rankten Wein und Rosen empor. Vogelkäfige hingen herab und das Zwitschern der Vögel vermischte sich mit dem Plätschern von Wasser, das von einem Brunnen in einen Teich fiel. In der Sonne leuchteten die Wassertropfen wie Diamanten. Was sich vom Fluß her als düstere Festung dargestellt hatte, war ein heiteres arabisches Schloß.

Spöttisch musterte Boemund das verblüffte Gesicht von Richard.

»Das Werk meiner Mutter und ihres arabischen Baumeisters. Sie hatte schon immer einen Hang zu Bequemlichkeit und Luxus, wie du weißt.«

Alberada hatte es gewußt.

Wahrscheinlich von Anfang an, dachte Richard. Boemund mußte ihr enthüllt haben, was sich ihm erst durch monatelange Beobachtung erschlossen hat. Es waren Kleinigkeiten gewesen, kleine Steinchen, die Richard zu einem Mosaik zusammengesetzt hatte, bis sie ein Bild ergaben. Boemund hatte sich nach seiner Rückkehr in einer unbenutzten Falknerstube einquartiert und war auch, nachdem Konstanze von der Geburt genesen und von der Kirche ausgesegnet worden war, nicht in das gemeinsame Schlafzimmer zurückgekehrt. Er besuchte seine kleinen Söhne selten, und wenn, hielt er sie von sich fern und berührte sie niemals. Von seinem Onkel aus Sizilien ließ er arabische Künstler und Handwerker kommen, die nach Canosa weiterreisten, um eine kleine Burg in der entferntesten Ecke des Herzogtums auszuschmücken. Einmal kam ein blinder Alter, von dem es hieß, er sei der beste Schachspieler Siziliens. Sein jugendlicher Begleiter nenne ihm die Position der Figuren, und er habe das Spiel auf dem Brett im Kopf und könne jeden Sehenden schlagen. Auch er war unterwegs nach Canosa. Als Boemund begann, Handschuhe aus feinstem Hirschleder zu tragen und sie nicht einmal zu den Mahlzeiten abstreifte, stattdessen auf byzantinische Weise mit einer Gabel und nicht mit den Fingern aß, wunderte sich Richard.

Einmal im Winter, als Boemund das Holzkohlenfeuer schürte, fiel ein Stück glühende Kohle aus dem Becken auf seinen Fuß. Der Lederstrumpf versengte stinkend. Boemund beugte sich nieder, ergriff die immer noch glühende Kohle und warf sie nachlässig zurück. Er war sich nicht bewußt, daß sein Neffe schon eingetreten war und ihn beobachtet hatte. Richard zog sich lautlos zurück.

Er hatte begriffen. Er wagte lange nicht, ihm anzudeuten, daß er sein Geheimnis kannte, doch als Boemund ihm mitteilte, er würde Otranto verlassen und sich auf eine Weile auf seine Burg Canosa zurückziehen, sagte er heftig:

»Canosa braucht einen Burgvogt. Ernenne mich dazu!«

Boemund sah ihn an, und Richard hielt den Blick aus, ohne mit der Wimper zu zucken.

Boemund wandte sich von dem üppig bepflanzten Gartenhof ab und Richard zu.

»Du siehst, meine Mutter hat gut für mich gesorgt. Du

kennst deine Aufgabe. Du wirst niemanden einlassen, wer immer es auch sei. Nicht meine Söhne und nicht meine Frau. Auch meine Mutter nicht. Einer der Diener wird dir Bescheid geben, wenn es an der Zeit ist, das Tor wieder zu öffnen.«

Richard biß sich auf die Lippen.

Boemund fügte mit einem ironischen Lächeln hinzu:

»Die Ärzte haben gesagt, es könnte Jahre, dauern. Du wirst dich auf eine öde Zeit einstellen müssen. Burgvogt ist ein langweiliger Posten.«

»Gerade das richtige für einen Krüppel wie mich«, würgte Richard heraus.

Er fühlte das Bedürfnis, ihn zum letzten Mal in seinem Leben zu umarmen, aber der Blick seines Onkels verbot es ihm.

Boemund schritt durch das Tor, ohne sich noch einmal umzusehen. Zwei Diener, Araber in weißen Burnussen, die Richard bisher übersehen hatte, eilten herbei, legten jeder die Hand an einen Flügel des großen hölzernen Tores und schlossen es.

Boemunds erste Tat war es, die Gebäude zu inspizieren. Fenster öffneten sich nur zum Innenhof. Wo, wie im Donjon, Öffnungen nach außen gewesen waren, hatte man sie zugemauert. Er fand überall Polster, Teppiche, Vorhänge, Kissen, Pflanzen und Käfige mit zwitschernden Vögeln. Der Fußboden war mit farbigem Mosaik belegt, das verschlungene Ornamente bildete.

Als Boemund in den Hof zurückkehrte, standen die arabischen Diener im Schatten der Arkaden und verneigten sich. Er wies mit einer weitausholenden Geste auf den Garten und den Donjon.

»Hier lebt kein Weib, sondern ein Mann. Werft alles hinaus! Ich will kahlen Stein.«

Ein Mann löste sich aus der Dunkelheit des Säulenganges und trat vor. Er war so einfach gekleidet wie die Diener, klein, sein Gesicht von Runzeln übersät, das Gesicht eines Hundertjährigen.

»Herr, habt Ihr schon einmal eine Rose gepflückt und in Händen gehalten?«

Boemund warf den Kopf zurück.

»Meine Hände haben die Zügel und das Schwert gehalten.«

»Die Rose ist ein berittener Schwertkämpfer.«

»Wohl möglich, für Kinder und Narren. Wer bist du?«

Der Alte verbeugte sich.

»Ich bin Ibn Maschar, Euer Arzt.«

Boemund lachte hart auf.

»Ich brauche keinen Arzt.«

»Eure Mutter hat mich zu Euch gesandt. Niemand, sagte sie, braucht den Arzt nötiger als Ihr.«

»Ich bin ein Aussätziger. Ich kann nicht geheilt werden.«

»Sie ist eine weise Frau, Eure Mutter. Sie dachte nicht an Euren Körper.«

»Um meine Seele zu retten, schickt sie mir einen arabischen Arzt? Meint Ihr das? Da wäre doch wohl eher ein christlicher Pfaffe am Platz.«

»Um Eure Seele zu retten, schickt sie Euch Schönheit.«

»Nachtigallensang, Rosenduft, Sternenlicht – ein Hohn auf den, der bei lebendigem Leibe verfault, dessen Anblick ein Schrecken ist für jedes Auge, das ihn erblickt!«

»Die Schönheit um uns verweist auf die Schönheit in uns und auf die Schönheit Gottes«, sagte Ibn Marasch unerschütterlich.

Boemund stieß zwischen zusammengebissenen Zähnen ein ärgerliches Lachen aus.

»Um Christi willen, laßt alles, wie es ist! Ihr streitet sonst mit mir, bis der Tag zu Ende ist.«

Der Arzt verbeugte sich wieder.

»Und länger, Herr, wenn nötig.«

Ibn Maschar, der arabische Arzt, war uralt. Er hatte aufgehört, seine Jahre zu zählen. Sein Leben war eine lange Wanderschaft gewesen. Er war in Cordoba geboren und ausgebildet worden, dann nach Bagdad gegangen, hatte dort lange im Krankenhaus gearbeitet, bis es ihn nach Isfahan getrieben hatte, an die Stätte, wo der große Ibn Sina gelehrt hatte. Kriegerische Unruhen hatten ihn wieder nach Westen aufbrechen lassen. Über Ägypten war er nach Sizilien gelangt und hatte schließlich eine Stelle an der Hohen Schule von Salerno bekommen, bis man ihn zu alt fand, um zu lehren. Seine Ersparnisse waren aufgebraucht, die Rente, die der Herzog Roger Borsa den alten Lehrern von Salerno aussetzte, zu gering, um davon in Würde sterben zu können, und so hatte er Alberadas Angebot, Boemund von Hauteville nach Canosa zu folgen und sich mit ihm einschließen zu lassen, ohne zu zögern angenommen.

Das Leben, das Boemund führte, war von Anfang an einem gleichbleibenden Rhythmus unterworfen, den Ibn Maschar angeordnet hatte und dem Boemund sich achselzuckend unterwarf. Immer zur gleichen Stunde des Tages Schach, Musik, Vorlesen, Mahlzeiten, und abends ein langes Beisammensitzen im Hof unter dem sternenbesäten Himmel. Manchmal erzählte Ibn Maschar eine Episode aus seinem langen Wanderleben, meistens schwiegen sie. Allmählich schien es, als ob eine Außenwelt überhaupt nicht existierte. Das Leben war wie ein Traum, der täglich von neuem geträumt wurde.

Nach einem Monat erlitt Boemund eine Fieberattacke. Sie war das gefährliche an der Krankheit, sie trieb den körperlichen Verfall weiter und schwächte das Herz. Jede konnte tödlich enden.

Als das Fieber abgeklungen war, fragte Ibn Maschar bei ihrem abendlichen Beisammensein, ob er das nächste Mal einen Priester rufen lassen solle.

»Wozu?« fragte Boemund.

»Bei Euch Christen ist es üblich, sich von einem Priester mit Gott versöhnen zu lassen, bevor man hinübergeht.«

»Ich brauche keinen. Habt Ihr nicht gehört, daß der Papst

allen, die sich aufgemacht haben, Jerusalem zu erobern, das Paradies versprochen hat?«

»Glaubt Ihr daran?«

»Nein.«

Ibn Maschar antwortete nicht. Nach einer Weile sprach Boemund weiter.

»Sie reden alle von Gott, deine Prediger und meine. Jeder behauptet, daß er recht habe. Aber alles, was sie sagen, ist Lüge. Sie kennen Gott nicht besser als jeder von uns.«

»Gott ist ein offenes Geheimnis. In Isfahan sagen sie, wir begegnen Gott in der Rose, in der Frau und im Tod. In der Rose sehen wir die Vollkommenheit seiner Schöpfung, in der Liebe zur Frau fühlen wir die Wollust der Verschmelzung mit dem Göttlichen und im Tod erleben wir seine Barmherzigkeit, die uns von allen Leiden erlöst. Jeder, den nicht ein plötzlicher gewaltsamer Tod ereilt hat, hat auf seinem Totenbett ein stilles friedliches Antlitz.«

»So mag Gott für Euch sein, alter Mann, und für die Rosenzüchter von Isfahan. Mein Gott ist ein buckliger Riese, boshaft durch und durch, der die Welt schafft aus Lust, seine Geschöpfe leiden zu lassen und ihrer Qual zu spotten. Selbst seinen einzigen Sohn hat er auf die Erde geschickt, auf daß er verraten, gedemütigt, gefoltert, gekreuzigt werde. Wenn ich an ihn denke, dann höre ich sein dünnes höhnisches Altmännerkichern. Erstgeborener ohne Erstgeburtsrecht, Sieger in hundert Schlachten und am Ende immer besiegt, Überlebender meines Ruhms im Kerker abfaulenden Fleisches. Die Liebe? Ein Weg, den man barfuß über Glasscherben geht, jeder Schritt ein blutender Schnitt. Das beste, was einem Menschen geschehen kann, ist ein früher Tod.«

»Wir Ärzte verfügen über manche Mittel und Wege dorthin. Ich habe ein Pulver. Wenn Ihr von dem ein wenig nehmt, wird Euch ruhiger Schlaf beschert, ein wenig mehr aber schenkt Euch die ewige Ruhe.«

Boemund stieß ein hartes Lachen aus.

»Nein. So einfach entkommt mir der alte Mann nicht. Ich will leben, solange ich kann, damit er meine Flüche hört.«

Mit der Haushaltung der Burg hatte Richard nichts zu tun. Alberada hatte eine ihrer Frauen namens Caterina als Beschließerin geschickt. Richard erinnerte sich, sie bei seinem Besuch in Venosa gesehen zu haben. Sie war dick, hatte nur noch wenige Zähne, ihre Haare quollen immer unter der Haube hervor, aber sie war tüchtig. Die Mägde lebten in Angst vor ihren scharfen Augen und vor ihrer scharfen Zunge. Nie hatte Richard in einem Haus gelebt, das so sauber war, nie hatte jemand darauf gesehen, daß er so oft seine Wäsche wechselte, und nie hatte er schmackhaftere Mahlzeiten genossen.

Über den Mann, der sich freiwillig in der Burg eingekerkert hatte, sprachen sie nicht. Es gab nichts zu sagen, denn es gab keine Hoffnung. Er würde in dem Donjon leben, bis er starb. So schwer es ihm auch gefallen war, die Entscheidung anzuerkennen, so genau wußte Richard doch, daß Boemund recht gehandelt hatte.

Hätte er sich nicht selbst verbannt, so wäre er, wenn sich die Krankheit nicht mehr hätte verbergen lassen, in ein Grab gestellt worden, man hätte die Totenmesse über ihm gelesen und damit erklärt, daß er für die Gemeinschaft der Lebenden gestorben war. Dann hätte man ihm die Klapper in die Hand gedrückt und ihn mit Steinwürfen davongejagt in das Siechenhaus weit vor der Stadt, wo er in stinkenden Lumpen seinem Ende hätte entgegenblicken müssen, in Gesellschaft all derer, deren Finger, Zehen und Nasen abfaulten.

Richards Tage verliefen gleichförmig. Er trainierte die Besatzung für den Kampf, den sie nie mehr kämpfen würden, ging zweimal wöchentlich auf die Jagd und sonntags in den Dom zur Messe. Anschließend speiste er beim Bischof, der nicht genug über seine Abenteuer in Konstantinopel und im Heiligen Land hören konnte. Abends saß er mit den anderen Soldaten in der Halle beim Wein, die Fensterläden geschlossen, damit weder der Duft der Rosen und des Jasmins von jenseits der Mauer zu ihnen herüberdrang noch die fremdartige Musik. Dann konnte sie voreinander so tun, als hätten sie vergessen, daß sie nicht allein auf Canosa lebten.

Adlige der Umgebung luden ihn mehrfach ein, doch schützte Richard stets sein zerschmettertes Knie vor, um Besuche und Gegenbesuche zu vermeiden. Allmählich geriet er in den Ruf eines einsiedlerischen Sonderlings, der als Krüppel sein Gnadenbrot auf Canosa verzehrte.

Aus Otranto und Venosa kam niemand. Weder Konstanze noch Alberada mißachteten den Wunsch des Mannes, der sich im Donjon von Canosa eingeschlossen hatte.

Es war gegen Ende des Sommers, als Richard, in der Abenddämmerung von der Jagd zurückkehrend, Fremde in der Vorburg fand, eine Gruppe von bärtigen Dienern, die sich um schwerbeladene Maultiere zu schaffen machten. Die Mägde standen herum und schnatterten aufgeregt. Aus der Menge löste sich ein älterer Mann und kam auf Richard zu. Ein Byzantiner mit langem Gewand und spitzem Pelzhut. Sein grauer Bart war sorgfältig gelockt und gesalbt. Richard vergaß nie ein Gesicht, das er einmal gesehen hatte, und dieses hatte er zweimal gesehen, einmal im Kloster von St. Kosmas und Damian in Konstantinopel und einmal im Palast des Emirs der Danischmendiden in Sebastea.

Er blickte über die Schulter des byzantinischen Kaufmanns, der sich höflich verbeugte, auf die Frau. Große brennende Augen in einem schönen elfenbeinernen Gesicht.

Sie hatten vor Freude gestrahlt am Rande der mese. Sie hatten geleuchtet, als sie den Speisesaal des Klosters betrat, und waren dann langsam erloschen. Sie hatten vor Haß gefunkelt, als sie an der Seite des Emirs in Sebastea den Zug der Gefangenen betrachtet hatte, und sie hatten voller Angst geblickt, als er ihr Gast auf Zypern gewesen war und sie ihn nach Boemund befragt hatte.

Blitzschnell zogen die Bilder durch Richards Kopf, und plötzlich verschlug es ihm den Atem.

Wie erging es Eurem Herrn in Niksar?

Hat er sich verändert?

Sie hatte es gewußt.

Drei Jahre war Boemund in Niksar gewesen, getrennt von allen seinen Leuten, und nie hatte er über die Zeit etwas anderes gesagt, als daß er Schach und arabisch gelernt habe. In Niksar mußte er sich angesteckt haben. In Niksar, wohin der Emir ihn geschickt hatte, nachdem diese Frau ihn verraten hatte. Sie war schuld an Boemunds Krankheit.

Anna Prinzessin Phokaina, Witwe des Romanos Paläologos, Witwe des Fürsten von Melitene.

Sie ist schön, elegant, kultiviert, von erlesener Bildung. Sie ist alles, was ich von Byzanz begehrte, sie ist Byzanz.

Richards Atem ging heftig. Er versuchte, ihn unter Kontrolle zu bringen, damit er fähig war zu sprechen.

Sie war reich, schön, glänzend, falsch, tückisch, verräterisch.

Sie war Byzanz.

Sie war Himmel und Hölle Boemunds.

Gott verdamme sie. Damit ich ihr wenigstens nicht in der Ewigkeit begegnen muß, wenn ich sie schon in dieser Welt nicht aus meinen Lenden und aus meiner Seele reißen kann.

Richard atmete tief durch, dann erwiderte er die Verbeugung des Byzantiners. Er wußte, was er zu tun hatte.

Der blinde Schachspieler hatte in den Wochen seit der Einschließung auf Canosa an seinem Schüler erhebliche Fortschritte bemerkt. Ihre Partien dauerten länger, und es machte ihm mehr Mühe, Boemund zu besiegen, hin und wieder geriet eine Partie auch ins Patt.

»Eines Tages werde ich Euch schlagen«, sagte Boemund.

Der Blinde neigte den Kopf.

»Es wird der Tag sein, an dem Ihr verstanden habt, worauf es ankommt.«

»Und worauf kommt es Eurer Meinung nach an?«

»Darauf, daß Eure Augen nichts mehr sehen wollen, Eure Seele nichts mehr wünscht, daß Euer Herz ganz leer ist. Dann könnt Ihr Euch konzentrieren auf das reine Spiel.«

»Ihr verlangt Unmögliches.«

»Wozu sonst seid Ihr hier?«

Boemund antwortete nicht.

An diesem Nachmittag spürte der Schachspieler, daß sein Gegner unruhiger als sonst war und sich nicht auf das Spiel konzentrierte. Er machte die Fehler eines Anfängers. Von jenseits der Mauer scholl Lärm aus der Vorburg herüber in den stillen Hof. Das war ungewöhnlich, denn sie hatten morgens die Jagdgesellschaft fortreiten hören und wußten, daß sie erst bei Dunkelwerden zurückzukehren pflegte. Das war auch nicht der Lärm einer heimkehrenden Jagd. Nicht Pferde schnaubten, sondern Maultiere. Rufe auf griechisch erschollen, die der Schachspieler immerhin soweit verstand, daß er hörte, was sie bedeuteten: es waren Kommandos, Gepäck abzuladen.

Boemund brach die Partie ab, bevor er sie verloren hatte. Er sprang auf, durchquerte den Hof mit hartem Schritt, immer wieder, von Mauer zu Mauer, hielt vor dem großen doppelflügeligen Tor inne, kehrte dann zurück, um seine Wanderung wieder aufzunehmen.

Nach einer Weile erschien Ibn Maschar.

»Befehlt Ihr, Herr, daß einer der Diener hinausgeht und sich erkundigt, was dort vor sich geht?«

Boemund blieb stehen. Seine Augen funkelten.

»Was geht es mich an, wenn mein Neffe den Besuch eines byzantinischen Kaufmanns bekommt? Ich brauche keine Ware, und niemand wird dieses Tor öffnen.«

Ibn Maschar verneigte sich schweigend.

»Ruft den Vorleser in den Saal! Es ist zu laut, um im Hof zu sitzen. Er soll in der Geschichte fortfahren, die er gestern begonnen hat. Und laßt die Tür zum Donjon schließen, damit der Lärm uns nicht stört.«

Es war kühl in dem Saal. Die dicken Mauern hielten die Hitze fern. Es war dunkel. Die vorgeklappten Fensterläden ließen kein Tageslicht ein. Öllämpchen brannten mit stetiger Flamme und hoben das Gesicht des Vorlesers aus dem Dunkel, der kaum einen Blick in das Buch vor ihm werfen mußte, denn die Geschichte von Rustem und Sughrab hatte er in seinem Leben so oft rezitiert, daß er sie auswendig kannte.

Gewöhnlich war sein Herr empfänglich für alte Heldengeschichten. Wenn es zu Kampfschilderungen kam, war er ganz Ohr, Schlachtbeschreibungen kommentierte er gelegentlich, und über Liebesszenen goß er Hohn und Spott aus. Heute aber erlebte der Vorleser dasselbe wie der Schachspieler. Der Herr war unkonzentriert, wanderte, die Hände auf dem Rücken, mit steinernem Gesicht auf und ab, und herrschte ihn, wenn er eine Pause machte, finster an:

»Weiter!«

Nach drei Stunden war der Vorleser heiser und krächzte nur noch.

Ibn Maschar winkte ihn fort und ließ die Musiker kommen. Boemund erhob keinen Einwand. Er stellte seine Wanderung ein, lehnte sich mit den Schultern gegen die Wand und starrte blicklos vor sich hin. Die behandschuhten Hände waren zu Fäusten geballt.

Die Stimme des Sängers erhob sich näselnd über den Klang der Instrumente und übertönte den leichten Schritt, der die Treppe heraufkam, so daß die Frau plötzlich und unerwartet im Raum stand wie eine Erscheinung.

Die Musik brach ab. Es war die Stille, die Boemund innewerden ließ, daß etwas geschehen war. Er fuhr herum.

Keiner von beiden bewegte sich. Sie starrten einander an. Endlich sagte sie:

»Willst du mir nicht den Willkommenstrunk bieten?«

Über ihr Gesicht strömten die Tränen. Sie spürte sie nicht. Sie lächelte.

»Nein. Du bist nicht willkommen! Geh! Geh so schnell du kannst«, sagte er heiser.

»Ich bin nicht gekommen, um zu gehen. Ich habe ein Recht zu bleiben. Ich bin die Mutter deines Sohnes.«

»Der Preis für dein Bleiben ist zu hoch. Es kostet dich dein Leben.«

»Nie war Liebe günstiger im Preis. Ich will sie kaufen.«

»Hast du dir je einen Aussätzigen genau angeschaut?«

Seine Stimme war bitter wie Galle.

Sie zuckte nicht zurück.

»Ich war bei deiner Mutter, um zu erfahren, wo ich dich finden kann. Deine Mutter ist eine sehr kluge Frau. Sie sagte, daß du mich fortschicken würdest. Und daß es nur ein Mittel gäbe, das zu verhindern.«

Er fragte nicht.

»Ich habe ihren Rat beherzigt. Einige Meilen vor Bari gibt es ein Guteleuthaus, in dem die Nonnen Lepröse pflegen. Ich habe einen Tag und eine Nacht bei ihnen verbracht. ich habe in ihrem Schlafsaal geschlafen, ich habe mich mit ihren Lumpen bedeckt.«

Er schloß einen Moment die Augen und schwankte, fing sich wieder und sagte höhnisch:

»Welches Sühneopfer! Ich bin gerührt. Aber meine Mutter ist nicht so klug, wie du denkst. So schnell steckt man sich nicht an. Ich habe drei Jahre dafür gebraucht.«

»Ich habe Zeit.«

»Hast du gedacht, du könntest hier längere Zeit bleiben? Du bist am falschen Ort. Hat Alexios dich nicht informiert? Tankred ist jetzt der Mann der Stunde. Du solltest nach Antiochia gehen. Du bist immer noch so schön, daß er deinen

Reizen erliegen wird. Und sicher ist er der bessere Liebhaber. Er ist jung und gesund.«

»Gib es auf, meinem Stolz Wunden schlagen zu wollen. Es ist vergeblich. Ich habe keinen mehr. Auf dem Boden der Schuld gedeiht er nicht.«

»Du hast die Schuld beglichen. Du hast mich in den Kerker geworfen, du hast mich daraus befreit. Schau mich nicht so verwundert an! Sobald ich erfuhr, daß Michael von Skutari der Drahtzieher bei der Lösegeldzahlung war, wußte ich, daß du dahinter stecktest.«

Anna trat einen Schritt zurück.

»Das ist alles, was du weißt? Es wäre einfach, es dabei zu belassen. Aber zwischen uns darf keine Lüge mehr stehen. Ich habe dich nicht nur in Gefangenschaft geraten lassen. Als ich in Sebastea zu dir kam, dachte ich, wir könnten alles ungeschehen machen. Wir könnten noch einmal anfangen. Aber bevor ich dir von unserem Sohn erzählen konnte, hast du gesagt, du wolltest einen Sohn von einer französischen Königstochter. Ich war dir nur eine Dirne. Ich habe von dem Emir verlangt, daß er dich nach Niksar ins Haus der lebendig Toten bringt. Ich bin schuld daran, daß du bist, was du bist.«

Sie hatte mit vielem gerechnet, aber nicht damit, daß er ein bitteres Gelächter aufschlug.

»Und jetzt hast du Angst um dein Seelenheil und kommst reumütig, um in hingebungsvoller Krankenpflege deine Sünde abzubüßen? War das deine Idee oder die deines Beichtvaters? Und ich Narr hatte geglaubt, du seist aus Liebe gekommen.«

»Ich bin gekommen, um mein Versprechen zu halten.«

»Dein Versprechen?«

»Erinnerst du dich nicht mehr? In unserer ersten Nacht habe ich dir gelobt, dich nie zu verlassen.«

Er lehnte sich mit den Schultern an einen Pfeiler und verschränkte die Arme vor der Brust. Das Gelächter war aus seinem Gesicht verschwunden. Seine Stimme war hart.

»Das ist lange her, Anna. Es gilt nicht mehr. Es hat nie gegolten. Du hast mich bei der ersten Gelegenheit im Stich gelassen.«

Sie schüttelte den Kopf. Ihre Stimme war so hart und unerbittlich wie die seine.

»Nein, das ist nicht wahr. Wir sind durch den Krieg getrennt worden. Ich habe dich niemals verlassen.«

»Und wohl auch nicht verraten?« höhnte er.

»Nein, auch das nicht. Das hast du selbst getan. Du hast mir nicht vertraut. In deinem Herzen hattest du mich verurteilt, ohne mich überhaupt anzuhören. Als du mich zu deiner Dirne erklärt hast, hast du dich und mich und unsere Liebe verraten. Was geschehen ist, ist deine Schuld. Ich bin nicht hergekommen, um zu sühnen.«

»Wozu also dann? Willst du dich an der Pein deines Opfers weiden? Soll ich den Arzt rufen, damit er dir beschreibt, wie ich langsam verrecken werde? Wird dir das Genugtuung sein für das, was ich dir angetan habe? Hast du mehr gelitten in Alexios' und Gabriels Bett als ich in Niksar? Du hast einen Sohn und eine Tochter aufwachsen sehen, in Luxus und Ehre gelebt, während ich unter dem Auswurf der Erde vegetiert habe. Und jetzt lebendig verfaule, mir selbst zum Abscheu, und meine Söhne niemals sehen werde.«

»Wie selbstgerecht du bist! Du kannst mich nur anklagen, aber nie anhören. Ich habe einen Sohn. Deinen Sohn. Daran wirst du ja wohl nicht zweifeln. Wie ähnlich er dir ist, weißt du. Ich habe keine Tochter. Ich habe Maria als meine Tochter ausgegeben, damit sie ehrbar verheiratet werden konnte. Sie ist Alexios' Tochter. Hat man dir nicht erzählt, wie blond sie ist? Hast du dich nie gefragt, wieso eine Tochter von Alexios blond ist? So blond wie die Hautevilles? Muß ich dir erst sagen, wer die Mutter ist? Oder hast du noch genug Verstand, um es selbst zu erraten?«

»Olympias? Helena?« fragte er stockend.

»Deine Schwester. Wie ähnlich ihr euch seid! Wenn ihr

liebt, legt ihr eine Rüstung an und ergreift das Schwert, um euch zu schützen. Für euch ist die Liebe nur ein Kampf. Ihr könnt nichts als Wunden schlagen. Gott sei Alexios und mir gnädig! Was haben wir verbrochen, um ausgerechnet Hautevilles lieben zu müssen?«

Als sei er erblindet, tastete er sich an dem Pfeiler entlang zu einem Stuhl und setzte sich.

»Du hast nie mit Alexios …?«

Eine Haarsträhne hatte sich aus ihren Flechten gelöst und fiel ihr in die Stirn. Sie schüttelte sie mit einer ungeduldigen Kopfbewegung zurück. Ihre Ohrringe klirrten.

»Nein, noch mit sonst einem anderen Mann! Nachdem ich dich gesehen hatte, war ich verloren. Ich habe in den Armen eines Mannes gelegen, der für mich wie ein Gott war. Wen hätte ich danach noch in meinem Bett ertragen können?«

»Ich verstehe. Ich war es, der … Ich hätte dir vertrauen müssen. Ich hätte alles für dich getan, Anna. Ich hätte für dich getötet, und ich wäre für dich gestorben. Vertrauen ist das einzige, was ich nicht geben konnte. Ich habe in meinem Leben nur Verrat erlebt, von Anfang an. Ich bin es gewöhnt, verraten zu werden. Mein eigener Vater hat es getan, mehr als einmal. Woher hätte ich die Kraft zum Vertrauen schöpfen können?«

»Aus der Liebe«, sagte sie ohne Erbarmen.

»Vielleicht hast du recht, und ich bin der Verräter. Vielleicht ist der Aussatz Gottes gerechte Strafe dafür, daß ich unsere Liebe in Trümmer geschlagen habe. Geh, Anna! Du hast mein Eingeständnis. Mehr gibt es nicht mehr zu sagen. Geh und lebe!«

»Ich werde dich nicht verlassen.«

»Was nützt es, wenn du bleibst?« Er senkte den Kopf. »Für uns ist alles zu spät. Für uns ist die Zeit der Liebe vorbei. Ich habe sie zerschlagen. Wir können die Scherben nicht aufheben und wieder zusammensetzen.«

Sie durchquerte das Zimmer und kniete sich vor seinen Stuhl, so daß er sie ansehen mußte.

»Wann wirst du deine Rüstung ablegen? Warum willst du dich immer noch vor der Liebe schützen?«

»Wir können nicht so tun, als sei nichts geschehen.«

»Es ist nichts geschehen«, sagte Anna. »Es war nichts als ein böser Traum, und wir sind da, wo ich immer sein wollte. Erinnerst du dich? Ein Garten? Sternbeglänzte warme Nächte mit Rosenduft und Nachtigallensang?«

»Ich erinnere mich. Der Garten war in Pera. Der Garten in Canosa ist nur eine schaurige Imitation.«

»Pera – Canosa – was sind Orte? Wenn wir beieinander sind, entsteht ein Garten.«

Er wich zurück.

»Komm nicht näher! Rühre mich nicht an!«

»Wann wirst du endlich verstehen? Kennst du nicht die Worte des Paulus? Die Liebe höret nimmer auf.«

Einen Augenblick blieb es ganz still.

Dann streifte er langsam die Handschuhe ab.

»Sieh mich an!«

»Glaubst du, daß du mich damit schrecken kannst? Unsere Leiber sind hinfällig und gebrechlich, die Freuden des Fleisches sind vergänglich, aber unsere Seelen wird nichts trennen. Kannst du wirklich wollen, daß ich gehe?«

Er atmete tief ein.

»Es geht über meine Kraft, Anna. Ich will, daß du bleibst, und ich will, daß du gehst. Jetzt, da du hier gewesen bist, werde ich deine Abwesenheit nicht mehr ertragen. Wenn du bleibst, werde ich täglich, stündlich Angst um dich haben. Du wolltest ein Willkommen? Nun denn: Willkommen in der Hölle!«

Sie legte die Arme um seinen Hals und zog sein Gesicht nah an ihres. Während ihr Atem schon seine Lippen streifte, flüsterte sie:

»Hölle ist da, wo du nicht bist.«

Sie küßte ihn.

»Ein kraftvolles Epos und eine Sternstunde des Historischen Romans.« Newsweek

A.D. 1522: Der 25jährige Suleiman der Prächtige regiert mit eiserner Hand das Osmanischen Reich. Um seine Macht und seinen Einfluss zu steigern, beschließt er, die Insel Rhodos zu erobern – die Heimat des Johanniterordens seit 1310. Fortan belagern 100.000 türkische Krieger das griechische Eiland. Im Innern der bedrängten Stadt bereiten sich 500 Ritter unter der Führung des legendären Großmeisters Philippe de L'Isle Adam darauf vor, der Übermacht zu trotzen. Es wird ein Kampf auf Leben und Tod, ein Kampf, der vor dem Hintergrund des »Kampfs der Kulturen« ungebrochene Aktualität besitzt.

ISBN 3-404-15108-9

BASTEI LÜBBE